『十二五』国家重点图书出版规划项目

世界四大文化与东南亚文学

SHIJIE SIDA WENHUA YU DONGNANYA WENXUE

梁立基　李谋◎主编

中国出版集团
世界图书出版公司

图书在版编目（CIP）数据

世界四大文化与东南亚文学 / 梁立基，李谋主编.
—广州：世界图书出版广东有限公司，2017.1（2025.1重印）
ISBN 978-7-5192-2182-9

Ⅰ. ①世… Ⅱ. ①梁…②李… Ⅲ. ①文学研究—东南亚 Ⅳ. ①I330.06

中国版本图书馆CIP数据核字（2016）第298011号

书　　名	世界四大文化与东南亚文学 （SHIJIE SIDA WENHUA YU DONGNANYA WENXUE）
主　　编	梁立基　李　谋
策划编辑	刘正武
责任编辑	魏志华
装帧设计	林穗晓
出版发行	世界图书出版广东有限公司
地　　址	广州市海珠区新港西路大江冲25号
邮　　编	510300
电　　话	（020）84451969　84184026　84459579
网　　址	http://www.gdst.com.cn/
邮　　箱	wpc_gdst@163.com
经　　销	新华书店
印　　刷	悦读天下（山东）印务有限公司
开　　本	787mm × 1092mm　1/16
印　　张	22.5
字　　数	330千字
版　　次	2017年2月第1版　　2025年1月第3次印刷
国际书号	978-7-5192-2182-9
定　　价	98.00元

咨询、投稿：020-84460251　gzlzw@126.com

目录

contents

导论

我国著名的东方学家季羡林教授在《〈东方文化集成〉总序》中，对世界四大文化体系有这样一段论述："文化有一个突出的特点，就是，文化一旦产生立即向外扩散，也就是我们常说的'文化交流'。""文化虽然千差万殊，各有各的特点；但却又能形成体系。特点相同、相似或相近的文化，组成了一个体系。据我个人的分法，纷纭复杂的文化，根据其共同之点，共可分为四个体系：中国文化体系，印度文化体系，阿拉伯伊斯兰文化体系，自古希腊、罗马一直到今天欧美的文化体系。再扩而大之，全人类文化又可分为两大文化体系：前三者共同组成东方文化体系，后一者为西方文化体系。"这两大文化体系一直影响着整个人类文化发展的进程，但不是并驾齐驱的。季羡林教授从世界文化历史的发展中得出这样的结论："上下五千年，纵横十万里，东西方文化的变迁是'三十年河东，三十年河西'。"

纵观世界各个国家和各个民族文化发展的历史，可以说无一例外的，在不同的历史时期里，都要受到世界四大文化体系中的一个或若干个文化体系的直接间接影响，而东南亚则更加与众不同，世界四大文化体系都汇集在这里，对这个地区的文化文学发展都产生直接的影响。其结果使东南亚的文化文学别具一格，在各民族的文化文学中，可以看到世界四大文化体系的缤纷色彩。

从世界文化的发展历史来看，上古和中古时期的东方文化无疑是处于"三十年河东"时期。东方文化要领先于西方文化，在世界文化交流中，其影响居主导地位。东方文化的三大文化体系对东南亚文学产生了十分深远的影响，也正是在这“三十年河东”时期，先是中国文化和印度文化的影响，后是阿拉伯伊斯兰文化的影响。

为什么“三十年河东”时期，东方三大文化体系会对东南亚文化文学产生直接的影响？原因当然是多方面的，首先从地缘上来讲，东南亚正处于中国和印度之间的接合部，又是中国和阿拉伯世界海上交通的必经之道。因此，东方三大文化体系能在此地区传播先得其地理之便。其次，从民族渊源关系上来讲，东南亚许多民族的发源地是在亚洲大陆的南部地区。例如当今住在缅甸境内的民族，是从中国大陆分几批迁徙而来的蒙古人种。泰国和印支三国的民族与我国广西和云南的少数民族是同根生的民族。至于散布在马来群岛的马来族，据学者们的考证，其原始马来人也属蒙古人种，早在公元前1500年左右便已经从亚洲大陆南部迁移过来，后来在公元前200—300年又从亚洲大陆南部迁来了大批后继马来人，进一步把当地的尼格利多族（小黑人族）挤往内地。王任叔在他的《印度尼西亚古代史》中说：“印度尼西亚人（广义地说是指所有的马来民族——引者）应该说是‘混合种族集团’，这大概是一致的结论。这种混合从考古学方面来看，恐怕主要是由中国南下的蒙古利亚种族和存在于印度支那的尼格罗—澳大利亚大种族系统的各种族相互混合的结果。”接着他又说：“总之，印度尼西亚民族还在亚洲大陆的时候，就起源于一个民族共同体，操一种语言，拥有共同的文化。他们来到印度尼西亚之后，分居各岛屿，彼此隔绝，而在这些岛屿上又为大的山脉河流和沼泽所分隔，难于互相往来。许多世纪以来，由于自然障碍造成的分隔状态，使他们在各不相同的情况下发展起来，成为语言文化互异的各族。”以上的论述中，我们可以清楚地看到，东南亚与中国有着非常深远的民族渊源关系。其三，从社会文化的发展水平来讲，中国和印度的发展处于大大领先的地位，而东南亚属于社会文化发展比较后进的地区。当东南亚开始出现早期王朝的时候，中国和印度早已建立起具有相当完备的上层建筑和意识形态的奴隶制和封建制的国家。因此，东南亚新兴的统治阶级在新建王朝时，必然要向邻近的先进国家——中国和印度学习，借鉴他们先进的上层建筑和意识形态，吸收他们先进的文化文学，以巩固自己的统治基础。所以，东南亚最初出现的国家和王朝都带有中国文化或印度文化的印记，看来绝非偶然，乃是上述历史条件下文化交流的必然结果。其四，不同民族之间的文化交流和文化影响并不是平衡对等的，处于社会发展阶段更加先进的民族，其先进的文化在相互交流和影响中，总是起着主导作用。整个东南亚文化文学的发展历史都证明了这一点。

诚然，中国文化和印度文化对东南亚都有深远的影响，但在一个国家，谁的文化影响最大和占主导地位，这取决于该国的社会发展的需要和统治阶级的选择，同时也受不同文化性质的制约。一般来说，外来文化在东南亚的传播和影响主要通过两个渠道，一是政治渠道，一是宗教渠道。中国文化基本上不属于宗教文化，早期中国并没有为宗教服务的文化文学，也没有热心于四处传播宗教及其文化文学的僧侣和传教士。因此，中国文化在东南亚的传播，最初主要是通过政治渠道，是伴随中国的政治统治势力而来的，其影响所及也多限于中国政治势力所能到达的范围，所以在东南亚只有越南受中国文化的直接影响最深。

印度文化则不同，它主要属于宗教文化，宗教利用文化，文化为宗教服务，无论是婆罗门教还是佛教，无不如此。因此，印度文化主要是通过宗教渠道在东南亚广为传播的。宗教所到之处，其文化文学也随之而至，而宗教及其文化文学又能起精神支柱的作用，这正是新兴的统治阶级所需要的，所以其传播面和影响面更加深广。除越南外，东南亚的其他国家都处在印度佛教或印度教文化的影响圈内。这就是为什么印度虽然不像中国那样与东南亚有密切的民族渊源关系和国家关系，但印度文化文学对东南亚的影响，在广度上和深度上却大大超过中国文化文学。

阿拉伯伊斯兰文化在东南亚的传播要晚得多，到13世纪以后才端倪渐显，主要也是通过宗教渠道。伊斯兰教的传播，集中在东南亚的南半部，即马来群岛地区。在伊斯兰教取得统治地位的地区，阿拉伯伊斯兰文化的影响便取代了印度文化的影响。而东南亚的北半部地区，如缅、泰和印度支那，则因佛教在那里一直占据统治地位，伊斯兰教难以进入，于是阿拉伯伊斯兰文化也就很难在那里传播，当然也就无阿拉伯伊斯兰文化影响可言。

宗教在传播文化方面确实起了非常重要的作用。宗教文化之所以可以对接受这个宗教的国家直接发挥影响，是因为得到该国统治阶级的积极鼓励和自上而下的推广。他们需要用宗教文化来建立王朝的上层建筑，藉以巩固他们的统治地位。由于这个原因，印度文化和阿拉伯伊斯兰文化在东南亚的影响便占有巨大的优势。

以上是“三十年河东”时期，东方三大文化体系在东南亚广为传播和产生影响的大致情况。从历史上看，“三十年河东”时期的东方三大文化体系，代表封建时代文化三大高峰，它们对东南亚文化文学的影响主要也是在封建王朝时期，尤其体现在东南亚的古典文学上。后来，西方国家在经过文艺复兴和工业革命之后，率先摆脱了封建主义的枷锁而进入资本主义全面发展的时代。以人文主义、科学、民主等为基础的西方文化从此便进入了“三十年河西”的时期。但不应忘记的是，西方资本主义的迅速发展，是以东方民族（日本除外）作为其牺牲祭品的。在西方坚船利炮的轰击下，16世纪以后，东方的封建国家和王朝便逐一沦为西方国家的殖民地或半殖民地，曾经创造过辉煌的东方三大文化体系的中国、印度和阿拉伯国家也未能幸免。进入近现代之后，西方文化便独领风骚，主导世界文化的新潮流。对东南亚来说，西方文化的传播主要是通过政治渠道，伴随殖民主义的侵略扩张而来的。所以在开始的时候，西方文化理所当然地要遭到东南亚各国的敌视和抵制。但西方文化的冲击已无法阻挡，尤其在东南亚迈向市场经济和现代民族觉醒的时代，接受先进的西方文化的影响已成为历史发展的需要。从东南亚文学发展的历史来看，西方文化文学对东南亚的影响也就集中体现在近现代文学上。

下面就世界四大文化体系对东南亚文学的影响作进一步的论述。

一、中国文化的影响

中国与东南亚的族缘文化关系可谓源远流长。在印度尼西亚的苏门答腊、爪哇、努沙登加拉群岛等地，从新石器工具的考古发掘中，已发现有两种石斧源于中国南方，可能与原始马来人的大批南迁有关。印度尼西亚历史学家穆罕默德·耶明在《六千年红白旗》一书中说：“锐角圆石斧和石矢等首批文物由北方流传到我国，而后传播到太平洋各岛……史前研究材料表明，这种文化影响旅行来自中国南方的云南。”在缅甸马圭发掘出来的石器也与中国周口店的石器相类似，而在缅甸瑞波出土的环石则近似于中国的仰韶文化。中国与东南亚的民族渊源关系还可以从古代的神话传说和民间故事中看出一些蛛丝马迹。东南亚有不少神话传说与中国流传的神话传说有某些相似之处。中国人常把自己说成是龙的传人，而东南亚许多民族也把自己的王族祖先说成是龙的后代，有的还与中国直接挂钩。在东南亚好些古老的民间故事中，也可发现中国与东南亚文化上的内在联系。例如缅甸的《貌波与老虎》、柬埔寨的《鳄鱼与车夫》、老挝的《老虎与道士》和印度尼西亚的《鳄鱼与野牛》等，在主题思想和基本情节上与中国的中山狼故事可以说如出一辙，只是主人公、地点和细节有所不同而已。更令人惊异的是，爪哇罗罗·章格朗的故事竟然与我国四川泸洲一带流传的关于鲁班管驿嘴修石桥的故事在基本情节上很相似。这些故事的源头何在，现在无法考证，不过可以推断其中必有某种渊源关系。

但以上还没能说明中国与东南亚何时开始有交往。要确切说出中国与东南亚开始有交往的时间，恐怕难以办到，不过从中国的殷墟发掘中，多少还是能得到一点信息。据考古学家的发现，殷墟里有许多与东南亚有关系的动物遗骸，其中有一个刻甲骨文用的大龟甲，据专家鉴定系马来半岛之特产，中国是没有的。此外，在王陵的殉葬品中，也发现马来貘之类东南亚特有的动物遗骸，这说明早在殷代中国与东南亚就已有地区来往，但这都是史前留下的痕迹，还没有一个正式的历史文本记载。

中国史书上有关与东南亚交往的记录始于秦朝统一中国之后。根据中国史书记载，越南（古称交趾或交州）从公元前2世纪起，就已正式纳入中国汉朝的管辖范围之内，从此受中国封建王朝统治一千多年，越南史书称之为“北属时期”。中国同东南亚其他地区的交往也从汉朝时期开始步入正轨。最早的历史记载见《汉书·地理志》，书中提到汉武帝时期（公元前141年至公元前87年在位），已经开辟从中国经东南亚至印度的海上交通，并且与东南亚已有贸易往来。《汉书》卷八十三也有记载，西汉平帝元年（公元1—5年），中国已派使臣由广东乘船经越南、柬埔寨和暹罗湾，然后步行越过克拉地峡，再乘船前往印度。《后汉书》卷一一六《西南夷列传》，则第一次记载中国与印度尼西亚已有正式的关系。书中记载：“（汉）顺帝永建六年（公元131年——引者），日南徼外叶调王便遣使贡献，帝赐调便金印紫绶。”“叶调”和“调便”是古爪哇的一国家和国王名。从印度尼西亚考古发现的大量汉代陶器，也可证明汉代时期中国与印度尼西亚已有频繁的来往。到了三国时期，地处东南的吴国，非常重视发展与东南亚的关系。先派吕岱“遣从事南宣国化，暨徼外扶南，林邑堂明诸王各遣使奉贡”，后又遣朱应和康泰遍历东南亚诸国进行“南宣国化”。朱应曾作《扶南异物志》，康泰曾作《吴时外国传》，是中国最早和最完备记载有关东南亚各国情况的史书，可惜原书已佚，但其所记仍散见于《太平御览》等类史书中，或被采用于后来的齐梁史书的外国传中。以上说明，秦汉以来中国与东南亚的交往已日渐密切。

但更广泛的交流，特别是文化交流，则始于7世纪的唐代。唐朝是中国历史上最强盛和文化上最进步的王朝。在同一时期里，东南亚也出现了一个最强盛的王朝，那就是室利佛逝王朝。佛教在唐代的中国大为盛行，在对外文化交流中起着十分重要的作用。而室利佛逝王朝在那个时候，不仅是东南亚的一个贸易中心，也是一个佛教文化中心。唐朝与室利佛逝王朝之间，就是通过佛教才会有深入的文化交流，而其先驱者就是著名的唐高僧义净。他于671年乘船去印度取经，当途经室利佛逝时，即为当地十分发达的佛教文化所吸引。他在《根本说一切有部百一羯磨》这部详著中，描述了他当时的印象和感受："又南海诸洲，咸多敬信，人王国主，崇福为怀。此佛逝廓下，僧众千余，学问为怀，并多行钵。所有寻读，乃与中国不殊。沙门轨仪，悉皆无别。"义净当时并无久留计划，但当他看到那里发达的佛教文化及良好的学习环境，便决定多留一段时间"渐学声明"，即学习梵文。看来收获很大，所以他向有志去印度取经的中国僧人提出建议："若其高僧欲向西方为听读者，停斯一二载，习其法式，方进中天，亦是佳也。"就是说他们先到室利佛逝王朝学习一两年作为准备，然后才去印度，这是最佳方案。在他的建议下，先后有19位唐代僧人到过室利佛逝王朝和诃陵国。义净自己在完成印度取经任务之后，仍选择室利佛逝王朝作为他从事翻译和研究佛经的基地，前后住了十多年。义净可以说是对中国和东南亚的文化交流作出重大贡献的第一个学者，他的著述已成为研究东南亚历史的重要史料依据。

如果说唐代开始出现的中国和东南亚的文化交流是历史上的第一个高潮，那么15世纪明代郑和七下西洋时期出现的文化交流，应该说是历史上的第二个高潮。而第二个高潮要远远比第一个高潮波澜壮阔、气势磅礴，可以说是历史上的登峰造极。明朝从明成祖开始，积极开展对外交流活动，遣使东南亚诸国，"宣示德威及招徕之意"。而郑和七下西洋的壮举，则谱写了人类航海史和国际关系史上最光辉的篇章。郑和宝船所到之处，无不大受欢迎。陪同郑和的译员马欢在他撰写的《瀛崖胜览》里，用两句话概括当时备受欢迎的情景：

"天书到处多欢声，蛮魁酋长争相迎"。郑和每次出访的舰船都在百艘以上，人员兵马多达27000～28000人。如此强大的海上力量并不是用来侵略他国，而是为了传播友谊、维护和平与促进贸易，因此在东南亚到处流传着有关郑和的历史佳话，甚至成了神话传说。郑和留下的许多历史遗迹，至今仍被人们所供奉和膜拜。在同一时期内，东南亚也出现了空前的访华热潮，好多国家的国王亲自率领庞大的代表团到中国进行国事访问。例如满剌加（马六甲）王朝的第一代国王拜里迷苏剌于1411年亲自率领540余人正式访问中国，受到明成祖热烈隆重的接待。渤泥国王麻那惹加那也于1408年亲自率王后、王子和陪臣150余人来华访问。后来渤泥国王不幸在中国病故，明成祖尊重其"死后体魄托葬中华"的遗愿，将渤泥国王遗体厚葬于南京城，并下诏举行国哀。不久，菲律宾的苏禄国三王于1417年率领340余人访问中国，在访问圆满成功之后，苏禄东王也不幸病逝于山东德州。明成祖下诏将国王遗体以亲王礼厚葬于德州，并为之建造宏丽的陵寝。有关中国和东南亚友好交往的盛况，明史上都有大量的记载，这里仅举几例便足以说明，明朝时期中国和东南亚的关系非同一般。我们说，如此大规模的人员交往和由此而出现的文化交流，不仅在中国历史上是空前的，在世界历史上也是罕见的。

在"三十年河东"时期，毫无疑问，从国家关系的深度和交往的规模来讲，印度远不能与中国相比，但是中国文化文学对东南亚的影响却大大不如印度。这个时期的中国文化文学对东南亚文学的影响仅及越南而已，因为越南有一千多年处于中国封建王朝的直接管辖。公元939年，越南民族才第一次建立独立的封建王朝——吴朝，但仍与中国维系藩属关系，沿用中国的建制。中国文化的影响通过政权的关系已经渗透到越南民族生活的各个领域。汉文是越南民族最早借用的文字，也是官方规定的全国通用文字，官方文诰都是用汉文写的。例如越南最早的文献《徙都升龙诏》，就是李朝开国皇帝李公蕴用精美的古汉文写的，被视为越南书面文学的滥觞。越南民族文学形成之初，不仅借助汉文字，也学仿汉文学的内容和形式，尤其是早期的禅宗文学。13世纪以前，越南的汉语文学已有一定的发展，作品大都出自王朝统治者和朝廷僧侣之手，其内容多涉及国事和佛教哲理。13世纪以后，越南建立陈朝，并在汉字基础上创建自己的民族文字"喃字"，从此用喃字文字写的文学作品开始跻身越南文坛，形成"喃字文学"，并逐渐与汉语文学并驾齐驱。在一个相当长的历史时期里，越南的汉语文学仍有很强大的生命力，涌现出不少著名的作家及优秀的作品。例如黎朝开国元勋阮廌和他被誉为“千古雄文”的名作《平吴大诰》，15世纪的黎圣宗和他主帅的“骚坛会”及收集的诗集《天南余暇集》，16世纪的阮屿和他仿中国的《剪灯新话》而写出的越南最早的汉语小说《传奇漫录》，直到18世纪的著名诗人邓陈琨和他被誉为“千古绝唱”的《征妇吟曲》，都是越南汉语文学不同时期的佼佼者及其代表作。在同一时期里，越南的喃字文学也在历朝统治者的提倡下，迅速地发展起来。陈朝的阮诠（韩诠）是第一个用喃字写作的人，他用中国唐诗七律体写诗，开韩律诗之先河。后来越南文人又吸收民间文学的长处，创造出新的诗体叫“六八体”，尔后又从“六八体”演变成为“双七六八体”，大受文人的欢迎。十八九世纪，喃字文学已发展到比较成熟的阶段，西山王朝时期又规定喃字为全国通用文字，许多用汉语创作的作家，同时也用喃字创作出了大量优秀的作品。喃字文学的代表作家首推阮攸，他用“六八体”写的《金云翘传》已成为越南古典文学中最脍炙人口的名篇。《金云翘传》根据中国明末清初青心才人的同名章回小说改写而成，虽然讲的是中国故事，但反映的是越南的社会矛盾和越南民族的思想感情，已经越南民族化，所以在越南被视为自己的文学经典著作而久传不衰。喃字文学体现了越南文学的进一步民族化，但就是在更加民族化的喃字文学里，中国文学的影响仍然非常明显。

越南文学以外，在19世纪以前，中国文化文学对东南亚其他国家文学的影响可以说极为有限。直到19世纪以后，通过定居东南亚日益众多的华人，中国明清的古典文学，特别是演义小说之类的作品，才逐步被译介过来而大行于世，对东南亚好些国家的近现代文学产生积极的影响。最早介绍中国古典小说的国家是泰国。爱好文学的泰国国王拉玛一世，于19世纪初授命宫廷作家昭披耶帕康主持翻译并改写中国著名的历史小说《三国演义》，取名《三国》。小说一问世便大受欢迎，并由此而创立独具一格的“三国文体”，开泰国白话散文体小说之先河。《三国》取得巨大成功之后，中国的其他演义小说便接着潮涌而来，据丹隆亲王统计，从拉玛二世到拉玛六世，中国古典演义小说被译成泰文的共有32部之多。关于这些中国小说在泰国大受欢迎的程度，泰国教师协会出版的《中国历史故事》（泰文版）的序言中有这样一段评语：“中国历史故事，不论哪一类，都拥有为数众多的读者，男女老少均爱不释手，犹如一日三餐不可缺……”

中国古典演义小说于19世纪的下半叶，也在东南亚的其他国家大为盛行，特别是在印度尼西亚、马来西亚和新加坡，那里的华人用通俗马来语翻译改写中国古典演义小说，一度蔚然成风。中国著名的古典演义小说，如《三国演义》、《水浒传》、《西游记》等，从19世纪80年代起便开始被翻译改写成通俗马来语，取得了巨大的成功。接着，中国各种的历史演义小说、传记小说、公案小说、武侠小说、民间故事等，便风靡一时。而更重要的是，通过翻译改写的大量实践，不仅把中国文学介绍到马来语国家，而且还造就了大批的华裔马来语作家。他们用通俗马来语创作了大量的近现代文学作品，深刻反映了当地社会在殖民统治下的现实生活和各种矛盾。这就是于19世纪末20世纪初，在印度尼西亚、马来西亚等马来语地区出现的独具一格的华裔马来语文学。这个文学受到来自中国、本地和西方三方面文化文学的影响，具有“三合一”文化的特色。它弥补了马来语文学近代发展历史上的一段空白，尤其是对促进印度尼西亚现代文学的产生和发展起了重要的作用。著名的荷兰学者德欧教授后来也承认华裔马来语文学“是通往现代印度尼西亚文学的发展链条中的主要一环”。

中国文化对东南亚文学的影响还有一个特殊的地方，那就是培育出东南亚的华语文学。20世纪初，东方普遍出现民族觉醒，东南亚的华人也积极支持中国的民族民主运动，开展反帝反封建斗争。这时，一些受中国“五四”新文化运动启迪和鼓舞的华人知识分子，开始用华语从事新文学的创作。从1919年10月起，新加坡《新国民日报》的副刊率先刊登具有新思想和新精神的白话文作品，成了东南亚以新加坡和马来亚为中心的华语文学的发端。1925年以后，开始出现纯文艺的刊物如《南风》、《星光》等，积极提倡新文学运动，发表了比较成熟的作品，其中以南洋华人生活为题材的作品越来越多，后来提出“把南洋色彩放进文艺里去”的口号。1927年之后，大批中国知识分子受“宁汉分裂”的牵连而避难新马各地，他们的到来又为新马的华语文学增添了生力军。而这时期出现的“南洋新兴戏剧运动”也为华语文学的发展推波助澜。因此，从1925年到1931年这一段时期，有人称之为新马华语文学的扩展期。1937年，中国爆发全面抗日战争，东南亚华人积极响应，投身到抗战救国的洪流中去。从上海南下的一批文化人，特别是1938年郁达夫等著名作家的到来，给新马的华语文学带来勃勃生机。1938年春正式提出“南洋抗战文艺”的口号，抗战小说大行于世，是华语文学的繁荣时期。1941年12月8日，太平洋战争爆发，不久日军便占领了整个东南亚，一度高涨的新马华语文学从此沉寂下来。

东南亚的华语文学以新马地区最为发达，其他国家如印度尼西亚、菲律宾、泰国等，也都兴起过华语文学之风。二战前各国的华语文学尽管各有自己的地方特色和成长过程，但有一个共同点，那就是都属于侨民文学，因为那时还存在双重国籍问题，东南亚的华人大多认同于中国，以华侨自居。东南亚华语文学的发展几乎与中国文学的发展同步，可以说是中国文学的海外伸延，有人说是中国文学的“一个支流”。

第二次世界大战结束后，带有侨民性质的东南亚华语文学曾经有过一度复苏，但进入50年代后，随着东南亚国家的纷纷独立和双重国籍问题的解决，原来的华侨绝大部分都转变成为所在国的华裔公民。至此，侨民性质的华语文学也就完成了自己的历史使命，发生了历史性的转变。往后的华语文学便与中国文学彻底分道扬镳，成了所在国家文学的一个组成部分。

二、印度文化的影响

印度与东南亚早在公元前就有了交往，但印度自己的古文献很少提到东南亚。古希腊地理学家脱烈美在公元前165年或更早写的《地志》，已提到印度南部的三个港湾与金洲（一般认为是马来半岛）之间有贸易来往，同时也提到一个叫耶婆提的地方（一说今之爪哇，一说今之苏门答腊）。大约在公元1世纪，印度的宗教势力开始深入到东南亚地区。孔雀王朝时期，阿育王向印度东南部扩张势力，战争逼大批南印度人逃往东南亚。其中有婆罗门和刹帝利贵族，他们利用宗教和婚姻关系与当地新兴的奴隶主阶级相结合，建立了一些印度化的小王朝。据考古发现和中国的史书记载，在东南亚早期出现的国家大都信奉婆罗门教，但佛教也伴随而来。例如中国史书上提到的扶南（柬埔寨）、林邑（占婆）和沿马来半岛由北向南的顿逊、屈都昆、拘利等都是印度化的王朝。扶南曾以湿婆教为国教，但也流行佛教。在加里曼丹发现4世纪用南印度的拔罗婆文写的碑文，记载了古代国王赐众婆罗门两万头黄牛的事迹。在西爪哇多罗磨王国遗址，也发现4世纪用拔罗婆文写的碑文，记载国王赐众婆罗门一千头黄牛的事迹。中国东晋高僧法显在《佛国记》中也提到他滞留耶婆提（今之爪哇）期间，看到“其国外道婆罗门兴盛，佛法不足言”。以上说明，早期影响东南亚的印度宗教主要是婆罗门教。后来，佛教在马来群岛一度大兴。7世纪在苏门答腊兴起印度尼西亚历史上最大的佛教王朝——室利佛逝王朝；9世纪在爪哇的夏连特拉王朝则建造了闻名于世的婆罗浮屠大佛塔，这说明佛教在那里也曾盛极一时。但上述王朝后来被印度教王朝和伊斯兰王朝所取代，佛教势力在马来群岛一带便没落了。马来群岛以外，佛教大约在3世纪已从斯里兰卡传入缅甸，南传上座部佛教传入下缅甸，北传大乘佛教传入缅甸北部。

11世纪以前，佛教的南传与北传两大教派以及婆罗门教在缅甸境内是同时并存的。1044年阿奴律陀统一缅甸和建立蒲甘王朝之后，才把上座部佛教定为国教。泰国于13世纪建立的素可泰王朝也以上座部佛教为国教。11世纪以后，佛教便在东南亚的北半部占了统治地位，主要是缅甸、老挝、柬埔寨和泰国；印度教则在东南亚的南半部占统治地位，主要是在爪哇和巴厘。

佛教占统治地位的国家，其文化文学无疑要受印度的佛教文化文学的直接影响，其中以缅甸和泰国最为典型。

缅甸在蒲甘王朝建立之后，才有见诸文字的作品，那就是著名的蒲甘碑铭文学，故有“缅甸文学始于蒲甘碑铭”之说法。其实所谓碑铭文学大部分为佛事记录，还不是真正意义上的文学作品，但其写作风格对后世缅甸散文文学产生了深远的影响。印度佛教文学中，对缅甸文学影响最深的，首推《本生经》故事。《本生经》故事是僧侣们传经布道常借用的故事，也是寺院学生学习的教材内容，在缅甸可以说家喻户晓。缅甸的“比釉”四言叙事诗和小说创作大都取材于《本生经》故事，连缅甸人也认为“缅甸小说始自550个《佛本生故事》”。但是，缅甸的佛教文学并非印度佛教文学的翻版或仿造，而是经过重新艺术加工，更具有缅甸民族特色的佛教文学。首先，从取材上来看，缅甸是根据自己的实际需要而有所选择的。在547个《本生经》故事中，被吸收到缅甸文学里面的还不到100个，而且还不是全部照收，只是取自己之所需。其次，取来之后还要经过一番再创作的过程，使主题思想更加突出，成为具有缅甸特色的佛经故事。透过这些缅甸的佛经故事，我们看到的，实际上是缅甸社会某些现实的反映。例如阿瓦王朝末期著名僧侣诗人信埃加达玛底写的《地狱》和《天堂》，讲的是《本生经》的第541号故事《奈弥本生》，而实际要表达的却是作者伤时忧国的心情。这种缅甸化的现象也表现在文学形式上。原巴利文本生经故事是用韵散杂揉体写的，到了缅甸之后便改用一种叫“比釉”的诗体。这种四言叙事诗体是缅甸所固有的，改用这种诗体后的《佛本生经故事》显得更有缅甸的民族风格和情调。《佛本生故事》在缅甸还被改写成散文小说和戏剧等，成了缅甸文学取之不尽的创作源泉。

泰国文学的发展也同缅甸有些相似。1257年素可泰王朝建立后，佛教被定为国教，这时泰国才开始有见诸文字的作品。泰国的最初文学也是碑铭文学，以《兰甘亨碑文》最为闻名。碑文主要记述兰甘亨王的生平事迹和从事的各种佛事活动。后来素可泰王朝五世立泰王根据三十部佛典编写了著名的《三界经》。这部以弘扬佛教为宗旨的作品，反映了素可泰王朝时期的繁荣景象，对泰国文学的发展产生了深远的影响。泰国的古典文学作品大都出自王公贵族和高僧法师之手，佛教寺院成了培养文人的中心，所以每部作品都贯穿着佛教思想。其中有不少作品也是直接取材于佛经故事，例如著名的《大世赋》，讲的就是佛祖最后一次轮回的故事。而流传最广和影响最深远的是《清迈五十本生故事》，据考系一清迈僧人用巴利文仿照印度《本生经》故事之作，曾被视为伪经而遭焚毁，但因其内容丰富生动，地方情调浓厚，除泰国外，在柬、老、缅等国也流传甚广。和缅甸一样，泰国的《佛本生故事》也带有自己鲜明的民族特色。

在上述佛教国家，印度婆罗门教也曾起过影响。作为该教的经典，印度两大史诗《摩诃婆罗多》和《罗摩衍那》，也早已流传，并且对这些国家的文学继续产生影响。不过，在佛教占统治地位之后，印度两大史诗已不被当作宗教经典看待，而且只有与佛教思想相接近的或能相融合的，才受到赏识。所以，两大史诗中，《罗摩衍那》备受欢迎，而《摩诃婆罗多》则遭到冷落，与印度教占统治地位的爪哇和巴厘的情况刚好相反。这可能是因为《罗摩衍那》所宣扬的忠孝节悌与用“和”及“忍”来解决王室内部的纠纷，更符合佛教的精神，而《摩诃婆罗多》以大规模战争来解决王室争端的做法，不仅与佛教精神相悖，也为当权者和百姓视为畏途。由于《罗摩衍那》在思想内容上更接近佛教精神，佛教的《本生经》只收罗摩的故事而不收《摩诃婆罗多》的故事也就不难理解了。缅甸的《布翁道罗摩》就是从《本生经》的十车王故事改写而成的。我们还可以看到，在佛教占统治地位的国家，经改造后的《罗摩衍那》故事不但失去了印度教的神性，而且往往被用于宣传佛教的伟大。例如泰国的罗摩故事《拉玛坚》就已失去印度教的神性，罗摩不再是毗湿奴大神的化身，而是一般的凡人，一个典型的孝子贤夫和仁人君子，最后还悟出因果报应的佛教哲理。就是神通广大的神猴哈奴曼，最后也悟道出家，落发为僧了。印度教的《罗摩衍那》就是这样经过改造后得以在佛教国家继续流传。

除了缅甸和泰国，诸如柬埔寨、老挝和古占婆也都有自己民族特色的罗摩故事，而且已经成为本民族古典文学的一部分。例如柬埔寨的长篇神话《林给的故事》、老挝的古典名著《帕拉帕拉姆》、古占婆的史诗《普兰迪特与普兰拉克的故事》和《波·凯戴·慕赫拉希传》等，可以说是《罗摩衍那》故事的改头换面和本民族化。总括起来说，佛教国家的《罗摩衍那》故事有以下几个特点：一、已失去作为印度教经典的性质，不再为宣扬印度教服务，而偏重于满足人们对文化娱乐的需求；二、被注入佛教思想，抬高佛祖的地位，贬低印度教的主神，宣扬佛教的伟大；三、结合本民族的社会发展和统治阶级的需要，加以改造，使之本民族化。

在东南亚的南半都，佛教也曾兴旺一时，如上面提到过的室利佛逝王朝和夏连特拉王朝，曾是东南亚最大的两个佛教王朝。按理说，在上述王朝全盛时期，应该会有佛教文学产生。但它们灭亡之后，由于没有后继者和失去延续性便完全失传了，没有留下佛教文学作品传给后世。公元10世纪以后印度教在印度尼西亚，主要是在爪哇和巴厘，占了统治地位。东爪哇王朝的崛起，是以印度教为精神支柱的。从那以后直到阿拉伯伊斯兰文化取代之前，印度文化文学，尤其是为印度教服务的宗教文学一直主导爪哇文学的发展，历史上称之为爪哇印度教时期的文学。

印度的两大史诗和往世书一向被认为是印度教的主要经典，深受统治阶级的重视，很早就被引进。最先进来的可能是《罗摩衍那》，在中爪哇建于10世纪的普兰班南陵庙的墙壁上就刻有其故事浮雕，故事一直叙述到罗摩准备过海攻打楞伽城为止。用古爪哇语改写成格卡温诗体的《罗摩衍那》，据专家估计，也是公元10世纪的产品。后来根据历史发展和统治阶级的需要，印度教的湿婆教派更受器重，于是《摩诃婆罗多》的作用和影响便大大超过《罗摩衍那》。东爪哇王朝建立初期，达尔玛旺夏王（991—1007年）为了巩固自己的王权基础，十分重视发挥宗教文学的作用。他首先命宫廷作家把《摩诃婆罗多》按篇章用古爪哇语改写成散文，接着把尚未译改过来的《罗摩衍那》的《后篇》也改写成散文。这样，印度的两大史诗在10世纪末11世纪初，便基本上全译改成古爪哇文了。这就是在爪哇文学中最初出现的所谓“篇章文学”，它为以东爪哇宫廷为中心的爪哇古典文学奠定了初步基础。达尔玛旺夏时期的宫廷文学以移植印度两大史诗为己任，只是对原著进行翻译改写，还谈不上有爪哇自己的民族特色。但这种移植文学在初创阶段是必要的，因为在此之前，除了民间的口头文学外，印度尼西亚基本上还没有建立起见诸文字的古典文学。王朝统治者为了利用印度教作为上层建筑和意识形态以巩固其王权基础，急需有一种能为之服务的宗教文学，而把印度两大史诗先移植过来，也不失为解决这一急需的好办法，所以印度两大史诗的移植，可以说是应需之举。但两大史诗所反映的毕竟是印度社会历史的现实，只能起到一般宣扬宗教和激发宗教感情的作用，不能用来直接反映印度尼西亚的王朝现实和歌颂王朝的统治者。显然，作为外来文学，印度两大史诗的作用和影响再大，也不能代替本民族文学的地位和作用，只有把它根据自己的需要加以重新改造，使之民族化，才能变成统治者所需要的文学。可惜的是，达尔玛旺夏王还没有来得及促使初创的宫廷文学朝这个方向发展，就已战死在抵御外敌的沙场上。这个任务后来由他的继承者爱尔朗卡王完成。

11世纪初，达尔玛旺夏王的女婿爱尔朗卡终于打退入侵之敌，恢复了东爪哇王朝的统治。这时，作为新登基的非嫡亲国王，他尤其需要文学能直接为巩固他的统治地位服务，为他直接歌功颂德，而“篇章文学”显然是做不到这一点的。于是，宫廷作家便开始探索如何创建一种能把宣扬印度教同歌颂本朝帝王相结合的、具有自己民族特色的宫廷文学，以满足统治者的这一需要。宫廷作家们终于探索到新的创作路子，他们首先在文学形式上采用一种叫“格卡温”的古爪哇语诗体，这是仿效印度两大史诗的梵体诗而创造出来的；接着在文学内容上，他们充分利用已有很大影响的印度两大史诗故事作为创作的素材，从中选择可供利用的某些片断作为基础，然后根据自己所要表现的新主题思想重新剪裁和加工，使之成为歌颂本朝帝王的新作品。这跟“篇章文学”的移植作品显然不同，印度史诗故事的格卡温作品应该说完全是爪哇宫廷作家自己的创作了。第一部这样的格卡温作品，是11世纪初宫廷作家恩蒲·甘瓦创作的《阿周那的姻缘》，它为爪哇宫廷格卡温文学奠定了基础，被后人誉为格卡温作品的样板。这部格卡温的故事取自《摩诃婆罗多》的《森林篇》，经过加工改造后，人物情节和主题内容都发生了重大的变化。原故事里，阿周那去喜马拉雅山苦修，目的在求湿婆大神赐“兽主之宝”神箭，以便日后能战胜强大的敌人。从整个史诗故事的发展来看，这一段情节可以说是为以后描写般度族和俱卢族的18天大战作准备的，是为全诗高潮的到来作铺垫的。但恩蒲·甘瓦选用这段史诗故事则另有所图，他看到阿周那的这一段经历与爱尔朗卡的经历有某些相似之处，可以借用阿周那的英雄形象来比喻爱尔朗卡王，歌颂国王为恢复东爪哇王朝所立下的丰功伟绩。作者为了达到充分表现新的主题内容，还特地另外塑造原故事里没有的仙女苏帕尔巴，通过阿周那与苏帕尔巴的美满姻缘来为爱尔朗卡王的婚事大唱赞歌。这部格卡温作品当然大受爱尔朗卡王的赏识，影响极大。后来的格卡温诗人基本上都遵循恩蒲·甘瓦所开创的这一创作模式，借印度史诗故事来为本朝帝王歌功颂德。例如《爱神遭焚》是借爱神伽摩的故事来歌颂柬义里王卡默斯哇拉，《婆罗多大战记》是借史诗故事中般度族与俱卢族的大战来影射柬义里土朝查耶巴雅与查耶沙巴之间争夺王位的内战，以般度族最后战胜俱卢族暗喻查耶巴亚王的最后胜利。柬义里王朝时期是爪哇格卡温文学的鼎盛时期，也是印度教文学影响最深广的时期。

印度尼西亚最强盛的王朝是13世纪至15世纪的麻喏巴歇王朝。这个时期也是印度尼西亚封建社会发展到盛极而衰的阶段。麻喏巴歇时期的封建文化文学已日臻成熟，对印度文化文学的吸收也已基本饱和，文学的发展明显地朝着更加民族化和爪哇化的方向转变，逐渐摆脱仿印度两大史诗的创作模式而表现出更多的本民族的主体性。爪哇的宫廷作家已无须借印度史诗故事来影射和美化自己的帝王，他们可以直接从本民族的历史和社会现实取材来完成歌颂统治者的任务。例如麻喏巴歇时期著名的格卡温作品《纳卡拉克达卡玛》（国运昌盛颂），就通过作者普拉班扎于1365年伴驾东巡时的所见所闻，直接描述麻喏巴歇王朝的繁荣昌盛，歌颂哈奄乌禄王的英明伟大。在文学形式上，也突破了格卡温那种仿印度梵体诗的传统做法，从本民族的民间唱词中提炼出新的诗体“吉冬”，从而结束了格卡温一花独放的局面。另外，散文体传奇故事的兴起也标志着民族化爪哇化的势头有增无减，特别是以爪哇柬义里王子伊努与达哈公主赞德拉的爱情传奇为内容的班基故事，不仅风行于整个印度尼西亚，还流传到马来西亚、泰国、缅甸等地，并影响那些国家的古典文学。虽然民族化的趋势在不断加强，但印度文化文学的传统影响在那些民族化爪哇化的作品里仍然处处可见，不过已经同爪哇民族文学融为一体了。麻喏巴歇王朝是印度尼西亚最后一个印度教王朝，随着它的没落和崩溃，印度宗教文化文学影响占统治地位的时代也就进入了尾声，逐渐为后来的阿拉伯伊斯兰文化的影响所取代。

三、阿拉伯伊斯兰文化的影响

伊斯兰教是晚起的宗教，7世纪起源于阿拉伯半岛。波斯皈依伊斯兰教后，其文化与阿拉伯文化相渗透和相融合，扩大了阿拉伯伊斯兰文化的基础。当伊斯兰教向东扩展时，阿拉伯伊斯兰文化的影响也就遍及东方的大片地区。伊斯兰教何时传入东南亚，目前尚无定论。有记载提到，11世纪在占婆已有穆斯林商人的聚居点。11世纪末或12世纪初，在东爪哇锦石附近发现有一个刻着阿拉伯文字的墓碑。13世纪末，马可波罗从中国回国时路经苏门答腊，他提到那里的穆斯林商人不少，居民多已改奉伊斯兰教。马来半岛有关伊斯兰教的最早记载见于丁加奴地区的一块石碑，据专家估计该石碑当出于1303年至1387年之间。一般认为，14世纪以后，随着阿拉伯、波斯和印度穆斯林商人的日益增多，在马来群岛商业比较发达的地区，伊斯兰教已经取得了立足点，并逐渐向四周扩展势力。伊斯兰教作为后来者能打入这个地区，固然得力于那些穆斯林商人和伊斯兰教传教士的积极传教，但更重要的还是因为适应了那些沿海新兴的商业地主阶级的需要。他们与内地的印度教中央王朝麻喏巴歇的利益矛盾日益尖锐，为了摆脱麻喏巴歇王朝的控制和限制，他们很需要有一个新的精神武器来同印度教王朝相抗衡，伊斯兰教正好符合了他们的这一需要。

伊斯兰教首先在离麻喏巴歇朝廷较远的苏门答腊北部沿海地区取得进展，可能于十三四世纪已出现最早的伊斯兰王朝——须文达剌—巴赛王国。15世纪，在马来半岛南部兴起的满剌加（马六甲）王朝成为当时东南亚最强盛的伊斯兰王朝。16世纪，满剌加王朝为葡萄牙所灭，苏门答腊北端的亚齐王朝起而代之，成为抗拒西方殖民入侵的伊斯兰教堡垒。关于伊斯兰教势力同印度教势力的较量，我们多少可以从马来古典文学名著《马来纪年》和《杭·杜亚传》看到其艺术的反映，书中用了不少笔墨描述伊斯兰教的满剌加王朝与印度教的麻喏巴歇王朝之间的反复较量。当麻喏巴歇王朝的内部矛盾和冲突加剧时，伊斯兰教在爪哇商业比较发达的北部沿海地区也日益得势。16世纪初叶，爪哇第一个伊斯兰王朝淡目的兴起，标志着几世纪以来印度教王朝统治的结束，从此阿拉伯伊斯兰文化的影响在印度尼西亚、马来西亚、文莱等马来民族地区占了主导地位。而受阿拉伯伊斯兰文化文学的影响最直接和最深刻的也正是马来古典文学。

阿拉伯伊斯兰文化是宗教文化，和印度的宗教文化一样，它的最初传入是通过传教的渠道。所以最先进来的阿拉伯伊斯兰文学作品，大部分与传教活动有关，首先是大力宣扬伊斯兰教先知和英雄们光辉业绩的传记故事，如《穆罕默德传》、《阿米尔·哈姆扎传》、《穆罕默德·阿里·哈纳菲亚传》、《伊斯坎达·朱卡那因传》等。接着，有关伊斯兰教教义教规之类的经典也跟踵而来。之后，随着伊斯兰教势力的扩张和商业的发达，阿拉伯、波斯的神话故事和传奇小说越来越受到新兴市民阶层的欢迎而流行起来。但是阿拉伯伊斯兰文学对马来古典文学的影响，还是在马来伊斯兰王朝建立之后才显露出来。当马来新兴的王朝统治者把伊斯兰教作为精神支柱时，为了充分发挥伊斯兰教的上层建筑和意识形态的作用，他必然也要利用文学作为有效的宣传手段，一面弘扬宗教，一面歌颂新统治者。所以马来伊斯兰王朝刚建立时，便开始有宫廷文学，并把创作的重点放在两个方面：一方面是写王朝的历史，把马来王族的世谱与马来王朝的兴盛同伊斯兰教联系起来，以示来历不凡；另一方面是写有关伊斯兰教的教义教规的作品，向人们灌输伊斯兰教精神，用伊斯兰教规范人们的行为。有关马来王朝历史的最早作品是《巴赛列王传》，可能写于十四五世纪。而影响最大最深的是《马来纪年》，可能写于十六七世纪。在这类作品中，作者首先通过神话故事，宣传马来王族与伊斯兰教的先知英雄有血缘关系，以此来提高马来王族的身价和树立国王的绝对权威。其次，宣传马来王朝的皈依伊斯兰教，是国王在梦中直接得到穆罕默德先知的口谕和传授的结果。一般来说，书中涉及的许多史实大都不可信，多属神话传说，但也并非全无历史根据的空穴来风。有关宣传伊斯兰教教义教规的作品最重要的是乔哈利的《众王冠》和努鲁丁的《御花苑》，这两部作品一直受到当权者和正统派的推崇而流传甚广。

马来宫廷文学以外，还盛行两种类型的文学作品：一种是诗歌体裁，叫“沙依尔”；一种是散文体裁，叫“希卡雅特”。这两种类型和体裁的作品最初都是用阿拉伯字母拼写的，显然也是受阿拉伯伊斯兰文学的影响。“沙依尔”是一种四句式的长叙事诗。最早采用这种诗体的可能是17世纪初的苏非派诗人哈姆扎·凡苏里。他的诗以宣扬“神人合一”的苏非主义思想为内容，后来遭到正统派的排挤迫害，作品多被焚毁。哈姆扎·凡苏里之后的沙依尔作品更多的是以宫廷神话和历史传奇故事为内容，偏重于满足新兴市民阶层的文化娱乐需要，一般无署名。“希卡雅特”是一种用散文写的传奇小说体，以人物传奇为主要故事内容，受伊斯兰先知英雄故事和阿拉伯、波斯传奇故事以及爪哇班基故事的影响颇深。希卡雅特作品一般也为无署名，以写马来民族传奇人物和英雄人物的作品最受欢迎，其中以《杭·杜亚传》最脍炙人口，被誉为“最马来的马来传奇”。

伊斯兰教占统治地位之后，原印度教文学作品不能再为宣扬印度教服务了，那些已经流传的文学作品必须经过改造，使之适应伊斯兰教的精神，方能继续流传下去。因此，马来古典文学的印度两大史诗故事与爪哇古典文学的同类故事有着明显的不同。拿马来古典文学的《室利·罗摩传》为例，它是从《罗摩衍那》故事改写过来的。经改写后的《室利·罗摩传》里居然会出现真主和亚当先知，这与原本里的印度教神话是绝不相容的。一般认为，马来的印度两大史诗故事大部分是在伊斯兰教占主导地位之后从爪哇传过去的。它与爪哇的史诗故事的地位和作用不同，首先它已经不被当作印度教的经典看待；其次，它不属宫廷文学，不是为歌颂王朝统治者和巩固王权基础服务的；其三，它是用于满足新兴市民阶层文化娱乐的需要，作为说唱文学的内容而流行起来的。因为伊斯兰教已占主导地位，大部分听众是穆斯林，而说唱者和改写者也多从伊斯兰教，所以无论是从宗教角度考虑，还是从迎合听众的口味出发，都有必要把史诗故事的印度教色彩尽量冲淡，把印度教的大神加以贬低，同时尽可能地注入一些伊斯兰教的成分，抬高伊斯兰教的地位。另外，有的还改变印度宗教文学作品的结构和叙述方式，改用阿拉伯《一千零一夜》大故事套小故事的叙述方式，《丹特丽·卡曼达卡》就是经过这样改写的一部作品。

正当伊斯兰教在马来地区逐渐占统治地位的时候，从16世纪起，西方殖民主义势力已把魔爪伸了进来，首先最大的马来伊斯兰王朝——马六加王朝为葡萄牙所灭，接着荷兰、英国等殖民主义者也纷纷前来争夺殖民地。伊斯兰教势力还没有来得及在东南亚建立起较大的、统一的伊斯兰王朝，便已面临西方殖民主义的侵略瓜分。在这样的形势下，伊斯兰教也就从作为反对印度教王朝的精神武器转变成为反抗西方殖民入侵的精神堡垒。在印度尼西亚、马来西亚等国出现现代民族觉醒之前，反对西方殖民侵略的斗争大都以伊斯兰教作为旗帜，而且往往由伊斯兰教的领袖出来领导。所以，伊斯兰教在那些国家的历史上是有反殖民主义传统的。在反殖斗争中，伊斯兰文化常被当作马来民族文化的盾牌，用来抵御西方文化的侵蚀，这种情况一直延续到现代，在文学上都有明显的反映。不过，代表封建时代三大高峰之一的阿拉伯伊斯兰文化终究不能挽狂澜于既倒，不能在马来文学走向现代的历史进程中发挥主导作用，更为先进的西方文化最终必将取而代之。

四、西方文化的影响

西方文化对东南亚的影响是伴随着西方的殖民入侵而开始的。为西方殖民入侵打头阵的是葡萄牙，于1511年灭马六甲王朝。随后西班牙也于1570年占领了菲律宾，1901年美国又把菲律宾变为它的殖民地。17世纪起，荷兰开始染指印度尼西亚，英国逐步侵吞缅甸、马来亚和北加里曼丹，而法国则最后霸占了印度支那。到19世纪下半叶，整个东南亚，除泰国作为缓冲国外，都已沦为西方的殖民地。

西方的殖民入侵始于16世纪，但西方文化体系的影响一般要到19世纪的下半叶才显露出来，并逐步取代了东方三大文化体系的地位，对东南亚近现代文学的产生和发展起了主要的作用。这里所说的西方文化，首先是指西方反封建和提倡人文主义的资产阶级文化。这样的文化当然不能被东南亚的封建旧文人所接受，相反，只有遭到他们的反对和抵制。即使有人有机会接触到西方文化并受其影响而开始萌发反封建的意识，如19世纪的马来作家阿卜杜拉·蒙希，那也是超前的个别现象，没有形成一股社会的新浪潮。总之，在代表现代的新阶级和新知识分子产生之前，西方文化是难以发挥其主要影响的。

19世纪下半叶，西方资本主义已发展到更高阶段，世界资本主义市场大体形成。这时，东南亚的殖民统治者不得不放弃以直接经济掠夺和贸易垄断为特点的旧殖民政策，改为采取向世界资本主义开放的新殖民政策，把东南亚变成西方资本输出的场所、廉价原料和劳动力的来源以及商品倾销的市场。这样，整个东南亚经济便从封建割据的自然经济逐步地被推向统一的资本主义市场经济，变为西方资本主义经济体系的附属部分。在这经济转轨的过程中，西方殖民统治者十分需要从原住民中培养出一批能掌握现代文化知识、能满足现代行政管理和市场经济发展需要的人才。于是他们开始兴办现代学校，发展西式教育，从原住民中培养所需人才，东南亚的现代知识分子就是这样产生的。当然，西方殖民统治者兴办西式学校，传授现代文化知识，是为了培养它所需要的洋奴人才，而在奴化教育的毒害下，也确实培养了一些具有洋奴思想的现代知识分子，如印度尼西亚作家阿卜杜尔·慕依斯在小说《错误的教育》中所刻画的主人公哈纳菲，缅甸作家吴腊在小说《瑞卑梭》中所刻画的主人公貌当佩，可以说最为典型。然而，与此同时，也有许多人因接触西方文化的先进思想并受其影响而成为最早觉醒的现代知识分子，后来成为殖民主义的掘墓人，这是殖民统治者所始料不及的。从封建割据的自然经济向统一的资本主义市场经济过渡，势必导致整个东南亚殖民地社会发生结构性的变化，其中最重要的变化是殖民地无产阶级、民族资产阶级和受西方教育的现代知识分子的产生。特别是后者，他们从西方文化所提倡的科学民主、平等自由和人文主义思想中受到启迪和鼓舞，开始用新的观念和思维方式重新审视自己民族的命运和出路，从而萌发了现代民族意识，后来成为民族运动的先驱者和中坚力量。到了20世纪，有一部分人则受到宗主国无产阶级革命思潮的影响，与本国的无产阶级运动相接合，成了民族民主运动中代表无产阶级利益的革命力量。西方文化到20世纪已形成西方资产阶级文化和无产阶级文化两个大的潮流，两者对东南亚的现代文学都有直接的影响。我们在一些国家的现代文学中，可以看到有两种不同倾向的文学同时出现，一种倾向于民族资产阶级，一种倾向于无产阶级，但二者都是属于殖民地民族民主革命文学的范畴。

东南亚的民族觉醒主要表现在两个方面：一、反对殖民统治，要求民族独立；二、反对封建专制，要求个性解放。这也是东南亚开始进入现代史阶段的基本特征和内容。代表封建阶级的旧文学是不可能反映这一新的时代要求和内容的，只有接受过西方教育和受过西方先进文化熏陶的新知识分子所创立的新文学才能负此重任。拿菲律宾的何塞·黎萨尔来说，他之所以能成为第一个高举反殖民反封建大旗的东南亚近现代文学的先驱者，不仅因为他是一位伟大的爱国者，还因为他是较早接受西方教育和西方先进文化文学影响的新型知识分子。西方文化的影响之所以能起如此重大的作用，原因是它代表了更高阶段的社会文化，只有这个更先进的文化才能提供更先进的现代思想武器。西方殖民入侵以来，东南亚民族反殖民主义的斗争从未中断过，但都以失败而告终，这是因为用旧的封建思想武器是不可能战胜西方殖民主义的。东南亚民族从斗争失败中逐渐认识到，必须另外寻找更适应历史发展潮流的新的思想武器来武装自己，否则没有出路。这个新的思想武器在当时也就只有代表社会发展更高阶段的西方文化。所以20世纪初，在东南亚知识分子中出现向西方学习的一股热潮，对西方文化实行"拿来主义"，这应看作是东南亚民族走向民族觉醒和走向现代化的历史需要。同样，东南亚文学要适应时代发展的需要而走向现代化，也必然要向先进的西方文学学习和借鉴，采取"拿来主义"的态度，吸收其精华为其所用，为自己开辟新的文学发展道路。

东南亚现代文学是从其近代文学发展过来的，而东南亚的近代文学持续时间较短，是现代文学的酝酿和过渡阶段。东南亚现代文学大体可分成两个大的历史阶段：第一阶段是战前民族运动时期的现代文学，是现代文学的初创和成长阶段，主要反映争取民族独立的曲折历史进程，以反殖民主义和反封建主义为时代的主旋律，民族矛盾是主要矛盾；第二阶段是第二次世界大战后，尤其民族独立后的现代文学，是现代文学走向成熟的阶段，主要反映二战后和独立后在建设新国家的进程中，国内的政治斗争和社会矛盾的现实，国内的政治和社会矛盾是主要矛盾。西方资产阶级和无产阶级文化文学的影响，在这两个历史阶段中都起到了十分重要的作用。

第一阶段的现代文学是从民族觉醒和民族斗争的兴起开始的，由最先具有反殖反封建现代民族意识的知识分子充当开路先锋。19世纪末20世纪初，随着西方文化影响的扩大和深入，西方近代文学作品也开始被译介过来。东南亚新产生的知识分子从西方文学的人文主义思想和新的表现形式中得到了很大的启发，便开始进行新文学创作的尝试。他们有的就从模仿入手，通过翻译改写西方小说为本国探讨新的创作路子。例如缅甸的第一部现代小说，唐姆斯·拉觉写的《貌迎貌玛梅玛》（汉译本改称《情侣》）就是从法国大仲马的名著《基督山伯爵》的某些片断改写而成的。菲律宾现代英语文学的初期阶段，还经历过一段所谓"模仿时期"，主要是模仿美国一些现代小说的写法。受西方文学直接影响的结果，东南亚的现代文学彻底打破了旧文学的传统。在文学形式上，它进行了大胆的革新，摒弃了旧文学一成不变的传统形式，改用西方文学的小说、新诗、戏剧等现代体裁，但仍保留着民族传统文学的精华。在作品内容上，它积极宣扬反封建的精神，以青年男女的爱情婚姻为主题，着重表现对个人幸福的追求和对个性解放的向往。后来，随着民族意识的增强，反对殖民主义、要求民族独立、表现民族主义精神的作品成为主流。在创作方法上，它也向西方的文学流派学习，主要采用现代的比较正统的创作方法，如现实主义、浪漫主义等，至于西方的现代主义流派在这个阶段还鲜为人知，故尚无多大影响。在文学语言上，它不用传统的古典文学语言，改用比较通俗的现代大众化的语言，使文学更贴近社会的现实生活，更世俗化和普及化。

东南亚现代文学初创时期，最先出现的是代表民族资产阶级思想倾向的、带有个人反封建色彩的作品，这看来不是偶然，因为在当时的历史条件下，大部分的新知识分子出身于封建大家庭。当他们受到反封建的西方资产阶级文化影响时，感触最深的是家庭的封建观念与陈规陋习对他们个性的束缚，尤其在个人的恋爱和婚姻问题上。因此，他们最初的文学创作多以此为主题和题材，这是不难理解的。在民族觉醒和民族运动兴起之后，站在民族斗争最前列的新知识分子逐渐认识到，封建主义已经成为殖民主义的帮凶，要反对殖民主义就必须反对封建主义，二者应当结合起来，才能实现民族独立的理想。所以把反封建主义与反殖民主义结合起来的作品越来越多，逐渐成为这个时期的文学主流，而其作家不少就是民族运动的领导人或者是积极分子。除上面已提到菲律宾的黎萨尔外，缅甸的德钦哥都迈、泰国的西巫拉帕、越南的潘佩珠、印度尼西亚的阿卜杜尔·幕依斯等都是他们中的杰出代表。

东南亚的无产阶级是与民族资产阶级同时登上历史舞台的。他们是殖民地的无产阶级，受民族的和阶级的双重压迫，而以民族压迫最甚，所以当民族运动兴起的时候，他们也成了其中的一个方面军。20世纪初，西方的无产阶级革命思潮，通过宗主国的马克思主义者，开始向东南亚的殖民地传播。一些知识分子在接受西方革命思潮和本国工人运动的影响之后，便成了东南亚殖民地最早的代表无产阶级利益的革命知识分子。所以在民族民主运动初期，东南亚好些殖民地国家就已出现无产阶级的革命政党或进步组织，例如印度尼西亚在1914年成立了荷属东印度社会民主联盟，1920年改组成为印度尼西亚共产党；越南在1930年成立了共产党（后改名为印度支那共产党和越南劳动党）；缅甸在20世纪30年代则出现了最早传播马克思主义的文化组织——塞耶山图书馆和红龙书社等。在无产阶级积极参与领导民族民主运动的国家里，除上述的代表民族资产阶级的文学外，也出现代表殖民地无产阶级的革命文学或受其影响的进步文学。例如20世纪20年代前后，在印度尼西亚出现以马尔戈为代表的反帝革命文学；20世纪30年代，在“义静苏维埃运动”的高潮中，诞生越南的无产阶级革命文学；在缅甸则出现以红龙书社为核心和以吴登佩敏为代表的进步文学。东南亚早期的无产阶级革命文学虽然还不成熟，但它与民族民主革命运动结合得十分紧密，能反映殖民地人民争取民族独立的时代风貌。它随着民族民主运动的起落而起落，也随着革命力量的壮大而壮大，已成为东南亚现代文学不可分割的重要组成部分。

东南亚国家现代文学的发展并不平衡，有先有后，有快有慢，因为各个国家的社会历史和文化背景不同，受不同的西方国家的殖民统治。然而，作为西方的殖民地，东南亚国家现代文学的发展又有共同的规律和许多相似的地方，都要求摆脱殖民主义和封建主义的枷锁，朝着民族独立的方向发展。在东南亚国家现代文学的成长过程中，我们可以看到有些性质相同或相似的新文化新文学运动，在一些国家差不多同时出现。例如为了增强民族意识，发扬民族统一的精神，有些国家连提出的口号也很相似。1928年印度尼西亚全国青年代表大会提出的口号是“一个祖国，一个民族，一个语言——印度尼西亚”。而1930年缅甸我缅人协会成立时，提出的口号是“缅甸是我们的国家，缅文是我们的文字，缅语是我们的语言”。另外，在殖民统治下，东南亚国家都遭受西方殖民主义的文化摧残和奴化教育，因此他们都面对同样的问题：一是如何发扬本民族优秀的固有文化，反对洋奴思想，坚持自己的“民族性”；一是如何吸收世界的先进文化，主要是西方文化，跟上“世界性”的潮流，摆脱本民族封建文化的长期束缚，克服愚昧和落后的状态。东南亚国家在建设民族新文化时，都必须正确处理好这二者的关系。20世纪30年代印度尼西亚出现的主张以东方文化为体、西方文化为用的“东方派”与主张全盘西化的“西方派”的文化论战，缅甸出现的“实验文学”运动等，都可以说是为了解决这一历史课题而进行的积极探讨。西方文化文学对东南亚文学的影响并非都是积极的，其中也有消极的。特别是西方资产阶级为艺术而艺术的文艺思潮对东南亚现代文学所产生的消极影响，使一些作家偏离了民族运动的正道而钻进象牙塔里自我陶醉。在西方积极的和消极的文艺思潮的影响下，东南亚不少国家的文坛出现了有关文艺方向的争论，例如越南“为人生而艺术”派和“为艺术而艺术”派之间的争论，泰国的“为艺术的艺术”和“为人民的艺术”的抗衡等，都缘此而起。这个文艺方向的争论一直延续到独立后的现代文学。

第二次世界大战后，东南亚发生根本性变化，各殖民地国家先后挣脱殖民主义枷锁而取得民族独立。至此，各国的民族独立运动已基本完成第一阶段的任务，开始面对第二阶段的任务，即建设民族独立的新国家。同样，文学也开始面对第二阶段的任务，即建设独立后的民族新文学。这时，国内各阶级各政治势力都围绕着这一新的历史任务而展开激烈的争夺领导权的斗争，使国内的阶级矛盾和社会矛盾逐渐上升为主要矛盾并影响到文学的发展。而冷战时期世界的两极化又把相互对立的政治路线和意识形态带进东南亚的文艺领域，使两种不同文艺路线的对抗和斗争在一些国家愈演愈烈。

东南亚新独立的国家中，越南是共产党领导的社会主义国家，所以世界无产阶级的革命文艺思潮在越南占据了主导地位。从1943年印度支那共产党提出“文化提纲”之后，越南文学便朝着无产阶级革命文学的方向发展。其他国家的文学则深受世界两大文艺思潮和国内政治斗争的直接或间接影响，曲折地向前发展；有的国家甚至出现了两种不同文艺道路和文艺路线的剧烈斗争。总的说来，受世界无产阶级革命文艺思潮影响较大的国家，那里的革命和进步文学就比较兴旺，成立了强大的革命文艺组织，提出了明确的革命文艺纲领和口号。在20世纪50年代初，印度尼西亚成立了人民文化协会，提出“文艺为人民服务”的口号；泰国成立了作家联合会，提出“艺术为人生”的主张；缅甸出现“新文学”运动，提出“新文学应是站在劳动阶级一边，批判今日资产阶级社会”的主张等，都是较为典型的例子。在革命和进步文学之外，出现的各种文艺流派大都受西方资产阶级各种现代文艺思潮的影响，就文艺道路问题，他们代表着不同的立场和观点，提出了各自的主张。如果以政治立场和意识形态来划分，当时文艺战线上的斗争主要表现为两种对立的文艺道路和文艺纲领之间的斗争。有的国家把这个斗争过于紧密地与政治斗争结合在一起，以至于受政治斗争的胜败所左右。

取得民族独立后，东南亚各国文学都面临着新的历史挑战。各国都在探索如何建立适应独立后民族发展需要的新文学，因此出现多种多样的文艺主张和文艺流派是不足为奇的，这恰恰是独立后文学与独立前文学不同的地方。独立后东南亚各国摆脱了宗主国的局限性，有了更大的自主权和自由度，可以根据自己的选择和需要向更加广阔的世界和更加纷繁的文艺思潮和流派寻找可供借鉴的东西，为自己开辟新的创作道路。所以，独立后东南亚各国现代文学的发展，在“世界性”与“民族性”的结合中，也必将更趋向多元化和多样化，出现各家争鸣、流派纷呈、不断求新求变的局面。

第一编

中国文学与东南亚文学

第一章
概述

中国大陆东部与东南部面临苍苍茫茫的太平洋；西南是地形复杂险峻素有世界屋脊之称的青藏高原，以喜马拉雅山脉与南亚次大陆相邻；西北横亘着极目无垠的戈壁沙漠，又由阿尔泰山脉形成了一道难以跨越的天然屏障，将这块大陆与中亚隔开；北部则是蒙古高原。而在其中部却有着极为广袤开阔的内陆腹地，尤其是黄河、长江两大河谷流域地带，极易繁衍生息，开拓发展。所以可以说由海洋、山脉、高原、沙漠等环绕隔绝的中国大陆是一个相对独立的封闭环境。

据世界考古发掘研究，中国大陆南部可能是世界人类最早的发祥地之一。800万年以前这里已有人类的先祖——腊玛古猿存在。先后在这里还发现有生存于98万至75万年前的蓝田猿人、73万年前的元谋猿人、46万至23万年前的北京猿人等。在北京周口店龙骨山山顶洞穴发现了距今18000年的新人化石——山顶洞人。从其各种基本特征判断，这就是蒙古人种的祖先原始黄种人。可以说早在旧石器时代晚期，山顶洞人文化无疑是中国文化的萌发阶段。在新石器时代公元前5000年左右，黄河与长江流域几乎同时发现了比较发达的原始农业。截至目前为止发现的文化遗址有河南渑池县仰韶村的仰韶文化和浙江余姚河姆渡的河姆渡文化。仰韶文化出土的陶器上已出现大量的各种式样的符号，可能就是中国原始文字的萌芽。

新石器时代中国境内的各种文化经过长期的发展、影响、撞击和交融，逐步形成了公元前2800年至公元前2300年左右出现于黄河流域的山东、山西、陕西、河南、河北以至长江流域的湖南、湖北等多处的文化遗址。它们的总体特征比较一致，被人们统称之为“龙山文化”（因此类文化遗址首先发现于山东章丘的龙山镇，故名）。当时原始农业已发展到比较繁盛的阶段。龙山文化也成了中国文化的基础与源泉。

约在公元前2550年至公元前2140年之间中国传说的五帝时期（即黄帝、颛顼、帝喾、唐尧和虞舜），尤其是这一时期的后期唐、虞时代，中华民族开始正式形成。此后进入夏、商、周三代。到了商代（公元前1711年—公元前1066年）后期已有较发达的青铜文化，且出现了甲骨文。据考甲骨文的单字有4000个左右，已是一个较成熟的文字体系。到周代产生了明确的“中土”、“中国”的概念；到秦、汉时期，中国文化体系遂正式形成。它定型为以儒学为正宗，兼纳百家，融汇佛、道的伦理型文化。

中国文化，人们又称其为“中华文化”、“华夏文化”。有人也以中国的主要民族汉族为代表，进而简称其为汉文化。但这一文化绝非单指一个汉族的文化而言。因为中华民族本身就是生活在黄河、长江流域的诸多民族经过长时期的交流、融合形成的统一民族。中国文化也包容了生长繁衍在这块土地上各个民族各种文化的精髓。中国文化在历史的长河中不断吸纳、不断融合、不断发展，延续不止，直至今日。

中国文化体系形成后，首先直接影响到东北亚、东南亚地区，包括朝鲜、日本、越南等国的文化也成了这个体系中的一员。不仅如此，中国文化体系也向其他地区传播或施加影响，与其他文化体系进行交流与融合，进而成为世界四大文化体系之一。

早在我国西汉年间公元前138年和公元前119年，大探险家张骞两次奉命出使远西诸国，开辟了今日人称“丝绸之路”的陆路中西交通大干线。这条交通干线不仅是商旅往来之道，也是文化交流之路。中国文化体系与其他文化体系的交往从此时开始。东汉时期班超又继张骞之后再通西域，对中西交通往来与文化交流也起了极大的促进作用。在我国西南“丝绸之路”开辟的同时，南海交通也继之兴起。早在我国《汉书·地理志》中已有记载，到东汉桓帝时，西方的古罗马帝国已通过波斯湾、红海同中国进行海上往来；到我国唐朝，中国文化处于巅峰时期，更是非常注意对外的往来，文化交流大盛；到15世纪，明代的航海事业空前发展，郑和七下西洋更使得中国文化远播至印度洋、非洲东部一带。近代以来，西方文化随着西方列强的坚船利炮进入中国，中国文化受到有力的冲撞和挑战。但中国文化并没有被吞噬、削弱，而是一面逐渐吸收融汇西方文化有益的积极因素，一面继续发扬中国文化固有的传统精髓，再次稳定发展直至今日。

中国文化体系博大精深，包含了诸多方面的内容，不能在此一一赘述。但通过各种现象分析，我们认为其主要特征有如下几点：

一、中国文化是封闭、平和、世界少有的“连续性文化”

如上所述，中国文化是在中国这样一个半封闭的自然环境中发展形成的。从其民族的形成、文化的萌发算起，直至整个文化体系的初步形成时止，都是未受任何其他外来文化的干扰和影响，而在其境内则是由多种民族、多种文化相互交汇融合而发展起来的。这一点与其他文化体系的发展历程完全不同。在我国秦汉以前战国时有诸子百家，出现过百花齐放、百家争鸣的局面。但到了汉武帝时期，开始罢黜百家，独尊儒术，于是确立了儒家思想在中国的主导地位。虽然后来在1世纪左右，随着中西交通路线的开辟，印度的佛教传入了中国，但是外来的佛教并未能取代儒家思想而占据主导地位。反之，佛教本身却被中国文化所融合和改造，成为有别于印度佛教、顺从于中国文化封闭性的、强调“依自不依他”的中国佛教。2世纪在中国又有本土的道教兴起，后来遂逐步形成儒、佛、道的三教合一，处处表现为人们遵礼守法、务实思安的文化心态。在中国文化体系形成之后，也曾与世界其他文化体系进行交流，但是在对外的交往中一直抱有防范侵扰、维护固有传统的心态；对外来文化往往是取其精华，融合改造之，为我所用，表现了中国文化体系极强的融汇力；在扩展自身文化的影响时，则采取顺应自然怀柔致远的态度，只有积极防范之心，并无强行拓张之意。所以在整个历史发展的过程中，不论是主动吸收的外来文化如印度文化，还是被迫接纳的外来文化如西方文化，中国文化体系都能很好地融汇其中的一部分而保持自身传统不变，并继续稳定地向前发展。正因为如此，中国文化便具有无与伦比的延续性，从未出现过断层。

二、中国文化思维模式的特点是综合

从整体着眼，注重事物间的普遍联系，合二而一；在人与自然的关系上，主张“天人合一”，以自然为友而不以自然为敌；在人与人的关系上，倡导“仁义”，“和为贵”，行中庸之道，不走极端，高度重视伦理道德，强调人的自我修养、自我完善、自我超越，以达到人与人之间、人与自然之间的和谐一致。在我国儒家孔孟学说中、老庄及道教教诲中，乃至中国流传的佛教主要教派——禅宗的主张中，也大都强调人的内心世界反省，追求达到道德规范的最高境界。因此有人说中国文化是“伦理型文化”，与农耕的自然经济相适应，使中国的封建社会得以延续两千多年。

三、中国文化有别于其他宗教性文化

在中国，虽然也有过原始宗教信仰，出现过源自本土的宗教，如道教等，甚至有人把儒家学说加以神化、宗教化，奉之为儒教，而世界几大宗教——佛教、基督教、伊斯兰教等也都先后传入中国，佛教的影响还一度很大，但这些宗教的主张和教义并没能改变中国文化的特质，它们大都被融入中国文化的总体中。这一点与那些只信奉某一种宗教的国家截然不同。有的宗教排他性较强，在主要信奉该宗教的国家，往往把该种宗教的最高神明当作社会的最高主宰，该宗教的教义成为绝对权威，视为维系社会总体的精神支柱。而在中国则不然，一直没有形成过一个超越社会之上、具有绝对权威的神学体系，没有一个被奉为至尊并可主宰一切的信仰。维系社会总体的精神支柱是中国文化中的道德规范、伦理观念和价值准则。

作为中国文化的重要内容之一的中国文学也以历史悠久、丰富多彩而名扬天下。中国诗歌从西周初年到春秋中叶就已盛行，有“风”、“雅”、“颂”等多种形式和风格，成就斐然，《诗经》是中国第一部诗歌总集。到了盛唐的律诗，中国诗歌发展登峰造极，深刻地影响朝鲜、日本、越南等周边各国的诗歌发展。中国散文也独具特色，以先秦历史散文和诸子百家的理论文章为发端，经南北朝的骈文、志怪小说，唐代的传奇、变文，宋元的话本、杂剧，到明清的章回演义小说，有过一个非常丰富多彩的历程，其中尤其是明清小说——中国的古典和通俗小说传遍世界，产生了巨大的影响。

通过文化交流的种种途径，中国文化的影响也到达东南亚地区。中国文化与东南亚文化有着千丝万缕的联系，这首先是因为中国与东南亚地区有着地缘与族缘的密切关系。今日分布在东南亚各国的百余种民族，他们分属于使用汉藏、南亚、南岛等语系语言的民族。但追根溯源，他们大多是早在几千年前从中国大陆分成若干批徙来定居的蒙古人种。许多民族相互之间都有着历史渊源。所以从东南亚各国世世代代流传至今的诸多神话传说中，我们可以发现许多相近或类似之处。虽然我们已无法考证清楚这些神话传说的形成和出现的先后，它们传播的路线走向、变化的本末源流，但它们之间存在着某些内在关系是完全可以肯定的。

举例来说，创世神话中越南的《天柱神》、菲律宾的《阿陶的故事》[①]与我国神话所谓混沌初始盘古开天辟地之说[②]就颇为相似。缅甸的《月中老人》和越南有关月亮的传说[③]也好似我国一些月亮神话的综合。[④]不仅在我国有“洪水后兄妹再殖人类”的神话，在东南亚的越南、老挝、缅甸、菲律宾等国也有多篇类似的神话。东南亚还有一些神话传说是解释中国与东南亚民族之间渊源关系的。前面提到过的缅甸神话《三个龙蛋》，说缅甸古代皇帝骠苏蒂与当时中国皇后都是龙蛋中孵出的兄妹。菲律宾《苏禄岛及其初民的诞生》说苏禄岛人是一卵生的菲律宾男人和一位从竹节中生出的中国公主结合所生的后代。越南神话《貉龙君的故事》讲貉龙君是建瓯貉国（今日之越南）的雄主之父，而貉龙君本人却是神农氏之孙、洞庭湖龙女之子，也间接道出了中国与越南两国人民是同祖同宗的。除了这些讲民族之间“族缘”关系的神话外，东南亚各国几乎都对龙十分推崇，有不少关于龙的神话，认为自己民族出自龙种。这一点与中国人一直认为自己是“龙的传人”绝非偶然巧合。一些学者在分析东南亚

---

①可参见季羡林主编：《东方文学史》上册，长春：吉林教育出版社，1995年12月版，第445页。

②见《艺文类聚》卷一引《三五历纪》：“天地混沌如鸡子，盘古生其中。万八千岁，天地开辟。阳清为天，阴浊为地。盘古在其中，一日九变，神于天，圣于地。天日高一丈，地日厚一丈，盘古日长一丈，如此万八千岁。天数极高，地数极深，盘古极长。”

③季羡林主编：《东方文学史》上册，长春：吉林教育出版社，1995年12月，第447页。

④西晋傅咸《拟天问》中曾写道：“月中何有？玉兔捣药。”《酉阳杂俎·天咫》记有月中仙人吴刚伐桂故事。

农耕文化时，认为当地人种植稻谷的习俗是随某些民族从华南徙往东南亚时带去的习俗。我国南方和广大的东南亚地区都流传着相似的谷物起源神话，这似乎也在一个侧面作出了证明。上述这些例证都足可说明，中国与东南亚各国神话传说之间的确存在着某些内在联系。

我们不仅可以从东南亚口头文学中，也可以从东南亚书面文学中，发现中国文化与东南亚文学的密切关系。上面说过，中国与东南亚之间有着地缘和族缘的关系，中国文化文学的形成又早于东南亚文化文学千年以上，所以东南亚一些国家的书面文学曾借用和借鉴中国文学的语言文字、形式体裁、题材情节等，受到中国文学的深刻影响，是不足为奇的。

东南亚地区正处于中印两大文化中心地带之间，本地区文化发展的进程较中印两大文体系晚，所以在文化初步形成阶段直接借用邻近地区（中国或印度）的语言文字作为本民族的书面语言文字，这样的例子不少。东南亚国家中受中国文化直接影响的典型是越南。越南在其本民族文字未产生之前就是借用汉语汉字作为其民族书面语言文字的。早在公元初始，即我国东汉时起，汉语汉字就在当时越南的上层人士中被广泛应用，越南的汉语文学也逐步发展到了一个相当的水平。作者上至帝王公侯下至大官小吏以及高僧名士。到7至9世纪我国唐代时，越南的汉语文学已很发达。作品不仅有官场文牍典籍、歌功颂德文章，也有个人抒怀感兴之作，而且与我国古代一样，以诗赋韵文为主。虽然13世纪以后越南的民族文字——喃字开始使用，喃字文学也随之产生，但越南汉语文学却一直保持着它的官方、正统文学的地位，且有所发展。就是在19世纪下半叶20世纪初，越南语拉丁化文字出现之后，越南的汉语文学在文坛仍占有一席之地，直至20世纪中叶。总之，通过借用汉语汉字发展起来的越南汉语文学起到了为越南文学奠基的作用，成为越南文学的一个不可分割的部分。可以说，汉语文学直接促成了越南民族文字——喃字和越南喃字文学的产生。13世纪至19世纪在越南盛行一时的喃字文学是东南亚国家借用中国文学形式、体裁、题材、情节等的成功实例。尽管关于喃字产生的确切年代学者们至今仍未考证清楚，还在争论不休，是3世纪还是8世纪，抑或是13世纪，但可以肯定的是，喃字本身是利用汉字采取形声、会意、假借等方法，经过一个长时间的创造、修改、完善的过程才定型的。十三四世纪喃字终于能比较广泛地付诸使用，喃字文学也应时而兴。经过15、16、17几个世纪的巩固和发展，到了十八九世纪喃字文学迎来了它的黄金时期。此外，还应当指出的是，喃字文学所用的体裁也没有离开汉语文学。喃字文学初始阶段用的“国音诗”体，或所谓的“韩律诗”体，就是借用我国讲究平仄的“七律”体。后来喃字文学独创的“双七六八体”，也没有完全离开中国“七言”诗之本，实际上就是越南“六八体”与中国“七言”诗相结合的产物。再者，喃字文学作品中有不少是借用中国文学作品的题材或情节的，可以说是在“借中喻越”，《金云翘传》就是典型的例子。总之，越南的喃字文学仍然受中国文学的直接影响，有过辉煌的成就，涌现了一大批卓有成就的作家和不少传世的佳作。

东南亚的其他国家虽然没有像越南那样直接借用过汉语汉字，也没有像越南那样有长期占据文坛正统地位的汉语文学，但是中国文化和文学对其影响还是相当深远的。这种交流影响有多种途径，其中一个主要的途径是通过世代定居这一地区的中国移民来进行的。几个世纪以来，定居东南亚的中国人与日俱增，成分也逐步有所改变，不再像早期那样都是一些出洋做生意的商人、被拐卖到南洋的契约工人或被迫到海外谋生的破产农民与手工业者，后来也有不少是落难的文人和流亡的政坛人士。当中国人在当地的经济地位有所改善时，他们开始注意子女的华文教育问题，兴办华校，希望自己的子女能继续维系中华文化的传统。于是，在华人中开始出现有知识的青年一代。他们有的开始利用自己的母语——汉语进行写作，从而出现了使用汉语和扎根于东南亚当地社会的华语文学。尤其在20世纪中国“五四运动”之后和抗日战争期间，有不少中国进步的知识分子和著名的作家因逃避政治迫害或到国外从事抗战工作，曾先后在东南亚各地任教、办报。他们的到来大大推动和加强了那里的华语文学。他们不仅充当文化交流的使者，也根据自己的亲身经历创作了不少以当地华人生活为背景的作品，因而出现了从未有过的东南亚华语文学的兴旺景气。但各国华语文学的发展并不平衡。其中以新加坡和马来西亚的华语文学最为发达，印度尼西亚、菲律宾、泰国等的华语文学次之。缅甸的华语文学则比较薄弱，发展不很充分。从性质上讲，东南亚的华语文学分属于两种不同的范畴。在东南亚各国取得独立和华侨的双重国籍问题解决之前，那个时期的华语文学是属于侨民性质的文学，是中国文学的海外分支。取得独立和双重国籍问题解决之后，那里的华语文学便不再是侨民文学，已完全变成华裔公民或所在国华族的文学了。由于各国对华裔、华族、华人政策的不同，各国的华语文学的遭遇也不同，有的则完全被挤出文坛而无立身之地或濒于灭绝，有的则还在继续存在和发展，不过已经走上另外的发展轨道。

东南亚各国的华语文学始兴于20世纪的20年代，正值中国和东南亚民族觉醒和民族运动勃兴之初，面对着共同的敌人，肩负着反帝反封建的共同历史任务，所以与东南亚各国的民族觉醒和民族运动是互相呼应和互相支持的。在摆脱帝国主义桎梏和争取独立的过程中，华语文学起到了团结、鼓舞、战斗的积极作用，其功不可没。独立后的华语文学虽然性质变了，但它的反帝反封建的光荣传统还会继续发扬下去，在新的爱国主义的基础上，将继续为各自国家的建设发挥积极的作用。

在华语文学产生之前，中国文学作品，首先是中国古典和通俗小说，早已在东南亚广泛流传。大约从17世纪中叶，中国地方戏曲伶人、说书人已到东南亚一带活动。通过他们的演唱，不少中国的古典和通俗小说的故事在东南亚已广为人知。老一辈华侨华人也向自己的孩子们讲述这些故事，好些故事流传在当地群众之中。到了19世纪，在东南亚一些国家用当地不同语言翻译或改写中国古典和通俗小说形成一股热潮，特别是在泰国和马来群岛一带。而更重要的是，从这股热潮中孕育出华裔马来语文学，对印度尼西亚和马来文学的发展有着多方面的深远影响。起初，东南亚国家翻译此类小说时大多注重意译，不少译本把难译的或者当地人难以理解的内容略去不译；又或者加以改写，成了比较适合当地人口味的节译本，或浓缩成改写本，致使许多人物和情节被当地化，以至于当地人误认其中一些故事是本地本民族的故事。如《三国》在泰国，《梁山伯与祝英台》在印度尼西亚，已经成为民间广泛流传的故事，甚至被吸收成为地方戏曲的保留剧目。到了现代，在东南亚各国取得独立之后，用当地文字翻译介绍中国文学作品之风仍未减弱。中国的古典和通俗小说仍受到东南亚各国的青睐，重译的新版本不时问世。与此同时，我国现代著名作家如鲁迅、郭沫若、茅盾、曹禺、巴金等人的作品也有不少被介绍到东南亚各国。此外，中国港台现代作家所写的武侠小说也在东南亚大受欢迎，几乎各国都出现了武侠小说热，有的国家还产生本地的武侠小说。

中国文化对东南亚文学的影响除表现在上述几方面以外，还表现在更深层次的思想观念方面，如道德观、价值观、是非观等。在这方面，华裔马来语文学可以说是个典型例子。首先，这种文学的作者是华裔，他们自身的文化底蕴是中国文化，尽管他们是用马来语进行创作的，但会非常自然地将中国文化的影响融入其作品之中。所用语言虽是当地的通俗马来语，但又大量吸收英语、荷兰语等外来语，还掺有很多我国闽南方言以及汉语的表达方式，使当地的通俗马来语不断得到丰富和提高，对推广马来语、促进印度尼西亚民族共同语的形成，无疑作出了重要贡献。华裔马来语文学已成为印度尼西亚—马来文学发展链条中不可或缺的一环。而到民族独立之后，尤其双重国籍问题解决之后，华裔马来语文学已完成了自己的历史使命，从此完全融入到印度尼西亚主流文学里。

第二章 中国与东南亚的神话传说

第一节 中国神话的源流

所谓中国神话，一般包括中国古代神话、道教神话、佛教神话以及晚期的民间神话。

中国古代神话非常丰富，这与中国灿烂的古代文化是相一致的。但中国的上古典籍中没有可以称作神话的专门体裁，也没有一部或几部可以较连贯、较完整和较集中地反映中国神话的文学作品。我们只能在各个时代的各种文献中发现一些偶然提及的只言片语和断简残篇，只能见到丰富的神名和神话人物，了解其诸多的职能和不甚清晰的神格。关于他们的事迹传说，虽然有时也很生动感人，但却显得零碎、缺少内在联系。

中国古代神话主要散见于下列中国古代历史典籍和哲学典籍：《书经》（最古部分属公元前14世纪—公元前11世纪）、《易经》（最古部分属公元前8世纪—公元前7世纪）、《庄子》（公元前4世纪—公元前3世纪）、《列子》（公元前4世纪—公元4世纪）、《淮南子》（公元前2世纪）、王充的《论衡》（公元1世纪）等。其中神话资料最丰富的应属《山海经》（公元前4世纪—公元前2世纪）以及屈原的诗歌《天问》（约公元前3世纪—公元前2世纪）等。

就现存的资料看，中国古代神话的主题比较集中于灾难、救世、文化超人等方面。而第一主题创世和最末主题英雄（超人）传说式史诗方面的材料，则极少发现。

所谓盘古开天地神话，是中国古老宇宙起源神话中所特有的。在混沌状态的天地之中，盘古的躯体愈长，天地愈分离。他嘘气成风雨，吹气成雷电，睁目成昼，闭目为夜。盘古死后，其躯体变成山峦、草木和人等。这种将宇宙和人体相提并论，将大宇宙和小宇宙（人体）视为统一体的“天人合一”观念，在中国古代哲学、医学等领域的影响是渊远流长、根深蒂固的。

中国的洪水神话较其他神话更丰富，也较早见于文献典籍，其主题是叙述先民们同洪水搏斗，以利农耕和灌溉。其中最有名的是“鲧盗帝之息壤，以堙洪水”，随后，大禹子承父业，平夷山峦，疏导河川，清除百害，战胜洪水。

中国“五四运动”以后，通过民俗学资料的挖掘和整理，发现了另一类型的洪水神话，即“洪水后兄妹再殖人类神话”。这类神话以洪水泛滥与兄妹结婚拯救人类为主题，其情节大部分与其他世界文明古国的古典神话相似，但兄妹结婚的中心母题更富于社会史（家庭史）意义。这类神话起初只发现在中国的西南部和东南部的许多少数民族中流传，经广泛调查研究，现已证明，在汉族居住的大部分省、市、区都有此类神话记载。值得注意的是，这种类型的神话在中国的周边国家也有广泛的流布。

在中国古代神话中，有些半神半人，甚至完全由古代神祇演化而来的文化英雄，他为数众多，业绩煌煌，在古代典籍中多有记载。如伏羲氏教人结网捕鱼，神农氏教人耕作，燧人氏教人钻木取火，嫘祖发明丝织养蚕，五亥创制牛车等。

文化英雄的兴起，是中国神话的一种历史形式，“神与超人于此变为圣王与贤相，妖怪于此变为叛逆的侯王或奸臣。”[①]从此，中国古史传说系列开始逐步形成，那些零散而简略的神话材料经过历史化的改造后，在历史系统中变得一致化和条理化。

周代（公元前11世纪—公元前3世纪）时，中国的先民们形成了对天的崇拜。天被奉为至高者，统管世间一切。后来“天”的抽象概念逐渐被具体的神话人物所取代，出现了三皇（一说为伏羲氏、燧人氏和神农氏）五帝（东方青帝太皞、西方白帝少皞、南方赤帝炎帝、北方黑帝颛顼、中央至高主宰黄帝）。尔后经历史家们编纂，这些神话人物进一步欧赫美尔说化，并被用以论

① 马伯乐：《书经中的神话》，北京：商务印书馆，1929年，第47页。

证王权神圣以及某些氏族的由来古远。

中国道教大约形成于公元最初若干世纪，包括哲学范畴的道家，兼容古代民间崇拜和萨满教信仰的成分。道教为多神教，其神话人物主要是长生不老的仙人。老子、玉皇和盘古（太乙）为道教神殿的最高统御者，道教的主要神祇还有道家保护者黄帝、司掌长生药的西王母、法力无边的八仙等。这些神祇大多来源于中国古代神话。

公元前后数世纪，佛教及其神话体系由印度传入中国。为适应中国的文化背景，纳入了一些中国传统的伦理道德，某些佛教人物，如观音菩萨也成了中国公主的转世。在佛教的影响下，中国人有关彼岸世界和冥世神话的观念有所发展。

中国晚期的民间神话包括种种地域性民间崇拜、对儒家圣人的崇拜以及对全国性、地方性人物的崇拜。其特点是将历史上确曾有过的人物神圣化，这与中国古代文化中将神话人物历史化截然相反。例如将三国时期的忠勇之将关羽被尊为寺庙的守护神、降魔之神和战神（关帝）等。公元10世纪末期，道教神话、佛教神话和民间神话中的人物融合为统一的体系，玉帝在一定程度上取代了道家至高神皇帝、并具有中国古代神话中上帝的位置。此外各种保护神（特别是关帝）、赐子之神（尤其是观音）、财神、寿神、门神、灶神等不可胜数的神祇，在民间一直受到尊崇，而且通常都是中国历史上确曾有过的人物。

由此可见，中国神话有这样几个突出的特点：一是上古神话很丰富，但很零散，没有一部或几部能集中反映中国原始神话概貌的典籍。二是过早的欧赫美尔说化阻碍了中国古代神话的发展，使之在后来的历史系统中才变得一致化和条理化。三是由于受儒家正统思想的影响，宗教神话很不发达，从未在中国的神话传说中占据过主导地位。

中国与东南亚各国是近邻。自远古开始，中华民族便与东南亚许多民族结下了亲密的族缘关系，并通过各种方式进行了数千年的友好往来。其中，中国的古代神话传说以及后世形成的宗教神话传说和民间神话传说对东南亚的影响，便是这种渊远流长的友好关系的见证。

第二节　中国对东南亚神话传说影响的途径

概括地说，中国对东南亚神话传说的影响主要通过三个途径，即民族迁徙、文化交流和宗教传播。

早在人类野蛮时期的低级阶段，“在宗教领域里发生了对自然力的崇拜以及对人格化的神灵和伟大主宰的模糊观念”，同时“已经开始创造出了还不是用文字记载的神话、传奇和传说的文学”。①

据有关专家考证，大约在新石器时期，中国南方和中南半岛的生产有了长足的发展。生产技术的改进和海上交通工具的更加完善，为远距离的移民创造了必要的条件。大约从5000年前开始，一批批中国的先民，带着居住地的先进文化，或从云南和广西直接进入中南半岛，或从南中国海进入南洋群岛，与当地居民相结合，共同创造东南亚的史前文化。据考，这种民族迁徙的浪潮经历了数千年之久。可以想象，在中国先民与东南亚先民们的共同生活、共同劳动和相互交流的过程中，作为原始意识形态总和的神话自然会呈现出丰富多彩的图景。

产生于大约距今二三千年以前的东南亚岩画大概就是上述观点的最早例证。东南亚岩画是石器时代东南亚居民最早的生活图解，揭示了他们的宗教信仰活动和思想追求，以及他们与自然和超自然的关系。应该说，东南亚岩画是东南亚神话的最早遗迹。东南亚岩画几乎都以狩猎为题材，画面上主要是当地的各种动物，最多的是牛、狗、鱼、象。此外最常见的是太阳。根据神话发展的一般规律，这些可能都是东南亚原始先民信仰的图腾。因为图腾信仰是世界多数民族最早的信仰，图腾神话也是原始先民最早的神话。图腾一般以动物图腾为主，对太阳的崇拜属于自然现象的图腾崇拜。据专家分析，在中国云南西南部的澜沧江支流沿岸的沧源、耿马等地发现的多处原始岩画，不但画面上的

---

①[德]马克思、[德]恩格斯：《论艺术》第2册，第5页。

内容与缅甸和泰国北部等地的岩画相似，而且太阳、人、牛、狗等画的风格也有共同之处。这反映中国云南南部与中南半岛北部地区的族群很可能在新石器时代就已经有了直接的联系。

中国对东南亚神话的影响除了通过民族迁徙这一途径外，还有一个重要的方式，即文化交流。据中国史籍记载，从中国的秦汉时期直至近代，中国与东南亚的经济文化往来从未间断过。此间，从中国迁往东南亚的移民越来越多。

铜鼓大概是远古时期，中国与东南亚之间经济文化交流的最为有力的实物证据之一。铜鼓是一种用铜铸就的鼓，其特点是“通体皆铜，一头有面，中空无底，侧附四耳”。它产生于东南亚原始社会末期，应该说，铜鼓从物质和文化两个方面反映了东南亚原始文化所达到的最高程度。铜鼓上的大量图案、线条及其造型是东南亚先民观念和信仰的真实写照，也是他们所创造的神话故事的真实图解。例如东南亚铜鼓上最常见的太阳纹，反映了原始先民强烈的太阳崇拜心理，鸟、青蛙、蟾蜍、鹿、狗等动物的纹饰与先民们的图腾崇拜有关。这些均可以从东南亚仍在流传的神话传说故事得到印证。

东南亚的铜鼓文化与中国的铜鼓文化也有十分密切的关系。首先，东南亚铜鼓上的主要纹饰，如太阳纹、鸟纹、羽人纹、蛙纹、船纹等，在中国南方铜鼓文化中均可以找到，这无疑证明了，中国南方和东南亚这两个地理上相临的地区早在新石器时代就有了频繁的文化往来。至于究竟谁影响了谁，最初学者们尚无统一的意见。但20世纪50年代以来，由于中国南方，尤其是云南不断有属于黑格尔I型铜鼓和“先黑格尔I型铜鼓”出土，充分证明中国云南是世界铜鼓的起源地，所以“铜鼓起源于中国南方”之说才被很多国家的考古学者认可和赞同。据考，铜鼓从中国云南传入东南亚后很受当地居民的喜爱，并迅速传播开来。在公元之前几个世纪内一直兴盛不衰，其流传范围包括越南、泰国、老挝等整个中南半岛和印度尼西亚群岛。

东南亚各国流传的神话传说也可以印证中国先民与东南亚先民在族缘及文化上的渊源关系。

越南史籍《大越史记全书》，在记载越南上古王系的沿袭时，引用了古代神话传说集《岭南摭怪》中“鸿庞氏传”的说法，称越人君王乃系“神农氏之后”。越南人一直将雄王视为开国之君，可见越南史籍是把神农氏看作越人王系的始祖的。其实，越南历代王朝也一直把中国的三皇五帝供奉在王家寺庙之中，而且把三皇五帝供在正堂，而越南王室诸宗，如泾阳王、貉龙君、雄王、士王、丁先皇等则被供在偏室之中。

上面已提到过的缅甸流传的一则神话《三个龙蛋》说，远古时代，龙公主和太阳神之子相爱，结为夫妻，在缅甸生下三个龙蛋。其中一个破裂，成为宝石，因此缅甸盛产宝石；另一个龙蛋孵出个女孩，由神仙送到中国，成为中国的皇后；还有一个龙蛋变成男孩，就是缅甸有名的国王骠苴低。缅甸史籍称中国皇帝为“乌低巴”，有的学者认为就是“同为蛋生”之意。这也是至今缅甸人仍称中国人为“胞波”，即“同胞兄弟”的原因。

菲律宾也有一则人类起源神话《苏禄岛及其初民的诞生》说，苏禄岛居民是一卵生的菲律宾男子和一位竹节中生出的中国公主相结合所生的后代。

从广义上说，神话传说也包括宗教神话传说。东南亚地区是世界四大文化的交汇点，所以佛教、伊斯兰教和基督教等世界上主要宗教在该地区中占有重要地位。客观地说，对于这些宗教在东南亚地区的传播和发展，中国的教徒和僧侣也曾发挥过相当重要的作用。

佛教于两汉时期传入中国。不久，便从中原传入交州。最早在交州弘传佛道的是东汉末年的牟博，又称牟融。公元3世纪后，中国高僧西行求经，也常常取道交趾，并在当地宣扬佛教，使交州信佛者日众。唐元和十五年（公元820年），中国僧人无言通禅师南下交州，在位于今越南北宁省扶董村的建初寺创立“无言通禅宗派”。在此后的宋朝、明朝、清朝又陆续有中国的高僧来到越南先后创立“草堂禅派”、“临济禅派”和“曹洞禅派”。

现在东南亚那些信奉小乘佛教和伊斯兰教的国家，中国对其佛教的传播也产生了一定的影响。

首先，在历史上，大乘佛教曾由中国传入这些国家。例如中国与缅甸的佛教交流历史非常悠久。据缅甸著名考古学家杜生诰称：“我们不能否认，在公元4世纪时，佛教已经由中国传入缅甸……最早数世纪中，中国僧侣在太公、卑谬和蒲甘等地讲经布道，与用梵文讲授的印度僧侣分道而进，但中国的政治势力较强，因而传授较占优势且收普及的宏效。”据他考证，缅文中有些佛学用语，如“南无”、“罗汉”、“喇嘛”、“佛爷”、“涅槃”等，均源自汉语，而不是直接译自梵文或巴利文。另据缅甸古代史籍《琉璃宫史》所载，阿奴律陀（1044—1077年）执政后不久，便亲率其子江喜陀等四员大将到云南大理求取佛牙，受到大理国王的隆重接待。临归国时，大理王赠阿奴律陀一尊碧玉佛像。后来这尊佛像放在蒲甘王宫内，成为历代国王顶礼膜拜的纪念圣物。这段历史已经成为缅甸家喻户晓的传说故事。

清康熙年间，云南景东府贡生张保太在鸡足山修行，倡言弥勒佛降生，主管天下。这一教派在当地得到很大发展。学者们认为，今天在蒲甘寺庙中尚存的大量弥勒佛像，就是随中国移民传入缅甸的。

清代同治年间，续行和尚南渡，侨居泰国。他在曼谷建立并主持一些中国寺院，开创了华宗派，受到泰国当局的尊重。由于华人的大力提倡，从20世纪30年代起，大乘佛教在泰国获得较大发展。各种大乘佛教组织纷纷成立，并建立许多大乘佛寺。

公元7世纪中，中国著名高僧义净求法于印度，曾三次到印度尼西亚古国室利佛逝，一方面弘传佛法，另一方面向当地僧人求教。

另据学者考证，公元七八世纪佛教也曾由中国传入老挝上寮地区。公元19世纪末，柬埔寨有关寺庙的官方报告曾提出，当时各庙宇中有为数众多的外籍僧侣，其中华人僧侣占有重要地位。

中国穆斯林在东南亚地区的伊斯兰教传播过程中也是功不可没的。据考，唐末至宋元明时期，出洋的华人商旅有不少是穆斯林或与其有密切关系的人，他们在东南亚国家除经商外，还在当地积极传播伊斯兰教。明朝时郑和7次下西洋，曾多次到爪哇等地。有的学者认为，在郑和船队的影响下，1411—1416年间，马来半岛、爪哇和菲律宾先后建立华人伊斯兰教区，在爪哇岛的雅加达、井里汶、拉泽姆、杜板、锦石、乔拉丹和惹班等地纷纷建立了清真寺。在印度尼西亚爪哇，伊斯兰教徒至今仍然高度崇敬的九大贤人中有不少具有中国血统，如彭瑞和、拉登·巴达（陈文）、苏南·加蒂（唐阿茂）、苏南·吉里（拉登·巴固）等，他们或为华人穆斯林，或具有中国血统，均被尊称为“苏南”（爪哇语，意为“圣人”）。

菲律宾居民后来大多信奉天主教。天主教主要是西班牙教士传播的，但华人也起了一定的作用，例如教名为胡安·德·维拉的华人龚容，于公元1593年利用中国的印刷术在菲律宾印刷了第一部《基督教教义》。在菲律宾，各地天主教教堂的早期圣徒油画像和塑像，大多出自华人美术家和雕塑家之手。他们所雕塑的圣婴耶稣像和圣母玛利亚像如此之美，以致使马尼拉的大主教沙拉萨感到惊叹。

除了佛教、伊斯兰和基督教外，中国固有的道教也很早就传到东南亚。据记载，唐朝时交州就有著名的道观21座。独立后的越南成为最早接受道教的东南亚国家。随着华人的大批迁入，道教也传入了印度尼西亚等国。

除此之外，东南亚不少国家至今仍广泛流传中国的民间信仰。例如对“天后圣母”，即妈祖的崇拜和祭祀，在越南、印度尼西亚、马来西亚和新加坡都很流行。还有，一些与中国著名历史人物有关的圣地、圣墓已成为东南亚华人和本地人共同朝拜的场所，如印度尼西亚三宝垅的三宝公庙、大伯公庙，至今香火鼎盛，终年不绝，三宝公（郑和）和大伯公（关公）受到当地人民的尊拜。有关三宝公和关公的神话传说在印度尼西亚、马来西亚等国人民中流传甚广。

由此可见，通过民族迁徙、文化交流和宗教传播等途径，中国对东南亚的神话传说，无论是古代神话传说、宗教神话传说，还是后期民间神话传说，均产生了相当大的影响。由于东南亚民族众多，神话体系庞杂，加之东南亚各国对本国神话传说资料的挖掘和整理还很不够，所以要全面深入地研究中国与东南亚神话传说之间的关系，是一件十分困难的事情。为此，这里只能根据目前掌握的极为有限的资料对其进行初步的探讨。

第三节　中国与东南亚神话传说的比较

下面以三种类型神话传说为例，分析一下中国神话传说与东南亚神话传说的密切关系。

第一种类型是关于龙的族源神话传说。龙作为中华民族的象征，起源于远古的龙图腾崇拜。龙民族在古代中国占有绝对优势，不仅华夏民族是龙族，而且南方苗、越，北方匈奴，东方诸夷，西方羌族以及后来转化为龙族的北狄、西戎、盘瓠等民族都是龙的直系或旁系后裔。据我国学者考证，龙的形象，最早发现于西安半坡仰韶文化遗址出土的陶壶龙纹。这个最原始的龙的造型，除了较长的身躯略与蛇相似外，其他完全是鱼的形象。汉代以前出土的文物，上面龙纹的演变，均反映了原始的龙就是一种身长如蛇的鱼类动物。此外，我国古书上都记载说，龙是水族动物。如《左传·昭公二十九年》说：“龙，水物也。”既然是水物，当然是鱼类而不可能是蛇；再者，从情理上说，蛇是南方的动物，而龙起源于黄河流域的陕西一带，所以说中华民族龙的最初形象不会是由蛇演变来的。

此外，还有龙的原初形象为蛇的说法，其根据是，中国古代广泛存在龙蛇图腾部落，伏羲和女娲的身躯就是人蛇同形等。

越南、老挝、柬埔寨、缅甸等国也都有关于龙的神话传说。

越南《貉龙君的故事》说：貉龙君，又称龙君，是炎帝神农氏的第五代子孙泾阳王禄续的儿子。泾阳王水性很好，行水府如履平地，于是被龙王招为驸马，与龙女结百年之好。一年后喜得一子，取名崇缆，号为貉龙君。故事中多处描写貉龙君因为是龙女之子，十分爱水，所以时常返回水府居住。后来貉龙君与哥哥宜帝女儿妪姬结合，生一肉胎，七天后从肉胎中滚出一百个蛋，每个蛋生出一个男婴。貉龙君有一百个儿子后仍久居龙宫，不理朝政，只是当国内子民有事时高声唤他，才立即返回地面。一次妪姬责备他说：“我们现在已有一百个儿子，可你总是在水府之中，撇下我一人孤苦伶仃，独自悲伤。这是为什么？”龙君回答说：“我是龙族，是统领水族之长，应该生活在水中。而你是仙族，惯于生活在陆地上。我们水火相克，不能长久生活在一起。”无奈，最后夫妻俩终于分手，一百个儿子也被平均分配：五十个属于貉龙君，带回水府，各划水域分而居之；五十个属于妪姬，跟随母亲住在陆地，也划地域，分而居之。妪姬与五十个儿子住在峰州。长子被推举为王，称雄王，号文郎国。从此王位世代相传，连绵不断。越南和中国古籍中记载的雄王就来源于此。所以，今天越族人也称自己为“龙子仙孙”，百蛋生百子，百子被视为岭南百越的始祖。

可见，越南神话传说中的貉龙君是地地道道的龙的传人。而龙族不可改变的习性就是“爱水”，就是应该而且必须生活在水中，也就是说，离开水就不能生存。貉龙君与陆上之仙妪姬结合生下百子后，国事家事那么需要他，也无法改变他水下生活的本性，以至最后与爱妻永远分手。

貉龙君的武功和智慧也只能在水中才能施展，例如，他在水中与鱼精搏斗三天三夜，打得白浪涛天，狂风大作，最后终于战胜了变幻无穷的鱼精。他与狐精作战是靠调遣水族部下，发水助战才攻破狐精老巢。然而，面对善于在陆地上施法的木精，貉龙君便显得力不从心，最后不得不求助法力无边的父亲泾阳王，才将木精降伏。

这些故事足以证明：越南神话传说中的“龙”，也是“水物”，即鱼类，而不是蛇。更直接地说，越族的先民最初是以鱼为祖先的。另有一则神话可以为佐证：文郎国以东有一个海岛，据说这个海岛上的民族是盘古开天时由鱼变成的。他们在陆地上定居时才慢慢学说话，开始时站立行走非常困难，但在水中却行动自如。

老挝有个神话《九龙的故事》，讲述艾老族，即老挝主体民族的来源。古时候，在湄公河流域住着一位叫迈宁的妇女。一天她下水捞鱼时，被水中一根满是粗糙鳞皮的原木碰到了腿。不久她便怀孕，生下第九个儿子，取名九龙。一次河中一条蛟龙钻出水面，问九龙的母亲，他的儿子在哪里。接着便伸出舌头，反复舔着来不及逃跑的九龙后背。此后九龙力大无比，聪明过人，于是人们拥戴他为部落首领。从此，这个部落世代繁衍生息，迈宁的九个儿子就成了老挝民族的祖先。这则神话也清楚地表明，老挝民族也是龙的传人。既然他们的祖先“龙”，是有鳞皮的水物，大概也是鱼类，而不是蛇。值得注意的是，这则神话与中国古籍《华阳国志·南中志》和《后汉书·哀牢传》所记载的“九龙神话”如出一辙。这可能也不是偶然的巧合。

上面讲过的缅甸神话《三个龙蛋》也说明，缅甸人和中国、越南、老挝人一样，都自称是龙的传人。

柬埔寨也有一个关于龙的传说：龙女在一个偶然的机会在特牧岛上遇见并爱上了一位王子。龙王为了恭贺驸马，大显神威，把特牧岛四周的海水吸干，把海岛的面积扩大，然后变出一座豪华的宫殿献给这对新人。王子想拜见住在海底龙宫的龙王和龙后，但因不会分水术，只好手拉着龙女的长纱裙，由龙女带领，向龙宫走去。海水随即向两边闪开，最后见到龙王和龙后。很显然，柬埔寨传说中的龙王、龙后和龙女也是水中的灵物。其情节与中国有关龙的故事也颇为相似。

印度有关于那伽的神话传说。那伽在佛教中称“龙众”，其原始形象和后来的形象均为一条多头巨蟒，既无鳞，也无鳍，与中国的龙有相似之处，但也有明显的区别。在佛教神话中有不少关于那伽的故事，释迦牟尼曾不止一次地转生为那伽。这类神话传说对东南亚国家，尤其对信奉佛教的老挝、柬埔寨、缅甸等国家有很大的影响。

第二种类型是谷物起源神话。其中飞来稻型谷物起源神话最具代表性，这类神话可见于中国的云南、贵州、广西以及东南亚的柬埔寨、缅甸、老挝、泰国、越南、马来西亚和菲律宾等国。

中国流传的飞来稻型谷物起源神话各有不同情节，但大都有一个共同的母题：古时候，稻谷颗粒很大（像鸡蛋或萝卜一样大），而且会自动飞到各家的谷仓。后来，谷粒被一位懒妇用木棒之类的东西打碎或赶跑，才变成今天这样小，而且也不会飞了。

东南亚各国的飞来稻型谷物起源神话与我国各民族此类神话在母题和情节上大体一致。

柬埔寨的水稻来历是这样的：最初，水稻长得漫山遍野，人们不必耕种，便可以在家里等着大米自动飞入粮仓。一天，一位蛮横的妇人嫌大米飞进她家时太吵，就用木板狠打稻米。稻米一气之下，飞进了深山老林的石缝里躲起来。后来，鱼儿主动为挨饿的人们帮忙，央求稻王重新回到村民家中，以挽救人类。稻王答应了，但以村民必须自己耕种收获为条件。人们只好遵照稻王的话去做。

越南人关于稻子来历的神话与此大同小异：很早以前，玉皇为了使人类不受田间劳作之苦，让稻子自生自长。稻子成熟后，稻粒就会像蚂蚁一样沿着绳子移动到家家户户。一个好吃懒做的妇人，在稻子进屋时还没把屋子打扫干净，屋里脏乱不堪。当稻粒冲开房门涌进屋中时，妇人竟恼怒起来，抄起扫帚拼命抽打稻粒，打得稻谷碎渣乱飞。玉皇得知后，非常生气，便改变了原来的安排，不但让稻粒变小，还让人们必须耕种收割，饱尝劳作之苦。

老挝寮族的飞来稻型谷物起源神话这样说：原始时期，谷子像南瓜一样大，成熟以后就会自动从田里滚到主人的谷仓里。有一天，一个懒寡妇还没清理好谷仓，谷子就不断从田里滚来，寡妇大怒，便将谷子赶回田里。从此，谷粒变小，再也不自动滚入谷仓了。

日本神话学家大林太良在其《南岛稻作起源传说系谱》一文中说，像老挝寮族这种被称为印度支那型的飞来稻神话，在马六甲北部和菲律宾的圣佩德罗也曾发现过。近年来，我国专家学者从浙江余姚河姆渡新石器遗址的第四文化层中，发现大量稻谷遗存，经鉴定，为我国乃至全亚洲最早的人工栽培籼稻和粳稻。同时发现的还有动物肋骨制的镰刀和加工谷物的木杵等各种生产工具。过去，西方学者和日本学者都认为，水稻种植起源于印度奥里萨邦，后来才传到中国，其考古证明，印度最早发现的稻谷在中部的卢塔尔，年代为公元前1700年。而中国河姆渡的稻谷遗存被测定为公元前4970年，距现在约7000年。目前，中外学者已确认，河姆渡是世界上有大量物证的最早的水稻产地。我国的考古和农业专家还进一步论证了，河姆渡文化是中国稻作农业的发源地，它作为中心，向四周扩散，向东北越海传到朝鲜和日本，向南传到东南亚地区各国。直至现在，越南和泰国等国仍然称稻为“谷”，与我国南方越族先民对稻的称呼一致。

综上所述，似乎可以这样说，无论是科学的考古论证，还是文字及传说的佐证均说明，中国的飞来稻型谷物起源神话与东南亚广为流传的此类神话确实有着密切的直接的渊源关系，其母题的雷同并不是偶然的巧合。

中国与东南亚的神话传说可能有“血缘”关系的第三个类型是“洪水后兄妹再殖人类神话”。

洪水神话是世界上带有普遍性的文学现象。其中一部分是以“洪水后仅存者传衍人类”为主题的，它是世界几个文明古国所共有的同类型的原始神话。而中国大量存在的一种神话群，即“洪水后兄妹再殖人类神话”，虽情节大部分与上述古典神话相似，但其中心母题“兄妹（或姊弟）再殖人类”具有自己独特的地位和意义。它分布的地域和民族，不仅限于中国境内，还扩展到东南亚。

在中国流传的此类神话其基本情节是这样的：

1．由于某种原因（或未说明原因）天降大雨（或油火）。

2．洪水灭绝一切生灵，唯独兄妹（或姊弟）俩，由于天意或其他佑助而存活。

3．为繁衍后代，遗存的兄妹（或姊弟）听从神命或通过占卜等其他办法，最后结为夫妻。

4．夫妻产生正常或异常胎儿，完成传衍后代的任务（或婚后无两性关系，以感应或捏泥人等方式传代）。

上述情节，如更集约些，可简化为以下两个母题：

（1）洪水泛滥（或天火蔓延等）灭绝一切生灵，这可称为“洪水灭世”

母题。

（2）灾后仅存的兄妹（或姊弟）或听从神命或通过某种方式，解除心理障碍，结为夫妻，繁衍后代，这可称为“兄妹结婚再殖人类”母题。

我们收集到越南、老挝、缅甸、菲律宾等国洪水神话共18篇，其中7篇是“洪水后兄妹结婚再殖人类神话”。这7篇中有3篇来自越南，2篇来自老挝，2篇来自菲律宾。通过对比可以看出，这7篇神话与上述中国“洪水后兄妹结婚再殖人类神话”的母题和情节是完全相同的。仅以老挝的《老挝民族祖先》为例：

为了惩罚人类“目中无神”的罪过，天神施法，连降三年三个月又三天的大雨。大地洪水滔滔，一片汪洋，人类相继被淹死，只剩下被父母放进葫芦里才幸免于难的姐弟两人。洪水后的一天，一只鹧鸪鸟飞来，劝姐弟俩结为夫妻，姐弟俩十分生气，扔石子把鸟打死。后来姐弟俩生活了很长一段时间，仍不见有人来，便结为夫妻。妻子怀孕三年三个月又三天，生了一个奇怪的葫芦。又过30天，忽然听见里面人声鼎沸，就用铁钎把葫芦捅开一个洞。不料从中先后走出三批人，这三批人就是现在老挝的老听、老龙、老松三大民族的祖先。

中国与东南亚的这类神话，不但在母题和主要情节上完全相同，而且在某些细节上也惊人的相似，如：

（1）在越南、缅甸、老挝神话中，兄妹（或姐弟）结婚后，妻子往往不直接生人，而是先生出肉包、葫芦、南瓜等，然后从这些中空的东西中生出人。据此，可以分析，越南、缅甸、老挝等东南亚国家的民族也和中国的许多民族一样，在历史上可能都产生过葫芦（南瓜）崇拜，都把葫芦当作母亲崇拜、祖先崇拜的象征物，当作了人类始祖。

（2）越南、老挝等国的洪水神话也和中国洪水神话一样，都讲两兄妹（或姊弟）结婚后繁衍后代，成了各民族共同的祖先。如越南的洪水神话说，两姐弟生下了巴那、色当、赫耶、莫侬、京、占等六个民族。老挝的洪水神话讲，姐弟俩生的后代就是老听、老龙、老松三大民族的祖先。缅甸的洪水神话也说，掸人等一些民族都是从同一个南瓜里出来的。这类神话的传播对于这些国家的民族团结和统一无疑是具有积极意义的。

（3）洪水过后，兄妹（或姊弟）不愿结合，经过神仙指点（越南、菲律宾）、动物劝说（越南、老挝）或用滚石、抛针（越南）等方法，两人终于解除疑虑，结为夫妻，这些细节也与中国洪水神话基本相同。

除了上述兄妹（或姊弟）结为夫妻重新繁衍人类的内容外，东南亚洪水神话中还有另外一种类型，即再造人类与兄妹结婚无关，而是神赐南瓜生人的结果。如越南一则洪水神话说，两位天神在洪水过后将八个南瓜带到大地上，分别放在八个地区，然后用八根擎天柱将南瓜一一捅开，于是从中走出330个民族。缅甸一则洪水神话说，一位超人智者从神赐的牛腹中发现两粒南瓜籽，他将南瓜籽种下，结出两个大南瓜，而后从中走出缅甸各族人民。老挝的洪水神话说，天神赐给仅遗的三位国王一头水牛，水牛死后，从鼻孔中长出一条藤蔓，上面结出一个大南瓜，然后即从南瓜中出来了老挝三大民族的祖先。

中国的洪水神话中也有与兄妹结婚无关的再造人类的内容，但不是神赐南瓜生人。如傣族洪水神话说，从水中漂来一只葫芦，从葫芦中走出了人。佤族洪水神话也说，洪水涛天时从远方漂来一只葫芦，从中出来各民族的祖先。值得注意的是，在收集到的八则菲律宾洪水神话中均无葫芦或南瓜生人的内容，其洪水遗存的兄妹俩所生的都是正常的胎儿，至多为5男4女，并都是一个民族的祖先，即未解释各民族是同根同源的。

中国与越南在地缘、族缘及宗教文化上有特殊关系，所以中国的神话传说与越南的（主要是越人）神话传说有更多的相似之处。除上述三种类型的神话传说可以为例，还表现在：第一，中国和越南均受儒家理性主义世界观的影响，将神话人物历史化。如将伏羲氏、燧人氏、神农氏、黄帝等神话中的帝王逐渐演化成为历史上的帝王，并称为自己的祖先。和中国一样，越南的典籍未能恢复其神话的完整体系，而是根据封建社会的需要将其历史化了。从公元15世纪开始，历史化的神话传说被纳入了越南官方史籍。14世纪至15世纪中世纪文学的早期汇编以及17世纪的历史叙事诗，如《南天书》开始采用神话题材。第二，大约在公元1000年代中期，佛教开始在越南传播以后，越人的神话与佛教神话、道教神话以及中国南方的神话相糅杂。于是，天帝以道教的玉（皇大）帝称呼，佛陀被描述成慈善的法师，依然带有那种须发皆白、年高德劭的气度。某些中国的神话传说如有关女娲、盘古、嫦娥奔月、牛郎织女、日神、月神、风神、火神、雷神等都经过了改编或再创造而流传。如中国神话中开天辟地的盘古变成了越人神话的天柱神，二者主要情节大致相同。相异的是：中国的神话说，随着盘古躯体的成长，天地愈益分离。也有较晚出现的“盘古手持斧，凿以分天地”的传说。而越人的神话说，天柱神突然站起，用头把天顶起，然后挖土掘石，砌起一撑天石柱，把天顶住。石柱越砌越高，天就渐渐升得像现在这样高了。天柱神是越人的最高神，他掌管天地宇宙之间的一切事物，也被称为玉皇大帝。中国的盘古和越南的天柱神（玉皇大帝）创造万物的方法也不一样：盘古死后身体各部分分别变成人、山河、草木和日月星辰等；而天柱神只创造了山川，并用泥捏成了各种动物，而造人等其他任务则由众多神灵参与完成。第三，从混沌神话可以看出，中越先民的原始宇宙观基本相同。一是创世前的宇宙混沌观念，认为宇宙混沌一片，而神自混沌中悠然而生，这种混沌神话当属最古老的神话之列。二是把世界的创造想象为天与地的分离，即天地分离观念。三是天地分离后的“天圆地方”观念。“大地平平坦坦，像一只巨大的方形盘子，天则像一只倒扣着的碗”，这与中国古人“天圆地方”的宇宙观念相同。但这种观念应该是较后产生的。

神话是历史的先声，它虽不等于历史，但却包含着某些历史的因素。通过上述对比和分析，可以清楚地看到中国与东南亚神话传说有着源远流长的“血缘”关系。这不仅证明中国与东南亚先民自原始社会就开始有了密切的经济文化往来，而且印证了中国与东南亚的某些民族之间还可能有同源共祖的历史渊源。

最后，应强调指出的是，东南亚地理和民族状况纷繁复杂，其神话传说并不是一个单独的体系，而是由若干不同的体系组成的。各个体系的神话在其形成和发展的过程中都有自己独特的经济、地理及民族文化心理等历史背景，并形成了自己的特色。东南亚神话各体系之间的交流以及它们与中国各民族神话之间的交流都不是单向的，而是互相的、多向的，其关系异常繁杂，要追溯和梳理清楚尚有一定难度。但可以肯定的是：这种多边的相互交流和影响，对促进东南亚各国之间以及中国与东南亚各国之间的民族融合、经济发展和文化进步起到了相当重要的作用。

第三章 越南的汉语文学

第一节 越南汉语文学的出现与发展

公元前2世纪时，我国称越南为交趾（交州）、九真、日南，是汉武帝在中国南部设置的九个郡中的三个郡。当时，这一地区尚处于原始蒙昧状态，史书上曾记载了这一地区远未开化的情景：“人如禽兽，长幼无别，项髻徒跣，以布贯头而著之。”[①]反观当时我国中原地区，封建文化早已达到相当成熟的阶段。汉朝朝廷先后派锡光、任延、士燮等人去该地当太守，着手开发这一地区。他们“教其耕稼，制为冠履，初设媒娉，始知姻娶，建立学校，导之礼义”，“教取中夏经传，翻译音义”[②]。中国文化从此时起，在越南广泛传播开来。

为了进一步学习中原地区发达的文化，东汉时交州刺史派李进、张重、李琴等八名士子到中原学习，他们之中有些人还当了官，如李琴以文辞入仕中国朝廷，任司隶校尉等职。到了唐代，三郡派往中原学习的人更多，在中原做官的人也增多了。姜公辅在我国唐代德宗年间（780—804年），曾出任宰相，为中国皇帝所器重。

这一时期，中原战乱频仍，而交州地区社会相对稳定，许多中国名士纷纷

---

① 《后汉书》卷86《南蛮传》。

② 同上。

来此避难，如许靖、刘巴、杜沈言、沈佺期、刘禹锡等都曾旅居交州。他们与当地士子交往甚密，唱酬应和，实际上起到了深入传播中国文化的作用。

公元939年，吴权起义成功，建立了越南历史上第一个封建王朝——吴朝。自此，中越两国正式开始有邦交关系，也正式开始了两国的文化交流活动。

越南在形式上独立了，但由于长达千余年的政治、经济、文化各方面的影响，统治者一时还难以摆脱中国封建王朝的羁绊，仍与中国王朝保持着藩属关系。凡有政权更迭、新王即位等重大政治事件，仍须向中国呈报、请封。同时，为了维护与巩固自己的统治，越南君主们仍以儒学作为他们统治的精神支柱。因此，一切政令、建制、律典皆效中国成法，公私文牍悉依中国文体。他们大力推广汉字，规定汉字为全国通用文字。他们建文庙，塑周公、孔子及四配像，兴建国子监、国子院，诏天下学子入院学习四书五经，还仿中国科举形式开科取士，其科目用中国唐诗、古体赋、汉体诏、四六体制、表……在这样的文化氛围下，越南士子受中国文化的熏陶很深，自幼就学习儒家经典，熟读汉赋唐诗。用汉文作诗写文，也就很自然地成为士子们的风尚，在此期间涌现了不少优秀作品。汉语文学在越南文学史上起到了奠基作用，并在相当长的一个时期内成为它的一个重要组成部分。

早期越南汉语文学的作者群中，虽僧俗均有，但多命官士子。作品范围逐步呈非常广泛之势，文史哲均涵盖于内，既有诏、制、表、檄、诰、敕、谕、旨，也有载道文章。汉语文学为越南民族文化的形成与发展起了重要的推动作用，也促成了喃字与喃字文学的产生。

13世纪以后越南喃字文学发展起来，越南文学摆脱了语言与文字不统一的羁绊与局限，作者可以自由流畅地表达自己民族的思想情感了。但喃字文学并未能取代多年发展起来的越南汉语文学的正统文学、官方文学的地位。虽然有些王朝皇帝也大力倡导喃字文学，但不少人仍视喃字作品为下里巴人俗子之作，而汉语作品才被认定是高深博雅的文学作品。所以汉语文学的作者与读者往往囿于有学识的阶层中，也就是皇帝、官员、士大夫等人。相当一部分作品远离生活与现实，有它的局限性。创作风格上都有统一的模式。题材上往往写梅兰竹菊，渔樵耕牧，或者是望潮、闺怨、征妇、旅怀等。类型上常以自述、言志、感怀、记事、偶兴等形式。所用体裁也是乐府、五言、七律等中国文学体裁。在修辞方面堆砌华丽辞藻成为时尚，描写美女就用“云发”、“雪肤”、“秋波”、“蒲柳之份”、“倾国倾城”，描写英雄则是男儿“千里志马革”，“弧矢桑蓬”等。越南汉语文学的这些特色也在一定程度上影响到喃字文学。

19世纪中叶越南王朝覆灭，越南沦为法国殖民地，拉丁化越南文出现，越南国语文学大发展，喃字文学逐步被取代。但是越南文学拉丁化经历了一个复杂的过程，不断改进完善直至1945年越南八月革命成功后。拉丁化越南文才真正成为越南唯一的正式文字。19世纪中叶至20世纪中叶这百年中，汉语文学在越南文坛仍占有一定的地位，且不乏佳作问世。

第二节　早期的越南汉语文学

越南的汉语文学作品多采用韵文的一些形式，其中尤以诗赋为主。

早在越南“北属时期”，士子到中原学习入仕者不少，官至中国唐朝宰相的姜公辅是其中之一。他谙熟汉文，写有著名的《白云照春海赋》可作为代表：

白云溶溶，摇曳乎春海之中。纷纷层汉，皎洁长空。细影参差，匝微明天日域：轻文磷乱，分炯晃于仙宫。始而乾门辟，阳光积，乃缥缈以从龙，遂轻盈而拂石。出穹峦以高翥，跨横海而远摭。故海映云而自春，云照海而生白。或杲杲以积素，或沉沉以凝碧。园虚乍启，均瑞色而周流，蜃气初收，与清光而激射。……云则连景霞以离披，海则蓄玫瑰之翠彩。色莫尚乎洁白，岁何芳于首春。惟春色也，嘉夫藻丽；惟白云也，赏以清贞。可临流于是日，纵观美于斯辰。彼美之子，顾曰无伦。扬桂揖，棹青萍，心遥遥于极浦；望远远乎通津。云兮片玉之人。

全文洋洋千言，铺陈写意，泼墨自如，给人以无限遐想。赋中的辞藻华丽，声韵优美，具有汉代大赋的特点。在侧重“体物”的同时，也注意到“写志”，这与“诗言志”的中国文学传统是一致的。

他还著有《对直言极谏策》一文，也曾名噪一时，享有很大声誉，被越南人尊为“安南千古文宗”。

继后，越南诗人廖有方曾于公元816年中进士，后任唐朝校书郎，可见他对汉语文学颇为精通。他因“为唐诗有大雅之道”而得诗名，还曾与中国著名诗人柳宗元唱和诗篇。柳宗元有《送诗人廖有方序》、《答廖贡士论文书》等问世。

公元939年，越南建立吴朝，从此脱离了中国封建王朝的直接统治。在独立初期的前黎朝、李朝和陈朝初年，掌握汉语的人大多是僧侣和贵族。他们所留下的是传播佛教的书籍和诗篇。

越南前黎朝大行丁亥八年（公元987年），僧人顺法师与宋朝赴越使臣李觉联句赋诗的情节曾见于越史。李觉在迎接他的途中，忽见两鹅浮于水上，便吟曰：“鹅鹅两鹅鹅，迎面向天涯。”顺法师脱口接着吟道：“白毛铺绿水，红棹摆青波。”其实这是唐代诗人骆宾王7岁时咏鹅时诗句的改写，顺法师能随手拈来巧妙灵活地应答，可见他是非常精通汉语文学的。李觉归馆后作了一首诗赠之，因为诗中表示了李觉对大行皇帝尊敬之意，顺法师遂将该诗呈给大行皇帝黎桓。在李觉辞归时，黎桓又让高僧匡越制曲饯别，其辞曰：

祥光风好锦帆张，遥望神仙复帝乡。
万重山水涉沧浪，九天归路长。
情惨切，对离觞，攀恋使星郎。
愿将深意为边疆，分明奏我皇。

这短短的曲词无论是遣词用韵，还是引典寓情，都显示出以中国文学为楷模的高超技艺。匡越法师还留有越南文学史上第一首词《王郎归》，也为后人所称颂。

李公蕴（974—1028）建朝后，曾于1010年下诏迁都升龙（今河内），名为《徙都升龙诏》，这是越南至今尚存的最早历史文献，也是越南书面文学的滥觞。全文寥寥200余字，却以中国古代盘庚迁殷为本，用周王朝至成王三徙都为据写成。李公蕴不仅运用了汉字及中国古典文学艺术常用的表现形式，如隐喻、比附、稽古、用典甚至谦敬词等，使文采大雅多姿，而且还表现了与中国类同的思想内涵与感情色彩。他运用中国历史典故来和越南当时形势进行比较，指出迁都目的在于“为亿万世子弟之计”，并不为“徇己私”。同时李公蕴本人就曾当过僧侣，贵族中许多人也曾是法师。1018年他派遣道清和尚到中国迎请《三藏经》，1031年在全国建立很多寺庙，还把佛教定为国教。越南高僧与中国法师们来往甚密，共同译注佛教经典，切磋佛理，推动了中国文化在越南的传播。有40多位法师精通汉文，还善于写诗。他们常用汉语写一些偈文，内容凝练，形式简短，在偈文前加一标题就是一首诗。这些作品不仅宣扬佛教哲理，也表现了他们热爱生活，积极对待人生的态度，其中蕴含着许多中国文化、文学的印迹。至今尚流传下来的，有万幸（？—1018年）、圆照（999—1091年）、满觉（1052—1096年）、空路（？—1119年）等20多位法师的偈文和诗歌。

万幸法师，真名李万幸。曾与其他朝臣一起拥立李公蕴建李朝，得封为国师。他在快飞升时，写了一首《示弟子》：

身如电影有还无，
万木春荣秋又枯。
任运盛衰无怖畏，
盛衰如露草头铺。

这首诗一方面宣扬了佛教虚无玄妙的观点，即世上万物（包括人）既有也无，它们只是一个本体的千姿百态的表现；另一方面又肯定自己修身的本领，并鼓励子弟们在变幻莫测、生死轮回的世界面前，不要惊慌，要安然自在，静观变化，要相信自己。这种对人主观世界的肯定态度是有积极意义的。

满觉大师，真名李长。他学识渊博，受仁亲全皇帝厚待。留下一篇著名的偈文《告疾示众》，收入《禅苑传登录》中：

春去百花落，
春到百花开。
事逐眼前过，
老从头上来。

莫谓春残花落尽，
庭前昨夜一枝梅。

这篇偈文从宗教的审视角度，阐述了佛教的哲理：世界是轮回变化，无限循环的。同时，也指出人们对生活要采取积极的态度。“花落”“花开”，循环往复，而一“过”一“来”也是不以人的意志为转移的客观规律。结尾处“春残花落”时“一枝梅”绽开，正是告诫人们要像梅花那样不畏严寒，傲然挺立，勇敢地迎接未来。这两句不禁使人油然联想到中国宋代陆游的名句“山重水复疑无路，柳暗花明又一村”，产生了相似的意境，给人以新的信心和力量。偈文中运用“春”、“花”、“梅”为比兴之物，与中国诗经以来的比兴手法是一致的，把现实与遐想联系起来，十分贴切自然。

空路法师，不求功名利禄，刻意求学，攻读汉语诗文。仅存的他两首汉文诗中，《渔闲》一诗别有特色。诗文如下：

万里清江万里天，
一村桑柘一村烟，
渔翁睡着无人唤，
过午醒来雪满船。

这首七言诗，以淡淡的笔墨描绘出一幅生动的山水画，达到诗中有画、画中有诗的境界。渔翁悠然自得之乐反映了作者超脱俗世、淡泊宁静的思想。

第三节　与喃字文学并存的汉语文学

13至14世纪，越南于陈朝时期第三次击败中国元蒙军队，这大大增强了其民族自豪感。越南人民为了解决语言与文学脱节的矛盾，更自如地记录表达自己的思想感情，借助汉字创造出越南的民族文字——喃字。喃字文学也随之出现。但是越南王朝对内仍推崇儒学，实行开科取士制度，建国子院诏各地学者讲授四书五经等，促进了越南社会文化与经济的发展。所以，尽管喃字文学已出现，但未能取代当时的汉语文学。汉语文学反较之以前有了新的发展。从陈太宗（1225—1257年）起，其后的圣宗、仁宗等几乎历代皇帝都对汉语诗歌有特殊爱好，他们能诗善文，并都著有专集，如《太宗御集》、《仁宗诗集》和《大香海印诗集》等。但遗憾的是这些作品现已散佚，目前所能见到的只是一些散见于各种书籍中的诗作。现例举一首仁宗所作颇有代表性的诗《登宝山台》：

地僻台逾古，时来春未深。
云山相远近，花径半晴阴。
万事水流水，百年心语心。
倚栏横玉笛，明月满胸襟。

仁宗的诗禅宗哲理奥妙，身为一个帝王，却能写出这种恬淡自然的诗句，恐怕是与他的佛家出世思想有关。文笔遒劲有力，意境深邃高远，也反映出他的汉语文学功底深厚。

陈朝帝王们身体力行地推崇和倡导中国文化，促进了越南汉语文学的进一步发展。文武百官之中也不乏以诗文著称者，如太子陈光启（1241—1294年）的五绝《从驾还京师》、名将范伍老（1255—1320年）的《述怀》诗，抗击元军的统帅陈国峻（1232—1300年）的《檄将士文》等，都是抒发民族豪情的佳作。范伍老的《述怀》是一首七言绝句，形象地表现出他为民族存亡不惜捐躯的凌云壮志：

横槊江山恰几秋，
三军貔虎气吞牛。
男儿未了功名债，
羞听人间说武侯。

短短的四句不仅表述了作者“气吞万里如虎”的磅礴气概，而且还以诸葛武侯自况，表达了他仰慕诸葛亮鞠躬尽瘁死而后已的精神。由此也可见，当时武侯的事迹已深入越南人民的心中。

翰林院学士张汉超（？一1354）的《白藤江赋》也是有口皆碑，至今仍在越南文学界广为传诵。这里我们摘引一段为例：

……赋曰：客有挂汗漫之风帆，拾浩荡之海月，朝戛舷兮沅湘，暮幽探兮禹穴。九江五湖，三吴百粤，人迹所至，靡不经阅，胸吞云梦者数百，而四方壮志犹阙如也。乃举揖兮中流，纵子长之远游，涉大滩口，溯东潮头，抵白藤江。是泛是浮，接鲸波于无际，蘸鸡尾之相缪，水天一色。风景三秋，渚获岸芦，瑟瑟飕飕，折戟沉江，迹之空留，江边父老，谓我何求，此重兴二圣擒乌马儿之战地，与昔时吴氏破刘弘操之故洲也……

全赋逼真地描述了越南历史上几次有名的战役来歌颂民族英雄：敷陈其事，铺采摛文，托物言志，技巧娴熟，很精确地把握了“汉赋”的特点。此外，还有数不胜数的名士的作品都各具独特风格。

莫挺之（1227—1346年或1284—1361年）是英宗时的状元，曾两次出使中国。其貌不扬却文思敏捷，聪慧过人，汉语文学甚为精通。相传为中状元“夺魁”时所作的《玉井莲赋》颇为著名。他在赋中把自己比作“太华峰头玉井之莲”，大有芳清玉立的神貌，又以竹子喻君子虚心而有节，以梅花喻自己的孤傲孑立。通篇虽有言志自喻的描写，但更多的是抒情小赋那种睹物兴情、文采清丽的风格，主要流露出他“出淤泥而不染”的高尚情操。

阮忠彦（1289—1370年）也是一位对汉语文学有精深研究，并将儒家学说融入其诗的名士。著有《介轩诗集》，内容贯穿儒家精神，诗文对仗工整，声韵和谐。

还有，陈光朝（1287—1325年）的诗则出世气息浓重。陈元旦（1325—1390年）著述颇丰，有《冰壶玉壑集》传世，是一部“多感时寓物之作”。朱文安（？—1370年）学识渊博，有著述《四书说约》和名篇《七斩疏》，可惜的是都已失传。留下了一些诗篇，气质高雅，意境深远，以性灵见长，在写景抒情中，表现了动与静和谐的美。现摘录一首《鳌池》如下：

水月桥边弄夕晖，荷花荷叶静相依。

鱼游古沼龙何在？云满空山鹤不归。
老桂随风香石路，嫩苔著水没松扉。
寸心殊未如灰土，闻说先皇泪暗挥。

陈朝时期除诗赋外，还出现了一些史记和传记体作品。黎文休（1230—1322年）编写的《大越史记》就是越南第一部史书，也是越南汉语文学的名作。《粤甸幽灵集》、《岭南摭怪》等传记作品收集了越南绝大部分的传说，具有鲜明的民族性和人民性，包罗了丰富的史学和文学资料，同时也受到中国六朝志怪和唐代传奇的影响。

黎利起义军赶走明军，恢复独立建黎朝。黎朝初期生产力得到发展，社会比较稳定，因而文学也充满活力。黎初文人名士中，特别值得提出的是开国元勋阮廌（1380—1442年），号抑斋。他是一位政治家、军事家、文学家。他在兰山起义中有功，黎利得国后，封他为冠服侯，在朝中遭同僚忌妒，曾辞官隐居昆山，后又奉诏复出任官，又遭谗臣诬陷，罪及三族。直到黎圣宗时才得昭雪。他的曲折坎坷的遭际，反映在其作品中而显出不同的色彩。现能见到他的汉语作品有《平吴大诰》、《军中词命集》、《抑斋诗集》等。《平吴大诰》是他代表黎利写的布告越南全国百姓的开国文献，有很高的艺术价值和文献价值，被誉为“千古雄文”。《抑斋诗集》有五言、七言、律诗、绝句共105首，以清新平易见长。《题黄御史梅雪轩》是一篇很成功的长诗，以爱梅、爱雪的芳洁，借喻黄御史[①]和他自己骨鲠刚直、廉正无私的品德。现摘录如下：

豸冠峨峨面如铁，不独爱梅兼爱雪。
爱梅爱雪爱缘何，爱缘雪白梅芳洁。
天然梅雪自两奇，更添台柏真三绝。
罗浮仙子冰为魂，顷刻能全琼作屑。
夜深棋树碎玲珑，月户风窗寒凛冽。
若非风递暗香来，纷纷一色何由别。

---

① 即黄宗载，曾任明朝派驻越南的官员。据史载，他“居官廉正，学问文章，俱负时望”。

将心托物古有之，高躅深期蹈前哲。
东坡谓竹不可无，濂溪爱莲亦有说。
乾坤万古一清致，灞桥诗思西湖月。

他的短诗更多，阐述了他平生的理想和遭遇，这里仅举一首《海口夜泊有感》为例：

一别江湖数十年，海门今夕击吟船。
波心浩渺沧洲月，树影参差浦溆烟。
往事难寻事易过，国恩未报老堪怜。
平生独抱先忧念，坐拥寒衾夜不眠。

这首诗显然反映了作者在逆境时的抑郁伤感的心情，但他那一生忧国忧民，为民族而战的精神是值得赞扬的。

黎圣宗（1442—1497年）在位时，国力蒸蒸日上，达到繁荣昌盛的地步，文学也获得相当大的发展。圣宗本人酷爱文学，既能写作，又善评点，且有独到的体会和见解。他与28位文臣组成“骚坛会”，自任元帅，宴游赋诗，歌功颂德，吟风弄月，成为当时文坛的盛事。留下大量的汉语诗文，收集在《天南余暇集》中，圣宗本人诗作声律严谨，风格清奇，有台阁体文风。且看《平滩夜泊》一首：

一规冰玉贴云端，漠漠平坡望目宽。
红叶山林龙雨霁，白苹洲渚鲤风寒。
船楼客若天边坐，水国人从镜里看。
老去道心乾不息，绝胜仙观大清丹。

16世纪初，莫朝时政腐败，内部混战，社会动荡不安。这种动乱的社会现实在作品中得到一定的反映。文学作品形式多样，艺术风格也独树一帜，预示着越南文学即将进入一个新的高峰时期。

著名文人阮秉谦（1491—1585年），别号雪江夫子，汉文修养造诣颇高，著有《白云诗集》。阮屿（16世纪）写出了越南第一部汉语小说《传奇漫录》共4卷，每卷包括5个故事，大多取材于民间传说。每个故事都是引人入胜的散文，其中还穿插委婉动听的诗句，结尾还附有简短的议论，体现了作者的爱憎与褒贬。总的来说，这部作品具有一定的现实意义，文笔活泼，语言流畅，形象生动，深受广大群众的喜爱。作品与中国瞿佑的《剪灯新话》有许多类似之处。越南黎朝的武钦鳞曾把它誉为“千古奇笔”。也有人把它与中国蒲松龄的《聊斋志异》相提并论。

到了18世纪，封建统治集团之间矛盾尖锐，内战频仍，兵荒马乱，民不聊生。农民在忍无可忍的情况下，奋起反抗，影响甚大。这一切在当时越南汉语文学作品中也有反映。

邓陈琨（1710—1745年）的《征妇吟曲》，是一部用汉语写成的长达477句的七言乐府诗。诗歌通过一位征妇如泣如诉的自述，说出了人们内心深处的忿懑，展示出呻吟在战火下的越南人民的痛苦生活。作者采撷乐府的精萃，运用白描手法，对征妇的内心活动作了细致入微的描绘，真挚感人。《征妇吟曲》自问世以来，不仅在知识分子中广为流传，而且深受广大人民的喜爱，至今仍被誉为“千古绝唱”。它曾被多人译成喃字作品，其中以段氏点（1705—1748年）的译作为最佳，流传也最广，并一直与原作并存于世，成为越南18世纪古典文学的名著。

这个时期，有位大学问家黎贵惇（1726—1784年）活跃在文坛上，他共有30多部关于儒学、老子、佛学、史学、兵学的著述。汉语文学作品有《桂堂诗集》、《全越诗录》、《芸台类语》、《见闻小录》等，其数量之多，涉及面之广在越南文坛上是无以伦比的。此外，还出现了纪事、随笔、历史小说、游记等多种体裁的作品，如潘辉注（1782—1840年）的《历朝宪章类志》、范廷琥（1768—1839年）的《雨中随笔》、阮案（1770—1815年）与范廷琥合写的《桑沧偶录》、黎有卓（1720—1791年）的《上京纪事》等等。值得提出的是吴时佬（1753—1788年）等编写的《皇黎一统志》是仿照中国写成的演义体历史小说。它继承了《传奇漫录》的现实主义传统，又为长篇小说的出现作了尝试，是一部水平较高的作品。这些作品对我们了解越南历史、社会风俗、研究越南文学史都有着重要的参考价值。

第四节 越南语拉丁化文字出现后的汉语文学

1651年法国传教士亚历山大·得罗经过调查研究编纂的《安南—葡萄牙—拉丁字典》面世，开始了越南语文字拉丁化的进程。1865年在西贡（现胡志明市）第一张用越南语拉丁化文字印刷的报纸《嘉定报》出版了。此后，不少拉丁化越文报刊陆续问世。不少作家开始用拉丁化越文创作，越南国语文学蓬勃发展。

19世纪下半叶20世纪初，越南文坛上爱国抗法文学是主流。许多爱国志士既是作家又是勤王领袖或爱国将领，后来还有一些作者不再是纯粹的封建士大夫，而是一些具有民主思想的代表人物。他们胸中都燃烧着熊熊的爱国烈火，写出了大量的诗歌、檄文和政论文章。其中虽有不少是用拉丁化越文创作的国语文学，但仍不乏汉语文学之作。如：

阮春温（1825—1889年）是勤王时期的爱国将领，他的《玉堂诗集》、《玉堂文集》中的汉语诗文，大多是他在戎马倥偬的生活中所作，爱憎分明，诗文质朴、遒劲。

阮光碧（1832—1889年）也是一位爱国将领，他的百余首汉文诗被收集在《渔峰诗集》中。这些诗是越南勤王运动斗争的实录。

阮劝（1835—1909年）的汉文诗多用隐喻的手法，如借用中国《诗经》中的“硕鼠”比喻法国强盗，还用“七月七牛郎织女鹊桥相会”的故事来谴责法国殖民当局强迫农民背井离乡去安沛、老街等地修筑铁路开矿等。

潘佩珠（1867—1940年）是一位革命活动家、文学家、诗人。他也是当时越南民主思想的代表人物。在19世纪末20世纪初，通过汉文翻译的“新书”，他接触了西方的资产阶级民主思想。中国维新运动的代表人物康有为、梁启超的主张使他坚定了自己的方向。特别在1905年他去日本，会见了梁启超，受到很多启迪，明确了他的救国方向与主张。这时期他用汉文写出了最著名的作品《越南亡国史》、《海外血书》等。向世界揭露法国殖民主义企图使越南人灭种灭国的险恶用心，争取各国的舆论支持，唤醒国内同胞，鼓动越南青年出国留学，等待时机与法殖民主义斗争。《越南亡国史》这部作品用血淋淋的事例诉说了法国殖民主义在越南的残暴统治，使越南百姓陷入上天无路、入地无门的境地，只好发出凄惨的哀叹："到底五天苦，毕竟有天好。妻儿将奈何？田地未必保。我赎吾天来，那天不是老。"寥寥数语道出了在法国殖民统治者铁蹄下呻吟的越南人民无限哀伤。这部作品由梁启超审稿并写了序，其发行量颇大，发行面亦很广。人们把它看作是越南的第一部革命史。1906年，他又写出了《海外血书》，揭露了法殖民主义者的残暴统治政策，旨在剥削越南百姓的民脂民膏，并向百姓灌输愚民文化。作品像是由潘佩珠领导的维新会的政治纲领，也是维新会的救国宣言书。他在书中号召富豪、官爵、世家、士卒、三教九流、旧家子弟、留学人员等十种人要同心协力组成反抗法殖民主义的全民统一战线。这些作品的宣传效果很好，留学人员与日俱增，截止1908年6月，赴日留学生已达200人左右。此外，潘佩珠还写了不少政治诗，抒发了他宏大的胸怀和救国救民的坚定意志：

生为男子要稀奇，肯许乾坤自转移。
于百年中须有我，起千载后更无谁。
江山死矣生徒赘，神圣寥然颂亦痴。
愿逐祥风东海去，千重白浪一齐飞。

诗人不仅怀有"肯许乾坤自转移"的抱负，而且毕生从事革命活动，身体力行地实现他的宏愿。但他壮志未酬就与世长辞了。他在生命垂危的时刻仍念念不忘复国大业："痛哭江山与国民，愚忠无计拯沉沦，此心未了身先了，羞向泉台面故人"。

潘周祯（1872—1926年）是位诗人，同时也是一位政治活动家。在越南，人们习惯地把潘周祯和潘佩珠的名字联系在一起，因为他们的思想和活动都对越南人民有过很大的影响。他为救国救民奔波了一生，虽遭挫折，并不气馁，不消沉，甚至在流放途中还写出了铿锵的诗句：

累累枷锁出都门，慷慨悲歌舌尚存。
国土沉沦民族悴，男儿何必怕昆仑。

这首诗表现了他为人民事业鞠躬尽瘁而无所畏惧的英雄气概。他的诗文主要是抒发自己报国的胸怀，也表达了越南人民渴望独立自由的愿望。

阮尚贤（1868—1925年）是位精通汉语的多产作家。他的一些具有代表性的作品大多收集在《南枝集》中（1925年在中国出版）。该文集共分三卷，他所写的《招魂文》、《劝告国民书》等重要散文也被收集其中。他的诗文洋溢着“男儿生许国，终破月氏还”的爱国热忱，怀有“补天填海虽难事，破釜沉舟自壮心”的雄心壮志，诗句铿锵有力，语言凝练，有相当高的文学价值。同时，他的诗也反映了其汉文功力非同一般，对中国文化十分谙熟，在诗文中常常提到中国文化名人。如在《还山》一诗中，他说：“艰难思报国，惭愧杜陵吟”，可见他对古人白居易等的崇拜。潘佩珠曾称赞他说“诗比盛唐，文若秦汉”。

到了20世纪三四十年代，越南的汉语文学不再像过去那样盛行了，但它并没有在越南文坛上消声匿迹，仍然有一些人用汉语进行创作，特别值得提出的是越南革命文苑中的一朵奇葩——越南人民伟大领袖胡志明（1890—1969年）的《狱中日记》诗抄。该书收集了胡志明（于1942年8月底至1943年9月中旬）在中国进行革命活动期间，被国民党反动派辗转关押在广西各监狱时所写的100多首汉语诗。这些诗真实地记录了胡志明这段生活经历，所包含的思想内容极其丰富，表现了他对革命事业的无限忠诚和大无畏的英雄气概。诗集中多为七言律诗，其风格就似作者本人朴实无华，清新淡雅，有较浓厚的抒情色彩，也间或运用讽刺艺术手法。中国已故著名诗人郭沫若、萧三（萧子暲）等曾在他们的读后感中用“诗如其人”四个字恰如其分地概括了胡志明汉语诗的风格。胡志明虽身陷囹圄，但他一心想着革命，密切关注着革命形势的发展。一天，他从报纸上看到有关越南形势的消息，心情激动，赋诗《越有骚动》一首来抒发自己的情怀：

宁死不甘奴隶苦，义旗到处又飘扬。
可怜余作囚中客，未得躬亲上战场。

诗的字里行间闪烁着他对革命事业的无比忠贞和大无畏的英雄气概，跳动着一颗忧国忧民的赤诚之心。监狱的苦难生活虽然在折磨着他的肉体，却动摇不了他的革命意志。这位坚定的革命者向往着自由，在《惜光阴》这首诗中，他这样写道：

苍天有意挫英雄，八月消磨梏桎中。
尺璧寸阴真可惜，不知何日出牢笼。

诗人并不为个人安危而感叹，而是深为自己没有自由，给革命造成损失而痛苦。他多么企盼早日走出牢笼，继续为革命而战斗！

胡志明的愿望终于实现了，1943年9月16日国民党反动派被迫释放了他。他抑制不住内心的激动心情。在诗中写道：

事物循环原有定，雨天之后必晴天。
片时宇宙解淋服，万里山河晒锦毡。
日暖风清花带笑，树高枝润鸟争言。
人和万物都兴奋，苦尽甘来理自然。

诗人借景抒情，大自然和人一样也兴奋起来了，万里晴空，花笑鸟语，真是情景交融。自由对一个革命者来说多么宝贵和重要，胡志明是一位革命的乐观主义者，对未来充满着希望和信心。他坚信黑暗一定要过去，曙光一定会到来，革命事业一定能取得胜利，到那时苦尽甘来，革命人民将在“日暖风清花带笑，树高枝润鸟争言”的和平环境中尽情地欢唱。

第四章 越南的喃字文学

第一节 喃字的产生和喃字文学的发展

由于中越两个民族有着特殊的历史文化渊源，所以13世纪前，在“北属时期”和939年独立后的越南都是借用汉字进行书面交流的。士子们也多用汉语表达自己的思想感情，进行文学创作。汉语文学在越南文学史上起了奠基作用。但汉字毕竟是外来语言文字，要像母语那样十分自由流畅地表达思想感情总是受到一定的限制。使用时语言与文字不相一致，当然有诸多不便。随着越南社会的发展，尤其到13世纪越南陈朝时，政治上取得很大成就，越南人民的民族意识大大增强，人们便迫切要求用符合于自己民族语言的工具来记录语言，以便更自如流畅地表达自己的思想感情。在这样的历史条件下，渐渐形成了越南的民族文字——喃字。

喃字是一种在汉字基础上，运用形声、会意、假借等方式形成的越南民族语言文字。它是一种复合体的方块字，每个字的组成都需要一个或几个汉字，其中一部分表音，另一部分表意。如汉字的“三”字，喃字则为“巴”。左侧的“巴”是表音部分，右侧的“三”是表意部分。再如，汉字的“血”字，喃字则为“毋”字。上部的“血”是表意的，下部的“卯”是表音的。另外，还有些是借音字，只借用汉字的音，不用其意。换句话说，就是用汉字标音，如汉字的“没”，喃字也写作“没”，借读古汉语音，但已没有原来汉字的意义了，它的意思是“一”。仅举数例已不难看出，喃字与汉字的关系十分密切。

关于喃字产生的确切年代，越南有各种不同的说法，莫衷一是。有的人认为8世纪时就曾用汉字的“布盖大王”来记录越语（这是越南人民对当时越南一位将领的尊称，“布盖”在越语中为父母之意），说明在那时就采用汉字标越南语音了。也有人认为中国东汉和孙吴时，交州太守士燮就已用汉字标音记录越语了。尽管说法不一，但说明喃字的产生绝不是由某个人发明创造的，而是经历了一个形成和应用的过程，经过不断加工、充实才逐渐定形的。据说陈朝阮诠是第一个运用喃字撰文的人。在《钦定越史通鉴纲目》中有这样的记载：“陈仁宗绍宝四年（1282年）秋八月有鳄鱼至富良江……帝命刑部尚书阮诠为文投之江，鳄鱼自去。帝以事类韩愈，赐姓韩。……”从那时起，喃字在越南的使用日益普遍，文人学士竞相使用喃字写作，他们采用中国唐诗七律体，并把它称作国音诗，又因首用人阮诠的《祭鳄鱼文》与中国的韩愈的作品相似而被赐姓韩，所以又把七律国音诗称作韩律诗。14世纪胡季犛执政后，带头使用喃字。他亲自将中国《尚书》中的《无逸篇》译成喃字作为皇族学习的教材，还规定朝廷中所有的敕令、诏书等都必须使用喃字。当时文人也竞相用喃字吟诗作赋，写一些散文作品。15世纪黎朝也大力提倡喃字文学。黎太宗下诏让阮廌搜集胡季犛用喃字写的手谕及诗文。黎圣宗不仅本人用喃字写了《洪德国音诗集》、《十诫孤魂国语文》等作品，而且还亲自用喃字批阅朝臣诗作，提醒他们作诗时要注意诗的格律等等。由于黎圣宗对喃字诗的重视，促使了当时喃字诗的推广和发展。无名氏的《王嫱传》，打破了以往韩律体的局限，最早把49首韩律诗连缀成一篇长叙事诗，获得成功。

喃字韩律诗是越南文坛上人们第一次用本民族文字吟诗作赋，这个功绩是很大的。但由于喃字是在汉字基础上形成的，韩律基本上与中国律诗相似，写作要求甚严，七言八句的局限性很大，因此不通晓汉文的人就很难用韩律来写诗。这对越南民族文学的发展无疑带来一定的限制。为了冲破韩律的束缚，有些文人进行了大胆的革新。他们以韩律为基础，吸收民间文学的长处，经过加工整理，于15世纪创造出一种新诗体叫六八体诗。这种诗体巧妙地利用了越南语语音多变的长处，格律简单，符合越南民族语言的习惯，所以很快盛行起来。这种诗体由六八字句相间组成，其句式的韵律是：

第一句：平平仄仄平平

起韵（一）

第二句：平平仄仄平平仄平

叶韵（一）另起韵（二）

第三句：平平仄仄平平

叶韵（二）

第四句：平平仄仄平平仄平

叶韵（二）另起韵（三）

这样周而复始地运用平仄韵，诗的长短不限，比过去的韩律确实自由多了。六八诗体为大家采用，使越南韵文文学进入了空前发达的时期。后来诗人们又将汉语七言诗与六八诗相结合，创造出双七六八体诗。它与六八体基本相同，但在每六八字句前，加两个七字句。格式是：

第一句：平仄仄平平仄仄

起韵（一）

第二句：平平平仄仄平平

叶韵（一）另起韵（二）

第三句：平平仄仄平平

叶韵（二）

第四句：平平仄仄平平仄平

叶韵（一）另起韵（二）

每四句为一节，算一个段落，如继续写下去，则第五句为七字句，这句的第五字韵第四句的句末字韵，第七字则另起韵，以下依此类推。

16世纪越南封建社会日趋衰败，加之连年混战，社会动荡，为喃字文学的发展提供了丰富的创作内容，出现了一些不同程度反映社会黑暗现实的诗文。

到了18、19世纪，越南社会极度混乱，满目疮痍，人民苦不堪言。在这动荡不安的年代，喃字文学却发展到一个较为成熟的阶段，迎来了它的黄金时代。西山王朝时期（1789—1792年），阮惠钦定喃字为全国通用文字，诏书、敕令全用喃字撰写，考试也用喃字。这一系列措施促进了喃字的应用和推广。

文坛上的喃传[1]作品竞相出现。这些作品有的出自名家手笔，有的出自集体创作，也有的借用中国文学题材改编而成。

从越南文学的发展历史来看，中古时期虽然已有使用民族语言的喃字文学，但它在当时并非官方正统文学，往往被看作是“下里巴人”和“不登大雅之堂”的文学。然而，它贴近生活，联系群众，所以更具有生命力，能不断发展。喃字文学大多为形象作品，很少政论文章，作品中塑造了富有民族色彩的文学形象，生动活泼而又具体切实地反映了越南人民的日常生活现实，故为群众所喜闻乐见。喃字文学的内容还反映了爱国主义思想和突出了仁爱精神，它的文学体裁也丰富多样，既有民族体裁如六八体、双七六八体、歌篓体等，又有外来体裁如五言、七言等汉诗体，因此喃字文学在文坛上所起的作用越来越大。但由于喃字本身的结构比较复杂，难学、难写、难记，有时甚至比汉字还要难，所以它只能在谙熟汉语的士大夫中应用流传，难以在民间推广普及。故而，当拉丁化越语在19世纪下半叶20世纪初兴起时，喃字就渐渐自行消亡，喃字文学也随之退出越南文坛。

第二节　喃字文学的代表作家与作品

13世纪末，喃字文学韩律初兴，其时的代表作有阮诠的《飞砂集》，陈光启的《卖炭翁》，阮士固的《国音诗集》等。

15世纪喃字文学的代表作是：《苏公奉使传》、《林泉奇遇》（又名《白猿孙恪传》）等。《林泉奇遇》是一部由150首共1200句国音诗组成的长篇叙事诗，内容很生动，写一位仙女因触犯天规被谪人间，变成一只会说话的白猿，潜心念佛，但因凡心未泯，又变成一位美貌女子，与一个落第举子孙恪结为夫妇，生活得非常美满。孙恪的挚友某僧人怀疑白猿是妖魔，用神剑将她杀死，但几经周折后孙恪与白猿最终还是团圆了。这篇诗作在艺术技巧和词汇运用上较之过去同类作品显然有很大的进步。但由于韩律诗不适宜于长篇叙事，所以《林泉奇遇》在故事情节变化上还是受到了很大的局限，成了喃字国音诗体最

① 喃传指用喃字写成的韵文小说。

后的一篇名作。

15世纪喃字文学创造出“六八体诗”和“双七六八体诗”。此类诗作日渐增多，其中的代表性作品《鲶鱼与蛤蟆》是越南文学史上第一次以寓言形式来描述农民内部纠纷的作品，其结局像鹬蚌相争渔翁得利一样，让衙门上下都捞到了油水。作品在一定程度上揭露了封建统治者的丑恶面目。作者姓名不详，笔触流畅，语言简练。另一部作品《贞鼠》是一篇850句的长诗，也以寓言形式写就，主要歌颂女子的贞节。该作品形象刻画生动，运用民间语言自如，为越南人民所熟悉。

16世纪的喃字文学出了不少名家，阮秉谦（1492—1586年）是其中的一位大家。他的《白云国语诗》共收100首七言八句国音律诗，风格爽朗，意境清新，善于运用比喻手法和民间语言，颇富感染力。他的诗作多抨击道德败坏、趋炎附势的利禄小人，对社会的炎凉世态常感叹不已。此外，他的作品还渗透了儒家与老庄思想，可举其两首诗为例：

《世事》
得失成败已多见，功名弃置换安闲。
白云庵中尽雅兴，红尘途上懒争先。
天长悠悠花为客，夜静谧谧月作伴。
世事从今已然惯，丹心一片永不变。

《无题》
如欲戏人心操劳，何不悠闲睡清觉。
巧手亦会逢难处，笑口岂无被呛时。
顺时得势猫逐鼠，虎落平阳被狗咬。
几番得失堪回首，世上“无为”是锦囊。

从阮秉谦这两首朴素而又明快的短诗中，我们不难看出越南文坛的风气已开始转变，那种粉饰太平的盛世已经离去，而履霜践冰的劫运即将到来，阮秉谦的诗文是一个转折信号。

18世纪是喃字文学的全盛时期，黎贵惇（1726—1784年）是第一个打破陈规用喃字写应试文章的人，在越南科场上开了先例。此后他又以大胆泼辣的笔触，写了题为《妈妈我想嫁人》的喃字文章，揭露封建礼教的不合理，从而大大提高了喃字文学的地位。但此时由于社会文网森严，许多作者不敢吐露真名实姓，只好隐而不宣，于是产生了大量的无名氏作品。具有代表性的有《石生》、《范公菊花》、《宋珍和菊花》、《贫女叹》、《女秀才》、《观音氏敬》、《潘陈》、《二度梅》、《芳华》。这些作品的共同特点是，具有强烈的现实性，许多作品赞扬了热爱劳动的精神和公平合理的现象，歌颂真善美，鞭挞假恶丑。大部分作品从语言到内容，甚至具体细节，都洋溢着浓厚的生活气息。作品中的正面人物，大多是船家、樵夫、书童、丫鬟等，虽然他们不是主角，可他们品质可贵，富有牺牲精神。这些作品提高了穷人的地位，许多男主人公如石生、范公、宋珍等都是穷苦人，他们有德有才，在生活风浪中艰苦搏斗，最终取得胜利。有的人虽在阳间不能取胜，到阴府去了也会占上风。这些艺术形象源自生活现实，因此平民百姓感到分外亲切，备受欢迎。这些作品有不少还取材于中国作品，如《潘陈》出自中国明代传奇《玉簪记》，《二度梅》脱胎于中国清初章回小说《忠孝节义二度梅全传》，《观音氏敬》取自中国民间说唱文学《龙图宝卷》和《观音出身南游记》。另如《范公菊花》、《宋珍和菊花》等虽写的都是越南的人物，但涉及到“变泰发迹”的主题，与中国的《吕蒙正破窑记》、《薛平贵和王宝钏》等的主题相近，内容雷同。不过越南作家在移植过程中很精心，使作品自然融入而不留斧凿之痕。

这个时期，越南文坛呈现百花争艳的景象，名家作品层出不穷，最有代表性的是阮嘉韶的《宫怨吟曲》、阮辉似的《花笺传》、阮攸的《金云翘传》、阮廷炤的《蓼云仙传》以及胡春香的诗作等。

阮嘉韶（1742—1798年）自幼受宫廷教育，在深宫中度过了35年养尊处优的生活。他19岁开始充当校尉，40岁官至兴化总兵，受封温如侯。任总兵后，他实际上明升暗降，被贬出宫外，生活开始逆转。宫廷内部的勾心斗角酿成了“骄兵之乱”，他为了“避祸”，常常告假回西湖官邸休息，醉心于琴棋书画，或潜心于道教佛教的哲理。这时起，他已颇有帘外春寒之感。西山起义时，他的出身和生活经历决定了他不可能去拥护起义，但也没有勇气出来抵抗。于是，他隐居山林，纵情于诗酒，消极等待命运的安排。35年的宫廷生活使他有机会目睹那些昏君的荒淫无耻，他们不闻朝政，只知在三宫六院中寻欢作乐，同时他也看到那些从民间选来的妙龄少女如何被禁锢在深宫中供人玩弄，过着“春往秋来不记年，惟向深宫望明月”的孤寂和悲惨的生活。后来当他经常受长门冷落对待时，更深深体会到被人遗忘的痛苦。于是，他对那些粉黛佳人的不幸遭遇寄予了无限的同情。他通过宫女的哀怨，抒发自己对朝政的不满，写下了《宫怨吟曲》这部传世名作。

《宫怨吟曲》是一首长达356句的双七六八体长诗，主要通过一个良家美女如泣如诉的自述，倾吐出她被迫入宫，因色衰爱驰而多年来一直过着冷宫孤影生活的辛酸与痛苦。这部长诗揭露了封建统治者的残忍，同时也抒发了诗人对朝政的不满。但由于作者受佛教和道教的思想影响很深，所以在作品中不时流露出虚无幻灭的情绪。诗作的句子缠绵悱恻、曲折回荡、动人心弦，美中不足的是，有些段落过多地堆砌辞藻和引用典故，致使行文晦涩费解。但总的说来，它仍是一部佳作，在越南文学史上占有一定的地位，是“继《征妇吟曲》之后道出这个时期妇女痛苦的第二部作品”。

阮辉似（1743—1790年）出生于簪缨世家，自幼受到诗书的熏陶，在乡中颇有文名，17岁乡试及第。1783年京城发生“骄兵事件”，他为了保全自身，以奔岳母之丧为借口，辞官隐退。西山起义成功后，阮惠下诏求贤，要他出来辅政，此时他却已逝世。阮辉似的著作很多，但留传至今的只有《花笺传》一部。

《花笺传》取材于中国明朝小说《花笺记》，在越南成书时，是一部长达1500余行的六八体长诗，后经阮善的修改，在明命年间1820年时又经武大问增饰润色，成为1800行的长诗，即今所见之版本。其内容主要叙述宰相梁某之子梁芳洲与武将杨某之女瑶仙悲欢离合的爱情故事，属才子佳人类书。它在刻画物和描写景物方面是比较成功的。作品中女角颇多，性格各异，个个都被描绘得栩栩如生。作品结构起伏有致，情节复杂曲折而又脉络分明，读起来引人入胜。但是作品中所用的汉音和典故过多，语言不够大众化，因而它只在知识分子中流传颇广和影响较大，不像《金云翘传》那样能为广大群众所普遍接受。尽管如此，这部作品在越南文学史上仍占有一定地位。

胡春香是一位为越南人民所熟悉和享有盛誉的女诗人，其生卒年月已无可稽考。她出生于儒学家庭，父亲早亡，母亲为侧室。她与母亲相依为命，过着清苦生活。她的婚姻也是不幸的，两次婚嫁，两次孀居。旧礼教、旧婚姻制度给她带来极大的痛苦。因此，她很适应西山朝新思想的浪潮，勇敢地写出了许多诗篇，把锋芒对准了封建礼教，获得了重大成就。

胡春香的诗约有50首被收录在《春香诗集》中。她抒写的是日常生活中平凡小事，如扇子、螺丝、梭子、元宵等，但却能从中寻找出它们的生命力，并表达出自己的感情。如《元宵》一诗．以它的自述，写出了它的形状、煮法，但同时又表现了它的气节“丹心一片永不变”，表达了对真理的热爱，对腐败的憎恨。春香用诗歌作武器，向旧礼教宣战。她在《做妾的命运》一诗里，向人展示了做妾的非人生活；在《无夫而孕》一诗中，则更大胆地否定了道学家们对妇女贞操的悖谬看法：

只因迁就成遣恨，此情此景郎知否？
天缘未曾见冒头，柳[①]份却已生横枝。

胡春香诗的特点是讽刺性和民族性强。她诗中语言大都通俗易懂，并把民间成语、歌谣溶化到自己的作品中，使人读时感到十分亲切，并容易记诵。她的诗最独到之处是用越南语写唐律诗。一般来说，唐律诗的形式清雅，内容庄严，而春香在使用唐律时却把这层高贵的外壳剥掉了，塞进了非常大众化的内容。她用这些内容来改变形式，使唐律民族化，风格爽朗泼辣，语言凝练，格律严谨，对仗工整。同时，春香的诗用感官的表现手法，还涉及性爱问题。但她并不用粗俗秽语来表现，而是使用巧妙的双关语和比喻象征的手法，使读者自己领会，颇有痛快淋漓之感。她的讽刺揭露也十分尖刻，由于她的诗击中了伪君子的要害，统治阶级便用尽流言蜚语来诋毁她，说她的诗作是淫荡之作。然而广大群众却对她的诗倍加喜爱，越南文学界也给她以很高的评价。诗人春妙评价她：“春香不仅是西山时期最杰出的诗人，更是越南诗坛的佼佼者。她的诗最越南化、最民族化，也最被人民所推崇。”可以说她是越南讽刺诗派的创始人之一，她的诗作乃后世讽刺诗的楷模。

阮攸（1765—1820年）字素如，号清轩，别号鸿山猎户或南海钓徒。河

---

① “柳”字是谐音，音为“了”字。

静省宜春县仙田村人。他出身于黎朝的簪缨世家，自幼就有志于宦途，但因西山起义推翻了黎朝，未能如愿。1789年西山起义军北上，黎皇昭统逃遁中国，阮攸亦想跟随，但未赶及。从此，他返回妻子故里，辗转10余年，常以山水作伴，狩猎为趣。这期间，现实生活教育了他，使他了解到穷人的生活情况，他的思想感情起了一定的变化。1796年，他听到阮福映在活动，想去追随，但未及启程消息败露，被拘留了3个月。释放后他回仙田，过着穷困潦倒的生活。这时除了写汉诗外，也开始写喃字诗作为尝试，虽艺术上尚未完善，但也可以说在为他的力作《金云翘传》打基础。1802年阮朝建立后，他出任芙蓉知县，后升任常信知府、广平营该薄等职。1813年，他被提为勤政殿学士，并出使中国。他沿途走访了许多城市，目睹中国中原民间情况与越南一样，也有千千万万穷苦百姓。于是他写出了如《所见行》、《太平卖歌者》等对社会弱者寄予同情的诗，还写了不少怀念中国诗人屈原、杜甫等的诗作，借此抒发自己对阮朝暴政不满之情。归国后，他完成了力作《金云翘传》。

《金云翘传》亦名《断肠新声》或《金云翘新传》，人们通常把它简称为《翘传》。这是一部长达3254行的六八体诗，书名是从金重、王翠云、王翠翘三位主人公的姓名中各取一字连缀而成的。通篇用韵文写成，以一位美丽善良的少女王翠翘的遭遇为主线，敷演成一个情节曲折、悲欢离合的爱情故事。内容假托发生在中国明朝嘉靖年间没落的王员外家，王家有二女一子，名翠翘、翠云、王观。姐弟三人在清明扫墓归途中，与王观同学金重邂逅。翠翘与金重一见倾心，后又私订终身。不久金重为叔父奔丧，只好与翠翘挥泪告别。正当此时，王员外横遭丝商的诬陷，父子被拘押，又被官府敲诈勒索，翠翘毅然卖身赎父。结果，她被流氓马监生拐骗，堕入青楼。她一心想跳出火坑，却又被二流子楚卿欺骗，再度落入妓院，遭受鸨母秀婆的凌辱和虐待。后来她得到大贾子弟束生的怜爱，嫁他为妾。可是，又遇到了一位出身显贵但刁蛮凶狠、嫉妒泼辣的大妇。翠翘受尽了折磨，无奈再次出奔，却也无法逃出命运的魔掌，第三次沦落烟花柳巷。最后，称霸南天的英雄好汉徐海把她救出了火坑，结为夫妇。徐海的威声震撼了朝廷，当朝大员胡宗宪奉诏剿徐，施展了假招安的伎俩。胡宗宪利用翠翘的天真无知及追逐忠孝功名的观念，使徐海受骗被杀。阴谋得逞后，他又侮辱了翠翘，最后还把她当作礼物赏给部下。翠翘追悔莫及，投江自尽，却又为老尼觉缘所救。这时，金重已会试高中，在上任途中多方查访寻找翠翘，最后由觉缘指引，实现了与翠翘团圆的夙愿。

《金云翘传》从表面看不过是一部才子佳人的爱情故事书，但认真推敲，人们会发现它反映了当时越南社会腐败的现实，具有浓郁的时代色彩和特殊的艺术魅力。

当时越南阮朝封建统治者对人民的盘剥愈发变本加厉，而外国资本主义的侵入，商品经济的泛滥，又促使越南社会走上畸形发展的道路。官吏们千方百计搜刮民脂民膏，百姓们生灵涂炭，苦不堪言。阮攸在《金云翘传》叙述王员外家惨遭横祸的一段中，用白描手法勾画了衙役们如狼似虎的凶态和敲诈勒索的行为：

大家不及寒喧，
衙役四面声喧。
挟棒持刀，
个个似牛头马面，
老人幼弟都戴上枷锁，
父子紧紧绑缠。
青蝇声嗡嗡一片，
织机捣毁，女红散乱一边。
不管家私细软，
歹徒恣意抢掠，无一幸免。
……
猛省悟，衙役惯态，
滥施刑毒，无非志在金钱。

这一张张“牛头马面”的嘴脸，一个个嗡嗡作响的青蝇，展现在人们的眼前，怎能不令人作呕和愤慨呢！而“无非志在金钱”这一句，更道破了底蕴，“真是有钱能役鬼神”，“钱到手，便了结官府讼件”。作者大胆地揭露了这令人窒息的社会污浊。

诗人不仅揭露封建社会的罪恶，而且同情受损害和受侮辱的人，还歌颂了英雄好汉。女主人公翠翘是一个才貌双全的弱女子，作者用酣畅淋漓的笔触着力描述了她的坎坷遭遇，两次被逼入青楼，两次做人婢妾。作者不禁为她鸣不平，大声疾呼：

造化小儿作弄！
只为了薄具姿容，
受尽千重魔障！

阮攸笔下的翠翘在那人吃人的社会里，倍受凌辱，令人同情。翠翘的不幸，决不是因为她薄命，而是因为封建社会对妇女的残害最甚，特别是对烟花女子的摧残。因此，对翠翘的同情也是对整个受压迫的妇女的同情，作者发出感叹：

薄命女，
可怜一代红妆，
历尽流离冤苦，
终归如此收场！

在长诗中，作者还歌颂了农民起义英雄徐海。他生得“虎须、燕颌、蚕眉、阔肩膀，体貌轩昂，雄姿英发，精通拳棍，更兼才略高强，顶天立地男子汉”。他热爱正义，向往自由，后来成为主霸南天的英雄，“嘘气震摇天地，更无人居我上”。最后，阮攸还用重彩描绘徐海的殒命：

徐公阵前殉难，
仍然意气轩昂，
英灵宛在，
遗骸直立不僵。
恍似一柱擎天，
哪怕千斤击撞。

《金云翘传》在艺术上的成就也十分突出，为越南历代文艺评论家所推崇。六八体诗是越南民族文学诗体，既可吟唱咏叹，又可配曲管弦，无论写景抒情，还是描摹人物心理，都可游刃有余，而阮攸的《金云翘传》正是出色地体现了这些特点。作者善于写景状物，并用情景交融的手法来烘托人物的内心变化。在诗中，阮攸多次描写明月，但每次明月的姿色都随着人物处境的不同而变化。当翠翘第一次与金重相会时，“明月窥人心中，满庭金波玉影”。像一个好奇的顽童，窥探着初恋少女的私蕴；当翠翘被困禁在凝碧楼时，则“月明山影同清”，衬托出女主人公无限惆怅、无限凄凉的心情；又当金重金榜题名后重返家园时，这里的景物依在，却惟独不见翠翘，不知她飘落何方，于是“满园草木萧疏，窗棂剥落，望月的人何往？前后凄清冷落，惟有桃花依旧笑人忙”。这真可谓“情以物迁”，物是人非，明月随着人的心情变得凄凉了。这种情景交融之手法大大增强了作品的艺术感染力。

阮攸在语言运用方面也达到了炉火纯青的地步。诗句工整多变，词句洗练，意境清新。诗人有时把民间俗语、谚语和典故，原封不动地穿插于诗行间；有时把它们杂糅在一起，组成新的、具有民族风格的成语，使寓意更为深刻。后人往往难以分辨哪是诗人借用的民间语言，哪是他自己的创新。此外，他还喜欢把中国汉字和汉语典故也融入诗中，使诗句涵意更为深刻，语言更加生动活泼。阮攸的文采，不仅丰富了越南语言词汇，而且还把喃字的运用推向一个新的高峰。正如越南诗人阮庭诗说的：“《金云翘传》中的越语像阳光那样明亮，像泉水那样清澈……阮攸运用的语言是纯粹越南语的典范，还没有人超越它。”

《金云翘传》是阮攸以中国清初青心才人所著的章回小说《金云翘传》为蓝本，经过精心的艺术加工再创作而成的。从内容看，基本上与原作相同，连人名地名都没改动，但对某些细节却作了不少增添与删削。特别可贵的是，作者用现实主义的创作方法，经过恰到好处地剪裁，把越南19世纪初的社会现实融入了《金云翘传》这幅画卷之中，使它具有浓郁的时代色彩和特殊的艺术魅力。此外，《金云翘传》在表现形式、创作风格、语言运用和人物塑造等方面也与原作有很大的不同。原作是10余万字的章回小说，而阮攸把它浓缩成3254行的六八体诗，就这一点来讲，其语言的凝练程度就非同一般。例如原作描写宦姐的阴险毒辣，几乎用了三个章回的篇幅，而到阮攸的《金云翘传》，只用了10多行诗句就把她心狠手辣、貌似芙蓉、心如蛇蝎的性格活灵活现地描绘出来。再如青心才人对翠翘为金重弹琴的一节，使用了艳词丽句加以细致描述，但因词语空洞，读起来印象并不深。而阮攸却运用了形象语言，词清句雅、奔流兼涌，犹如白居易在《琵琶行》中对琴声带有实感性的摹写那样，使诗句悠悠地传到读者的耳中，仿佛如闻其声。

诸如此类的妙笔在阮攸的《金云翘传》中不胜枚举，通过阮攸不惜刀削斧凿的雕琢，《金云翘传》便成为一部具有极大艺术魅力的杰作了，在越南文学史上独占鳌头。自它问世以来，其影响之深，流传之广，超过其他任何一部越南作品。人们不仅熟悉它的内容，而且还能熟练吟诵，甚至连有的幼儿、文盲也能成段成段地背诵；年轻的妈妈把它当作摇篮曲，白发苍苍的婆婆在繁星满天的黑夜中常给孩子们讲的也是《翘传》的故事。此外，人们无论在何时，不管在什么场合都能引用其中的诗句来表达自己的感情。在日常生活中，男女青年间往往摘用《翘传》的诗句来倾吐心声。

《金云翘传》在越南被视为古典文学名著，阮攸被比作俄国的普希金、法国的巴尔扎克、中国的屈原和曹雪芹，他确实受到人们极高的评价而享有盛誉。1965年阮攸诞辰200周年时，越南举行了隆重的纪念活动，世界和平理事会也把他列入世界名人行列。

继阮攸之后，蜚声越南文坛的是阮廷炤（1822—1888年）。他自幼聪慧，潜心读书，21岁中秀才。1848年在顺化应举时，他接到慈母病故的噩耗，立即返家居丧，因一路劳累，又加悲痛积郁，引起眼疾，终至双目失明。后来他在家乡执教，1861年，法国侵占南部六省后，他以笔为武器，与敌人展开斗争，表现出抗法的高度爱国主义精神。他给人们留下50多首诗，数篇祭文和赋，真实地反映了抗法斗争的时代风貌。他的作品充满了对敌人的刻骨仇恨，洋溢着炽热的爱国热情。他在祭文中不仅歌颂了义军的领袖，还赞颂了普通战士和勇敢抗敌的平民百姓。在他的笔下，英勇义军个个都体现了勤劳、勇敢、纯朴、憨厚的劳动农民的性格特征，“身上只披粗蓑衣，手里仅持尖竹竿”，但“不怕敌人钢枪铁炮，打开大门往里闯，视死如归”。

他的长篇传奇《蓼云仙传》是一部长达2076句的六八体诗，深受越南南方人民的喜爱，其地位和影响可与越南北方的《金云翘传》相媲美。在越南南方，几乎所有的农民都能背诵和说唱《蓼云仙传》，几乎每个幼儿都聆听过妈妈或奶奶讲唱云仙和月娥的故事。《蓼云仙传》主要讲青年学子蓼云仙的故事。蓼云仙在进京赶考途中，从强人手中救出女子乔月娥，月娥暗中爱上这位文武双全的救命恩人，苦于不便开口，就与云仙分手了。云仙早时已与富贾武某小姐订亲。现他一门心思夺取功名，在应试时，接到母亲病故噩耗，决定放弃功名，回家居丧。因途中颠簸劳碌及内心悲痛而病倒，以致双目失明。此时遇到落第归来的郑歆，因他嫉恨云仙的才学，非但不相助，反而将云仙骗至船上推下江心。渔翁将云仙救起送至武公家中，武公父女欺贫爱富，将他置于一荒山洞中，他又被樵夫所救。乔月娥听到云仙已死的传言，悲痛欲绝，立誓不嫁。朝中太师想娶月娥为儿媳，遭到拒绝，怀恨在心。在乌哇军来侵时，太师强行要把月娥送给乌哇。月娥设坛祭祀云仙后投江自尽，遇观音搭救，将她的尸体送至裴家后花园中还魂复苏，后因裴公子欲娶她为妻，她便设法逃出，与路遇的老妪在山中同住。云仙得仙药双目复明，应试中了状元，后奉命往平乌哇国。斩了乌哇王首级之后，他在林中迷路，得与月娥相会。最后月娥被封为郡主，与云仙夫妻锦衣荣归，太师被贬，郑歆葬身鱼腹，武泰鸾死于猛虎之口。

《蓼云仙传》通过云仙和月娥的传奇故事，歌颂了正义与真挚的爱情，同时也揭露了当时社会的道德沦丧与衰败现象。它是在法国殖民主义入侵前成书的，由于主题是歌颂“大义”，所以在殖民者入侵后，赋予了新的含义，使之成为反对法殖民主义的大义，因而更为人们所厚爱，直至后来的抗法战争和抗美救国战争期间，仍为大众所传诵，而且还被搬上舞台，继续发挥鼓舞战斗的作用。

第五章 中国古典和通俗小说在东南亚

第一节 中国古典和通俗小说在东南亚的流传

本章说的中国古典和通俗小说主要指明、清两代流行的长、短篇小说。此类小说从19世纪开始风靡东南亚一些国家，对那些国家文学的发展产生了不小的影响。中国古典和通俗小说为何在19世纪会流行起来，这与东南亚殖民地特定的历史条件和华人在东南亚的社会环境和生活方式有着密切关系。

十七八世纪东南亚逐一沦为西方的殖民地，移居东南亚的中国人越来越多，大部分是被迫出洋谋生或被抓去当“猪仔”的闽粤一带贫苦百姓。他们和当地的原住民一样，都是西方殖民统治下的劳苦大众，不是当种植园或矿场的契约劳工就是从事小本经营的商业活动，为开发东南亚经济付出毕生精力和血汗。他们大多为目不识丁的男人，女性极少，所以有不少人娶当地妇女为妻，生下的子女（包括与华人妇女在当地所生的子女）被人称作“土生华人”。随着时间的推移，“土生华人”的人数与日俱增，逐渐形成独特的华人社群。他们与从中国来的“新客”（第一代华人）有所不同，首先他们是土生土长的，起初没有条件接受中国教育，除有的还会讲些家乡话外，大都不谙汉语而以当地语言作为自己的母语。他们是在两种文化的环境中长大的，从父亲那里接受了来自中国文化的传统影响，从母亲（若母亲为当地人）或当地社会那里吸收了当地文化的滋养。在两种文化的熏陶下，他们多少知道中国的传统文化艺术，同时也颇熟悉当地的文化艺术。

在殖民统治下，东南亚的华人往往以同乡、同籍组成社群，有以潮州人、广府人或客家人等为主的，有以闽南人或福清人等为主的。在当时条件下，这种社群组合有利于华人之间的互相关照、互助互济，也有利于保持自己家乡的文化传统。当时大多数的华人没有受过教育，以文盲居多，不能直接阅读中国书籍，往往靠家乡地方戏曲的演出来欣赏祖国的文化艺术。所以，早在17世纪，中国南方的地方戏曲就已经在东南亚好些地方流行了。据记载，1648年中国的地方戏曲已传入缅甸。不晚于1685年，福建、广东的戏曲和木偶戏已在泰国流行。1834—1844年间，福建的高甲戏金福兴班，先后到泰国、越南、新加坡、马来西亚、印度尼西亚等国巡回演出，剧目有《白蛇传》、《孔明献空城》、《困河东》、《取宛城》、《杨宗保拜塔》、《长板坡》等。福建高甲戏三合兴班也于1840—1843年到过马来西亚、新加坡，在那里上演《三气周瑜》。[①]1885年清朝外交官蔡钧出使越南时看过越南的地方戏，演的就是三国故事。19世纪到东南亚巡回演出的广东、福建的戏班子更加频繁，东南亚许多华人社区还设有专供粤剧、琼剧、潮剧、闽剧等演出的戏园。演出的剧目有《三战吕布》、《赵云救主》、《凤仪亭》、《武松杀嫂》、《铁弓缘》、《翠屏山》、《荆轲刺秦王》、《辕门射戟》、《樱桃记》等，大多取材于中国古典和通俗小说。中国的戏曲不但为华人所喜爱，也受当地人的欢迎，在泰国还常被王室贵族请去招待外国贵宾，甚至有泰国演员与之同台演出。有些小戏班子还深入到小城镇里，把中国的传统文化带到东南亚的各个角落。

除了中国的地方戏曲，说书人的演出活动在传播中国古典和通俗小说方面也起了一定的作用。可以这样说，早先流行于东南亚的中国地方戏曲和说唱艺术，已经为以后大量翻译改写中国古典和通俗小说开辟了道路和打下了基础。

中国古典和通俗小说的译改和传播需要具备三种条件：一是需要有掌握汉文和当地语文能力的译改人才；二是需要有传播的媒介和渠道；三是需要有懂得当地语文的读者群。

19世纪，东南亚的华人经过几代人的努力奋斗和艰苦创业，在经济上有了一定的基础。他们越来越重视子女的教育问题，有的从家乡请来私塾先生，给自己的子女传授四书、五经之类的中国文化知识，有的则让子女就读于当地办

① 参见赖伯疆：《南亚华文戏剧概观》，北京：中国戏剧出版社，1993年，177~179页。

的学堂或西方人办的教会学校，受当地或西方语言文化的教育。这样，“土生华人”中间便产生了一批有一定文化知识的人，他们具有使用双语的能力，能使用中国语文和当地语文，少数人还掌握了西方语文。这就为满足第一种条件提供了可能。

19世纪的下半叶，西方殖民统治者加快了使其殖民地走向资本主义市场经济的步伐，大力发展近代各种的基础设施，印刷业和报刊业也应时而兴。不仅出现了当地文字的报刊，也有不少华文报刊问世。拿印度尼西亚为例，在19世纪80年代就出现了好多家马来文报纸，如《马来文报》（1856年）、《巴达威报》（1858年）、《马来号角报》（1860年）、《泗水之星》（1860年）等。办报的不少是“土生华人”，他们有的也涉足早期的印刷出版业，充当私人出版商。泰国、越南等其他东南亚国家也在19世纪末开始发展新闻业，发行本国的报纸。正是这些华人办的报刊和经营的出版业，为中国古典和通俗小说的原本和译改本提供了发表的园地和传播的渠道，使第二种条件也具备了。

东南亚殖民地在走向资本主义市场经济的进程中，以经商为主的华人，由于经济状况的改善，更多的“土生华人”有了受教育的机会，摆脱了文盲状态。他们成为本地报刊的主要订户，也是中国古典和通俗小说的主要读者，这意味着第三种条件也有了。于是，翻译改写中国古典和通俗小说便蔚然成风。

著名的华裔马来语作家梁友兰在《中华—印度尼西亚文学》一书中，对中国古典和通俗小说为什么会在19世纪下半叶大行于世，提出了四个原因：

一、作为华裔，他们生活在中华文化的环境中；

二、当时的雅加达常有中国戏曲演出，常把中国人民的英雄人物搬上舞台；

三、在雅加达若干繁华街道旁边常有中国的说书人，边击小鼓边讲中国的各种故事，向听众索取少量的报酬；

四、荷兰殖民政府施行的“居住区制度”限定华人居住在规定的地区内，禁止与其他种族杂居。这种制度对土生华人的文艺取向起了不小的作用，因为它无情地把一般华人禁锢在他们自己的文化高墙内而不允许与其他文化接触。

梁友兰提出的四个方面原因不无道理，但应该说均属外因，上面提到的三种必备条件才是内因。只有在华人的经济发展到一定程度，华人子女受到一定的教育，市场上才会出现对中国古典和通俗小说译改本的需求。而这个市场需求，只有当华人中间已有具备译改能力的人才和发行的手段，才可能予以满足。在19世纪下半叶，可以说供与求两方面的条件都已具备，于是大量的中国古典和通俗小说译改本便涌入了当地的文化市场。这里还应该指出的是，“土生华人”并非生活在自己的文化高墙内而不与其他文化接触。恰恰相反，如上所述，他们也受本地文化的熏陶，甚至受西方文化的影响。只是在当时的历史条件下，本地的文学还停留在旧文学的阶段，远不能满足他们对文学的需求，而西方文学则由于语言和文化的隔阂一时还无法被他们所接受，因此只有中国的古典和通俗小说对他们具有强大的吸引力，因为从父辈和中国地方戏曲以及说书人那里，他们早就听到过有关的故事片断。现在他们受了教育，有了文化，有能力把早已听说的中国古典和通俗小说直接翻译改写过来，以满足广大的“土生华人”对文学欣赏的迫切需求。

第二节　中国古典和通俗小说在东南亚的翻译和改写

19世纪的东南亚国家，除了泰国，都沦为西方的殖民地。由于社会文化和宗教信仰各异，华人的分布状况和社会环境不同，中国古典和通俗小说在东南亚各国的翻译改写不是同步和普遍进行的，时间上有前有后，影响面也有大有小。

最早对中国古典和通俗小说进行翻译改写的是泰国，而且是由王室倡导和组织的。这可能是因为泰国还保持着独立的地位，在民族渊源和宗教文化上与中国关系比较密切。1802年曼谷王朝拉玛一世命当时的财政大臣——著名的文学家昭披耶帕康与华人合作，主持翻译改写《三国演义》和《西汉通俗演义》，先由华人口译成泰语，由泰人记录，最后由昭披耶帕康加工、润色、定稿。《三国演义》的译改本在泰国取名《三国》，起初靠手抄本流传于王亲国戚和达官显贵之间，1865年才由西方人开设的印刷所首次翻印成书，共分95部。从此《三国》便风行泰国全国，至1972年已重版15次。1975年中泰建交后，万纳哇·帕塔诺泰又重译了《三国演义》。泰文版《三国》的大受欢迎使翻译改写中国古典和通俗小说成为时尚，拉玛五世时期（1868—1910年）又有13部中国古典和通俗小说的译改本问世，其中重要的有《西游记》、《水浒传》、《开辟演义》、《隋唐演义》、《包龙图公案》、《英烈传》等。据统计，从拉玛二世至拉玛六世，被翻译改写成泰文的中国古典和通俗小说已达32部。

但从数量和规模来看，在东南亚翻译改写中国古典和通俗小说之风最盛的地区是马来群岛，也就是今之印度尼西亚、新加坡和马来西亚一带。19世纪下半叶，在这一带商业比较发达的城市通用一种被称作“市场马来语”的通俗语言，这种通俗马来语不仅成为不同民族在商业活动和相互交往中的媒介语言，也成为土生华人日常使用的交际语。从19世纪80年代起，在使用通俗马来语的土生华人中间开始掀起翻译改写中国古典和通俗小说的热潮。最先被翻译改写成通俗马来语的中国古典小说可能是《周文玉之子周观德传》（1882年），这是从《海瑞小红袍全传》的后十章翻译改写而成的。但最受欢迎的莫过于被称为明清以来的“四大奇书”中的三部，即《三国演义》、《西游记》和《水浒传》。

最早的《三国演义》马来文译本也叫《三国》（SAM KOK），于1883年至1885年分12卷出版，共900页。1886年接着出版陈萧节的译改本。1892—1896年新加坡金石斋出版社也出版了曾锦文译的《三国演义》，共30卷，合4622页。1910—1913年雅加达又出版徐精贵译的《三国演义》，计62卷，也长达4655页；于1920年还出了第二版。两位译者的翻译态度非常严肃认真，力求译文通俗晓畅而又接近于原文，同时还详加注解，把原文里的每个日期都换算成公历日期，把每个旧地名都注上今日的地名，而且还附上地图等等。到1912年由不同的译者出的不同的《三国演义》马来文译本已达6种之多。直至1963年还有人专门编译《三国演义》的精彩段落，其中有梁友兰编译的《三国精华》和林庆和编译的简写本《三国》。甚至到1987年还有人推出《三国演义》新的彩色精装译本《三国故事》，译者为A.S.乌丁，全书分8册，合1997页，由此可知《三国演义》在印度尼西亚大受欢迎的程度。《三国演义》还被译成印度尼西亚的其他地方语文，1890年的爪哇文译改本就有两种，另外还有望加锡文的译改本等。

至于另两部名著，虽不如《三国演义》风靡一时，但也备受欢迎。《水浒传》的第一部马来文译改本于1885年出版，书名叫《宋江》（Son Gkang），1910年出版根据第五才子书《宋江》译出的第二种译改本。1971年迪亚纳采用武侠系列小说的形式出《水浒传》的新译改本，书名叫《梁山108条好汉》。一直到1986年还有人从英译本转译《水浒传》。《西游记》也有多种马来文译改本，第一部译改本叫《西游》（See Joe）于1895—1896年出版，是全译本，分24卷，合1924页；于1919年再版过一次。《西游》的第二部译改本从1937年起，以每月长篇连载的方式发表，一直连载到1942年日军占领印度尼西亚为止。译者欧英强可谓以其毕生精力从事《西游记》的译介工作，其译本不但精确完整，且附有详细的注解。1953年郭克瑞以Monsieur的笔名还出了《西游记》的第三种译改本，共分10卷。这里附带提一下，《西游记》七十二回的盘丝洞故事曾于20世纪30年代被拍成通俗马来语电影，受到热烈的欢迎，使孙悟空的名字几乎家喻户晓，这也从一个侧面说明中国古典和通俗小说已深入人心。

19世纪80年代起，雅加达和新加坡曾是翻译改写中国古典和通俗小说的出版中心，尤其在印度尼西亚，翻译改写的数量之大，发行传播的范围之广，令人惊叹。除了上述三部名著，中国古典和通俗小说比较著名和比较有代表性的作品几乎都被译介过来了，其中有中国历史演义小说，如《东周列国志》、《东西汉演义》、《隋唐演义》等；有人物传记小说，如《英烈传》、《薛仁贵征东全传》、《说岳全传》、《朱洪武演义》、《三宝太监下西洋》等；有神怪小说，如《封神演义》、《华光天王南游记》、《上洞八仙传》、《孙庞斗智演义》等；有公案小说，如《施公传》、《海公大红袍全传》、《海瑞小红袍全传》、《彭公案》等；有武侠小说，如《三侠五义》、《罗通扫北》、《五虎平西》、《五虎平南》、《火烧红莲寺》、《江湖奇侠传》等；还有著名的民间故事，如《梁山伯与祝英台》、《白蛇传》、《孟姜女万里寻夫》、《王昭君和番》、《陈三五娘》、《木兰从军》等。此外，明朝著名的短篇小说集《今古奇观》在1884年也有了选译本，并且在爪哇各地一版再版。1894年雅加达出版了叶元和译的《今古奇观》的12篇故事选本并于1915年再版。爪哇各地还零散地出版了《今古奇观》的其他故事，如《卖油郎独占花魁》、《杜十娘怒沉百宝箱》、《李谪仙醉草吓蛮书》等。1895—1896年也出版了杨真源译出的12卷本《聊斋志异》。1915年又出版了《聊斋志异》的7卷本，合504页。法国学者克劳婷·苏尔梦根据自己所掌握的资料做过统计，从19世纪70年代至20世纪60年代，被翻译改写的中国古典和通俗小说多达759种。

中国古典和通俗小说在东南亚其他地区也有被翻译改写成当地语文的，

不过这方面的资料很少，还没有人做过系统的整理和研究。就目前所知，柬埔寨曾有4种这方面的作品传世：一、《昭君公主的故事》，由柬埔寨作家陈小（原籍福建）于1897年根据母亲（或伯母）用柬埔寨语讲述的故事写成；二、狄青的故事；三、西汉的故事；四、许汉文和白蛇、青蛇的故事。以上故事改写时，多采用古典诗体的形式。老挝要到1978年才有《三国演义》的节译本问世，可能是从泰文转译过去的。缅甸可能是先通过英译本接触中国的古典和通俗小说。1894年缅甸人J.A.貌基和一位署名为蒲甘粟敦宏（音译）的华人合作，将《包公案》和《聊斋志异》中的一些故事翻译成英文，以《天朝之镜》为书名出版。不好理解的是，至今尚未发现在20世纪前后有中国古典和通俗小说的缅文译本问世。同样，在菲律宾至今也未发现有中国古典和通俗小说的他伽禄语译改本传世。

越南的情况比较特殊，因为中国的语言文化早在秦汉时期就已传入，汉语在相当长的时期里是越南的书面语言，不少越南人精通汉文，中国的古典文学对越南文学早就有非常深远的影响，上面已有专章介绍。这里需要谈到的是，19世纪末越南语拉丁化后，中国的古典和通俗小说在越南被翻译改写的情况。越南使用的文字先是汉字，后是喃字，都是文人的文字，相当复杂，很难普及化。拉丁化后，有更多的越南人摆脱了文盲状态，可以直接阅读拉丁化越南文的文学作品了。这意味着对文学作品的需求量在大幅度上升，读者面也在迅速扩大。在这种情况下，首先有人把已翻译成喃字的中国古典小说再改成拉丁化的越南文字，使更多市民阶层的人得以直接阅读和欣赏。到1905年，开始出现用拉丁化的越南文直接翻译改写的中国古典和通俗小说作品，现存最早的译本是西贡出版的、由冯皇译的《岳飞传》。从此，中国古典和通俗小说如《三国演义》、《水浒传》、《西游记》、《再生缘》等便风靡一时。许多译本是先在报刊上连载，后印成单行本发行。有人统计，从1905年至1950年，已被翻译改写成拉丁化越南文的中国古典和通俗小说不下300种。《三国演义》里典型人物的名字已成为一种形象化的比喻用词，例如张飞——急躁，曹操——多疑，诸葛亮——足智多谋等，可见其深入人心的程度。

中国古典和通俗小说被大量翻译改写，始于19世纪下半叶而盛于20世纪上半叶。如今东南亚各国已摆脱殖民主义的枷锁而取得民族独立，各国的现代文学有了很大的发展，但中国的古典和通俗小说仍受青睐，用现代语言重新翻译的新版本不时面世。特别值得一提的是，本来未被东南亚译介的中国“四大奇书”之一的《红楼梦》到了1963年已有越南文译本问世。1975年和1989年《红楼梦》的泰文译本和缅文译本也分别由泰国作家瓦叻塔·台吉功和缅甸作家妙丹丁分别译就出版。而通过电影电视等现代媒体的传播，中国古典和通俗小说在东南亚的风行可以说仍是方兴未艾。特别有必要一提的是，20世纪50年代兴起的新派港台武侠小说也风靡东南亚。取缅甸为例，最早翻译港台武侠小说是在1974年，其数量占全年翻译作品总量的比例逐年上升：1981年为68部，占42%；1982年为86部，占49%；1983年为100部，占45%；至1985年竟达274部，占72%。[①]这大概得力于现代影视媒体的推动。

第三节　中国古典和通俗小说在东南亚的影响

语言是文化交流的工具，又是文化的载体，而文学更是借助语言的艺术。一个民族的文学要被另一个民族所了解、欣赏和接收，惟有通过语言的转换才能实现，因此翻译改写的重要作用也就不言而喻。一个民族翻译改写另一民族的文学作品是两民族间文化文学交流的必由之路。19世纪下半叶，中国古典和通俗小说在东南亚被大量翻译改写成当地文字，不但使广大的土生华人，也使当地的原住民可以越过语言的障碍而直接阅读和欣赏原著。他们从翻译改写和阅读欣赏中，领略到中国古典和通俗小说的风采和魅力，必然会觉得有许多地方是可以拿来借鉴和加以吸收的。这就是中国古典和通俗小说对当地文学起影响的开始。从19世纪起，这个影响越来越显著，越来越深入，尤其在泰国和印度尼西亚。

泰国是最早翻译改写《三国演义》的国家，而《三国》对泰国文学的影

① 据《翻译文学研究会论文集(一)》[缅文]，内比都：缅甸文学宫出版社，1990年，第90页所引数字。

响也最大。在翻译改写的过程中，一种浅近易懂、短小精练、结构紧凑、比喻丰富的新散文语言风格脱颖而出，被人称作“三国文体”。这种新颖的“三国文体”打破了泰国传统的复杂拖沓的古诗体的局限性，受到了广泛的欢迎。于是，后人纷纷起来仿效，特别是写内容与三国有关的作家。从此，“三国文体”大行于世，《三国》也成了泰国作家的一个创作源泉，不少作家以三国故事为素材进行再创作而大获成功。近二百年来，“三国新作”陆续出台，其中著名的有克立·莫的《资本家版三国》（亦称《永恒的宰相——曹操》）、乃温惠的《咖啡馆版三国》、雅可的《乞丐版三国》、常怀重的《三国战略》等，不一而足。另外还有銮探玛皮莫的诗作《吕布戏貂蝉》以及剧作《三英战吕布》等也别具一格。我们还可以从另一面看到《三国》在泰国的地位和影响。1914年，泰国皇家研究院委任一个委员会负责挑选泰国最优秀的文学作品，共选出7部，其中一部就是《三国》。六世王帕蒙固告（1910—1925年在位）倡议成立的文学俱乐部评选的8部“文学作品之冠”中，《三国》被评为散文故事之冠。近百年来，泰国教育部一直把《三国》的部分章节作为范本选入中学的语文课本。《三国》在泰国的影响可谓常年不衰。

除此之外，也有泰国作家模仿“三国文体”写以本国历史为题材的作品，如于1928年出版的《哥沙立》。还有，不少泰国作家在写历史人物时，也受到了中国古典和通俗小说的明显影响。这首先可见之于泰国著名诗人顺吞蒲的叙事长诗《帕阿派玛尼》对人物性格的刻画与情节的构思。我们看到的男主人公帕阿派玛尼完全没有传统故事中理想王子的气质，倒颇有《三国》中刘备的风度。女主人公的形象也宛如中国历史上的巾帼英雄，飒爽英姿、刚柔兼备。故事中既有丰富的浪漫奇想，又有真实的现实生活，二者融为一体，可谓包罗万象。在现代作家雅可的8卷本《盖世英雄》（又译《所向披靡》）和克立·巴莫的《慈禧太后》中，仍可看到中国古典和通俗小说的影响，尤其在语言的应用上和表现手法上。更有意思的是，在泰国文坛上还出现一批被称为“模拟中国古代通俗小说”的作品，即泰国作家取材于中国历史和人物故事、模仿中国古典和通俗小说的写法而自己创作的作品，如《孟丽君》、《钟王后》、《陈德虎》等。

《三国》在泰国的影响之所以如此深广，其中的一个重要原因是，它上得到王室和官方的重视和鼓励，下得到作家和百姓的喜闻和乐见。这种自上而下和自下而上的《三国》热，在东南亚的其他国家是不多见的。

除了泰国，中国古典和通俗小说影响最深广的地区属印度尼西亚了。与泰国不同，中国古典和通俗小说在印度尼西亚的传播主要靠“土生华人”，殖民地的官方没有起任何作用。用通俗马来语大量翻译改写中国古典和通俗小说，本来是为了满足“土生华人”对文学的需求，但也给使用马来语的原住民以直接接触中国文学的机会，他们后来也成为热心的读者。这样，中国古典和通俗小说，不但对土生华人，也对原住民产生影响，并通过他们对印度尼西亚近现代文学的发展起重要的促进作用。

对“土生华人”来说，19世纪末20世纪初，出现中国古典和通俗小说热，不仅是一种对文学需求的结果，也是一种对中华文化的回归。在荷兰殖民统治下，印度尼西亚华人一直具有双重国籍的身份。由于华人的地位和原住民一样都属于殖民地社会被统治和被压迫的阶层，所以绝大部分华人，包括“土生华人”，都以华侨身份自居而认同于中国。几代的“土生华人”过去没有条件接受中国语言文化的教育，对中国古典和通俗小说只有通过上辈的讲述和地方戏曲的演出才有所闻和有所知。如今必要的条件具备了，加上中国的现代民族觉醒开始影响到海外华人，于是在“土生华人”中间，便出现了向中华文化回归的势头，译介中国古典和通俗小说的盛行就是其中的一个表现。“土生华人”希望通过中国古典和通俗小说多少能了解到中华文化的风貌，因为像《三国演义》、《西游记》、《水浒传》等名著，不仅能向他们提供丰富的中国历史知识，也能使他们感受到中华文化的博大精深。所以，有的从事译改工作的“土生华人”更是自觉地把译改中国古典和通俗小说看做是在弘扬中华文化，欧英强就是一个突出的例子。他翻译《西游记》不是只为了向读者介绍其故事而已，而是为了向读者宣示其“隐藏的含义”，他在《西游记真诠》的序言中提到了他翻译的目的，即“希望通过这种方式来显示《西游记》作为严肃的和有意义的文学作品的价值，同时使听众了解古代中国巨大的哲理遗产”。在中华文化思想的影响下，荷兰殖民统治时期的“土生华人”中间，兴起以儒、释、道为基础的“三教会”，中国古典和通俗小说的广泛传播对此起了一定的作用。

中国古典和通俗小说在印度尼西亚的影响是多方面的，这里要着重谈影响面最大而且至今久传不衰的两类作品，即武侠小说和梁山伯与祝英台的故事。

中国武侠小说传入印度尼西亚可分两个阶段：独立前的荷兰殖民统治时期是第一阶段；独立后直到现在是第二阶段。第一阶段传入的武侠小说主要是中国大陆的传统武侠小说，第二阶段则以港台现代作家写的武侠小说为主，例如香港金庸和梁羽生的作品被翻译过来的就不下28部，而台湾古龙的作品也后来居上，达31部。在印度尼西亚，无论是华人还是原住民对中国武侠小说都十分入迷，据说连许多有名的政要也乐此不疲，在开会时也常大谈起中国的武侠小说来。在中国武侠小说热的影响下，有些印度尼西亚作家也开始以本国历史为题材创作别具一格的印度尼西亚武侠小说。其中著名的作品有敏达尔察的《爪哇宝剑》，描写一位当官的武林高手四处寻宝救国的故事。他的另一部作品《礁石上的花朵》则以荷兰殖民统治时期爪哇地方官员与荷兰殖民官吏的斗争故事为内容，像中国的武侠小说一样，里面有不少的武打场面。另一个原住民作家汉达瓦利写的《青龙剑》则更有中国武侠小说的味道，可以说是本地化了的中国武侠小说。最多产的是华裔作家许平和，不仅作品的数量最多，创作的时间也最长，拥有一大批读者。中国武侠小说在印度尼西亚之所以深受欢迎和久传不衰，除了其独特的艺术魅力外，恐怕与两国的武侠伦理相近和当时的社会环境多少有关。印度尼西亚的华人和原住民长期受殖民压迫，处于无权无告的地位而任人宰割，所以他们对“雪不平，除强暴”的英雄侠客格外向往和钦慕。独立后，世间不平事仍然存在，恃强凌弱现象屡见不鲜，因此对路见不平拔刀相助的“侠客”仍怀有亲切感，希望抑强扶弱、除暴安民的侠义精神能继续得到发扬，而这种精神也正是中华文化的一个重要内容，通过武侠小说在印度尼西亚得到发扬。

如果说中国武侠小说是以“雪不平，除强暴”为主题的“武戏”，那么梁山伯与祝英台的故事则是以颂扬爱情永恒为主题的“文戏”。后者在印度尼西亚的影响，无论深度还是广度，很少有其他的中国文学作品能与之相比。梁祝故事很早就已传入印度尼西亚，1873出版的《爪哇年鉴》已有关于《山伯英台》（Sam Pik Eng Tae）爪哇文译本的记载。最早的马来文译本出版于1878年，接着在不同的地方又陆续出第二版、第三版，先后出了7种不同的译本。另外还出现马都拉文、巴厘文、望加锡文等各种地方语文的译本，可见梁祝故事在印度尼西亚的流传面极广。更有意思的是，它后来不但被改编成多种的地方戏曲，成为极受欢迎的保留剧目，而且有的还变成本民族的爱情传奇故事，变成本民族文学中的一朵奇葩。梁祝戏至今仍大受欢迎，1982年在爪哇日惹王宫广场上演出梁祝故事克托勃拉戏（一种爪哇的地方戏）时观众就不下两千人，大多为爪哇人，演员也是爪哇人，用的是爪哇语，服装和舞台布景也全爪哇化了，但固有的中国情调仍隐约可辨。1988年在雅加达艺术宫还上演纳诺·里安迪尔诺新改编的梁祝故事，观众反应也十分强烈，著名的剧作家布杜·威查雅还为此专门写了一篇剧评《笑声中的爱情创伤》，给以积极的评价。梁祝故事在印度尼西亚如此深入人心是因为它通过爱情悲剧表现了一种反封建的叛逆精神，一种对爱情的忠诚和执着的追求，而这正好表达了处在殖民主义和封建主义压迫下印度尼西亚人民的心声，表达了他们对美好爱情的向往。梁祝故事以其永恒的爱情主题将在印度尼西亚继续流传下去。

中国古典和通俗小说广为传播是在印度尼西亚处于从近代向现代新旧交替的过渡时期，这必然要对印度尼西亚文学的转型产生一定的影响。由于受殖民统治的摧残，印度尼西亚文学到近代仍处于停滞不前的状态，文学的内容和形式都很陈旧，缺乏生气，远远落后于时代。在这种情况下，中国古典和通俗小说的传入，无疑给固步自封的印度尼西亚文学带来了新的生机。中国古典和通俗小说对印度尼西亚文学的影响归纳起来大致有以下几个方面：首先，它提供了新的内容和形式，使印度尼西亚文学走出旧文学的窠臼。其次，它使印度尼西亚文学社会化和大众化，成为广大市民阶层的精神食粮。第三，它造就了一批近代文学的写作人才，特别是华裔马来语的写作人才，使华裔马来语文学得以蓬勃发展，从而推动印度尼西亚文学向现代文学的方向发展。第四，提高和普及通俗马来语，把马来语从一种混杂语言变成文学语言，从而也为现代印度尼西亚语的诞生作出贡献。第五，促进中国与印度尼西亚的文化交流，加深对中国文化的了解，把中国文化的精华吸收进来，以丰富自己的民族文化。

第六章 华裔马来语文学

第一节 华裔马来语文学的产生

从19世纪末到20世纪60年代初，在马来语地区，主要是印度尼西亚，存在一种独具一格的文学——华裔马来语文学。这种文学长达半个多世纪的存在，过去一直被人们所忽视和贬抑，甚至有人不承认它是整个印度尼西亚文学发展史上的重要组成部分。1981年法国学者克劳婷·苏尔梦发表一部专著《印度尼西亚华裔马来语文学》，以大量的翔实资料，无可辩驳地证明了它的存在和它的贡献，这才引起国内外学者们的广泛重视和充分肯定。

华裔马来语文学是印度尼西亚殖民地社会近现代历史发展的特殊产物，它是属于印度尼西亚整个社会的，反映整个印度尼西亚殖民地社会在一个历史时期里的现实，并对印度尼西亚整个社会文化的历史进程，尤其是对印度尼西亚文学的现代化进程，起了重要的促进作用。华裔马来语文学有其历史的特殊性和复杂性，是中国文化、本地文化和西方文化相互影响而产生的特殊文学。这里只着重论述它对印度尼西亚近现代文学所起的历史作用和贡献。

众所周知，华人定居印度尼西亚已有上千年的历史，可能始于唐代，起初人数并不多，与原住民和睦相处，共同建设家园。17世纪以后，印度尼西亚逐步沦为荷兰的殖民地，华人的命运也开始发生变化。荷兰殖民统治者为了加强经济掠夺，从中国广东、福建一带俘去了大量的劳工到岛上从事开发；另外，这个时候中国的内忧外患和天灾人祸也日益深重，更促使大批的中国人下南洋谋生。于是，移民印度尼西亚的华人人数猛增。他们的地位与原住民差不多，都是受荷兰的殖民统治和压迫，无权无告，任人宰割，所以与原住民一直保持同命运共患难的关系。在资本主义原始积累时期，荷兰殖民主义者着重于对殖民地的经济掠夺，施行强迫种植制和贸易垄断的政策。在对华人施以种种限制的同时，也本着“凡无碍于公司贸易垄断的允许华人经营，凡有碍的就禁止”的原则，利用华人的聪明才智和刻苦耐劳，让他们在商业流通领域里发挥作用。到了19世纪70年代，随着世界资本主义的发展和世界市场的扩展，荷兰殖民统治者不得不放弃强迫种植制和贸易垄断的政策，实行以《土地法》和《糖业法》为核心的所谓“自由竞争”的新殖民政策，向私人资本开放，把印度尼西亚从封建割据的自然经济逐步推向统一的资本主义市场经济，使之附属于整个西方资本主义的经济体系。然而，要把封建割据的自然经济推向统一的资本主义市场经济，靠荷兰殖民者自己的力量是难于办到的。他们知道，像人体一样，光有主动脉而无遍布全身的细血管和微血管是不行的。资本主义市场经济的建立需要有遍布全国的商业网络和大大小小的流通渠道，而这要靠勤劳勇敢、不畏艰险、富有拼搏和创业精神而又善于经营的人去开拓。以当时的条件来讲，华人最具备这样的素质，而华人也确实在这方面作出了历史性的贡献。从历史潮流的发展来讲，把印度尼西亚从封建割据的自然经济推向全国统一的资本主义市场经济，就是把印度尼西亚逐渐地全面推向现代社会的过渡过程。在这过渡过程中，印度尼西亚社会的上层建筑必然也要跟着发生深刻的变化，为20世纪的民族觉醒创造条件。华人则不仅在经济上，在其他方面也积极参与了把印度尼西亚推向现代社会的历史进程，特别是在发展印度尼西亚的近现代文学方面，其贡献更不可抹杀。

华人是在特定的历史条件下，参与推动印度尼西亚近现代文学的发展的。在市场经济的形成过程中，华人在商业流通领域里的作用越来越大，他们在印度尼西亚殖民地社会所处的中间地位越来越重要。由于从事商业活动，他们与原住民社会和白人社会都建立了广泛的联系，他们经常与三种不同文化背景的社会来往，特别是与原住民社会的来往更为密切，因为同样都属于被统治者和受压迫者。在华人社会中，有所谓“侨生”的（也称“土生华人”），是土生土长的华人后裔或者是华人与原住民的混血儿。他们在文化上与原住民经过自然融合之后，多已不谙华语而以地方语或“低级马来语”作为自己的母语，但仍未脱离中国文化的根。他们多数就读于荷兰教会学校或者地方办的马来语学校，有的也在家里请人教华语或中国南方方言。因此可以说，他们是在中国、西方和本地三种文化的熏陶下成长起来的，融中国文化、西方文化和本地文化于一身，这也成了日后华裔马来语文学的一大特色。

19世纪下半叶，印度尼西亚殖民地社会开始向全国统一的市场经济逐步过渡。在这过渡过程中，必然会产生与此相适应的统一语言及其过渡性的近代文学。这个文学就是近代马来语文学。因为那个时候，马来语实际上已成为印度尼西亚各族间的共同媒介语言，起着民族统一语言的作用，所以马来语文学比其他语的文学更具有统一的民族文学的性质。马来语又分“高级马来语”和“低级马来语”。所谓“高级马来语”一般为宫廷和官方以及古典文学所使用，通行于上层社会，面比较窄。所谓“低级马来语”是广泛通行于市场上的一种混杂语，是最大众化和最实用的社会交际用语，应该叫“大众马来语”，或称呼“通俗马来语”更为恰当。近代马来语文学中，用“高级马来语”写的叫“高级马来语文学”，用“低级马来语”写的则叫“低级马来语文学”。长期以来，后者一直遭到排斥，不被承认在印度尼西亚文学史上的地位和作用。然而历史证明，在过渡过程中，“高级马来语文学”一直落后于时代的发展，仍在墨守成规和固步自封，不能反映正在变化的时代面貌。能真正反映近代过渡时期印度尼西亚殖民地社会现实和时代潮流的，并且与印度尼西亚民族觉醒和民族运动直接相联系的，恰恰是被认为不登大雅之堂的“低级马来语文学”。而华人是这个文学的主要开创者，因此“低级马来语文学”又被人称作“华裔马来语文学”。

19世纪下半叶，从经济财力上和文化教育上来讲，比较有条件从事马来语文学创作的就是那些土生华人，还有土生印欧混血儿。在土生华人社会里，随着经济条件的改善，人们需要丰富自己的文化生活，开始对文学产生兴趣，而现有的“高级马来语古典文学”远远不能满足他们的需求，于是便向中国古典文学，后来也向西方文学寻找更多的精神食粮。他们先是用“低级马来语”大量翻译改写中国的古典和通俗文学作品（后来也包括西方文学作品），经过一段时间之后，他们自己也开始从事创作。而当时兴起的马来语新闻出版事业又为他们提供了发表的机会，于是华裔马来语文学便应运而生。华人是印度尼西亚最早出现的马来语报刊的主要开创者。1868年创办《泗水之星》可能是最早的华裔马来语报纸，而1876年创办的《马来号角》报则已开始连载中国古典小说《三国演义》的通俗马来语译文。到1896年，据统计印度尼西亚已拥有17种杂志和13种马来语和爪哇语报纸，在全国已初步形成报刊发行网。在这期间，华裔也开始涉足印刷出版业，拥有了自己的印刷厂和出版社。正是这些华裔创办的报刊和出版社为华裔马来语文学提供了生存的土壤，不仅为华裔马来语作家提供发表作品的园地，同时也为他们招徕大批读者。从某种意义上讲，没有这些华裔报刊和出版社，华裔马来语文学是难以生存和发展的，因为官方报刊和出版社是不会给“低级马来语”作品任何发表机会的。从另一角度来讲，华裔马来语文学是市场经济的产物，它打破了封建文人对文学创作的垄断，冲溃了精神贵族的围堤，把印度尼西亚文学引入市场机制，使它能通过不断扩大再生产而更加社会化和普及化。

第二节　华裔马来语文学的特色与成就

华裔马来语文学的起步是从大量翻译改写中国古典和通俗小说开始的。被译改的中国文学作品，其范围之广、数量之大，确实令人惊叹。除了中国古典文学作品，华裔也翻译改写不少西方文学名著，如李金福早在1894年就同韦格斯合译了法国大仲马的《基督山伯爵》。其他西方名著如《三剑客》、《双城记》、《悲惨世界》、《鲁滨逊漂流记》等也在19世纪末20世纪初陆续被译介过来。此外，由于不少华人受荷兰教育而掌握了荷兰语，他们也翻译了许多属西方文学的荷兰小说，或者是荷兰作家写的以印度尼西亚殖民地社会为背景的近代小说。在印度尼西亚文学史上，毫无疑问，华人也是较早把西方文学介绍到印度尼西亚去的人。

华裔从19世纪80年代起的大量文学翻译实践，不仅起到了向印度尼西亚介绍中国文学和西方文学的作用，也造就了华裔写作人才。他们中间有不少人，就是由从事文学翻译进而从事文学创作的。因为到了一定程度，人们便不再满足于那些“舶来品”文学，特别是日益壮大的市民阶层更希望能看到反映他们自己社会现实的、面目一新的作品，而作者也希望能通过自己的创作直接表达自己对现实生活的感受。这个时候，报刊有关社会问题和重大事件的大量报道又为他们的创作提供了丰富的题材和素材，这都给华裔马来语文学的生存和发展提供了有利的条件。

华裔作家用“低级马来语”从事文学创作可能是从诗歌开始的。不少的“土生华人”早就是写马来诗歌板顿和沙依尔的里手。后来他们常用这类诗歌形式叙述见闻或抒发胸臆，反映他们所看到的社会现实和表达他们的感受。他们的诗作大都直接取材于当时殖民地社会的现实生活，而不是脱离现实的子虚乌有的宫廷神话故事。就这点来讲，已是对马来古典诗歌在内容上的重大突破。开其先河的作品可能是《暹罗王驾临巴打威》（1871年），作者佚名，可能是位记者。诗中以纪实的方式详细描述华人官民迎接暹罗王莅临巴打威城的盛况。这类纪实诗有的还能反映当时殖民地社会在走向市场经济的过程中，各个不同阶层的遭遇和他们的悲欢心情。例如陈登举于1890年发表的长诗《铁路歌》，就反映了一条新修铁路通车后给当地百姓所带来的祸福，真可谓几家欢乐几家愁。诗中有这样一段描述：

芝卡朗建火车站
那里买票通八方
地主老财乐开心
只因运米太便当
马车夫心情两样
雇主们不再造访
割草人更加发慌
从此马儿少人养

不少华裔创作的以社会重大新闻和耳闻目睹的真人真事为内容的纪实诗具有认识价值和史料价值。例如T.B.H.（校者案：此处缺姓氏，查原书也缺）写的《庆祝中国舰队和杨思慈太监访问爪哇岛》（1907年），可以说是有关中国舰队第一次访问爪哇的重要历史纪录。谢吉祥写的《中华会馆举办慈善夜市纪实》（1905年）则记录了雅加达第一个华人社团的社会活动情况，对了解当时的华人社会很有参考价值。

除了纪实诗，华裔创作的抒情诗和故事诗流传更广，更受欢迎。例如陈吉川的抒情诗集《飞鸟诗与梦幻诗》，于1882年第一次出版后至1923年已再版四次。李金福根据马来传奇故事《阿卜杜尔·慕禄克传》改写的故事诗《希蒂·阿克巴丽》，于1884发表后至1922年也已再版三次。可见华裔马来诗歌一问世便赢得不少读者。

20世纪以前，华裔创作的诗歌作品一般以抒情叙事为主，虽然与现实生活已比较贴近，也反映了社会的某些矛盾，但总的来说，还很少涉及政治，还看不到有民族觉醒的影子。进入20世纪以后，特别是1900年中华会馆成立之后，民族意识和民族主义思潮开始在华人社会中迅速滋长起来。但应该指出的是，由于双重国籍现象的存在，当时大多数华人都自认为华侨，他们民族意识和民族主义思想主要受孙中山先生民族民主思想的影响而倾向于中国。然而，它与印度尼西亚后来的民族运动却有着共同的时代特征，那就是反帝反殖反封建和争取民族独立和解放。从那以后，华裔的诗歌创作开始表现出一定的政治倾向性，首先表现在对待“辫子”的态度上。在当时，“辫子”的去留也是“保守派”和“革新派”的一个政治分野。“革新派”大都是年轻人，他们极力主张剪掉辫子，跟上时代的潮流。他们在当时的马来语报刊上发表了不少诗作，如黄强盛的《从辫子的困厄中解脱出来》（1902年）、谢吉祥的《年轻人剪掉辫子的好处》（1905年）等，都以鲜明的态度批判了保守派的落后思想，号召青年人剪掉辫子，接受新思想。在革新浪潮的推动下，华裔妇女也不甘落后，她们敢于打破深闺清规，积极参与诗歌的创作，公开发表自己的诗作，这点尤其难能可贵。1887年陈清娘发表长诗《三少女受丹冷侨生拐骗记》，提醒妇女们切勿贪财上男人的当，要洁身自好。这部作品发表后大受欢迎，再版过六次。1906年K.P.娘发表的《为华裔妇女的进步而歌唱》则已涉及到妇女解放的问题，更有进步意义。以上是华裔马来语诗歌早期创作的简单情况。据不完全的统计，从1886年至1910年发表出版的华裔马来语诗歌已超过40部，作者约27人，可以说已初具规模。尽管作品的艺术性还不算高，但能直接反映现实生活，在一定程度上反映了时代前进的步伐。

与诗歌相比较，华裔马来语文学的小说创作成就更加突出，影响也更为深远。前已述及，华裔的小说创作是与马来报刊的出现分不开的，华裔作家很多是记者出身的，他们大都以报纸所披露的真人真事作为他们的创作素材。他们往往是从事新闻工作在先，从事文学创作在后。华裔马来语小说创作始于20

世纪初，最早涌现出来的作家中，影响和成就最大的有李金福、张振文、吴炳亮、赵雨水等。李金福被誉为“华裔马来语之父”，他于1884年出版的《巴城马来语》是华裔写的第一部马来语语法专著，为华裔马来语的发展奠定了基础。1903年张振文发表的《黄习传》和吴炳亮发表的《罗宏贵传》，以及1906年出版的、可以看作是《黄习传》续集的佚名小说《黄淡巴》，是最早和最有影响的三部小说。这三部带有现实主义色彩的小说起到了一炮打响的作用，是早期华裔马来语小说的代表作品。三部小说都以印度尼西亚近代殖民地社会所发生的真人真事为依据，生动地描写了金钱主宰下近代印度尼西亚殖民地社会的各种典型人物，揭露了暴发户的丑恶灵魂和罪恶行径。尤其后者《黄淡巴》这部两百页的长篇小说，由于人物情节写得十分生动，富有戏剧性和现实性，更是大受欢迎，后来还常被伊斯丹布剧团搬上舞台演出，1922年被人改写成长叙事诗。印度尼西亚文学评论家耶谷·苏玛尔卓给这部小说以很高的评价，他说：“不可否认，这部小说对读者来说，具有使人着魔的力量。那是因为无与伦比的写作技巧，加上其充实的内容具有社会学文献资料的性质。而所用的语言，又是当时人们平时自己习惯用的语言，即通俗马来语。”

华裔马来语小说一问世便大放异彩，它同时受中国文化、原住民文化和西方文化的影响，显示出与传统的马来古典文学迥然不同的风格与特色，归纳起来有以下几个特点：一、它大都取材于报纸刊登的社会重大新闻，以真人真事为依据，小说题目下面往往写上“某时某地发生的真实故事”，故带有纪实文学的特色；二、主题和题材多样化，与社会现实紧密相联，反映当时印度尼西亚殖民地社会的方方面面，除华人社会外，也涉及白人社会和原住民社会；三、小说的主人公是当时印度尼西亚殖民地社会的各种典型人物，其中被称作“姨娘”（NYAI）的土著侍妾扮演了很重要的角色，她是当时殖民地社会备受欺压的典型人物，往往是各种矛盾的一个焦点，通过她的身世遭遇可以看到当时错纵复杂的民族矛盾和社会矛盾；四、创作方法和写作技巧都突破了马来古典文学一成不变的传统模式，向现代小说创作的方向迈进一大步；五、采用了大众化和通俗化的“低级马来语”，从而打破了“高级马来语”对文学的垄断，把“低级马来语”提高到文学语言的水平，为马来语日后发展成为印度尼西亚语打下基础。

19世纪末至20世纪初，可以说是华裔马来语文学的初创时期，虽然已表现出一定的政治倾向和社会批判，但总的来说，还没有同印度尼西亚的现代民族运动和现代主流文学相汇合，因此还没有进入反帝反殖反封建的现代文学的范畴。20世纪20年代到40年代初，是华裔马来语文学的成长和繁荣时期。这个时期的华裔马来语文学已逐步向印度尼西亚现代民族运动的大潮流汇拢，与印度尼西亚现代主流文学的流向趋于一致，以反帝反殖反封建为主旋律。20世纪20年代的印度尼西亚现代文学盛行以反对包办强迫婚姻、要求个性解放为主题的个人反封建小说。而同一时期的华裔马来语文学，也出了不少同类主题和题材的小说，甚至有的连小说的主人公也是原住民。其中具有代表性的作品有郭德怀的《芝甘邦的玫瑰花》（1927年）、陈修才的《旷野呼叫》（1931年）、杨众生的《惜别》（1931年）等。特别是郭德怀的成名小说《芝甘邦的玫瑰花》，以华裔青年和土著姑娘的纯真爱情故事为题材，热情歌颂两族之间的自然融和。小说一发表便大受欢迎，再版了三次，并于1931年和1976年两次被拍成电影。这类以两族间的自由恋爱和自愿结合为主题和题材的小说在当时的华裔马来语文学中占有相当的数量。

但如果要说这个时期华裔马来语文学最为难能可贵的地方，那就是它敢于直接反映当时尖锐的民族矛盾和社会矛盾，在一定程度上，表现了当时印度尼西亚民族斗争的时代风貌。例如，1926年爆发的反对荷兰殖民统治的民族大起义，应该说是印度尼西亚民族运动史上的一个重大历史事件。起义失败后，许多印度尼西亚民族运动的优秀儿女被荷兰殖民政府流放到疟疾猖獗的地辜儿地区（在今之伊里安扎雅）备受煎熬。然而这样惊天动地的民族斗争，在当时的印度尼西亚现代文学作品中却看不到有丝毫的反映。幸亏当时的华裔马来语文学敢于顶风逆水，才弥补了这一历史空白。对华裔作家来说，及时反映印度尼西亚社会的重大事件乃是他们的优良传统。因此，在起义被镇压不久，他们便写出多部以这一历史事件为题材或背景的小说，如温无敌的《波债·地辜儿的血泪史》（1931年）、包求安的《扑不灭的火焰》（1939年）等，而最杰出的是郭德怀的长篇小说《波债·地辜儿囚岛悲喜剧》，它代表了华裔马来语文学的最高成就。

《波债·地辜儿囚岛悲喜剧》是郭德怀的力作，这部长篇小说从1929年至1932年先用连载的方式在《全景》杂志上发表，由于深受欢迎，后于1938年印成四册出版。小说通过栩栩如生的人物形象和起伏跌宕的故事情节，生动地描述了事件发生前前后后的民族矛盾和社会矛盾。小说的男女主人公都是原住民，是一对相恋的情侣。男主人公是位受过西方教育的殖民地县太爷的公子。女主人公是领导1926年民族起义的印度尼西亚共产党支部领导人的女儿。他们的爱情受到家庭出身和1926年民族大起义的影响及冲击而经历了一波三折的磨难。其中作者通过华裔父女对女主人公的同情和援助，表现了华裔对印度尼西亚民族斗争的同情和支持。这部小说的突出成就，不仅在于它能通过艺术形象生动地再现了印度尼亚民族运动第一个高潮时期错综复杂的民族矛盾和阶级矛盾，而且还在于它能把中国、西方和本地文化的影响融合在一起，贯穿于小说的始终。在小说中，我们既可以看到东西方文化的冲撞和融合，又可以看到三种文化在不同人物身上的不同体现，特别是中国文化的传统思想被巧妙地注入到人物的性格和编织到整个故事情节之中；此外还可以看到西方小说的写作技巧和中国演义小说、印度尼西亚班基故事悬念迭起的表现手法。三种文学的特长被融会贯通地加以运用，使这部小说色彩斑斓，独具特色。托玛斯·理格儿在《简评郭德怀的〈波債·地辜儿囚岛悲喜剧〉》一文中给郭德怀的这部力作以极高的评价，他说："这部长篇小说以718页的篇幅和极其精湛的写作技巧堪称为印度尼西亚文学中带有里程碑式的作品之一。"在荷兰殖民统治者对印度尼西亚民族运动大肆镇压的时候，华裔作家能写出这样很有分量的小说，其意义非同一般，在独立前的印度尼西亚现代文学中可谓绝无仅有。

华裔作家还借助历史题材对荷兰殖民统治者的残暴面目进行了有力的揭露，例如赵雨水的《彼得·埃伯菲尔德》（1924年），就是以发生在1721年土生印欧混血儿与土著人联合反荷暴动被残酷镇压这一历史惨剧为题材的。作者对荷兰殖民统治者如何以极端残酷的手段处置敢于犯上作乱的彼得·埃伯菲尔德作了详细的描述，看了令人发指。华裔作家还对当时的劳工斗争同样予以关注，林庆和的《红潮》（1937年）可能是印度尼西亚现代文学中最早描写劳资纠纷的小说。华裔马来语文学对印度尼西亚殖民地社会所发生的重大问题和各种不良现象从不回避，也从不放过，这就使它能比较及时地反映时代脉搏的跳动，展示时代前进的步伐，为同时期里的其他文学所不及。除了当时印度尼西亚的民族矛盾和社会矛盾，在20世纪30年代中国日益高涨的抗日救亡斗争也成了华裔马采语文学集中反映的一个焦点，以抗日救亡为题材的小说大量涌现。例如写有关"沈阳事件"的就有季德观的《满洲》（1932年）、侯妙生的

《九·一八》（1941年）；写有关淞沪抗日战争的有郭德怀的《闸北来的勇士》（1932年）、季德观的《上海……》（1933年）；写有关“卢沟桥事件”的有陈文宣的《卢沟桥——上海》（1937年）、杨众生的《魔鬼营》（1938年）等。上述作品都表现了印度尼西亚华裔对中国抗日战争的积极支持和对抗日英雄的热情歌颂，而有意思的是，所有的作者没有一个去过中国，他们是从新闻报道中收集创作素材的。这里有必要提一下，原住民作家中也不乏对中国抗日战争表示同情和支持的。例如一位叫达努维勒加的巽达作家就用巽达文写了一部小说，题目叫《战场上的贞娘》（1938年），热情地描写印度尼西亚华裔青年与上海姑娘在抗日战场上结下的良缘的故事。

华裔马来语文学在日本占领印度尼西亚期间（1942—1945年）完全停止了活动，不少作家因支持中国抗日而遭到迫害，被关在集中营里受尽折磨。1945年8月17日印度尼西亚宣布独立后，战火连绵不断，在烽火年代里华裔马来语文学也难于恢复元气，但还是有一些作品问世，其中比较有价值的是写有关日本占领时期的悲惨遭遇和独立战争期间华裔的血泪沧桑。在此类作品中，陈默源的《天翻地覆》（1949年），被认为具有史料价值。不过这个时期的华裔马来语文学已逐渐式微，成了强弩之末。

印度尼西亚宣布独立后，整个社会发生了根本性的变化，华裔马来语文学赖于生存和发展的历史条件已不复存在。尤其在双重国籍问题解决之后，绝大部分的华裔都已经成为印度尼西亚公民。老一代的华裔作家仿佛已完成其历史使命，一个个退出文坛，很少再从事创作。而新一代的华裔作家则已完全归化，与印度尼西亚的主流文学汇合在一起。他们的作品从形式、内容到语言已完全印度尼西亚化，与原住民作家没有多大区别。华裔马来语文学走过了漫长而又艰难的历史道路，如今已完成自己的历史使命，回归到它的印度尼西亚母体。这应该说是华裔马来语文学作为印度尼西亚文学的组成部分必然的历史归宿。

华裔马来语文学如果从翻译改写中国和西方文学作品算起，实际上已存在将近一个世纪之久。据法国学者苏尔梦的不完全统计，这期间发表的翻译改写作品和华裔自己创作的作品多达3005种，译者和作者总数达806人。其中华裔自己创作的长短篇小说有1398部。这是何等惊人的数字！但华裔马来语文学的意义主要不在数量上，主要在它对印度尼西亚语言和文学的发展所起的历史作用和作出的历史贡献。归纳起来大概有以下几个方面：一、它填补了印度尼西亚文学史上的一段空白。一般认为，19世纪中叶的马来作家阿卜杜拉·蒙希是马来“新文学的曙光”，是马来近代文学的开端，可是在他于1854年逝世后，将近半个世纪里却没有后继者出现，马来古典文学仍停留在旧的基础上而远远落后于时代，其作品严重脱离现实，不能反映印度尼西亚近代殖民地社会的重大变化。人们不禁要问，难道在20世纪印度尼西亚现代文学诞生之前就没有反映印度尼西亚近代社会发展的近代文学吗？答案应该是肯定的，那就是主要由华裔和土生印欧混血儿（后者到1912年后便销声匿迹了）为主所创立的“低级马来语文学”。如果把这个文学排除在印度尼西亚文学史之外，那就等于割断了历史，在印度尼西亚文学史上就会出现上述的空白。二、它首先走出了印度尼西亚旧文学的窠臼，把印度尼西亚文学引向现代文学发展的道路。在创作内容上，它克服了旧文学脱离现实生活的积习，把印度尼西亚文学从虚幻的宫廷神话中拉回到印度尼西亚社会的现实生活，使文学更加贴近人民大众。在文学形式上，它摈弃旧文学一成不变的旧体传奇故事的式样，改用西方文学近代小说的体裁。这都为印度尼西亚文学走上现代的发展开辟道路。三、它把“低级马来语”提高到文学语言的水平，并使之普及于全国。这也为印度尼西亚民族共同语——印度尼西亚语的诞生创造了条件。四、它不但有文学价值，而且还有认识价值。由于它是从当时印度尼西亚殖民地社会所发生的真人真事中汲取创作素材，所以它能及时反映当时印度尼西亚殖民地社会的本质矛盾和重大的历史事件，向人们提供感性知识。总之，华裔马来语文学是在印度尼西亚特定的历史条件下产生的，也是在特定的历史条件下结束的。不可否认它在印度尼西亚历史上起过积极的作用，有过重要的贡献，我们应当还它以本来的历史面目，给它以应有的历史评价。荷兰著名学者德欧教授在看了苏尔梦有关华裔马来语文学的专著之后，也觉得有必要作历史的反省。他在一篇评论中说：“她（指苏尔梦——引者）不仅开辟了一个全新的研究领域，同时要迫使那些与此有关的学者，包括本评论的作者，对他们所从事工作的某些概念进行痛苦的重新评价。”他的结论是：“华裔马来语文学是通往现代印度尼西亚文学的发展链条中的主要一环。”[①]这个结论应该说是科学的，是符合历史事实的。

---

① [印度尼西亚]Jakob Soemardio：《十九世界中叶椰加达生活素描——一九〇六年出版的小说〈黄淡巴〉》，林万里译《印度尼西亚侨生马来由文学研究》，群岛文艺出版社。

第七章
东南亚的华文文学

第一节 东南亚华文文学的兴起

东南亚各国的华文文学有各自的特色和成长的过程，为了叙述的方便，可以以1942年日军占领南洋为界，将其划分为第二次世界大战前和第二次世界大战（以下简称“二战”）后两个阶段。东南亚各国战前的华文文学，实际上应被看作是侨民文学。因为当时在东南亚各国的华文作家里，无论是当地出生的，还是从中国大陆南来的，都以华侨自居。尽管也有人提倡本地色彩，但总的说来，作家的思想大都带有强烈的侨民意识，文艺思潮的流向基本上也与中国保持一致。因此，他们当时用华文创作的文学作品，应归侨民文学的范畴。二战后东南亚华文文学有了明显的变化，更加强调了本地色彩，并渐渐离开中国文学的发展轨道。在各国获得独立之后，特别是20世纪50年代双重国籍问题得到解决之后，当地的华侨纷纷加入了所在国的国籍，他们便不再是华侨而被统称为华人或华裔。于是往后的华文文学，就不再是中国文学的一部分而成为各国民族文学的一部分。战前侨民的华文文学与二战后华人的华文文学是两种不同性质的文学，但二者有着深厚的历史源流关系。

东南亚的华文文学是在特定的历史条件下兴起的。19世纪后半叶至20世纪初，由于中国国内政治腐败、战乱不止、民不聊生，大批中国人被迫背井离乡，涌向海外。东南亚的华侨人数剧增，他们比较集中地住在城镇里，形成独具特色的华侨社会。早年飘洋过海的华人，大多为目不识丁的农民、手工业者或商人。他们在东南亚白手起家，历尽千辛万苦，待经济条件有所改善，便想方设法让自己的下一代接受教育。当时没有华文学校，只有一些私塾先生在教书。20世纪初，康有为在“百日维新”失败后，逃往海外，宣传鼓吹“保国、保皇、保教”。康有为于1900年2月从香港到新加坡，后到槟榔屿、仰光、爪哇等地，劝说当地富裕的华侨出资办学。后来以孙中山为代表的民主革命派也向华侨宣传推翻帝制、创立民主共和国的思想。一些兴中会、同盟会的会员以当教员为掩护创办新式学校，以学校为阵地积极开展革命活动。革命党人张继、田桐、苏曼殊、章太炎、许崇智、柏文府等人都曾到过印度尼西亚创办学校和书报社，鼓吹民族民主革命。东南亚的华文文学就是在华侨民族意识的觉醒中开始萌芽和成长起来的。

中国新文化运动之后，许多中国文化人在东南亚各地致力于办学、办报，为传播中华文化、普及华文教育作贡献。东南亚各地的华文学校迅速增加，识字的人多了，这就为报纸培养了众多的读者，也为培养本地华文作家打下了基础。而华文报纸的迅速发展，又为华文文学作品的发表提供了重要的园地。这些华文报纸大多辟有文艺副刊，是介绍中国文学、探讨文艺理论、发表华文作品、培养青年作家的主要阵地。

新文化运动是中国现代文学的开端。新文化运动高举反帝反封建的旗帜，提倡科学民主，以白话文的新文学取代文言文的旧文学。在当时，采用白话文本身就是文学的一场革命，使文学同普通群众紧密地结合起来。而文学作品的内容都具有鲜明的时代特色，猛烈抨击封建制度、封建道德，揭露封建社会的黑暗现实，追求个性解放，要求婚姻自主。这一切都对东南亚华文文学的产生起了直接的影响。新加坡学者方修在《马华新文学史稿》的绪言中指出：

马华的新文学，是承接着中国新文化运动的余波而滥觞起来的。中国新文化运动的兴起，约在1919年。它在形式上是采用语体文以为表情达意的工具，在内容上是一种崇尚科学、民主、反对封建、侵略的社会思想的传播。当时，马来亚华人中的一些知识分子，受了这一阵波澜壮阔的新思潮的震撼，也就发出了反响，开始了新文学的创作。

东南亚的华文文学就是在中国新文化运动的影响下开始起步的。1919年10月，新加坡《新国民日报》的副刊《新国民杂志》上率先刊登具有新思想、新内容的白话文作品，成为东南亚华文文学的发端。

东南亚华文文学发展之初，无论在形式上，还是在内容上，都与中国现代文学保持高度一致，文艺思想或思潮也深受其影响。当时的作家，大多是从中国去的，当地出生的极少。他们所写的作品，也多以中国为背景，充满了爱国、思乡的感情。当时的文坛，紧跟中国的文坛，中国一出现什么文艺思潮，当地也会立刻出现什么文艺思潮，而在中国爆发的文学论争也会在新马等地引起反响。作家们都把自己的文学实践看作是中国文学的一个部分，视为中国文学的一个支流。

但是，中国新文学的种子终究是在东南亚这块热土上生根发芽的，创作源泉来自东南亚华人本身的社会生活实践，因此东南亚华文文学不是中国新文学简单的移植和翻版，它开出的文艺花朵必然会带有鲜艳的热带斑斓色彩和浓郁的南洋芳香，它的成长和发展无论多曲折，也必然要遵循自己的历史规律。

第二节　第二次世界大战前东南亚的华文文学

第二次世界大战前东南亚华文文学的发展可分若干阶段，兹分述于下：

一、东南亚各国华文文学的萌芽阶段

东南亚各国华文文学的兴起和发展，与当地华文报纸及刊物的兴起和发展有着密不可分的联系。东南亚的华文报纸和刊物于20世纪初开始面世，各国发展的先后快慢并不同步，对华文文学的作用虽有共同的特点，但情况仍因地而异。

菲律宾最早的华文报纸是1888年出版的《华报》，但菲律宾华侨作家追溯菲律宾华侨文学历史时，一般认为1933年王雨亭、卢家沛等人办的《洪涛三日刊》或1934年林建民、蔡远鹏、卢家沛、林一萍等人办的《天马》与《海风》两本刊物，才是菲律宾华文文学的滥觞。1912年至1941年太平洋战争爆发，在菲律宾共有17家华文报纸和17家华文周刊，其中大部分的寿命都不长。1936年，蓝天民与王文廷向《公理报》借版刊出《前哨青年》，鼓吹新思潮，不久

被报社下令停刊。之后，蓝天民又在《华侨商报》开辟《新潮》，这是菲律宾华文报第一个新文艺副刊。《新潮》创刊后不久，组织新生社，致力于提倡新文学，是菲律宾20世纪30年代主要的华文文艺团体。

泰国最早的华文报纸是1903年出版的《汉境日报》。1908年，孙中山先生三次亲临泰国首都曼谷宣传革命。当时在泰国出现了由革命党人创办的《华暹新报》和由维新派创办的《启南日报》。这些报纸虽然都有鲜明的政治倾向性，常常在报纸上打笔战，但也都注重宣传中国传统文化。报纸的副刊相继出现，泰国的华文文学也就随之萌芽、发展起来了。1911年，泰国《中华民报》上开辟了文艺版《纪事珠》，后改名为《小说林》。1922年起，《小说林》上转载国内著名作家的作品，如许地山的小说《命命鸟》、洪深的白话剧《赵阎王》等。该报上还开辟了《学生版》，发表当地华侨学生的作品。

缅甸最早的华文报纸《仰江日报》创刊于1903年，1905年改名为《仰光新报》。辛亥革命在缅甸华侨社会中产生了巨大的反响，提高了华侨的思想觉悟和对文化教育的重视程度。当地华侨纷纷组织社团、出版报纸、创办学校。战前缅甸著名的华文报纸有：《觉民日报》（1913年）、《仰光日报》（1921年）、《缅甸晨报》（1923年）等。《波光》是《仰光日报》的文艺副刊，编辑云半楼因本地华侨很少向《波光》投稿，便利用所订的国内的报刊杂志，在《波光》上刊登中国文学作品和学术论文，使一批有志青年能够有机会了解中国文学，自学成材。中国现代著名作家艾芜也曾漂泊到缅甸仰光，在上述文艺副刊上发表过不少散文和诗歌。回国后还发表过不少反映缅甸人民生活的小说。他在缅甸期间，与爱国华侨、缅甸著名华文作家黄绰卿等人结下了深厚的友情。

1921年在印度尼西亚出版的华文版《新报》是当时印度尼西亚华侨社会中影响最大的报纸。社长洪渊源专门从中国聘请几位大学生担任主要编辑和管理人员，对内容实行革新，发表来自中国的特约通讯，常常是南洋华文报刊的独家新闻，连新加坡的华文报都比不上。“五四”运动后勃兴的新文艺作品，也开始在该报出现，所谓《新报》是名副其实的新型华文报，提高了巴城（今雅加达）华侨的文化水准。

新马地区一直是东南亚华文文学发展得最好的地区。新加坡于1819年沦为英国的殖民地，1957年加入马来亚联合邦，1963年转为马来西亚联邦，1965年脱离联邦而宣布独立。所以研究二战前的东南亚华文文学时，常将新加坡和马来西亚合在一起，统称新马文学。

新马地区第一家华文报出版于1881年，接着有《星报》（1890年）和《南洋时务报》（1897年）出版。二战前最著名的华文报纸是1923年创刊的《南洋商报》和1929年创刊的《星洲日报》。1937年以后，《南洋商报》发行量大增，达到18000份，是当时发行量最大的华文报纸。

二战前新马地区华文文学的发展曾经历了两个高潮：1927—1930年在新马地区掀起的新兴文学运动，是新马华文文学的第一个高潮；中国抗战时期的抗战文艺运动为第二个高潮。

新马地区的新兴文学运动深受中国蒋光慈、郭沫若和成仿吾等人的“革命文学”的影响。1926年，郭沫若发表《革命与文学》一文，以“表同情于无产阶级的社会主义的写实主义的文学”为方向，提出了革命文学的实际内容。1927年1月4日，在《新国民杂志》副刊发表的《新兴的文艺》，主张新兴文艺是“充满着红血轮与反抗性的”，它要唤起民众，暴露特权阶级的罪恶，反抗现实不合理的社会秩序。

新兴文学运动期间，出现不少华文文艺副刊，华文作家的创作也十分活跃。当时许多作家是从中国来的，他们的作品多以中国的生活为题材，如剧本《牛女》，是根据中国民间广泛流传的牛郎织女的故事改编而成的，歌颂青年男女对自由恋爱和婚姻的追求。也有的作品取材于当地的现实生活，表现出反封建的精神，例如双双于1919年发表在《新国民杂志》副刊上的最初小说《洞房的新感想》，通过参加婚宴的两个青年的对话，表达青年人对包办婚姻的强烈不满。早期的诗人也都在讴歌自由，鼓励奋发自强和积极向上，如林独步的《幸福与努力》（1922年），鼓励青年用自己的努力去开拓自己幸福的路。他写道：

世界有好多给人幸福的路，
世界有好多给人幸福的路，
但你自己的幸福的路，
是用自己的努力开拓的。

胡健民的诗《自由人》更表达了青年对自由的强烈向往，他写道：

自由神在山顶，自由人登危履险地上去，
自由神在海洋，自由人逆风破浪地前去，
自由神在大地，自由人不远千里地跑去，
自由神在天空，自由人驾云排雾地飞去。

新兴文学运动兴起之初，一切都在萌芽和草创状态，涌现出来的作家和作品，如林雅生、张叔耐的散文，林独步的诗歌和小说，新晓的剧本等，虽然在艺术上还不成熟，但已表现出新时代的新风貌。

二、提倡南洋文艺的阶段

侨民文学在发展的过程中，不断地受到本土意识的挑战，早在1927年，新马地区的《新国民日报》的副刊《荒岛》的编辑朱法雨、黄振、张金燕等人就发表了一些文章，发出了“将南洋色彩放进文艺里去”的呼吁。这是首次在文坛上提出反映南洋本土文化意识的要求。张金燕的短篇小说集《悲其遇》中所收的作品，详细地描述了南洋的风土人情和生活习惯，语言也相当的口语化和方言化，富有南洋色彩。

1929年《南洋商报》的副刊《文艺周刊》创刊，又提出了“以血和汗铸造南洋文艺的铁塔”的口号，并在创作实践中，有意识地将强烈的南洋色彩融入到作品中去。

在这些主张的号召下，涌现出一批取材于南洋社会生活的现实、反映华侨心态和情感、富有南洋色彩的剧作。最早的作品是林姗姗发表于1927年的《良心之狱》。而陈旧燕发表于1930年的作品《往死路上跑》，则南洋色彩更加浓郁，思想艺术也比较成熟。1931年演出的独幕剧《芳娘》和《一个侍女》等，皆富有南洋地方色彩。

1931年初，马来亚槟城的一批戏剧工作者，在《光华日报》的“戏剧”版上倡导“南洋新兴戏剧运动”。他们用“原雨”的笔名发表《南洋新兴戏剧运动的展开》一文，提出“要建设新兴的戏剧，那么旧的形式和内容是完全要不得的，我们必须有新的形式和内容”，“我们必须要在旧的基础上，建设新兴的戏剧运动起来”。静倩，即马宁，原名黄震村，是新兴戏剧运动的积极倡导者。他在《演出与戏台》一文中提出“有益于社会向前的戏剧就叫做新剧运动”。1931年7月以后，他在《光华日报》的“戏剧”专刊上连续发表剧作《夫妇》、《女招待的悲哀》、《凄凄惨惨》，均是新兴戏剧运动推动下出现的较有影响的、以新马当地的社会生活为题材的剧本。

1934年，在《南洋商报》的副刊《狮声》上，丘士珍以“废名”为笔名发表了《地方作家谈》一文，主张推进“马来亚地方文艺”。1936年，爆发了一场“马来亚文学新问题”的论争，有的作家提出了“马来亚新文学”的新概念，并要求新文学工作者们在建立“马来亚新文学”的同时，逐步为“马来亚华侨文学挖掘坟墓”。

新马文学的本地意识化与本地色彩化，自20世纪20年代中萌发之后，就一直不断地向前发展。这种本地意识的发展是同侨民意识相对峙而又相互影响的，并越来越得到广大侨民作家的认同。越来越多的侨民作家在创作实践中注意反映和表现本地色彩。

本地意识与本地色彩的提倡，在新马地区还引起了几场文艺论争，其中一场论争就发生在中国抗日战争爆发后不久。1937年7月7日，日本帝国主义发动了侵略中国的“卢沟桥事件”，中国人民的抗日战争全面爆发。新马地区的华侨也积极开展抗日救亡运动，筹赈募捐、抵制日货，有的则回国从戎报国。文学界也积极投身其中，各报纸的编辑纷纷将宣传报道抗日救亡作为报纸副刊的主要内容。1938年2月28日，《南洋商报》副刊《今日文学》发表了署名小红的《关于南洋的战时文学》一文，反对用“战时文学”来称南洋抗战时期文学，建议改称“华侨救亡文学”。文章发表后，引起了文艺界的热烈反响，触发了一场争论。许多人撰文批驳小红，认为他是在玩弄名词，甚至有削弱南洋华侨抗敌意识之嫌，是在破坏抗日统一战线。这场论争持续了两个多月，最后是反对派占了上风。这场论争反映了当时新马文艺界两种不同的心态。小红提倡“华侨救亡文学”就是强调地方色彩。而对于许多从中国南来的作家来说，南洋的华人和在中国本土的华人根本就没有什么区别，要在“战时文学”之外再提出一个“华侨救亡文学”的口号，就有削弱南洋华侨抗敌意识之嫌了。

中国著名现代作家郁达夫在刚到新加坡时，也曾因就本地色彩的问题发表自己的看法而遭到批驳，引起了一场争论。郁达夫初抵新加坡在所作《几个问题》一文中提到：

> 南洋文艺，应该是南洋文艺，不应该是上海文艺或香港文艺。南洋这地方的固有性，就是地方性，应该怎样的使它发扬光大，在文艺作品中表现出来？……
>
> 我以为生长在南洋的侨胞，受到南洋的教育而写作的东西，又是以南洋为背景，叙述的事件，确是像发生在南洋的作品，多少总有一点南洋的地方色彩的。问题只在色彩的浓厚不浓厚，与配合点染得适当不适当而已。

就在这篇杂文发表后的第三天，《南洋商报·狮声》上便发表耶鲁的文章《读了郁达夫先生的〈几个问题〉之后》，对郁达夫的论点全面提出了反驳。有关地方色彩的问题，耶鲁在文中说：

> 对于这一点，我们也不管郁先生怎样无视于南洋的写作人，大多像他一样，从祖国来的，因而硬把他们派作为“生长在南洋的侨胞，受到南洋教育的”，并从而要他们像菲律宾土人作家李查儿那样去写这个不是我们底祖国的异域了。

在这篇文章的《编者附言》中，编辑张楚琨指出：“我们认为南洋的文艺为祖国文艺的一个支流，祖国的文艺主潮必然要影响南洋文艺。”这场笔战打了许多回合，许多人先后加入，直至《晨星》上发表了楼适夷自上海发来的《遥寄星洲》才替郁达夫解了围。

郁达夫和小红提倡的本地色彩之所以会遭到反驳，是因为当时特定的社会历史背景。当时抗战是人们最为关注的事，本地意识在抗日救亡时期已成为次要的了。待抗战胜利后，当年批驳郁达夫和小红的人，反而成为提倡本地色彩的积极分子。二战后东南亚各国先后获得独立，华侨纷纷加入当地国籍，这种观点更日益获得广泛的赞同。

本地意识与本地色彩的提倡，不仅在新马地区产生深刻影响，也对东南亚其他国家的华侨作家产生了影响。

在新马以外的地区，人们也注意到文学创作要结合当地的实际情况，不能死搬照抄中国的文学。《黄绰卿诗文选》之《聂绀弩的诗谜》中提到1923年缅甸《觉民日报》聘请聂绀弩为主编。当时在仰光有一个天南诗社，一些旧诗人每周都写诗，其中有一期是以“围炉”两字首唱。聂绀弩在编新闻时看到“围炉”二字，便写文章讽刺批评这些旧文人的虚伪矫情，指出在仰光那样炎热的天气，只有挥汗作诗，哪有围炉吟诗的事？他指出：“在当时祖国新文学运动时期，对这种‘死文学’的攻击是必需的。”1933年，缅甸的文化界人士发起缅华文艺运动，创办《椰风》周刊，标榜地方文艺。《黄绰卿诗文选》之《缅华文艺运动》一文提到：

《椰风》响应当时马华文坛的号召，开展“此时此地的文艺”运动，作品内容注重书写地方现实，以文艺为政治斗争的武器。椰风社有三位社员通晓缅文：一位名叫静亮，他开始介绍缅甸的节日风俗和缅甸戏剧，后来他整年内把1930年缅甸文学运动的《时代尝试集》全部翻译、登载了；一位名叫亚虚，他写过许多缅甸人民宗教生活的素描，也译过一些缅甸民间故事；一位名叫柯子，他也翻译缅文作品，他写的诗歌较多，充满了地方色彩——他们都很早就致力于缅甸文学的翻译工作。

侨民文学的最大特点就是中国化。作家的身份、思想意识，作品的主题、语言风格，都体现了这一特点。侨民文学的主题是爱国的，这里的“国”是指中国。东南亚各国独立后的华文文学与独立前的侨民文学都是强调爱国主义的，但两者最大的区别就在于侨民文学中表现的爱国是爱中国，而华文文学中表现的爱国则是爱作者生活所在的东南亚各国。这是提倡本地意识和本地色彩的华文文学的历史归宿。

三、全民抗战、共赴国难的阶段

抗战时期，是东南亚华文文学发展的鼎盛时期。抗日战争期间，许多中国现代作家响应号召，奔赴东南亚各国，积极宣传抗日救国。他们为南洋的华文教育和华文报刊的发展做出了重要贡献，同时还创作了一批以南洋为背景的充满异国情调的作品。

抗战文艺兴起之初，人们发现话剧是一种很有效的宣传教育工具，于是马华戏剧空前活跃，蓬勃发展。方修在《马华新文学大系剧运特集二集》的“导言”中指出：

马华戏剧表演艺术的发展，到了新文学的繁盛时期（1937—1942年），便汇入抗战救亡的热潮，成为救亡戏剧运动，呈现了马华新文学史上空前绝后（迄今为止）的热闹场面。这是抗战文艺运动中最有群众性、最有影响力的一个环节。

抗战时期，新马地区涌现出一大批剧作家，他们写的剧本以抗战为主题，如吴天的《伤兵医院》、《父与子》，流冰的《十字街头》、《金门岛之夜》等，深受欢迎，演出空前活跃，演出方式多样，经常深入农村、矿山和胶园。当时成立了许多剧团，其中较著名的有：新加坡业余话剧社、马华巡回剧团、加影前卫剧社（新马地区坚持戏剧活动最长的剧团）、南岛话剧团等；中国的一些剧团，如武汉合唱团、新中国剧团等也到东南亚各地巡回演出过，在当地反响很大。

抗日救亡是新马战时文学创作的主题，除戏剧剧本外，著名作品有张一倩的中篇小说《一个日本女间谍》，铁抗的中篇小说《试练时代》，王君实的散文《海岸线》，刘思的诗歌《去、去当兵》和《放歌》等。这些作品充分体现了反对日本帝国主义侵略的高昂情绪和爱国精神。

除新马外，缅甸华侨各社团也纷纷成立剧社，以戏剧为武器宣传抗日救国。当时成立的剧社有天演剧社、巨轮社、乐天社、妇女救灾会、中国佛学青年会等，演出的剧目有《三江好》、《放下你的鞭子》、《前夜》等。

抗战时期也是泰国华文文学最活跃的时期。据统计，1937至1938年间，泰华文坛就出现了30多个文学研究社或读书社。这些研究社拥有众多会员，在华文日报上辟有专栏。同其他东南亚国家的华文作家一样，泰华作家也积极响应祖国文化界的号召，纷纷以笔为战斗武器，发表宣传抗日的文章。当时的泰华文学的主题，就是反战。日本占领南洋后，东南亚的华文文学都陷入停滞状态，直到二战后才得以恢复。

二战前的东南亚华文文学，在发展的各个阶段，一直深受从中国来的著名作家的影响。早在20年代，特别在1927年大革命失败以后，就有不少文化人和作家前来东南亚。抗日战争期间，又有许多中国革命者和作家流亡到东南亚各国，为弘扬中华传统文化，宣传抗日救国，培养东南亚华文文学的写作人才做出了重要的贡献。他们同时还创作了一批以南洋为背景的充满异国情调的作品。在这些作家中，应当特别提到老舍、许地山、郁达夫、艾芜、胡愈之、王任叔（巴人）和许杰等的积极作用。

我国著名作家老舍在南洋的活动时间不长，他在1924年赴伦敦东方学院任教5年后于1929年回国途中，因筹措路费，滞留新加坡半年，在华侨中学任教。在新期间，老舍创作了小说《小坡的生日》，通过儿童天真的言谈行动，表现作者对东南亚地区生活的独特的观察和理解。

许地山笔名落华生，原籍福建龙溪，生于台湾。他早年曾在缅甸仰光华侨学校任教。1916年回国，后投身于“五四”运动，与茅盾、郑振铎等人发起成立文学研究会，从事文学创作。他的不少作品是以南洋为背景写成的，如短篇小说集《缀网劳蛛》（1925年）多以南洋生活为背景，情节曲折离奇，充满浪漫色彩，颇富异域情调。他早年受佛教影响较深，所以在面对黑暗现实时，常有出世情绪或消极宿命思想流露。如以马来亚为背景写成的《缀网劳蛛》中女主人公尚洁对别人的诽谤、丈夫的误解，不哀不怨，宁静自若。她把生活看成是一张易破的蛛网。人生的意义就像蜘蛛那样不停地织补破网。她认为“所有的网都是自己组织起来，或完或缺，只能听其自然罢了”。《命命鸟》写一对缅甸青年敏明和加陵为反抗封建婚姻而死的故事。两人因婚姻受阻，携手从容步人湖中，寻找那“极乐国土”去了。把自杀的悲剧罩上了一层冥幻中的快乐。

艾芜曾用笔名刘明、吴岩、爱吾、魏良、乔城等。他于1929年漂泊到缅甸仰光，当过店伙计、校对、小学教师。曾一度流浪到新加坡，不久再折回缅甸，任华侨报纸《仰光日报》副刊编辑。在《仰光日报》的《波光》副刊上发表了散文《流浪在八莫》、《野人山中》、《万山丛中的匪窟》、《暴动前后》和诗《墓上的夜啼》、《逃婚之夜》等。1930年冬，因为同情缅甸农民暴动而被英殖民当局逮捕，次年春被驱逐回国。到了抗战时期，艾芜成了引人瞩目的作家之一。他的早期作品中有不少是以他本人在南洋漂泊时的生活经历为背景写成的。如1935年出版的他的第一部短篇小说集《南国之夜》中就有一部分作品是反映缅甸和中缅边境底层人民的生活，或者揭露帝国主义强盗般的掠夺，反映缅甸人民饱受殖民统治的磨难和自发进行的斗争，赞扬他们质朴、勤劳的性格，展现了他们丰富美好的内心世界。他的另一部短篇小说集《南行记》（1935年），描写了奇异的边境风土人情和下层人民的生活，明丽的风景和阴郁的人生、爱与恨交织在一起，形成了强烈的对照，对黑暗的现实进行了有力的抨击。

胡愈之于1940年以后在南洋从事抗日工作，在新加坡主编《南洋商报》。《南洋商报》是由著名爱国华侨领袖陈嘉庚于1923年创办的。胡愈之每周写5—6篇社论，还要为《南洋商报》出的《星期刊》、《南洋晚报》写论文、短评等。他是著名的国际问题专家，所写关于国际形势和抗战消息的文章深受欢迎。1972年12月，新加坡还出版了《胡愈之作品选》一书，所选作品均为当时胡愈之为《南洋商报》撰写的社论。1942转移印度尼西亚苏门答腊避难，写了《少年航空兵》。二战后又返回新加坡，创办新南洋出版社，出版《风下》周刊和《新妇女》杂志，还协助陈嘉庚创办《南侨日报》，任社长，1948年才回国。

王任叔笔名巴人，还用过屈铁、碧珊、赵冷等笔名发表作品。1941年逃亡新加坡，从事华侨文化工作。翌年转至印度尼西亚苏门答腊从事地下抗日活动。后在当地主编《前进周报》和《民主日报》。1947年9月被荷兰殖民当局驱逐出境回国。中华人民共和国成立后，1950—1952年任中国驻印度尼西亚首任大使。他的文学与历史著作颇丰，其中多部是有关东南亚历史的著作。此外，他在印度尼西亚生活期间还创作了《一家的故事》、《南洋伯》、《水客与工头》、《萨拉山》、《一个头家》、《第二代》、《月亮的由来》、《章鹤鸣和方子明》等八篇南洋生活纪事小说，一部话剧《五祖庙》，一部长诗《印度尼西亚之歌》，《任生及其周围的一群》、《邻人们》、《浮罗巴烟》、《从棉兰到蒂加笃罗》、《在沙拉巴耶村》、《在外国监牢里》等大量的散文。

巴人的早期作品十分注意人物的典型化和个性特征，对环境、景物描写细腻，具有浓厚的乡土气息。但他在流亡苏门答腊的艰苦条件下所写的作品，风格迥异，带有很强的纪实性，着重人物行动和对话的描写，极少人物心理刻画，带有浓郁的异国情调，生动地描写了20世纪40年代新加坡华侨社会的某些侧面，对中国的读者有较强的新鲜感和吸引力。1946年，巴人取材于印度尼西亚人的历史著作《日里今昔》和当地华侨的传说，创作了话剧《五祖庙》。该剧描述了1871年苏门答腊日里烟草种植园的华工反抗荷兰殖民者的斗争事迹，充满了异国情调，在印度尼西亚上演时获得了成功。1987年8月，《香港文学》发表《评〈五祖庙〉》一文，称它是“巴人留给新加坡华人的纪念”。

许杰笔名张子三，1928—1929年间在吉隆坡担任《益群日报》的主笔。他以东南亚生活为题材创作了好些作品，有小说《马戏班》、散文集《椰子与榴莲》等。他接受左翼文学运动的影响，以《益群日报》的副刊《枯岛》为阵地，倡导“新兴文艺”运动，积极宣传中国左翼文艺运动的理论主张。新加坡文艺研究会会长杨松年先生曾撰文对许杰主编的《枯岛》副刊的历史作用给予很高的评价，指出编者“把中国新文学的革命文学的理论带来新马”。

对东南亚华文文学的发展影响最大的是郁达夫。1937年抗战爆发后，他赴武汉参加救亡运动。1938年12月28日到新加坡，负责《星洲日报》副刊的编辑工作，写下了大量的政论、杂文、文艺评论、散文和旧体诗。1942年1月，郁达夫参加了爱国华侨陈嘉庚先生领导的新加坡华侨抗敌动员总会，任星洲华侨文化界战时工作团团长。1942年2月，日本占领新加坡前夕撤离新加坡到印度尼西亚的苏门答腊避难，郁达夫化名赵廉，被迫为日本宪兵部当翻译。他利用职务之便，帮助和营救过不少当地人和华侨，同时也获悉了日本宪兵所犯的罪行，终于在日本宣布投降后被诱骗离家，同年8月29日被杀害，终年49岁。

关于郁达夫失踪之事，胡愈之于1946年8月26日写给国内全国文艺界协会一份报告书《郁达夫的逃亡和失踪》，详细叙述了郁达夫逃亡和失踪的经过。这是当时唯一可靠的正式报告，后被研究郁达夫的学者经常引用。他在报告中指出：“他的（郁达夫）伟大就因为他是一个天才的诗人，一个人文主义者，也是一个真正的爱国者。”胡愈之给予郁达夫很高的评价，也驳斥了海内外一些人对郁达夫的污蔑。

郁达夫这样一位在国内享有盛名的作家之所以到新加坡办副刊，其中一个原因是为了响应当时赴海外宣传抗日的号召。他在自1938年12月28日抵达新加坡至1942年2月4日避难苏门答腊的三年多时间里，先后主编过《星洲日报早版·晨星》、《星洲日报晚版·繁星》、《星洲日报星期刊·文艺》等多种副刊，写下了大量的散文、政论、杂文、文艺评论和旧体诗，共有400多篇。他在1939年2月2日致戴平万的信中说：“我到新加坡来，是为了帮《星洲日报》编副刊；心里的打算，就想替南洋的知识青年，介绍一点国内文艺界的作品，并将南洋青年的创作，介绍一点到国内去。”他确实按心里的打算，很好地实践了。在其主编的《星洲日报》副刊上，常发表他介绍国内外文坛动态的文章，如1939年1月28日发表于《星洲日报·晨星》的《友人们的消息》，介绍了许广平、茅盾、郭沫若和成仿吾等人的近况。

郁达夫是当时南洋文化界的中心人物，他在传播文化知识、培养和帮助文化青年方面所做的工作是有目共睹的。他撰写大量的文章介绍世界文学、普及文史知识。如《犹太人的德国文学》、《英国诗人说诗》、《介绍〈四库全书〉珍本初集》等。南洋本地的著名青年诗人冯蕉衣就得到过郁达夫的指导。日本学者铃木亚夫在《苏门答腊的郁达夫》一书中，评价郁达夫时引用了丘帆写的《郁达夫在南洋二三事》中的一段话：

通过《晨星》副刊，他团结了一批当地的文艺青年、知识分子。对他们，他关怀备至，不但给他们看稿、改稿，甚至还在工作和学习上支持他们。那时候，他在新加坡里路的家常常聚集了一批文学青年，他常常在他们之间朗朗而谈，对他们写得较好的稿子赞赏不迭，青年们因而受到了很大的鼓舞。

郁达夫的笔下还记述了许多著名文化人，如刘海棠、王莹等人在南洋的活动，对新马华文化的进展、现状及前途提出了中肯的批评。有关这方面的文章，已成为研究第二次世界大战时期新马华文化的重要参考文献。

第三节　第二次世界大战后东南亚的华文文学

第二次世界大战后初期，东南亚各国的华文学校和华文报纸曾出现过短暂的复苏和振兴局面。战争中被迫停办的华文学校和华文报纸纷纷复办，新的华文学校和华文报纸也不断出现。华文文学创作也经历了一段繁荣时期。

在菲律宾，二战前的三家华文报纸《公理报》、《华侨商报》、《新闻日报》相继复刊，另有六家华文报纸创刊。这些报纸均设有文艺副刊。菲律宾华侨作家不仅在报纸副刊上发表作品，还从中选取一部分作品结集出版。如从1954年起，《华侨商报》逐年从刊登在《新潮》与《华侨周刊》上的短、中篇小说中选编成《商报小说选》，共出版了四集。菲律宾华侨作家还自发地组织了许多文艺团体，向各华文报刊借版发表作品，并组织写作班和学习团体，为菲律宾华侨培育作家。60年代的菲律宾华侨文坛也一派繁荣景象。青年一代作家开始活跃在文坛上。著名诗人云鹤（原名蓝廷骏，1942— ）17岁便出版了第一部诗集《忧郁的五线谱》，20岁主编《新潮诗选》，组织了第一个由青年作者组成的文艺团体——自由诗社。后又出版了《秋天里的春天》、《盗虹的人》和《蓝尘》等诗集。1972年菲律宾总统马科斯宣布全国实施军事戒严法，所有的报刊遭封闭，菲律宾华侨文艺运动进入了冬眠期。直到1981年宣布解除军事戒严法。

二战后泰国的华文文学也得到恢复。许多华文报纸复刊和创刊，并辟有文艺副刊，作为华文作家发表作品的重要园地。一些纯文学的刊物也相继出版，如《华侨新语》、《半岛文艺》、《椰风文艺》、《青年人半月刊》等。但这些刊物由于经费的问题，又相继停办。泰国政府1952年颁布《防共条例》，中泰两国的交流基本中断，进步的华文报纸被迫停刊，华文学校被关闭。

第二次世界大战后至1957年间，印度尼西亚对华人基本上采取比较宽容的政策，印度尼西亚二战后华文教育和文学曾兴盛一时，除二战前的老报刊纷纷复刊外，又出台不少新的报刊，其中影响较大的有《新报》的《椰岛文艺》副刊，以及《生活报》、《生活周报》、《人言旬刊》、《南洋画报》等。各报刊都有文艺副刊，经常刊登华文文学的作品。但从20世纪60年代起，特别是“新秩序时期”实行强制同化政策后，当局取缔华文报刊、关闭华侨学校与社团、禁止使用华语和禁止中文图书、期刊的进口和发行。华文文学遭到了严重的打击，不少华文作家被迫离开印度尼西亚，留下的也几乎没有自己的生存空间。但严寒酷暑并没能把华文文学彻底摧残，仍有执着的追求者在极其艰难的环境中默默地耕耘着，严唯真就是其中的一位代表，他出版的《严唯真诗文集》代表了他在坎坷的创作生涯中所结下的硕果。后起之秀如高鹰、立锋、袁霓、茜茜丽亚、谢梦涵等也都有不俗的表现。

二战后至1957年，马来西亚仍处在英国殖民统治之下。殖民政府对华文学校还实行津贴制度。1957年8月31日，马来西亚获得独立。1965年8月，新加坡从马来西亚中分离出来，成立独立的新加坡共和国。虽然政府也对华文教育有过限制，但总的来说，马来西亚和新加坡的华文教育还能继续存在，并以本土化继续发展，华文文学的创作也取得了较好的成就。

从二战后至新加坡独立的20年间，新马的华文文学作家重新强调马华文艺的独特性和本地色彩。1947年底，一些本地出生的青年作家提出了“马华文艺独特性”的口号，由于言辞激烈，引起了认同中国的作家的不满，双方又展开了论战，但不久便结束了。随着主张侨民文艺的作家纷纷离去和民族独立斗争的发展，新马华文文学与中国文学便分道扬镳，坚定地走上本土化独立发展的道路。

“马华文艺独特性”的论争，使所有的作家，不论是土生土长的，还是从中国来的，都明确和认同了这样的观点：新马华文文学不应是中国文学的支流和附庸，而应是真正的新马华文文学；不应以中国社会为主要的描写对象，而应反映当地的生活；不应亦步亦趋于中国文学，而应具有自己的独特性，走自己独立发展的道路。论战结束后，新马华文学又开展了反对黄色文化运动和提倡“爱国主义的大众文学”，涌现出大量新作品。

二战后的二十年，新马华文文学创作成果以小说最丰。共出版小说单行本290部。另有许多短篇小说散见于各种报刊杂志。在小说创作方面，苗秀（1920—1981年）的《火浪》是二战后的第一部长篇小说。《火浪》生动地描绘了太平洋战争爆发前后新加坡社会动荡不安的生活。苗秀的另一部中篇小说《新加坡屋顶下》是他的代表作，小说真实地反映了社会底层小人物的悲剧。小说的主人公扒手陈万和妓女赛赛相爱，两人都极力隐瞒自己的真实身份，一次偶然事件，将两人的真实身份暴露了。他们同病相怜，相爱更深了，但他们会有美好的未来吗？作者通过描写社会最底层的小人物的生活，有力地揭露了逼良为娼的黑暗社会的现实，作者还通过深入地描写小人物身上美好的内心世界，对他们的遭遇寄予了深切的同情。另一位作家姚紫（1920—1982年，原名郑梦周）也很有特色，其成名作中篇小说《秀子姑娘》是一部描写异族男女的恋情并反映反帝反殖呼声的作品。中篇小说《咖啡的诱惑》和短篇小说《窝浪里拉》也是姚紫的成功作品。《咖啡的诱惑》在20世纪50年代被拍成电影，轰动一时。主人公吴娟娟是男人的玩物，“如同一杯不加牛奶的咖啡”，“无聊的时候大可一喝，可是不多时，排泄器官就要把它挤掉了，正像咖啡本身也不想在消化器官里逗留过久”。读《咖啡的诱惑》，让人很自然地联想到中国著名作家曹禺的剧本《日出》。作者对吴娟娟和陈白露都寄予了深深的同情。他们的不幸遭遇和坎坷道路都是社会造成的。此外，韩萌的中篇小说《杀妻》也是这一时期的名篇，小说讲述的是一个发人深省、催人泪下的故事：丈夫发现妻子卖淫后，将妻子毒打一顿，并萌生杀妻的念头。后来当他醒悟到妻子是因为丈夫失业，为了养活五个孩子而被迫卖淫的，决定与妻子和好。可当他回到家里，却发现妻子已经上吊身亡了。这个时期小说以社会批判为主要内容，带有批判现实主义的倾向。

新加坡建国后，爱国主义大旗下的新加坡华文作家有了明确的国家意识。他们的作品洋溢着热爱新加坡的爱国主义精神，作品的主题已经由过去的抗日救亡转为民族和谐，由怀念故土转为扎根本地，由描写受难的华工转为描写成功的本国企业家。这在诗歌创作上表现得更加鲜明，例如新加坡诗人力匡（1927— ）在《新加坡，19年前》一诗中就有力地表达了这一心声：

凡是人，
哪能没有祖国，
哪能让一颗心，
到处漂泊。

在地图上，
你虽只是一小点，
但这一小点啊，
是我的水，
是我的树，
是我放心的地方，
是我的全部。

另一位新加坡著名诗人柳北岸（1905— ）在他的力作《我们有二百万能干的兄弟》中，也以气贯长虹之势表达对新国家的热爱和信心，充满自豪感：

我们有二百万能干的兄弟，
我们有一片珊瑚色的土地，
时时可以望见辽阔的海洋，
海洋是我们生存的长堤。

我们有千万形象，颜色，声音，
激泻着澎湃宏丽的巨力，
像一颗颗的金星伴着眉月，
排去了云翳在东方突起。

我们要造个坚固的堡垒，
由四百万双手合力堆砌，
周遭有春风年青了花树，
用踏实的智慧团结独立。

每一寸空间都填上了热爱，
每一个人的心里都竖起了大旗，
似一股洪流急急奔来，
为建设新国而抗争到底。

柳北岸的另一首抒情长诗《无烟的虹》，描述了新加坡建国前后坚苦卓绝的斗争历程，富有浓郁的南洋地方色彩，获得了1978年新加坡最佳书籍奖。

在小说创作方面，流军是很有特色和个性的作家，二战后三十多年来他笔耕不辍，1996年出版的《流军小说选集》是他创作历程的记录。他既善于写城市题材，又倾心于乡土小说，创作态度严肃认真和富于社会责任感。他对人性的丑陋予以无情地鞭鞑，而对真善美的追求又那样地执著。他说他会继续在“和平乐土”上耕耘，把“和平乐土”开辟得更广阔，更葱翠。

据南洋大学杨松年博士统计，从1965年至1979年，新加坡共出版553部华文文学作品，内有散文集182部、小说136部、诗集112部、剧本25部、评介40部、丛刊58部。

二战后东南亚有些新独立的国家对华文教育采取排斥、限制甚至禁绝的政策，使那些国家的华文教育日益走向衰落。华文报纸也同样经历了先兴后衰的过程。二战后，东南亚地区各国曾有华文报纸156家，期刊181家。随着各国对华人政策的改变，华文报纸也屡遭限制和查封，大部分华文报纸停刊，使华文作者失去了创作的园地。有人统计，1990年东南亚地区的华文报纸仅存45家，其中马来西亚21家、新加坡3家、菲律宾5家、泰国5家，还有印度尼西亚有一份由官方主办的中文和印度尼西亚文的双语日报《印度尼西亚日报》。缅甸自20世纪60年代起华文报纸绝迹多年，直至1998年11月4日在政府的资助下又创办了《缅甸华报》周刊。而在越南、老挝和柬埔寨等国，华文报纸目前也所存已无。

进入20世纪80年代以来，随着中国对外开放和国际地位的不断提高，中华文化也日益受到重视。新加坡、马来西亚、菲律宾和泰国等国的华文文学出现了转机。作家队伍日益壮大，文学社如雨后春笋，同中国大陆的文学交流也不断增多，经常主办国际研讨会，设文学奖，组织文学节活动等。许多华文作家还走出国界，在大陆和台港出版作品。如新加坡的华文女作家尤今在大陆已出版作品35种。又如菲律宾的云鹤，在《人民文学》、《诗刊》、《当代》、《星星》、《作品》上都发表过诗歌。

暨南大学出版社1994年出版的《海外华文文学名家》一书中，共收录海外华文文学名家111人，其中东南亚地区的为70人，占63%：

东南亚地区华文作家（总70人）	人数	占百分比
新加坡	28	40%
马来西亚	18	26%
泰国	10	14%
菲律宾	10	14%
印度尼西亚	4	6%
1937年以前出生（含1937）	46	66%
1937年以后出生	24	34%
在中国出生	34	49%
在海外出生	36	51%
在中国受过教育	17	24%
当过文艺编辑	41	59%
当过华文教师	37	53%
既当过文艺编辑，又当过华文教师	21	30%
既没当过文艺编辑，又没当过华文教师	21	20%

此表不一定精确，但大致反映了当代东南亚各国华文文学的情况。新加坡入选的作家占总数的比例最高，达40%，遥遥领先。华人占新加坡人口75%，政府继推行“双语制”后又把华文提升到“第一语文”，与英文并列。新华文学从新加坡建国开始便成为国家文学，其成就超过该国的英文文学。作家200多人，先后成立了新加坡作协、文协和五月诗社、锡山文社等十多个文社，除报纸副刊“文艺城”、“晚风”、“都市文学”等外，先后创办了《新加坡文艺》、《文学半年刊》等十多个文学期刊。自1965年独立以来，已出版1000多种文学书籍。

马来西亚次之，入选的作家占总数的26%。马华文学有较好的华文教育基础，华文报都重视文艺副刊（尤以《南洋商报》和《星洲日报》为最）；文学杂志有《蕉风》、《写作人》、《清流》、《拉让江文艺》等，为作家提供创作园地。

其次是泰国和菲律宾，入选的作家各占总数的10%。菲律宾华侨人口占菲律宾总人口的比例很小，1972年菲政府宣布戒严令，菲律宾华侨报刊被禁，文坛一度沉寂，直到1981年才重见天日。菲律宾华侨五大报（联合、世界、商报、时报、环球）开辟了30个副刊供18个文学社借版。菲律宾华侨文坛近三十年来，共出版了约120种文学著作，其中，新诗30多本，传统诗及译诗10本，散文、小品、杂文等合计40多本，戏剧10多本，小说仅出版了12本，其中还有4本是翻译，5本是集体创作的。

菲律宾华侨文坛目前的发展仍步履维艰，所谓菲律宾华侨五大报，发行量最大的也不及万份，200名作家中，经常执笔的也不超过百人。而他们出版的作品，绝大部分是赔本的。菲律宾华侨文学中发展的最好的是诗歌。如云鹤的名作《野生植物》被奥运会选为朗诵节目在奥运会开幕式上加以朗诵，并荣获印度诗歌节大奖。

泰华文学也几起几落，直到20世纪80年代才出现转机，但由于华文教育长期不兴，影响到作家素质的提高。泰华著名作家是巴尔（原名颜壁），代表作有短篇小说集《绘制钞票的人》、中篇小说《就医》、《陋巷》和长篇小说《湄河之滨》。《湄河之滨》描写泰国华人社会三代人的成长历程。

另外，印度尼西亚的入选作家只有4名，占6%，这个人数和比例肯定很不准，但又无法提出确切的数字，因为在“新秩序时期”的印度尼西亚华文文学遭到了严重的扼杀和摧残。如今“新秩序时期”已经过去了，印度尼西亚正在进入改革的年代，春风又吹进了荒芜多年的印华文苑。1999年2月27日印度尼西亚华侨作协宣告正式成立，还出版文艺刊物《印华文友》，这标志着印华文学将迎来第二个春天。

至于其他国家，如缅甸、老挝、柬埔寨和越南等国，虽没有一个入选的，但并不表示这些国家连一个稍有成就的华文文学作家也没有，它只不过说明上述国家的华文文学处境仍相当困难，几乎与外界隔绝。

目前东南亚地区华文文学面临世界经济大潮的影响。在高消费社会的压力下，许多文艺青年只好弃笔从商。目前东南亚地区的华文书籍的出版，大都是赔钱的。这又导致了东南亚当代华文文坛的另一个特殊现象，即东南亚各国华文作家，以儒商为主体，约占70%—85%。文坛领导人几乎都是儒商作家，他们出书出钱，尽心尽力，力促文坛蓬勃发展。但由私人出钱印刷出版的书，往往印数少，销路窄，常常是赠送并流传于狭小的朋友圈子里，对大众没有造成影响。

语言环境的变化也是一个重要因素。二战前东南亚华文文学的兴起，与华文教育的发达和一大批从中国来的作家的帮助是分不开的。而现在情况发生了很大的变化。新加坡作家柳舜1994年在厦门大学举办的“东南亚当代华文文学暨周颖南创作研讨会”上发言时指出：

有人称赞新加坡人会说多种语言，英语、华语（普通话）、闽南语、粤语、家乡语、马来语等等。不错，“半桶尿”似的语言我们会的很多，“早安”、“晚安”、“吃饱吗”、“谢谢你”这些简单的口语我们会的更多，但我们现在谈的是文学语言。我们的作品——相当部分的创作都有这样那样的语言上的弊病与偏失。学生腔最常见，生吞活剥的俚语，未经修饰的土腔怪调，过分欧化，硬搬地方语和方言，照搬不合文法的群众语言……不是平淡无味，就是不够生动，甚至不准确、不耐读，产生不了审美兴趣。

余秋雨在《文化苦旅》一书的《华语情结》一文中也写道：

新加坡实践话剧团演过一个有趣的话剧《寻找小猫的妈妈》，引起很大的社会轰动。这个话剧，确实是以“话”作为出发点的。一个三代同处的家庭，第一代讲的是福建方言，第二代讲的是规范华语，第三代只懂英语，因此，每两代之间的沟通都需要翻译，而每一次翻译都是一次语义和情感上的重大剥离。如果是科学文论文、官样文章，可能还比较经得起一次次的翻译转换，越是关乎世俗人情、家庭伦理的日常口语，越是无奈。结果，观众们看到的是，就在一个屋顶之下，就在一个血统之内，语言，仅仅是因为语言，人与人的隔阂是那样难于逾越。小小的家庭变得山高水远，观众在捧腹大笑中擦起了眼泪。

文学是语言的艺术。在华人人口占3/4的新加坡，语言的问题尚且影响华文文学发展，其他国家的情形就可想而知了。

随着华侨纷纷加入当地国籍，身份的改变也导致观念的改变。东南亚的华人逐渐认同当地社会，对新生代华人来说，华语已不是自己的国语，而掌握当地语言和英语相对更加重要，所以他们以接受当地语言和英语的教育为主。目前情况有所好转，因为中国改革开放后，在世界的地位和作用越来越重要，以至出现世界学习汉语热。东南亚许多国家也重新兴起学习华语的热潮。但应该指出的是，现在的学习目的与几十年前大不相同。以前的华文教育是侨民教育，其宗旨是培养具有中华民族意识和祖国观念的中国侨民。而现在是把汉语当成一门外语来学，学习和了解中国语言文化是为了促进本国与中国关系的发展，以利于本国的繁荣。尽管时代变了，侨民文学已一去不复返，但世界形势的变化将给东南亚华文文学提供新的机遇和新的挑战。

第四节　东南亚华文文学的特色

新加坡著名的文学史论家方修长期致力于新马华文文学史料的发掘、整理和研究工作。他指出，新马华文文学同中国现代文学是几乎同步诞生的，而且“在发展的过程中，始终受到中国文学的深刻影响”。

在二战前，中国现代作家作品，如鲁迅的小说和杂文，茅盾和巴金等人的小说，郭沫若、艾青、臧克家等人的诗，都是东南亚各国华文作家学习和模仿的对象。在东南亚华文新文学衍变的过程中，中国许多文艺工作者曾给予大力协助。在东南亚新文学发展之初，中国许多著名现代作家，如郭沫若、茅盾、郁达夫、丁玲和夏衍等人就对东南亚新文学的发展表示关注。中国现代作家，很早就对东南亚地区的华人的生活、命运，以及他们所创造的文化，产生了兴趣。特别是在1927年国民大革命失败以后和抗日战争期间，许多中国现代作家流亡到东南亚地区，创作了大量的以东南亚地区华人的生活为背景的、富有异域情调和地方色彩的文学作品，并且充当起祖国和东南亚地区文化交流的使者。一方面，他们向东南亚地区的读者介绍中国的文学思潮、文艺理论以及作家和他们的作品，培养和帮助当地的文学青年，并对当地的文化建设提出自己的意见；另一方面，他们也将当地作家的作品介绍到国内去，使中国的文艺工作者能够有机会了解具有相仿的社会背景、相似的文化心理、相同的创作媒介和民族血缘的东南亚华文文学的发展状况，促进了中国现代文学与东南亚各国华文文学之间的相互交流。

中国现代文学思潮、文艺理论对于东南亚华文文学运动、文论建设无疑有重大影响。“南洋新兴文学运动”的崛起与中国20世纪二三十年代的左翼文学运动有密切关系，而中国的抗日文艺运动对东南亚各国华人的抗日文艺运动的影响更为直接和明显。

东南亚华文文学与中国现代文学有许多共性，都继承了中国古典文学的优秀传统；文学与国家命运、社会变革紧密相连；都提倡现实主义的风格，注意反映时代生活。但由于各国社会政治制度、经济体制、意识形态、人文心理和所受的异质文化影响等方面的差异，又使其产生了各自鲜明的个性。

在东南亚华文文学的发展过程中，不断地受到本土意识的挑战。在二战后，随着东南亚各国纷纷取得民族独立，华侨大都加入了当地国籍，华文作家对本土意识和地方色彩越来越认同，并在创作实践中注意表现出来。现在东南亚各国华人用华文进行的文学创作，虽同属世界华文文学的范畴，但已是各国文学的一部分。就是说，既有许多共性，如都是从中国传统文化中吸取营养，以华语为工具等，而又有本国的个性，表现各国鲜明的本地色彩。

独立后的东南亚华文文学作者不再将目光仅盯在中国文学和中国的作家上，而是更加广泛地学习世界各国优秀的文学，特别是西方文学。许多青年华文作家学习西方现代派的表现手法，在华文文学创作上做了有益的尝试，丰富了世界华文文学。

以新加坡为例，战前的华文诗歌，主要受中国20世纪二三十年代的自由诗的影响，散文化倾向明显，直白浅露。新加坡独立后，华文作家广泛学习西方和台湾现代派诗歌的创作方法，采用象征、暗示和联想等手法，在语言表现上做了大胆的尝试，追求艺术形式和内容的完美结合。著名的现代派诗人有陈瑞献、王润华、留川、贺南宁、南子、原甸等人，他们创立了五月诗社，创办《五月诗刊》并出版个人诗集。

作为东南亚华文文学的一个特征，爱国主义始终是文学创作的主要传统。战前的华文文学，作为侨民文学，它所提倡的爱国，是爱中国。而二战后，随着华侨身份的改变和对所在国的认同，它所提倡的爱国是爱他们生活的国家。祖国不同了，但爱国主义传统延续不变。

在创作方法上，现实主义也始终是东南亚华文文学的优秀传统。战前的华文作家大多具有强烈的社会责任感，作品着重反映社会生活，成为政治斗争和社会改良的工具。二战后的华文文学创作更加强调地方色彩和个性。20世纪80年代新华文坛除现实主义，也出现唯美化的倾向。尤今的散文创作，具有代表性。

东南亚华文文学的另一个特点是文学创作与华文教育和华文报刊的关系十分密切。

华文教育是华文文学发展的基础，华文报刊是华文作家创作的主要园地。每一个国家的华文文学的发展状况都与该国华文教育和华文报刊的状况紧密相连。华文作家也多为从事华文教育和新闻工作的人。从上文所附的表中，也能看出这一点。在70位华文作家中，当过华文文学编辑的有41人，占58%；当过华文教师的有37人，占53%；既当过编辑，又当过教师的有21人，占30%；而既没当过编辑，又没当过教师的仅有14人，占20%。

由于东南亚的华文文学已脱离侨民文学的轨道，在语言方面，东南亚的华文也带有更加鲜明的地方色彩。作品中常杂有闽粤方言和外来语、本地民族语。在作品中使用方言，有助于刻画人物形象，有助于渲染环境气氛。新加坡著名作家苗秀的小说就极具代表性。苗秀小说的语言极有个性，加入了许多新马华人生活中的口语。他的名著《新加坡屋顶下》，被誉为“南洋华语俚俗词典”。但华文的正宗还是在中国，“南洋华语”不会从中国的现代汉语独立出去。中国现代汉语的发展仍会直接影响东南亚华文文学的发展，今后仍会保持

“同中有异”，“共性”中有“个性”。在文学体裁方面，东南亚的华文文学还是多姿多彩的。在不同的时期，某种文学形式得以更好地发展，如抗战时期的戏剧。但总的来说，东南亚华文文学的诗歌、短篇小说、中篇小说、散文等发展得较好，而长篇小说、传记文学、儿童文学等则较弱。近年来，短诗、短文的创作更盛，以描写生活中的小事、小人物，来阐发对人生的思考。

此外，值得一提的是，好些掌握双语的作家如今在致力于两种语言文学的交流，把华文文学作品翻译成当地语文或把当地语文的文学作品翻译成华文，如新加坡的陈妙华编译出版了两本书：一本是《新华短篇小说集》，着重向新加坡和马来西亚的马来族介绍新加坡当代华文短篇小说的新成就；一本是《一片热土》，着重向华裔读者介绍马来作家依沙·卡马里1999年的获奖作品，使两种语文的文学作品能被华裔和非华裔的读者所共同了解与欣赏。这无疑大大有助于加深两族间的手足之情。同样，最近在印度尼西亚也有华裔作家在做这方面的努力。例如陈冬龙最近就翻译出版《印华微型小说选》，博得印度尼西亚文坛的好评。而他自己创作的印—汉对照的诗集《故乡的高脚屋》更是别出心裁，受到印、汉两族读者的欢迎。

在面对全球化的浪潮中，东南亚的华文文学将更加面向世界和面向国内的各民族。在新的历史条件下，东南亚华文文学看来将在共性中更加突出个性，在内容和形式上将力求有所创新，使创作的作品更加异彩纷呈，更富有本国的民族特色。

第二编

印度文化与东南亚文学

第一章 概述

北倚群山、东西南三面临海的印度次大陆在地球上是一个地域广袤且相对独立的地理单位。具体地说，印度次大陆北倚号称世界屋脊的喜马拉雅山脉，东北是那伽山脉，西北是兴都库什山脉。而东、西、南三面则为印度洋所环抱，东侧是孟加拉湾，西侧濒阿拉伯海。境内多山地高原，中部则东有恒河平原，西有印度河平原，是处于与外界隔绝的自然地理环境。

将源于印度次大陆的印度文化体系与源于黄河、长江流域的中国文化体系相比，可以发现印度文化体系诸多不同的特征。首先，印度文化体系和中国文化体系两者都是历史悠久和源远流长的。但中国文化体系的发展是连绵不断的，而印度文化体系却脉断难寻。据考古发掘，公元前25世纪左右，在今日巴基斯坦境内的印度河流域就已进入青铜器时代，出现过奴隶制城邦，还出土了带有当时文字的2000余枚印章。但到了公元前18世纪时，早期的这种印度河流域文明却突然消亡得无影无踪。又经过3个世纪以后，从公元前15世纪起，才在今日印度中部的恒河流域逐步形成了当今世界四大文化体系之一的印度文化体系。可惜的是，印度河流域出土的印章文字，至今尚未被人类破译释读，仍是一个重大疑团。

其二，中国文化体系是生活在黄河、长江流域的诸多民族，包括从中国大陆边缘地带进入中国腹地的一些民族，长期相互交融而形成统一的中华民族所共同创造的。而印度文化体系则不然。生活在境外的多种民族陆续徙来印度次大陆定居，尤其是公元前15世纪以后，陆续迁入印度次大陆定居的有：原始澳大利亚人、地中海人、亚美尼亚人—达罗毗荼人、雅利安人、蒙古人等等。他们与印度最早的土著民族小矮黑种人即尼格利多人等经过长期的融合，在公元前6世纪人们称之为吠陀时代时才初步形成了今日的印度文化体系。直至今日在印度次大陆不仅仍有众多民族，还有许多古老的居民群体——部族。①可见印度文化体系并非单纯由当地土著民族所创造，而是由众多境外徙来民族与当地土著民族共同创造的。

其三，有学者分析中国文化是伦理型文化，而印度文化则是典型的宗教型文化，宗教气氛非常浓重，表现在各个方面。印度圣雄甘地认为印度文化只有三个要素，而其中除耕田的犁和手工的纺织机外，还有一个就是印度的哲学。我国学者糜文开解释说："印度自古以来是一个自给自足的农业社会，这是甘地所说的'耕田的犁'、'手工的纺织机'的真正含义。而'印度的哲学'，主要是印度的宗教哲学，追溯吠陀经、正统六派哲学，以及非正统的佛教、耆那教哲学等，它影响和渗透到道德、文学、艺术和政治领域。所以，在自给自足的农耕文化基础上的印度哲学，是印度文化的灵魂。"②可见甘地也认为印度文化有这样一个特色。"据印度政府1981年调查，印度人口的99.36%是当今印度七大宗教的忠实信徒，这些宗教徒多少依次为：印度教、伊斯兰教、基督教、锡克教、佛教、耆那教和帕西教（旧译袄教或拜火教）。此外，还有些印度人皈依了犹太教，一些部族民众则在信奉着原始的萨满教。"③不论从当地人们信奉世界主要宗教种类之多，还是在次大陆宗教存在发展历史之久，在世界上都是首屈一指的。宗教对印度次大陆社会文化各个层面的影响也是非常深远的。早在公元前25世纪左右古印度河流域文明时期，就已出现了原始崇拜现象。从印度次大陆先后传播的各种宗教看，其中创立于当地的就有多种。如：（1）公元前20世纪至公元前15世纪左右出现过崇拜天、地、日、月、雷、雨、风、火等36尊神明的印度第一种宗教——吠陀教。（2）公元前10世纪左右雅利安人征服北印度后，建立起奴隶制国家，形成了种姓制度。为了维护高级种姓

---

① 据印度1956年的统计数字为414个部族。因印度民族与部族众多，故印度素有"人类博物馆"之称。

② 糜文开：《印度文化十八篇》，台北：台湾东大图书有限公司，1984年，第48页。转引自陈佛松：《世界文化史》，上海：华东理工大学出版社，1990年，第183页。

③ 见陈峰君主编：《印度社会述论》，北京：中国社会科学出版社，1991年，第127页。

婆罗门集团的利益，在吠陀教的基础上演化而成为婆罗门教。（3）公元前6世纪由刹帝利种姓出身的释迦族王子乔答摩·悉达多创立了佛教。到了公元前3世纪佛教成了当时印度占统治地位的宗教，不只在印度境内传播，且大规模地向境外派出僧团传教。从此佛教逐步发展成了今日世界三大宗教之一，并在世界范围内产生了深远影响。（4）公元前6世纪末至公元前5世纪初，由刹帝利种姓的筏驮摩那创办了耆那教。（5）4世纪前后婆罗门教又渐渐复苏，在保持其原有教义的基础上又吸收了佛教、耆那教等的某些教义和一些印度民间信仰，8世纪时经过商羯罗改革，逐渐形成了今日的印度教，最后发展成为今日印度境内约有83%的居民信奉的势力最大的宗教。（6）15世纪末16世纪初，由旁遮普贵族纳那克创立了锡克教。该教是由七八世纪波及整个印度南部的印度教虔诚运动发展而来的，保留了某些印度教的传统与特点，又吸收了伊斯兰教苏菲派神秘主义的观念。从境外传入印度次大陆的宗教也有多种。如：（1）基督教于4世纪就从西亚传入印度次大陆西南地区，到15世纪末随着西方殖民者进入次印度大陆，基督教更大规模地传播。（2）7世纪阿拉伯人征服波斯后，一些不愿改宗伊斯兰教者先后移居印度次大陆，帕西教即波斯的琐罗亚斯德教，遂传入印度。（3）公元712年伊斯兰教开始传入印度次大陆西北沿海一带。随着12世纪末穆斯林大举进入次大陆，伊斯兰教的影响日益显露。1206至1526年和1526至1859年在印度本土先后出现过两个伊斯兰教王朝，即：德里王朝和莫卧尔王朝。伊斯兰教终于成了今日次印度大陆上巴基斯坦和孟加拉国内绝大多数人信仰的宗教，印度境内的第二大宗教。由于各种宗教信仰与教义等方面的不同，从出现之日起就有着矛盾。随着各种宗教的发展和兴衰，各种宗教之间的矛盾冲突连绵不断。尤其到英殖民主义者19世纪侵入次大陆以后，他们怀着罪恶的用心有意挑拨煽动，使得印度曾先后发生过多起印、穆两大教派的流血冲突事件，甚至导致独立以后的印、巴、孟三国分立。直至今日，印度次大陆不同教派教徒之间的骚乱、斗殴、流血、冲突事件仍时有发生。但是如果我们对上述印度次大陆传播存在的各种宗教进行一些比较的话，又可以发现先后起源于印度次大陆本土的几种宗教之间有着某些相同或近似之处。起源于印度次大陆境外的宗教在这里的发展，也在某些方面受到了早已形成的印度文化体系或多或少的影响。而在印度次大陆这个特定的环境里，历史上每一次划时代的变革或进步无疑都与某一宗教的改革、兴起或创建有着密切关系。同样，宗教也为印度次大陆文学艺术的繁荣，数学、医学、哲学、天文学等学科的发展做出了重大贡献。宗教对印度次大陆社会的影响可以说是全方位和多层次的，影响到人们的思想感情、观念形态和生活方式。

其四，自人类进入阶级社会以来就有了维护阶级压迫与剥削的等级观念。这种等级观念和制度在世界上各个地区都曾存在过，中国也不例外。中国曾长期处于封建社会之中，尊卑贵贱的观念也相当浓厚，但中国文化提倡和谐及崇尚中庸，主张“和为贵”，所以没有出现严格的种姓制度。印度则不然，它的等级制——种姓制度则表现得特别森严和残酷，存在的时间也最为长久。大约成书于公元前1500年前后的印度最古诗集《梨俱吠陀》就已有了这方面的论述。由此可以推断，在雅利安人进入恒河流域并开始创造恒河流域文明时，就逐步形成了印度最古老的四大种姓。印度的种姓制度的产生绝不会晚于公元前1000年。随着种姓制度的发展，纯洁污浊观念又成了它的存在依据。认为决定一个人纯洁污浊程度的共有三个因素：职业、饮食与习俗。所以人生下来就是不平等的，就有纯洁、污浊、高贵、低贱之分，无法改变。由于印度种姓制度有着非常严格的规定和限制，对违犯者惩罚非常严厉，甚至可能被处死，而且种姓制度又是印度大多数人信奉的印度教所提倡和维护的，所以尽管社会有所发展、个人经济地位有所变化，种姓制度的基本内容和纯洁污浊的理论对人们思想观念的影响却仍然长期顽固地存在着。它甚至影响着那些因种种原因已经改变宗教信仰而成为伊斯兰教徒或基督教徒的印度人。种姓制度观念至今仍影响着印度社会的各个层面，甚至影响到社会同一阶层的内部。工农都可能因为种姓关系而不能团结一致，不能组成统一组织去为自己阶级的根本利益而斗争。在日常生活中，一般人也不愿与非同一种姓的人交往，甚至是一起去做佛事，或是去做礼拜。这种严重的互相排斥心理明显地妨碍了印度人民共同民族意识的形成，使他们无力抵御外来之敌，也使得国内一直不能很好地建立起一个安定的环境。种姓制度又是印度许多陈规陋习，如内婚制、妇女殉葬、贱民制度等形成的直接根源。可以说，种姓观念直接影响了今日印度经济现代化和政治民主化的进程，影响了它的社会进步。

其五，从思维方式上来分析，印度文化也有其特色。它繁复深邃的思维方式影响了印度文化的各个层面和社会的发展。我国著名东方学家季羡林教授就说：“经过多年的推敲与探索，我发现，这四个文化体系又可分为两大类。这两类之间又是互有差别各有特点的。最简明、最清晰的差别可以从雕塑和建筑风格上窥探出来。一类是风格明快、线条清晰。一类是风格繁复、线条迷乱。前者以简明著，后者以深邃显。中国、闪族、古希腊、罗马属于第一类，印度属于第二类。”[①]季羡林教授的论断非常精辟确切。我们还可以举出许多实例来说明印度文化的这一特质。譬如：印度古老的梵文，它的变化就非常繁复。它有阳、阴、中三性，单、双、复三数，还有主、宾、具、与、夺、属、位、呼等八格。一个动词就可能出现时态、人称、数、语态或语气等多种变化。所以今日梵文已成了死的语言，世间仅有少数学者还能掌握它。再如，在印度文学作品中也不难发现这种思维方式的深远影响。印度史诗《摩诃婆罗多》竟有10万颂，《罗摩衍那》也有2万4千颂之多。其篇幅之长是世界各民族史诗中罕见的，其故事情节的叙述方法也独具特色，围绕着中心故事插入了大量的神话传说和寓言故事，真可谓枝蔓庞杂。

印度文化早与其他文化交流不断，并逐步成为影响世界的四大文化体系之一。根据历史记载，早在公元前印度与东南亚就有了交往。以前一些西方学者称东南亚地区为“东印度”、“外印度”或统称东南亚各国为“印度教化的国家”，此说当然有些偏颇。但是印度文化对这一地区的各个方面，包括文学方面，的确有着十分深远的影响，其影响可以说既早又大。

印度与东南亚各国有着地缘与神缘（此处所谓神缘泛指宗教信仰）的关系。据传说，早期东南亚的一些国家是由来自印度的王族后裔所建立，最典型的例子是缅甸。在缅甸就有这类传说，说缅甸最古老的王朝是从印度来的阿毕罗阇王所建的太公王朝。缅甸著名的古典正史《缅甸大史》和《琉璃宫史》，也将缅甸民族硬说成是印度释迦族的后裔，把源自印度的佛教传说、开天辟地的神话，甚至印度的一些王朝、帝王统统写入其中。在今柬埔寨一带也有传说，古国扶南是由一位印度王族混填得到神的启示，以神赐之弓征服了当地女王柳叶，娶柳叶为妻后建立起来的。此外，东南亚古代许多帝王都往往把自己说成是大神毗湿奴的化身，这也说明与印度的关系非同一般。

从东南亚的出土文物或古代遗迹中，可以发现不少印度神话传说中的神

---

① 见陈峰君主编：《印度社会论述》（季羡林序），北京：中国社会科学出版社，1991年。

异怪兽形象，可见印度一些神话早已传入这一地区。流传至今的各国神话也有不少是与印度神话有密切关系的，我们可以举出很多实例。泰国有个中印半岛形成的神话，说很久很久以前众神之首因陀罗和蛇妖弗栗多在天上大战，弗栗多的一把大斧掉到中国南部和印度之间的大地上，于是就成了今日的中印半岛。[①]关于因陀罗与弗栗多在天上大战的传说在公元前13世纪至公元前10世纪之间成书的印度经典《梨俱吠陀》中早已有描述。印度尼西亚有个关于爪哇岛的神话，说爪哇岛本来是漂在海上的一块陆地，一直晃动不已。毗湿奴大神搬来了须弥神山压在岛上才使它固定了下来，这就是今日爪哇岛上的斯美鲁山。本来他把山压在爪哇岛的西端，岛向西倾斜了，又把山向东移，结果搬山时掉下来的碎块就成了今日爪哇岛的东西山脉。而毗湿奴大神也化身成为爪哇岛的第一代君王。众所周知，毗湿奴本是印度教的三大主神之一，与爪哇君王毫无关系。在泰国有个《拉霍的故事》相当流行。拉霍是个女仆，伺候着两个姐妹。两个姐妹非常虔诚地笃信佛教。一次姐妹俩当众羞辱了拉霍，使她无地自容。拉霍暗自算计着有朝一日一定要报复一下。后来姐妹俩相继去世，分别化作了太阳和月亮。拉霍死后也升入天国。所以她飞越天空，四处追赶太阳和月亮，有时她几乎可以抓到她们中间的一个，这就是日食和月食的来由。[②]大家知道，印度有个《搅乳海》的神话。天神和阿修罗们协议搅乳海取甘露以求长生不老。一个叫罗睺的阿修罗混在天神们之中偷饮了甘露，被日神、月神发现后向毗湿奴告发，毗湿奴用神盘将罗睺砍成两截，由于罗睺饮了甘露，他的头颅得以不死。为了报仇，他的头经常追逐吞食日、月神，这就形成了日食与月食。[③]此两则神话有明显的共同之处，因为拉霍与罗睺本来就是同名异译而已，只是他与日月之间的仇隙缘由并不一致。显然泰国《拉霍的故事》是后来从印度《搅乳海》的神话演变而来的。印度神话中的一种神兽金翅鸟迦楼罗（亦音译作咖咙）也是东南亚各国神话中常见的一个角色。缅甸有个类似于我

---

① 参见［苏］弗`柯尔涅夫著、高长荣译：《泰国文学简史》序言，北京：外国文学出版社，1981年。

② 参见姜继编译：《东南亚民间故事》（中册），福州：福建人民出版社，1982年，28页。

③ 参见《中国大百科全书·外国文学》（第I册），北京：北京中国大百科全书出版社，1982年，487页。

国“黔驴计穷”的成语即“咖咙制盐”。故事是这样：咖咙与龙是死敌，龙为了躲避咖咙的追捕几次变幻形象。咖咙识破了龙的伎俩，也随之变化身形紧追不舍。最后龙逃入海中，咖咙不谙水性只好变作制盐人，在海边守候着，无计可施。印度尼西亚爪哇一则故事则是说：迦楼罗是一只会说话的鸟，它的母亲不幸沦为奴隶。奴隶主声称，如果它能献上一种能使人长生不老的仙药，就可以赎回它的母亲。可这种仙药是由龙守护着的，要想得到仙药就得去与龙搏斗并战胜它。迦楼罗最终得到了仙药救出了母亲。所以人们常把迦楼罗看成子女热爱母亲、人民热爱祖国的象征。时至今日，在印度尼西亚的国徽、校徽乃至一些企业的标记都采用了迦楼罗的形象。泰国国徽上的类似鹰的形象实际上也是迦楼罗的身形。

早期东南亚的记载，不少国家是直接借用古印度的梵文、巴利文作为文字的。各国自己语言的文字出现较晚，且不少种文字是从南印度婆罗米字母演化出来的，不论是曾在缅甸境内使用过，今日已湮没无闻的骠文、古代菲律宾“巴伊巴因”文字，还是今日仍通行使用的老挝、柬埔寨、泰国和缅甸文字都是这方面的实例。现今东南亚各国语言中仍可以看到有不少梵文、巴利文的借词，尤其在佛教仍十分盛行的国家，此类借词更是屡见不鲜。就连后来受西方文化影响较深的菲律宾也可以看到不少梵文借词。据不完全统计，菲律宾的他加禄语词汇中约有25%的词汇来自梵文。早期东南亚应用的文字记载手段也受印度文化的影响，与印度相同，用的是贝多罗树叶——贝叶。以上说明，东南亚这些国家的书面文学从一开始就受到印度文化的深刻影响。

东南亚早期诗歌——民歌民谣中也有不少带有印度文化影响的痕迹。比如印度的佛教哲学和轮回因果报应思想在某些缅甸民歌中就有所表现。印度尼西亚、马来西亚流行的板顿诗形式为四句式，与印度梵文古诗偈陀的写法就颇为近似。直至今日在东南亚一些诗歌中仍可以隐隐约约看到这种影响，像菲律宾诗歌大多为四行诗，每行12个音节就是一例。

东南亚各国的书面文学从一出现就受到印度两大史诗《摩诃婆罗多》、《罗摩衍那》的深刻影响，因为最先传入东南亚地区的是印度的婆罗门教。在东南亚不少王朝统治者也效法印度王朝的做法，在宫廷中任用婆罗门为国师主持一切典仪。所以早在10世纪就出现了印度史诗古爪哇语的改写本。11世纪初在东爪哇兴起了用古爪哇语改写印度两大史诗的文体，称之为“篇章文学”。

其后爪哇宫廷文学中又兴起一种“格卡温”诗体，借印度史诗故事来赞颂当时当地的王朝统治者，如恩蒲·甘瓦的《阿周那的姻缘》、恩蒲·达尔玛查的《爱神遭焚》和恩蒲·塞达与恩蒲·巴努鲁的《婆罗多大战记》等就属此类作品。它们都是借印度史诗故事为本朝统治者歌功颂德的样板。两大史诗在东南亚各地传播与被借用的情况因时因地而异。总的来说，在海岛地区《摩诃婆罗多》的影响比《罗摩衍那》要大；而在半岛地区则《罗摩衍那》的影响更深。这恐怕与当时海岛地区与半岛地区的政治形势和统治者的宗教选择不同有关。海岛地区的统治者们需要以武功建立霸业，因此利用《摩诃婆罗多》的故事比较合适。而半岛地区的统治者大多信奉佛教，穷兵黩武、杀戮争斗与佛教教义不符，故《摩诃婆罗多》不受欢迎而《罗摩衍那》则备受青睐，被广泛引用。《罗摩衍那》在泰国被称作《拉马坚》，其故事可谓家喻户晓。在很多作品中都引用过这一史诗中的人物或故事，特别被改编成多种戏剧。据统计，泰国先后出现过的《拉马坚》剧本就有8种之多。在老挝《罗摩衍那》揉进了其本民族的内容，改写成老挝古典名著《帕拉帕拉姆》。在老挝古典戏剧中也不乏移植借用《罗摩衍那》一些故事情节的实例。同样《罗摩衍那》也被柬埔寨吴哥王朝时期的文人译成高棉文。后来又经过民间艺人结合柬埔寨本土的神话传说反复加工改写而汇集成柬埔寨著名的长篇神话诗篇《林给的故事》。总之，东南亚各国的作家们在利用史诗中的某些故事情节时是各取所需的，他们不断进行加工，创作出风格各异、寓意不同、体裁多样的新作。两大史诗的故事和人物在东南亚几乎无人不晓。泰国的历代国王就很喜欢借用《摩诃婆罗多》中的人名为自己或爱臣命名。甚至今日泰国普通百姓仍有不少人借用这些名字来为自己命名。

由于佛教在东南亚地区的传播，尤其当后来南传佛教在东南亚半岛广大地区确立了它的主导地位以后，佛教文化对东南亚半岛地区影响更加加强了。比如柬埔寨、缅甸等国书面文学的源头都是碑铭文学，这种刻碑记事的形式和这类作品的内容无不直接受到印度佛教文化的影响。佛教经典中故事性较强的《本生经》（即《佛本生故事》）和散见于其他佛教经典中的佛陀故事成了人们传道布法的得力工具。这些故事是广大佛教信徒常常聆听或讲述的故事，也成了许多作家创作的源泉。在东南亚半岛各国，几乎都因此出现了“佛教文学”。而佛教文学中，大多又是借用《佛本生故事》为题材的。在作家群中有不少是僧侣，如缅甸僧侣作家们就曾一度占据了文坛的主导地位。信摩诃蒂拉温达的诗《修行》和小说《天堂之路》、信摩诃拉塔达拉的诗《布利达》和《九章》、信埃加达玛底的诗《地狱》和《天堂》、吴邦雅的小说《六彩象牙王》和剧作《卖水郎》等，都是僧侣文人以《佛本生故事》为素材再创作出的佳作。泰国的两部名著，于1482年由僧俗文人集体写成的《大世词》和后来问世的《大世赋》都是取材于《佛本生故事》第547号。在老挝佛教僧侣讲经布道用的一部主要著作《十戒》就是从《佛本生故事》中精选其中10篇写成的。老挝另一部故事集《玛诃索德》，实际就是《佛本生故事》第542号《大隧道本生》的译本。《佛本生故事》也是柬埔寨佛教文学主要的素材来源，经过再创作后变成另有新意的作品。如柬埔寨作家阿里雅基牟尼·朋于1856年写的长篇故事诗《真那翁的故事》，就是综合各种《佛本生故事》编写而成的，作者重新塑造了一个新主人公——真那翁的形象。当然佛教文学并不止于选用《佛本生故事》作为素材，比如泰国佛教文学的一部巨著《三界经》（后该书散佚又重新收集整理补充写成更名为《帕朗三界》）就引用了30多部佛经的内容，集佛教、印度教教义于一身。在相当长的一个时期内，缅、泰、老、柬诸国佛教文学都成了他们民族文学的主流。在其世俗文学或宫廷文学中，也可发现不少佛教文化影响的痕迹。17世纪初，缅甸小说《翠耳坠》、《兴旺》等，虽不能完全归入佛教文学一类，但实际上都未能脱离开佛经故事的窠臼。就是与弘扬佛法未有直接关系的著名小说瑞当底哈都的《宝镜》，它的故事情节、人物等也都明显多受佛经故事的影响。再如老挝世俗文学中的名篇普塔可萨占的《祖父教孙子》、因梯央的《因梯央教子》等，全都贯穿着佛教的教诲。总之，这些国家古代的世俗文学或宫廷文学，即使没有直接描述佛教的内容，在思想哲理、内容情节、手法技巧等方面也都可以找到深受佛教影响的证据。

除了直接借用印度的佛教文学，也有人采取间接借鉴的办法造出仿制品，这种情况在东南亚可找到不少实例。其中最为典型、影响也最大的有两部作品：一是源自泰国、老挝的《清迈五十本生故事》，一是爪哇的班基故事。

《清迈五十本生故事》是完全按照《佛本生故事》的创作方法写成的，从形式上让人真伪难辨。但故事原型却来自泰国老挝北部一带。据传是一位在清迈的老挝僧人效仿《佛本生故事》，用巴利文创作出的赝品。估计可能成书于16世纪，传本也有不少种。甚至文本中包括故事的多寡也不一样，有的多达

61个，有的故事顺序并不一致。缅甸贡榜王朝的敏东王（1853—1878年在位）认为这是一部伪经，曾下令将在缅甸所见传本皆付之一炬。今日流传的文本大多都是后来的传本。比如缅甸、泰国目前所见的传本都是20世纪初期的作品。《清迈五十本生故事》也和《佛本生故事》一样在东南亚半岛地区广泛流传，甚至还传到了其他南传佛教传播的地区和国家，成为文学再创作的常用素材。

班基故事是印度尼西亚爪哇古典文学中非常著名的历史传奇。这个故事早在13世纪至14世纪期间就在东爪哇形成，在今日印度尼西亚、马来西亚一带广泛流传。如今流传的版本多达数十种，各传本的名称、情节、长短都有不少差异。班基故事不仅在印度尼西亚和马来西亚地区流传，在泰国、缅甸、柬埔寨等东南亚半岛地区国家也流传甚广，被称为“伊努”或“伊瑙”故事。班基故事可以说是东南亚文学史上第一部具有跨国影响和民族特色的史诗性作品，但是在内容和形式上仍可以看到印度两大史诗的影子时隐时现。

印度文化对东南亚文学的深层次影响是在思想意识和传统价值观方面。这种影响的实例俯拾皆是。时至今日，这种影响在东南亚各国，尤其在半岛地区的各国文学中，仍然非常明显。就是在其他后来受伊斯兰文化或西方文化影响较深的印度尼西亚、马来西亚、菲律宾等国的文学中，也还能看到这方面影响留下的许多痕迹。

第二章
印度与东南亚的神话传说

第一节　印度神话概述

印度是世界有名的神话王国。它神话体系庞杂，神祇众多，对周边国家，尤其对东南亚国家的文学产生了极为深远的影响。

所谓印度神话是由原始印度神话、“吠陀”神话、印度教神话和佛教神话组成的。

原始印度神话产生于公元前3000年至公元前2000年，来自对印度河流域出土的陶制塑像、各种印章、护身符等祭祀物、崇拜物的分析。据有关专家研究，印度教神话中的一些神祇，如湿婆与其众多妻子、毗湿奴、室犍陀等，均可以在这一时期的出土文物中找到相对应的原初形象。印度教中的一些神话观念、宗教观念及祭祀礼仪观念也有颇多是这一时期的反映和继承。

就整体而言，“吠陀”神话于公元前2000年中期至公元前1000年中期形成于印度西北部的雅利安人部落。它以多神教为特征，并带有轮换主神教的色彩。其典籍主要为最古老的四部“吠陀”本集，即《梨俱吠陀》、《娑摩吠陀》、《夜柔吠陀》和《阿闼婆吠陀》。“吠陀”神话是后来形成的庞大印度宗教哲学体系的滥觞，并成为文学创造的最早的源泉。

印度教神话形成较晚，它是雅利安文化和土著文化相结合的产物，大约在公元前1000年末期取代了古老的“吠陀”神话。其特点是向一神教方向极度演化，创造出井然有序的三联神，即大梵天（创造之神）、毗湿奴（保护神）和湿婆（毁灭之神）。然而“吠陀”神话此时并未完全转化和消亡，在一定程度上同印度教相并而存，并在《梨俱吠陀》《夜柔吠陀》等典籍中保留自己的地位。早期阶段的印度教神话，主要反映在《罗摩衍那》和《摩诃婆罗多》这两部史诗中，而繁荣时期的印度教神话则主要见于“往事书”。在两大史诗中，大梵天是创造世界万物的至高神，而在业已形成的印度教神话中，大梵天退居从属地位。虽然他的职能未变，但常常是奉毗湿奴和湿婆神的命令而从事创造。

在两大史诗和“往事书”中，毗湿奴教派神话和湿婆教派神话两大主要神话系统是并列存在的。在印度教宗派体系中，崇拜毗湿奴神话的最强大派别是黑天教派，它以毗湿奴的化身黑天为崇拜的最高神。

在印度教神话的晚期阶段，出现了“三位一体”观念，即一神三体。虽大梵天、毗湿奴和湿婆已合为一体，但仍各负自己原有的职责。此外，作为两大教派调和的尝试，中世纪还出现了对诃里诃罗大神的崇拜，这位大神将毗湿奴（诃里）与湿婆（诃罗）的特质融为一体。

佛教神话体系约于公元前6世纪至公元前5世纪产生于印度，随后传播到南亚、东南亚、中亚及远东的广大地区，其形成在印度历经1500年之久。原始佛教是小乘、大乘和金刚乘三大佛教派别神话共同的直接渊源。佛教神话一般散见于浩如烟海的佛教经典之中。小乘佛教和大乘佛教的首批经典大约在同一时期，即公元前1世纪问世。金刚乘首批经典的问世则在公元3世纪。值得注意的是，三大佛教派别均属于原始佛教的各个范畴，其基本规则并没有区别。三者神话的题材和形象大致相同。

一般佛教和小乘佛教的主要经典是公元前1世纪成典于斯里兰卡（锡兰）的“三藏”。据传统说法，“三藏”在释迦牟尼逝世前即定型口诵，形成文字典籍时作了一些改动。从神话角度看，“三藏”中最引人注目的是“律藏”和“经藏”。大乘佛教的经典为数众多，重要的有“法华经”、“无量寿经”、“楞伽经”等。金刚乘神话的经典主要有《佛说一切如来金刚三业最上秘密大教王经》、《金刚顶经》等。有关佛教神话的传说也散见于许多佛教非经典文献，如《佛本生故事》等著名佛教人物的传记、论集等。

佛教神话的观念体系与其他宗教迥然不同。佛教认为，在包括神幻灵体的所有众生范围内，人居于最重要的地位。因为只有人可以独立超脱循环无常的轮回，最后达到涅槃。而一切其他“众生”，包括神祇人物，必须先转生为人，否则不能臻于涅槃。佛教这种面向社会广大阶层和对神话人物的现实态度，堪称别具一格。

民间佛教认为，神幻人物确曾有之。而哲学佛教则把神幻人物视为人类心理的产物。为此，佛教神殿中的人物总的来说处于可变的动态之中。其中有来自大梵天崇拜和印度教神话的帝释天（大梵天、因陀罗）、护世天王、乾闼婆等，也有神话了的、人间确曾有之的人物，如释迦牟尼及其主要弟子阿难、伽叶波、目犍莲、须菩提、舍利弗等。传布佛教的民族往往也人为地创造和丰富符合自己文化特征的神祇。

由此可见，印度神话主要是宗教神话，其突出特点是具有浓厚的宗教色彩，神话和宗教密不可分。而早期的东南亚国家正需要印度宗教为其经济基础服务，所以，印度神话便伴随着宗教在东南亚地区广泛地传播开来。

第二节　印度对东南亚神话传说影响的途径

印度神话传说何时开始对东南亚产生影响？这是一个很难确切回答的问题。因为无论是东南亚本地的经书和碑铭，还是到过该地区的外国来访者的记述，均不能清楚地解释公元前3世纪前，印度的各种文明是如何进入东南亚文化生活中的。然而如果大概地说，公元前几世纪印度与东南亚之间便一定有了某种程度的接触，印度神话便开始为东南亚所了解，则是可信的。

最早涉及和叙述东南亚的印度古代经典是《梨俱吠陀》。它大约成书于公元前1300年至公元前1000年间。其中曾讲述这样一个故事：众神之首因陀罗与恶龙勿哩特罗（一译为蛇妖弗栗多）在天上展开恶战。恶龙不慎将一把巨斧掉到中国南部与印度之间的大地上。但人们看到的不是那把斧子，而是它所变成的一个金色的国家——杜温那崩米（一译作苏伐刺蒲迷，意为“金地国”，缅甸孟王朝所在地）。从此直到19世纪，印度一直称缅甸为杜温那崩米。缅甸人自己也曾用这个名字称呼下缅甸，其首府是直通。还有一种说法，认为杜温那崩米这个名字是指整个中印半岛，因为整个中印半岛的轮廓恰似一把巨斧：泰国和马来西亚是斧柄，而越南、老挝、柬埔寨和缅甸则是斧头。

另一个证据是早期印度教神话典籍《罗摩衍那》中的有关记述。《罗摩衍那》的成书时间约在公元前4世纪至公元4世纪。在该书的第4卷中，叙述猴王为罗摩寻找被夺走的爱妻悉多，遣谍四方，到过“Yava岛”，并说这里“七国庄严，金银岛，金矿为饰”。人们认为，这里的“Yava岛”指的就是印度尼西亚的爪哇岛。而其中提到的苏瓦尔纳岛（黄金岛和半岛）通常被认为是指苏门答腊岛或马来半岛。印度的一些古谚语也可以证明其先民们曾大批来爪哇岛“淘金”，如西印度古吉拉特的古谚语说：“去爪哇者，不得还；如还可富瞻两代以上。”古代印度商人航海前要作这样的宣誓：“如有不念父母妻儿家属者，若吾人航至宝国，得庆生还，其人富可七代。”这些可以说明，印度与孟加拉湾对面的国家一定有过充分的贸易。而印度人一旦开始在东南亚广泛从事贸易，就必然会向与之接触的本地民族传播富有宗教色彩的印度神话。

另据考证，东南亚普遍存在一种印度风格的佛像，这种佛像很明显是受笈多或阿马拉瓦蒂影响。根据这类印度肖像的绘制原则判断，其中有些佛像的年代可以推至公元之初。这类佛像在印度支那、泰国、缅甸、马来西亚、印度尼西亚和菲律宾均有发现。东南亚早期的大多数考古遗物，如佛陀、毗湿奴神像，林伽以及其他印度教的崇拜物均基本保留了印度特征，而较少有地区文化的风格。

印度神话传说对东南亚影响的方式显然与中国对这一地区的影响方式不同。中国的神话传说影响东南亚主要由于古代先民的迁徙和族源、地理相近，而印度除了地缘条件，主要通过传播自己的宗教。如前所述，印度的神话和宗教密不可分，传播宗教也就是传播神话，接受印度宗教便自然接受了印度神话。那么，印度宗教和神话是如何进入东南亚人民的生活之中呢？

首先是通过政治途径，即建立印度化的国家。东南亚第一个印度化国家可能是缅甸的第一个王朝，即太公王朝。据缅甸人说，太公王朝就是公元前850年印度阿毕罗阇王率领其释迦族人从印度迁往缅甸北部后建立的太公城。据推测，这是一个婆罗门教王国。

中国《梁书》卷54叙述了另一个印度化的扶南王国（今柬埔寨）的创建经过，说徼国（应为印度一小国或部落）有一个名叫混填的人，他依梦中的启示，以神赐之弓制服了扶南女王柳叶，并纳柳叶为妻，遂得扶南王国。据传，此后，一个来自印度的婆罗门憍陈如娶了那伽王（即蛇精）之女那吉·索玛。这一传说显然与印度帕拉瓦王朝的起源说法极为相似。后来，继扶南建立帝国的高棉人，将这一故事当成他们的官方神话。

最晚于公元5世纪之前，在印度尼西亚还出现了以印度婆罗门教为精神支柱的王朝，就是加里曼丹岛上的古戴王国和西爪哇的多罗摩王国。已发现的古戴碑文和多罗摩碑文都是用印度南部的拔罗婆文写的，内容均为记载国王赠给婆罗门僧侣一千头黄牛之事。

考古证据表明，在东南亚，印度化的国家不仅出现在今日柬埔寨、越南和印度尼西亚爪哇等人口较多、从事定居农业的地区，而且也出现在加里曼丹等人烟稀少的偏僻地区。这些印度化的国家，或者是印度人自己建立的，或者是由本地统治者在印度顾问的辅佐下建立的。无论如何，印度化的国家都要符合古印度的政治体制，而古印度的政治体制是与其宗教宇宙观密不可分的。所以其结果必然是正式建立由婆罗门僧侣掌管的印度式宗教，并以印度宗教神学作为其理论体系。

第二是通过经济贸易方式。目前，学者们一般认为，东南亚国家印度化过程开始的主要原因是国际海上贸易的扩大。公元前1世纪，经过印度洋的海路在很大程度上只是作为欧亚之间主要陆路贸易的补充。此后，地中海地区逐渐形成一个巨大的消费市场，对中国的丝绸、对印度群岛的香料和药用植物的需求不断扩大，大大刺激了人们对新的贸易航线的探求。到公元2世纪，地中海的商人以红海和波斯湾为起点，沿着海路来到印度和锡兰沿岸，并到达东南亚大陆的部分地区和中国。从此，印度与东南亚的联系从未中断。来自印度和东南亚的考古遗物均证明，正是西方的需求刺激了印度人不断地跨越了孟加拉海湾向东航行。而这条通向东南亚的商路在经济上的重要性一旦确立，印度人便利用这些商路，将自己的宗教文化，包括宗教神话，传给东南亚人民。

第三是通过传教法师和文学艺术。近年来，一种新的理论认为，古代东南亚国家的印度化过程主要不是通过商人，而是通过印度宗教法师传播印度的宗教文化。根据斯里兰卡《大史》等典籍记载，早在公元前3世纪，上座部佛教便由弘法使团传入缅甸。第三次佛经结集的时候，印度阿育王采纳了目犍连子帝须长老的建议，组织了几个弘法使团，到临近几个地区弘扬佛法。其中须那伽长老和郁多罗长老来到现在地处缅甸南部的金地国，而摩诃勒弃多长老曾到今日的缅北掸邦的臾那世界传教。此后不久，婆罗门教和大乘佛教也从北方传入缅甸。

中国史书还记载了顿逊国（约在今日缅甸丹那沙林或马来半岛上）传播

婆罗门教的情景："顿逊国属扶南，国王名昆仑。国有天竺胡五百家，两佛图（即浮屠），天竺婆罗门千余人，顿逊敬奉其道，嫁女与之，故多不去。唯读天神经，以香花自洗，精进不舍昼夜。"顿逊人如此敬奉婆罗门教，可见当时印度婆罗门势力之大。

此外，从梵文碑铭考察，约出现于公元2世纪的古占婆（今越南中部），以及公元5世纪前出现的古戴王国（今印度尼西亚加里曼丹）和多罗摩王国（今印度尼西亚爪哇）均以印度婆罗门为最受尊崇的圣人。

印度宗教神话在东南亚的传播还借助于文学艺术。古印度的宗教是与文学艺术分不开的。宗教利用文学艺术宣传和感化民众，文学艺术为宗教服务。从吠陀经、本生经到两大史诗和往事书无不如此，它们既是宗教经典，又是著名的文学作品。因此，随着印度宗教经典的传入，以印度神话传说为题材和源泉的文学作品在东南亚诞生，并逐渐繁荣起来。应强调指出的是，舞剧、皮影戏、木偶戏等东南亚人民喜闻乐见的民间表演艺术形式，在传播印度宗教神话的过程中起到了不可忽视的作用。罗摩剧已成为泰国、缅甸、柬埔寨、老挝、马来西亚、印度尼西亚等东南亚国家的传统剧目，至今仍然受到人民的喜爱和欢迎。

第三节 印度神话传说在东南亚传播的共同特点

如前所述，印度神话主要是由"吠陀"神话、印度教神话和佛教神话三大体系组成的，东南亚各国对这三大体系神话的接受在体系、程度、方式和时间先后上有所不同，但也表现出一些共同特点。

一、三教交叉并行，多神共存不悖

根据中国史籍和东南亚地区出土的碑铭记载，佛教和婆罗门教从公元2世纪起就已经在东南亚沿海一带得到传播，尔后逐步向内地扩展。这一时期，除了红河流域接受了从中国传入的佛教，东南亚的其他地区均从印度直接传入印度教和佛教。其中有的地区同时盛行印度教和佛教，有的地区相继信奉佛教（或大乘或小乘）和印度教。在信奉印度教的地区，有的属毗湿奴教派，有的则属湿婆教派。这种错综复杂的宗教传播现象是东南亚早期国家宗教文化的一大特色，其结果必然是对多神的同时信仰或对主神的相继变更。

在现在的越南中部，即当时的占婆王国，大约在公元3—5世纪，就建有湿婆教神庙。也就是说，在公元5世纪前婆罗门教可能占居统治地位。但公元6世纪以后，大量出现佛寺建筑。公元605年，隋军攻占林邑首都，劫走佛寺中的黄金神位牌和大量佛经，这些均表明佛教似乎在公元6世纪以后占据了统治地位。

在今日的越南南部，即古时的扶南和吴哥王朝先后统治的地区，根据武康碑铭分析，佛教和婆罗门教在公元3世纪时均已传入，国王是佛教的保护者。从公元3—6世纪，这一地区的寺庙中有八臂毗湿奴主像、湿婆像、持斧罗摩坐像。据《梁书》记载，扶南“俗事天神，天神以铜为像，二面者四手，四面者八手，手各有所持，或小儿，或鸟兽，或日月”。可见，这一时期佛教和婆罗门教是同时存在或交替存在的。

在今柬埔寨境内，当时扶南王朝统治的广大地区，扶南初期时婆罗门教和大乘佛教已相继传入。印度人憍陈如（Kaundinya）统治时期，婆罗门教被尊为国教，但佛教也同时流行。公元5世纪末，扶南国王遣那伽仙上书当时中国南朝刘宋王朝，在“言其国俗事摩醯首罗天神（湿婆神）”的同时，又大谈大乘佛教的教义。

真腊时期，婆罗门教和佛教同时并行，但婆罗门教略占优势。这一时期的神祠、佛寺多建于山丘高地，以体现对山神的崇拜和须弥山为中心的宇宙观。神祠的门框、门楣、门柱等处刻有湿婆舞蹈像、狮身人头像、龙等图案和花纹，神祠内有湿婆偶像，已出土的有多尊毗湿奴像和四手女神像。吴哥王朝时期，诸如普农巴寺大型的山形建筑相继出现，更加突出印度教的世界观和王权中心思想。

在今天的泰国地区，根据我国古籍记载判断，佛教的传入应该不晚于公元3世纪。考古遗迹证明，婆罗门教当时也已传入泰国。在佛统府北部的萨奔，发现了两座婆罗门神像。在华富里、室利迪帕等地还发现了毗湿奴四手之神，四手分执法螺、轮宝、仙杖、莲花，躺在巨蛇上。

在缅甸发现的宗教遗物证明，公元2—3世纪以后，大乘佛教和小乘佛教均有存在。当时的骠国也有婆罗门教的影响，在今若开、丹老、卑谬等地附近，都有毗湿奴、大梵天的神像出土。

马来西亚的考古遗物表明，大乘佛教和小乘佛教均曾于5世纪以后传入，印度的婆罗门教也在这一时期流行。

印度尼西亚最早的3个国家古戴（在加里曼丹）、多罗摩（在爪哇）和诃陵（在爪哇）都信奉婆罗门教，在古戴王国的石碑上，刻有印度笈多王朝流行的印度神像，如湿婆神、神牛、象头神等。爪哇最初也深受印度教影响。佛教在公元1世纪，也传入印度尼西亚。在苏门答腊的巨港、爪哇和苏拉威西均发现过公元3世纪以前的印度风格的铜佛像和石佛像。公元5世纪后，佛教逐步发展起来。公元7世纪下半叶室利佛逝王朝崛起，成为东南亚最大的佛教王国。当时流行的多为小乘佛教。公元8世纪初室利佛逝与印度大乘佛教中心的孟加拉关系密切，从而深受其影响。其后大乘佛教在室利佛逝王朝兴盛一时。后来建于中爪哇的夏连特拉也是个佛教王国，它约于公元9世纪创建了举世闻名的婆罗浮屠大佛塔。

公元9世纪，爪哇的印度教势力东山再起。公元10世纪上半叶在日惹附近建成普兰班南神庙，这是印度尼西亚最大的印度教陵庙群，由200多座宗教建筑组成。其中最大的是湿婆之妻杜尔迦神庙，爪哇人称之为拉拉庄格冷。群庙中间有三座正殿，正中一座祭祀梵天，两侧分别为毗湿奴庙和湿婆庙。

很显然，婆罗门教、佛教和印度教或并行，或交叉，或相继存在，神祇各行其道，成了东南亚广大地区一种普遍的宗教传播现象。这种现象产生的原因大致有三个：首先，在印度，婆罗门教、佛教和印度教之间虽然各自的教义不同，并互相否定对方，但它们长期以来，不断演化，也有许多共同之处。例如都相信生死轮回，消业解脱。都是多神崇拜，并相互吸纳对方的神祇，如印度教吸收了很多婆罗门教、佛教、耆那教的东西，甚至把释迦牟尼当成毗湿奴大神的化身之一；佛教也吸收婆罗门教的内容，实行偶像崇拜，其中有来自大梵天崇拜和印度教神话的帝释天（大梵天、因陀罗）和护世天王等。这些系统的宗教神话互相包容，并存不悖，所以都可以为东南亚各国所借用。其次，公元10世纪之前，东南亚各国大都处于相同或相似的社会和文化形态：原始的多神信仰，未曾统一的分散状态，各自尚无居主导地位的学说或宗教与外来宗教相抗衡，然而都迫切需要有助于建立和巩固王权统治的宗教意识形态等。这些客观因素便成了东南亚各国很容易同时接受或相继接受印度多种宗教及其派别的内在条件。第三，由于印度次大陆多次发生政治和宗教文化变革，并且存在多种宗教和不同派别同时交叉并行的现象。所以，自建立海上贸易以来，一直与印度保持接触的东南亚各国，也必然会受印度多种宗教和不同派别的影响，显现出纷繁复杂的宗教神话图景。

二、普遍为统治者的王权和政治服务

宗教一般都有自己的理论系统。所谓宗教理论系统就是包含宗教神话的宗教神学体系。在历史上，最高统治者往往利用宗教理论，即利用宗教神话将自己神化或半神化，以说明其最高权力的合理性和权威性，使社会各方面心悦诚服，从而使其权力真正成为最高权威，达到巩固和加强其统治地位的政治目的。东南亚地区进入阶级社会以后，长期以来，只有各自的原始宗教和原始部落神话，没有形成自己的民族宗教，当然也就没有一个完整的宗教神学体系来为统治阶级服务。而此时印度的婆罗门教、佛教和印度教已相当成熟，正好可以“拿来”为其所用。

印度教的化身说，即一个神可以有多个化身的说法，在东南亚被统治者们广为利用。印度尼西亚东爪哇诸王朝的国王均被宫廷作家描写成毗湿奴大神或湿婆大神的化身，说他们来到人间的目的是为了惩治恶人，拯救百姓，恢复天下太平等。缅甸蒲甘王朝的江喜陀国王（公元1084—1112年在位）就公开宣称自己是罗摩的后裔。泰国国王最初便称自己是“拉玛”（即罗摩），后来把“拉玛”定为国王的称号，一直延用至今。此外，宗教建筑也普遍被统治阶级用来神化王权。如印度尼西亚著名的爱尔朗卡国王（公元1019—1049年执政）在陵庙中的塑像就是坐在金翅大鹏鸟上的毗湿奴神像。而麻喏巴歇国王克尔塔·拉查萨（公元1294—1309年在位）的塑像也是毗湿奴神像，上面还添加一些湿婆大神的标记。位于今越南南部的扶南古国，其国名“扶南”是高棉语“山”的译音，既象征婆罗门教神话处于宇宙中心的须弥山，也被用来神化王权。吴哥王朝建立以后，出现了许多大型的山形古寺，其中普农巴肯寺，位于吴哥王城中心，建在巴肯山顶。居中的主塔象征着宇宙中心的须弥山，整个建筑突出了印度教的宇宙观和王权中心观。

应该指出的是，印度宗教神话为东南亚统治阶级所借用，并不是原封不动地照搬照抄。而是根据最高统治者的意愿和当地的文化风情，进行了必要的增删，有的则进行了再创作，以使更多的臣民承认和接受其最高权威。

在缅甸，作家们以佛教思想为准则对罗摩故事的内容进行增删取舍，最突出的是把罗摩描写成未来佛，以使人民更加尊崇。而劫掳悉多的十首王，其形象也不像印度摩罗故事原本中那么狰狞可怕。他抢走悉多并不完全因为子侄被杀，欲报私仇，而更多的是出于对悉多强烈、真挚的爱。在缅甸人看来，这种情感的表现更符合佛教教义和缅甸的风土人情。

在印度尼西亚，《婆罗多大战记》完全是根据柬义里王朝查耶巴雅王的授意创作的。作者在序诗中极力美化国王，说他是所向无敌的刹帝利，有湿婆神的佑助将成为盖世霸主，在战胜一切敌人后，会重新与湿婆结合。在全诗的结尾，作者还说，在黑天和般度五兄弟升天后，爪哇恶人当道，百姓处于水深火热之中，于是毗湿奴大神化身为查耶巴雅王，再回人间，铲除恶魔，使爪哇重新变成太平盛世。

由此可见，东南亚统治阶级所借用的印度宗教神话，其形式和作用已与原始神话截然不同。原始神话是由原始部族无意识地（或自觉程度很低地）集体创造、集体传播的，是原始社会的综合意识形态，毫无政治功利可言。而被借用的印度宗教神话则经过了东南亚的宫廷文人自觉地再创作。它不仅具有一般意识形态的功能，而且具有明显的政治功利。

三、印度两大史诗和《佛本生故事》是东南亚宗教神话的主要来源

印度两大史诗《罗摩衍那》和《摩诃婆罗多》是两部卷帙浩繁的历史传说，其中穿插了许多与主干故事相关或不相关的神话传说故事。其特点是毗湿奴教派和湿婆教派两个神话系统相并而存，传说中的国王和英雄人物均来自诸神，他们站在神祗一方与魔鬼搏斗，有时也与神祗冲突。《罗摩衍那》主要描写毗湿奴大神的化身罗摩和他的弟弟罗什曼那战胜众罗刹、杀死罗刹王罗波那，救回被劫走的妻子悉多。《摩诃婆罗多》的中心题材是，太阳神苏利耶之子迦尔那与因陀罗之子阿周那两大英雄人物之间的冲突，其中也有阿周那与湿婆大神相搏的故事。《佛本生故事》是属于巴利文三藏《小部》的一部经典，其内容是通过叙述佛陀前生曾为国王、婆罗门、商人、女人、象、猴等所行善

业功德的故事，颂扬佛祖，宣传佛教轮回无常、善有善报的基本教义。

印度两大史诗在印度的成书时间大约在公元前后几百年期间。据考，它们最初传入东南亚应该是在其成书后不久。在缅甸直通、勃生一带出土的5世纪陶片上便有哈奴曼神猴（即大颔神猴）与十首魔王鏖战的图形。也就是说，罗摩的故事在公元5世纪之前便可能已传到缅甸。另一个较早的罗摩故事的痕迹是在越南发现的。越南是古代占婆的一部分，这里有一座蚁垤庙遗迹，庙里有一块公元7世纪的石碑，碑文讲述了蚁垤的诗和毗湿奴的化身。从整个东南亚地区看，由《罗摩衍那》翻译和改写的罗摩故事传本及其图案一般都出现在公元9世纪以后，此前几个世纪，罗摩故事起码曾以口头形式代代相传。

《罗摩衍那》在东南亚一直流传很广，在海岛地区和半岛地区，除菲律宾以外几乎所有的国家都有其翻译和改写的传统版本。如泰国的《拉玛坚》，柬埔寨的《林给的故事》（又名《拉玛传》），缅甸的《罗摩达钦》、《罗摩雅甘》，印度尼西亚的格卡温《罗摩衍那》、《罗摩传》，马来西亚的《室利·罗摩传》等。这些传统的罗摩故事的不同版本已经成为东南亚各国人民世代相传的名著。确切地说，它们并不是原著《罗摩衍那》的简单翻译和改写，而是根据各国的宗教背景和文化风俗进行重新创造的结晶。如泰国《拉玛坚》中的罗摩已不是原著中毗湿奴的化身，而是一个感情丰富的人间英雄。悉多也不像原著那样贤淑恬静，而常常表现得倔强而刚烈。十首王在《拉玛坚》中的形象也并不十分可憎，说他从湿婆神那里得到妻子，在回国的途中，妻子被猴王抢走，后经仙人调解才重新得到。为了报复猴王，十首王努力修炼，获得超凡功法，才变得肆无忌惮。这些均反映泰国人的道德观念与印度雅利安人有所不同。

柬埔寨《林给的故事》和老挝的《帕拉帕拉姆》在内容上都很接近泰国的《拉玛坚》。缅甸的《罗摩达钦》是在吸收泰国和马来西亚的罗摩故事的基础上创作的。据分析，柬埔寨的《林给的故事》是真腊王国时期从南印度经爪哇、马来半岛向北传入的。据此可以推断，印度史诗《罗摩衍那》在东南亚很可能有一条与爪哇班基故事相同的传播路线：印度尼西亚（爪哇）—马来西亚（马来半岛）—泰国—缅甸、老挝、柬埔寨。

《摩诃婆罗多》对东南亚的影响情况与《罗摩衍那》有所不同。在东南亚地区，只有印度尼西亚一个国家广泛流传《摩诃婆罗多》至今。但是有证据表明，早期《摩诃婆罗多》在东南亚国家中也曾普遍得到尊崇和传播。在柬埔寨，据真腊时期（公元6—8世纪）韦尔德碑记载，当时人们每天都背诵《罗摩衍那》和《摩诃婆罗多》。在泰国也有《摩诃婆罗多》译本，历代国王都喜欢用《摩诃婆罗多》中人物的名字为自己和为宫廷的官阶命名。这表明，在信奉印度教的早期半岛国家中，也可能像真腊王朝那样，也曾把《摩诃婆罗多》奉为经典，推崇备至。但是后来，公元11世纪以后，缅甸、泰国、柬埔寨、老挝等国先后确立了上座部佛教的统治地位后，充满杀戮和崇尚武力的《摩诃婆罗多》便由于与佛教的基本教义相抵触而逐渐被放弃，而经过改编和再创造的《罗摩衍那》则因为符合佛教的伦理道德观念而始终受到这些国家人民的喜爱。这种对《摩诃婆罗多》后来未能在东南亚继续得到广泛传播的解释，也可以从印度尼西亚公元10世纪前后对两大史诗移植的不同态度得到证明。公元10世纪前中爪哇王朝时期，《罗摩衍那》就已经相当完整地被移植过来，然而却几乎没有提到过《摩诃婆罗多》。可是10世纪以后，东爪哇各王朝对《摩诃婆罗多》倍加青睐，开始进行大量地译介和改写，使之在宫廷文学中的地位远远超过了《罗摩衍那》。因此可以推断，公元10世纪之前和以后，《摩诃婆罗多》在爪哇宫廷文学中的不同地位也是由于宗教背景的差异所导致的。因为10世纪前佛教在中爪哇王朝时期极为兴盛，而10世纪以后，东爪哇王朝的统治者信奉的已不是佛教，而是印度教，他们尤其崇拜湿婆教派。

《摩诃婆罗多》被正式译成古爪哇语大约是在达尔玛旺夏王在位期间（公元991—1007年），但流传后世的只有9篇。其实在印度尼西亚，广为人知的并不是原著译本《摩诃婆罗多》，而是根据原著改编创作的《阿周那的姻缘》和《婆罗多大战记》。这两部作品也和东南亚流行的各种罗摩故事传本一样，在不同程度上实现了民族化，其创作目的和创作原则也是首先为统治阶级政治服务的。

《阿周那的姻缘》与原著相比，不但故事情节有所不同，而且主题思想也大相径庭。它已不是般度族与俱卢族大战故事的有机组成部分，而是一部通过赞扬阿周那来为爱尔朗卡国王歌功颂德的新作品。阿周那是印度尼西亚人民妇孺皆知的英雄人物，从才华、人格到相貌都是印度尼西亚男性公民，尤其是领袖人物所效仿的楷模。

小丑司马尔是爪哇家喻户晓的人物。他是阿周那的仆从，具有人和神的双重身分。爪哇人相信，司马尔是湿婆大神的兄弟。他相貌丑陋，但心地善良，对主人忠心耿耿。他神通广大，文武双全，既善于维护主人的安宁，又敢于暴露世间的邪恶。但在原著《摩诃婆罗多》中却找不到司马尔这个人物，实际上他是个地地道道的爪哇人，尤其为爪哇印度教徒所崇拜。至今爪哇人仍然相信，在司马尔山洞坐禅，可以与司马尔沟通情感，甚至能和他直接对话、见面，得到他的佑助。

《佛本生故事》约成书于公元3世纪，共有547个故事，曾广泛流传于缅甸、泰国、柬埔寨、老挝等信奉佛教的半岛国家。与两大史诗的传播情况有所不同的是，这些国家都有统一的《佛本生故事》传本，各国传本不但故事内容一致，而且故事序号都完全一样。与两大史诗相同的是，在这些国家里，广为人知的并不是源于印度的《佛本生故事》，而是它的模仿写本《清迈五十本生故事》。

《清迈五十本生故事》源于今日泰国清迈一带，它仿照《佛本生故事》的结构和写作方法，借用了佛经中常见的人名和地名，中心思想也是弘扬佛教的轮回无常、善有善报。但内容却被认定为地道的本地的神话故事。例如清迈五十本生故事集中的《金色的海螺》就是泰国神话故事《桑通》，《老虎与牛犊》的故事就是泰国神话故事《卡维》，而在东南亚传播范围最广的《杜达努本生》实际上就是泰国神话故事《帕树屯》。

《清迈五十本生故事》不但弘扬了佛教的基本教义，而且在东南亚流传的过程中，有些神话故事经过流传国家人民的再创作和进一步民族化，更加符合当地的风土人情和文化心理，以致很难分清何者为源，何者为流。因此也出现许多不同的版本。经比较可以发现，不同的版本之间有些故事情节相同或基本一致；有些则相差较多，甚至毫无相似之处。应该说，《清迈五十本生故事》虽然在形式上模仿了《佛本生故事》，但从内容和艺术风格上看却是东南亚人民独创的最优秀的古典文学名著之一。

四、深入民心，影响久远

东南亚地区进入阶级社会以后，印度宗教神话不但具有政治功能，为统治阶级巩固和加强王权服务，而且对东南亚人民的社会文化生活产生了深刻而久远的影响。例如，《佛本生故事》中的蛇状半神那伽（“龙众”）在东南亚半岛国家中广为流传。在印度，那伽分两类：一类生活在水中，一类生活在陆地上。他们能化作人形，常与世人相爱，所生子女十分可爱。据说，那伽时常发怒，气息有剧毒，目光可致人于死地。那伽对佛教十分虔诚，常常是佛陀的崇拜者。缅甸和柬埔寨人相信，那伽栖居于地下和水的源头。据传，柬埔寨首代国王可以去往地下的那伽国。柬王常常踞于树上，每当夜晚便随树降至地下。后来，那伽把女儿嫁给柬王，还赠给他一件绣有那伽图像的束腰长袍。所以柬埔寨古代有一习俗，凡是求婚者都要赠送女方一件长袍。婚礼中还要将新婚夫妇的门牙锯去少许，以防他们变成那伽。在老挝，那伽是国家的保护神。相传，老挝的首府由12那伽守护。雨季到来时，那伽在池塘和稻田里栖身；旱季降临时，则迁移至河中。据说，那伽十分凶残，每逢雨季，人们便虔诚地举行仪式，帮助那伽从河里迁入池塘和稻田，以保佑稻谷丰收。

罗摩的故事已经成为东南亚人精神生活中不可缺少的内容。直至今日，东南亚不少国家的人民仍把罗摩奉为神祇，供在寺庙中。他们认为罗摩、罗什曼那会保佑人们生财得福，消灾祛祸。神猴哈奴曼也备受尊崇，缅甸人习惯用象牙等骨料雕成猴像，随身携带，或在刀把上雕刻猴像，认为这样可以辟邪驱祸，克敌制胜。在东南亚，一年一度的罗摩剧演出，除了娱乐作用外，也是一种祭祀活动。1971年在印度尼西亚万隆举行一次盛大的国际罗摩剧演出观摩会，参加演出的有印度尼西亚、马来西亚、缅甸、泰国、柬埔寨、老挝等东南亚国家，还有印度和斯里兰卡等南亚国家。

值得一提的是，千百年来两大史诗和《佛本生故事》之所以能在东南亚流传至今，影响如此广泛深远，一个不可缺少的重要原因是，它们以民间歌舞和戏曲等人民喜闻乐见的方式进行传播。在泰国、缅甸、老挝三国，罗摩故事的主要体裁是戏剧，全剧有始有终，表演形式主要是舞剧和皮影戏，《佛本生故事》也被编成舞剧、木偶戏。印度尼西亚和马来西亚，通常用皮影戏和木偶戏表演两大史诗。在爪哇，每个农村至少有一个皮影戏团，定期为村民演出。其中最受欢迎的是《婆罗多大战记》。

需要指出的是，东南亚各国都有本地的原始神话，有些国家和地区还有自己独特的神话体系。由于印度宗教神话的长期影响，东南亚多数地区的原始神话或多或少地融入了印度神话的因素。如越南神话虽有自己的特点，由于佛教的传播和中国的影响，在相当程度上表现出与佛教神话、道教神话和中国南方诸民族神话的融合。缅甸的孟人和柬埔寨的高棉人早在印度影响之前便有自己的神话观念和神话体系，在婆罗门教和印度教影响下，这一地区的神话体系变得更加严整，本地区的神在许多情况下以印度的名字称呼，如跋陀罗湿婆罗、大自在天等。印度支那泰人（泰国主要居民）也有共同的神话体系特征，其宇宙起源、民族起源神话别具一格，对地下神灵“那伽”（蛇状半神）的崇拜可能深受印度教和佛教神话的影响，但那伽变化为石崖、山峦的传说显然与泰人敬奉山峦的原始自然崇拜有关。东部印度尼西亚也有若干各自独立的神话体系，如雅达人神话（弗洛勒斯岛）、索洛人（索洛群岛）、马努塞拉人神话（塞兰岛中部）、韦马来人神话（塞兰岛西部）等。这些神话具有一系列共同特征，最突出的是宇宙起源中的“天地圣婚”、“日月圣婚”、宇宙树和宇宙山。这些民族的神话中至高神、造物主的出现，是中世纪业已印度教化的马来半岛西部影响的结果。西部印度尼西亚和马来西亚这一地区较早地接受印度教和佛教，已不再拥有自成一体的神话，其神话题材多与印度教和佛教有关。但尚有原始部落的信仰和神话长期保存于一些边远或内地的民族之中，如北苏门答腊的巴塔克人，苏门答腊北部的一些岛屿的尼亚斯人、门塔威人和恩加诺人，加里曼丹岛内地的达雅克人，以及中苏拉威西的托拉查人等。

中国和印度都曾对东南亚神话传说产生过重大影响。但比较起来，早期东南亚国家更多接受的是印度神话。这主要有四个原因：一是早期的东南亚国家在从原始社会直接向封建社会过渡时，最需要的是成熟的宗教神学体系作为其政治意识形态，为建立和维护其王权统治服务。而当时业已形成的佛教神话和印度教神话恰好可以拿来为其所用；然而此时，中国只有不信鬼神的儒家学说，尚无一个像印度这样有广泛影响的成熟宗教。二是印度有较多的婆罗门和佛教长老亲自到东南亚地区传播印度教和弘扬佛法；而中国在中唐以前，只有少数僧侣去印度取经，途经东南亚，在当地宣扬佛法。三是直到唐中叶以前，中国经济发展的重心一直在北方，南海贸易并不发达；但10世纪以前，印度与东南亚地区的贸易往来已相当频繁。这无疑有利于印度文化包括宗教神话对早期东南亚国家的影响。四是印度与东南亚地区同处热带，相互间的气候、动植物种类、地理环境等自然条件及各自的生活习俗等更为接近。而这些在文化心理上都是影响神话的创作、传播和接受的重要客观因素。

除了神话传说以外，东南亚地区的动物故事和寓言故事也是十分丰富多彩的。这些故事语言通俗朴素，内容生动有趣，闪耀着智慧的火花，表达了东南亚人民的思想感情和美好愿望。动物故事的情节多数是，弱小的兔子或鼷鹿以无比的勇敢和智慧战胜凶猛残忍的老虎和豹子等大动物。故事中的动物实际上是人的替身。在东南亚人民的心目中，聪明的兔子或鼷鹿是勇敢、沉着、机智和公正的象征，是永远的胜利者，因而最受欢迎和尊重；而愚蠢、霸道的老虎或豹子则常常被欺骗和捉弄，成为兔子或鼷鹿的手下败将。这反映了东南亚人民对强暴势力的鄙视和憎恨，以及对弱者、被压迫者的同情和赞扬。

据考证，东南亚地区的这类动物故事和一些寓言故事多源于印度的《五卷书》和《佛本生故事》。印度尼西亚东爪哇和中爪哇地区便称寓言故事为Tantri。学者们认为，其原因不但是Tantri取自印度梵文书名“Paneatantra”（《五卷书》）的后半部分，而且东爪哇和西爪哇的Tantri很多确实与《五卷书》中的寓言故事情节大致相同。泰国、缅甸、老挝、柬埔寨流行的动物故事中不少与《佛本生故事》如出一辙，如缅甸的《都达来了》就与《佛本生故事》第322号故事《都达巴本生》大同小异。此外，东南亚的动物故事与印度《五卷书》、《佛本生故事》中的动物故事相比，担当主要角色的动物种类也基本相同：反面角色大多是老虎和豹子，正面角色除了印度尼西亚和马来西亚是其独有所爱的鼷鹿以外，泰国、缅甸、老挝、柬埔寨等大多数东南亚国家均为聪明的小兔子。此外，还有一点应当指出，东南亚地区的动物故事与印度的动物故事在主题和情节上尽管很相似，但东南亚各国的动物故事仍然保持了自己的民族特色，其主题倾向和人物性格均不同程度地表现出各国之间民族文化心理的细微差别。

第三章
印度两大史诗在东南亚

第一节 印度两大史诗在东南亚佛教国家

从历史上看，东南亚各国早期无一例外地受到印度教与佛教的影响，而且都有过佛教寺庙香火鼎盛、僧徒众多的辉煌时期。只是到后来海岛地区各国受到伊斯兰教的影响，佛教逐渐衰微，而半岛地区的泰、越、柬、老、缅诸国多数民众仍信奉佛教，世代相传。为叙述方便，这里称上述东南亚各国为东南亚佛教国家。

相传印度两大史诗，其中尤其是《罗摩衍那》在东南亚佛教国家的流传已相当久远，传布面也极广，但至今仍无令人信服的旁证实据确切地告诉人们两大史诗传入的年代。当然，在这方面也不是没有一点蛛丝马迹可寻。例如缅甸学者在缅甸南部进行考古发掘时，就发现一块陶片上有《罗摩衍那》故事中神猴哈奴曼与十首魔王鏖战的场面。经查证，该陶片系公元5世纪时期的遗物。这不仅是缅甸，也是东南亚地区迄今发现的有关《罗摩衍那》最古老的旁证材料。此外，在今越南南部，即古占婆地区有座蚁垤庙废墟。该处有一篇石刻碑文，记述了蚁垤的一些诗文，还提到了毗湿奴的几个化身。据考此碑文系占婆明法王（公元653—678年）所写。越南北部安南人同样熟悉罗摩故事，他们对故事还进行了改编，把占婆称为十首王国，称自己为十车王国，说占婆和安南不时冲突作战，占婆王把安南王妻子劫走，安南王筑堤越海将王妃找回。

但从整个东南亚佛教诸国来看，目前流传下来的见于文字、图案的罗摩故事一般都在9世纪以后。

一、《罗摩衍那》在东南亚佛教国家的流传

在中南半岛，古占婆文学也是从碑文开始的，使用梵文字母写的古占婆语。目前只在越南中部的PHANRNG—PHANRI发现有占婆文学的记载，其中提到占婆的古典文学是以印度两大史诗为内容的。现流传下来的有五种，并有各种抄本，但产生年代已经无从稽考。从民间抄本中保存下来的古占婆与罗摩故事有关的作品有两部，即《普兰姆·狄克和普兰姆·拉克的传说》和《波·凯台·穆赫拉希的故事》。二者内容大同小异，故事主干都取自《罗摩衍那》。

《普兰姆·狄克和普兰姆·拉克的传说》中的两个主角不是同胞兄弟，而是一对好友，从师于波·凯台·穆赫拉希。二人同样出众，而师父只有一个女儿叫查达，不知该嫁给谁好。师父决定通过比武来解决，让两个徒弟用箭射穿排成一列的不断摇晃韵大树。结果二人都成功地射穿了那七棵树。师父无法作出决定，只好再试一次。他把女儿带进密林里去，用法术打开一块巨石，让女儿藏身其中，然后使巨石重新合拢，看谁能找到便嫁给谁。两人分头去找，一个向南，一个向北。最后普兰姆·狄克凭自己的法术先找到，师父便把查达嫁给他。普兰姆·拉克回来后向两人祝贺，称查达为嫂子。婚后三日，三人告别师父回国，在半途中遭到仙国拉克·宾斯沃的拦截。拉克·宾斯沃变成一只跛脚小鹿引诱普兰姆·狄克前往追猎，跑了一段路之后便消失了。小鹿又回来用同样办法引诱普兰姆·拉克。把两人支开后，拉克·斯宾沃便把查达抢跑带回仙国逼她成婚。两人追猎无成便返回原地，发现查达失踪，便四处寻找，来到猴国被猴军抓住，要普兰姆·狄克与女猴王成婚。但两人后来还是决定逃跑继续寻找查达。一年后，女猴王生下一只姆指大小的猴崽，故名克拉·赖依。长大后，众猴常讥笑他没有父亲，于是他征得母亲同意后便出去千里寻父。克拉·赖依来到海边，那里有一棵火树，他便爬上去休息。当晚普拉姆·狄克和普拉姆·拉克也来到那棵树下，父子终于相认了。克拉·赖依调动猴军咬尾相接形成桥梁，然后跨海来到仙国与拉克·斯宾沃大战，最后把查达救出来与父亲团圆，三人决定回国，而克拉·赖依则宁愿回山林猴国过自由自在的生活。

《普兰姆·狄克和普兰姆·拉克的传说》实际上是罗摩故事的改头换面，然而古占婆人已把它看作是本民族的史诗，看不到有翻译改写的痕迹。

柬埔寨的罗摩故事流传的历史也很长。专门为祭祀毗湿奴而建的巴旁寺

（大约建于10世纪）就有反映《罗摩衍那》情节的浮雕。人们认为，《罗摩衍那》是在真腊王国早期从南印度经爪哇、马来传入的。后来，人们把柬埔寨民间传说、神话故事融合其中，在吴哥王朝时期形成了具有柬埔寨民族特色的《林给的故事》（又译拉玛传）。举世闻名的吴哥寺里的罗摩故事浮雕就是根据《林给的故事》创作的。据传吴哥时期还有人把《林给的故事》用文字记录下来，产生了最早的舞台唱白剧本。《林给的故事》在15世纪左右经加工整理而成为章回小说，以罗摩与悉多团圆收场，从内容上看接近于泰国的《拉玛坚》。

老挝有一部《传说集》，其中有两篇传说：一是十车王传说，另一是罗摩传说。实际上前者是《罗摩衍那》的前半部分，讲到罗摩被放逐；后者是描写十首王劫走悉多后的情节。这个版本内容与蚁垤的《罗摩衍那》较为接近。但在民间流传较广的却是被推为老挝古典名著的《帕拉帕拉姆》。它的故事来自于蚁垤的《罗摩衍那》，但揉进了老挝民族的内容，被重新创作，改写成佛教经文的形式。内容上也近似泰国的《拉玛坚》。《帕拉帕拉姆》故事情节在万象、琅勃拉邦等许多寺庙的壁画中都有反映，也被人改编成剧本。

今泰国地区流传的罗摩故事也已有悠久的历史。传说古老的堕罗钵底王国的京城罗斛城为罗摩所建，后赠予神猴哈奴曼。罗斛的梵文名为罗婆，即罗摩儿子的名字。不过，这仅仅是传说而已。

此外，在阿瑜陀耶城还有座高棉式建筑——罗摩圣寺的遗迹。该寺建于13世纪前后，至今仍在供奉罗摩、罗什曼那，可见罗摩还一直受人崇拜。

在泰国见诸文字的罗摩故事有：话本罗摩传、剧本罗摩颂等。但在泰国的有关罗摩著作中，最负盛名的是诗剧《拉玛坚》。故事主要来源于梵文版《罗摩衍那》，其中神话故事来源于《毗湿奴往世书》，描写神猴哈奴曼的部分则源自《神猴剧》。《拉玛坚》有多种版本：（1）吞武里王朝郑信王编著的《拉玛坚》诗剧，1770年完成，共4篇；（2）曼谷王朝拉玛一世与诗人顺吞蒲等共同编著的《拉玛坚》诗剧，1797年完成；（3）曼谷王朝拉玛二世、四世、五世和六世分别编写的《拉玛坚》诗剧。其中拉玛一世与顺吞蒲等编著的版本为流传至今最完整的版本。它用格律诗格龙写成，分序幕、战争、尾声3篇，全剧共含诗6万颂，全书中心部分是《战争篇》。

《拉玛坚》除了以戏剧的脚本形式流传外，还有用其他文学形式讲述这个故事的，但出现的时间较晚。其中有加满帕欧含的克隆重诗体，奉·里塔卡尼的律律诗体，塔万·蒙空拉的禅体，以及记行诗体、故事体、散文体、民间故事体等。

《拉玛坚》有着浓郁的泰国民族色彩，反映在这部作品中的佛教观、哲学观以及文化风俗都已泰国化。

缅甸是东南亚最早受印度宗教影响的国家之一，人们相信《罗摩衍那》在5世纪前就已传入缅甸。从缅甸罗摩故事的发展轨迹来看，不难发现蚁垤的《罗摩衍那》和佛本生经的《十车王本生》同时受缅甸人民的关怀和喜爱。11世纪出现在浮雕上的罗摩形象就来自这两个方面。

缅甸蒲甘王朝阿奴律陀王（1044—1077年在位）敬奉的“尊神寺”和“派雷塔”中也有罗摩的形象。尊神寺是供奉印度教神主的地方，那里有毗湿奴十大化身之一的罗摩像。这个罗摩便是蚁垤《罗摩衍那》所描写的罗摩王。而派雷塔塔基四周的砖块浮雕则比较完整地表现了《佛本生经故事》第461号《十车王本生》的内容。由此可见，蒲甘王朝之前缅甸就传颂着罗摩故事。

但由于各种原因，现在我们能看到的，保存下来的最早的有关《罗摩衍那》的文艺作品，只有1775年缅甸吟唱艺人吴昂漂和创作的《罗摩达钦》（达钦系缅甸一种诗体）。当然这不能说，在此以前就没有有关罗摩的著作，因为阿瓦王朝著名诗人信埃加达玛迪在其1527年撰写的《黄金富国》诗篇中已明确表示，人们不应写诗作文非议悉多、哈奴曼。可见当时就有人在撰写有关罗摩的诗文。同样，著名诗人巴德塔亚扎（1684—1754年）创作的缅甸第一部戏剧《红宝石眼神马》中就有三处以罗摩故事作比喻；著名僧侣学者东敦明大法师在解释“内”、“外”之说时，就以罗摩衍那中维毗沙那为罗摩效劳一事为例；而吴昂漂和的《罗摩达钦》说得更为明白。他说：“罗摩渡海到楞伽，射死十首魔王，与悉多重聚一事，已有很多书文介绍，这里不再重复。”由此可见，在《罗摩达钦》之前，罗摩故事在缅甸早已广泛流传。

《罗摩达钦》篇幅不大，却比较完整地介绍了《罗摩衍那》的全貌，只是没有原著的《后篇》部分。继《罗摩达钦》后，在缅甸出现了十几部有关罗摩作品。其中比较有影响的有《罗摩雅甘》（吴都著，1784年）、《罗摩剧》（集体创作，1789年）、《伟大的罗摩》（佚名，19世纪初）、《室利罗摩剧》（奈谬那达格廷著，年份不详）、《三种罗摩》（塞耶兑著，1904年）、

《未来佛罗摩达钦》（塞耶吞著，1905年）、《帕翁道罗摩、罗什曼那剧》（吴貌基著，1910年）等。

上述各部罗摩著作，从内容上说都各有独到之处，不同程度地体现了作者的思想感情和审美观。总体上说，《罗摩达钦》的出现意味着缅甸罗摩衍那故事的定型。缅甸罗摩是在吸取印度罗摩、孟加拉罗摩、克什米尔罗摩、马来罗摩、泰国罗摩合理成分的基础上创新而成的。在再创作中，缅甸作家比较注意做到两点：一是故事情节的发展更符合情理，二是故事更富有情义。

二、东南亚佛教国家罗摩故事的特色

在东南亚佛教国家流传的罗摩故事可以说大同小异。大同应该不成问题，因为毕竟都是《罗摩衍那》的译本、编译本或改写本，况且《罗摩衍那》本身正如季羡林教授所说："最初只是口头流传，增增删删，因人而异，因地而异，写成以后，仍无定本。"所以，东南亚佛教国家的罗摩故事异彩纷呈，千姿百态，当然也在情理之中。从各种小异中我们不难发现各国人民的价值观、审美观之不同，因为人们在实现"拿来主义"时，是从各自的需要出发，是根据各自的口味来取舍的。

泰国的《拉玛坚》内容上可分三个部分：（1）序幕。以蚁垤的《后篇》作为开篇，写罗刹世家，罗波那在天上与诸神的矛盾斗争，罗摩出世。（2）战争。从罗摩被流放到他战败罗波那，救出悉多。（3）尾声。悉多遭逐，在林中生子，后罗摩悔悟接回悉多。但《拉玛坚》在故事细节上与蚁垤的《罗摩衍那》相比则有诸多不同之处。例如在讲到十首王时，说十首王从湿婆处得到妻子并带回国去，可是在路上被猴王抢走，后经仙人调解才重新得到。为了报复猴王，十首王努力修炼并获得功力，他可以使自己的魂魄离身藏于安全之处。正因为有此功力，他才变得肆无忌惮。后来说到阿逾陀国王十车王在祭祀时发现有一块糕点裂成四块，他将其中一小块扔了出去，正好被一个变成乌鸦的女妖得到并献给十首王妻子，她吃了这块糕点后便生了悉多。这就是说悉多是十首王的女儿。在讲到哈奴曼时，也说哈奴曼筑堤时遭到十首王的女儿（一个女妖）的破坏，哈奴曼找到她后让她做了自己的妻子，还生了一个儿子。这也就是说哈奴曼是十首王的女婿。此外还有不少故事情节也远离原著，如说悉多因受女妖的诱惑而画了十首王的画像；当悉多投入地母的怀抱时，大梵天出面调解，从而使悉多与罗摩得以重新团聚等等。这些在原著里找不到的细节都是从不同来源采撷的。对信仰佛教的泰国人来说，罗摩故事只是一个神话传奇故事，他们较看重其故事性和趣味性，而对其印度教的色彩不予理会。

缅甸的罗摩故事也有同样的情况，由于在细节描写方面与《罗摩衍那》原著有许多不同，所以它也表现出自己的特色。例如缅甸罗摩故事“赛弓会”就别具一格，其故事梗概如下：

弥提罗城遮那竭王有一位公主，她是从水中被救出来的，名叫悉多。她才貌出众，引起各国君王公子们的注意和爱慕，都欲娶她为妻。这事愁煞了遮那竭王。天帝释得知此事后，便赐神弓一把，并嘱咐说，谁能把它举起来并拉满弦，便可把悉多许配给他。于是遮那竭王把悉多的画像和邀请参赛的请柬分送各国。当时罗摩对娶亲一事还不感兴趣，见了悉多画像也没动心，随手把画像和请柬扔掉。正巧一阵大风把画像和请柬吹到了楞伽岛。在楞伽岛修行的十首王见到悉多画像，顿起爱慕之心，决定远涉重洋去参加赛弓会。拉弓比赛开始了，面对巨大笨重的神弓，来自各国的君王公子们只好“望弓兴叹”，无能为力，一个个乘兴而来、败兴而归。尽管十首王具有非凡神力，他也只能把神弓举起来，并不能拉开弓弦。十首王凭此要求与悉多成亲。悉多不爱十首王，哭个死去活来，弄得遮那竭王束手无策。正在此时，行者蚁垤带着他的两个徒弟罗摩和罗什曼那来到弥提罗城。罗摩兄弟被邀参加赛弓会。罗什曼那完全有能力拉开弓弦，但因敬重兄长罗摩，决定让他夺魁。最后，罗摩与悉多成亲。

关于悉多身世，在缅甸有好几种说法，上述为其中之一。在《罗摩达钦》中是这样说的：说十首王乘飞车外出，见到一位仙女，欲强暴她，仙女大怒，投火自焚。后火堆中出现一女孩，被十首王的哨兵发现，并送至十首王处，十首王见后大惊，遂将女孩置于箱子里投入大海。女孩被弥提罗国王遮那竭发现并收养，即成为后来的悉多。

在《帕翁道罗摩、罗什曼那剧》中，悉多原是一个女妖，她热爱和追求罗摩，却被罗摩射死。死后入四天王天，成了月亮女神，但仍思念罗摩。这时十首王乘飞车来到四天王天，遇悉多一见钟情，但悉多坚决拒绝，并诅咒道，我要从他的牙中诞生，以后每哭一次就有一千罗刹死亡。不久，悉多身亡，投胎于十首王牙中。十首王从四天王天回到楞伽岛后就感到身体不适，右牙疼痛。

维毗沙那帮其从牙中挤出浓血，这时便出现了悉多。她每哭一次就有一千个罗刹死去。所以十首王将悉多装入一个玉石箱子中，投入大海任其漂流。这时，女海神将箱子送入弥提罗国附近海边。遮那竭王在海边游泳，见到箱子，便叫人将箱子打捞起来。

在《罗摩剧》中有一幕戏，名为《栽培忠诚花》，说女妖佯装成金鹿把罗摩诱骗至深山老林后，便模仿罗摩的声音，呼叫罗什曼那去营救他。悉多闻声后便一再催促罗什曼那前去营救。罗什曼那知道这不是罗摩的声音，是林中妖魔佯装的，可是悉多执意要罗什曼那去寻找罗摩。罗什曼那无奈只得听从悉多之命离开，临别前念咒划圈，一再叮嘱悉多不要走出圈外。十首王见到罗什曼那离开悉多，便从隐蔽处出来，佯装成林中修道人来到悉多处化缘。可是一踩着罗什曼那划的圈，就感到灼热难忍，不得不后退。他知道悉多心地善良，乐善好施，便同悉多说，修行人不宜进入女施主之居住地，请她把布施的水果拿到外面来。悉多此时正欲为罗摩布施做功德，听修行人说后立即拿着水果走出咒圈。这时，十首王便乘机将悉多劫上飞车，腾云驾雾飞往楞伽岛。在楞伽岛御花园中，十首王及其他妖魔千方百计地诱使悉多就范，可是悉多对罗摩的忠诚、矢志不移的爱情及其凛然正气使十首王灰溜溜地离去。

在讲到罗摩与猴王须羯哩婆相遇一事时，《罗摩达钦》是这样描写的：罗摩与罗什曼那相遇后得知悉多失踪，便在森林四处寻找，疲惫不堪的罗摩走到一棵大树下便倒在罗什曼那怀中酣睡。这时一只大虻叮咬罗什曼那后背，鲜血直往下流。罗什曼那惟恐惊醒兄长忍痛不动。躲在大树上的须羯哩婆见此情景，不免想起自己兄长丝毫没有兄弟情义，夺其娇妻，抢其王位，不禁泪泉涌下。泪珠打在罗摩脸上，罗摩被惊醒了。于是罗摩与须羯哩婆相见，进而导出了猴军进军楞伽岛的故事。

其他与蚁垤的《罗摩衍那》不同之处还有：（1）因母后向梵天敬献有十只芒果的一枝条，因而生下十首王；（2）持斧罗摩参加了赛弓会；（3）首里薄那迦因儿子被罗摩所杀，便求兄报仇，自己变为金鹿引诱悉多；（4）受仙人之诅咒，哈奴曼瘦骨伶仃，形状憔悴，罗摩抚摸其三次，即恢复原状；（5）罗什曼那用几年没有看过妇女面容的真言，识别具有隐身本领的因陀罗耆，并指点罗摩将其射死；（6）在最后一次战斗中，十首王从飞车下来向罗摩求饶，罗摩不同意，在回飞车时十首王中箭身亡。

在柬埔寨的《林给的故事》中，罗摩与其他任何版本说法也都不一样，他非但不是神，而且是一个惯用卑劣手段，役使千千万万人、兽为他服务的恶人。这情况在东南亚佛教国家中还是罕见的。

三、《罗摩衍那》对东南亚佛教国家的影响

《罗摩衍那》原本是流传于印度的一个民间传说。由于印度地域辽阔，南北无论在哪方面都相异甚大。各地差不多都有自己的《罗摩衍那》故事。总体上说，北部流传的侧重于罗摩在阿逾陀宫中的生涯和被放逐的故事，即讲人世间的事。而南部地区则不仅流传北部的人世间的事，且重笔描绘了诸罗刹，尤其是罗刹十首王罗波那的事，情节内容更多奇闻怪事。蚁垤的《罗摩衍那》显然多集北部传说、符合雅利安族道德和律法的观念。

从宗教角度来说，不管婆罗门教徒、佛教徒和耆那教徒都喜爱罗摩故事，在他们传播各自信仰的宗教和阐释教义时也常用罗摩故事作为例子。

我们从东南亚佛教国家流传的罗摩故事中几乎可以找到印度流传的各种版本的影子。也就是说，东南亚佛教国家既接受了北部版本的内容，也吸收了南部版本的说法，但由于文化背景不同，各国的罗摩故事侧重点就有所不同。例如泰国人就不很欣赏印度雅利安人的道德观念，他们也没有把《罗摩衍那》作为宗教经典，所以在《拉玛坚》中没有很浓的宗教色彩。从《拉玛坚》全篇来看，作者的重心显然放在《战争篇》中，对大战的策略、战术，乃至武器的描写可说是精心备至，对罗摩、罗什曼那，甚至对十首王的英勇精神赞扬不已，可以说他们是把《罗摩衍那》作为英雄史诗加以欣赏的。

在缅甸，《罗摩衍那》广为流传的时候，佛教已为人们所接受。所以在介绍、改编罗摩故事时，佛教思想不可能不影响作家们对故事情节内容的取舍增删。例如罗摩流放的时间，缅甸任何一个版本无一例外地说是12年，这是因为《佛本生故事》是这样说的。再有，在缅甸的罗摩故事中，十首王劫掳悉多并不完全是因为子侄被杀，欲报私仇，而更多的是出于对悉多的强烈的爱。所以缅甸剧中的十首王形象并不十分狰狞可怕，反而表现了他对悉多的爱慕和追求是出于真情。缅甸人认为这种感情表现更符合佛教教义与缅甸风土人情。

在《罗摩衍那》传入之初，人们把罗摩视为道德规范中的楷模，是理想境

界里的圣者，是顶礼膜拜的神祇、毗湿奴的化身，而更重要的一点是，他与佛教精神相符。正因为罗摩有这样的双重身份，他受到人们的崇拜，更受到人们的热爱。缅甸蒲甘王朝的江喜陀王（1084—1112年在位）就公开宣称自己是罗摩的后裔。同样，泰国国王把拉玛（即罗摩）作为帝王之称号，并世代相传。更多的人们把罗摩奉为神祇供奉于寺庙之中。一年一度演出罗摩剧就是一种祭祀的形式。他们认为罗摩、罗什曼那会保佑人们生财增福，祛灾消祸。甚至连哈奴曼也被奉为神明。但随着时间的流逝，随着时代的发展和进步，这些迷信说法在人们的记忆中逐渐淡薄，愈来愈来多的人把《罗摩衍那》当作是自己民族文化中的一个重要遗产而加以爱护。

在东南亚佛教国家中，有关罗摩故事的一些著作都已成为这些国家的文学名著，大大地推动着这些国家的文学发展。例如有的学者就指出，缅甸的《罗摩雅甘》是缅甸文学从寺院和宫廷向世俗过渡的起点。在泰国学术界流行着这样的说法：“印度文化是泰国文化的母亲，中国文化是泰国文化的父亲。”毫无疑问，《罗摩衍那》是传到泰国的印度文化的一个重要部分。

正因为《罗摩衍那》深深地植根于民众之中，融于民族文化之中，所以表现《罗摩衍那》的各个人物形象已成为东南亚佛教国家文学、戏剧、绘画、雕塑等文艺创作中的主要传统，人们处处都可以感觉到那些人物形象在时隐时现。

至于印度教的另一部史诗《摩诃婆罗多》在东南亚佛教国家的传播与影响，实难与《罗摩衍那》相比。除了泰国曾有过几部根据《摩诃婆罗多》创作的诗篇，如《莎薇德丽》、《帕仓堪銮》、《帕仓堪禅》、《生命之歌》、《格莎娜训妹》等外，其他国家就很少有介绍、翻译或改编的作品问世。其主要原因是，佛教已在缅、泰等国深深扎根，而《摩诃婆罗多》所体现的尚武精神显然与佛教的慈悲精神相悖。

第二节　印度两大史诗对爪哇古典文学的影响

印度与印度尼西亚早在公元前就已有来往。古希腊地理学家脱烈美在公元前70年左右写的《地志》就提到印度南部三个港湾与金洲（一般认为是马来半岛）之间有贸易往来，同时还提到一个叫耶婆提的地方（一说是今之爪哇，一说是今之苏门答腊）。我国《后汉书》也提到顺帝永建六年（公元131年）“日南徼外叶调王便遣使贡献”。“叶调”就是“耶婆提”，是梵文“Yavadvipa”的古汉译音。在印度尼西亚加里曼丹古戴地区发现最古老的碑文是用印度南部的拔罗婆文写的（该文字大概通行于公元400年），记载古戴国王慕拉哇尔曼赐给婆罗门僧侣土地和一千头黄牛的事迹。在西爪哇茂物附近也发现用拔罗婆文字刻写的碑文（大概刻于450年），记载多罗磨国王普纳哇尔曼赐予婆罗门僧侣一千头黄牛的事迹。我国东晋高僧法显于这个时期曾滞留耶婆提数月，他在《佛国记》中提到：“其国外道婆罗门兴盛，佛法不足言。”由上可知，印度婆罗门教在5世纪已盛行于印度尼西亚，出现了按照印度模式建立起来的早期王朝。后来，佛教也曾经盛极一时，7世纪下半叶在苏门答腊崛起的室利佛逝王朝在当时是东南亚最大最强盛的佛教王朝，而中爪哇的夏连特拉佛教王朝则于9世纪建造了举世闻名的婆罗浮屠大佛塔。若从历史上来看，印度尼西亚是先有信奉婆罗门教的王朝，后有信奉佛教的王朝，应该说婆罗门教和佛教对印度尼西亚早期的政治和文化都产生了巨大的影响。事实上两教进来时已有相混杂的现象，王朝统治者也往往采取兼容并收的态度。因此，为两个宗教服务的文学，如印度两大史诗《罗摩衍那》和《摩诃婆罗多》以及《佛本生经故事》等，在那个时期应该说已经在印度尼西亚流传开来了。然而，不知何故，至今我们仍未能发现这个时期有留下文学作品传给后世。从历史上看，在印度文化影响时期，印度尼西亚最发达和最繁荣的文学是爪哇古典文学，而它是在10世纪后的东爪哇印度教王朝时期才发展起来的。

10世纪中爪哇的夏连特拉佛教王朝没落，由马打兰王朝取而代之，该王朝是以印度教为其精神支柱的。不久，马打兰王朝迁往东爪哇，从此政治文化中心便从中爪哇转移到东爪哇了。东迁的马打蓝王朝初期，为了巩固王朝的统治基础，特别需要强化印度教的意识形态作用，因此王朝统治者十分看重作为印度教经典的印度两大史诗，认为有必要先把两大史诗尽快译改成古爪哇语加以推广。在马打兰王朝东迁之前，两大史诗中的《罗摩衍那》已在中爪哇广泛流传，建于10世纪的勃朗班南陵庙的墙壁上就有罗摩故事的浮雕，故事一直叙述到罗摩准备攻打楞伽城为止。差不多在同一时期，《罗摩衍那》也已被译改成古爪哇语格卡温诗体了。这是爪哇古典文学中最早见诸文字的《罗摩衍那》译改本，它比印度的原作在篇幅上要小得多，而且缺《后篇》，全诗共分二十六章，以十首王伏诛和罗摩与悉多团圆结束全篇。东迁之后，马达兰王朝统治者更有目的和更有计划地致力于两大史诗的移植推广工作。达尔玛旺夏王（公元991—1007年在位）亲自授命宫廷作家把《摩诃婆罗多》按篇章逐一用卡威文（宫廷使用的古爪哇语，含有大量的梵文词汇）改写成散文，后来把《罗摩衍那》缺的《后篇》也包括进去，这就是所谓的古爪哇语“篇章文学”。至此，印度的两大史诗已全部译改成古爪哇语了，并广泛流传于宫廷内外。由于王朝统治者把两大史诗视为印度教的经典，所以要求宫廷作家必须忠于原著，只求“把广博仙人（毗耶沙）精湛的著作用明快的爪哇语翻译过来”，而不作任意改动。一般来说，“篇章文学”做到了这一点，译改者除了对与中心内容关系不大的部分作些删节和压缩外，都尽量保持原貌，特别注意保持原著的精华，一点也没有搀爪哇的成分。目前，关于“篇章文学”还有一些疑点没能得到很好的解答，比如《摩诃婆罗多》共有18篇，为何只有9篇传世，而其中又没有常被引用的《森林篇》；改写本是以哪一部原本作为蓝本，等等。这尚待进一步研究，目前还是一个历史的悬案。

达尔玛旺夏王时期开创的“篇章文学”可以说是爪哇古典文学的滥觞，但从严格意义上讲，它还不是爪哇民族自己的文学，而是把印度两大史诗直接移植过来的“拿来文学”。这种“拿来文学”在当时可以说是历史的需要，因为新建立的王朝还没有相应地建立起能为弘扬印度教和巩固王朝统治服务的宫廷文学，所以先把印度两大史诗移植过来，也不失为解决急需的好办法。可惜的是，达尔玛旺夏王还没来得及进一步发展其宫廷文学，即死于战乱，这个任务只好留给他的女婿爱尔朗卡去完成。

1006年东爪哇马打兰王朝遭到外敌侵袭，达尔玛旺夏王战死沙场。其婿爱尔朗卡逃往森林隐避，后得婆罗门和佛教僧侣帮助而被拥立为王。爱尔朗卡打退敌人后，登上王位，恢复了王朝的统治。此时，作为非嫡系的爱尔朗卡王更需要从意识形态上支持和巩固他刚刚确立起来的统治地位，因而更需要有能直接为他歌功颂德的宫廷文学。达尔玛旺夏王所开创的“篇章文学”显然无法满足这一需要，因此摆在宫廷作家面前的任务是：如何建立一个既能弘扬印度教，又能直接歌颂本朝帝王和具有本民族特色的宫廷文学。在这一形势要求下，爪哇宫廷的“格卡温文学”便应运而生了。所谓“格卡温文学”，实际上是爪哇宫廷作家自己创造的一种新的文学样式。“格卡温”一词源于梵文的“Kavya”，即诗文之意，是爪哇宫廷作家仿效印度梵体诗的韵律创造的一种诗体，每行有固定的音节数，也分长音节和短音节。其实在古爪哇语中并无长短音之分，人们只好用人为拉长发音的办法来加以区分。“格卡温文学”不但在形式上仿效梵体诗，在内容上也以两大史诗，特别是《摩诃婆罗多》作为题材的主要来源。格卡温作品大都拿史诗中的某一段故事作为创作的基础，然后结合本民族的特点和歌颂本朝帝王的需要去进行加工和改造，使之成为具有本民族特色的新作品。所以，与“篇章文学”不同，“格卡温文学”的作品可以说是爪哇宫廷作家自己的创作，每部作品一般都署有作者的名字，标出创作的年代。因此，真正的具有民族特色的爪哇古典文学应该说始于“格卡温文学”，而为之奠基的第一部格卡温作品是恩蒲·甘瓦的《阿周那的姻缘》。

恩蒲·甘瓦是爪哇古典文学的开创者，生活于11世纪的战乱年代，跟随爱尔朗卡经历了王朝失而复得的全过程。1028—1035年间，爱尔朗卡恢复东爪哇王朝的统治，正式登极王位，并与苏门答腊公主室利·桑格拉玛威查耶完婚。在这样的历史时刻，作为宫廷作家的恩蒲·甘瓦该拿出什么样的文学精品作为献礼呢？他想如果利用具有很大影响力的史诗故事来颂扬爱尔朗卡的丰功伟绩和美满姻缘定能博得国王的欢心。经过对比挑选，他终于从《摩诃婆罗多》的《森林篇》中找到了一段阿周那求神赐宝和为天廷除魔以及与仙女结下姻缘的故事，在好些方面可与爱尔朗卡的经历相对应，很适合作为创作的素材。于是，他以《森林篇》中的《阿周那出行》、《因陀罗天廷》、《阿周那和尼哇达卡哇查战斗》诸小篇为基础写出第一部格卡温作品《阿周那的姻缘》。全诗共分36章，篇幅比原作大大压缩了，但显得更加紧凑和集中。而最重要的是，作者不是在对原作进行浓缩和简化，而是进行再创作，因此不仅故事情节有了重大改动，表现的主题思想也大不相同。恩蒲·甘瓦的创作意图是以著名的史诗英雄阿周那来暗喻爱尔朗卡王，歌颂他驱敌复国的伟大功勋和与公主结下的美满婚姻。所以作者首先集笔力于美化阿周那的形象，把他刻画成扭转乾坤、除暴安良的盖世英雄。作者还把所有无助于表现其创作意图的部分统统砍掉，一切有损于阿周那高大完美形象的人物情节全部撤换。例如原故事中阿周那与仙女的关系不很融洽，一个叫优哩婆湿的仙女向他求爱，遭拒绝后便诅咒他将一辈子当阴阳人。作者认为，这有损于阿周那的英雄形象，同时也有悖于所要表现的主题思想，于是，统统改掉，重新塑造一个绝色仙女苏帕尔巴，改变了阿周那与仙女的关系，使两人成为情投意合、难舍难分的一对理想情侣。苏帕尔巴这个仙女在原故事里是没有的，是作者专门为阿周那塑造的。在作者的精心刻画下，人们看到的苏帕尔巴仙女，无论外表还是气质，都是典型的印度尼西亚爪哇美女的形象。作者在其他好多地方对原故事所作的重大改动，都是为了突出主题和美化阿周那的英雄形象，赞扬他的光辉业绩，以达到歌颂爱尔朗卡王的目的。《阿周那的姻缘》可以说是爪哇宫廷作家第一部成功地利用史诗故事来歌颂本朝帝王的格卡温作品，作者在诗的结尾部分踌躇满志地写道：

这格卡温乃恩蒲甘瓦之首次创作与奉献。

他诚惶诚恐地祈求能获准随驾出征疆边，

而天下英主爱尔朗卡王欣然降下了恩典。

这就是说，恩蒲·甘瓦苦心孤诣的力作深得爱尔朗卡王的赏识，《阿周那的姻缘》也成了“格卡温文学”的样板作品。格卡温这一诗体在一个相当长的时期里成为爪哇古典文学独一无二的艺术形式，后来的作家纷纷仿效恩蒲·甘瓦的创作路子：借用史诗故事来影射本朝现实，为当朝帝王歌功颂德。11世纪到13世纪是格卡温文学的繁荣时期，作家辈出，名著连篇，其中最脍炙人口的有《爱神遭焚》和《婆罗多大战记》。

《爱神遭焚》是12世纪东爪哇柬义里王朝时期的著名格卡温作品，是为歌颂国王卡默斯哇拉一世（1115—1130年在位）而写的。作者恩蒲·达尔玛查是位宫廷作家，他在序诗中就直言不讳地说，他写这部爱神的故事是想以此来报效国王。《爱神遭焚》以爱神卡玛为拯救天廷而献身的感人事迹作为故事内容。关于爱神卡玛的故事在印度可谓家喻户晓，且有许多传本，其中最享盛誉的是迦梨陀娑的《鸠摩罗出世》。恩蒲·达尔玛查的《爱神遭焚》可能受其影响，不过二者之间仍有明显的差别。例如湿婆大神与雪山神女结合后生下来的不是战神鸠摩罗而是智慧神塞建陀，即象头神。这可能是因为塞建陀（象头神）在爪哇很受人崇拜，到处都可以看到他的雕像，而战神鸠摩罗则鲜为人知。所以作者进行了大胆的改动，以象头神取代战神的角色，以迎合爪哇人的信仰和喜爱。另外，在好多地方也可以看到同样的情况，作者根据自己的创作意图和爪哇人的审美情趣，大胆地进行他认为必要的改动和增删，使爱情永恒的主题更加突出，爱神的形象更加完美。作者在诗的最后一章特意叙述了爱神卡玛和妻子罗提的转世经过，说卡玛最后转生为爪哇国王，即卡默斯哇拉陛下，而罗提则转生为戎牙路公主，即吉拉娜王后，他们俩在湿婆大神的庇护下成了柬义里王朝最幸福的国王和王后。这一结尾道出了作者选爱神卡玛故事的全部动机和目的。

《婆罗多大战记》也是东爪哇柬义里王朝时期的作品，是为歌颂在王位战争中取胜的查耶巴雅王（1135—1157年在位）而写的。作者是两位宫廷作家恩蒲·塞达和恩蒲·巴努鲁。查耶巴雅在争夺王位的内战中打败了对手查耶沙巴，于1135年当上柬义里王。为了树立自己的绝对权威，巩固自己的统治基础，他授意宫廷作家创作《婆罗多大战记》，由恩蒲·塞达写出前半部，余下由恩蒲·巴努鲁续完。整个故事取材于《摩诃婆罗多》有关般度族和俱卢族十八天大战的故事，借般度族最后战胜俱卢族来影射查耶巴雅在王位战争中的最后胜利。作者是在为查耶巴雅王树碑立传，所以处处突出般度族的英雄人物，强调般度族的胜利是因为代表了正义和得到了湿婆大神的佑助，以此向人们暗示这也是查耶巴雅取胜的原因。在故事展开的过程中，作者还有意增添许多适合爪哇风土人情的细节描写，使全诗富有爪哇情调。有几处的重要描写在原著里是没有的，例如在十八天大战中妇女的活动和作用在原著里只一带而过，在《婆罗多大战记》里则颇费笔墨。作者拿出了相当的篇幅，用浓墨重彩去描写妇女们如何为阵亡的丈夫和儿子殉节，其中最感人的是对沙利耶与妻子斯迪亚娃蒂生离死别的一段描写，作者以密疏有致的笔法刻意渲染他们俩缠绵悱恻的离情别绪和沙利耶阵亡后斯迪亚娃蒂去战场寻找丈夫尸体以及自尽殉夫的凄惨情景。这一大段描述据说是查耶巴雅王授意加上去的，大概是为了加强战争的悲壮气氛，鼓励妇女为夫殉节，以壮士气。

以上几部代表作品体现了“格卡温文学”的基本特点和特色。东爪哇柬义里王朝时期是“格卡温文学”的丰收期，格卡温作品大量问世，其中的名篇还有《哈里旺夏》、《卡托卡查传》、《死亡之花》、《波玛之死》等。大部分的格卡温作品取材于两大史诗中的《摩诃婆罗多》而很少涉猎《罗摩衍那》，就是专门写毗湿奴大神的作品也多取《摩诃婆罗多》里的黑天故事而不取《罗摩衍那》里的罗摩故事。这可能与爪哇王朝战争频仍，崇尚武力，需要加以歌颂的是胜者为王的一方有关。格卡温作品后来又被爪哇民族的哇扬戏（一种皮影戏）所吸收而成为该剧种的主要传统剧目，这更使得《摩诃婆罗多》的故事家喻户晓，其英雄人物的形象更深入人心，影响到爪哇民族文化的各个领域。

从“篇章文学”到“格卡温文学”，可以看到印度宗教文化和两大史诗的影响占了主导地位，同时也可以看到印度宗教文化和两大史诗在爪哇的影响和生根是经过一个逐步爪哇民族化的过程。“格卡温文学”就是从移植印度两大史诗的“拿来文学”走向爪哇民族化文学的产物。这种爪哇民族化的进程随着爪哇民族文化文学的成长和发展而越来越明显。13世纪末在东爪哇崛起的麻喏巴歇王朝是印度尼西亚最强盛的封建王朝，也是爪哇封建文化日臻成熟的时期。这个时期的文学发展有两种倾向，一种倾向是：王朝统治者对印度各种宗教采取兼收并用的态度，使佛教影响有所回潮，出现过去没有过的佛教文学作品，如《输达梭玛》、《毗扎拉卡尔那》等《佛本生的故事》，而印度教和佛教的矛盾冲突也不时反映到文学作品中来；另一种倾向是，向爪哇民族化方向发展的步伐大大加快了。这时的文学创作已逐步摆脱过去那种对印度梵体诗的形式摹仿和对史诗故事的题材依赖而表现出更多的民族主体性和更浓厚的爪哇民族色彩。

首先，在艺术形式上仿梵体诗的格卡温诗体已走向式微，不再是文坛的独秀，源于爪哇民间唱词的吉冬诗体异军突起而大受欢迎。还有散文体裁的作品也开始进入爪哇古典文学的殿堂，使爪哇文学的形式和体裁多样化。在文学内容上，取材重点也已不是印度史诗故事，本民族的王朝历史事件和民间的传奇故事已成为更重要的题材来源。宫廷作家已无须假借印度史诗和神话故事来影射和歌颂本朝帝王，他们可以直接采用本民族的历史故事和王朝本土所能提供的素材。例如麻喏巴歇宫廷作家普拉班扎于1365年写的著名格卡温作品《纳卡拉克达卡玛》就完全摒弃了史诗故事的老套。这部最有史料价值的作品是作者伴驾东巡的实录。作者通过对国泰民安和太平盛事的描述直接为哈奄·武禄王大唱赞歌。到麻喏巴歇王朝后期，好些格卡温作品的内容更加贴近王朝的现实，有的甚至敢针砭时弊，对统治者的暴虐表示不满和怨恨。例如著名的格卡温作品《尼迪沙斯特拉》就敢把矛头直接对准王朝的统治阶级，揭露他们的残暴狠毒：

侍候显贵或君王，
犹如于惊涛骇浪中行舟；
或如用舌头舔舐利剑；
与毒蛇亲吻；
跟猛狮拥抱拍肩。

这种直接表达人们对权贵暴君的恐惧和不满在过去的格卡温作品里是不可能出现的。这也说明印度教两大史诗已经失去昔日的绝对权威，文学已走出神龛而逐渐走进本民族的现实生活。至于吉冬作品的内容，就更加爪哇民族化和现实化了，几乎所有的吉冬作品都取材于本民族的历史事件，如《哈斯拉威查雅》、《朗卡·拉威》、《梭兰达卡》、《巽达吉冬》等名篇都是以麻喏巴歇王朝建立前后的重大历史事件为题材的。作品里很少看到有对新统治者的溢美之词，相反却有不少地方反映人民对强权的不满和对弱者的同情。散文作品也一样，在爪哇古典文学中占有重要地位的《把拉拉敦》是一部爪哇历史题材的故事，着重叙述从新柯沙里王朝到麻喏巴歇王朝的历史演变经过，尤其集中描述这两个王朝的开国君王庚·阿洛和拉登·威查雅的曲折经历和非凡功绩。另一部散文作品《丹杜·邦格拉兰》也是一部有关古爪哇历史源流的神话故事，有意思的是，作者把印度教的湿婆大神和毗湿奴大神直接与爪哇历史联系起来，说爪哇开天辟地的第一对夫妻是湿婆大神亲自创造的，而毗湿奴大神还亲自下凡当了爪哇的第一代王。在著名的爪哇班基故事里，同样也可以看到印度主神被爪哇化的现象。把印度教的主神从传统的印度神话体系中抽出来将其改造成为爪哇人的主神。这种现象应该看做是爪哇文学进一步民族化的一种表现。当然，这个时期的文学创作仍受印度教的影响，湿婆大神和毗湿奴大神仍经常出现在作品里，但已日益脱离印度而融入爪哇的神话体系里。此外，文学语言的变化也应看做是爪哇民族化进一步发展的结果。这时，更为社会化的近古爪哇语取代了含大量梵文词汇的宫廷古爪哇语，使爪哇古典文学更扎根于爪哇社会而得到更大的普及，致使其爪哇特色和情调更加浓重。

若从最早的婆罗门教王朝算起，印度宗教文化对印度尼西亚的影响已有上千年的历史。而印度两大史诗对爪哇古典文学的影响从“篇章文学”算起，到麻喏巴歇王朝结束也有近五百年的历史。麻喏巴歇王朝是最盛也是最后的一个印度教——佛教王朝，随着麻喏巴歇王朝的覆灭，印度宗教文化文学的影响占统治地位的时代也就过去了（巴厘岛除外，那里至今仍信奉印度教），逐步为后来的阿拉伯伊斯兰文化文学所取代。然而，印度的宗教文化文学的长期影响已渗透到爪哇古典文学的骨髓，成为永远磨不掉的历史印记。

第四章 东南亚的佛教文学

第一节　佛教文学的由来与发展

据传，公元前6世纪印度迦毗罗卫的释迦族王子乔答摩·悉达多为摆脱人世间各种苦恼，在菩提伽耶菩提树下静坐思索，悟道得法，时年35岁。他成佛后，四处云游说法，自创佛教，组建僧团，直至80岁涅槃。后人尊称其为释迦牟尼，意即释迦族的圣人。释迦牟尼在世时主张用教徒们的方言传教。他本人传教时主要用的是摩揭陀语。在他涅槃后佛教徒弟子们为了共同忆诵他的教导以确定佛教经典，先后几次召集众多大德高僧举行结集。到了公元前3世纪第三次结集时，佛教经、律、论等三藏即佛教的典籍全集才真正定型。当时使用的仍是摩揭陀语。所谓“经藏”就是佛及其弟子宣讲的佛教教义；“律藏”就是僧团的规定与法则；“论藏”是对佛教教义的论证阐释。公元1世纪大乘佛教兴起，这一派的教徒弟子们又开始广泛使用梵语或混合梵语传教。这样才进一步形成了后来的两种不尽相同的佛教典籍全集——上座部教派即南传佛教的巴利文三藏（按斯里兰卡传统说法巴利文即摩揭陀文的别称，虽然学者们经过认真比较两种语言并不完全相同但人们皆称之为巴利文三藏）和大乘佛教即北传佛教的梵文三藏。而佛教徒僧侣们为了宣传自己的宗教，吸引人们信教，在编写三藏经文时往往非常注意语言的活泼生动，文体也常常不拘一格。这就是最早在印度出现的佛教文学。随着佛教的传播，其他一些国家尤其是佛教盛行的一些国家后来也出现了它们各自的佛教文学。当然所谓佛教文学并非一定是那些传经布道之作。有的作者在作品中明确地表露了佛教哲学观、世界观的也应纳入这一范畴。

佛教文学中的一些经典内容非常深奥、繁琐和晦涩，然而其中心主张还是明确的，那就是反对婆罗门教的种姓等级观念，倡导众生平等的思想；同时还反对愚昧，颂扬智慧，认为事物有其自身因果规律，不以个人意志为转移，含有一定的辩证思想。这些都表现了那个时代的一种进步思潮，反映了那个时代的历史发展、社会状况、经济生活、人文风貌、道德观念与思想意识的变化。尤其是佛教经典中为了阐明佛教教义而描述的一些故事更是提供了进行道德教育训诫的诸多例证，生动地表明了佛教的处世哲学。有的歌颂赞誉了善良；有的讽刺鞭鞑了邪恶；有的则嘲弄讥笑了陈腐，具有一定的现实意义。所以应当把佛教文学放在佛教发生发展的年代中去看，这样就可以了解为何时至今日佛教文学作品仍不失其文学鉴赏价值和社会价值，并一直成为一些国家文学史上相当重要的一个组成部分。

佛教本来只在印度境内传播。公元前3世纪印度孔雀王朝的阿育王统一全印度，立佛教为国教，独尊上座部教派。在华氏城命目犍连子帝须长老主持佛教第三次结集。结集后派了一批高僧分率九个僧团到印度各地和毗邻国家传教。其中分别派其子摩哂陀长老等到楞伽国（即今日斯里兰卡），派须那迦和郁多罗长老至金地国（即今日下缅甸和泰国南部一带），派摩诃勒弃多长老赴臾那世界（即今日缅甸掸邦、泰国、老挝等北部）弘法。上座部教派遂传入南亚各地和东南亚一带。

据上座部教派南传佛教经典《大史》等记载：公元前1世纪斯里兰卡国王伐多伽摩尼·阿巴耶（公元前103年—公元前77年在位）在斯里兰卡中部玛德勒小镇举行了第四次结集，重新安排佛教经典次序，用贝叶全文记录成第一部巴利文三藏经文，并用斯里兰卡当地的僧伽罗文写出了注疏。这也就成了流传至今巴利文三藏的原本。斯里兰卡从此也成了上座部南传佛教的中心。公元1世纪大乘佛教兴起后，印度境内的佛教主要成为大乘教派，佛经语言也改用梵文。

概言之，东南亚佛教发展的第一个时期是在公元前3世纪，那时首次从印度传入上座部教派。其传播路线先是自印度向南部的斯里兰卡，再从印度、斯里兰卡向东部的缅甸、泰国南部地区，随后又从缅甸、泰国南部地区向缅甸、泰国腹地以至柬埔寨、老挝等地发展，后来佛教逐渐衰落。

东南亚佛教发展的第二个时期是从公元1世纪左右开始的。1世纪以后印度一些王族后裔先后到东南亚一带创建新的王朝。其中第一个建立的就是在今日柬埔寨一带的扶南。随着这些印度王族的到来，婆罗门教、佛教又传入了这一地区。两教传入时并行不悖，佛教则以大乘佛教为主。尤其到了公元五六世纪以后，佛教在这一地区传播更盛。7世纪位于今日印度尼西亚苏门答腊的室利佛逝王朝就曾是一个大乘佛教的中心。大乘佛教从半岛地区的柬埔寨和海岛地区的室利佛逝再向东南亚其他地区迅速扩展。当时各种教派齐头并存，也包括上座部教派和密宗。这种情况一直延续到11世纪。

东南亚佛教发展的第三个时期是11世纪以后直至今日。11世纪中叶上座部教派首先在半岛地区的缅甸得以重新振兴。缅甸的蒲甘一度成了上座部教派的中心。随着缅甸政治势力的扩张，在11世纪末叶上座部教派也进入了泰国境内。13世纪泰国势力大振，不仅使泰国成了主要信奉上座部教派的国家，也使上座部佛教传入了柬埔寨和老挝，并成了两国的主要教派。可以说，到了13世纪以后，在东南亚半岛地区即中南半岛，上座部教派已占据主导地位。而大乘佛教仅在越南北部还拥有绝对优势，其他国家则只剩少数的信奉者。至于海岛地区即马来群岛地区，那里由于伊斯兰教和基督教广为传播，原有的佛教影响便急剧下降，信奉者日益减少，且主要信奉大乘佛教，这种情况一直延续至今。

随着佛教传入东南亚地区，与佛教有关的神话传说故事很早就传入东南亚并产生了很大影响。在佛教进一步传播后，该教的两种典籍全集——巴利文三藏和梵文三藏也先后传入东南亚地区。这里首先应提到印度高僧佛音（亦称之为觉音或佛陀瞿沙），他遵师嘱在410至432年间赴斯里兰卡求法，学习上座部教义，将斯里兰卡当地的三藏僧伽罗文注疏全部译成巴利文。晚年他将巴利文三藏并所译巴利文三藏注疏全部带回印度，在返回途中曾到过金地。从此巴利文三藏便开始传入中南半岛缅甸及泰国南部一带，后来又逐步传入缅、泰腹地和老挝、柬埔寨等国。此事影响非常深远，从公元五六世纪时开始，好些原尚无文字的东南亚国家就是借用了梵文或巴利文作为记载工具，才有了佛教文学作品问世。缅甸、泰国、老挝和柬埔寨诸国不仅在语言中吸收了不少佛经文字——梵文、巴利文的词汇，尤其是巴利文的词汇，而且通过所借用的文字开始积极发展自己的书面文学，使各国的佛教文学一直兴旺发达并占据主导地位。这些国家的佛教文学大多是从翻译注释佛教经典开始的，把它译成地道的本国文字，或者用本国文字进一步阐释佛教教义，以达到传教弘法的目的。

如：柬埔寨在上座部佛教传入后就曾兴起过一种“解经文学”。缅甸、泰国等不少文人也译过佛教文学名著，某些高僧则写了不少佛教经典的注疏等。后来形式更加多样化，有的作者或用散文、或用诗词体裁以佛经故事为素材进一步拓展发挥。其中有援例阐明佛教教义的，有假古讽今、借古喻今，顾此而言它的，使得这些国家的佛教文学呈现出绚丽多彩的民族特色。对本国佛教文学产生过长远影响的，具有代表性的作品有：泰国国王帕耶立泰于1345年写成的《三界经》、缅甸高僧信摩诃拉达塔拉于1523年创作的四言叙事长诗《九章》、老挝关芒梯十七世纪中叶所著寓言故事集《休沙瓦》、柬埔寨阿里雅基牟尼·朋于1856年著长诗《真那翁的故事》等。

越南佛教文学的发展情况则有所不同，越南的佛教是从中国传入的。在13世纪本民族文字产生之前，越南所借用的是汉语汉字，所以早期的越南文学是汉语文学。然而就在汉语文学作品中，仍可以看到不少属于大乘教派禅宗文学的作品。早在越南李朝（1009—1225年）时期，在1018年就曾派道清和尚到中国迎请三藏经，北传大乘佛教的三藏经文遂传入越南。随着佛教在越南的传播与发展，佛教也被立为越南的国教，一些名僧被封为国师，如：万幸法师。许多僧侣成了文坛的著名人物，如：满觉、卿喜、保觉等。但总的来说，越南的佛教文学远不如缅、泰等国发达。

大乘教派也很早就传入印度尼西亚了，8世纪位于苏门答腊的室利佛逝王朝一度成了东南亚大乘教派的中心，但可惜的是，至今仍未发现有佛教文学作品传世，只在少数古爪哇语文学作品中还能看到一些佛教影响的存在。

第二节 《佛本生故事》在东南亚

在东南亚影响最为深远的佛教文学作品是《佛本生故事》。《佛本生故事》又称作《佛本生经》或《本生经》，是南传佛教巴利文经藏五部中《小部》十五部经书的第十部经书。据传释迦牟尼在世向人们讲经布道时，常常联系到他自己一些前生故事。通过讲述他的前生——国王、婆罗门、商人、智者、天帝释、梵天等人或神，以至各种各样的动物所做过的善业功德的故事，来阐明佛教的基本教义——善恶有报，因果相应等。后来弟子们将他讲过的547个前生故事集中起来编成此部经书，实际上这些故事绝大部分都是早已在印度民间流传的寓言或童话。印度的各个宗教教派都曾利用其中一些故事把它改造一番写入各自教派的经典中，以便生动地宣传自己的教义，佛教创始者释迦牟尼也不例外。相传当时释迦牟尼讲法时用的是偈陀颂诗形式。后来经过他的弟子们追记注释才成了今日《本生经》。《本生经》每篇均由今生故事、前生故事、偈陀、注释和对应等五部分组成。《本生经》巴利文原文为“Jataka”，过去人们音译为阇陀伽，意即：佛的前生故事。可见前生故事部分最为主要，且这部分故事性最强。到了公元前3世纪，印度孔雀王朝阿育王在位时大力弘扬佛教，这些佛本生故事遂广为流传。当时建成的印度婆噜提大塔和桑其大塔周围石门上都有一些佛本生故事的浮雕，而且有的还标出了Jataka——《佛本生故事》——这一专有名词。547个故事篇幅长短悬殊甚大，内容纷纭庞杂，人物多寡不一。概括地说这些故事不外乎宣扬容让忍耐、乐善好施、斋戒有素、尽忠尽孝、大智大勇等高贵品质。547个故事中有人生357个、神生65个和动物生175个，人们常简称其为550个佛本生故事。但是如果仔细对比，可以发现其中有三四十个故事与前后其他故事相同或近似，所以实际其中只有故事500个左右。该书按每个故事中所含偈陀颂诗的数目多寡分成22卷；第一卷是独颂卷，各有一首偈陀颂诗，共有150个故事；最后一卷称之为大卷，每个故事都是含90首以上偈陀的，有10个故事，其中最长的两个故事竟各有1000首偈陀之多。不少人也经常把《本生经》最后一卷的10个故事与其他故事分列称之为十大佛本生故事。

随着南传佛教的传播，《佛本生故事》首先传到斯里兰卡。后又从斯里兰卡传往现在缅甸、泰国的南部孟族聚居区（古称金地）一带，进而传入缅甸、泰国、老挝、柬埔寨等国，再传到周边其他地区包括我国西南一些少数民族地区。当然当时大乘佛教也曾由印度直接传入海岛地区苏门答腊、爪哇一带，7世纪下半叶当地的室利佛逝王朝和后来的夏连特拉王朝都是著名的佛教王朝。某些《佛本生故事》也随之传至这些地区，公元9世纪建成的婆罗浮屠大佛塔上的一些浮雕就是证明。只是因为后来伊斯兰教在海岛地区盛行，原有影响及其痕迹随着时间的推移而逐渐消失。

《佛本生故事》传播的方式最早是口耳相传，讲经布道者为宣传佛教教义讲述这些故事。后来这些故事又被形象地表演出来，有的开始只是一种形象的造型，逐步形成了某些剧目。比如我国东晋名僧法显就曾记述过5世纪初他在斯里兰卡见到过的这种简单表演。他曾这样写道：“王使夹道两旁作菩萨五百身已来种种变现：或作须大拏，或作赕变，或作象王，或作鹿马。如是形象，皆彩画庄，壮若生人。”后来《佛本生故事》传到东南亚其他国家时也是如此。像缅甸当代著名作家吴登佩敏在他的一篇文章中就曾这样记述说：“我们小时候，每逢区里作佛事……还能看到大车剧。所谓大车剧就是每辆大车上表演一幕戏，四五辆大车就可组成一部戏了。可能是沿袭蒲甘时期佛塔中一块釉片砖画表现一幕，四五块砖画表现一部本生故事的方法，用到大车上了。”当这些国家书面文学出现以后，有的先后把《佛本生故事》译成为本国文字，有的则把这些故事变成文人们创作的素材，再创作出许多新作。我们知道东南亚最早的文字载体是贝叶，事实上这也是从印度传入的。贝叶不易长久保存，所以至今尚未见年代较久的这类出土文物。东南亚最早的文字记载当今只能从碑铭上见到。早期东南亚碑铭中有些是直接借用古印度文字梵文或巴利文镌刻的。后来东南亚各国的文字陆续出现，遂有了用本民族语言刻写的碑铭，其中最典型的是缅甸和柬埔寨的碑铭。缅、柬两国早期文学都称之为“碑铭文学”。碑铭文字都比较短小精炼，至今尚未发现有全文记述《佛本生故事》的。但是《佛本生故事》的影响却在这些碑铭中到处可见。从与这些碑铭同时或先后问世的壁画雕塑中，也可见到许多《佛本生故事》的内容。如：缅甸蒲甘现存的壁画文（写于壁画下方的简短说明文字）、佛像陶片文（将《佛本生故事》形象泥塑成砖块或制成佛像釉面砖下方也刻有简要说明）等更是一些直接的物证。

《佛本生故事》在缅甸、泰国、老挝和柬埔寨等今日仍主要信仰上座部佛教的国家中广泛传播开来，在这几个国家里既有巴利文原本，也有各自国家的全译本或节译本、缩写本，还有根据国情不同增删的改编本。说起550个《佛本生故事》，在这些国家真可谓家喻户晓、妇孺皆知。文人墨客、僧俗作家在古代创作文学作品时也往往取材于此。当然上述547个佛本生故事并非每个都是常被人所引用或被用作素材。缅甸古代诗人曾专门创造了一种描写佛陀故事的长篇叙事诗体——比釉。有学者曾对缅甸古代诗人们写过的所有比釉诗进行过统计，有趣的是那些比釉诗只与《佛本生故事》中60个故事有关。实际上缅甸文人们用各种文学形式描写或引用佛本生故事内容时也大多从这些故事取材，但并非547个故事个个都用，而常用的则更少。泰、老、柬各国的情况也是如此。最常用的是《佛本生故事》第547号，即最后一个故事《须大拏本生》，讲的是释迦牟尼前世曾是一位非常乐善好施的国王，他甚至把自己的儿女、妻子都施舍于人。早在缅甸蒲甘时期兴建的拍雷佛塔壁上有釉片佛像砖画，547个故事都标明了序号和名称，其中就有《须大拏本生》；劳加太班佛窟中也有描绘该本生故事内容的82幅壁画，下方都附了孟、缅文的简短说明文字。另外，在蒲甘时期的某些碑文中也写有愿将自己、妻子、儿女献给佛的内容，可见该故事对当时世人影响之大。后来缅甸不仅有这个故事的全译本，还有不同作者取材于这个故事写成的长诗四部，同时还有剧作。在泰国阿瑜陀耶王朝时，僧俗学者奉王命集体于1482年据此故事写出了著名的《大世词》，17世纪帕昭松探国王在位时为了能使人们更容易理解其内容又命大臣们再编写出一部《大世赋》。所谓“大世”就是指释迦牟尼成佛前最后的伟大一生。后来不少作家也根据这个故事的内容先后写出过许多诗作，被后世统称为《讲经大世诗》。泰国人习惯在做佛事时念颂此诗，认为谁能在一天之内连续听完这部本生，就积了大善，做了大功德。实际上人们不容易做，因为《大世词》、《大世赋》太长，很难连续听完。此外，542号故事《大隧道本生》讲的是：释迦牟尼前世曾是一位智者玛诃索德，他年仅7岁就能连续判明人们难于解决的19个疑难问题，于是被国王遴选为大臣，也常被人引用。老挝有一部广为流传的故事集《玛诃索德》，就是这部故事的改写。在老挝人民心目中玛诃索德这个名字也成了智慧的化身。人们互相祝福时也往往会说“祝您成为一个像玛诃索德一样的智勇双全人物”之类的话。

第三节　佛教文学对东南亚文学的影响

如上所述，东南亚的缅甸、泰国、老挝和柬埔寨等四国是南传上座部佛教最盛行的国家，那里的佛教文学曾一度独占鳌头。这是通过佛教的传播而实现文学交流和影响的直接结果。现在我们再从东南亚文学本身的几个方面来看这种交流和影响的深远程度。

一、语言文字方面的影响

从历史上看，早在东南亚各国文字产生之前，佛教已传入东南亚地区。最早东南亚各国曾借用过梵文、巴利文作为记载工具并创作过一些佛教文学作品。所以当这些国家的民族文字和书面文学出现时，可以看到其中有不少梵文、巴利文的借词，还有一些词汇是通过对梵文、巴利文词汇意译后变成它们自己民族的专用词汇。不仅如此，随着印度佛教文学的广泛传播，一些佛教文学名著中的人物或故事也就成了典故，如：《须大拏本生》中须大拏（或译成维丹达亚）这个名字已成了慷慨之人的代名词；《大隧道本生》中玛诃索德（此系音译，原意大隧道）这个名字已成了智者的代称等等。再如不少成语或俗话也是从佛教故事演变而来的。今日缅甸语中有“把刀柄递给强盗”这样的成语，意为当内奸，是源自《佛本生故事》第374号。类似成语不少，如“说是猫善人，拉的耗子屎”，意指伪善者，源自《佛本生故事》第128号；“不要以为有峰的就是好公牛”，意即不要以貌取人，源自《佛本生故事》第232号；“做郭达拉王之梦”，喻自己处于不利处境，源自《佛本生故事》第77号；“打碎神锅”，喻挥霍无度而一贫如洗，源自《佛本生故事》第291号等等不一而足。

二、文体学范畴的文学创作手法方面的影响

人们最早翻译佛经采取原文和译文相间的办法，即使是译一句话，也是按词分译后，再把它们连缀在一起成为一句译文。所以一般人在读佛经的某种文字的译文时，往往不知所云，相当费解。只有了解这一规律后才能逐步适应。上述东南亚各国古译佛经经文无不如此。后来出现的一些所谓“解经文学”也往往是原文与注释相间写成的。如上文提到的泰国《大世词》就是用这种办法写成的，对一般人来说比较难懂，所以后来帕昭松探国王下令让大臣重写，于是由《大世赋》取而代之。缅、泰、老、柬各国语言中至今仍有不少梵文、巴利文的借词，尤其是佛教词汇，仔细分析有些词现在看本来是一个词，但它的一半是梵文或巴利文的音译，而它的另一半则是意译部分，也说明了这种影响的存在。

上述东南亚几个国家古代作品中都有一种韵散杂糅体，即用韵文与散文相间行文，甚至散文部分就是韵文部分的进一步诠释与补充，这一点也与《佛本生故事》有着密切关系。众所周知，巴利文《佛本生故事》原典中只有“偈陀”一个部分。所谓偈陀就是颂诗，描述每个故事的偈陀长短不等。实际上那些偈陀只是所述故事的梗概或关键之所在。传道弘法的高僧只要记颂若干颂偈陀，就可临场发挥讲明该故事的内容。传到斯里兰卡后才开始出现僧伽罗文的注释本。到5世纪佛音长老到斯里兰卡求法才译成今日传世的含韵散两部分的巴利文《佛本生故事》。这种韵散杂糅文体的作品在上述诸国古代文学作品中可以很容易地举出许多实例来，就是在近现代文学作品中也不乏其例。典型的一例是缅甸现代著名作家德钦哥都迈。他曾独创了一种称之为“注”的杂文体。诸如《洋大人注》、《猴子注》、《狗注》、《孔雀注》、《罢课注》、《咖咙注》等，分别用来讽刺洋人、英殖民主义者、卖国求荣的走狗，歌颂民族精神、反英罢课运动、抗英农民起义等。这一系列“注”闻名于缅甸文坛，是一批反映20世纪初叶缅甸独立运动的爱国主义名著，都用诗歌和散文相间写成，乃名副其实的韵散杂糅体，受到人们高度评价。

再有，从文章的结构方式来看，采用的是“框架式”或“连串插入式”，即故事中套故事，一个故事引出另一个故事，或者是有着某种联系的系列故事。虽然这种结构方式当今在世界各国文学中大多能找到，但是如要追本溯源，其源头无疑在印度。而印度故事文学中成书最早的就是《佛本生故事》。这种文章结构方式通过各种途径才传遍世界各地，也传到了东南亚各国。用这种结构方式写成的东南亚文学作品中最典型的例子是《清迈五十本生故事》（另有专章论述）。其他例子还很多，如上文提到的老挝著名故事集《休沙瓦》和柬埔寨著名古典长诗《真那翁的故事》都采用此类结构方式。

其他佛教文学的创作方法有的也影响到东南亚。佛教经典中不少是关于道德标准的教诲。《法句经》就是一部格言诗集。这类格言诗句的写法也影响到这些国家。泰国著名的《帕銮箴言诗》就是此类格言诗的代表；缅甸古代曾盛极一时的书信体诗文——密达萨也明显受此影响。印度古代诗歌包括《佛本生故事》等在内都常用假托飞禽捎书带信的形式抒发胸臆。在其影响下，斯里兰卡在14至16世纪曾出现过大量的“禽使诗”。在缅甸古代也有作家写过不少“鹦鹉信使诗”，在印度尼西亚则有《威烈达珊查雅》，以大雁作为信使。

三、主题学范畴的创作思想方面的影响

众所周知，佛教的基本思想是因果轮回，善恶有报。这种佛教的哲学观、价值观也通过佛教文学的发展与传播，影响到这些国家的文坛。例子俯拾皆是，在古代尤为明显。虽然在缅甸、泰国、老挝和柬埔寨除了佛教文学外还有宫廷文学或世俗文学，但是这些类型的文学也无一不受到佛教思想的直接影响。比如老挝古代文学中诗体小说是世俗文学中一种相当重要的文体，描写的内容大多是爱情、英雄业绩等，但是在表述为人处世的道理时无不贯穿佛教的观点。像普塔可萨占的《祖父教孙子》、乔东达的《孙子教祖父》、因梯央的《因梯央教子》等里面都充满着佛教的哲理和训诫。

这种影响还一直延续到近现代文学。比如19世纪末叶缅甸的第一部近代小说《貌迎貌玛梅玛》其基本情节是取自法国大仲马的《基度山伯爵》，但所表现的主题思想却完全不同。《基度山伯爵》宣扬的是复仇雪恨，这与佛教思想相悖。而《貌迎貌玛梅玛》则以歌颂向善、宽恕恶人为出发点，宣扬善恶各有报，一切都是因果报应。作者在该书的开头写道："故事发生在（贡榜王朝）沙耶瓦底王至蒲甘王在位期间。故事是真实的，而且很像菩萨的过去生、萨那伽王的经历，在遇到重大灾难的时刻，能够像个真正的男子汉那样坚韧不拔地奋斗。最后不仅可以摆脱苦难，而且到一定的时候还会发财致富，并与久别的从小相亲相爱的情人重新团聚。这是所有渴求知识的人和良家子弟所应知道并值得记取的。"由此可见，作者是有意识地把《佛本生故事》第539号《摩诃萨那伽本生》中的萨那伽王作为榜样，将主人公貌迎貌写成那样一个真正的男子汉。在缅甸的一些当代作家中，佛教的哲学观和价值观仍然表现得十分突出。例如最受欢迎的女作家之一摩摩茵雅，她的许多作品就充满佛教哲理和宗教色彩。她自认的最佳小说《玛杜丹玛莎意》中的主人公就是一位两次削发为尼、两次蓄发还俗、命运多舛的妇女，最后还是以舍弃尘俗出家修行作为脱离苦难的唯一出路。在泰国也有类似的情况。1900年开始出现第一部西方现代小说的翻译作品《复仇》。因为这部作品宣扬的复仇思想与佛教思想相悖，不久便出现泰国作家自己写的第一部现代小说《解仇》，与《复仇》大唱反调，《解仇》极力宣扬的是佛教的忍让和宽恕精神，引起了社会的各种反响。

总之，佛教思想一直是上述国家文学创作的指导思想，影响着作家创作时

的主题取向。但应当指出的是，在文学创作中，上述国家所体现的佛教思想都已民族化。作家是结合本地区、本民族的人文、社会乃至地理环境进行创作或者再创作的。普遍性的佛教哲学观和价值观在各国的具体表现各有不同，因为都已融入各自民族的精神文明传统并形成了定势的思维模式。因此当遇到与佛教思想相悖的外来作品时，本国作家往往会作出反应，从本国的实际出发，或把该作品的主题思想加以修改，使之变成与本国的佛教思想相符合，或另写一部作品，以反其道的方式否定该作品的原主题思想，以维护本民族传统的佛教思想。

第五章 清迈五十本生故事在东南亚

第一节 《清迈五十本生故事》的流传

清迈五十本生故事在泰、老、柬、缅等东南亚佛教国家，甚至在我国西南傣族等少数民族聚居区、南亚的斯里兰卡等地都有流传，其中个别故事传播更广。该文集原稿的写法、结构与源自印度的《佛本生故事》一样，也包含了今生故事、前生故事、偈陀、注释与对应等五个部分。《清迈五十本生故事》并非源自印度的佛典，只是由清迈一僧人效仿《佛本生故事》用巴利文创作出来的赝品。所以组织了第五次佛经结集的缅甸贡榜王朝的敏东王（1853—1878年在位）曾下令将流传于缅甸境内的《清迈五十本生故事》文本作为伪经付之一炬。

该文集作者的真实姓名与生平虽至今仍未能考证清楚，但各国说法一致，即由清迈一高僧用巴利文所著。成书年代则众说纷纭，苏联学者弗·柯尔涅夫认为最早的手稿可能是1589年老挝寺院中的文本。但是从泰国今日流传的早期神话可以看到不少与该文集故事相同的地方。缅甸早在蒲甘王朝1265年镌刻的一方《固达达牟蒂碑》的21—22行上的咒词中已写到："但愿其在人世间受到东帕梅达王与妻子儿女分离之苦。"（按：东帕梅达本生故事正是《清迈五十本生故事》之一）从这些实例来看，足以肯定《清迈五十本生故事》成书年代远早于16世纪后期。当然目前已发掘到的版本大都为较后一些时间的抄本。这大概与东南亚一带各国人民古代所用的文字载体都是贝叶，后者难以长久保存之故有关。据世界各国学者作过的考证，已知有：老挝塔銮寺院版（1589

年）、泰国拉康寺院版和阿仑寺院版（年代不详）、缅甸曼德勒地区逝多林寺院版（1807年）等。目前留传于各国的译本出版年代则更晚。如缅甸国内现有1911年版，泰国则为1923年版等等。该文集中的故事以泰国清迈为中心传往东南亚一带，甚至更广的地区。其中不少故事又作为再创作的素材，反复多次为各国文人所用，创作出了不少各国的各种文体的佳作，甚至是经典性名著传诸于世。但该文集各种版本之间差异较大。版本之间进行比较，可以发现：有些故事相同，有些故事主要情节一致，有些故事则迥然不同，毫无相似之处，且故事先后排列顺序不一，甚至该文集虽名为《五十本生》，有的版本所含故事却非整整50个，有的甚至远远超过50个而多达61个。故事流传的范围也令人不解，有的在各国广为流传，有的只在若干国家内传颂，有的则仅囿于某个国家或地区内为人所知。

在泰国，人们熟悉的许多早期神话故事，经考证皆可见于《清迈五十本生故事》文集之中。目前除发现有上述拉康寺院与阿仑寺院抄本外，还有1923年由帕松玛莫欧姆拉潘汇编出版的《清迈五十本生故事》泰文版。长期以来这些故事也成了泰国佛教文学所采用的创作素材来源之一。不少文人，包括一些名作家都用其中某些故事内容进行再创作，藉以警世诲人，其中不乏传世之作。比如《清迈五十本生故事》中的《萨姆塔寇本生》故事内容就曾由帕玛哈拉查克鲁、帕纳莱和波拉玛奴期期诺洛等三位著名诗人先后续写，历时200年，于1840年完成了一部长篇故事诗，被誉为泰国“堪禅体诗歌之冠”。

在老挝，《清迈五十本生故事》流传也很广。有的学者推断《清迈五十本生故事》作者本人就是一位在清迈的老挝僧侣用巴利文写成的。苏联学者弗·柯尔涅夫认为在《清迈五十本生故事》的一些人所共知的手稿中，最早的手稿仅有6个故事，是在老挝寺院写出来的。另据一些学者实地考察，老挝的一些寺院壁画中就有《召树屯》故事情节的形象写照。在老挝，人们常把该文集中的《召树屯》与《十二姐妹》两个故事编织在一起讲述。这些都足以说明，《清迈五十本生故事》中的一些故事早已在老挝广泛流传。

在柬埔寨，《清迈五十本生故事》也流传甚广。甚至有些地方竟与一些故事直接挂上了钩。如：金边王宫前的一座小山，有人就说是十二姐妹被挖掉眼睛后投进的那口井的所在地。柬埔寨的洞萨里湖湖边也有一些地方的名字就是为纪念那个故事的主人翁而命名的。对柬埔寨古代文学中佛教文学部分作深入考察，就可发现不少名著，如《索昆唐王子的故事》、《格龙苏皮密特》、《少年波果儿的故事》、《加姬王后》等，其素材均取自这本文集。

在缅甸，《清迈五十本生故事》传播既早又广。上文已讲到在1265年缅文碑刻中，已有该文集个别故事内容出现，证明这些故事早已传入缅甸，为众人所熟悉。以后在缅甸彬牙王朝萨杜英格勃拉大臣（15世纪中叶）所写《格言》中即已出现这样的名句：“不要娶离过两三次婚的女人，不应交还过两三次俗的和尚。”实际上这也是出自清迈五十本生故事中的《杜甘玛亚扎本生》故事。阿瓦王朝僧侣诗人信埃加达玛底（1439—1552年）用540号佛本生故事部分情节写成一首题为《射箭》的比釉诗（一种长叙事诗），其中也夹用了清迈这部文集中《杜达努本生》、《达塔达努本生》的部分故事内容。东吁王朝著名诗人卑谬纳瓦德基（1498—1588年）用杜达努本生故事中女主人公玛娜哈意为题写成一首比釉诗。到了良渊王朝时，诗人巴德塔亚扎（1684—1754年）更是直接用了《清迈五十本生故事》中几个故事的素材写成《杜沙》、《恩情》、《玛娜》等比釉诗和《红宝石眼神马》剧本。间接受到清迈这部文集影响的就更多了。比如：写于1760年前后的神话畅想小说《宝镜》，剧作革新家吴金吴（1773—？年）的一些源自神话素材的剧作等等。直到现在，还有人借鉴该文集中某些故事，编成戏剧搬上舞台，缅甸现代闻名遐迩的戏剧大师吴盛格东就是其中的一位。

第二节　《清迈五十本生故事》中几个典型故事的比较

顾名思义，《清迈五十本生故事》主要是与佛教教义积德行善联系在一起的，以此来弘道布法。拿其中的一个故事《沃丁古利本生》为例（按巴利文原意为《手指轮回本生》，泰文版为第20号故事，而缅文版则为第37号故事），该故事有两种文本，所述故事情节差异不大。话说从前因古利国有名富商，造了一艘大船与千名商人一起出海经商。在到达一座岛屿时，发现当地庙宇中有一尊佛像断了一根指头。他把佛像手指精心修复了，并给当地一位妇女一些钱财，请她经常向佛像供奉香火。由于积此善行，富商死后投生成了波罗奈城的王子。而随他出海经商一起行善的千名商人也分别投胎到该城众大臣家中。王子即位为王之后，千名商人投生而来的众人也成了侍奉他左右的大臣。当时有一百零一个国家的君主集他们全部力量，举十八路大军前来攻打波罗奈城。来者声势浩大，王子却未带一兵一卒，只身一人出城迎敌。只见王子伸出手指比划了一番，一百零一国的君王与将士皆大恐，四散溃逃。最后各国皆表示对波罗奈国永远纳贡称臣。很明显，这个故事情节并不曲折，但确实是个典型的佛经故事，目的也显而易见，在于规劝人们行善积德，以求来世享用福果，说明积什么善因，定会获什么善果。

从受欢迎的程度来看，这部文集中传播更广、影响更大的是那些更富人情味的、情节曲折和引人入胜的一些故事。下面我们再举几个实例来谈。

清迈五十本生故事中传播范围最广的一个故事首推《杜达努本生》（按巴利文原意也可译为《善财本生》，全篇故事原文为103颂）。话说从前在北潘查拉国为王的是阿蒂萨温达。王后山达黛维生下一王子。王子出生时皇城四面自然冒出四只装满金子的金罐，因此王子命名为杜达努（意即：善财）。王子生得一表人才，长大成人后练就一身好本领，精通弓箭骑术。在京城东边有一大湖，湖中有一名叫瞻部塞达的龙王。龙王护佑着这个国家风调雨顺五谷丰登。在北潘查拉国东面，与其接壤的是大潘查拉国，在那里却闹着饥荒，百姓纷纷逃出了该国。大潘查拉国国王命一婆罗门作法去将瞻部塞达龙王抓来为自己服务。龙王闻讯后求一猎人设法保护他。猎人杀死了前来作法拘捕龙王的婆罗门，龙王为了谢恩，将猎人带回龙宫游玩七日并赠其无数珍宝。还许诺猎人如有需要时，一定鼎力相助。一次猎人狩猎时发现林中一景色秀美的池塘，询问林中仙人得知住在给洛达山顶的杜玛律大王七位紧那意（一种鸟身人面的仙兽）公主常飞来此处沐浴玩耍。猎人想捉住一位紧那意公主献给杜达努王子。猎人向龙王借来了龙索捉住了七公主中的大公主玛娜哈意，将她带回，献给了杜达努王子。王子与公主成婚，幸福美满。边关发生叛乱事件，王子奉王命出征平叛。国师婆罗门蛊惑国王杀死玛娜哈意祭神以解国家之难。玛娜哈意只好逃走飞回自己的国家。王子凯旋回朝不见爱妻，决意出宫寻找，历尽千难万险，用了七年七月七日终于到达给洛达山顶，找到了玛娜哈意。俩人团圆，双双返回北潘查拉国。泰国神话故事《帕树屯》实际就是上述故事的翻版。基本情节一致，只是人物的名字与地名略有差异罢了。在泰国还有一种说法和老挝的传说一样。老挝把这个故事称作《召树屯》，是把清迈五十本生故事中的两个故事编织在一起，把上述故事男女主人公说成是另一故事《十二姐妹》中两个主人公的转世。在缅甸，《杜达努本生》故事也是流传较早和较为广泛的一个故事。早在阿瓦王朝时期，信埃加达玛底就曾把这一故事和《佛本生故事》540号的部分情节编在一起写成过一首名诗《射箭》。到东吁王朝时期，另一诗人卑谬纳瓦德基又用这个故事女主人公的名字为题写成《玛娜哈意》比釉诗。良渊王朝诗人巴德塔亚扎也以此故事为素材于1741年写成《杜沙》比釉诗。但略有不同的是，女主人公的名字变成了杜沙，她是山神七个女儿中最小的一个，为了爱情主动放弃了舒适的天国生活，来到人间与杜塞达亚扎王子结合，并生有一子。故事后半部的情节与上述本生故事相同。诗人写这部作品非常成功，描写细腻典雅，一直为后人称道。在柬埔寨，1804年诗人翁萨拉本·侬用这个故事的素材，创作了一首高棉文长篇故事诗《少年波果儿的故事》。故事说的是一个出身贫寒的少年波果儿，天帝释因陀罗非常同情他，使一海岛公主与他婚配。婚后二人感情甚笃，生活美满。国王对此嫉妒万分，遂抓走了波果儿。公主无奈逃回了海岛。波果儿回到家中不见爱妻，心急如焚。他经历千难万险，渡海寻找公主，经一巨鸟引路，到达海岛。正值公主沐浴，波果儿暗中将戒指放入公主沐浴用的水罐。公主知道波果儿来了，二人重新团聚。最后波果儿带着公主返回自己的国家，波果儿当上了国王。这部长诗也成了柬埔寨流传至今为众人所熟悉的名著。另外，应该指出的是，这一故事还远非仅在东南亚地区流传。在我国少数民族当中，藏族、蒙族、傣族等都有类似故事流传。尤其在傣族聚居区，这个故事经过长期辗转流传，形成了许多异文，有：《召树屯》、《召树屯与楠吾诺娜》、《孔雀公主》、《楠兑罕》、《召洪罕与楠拜芳》、《召西纳》等。其中有故事，也有叙事长诗，在现代还被改编成木偶戏、舞剧、电影等，深为那里的广大群众所喜爱。

《萨姆塔寇本生》（按巴利文原意可译为《海声本生》）也是深受欢迎的一个故事。该故事说的是，从前在梵天城孁图塔达为王，生一子，因该王子出生时大海发出巨响，故取名为萨姆塔寇达。王子16岁成年时已学会十八般技艺，加之一表人才，故远近闻名。当时兰玛普罗城主有一公主名为孁图玛迪，天生丽质，貌若天仙。公主听说萨姆塔寇达王子才貌出众，便产生爱慕之心，渴望与其相见。一次兰玛普罗城主拜祭神坛，公主借机参拜，并祝祷众神能佑她与萨姆塔寇达王子结成秦晋百年之好，若能如愿将重修神坛。萨姆塔寇达王子出巡，遇从兰玛普罗来之四名婆罗门，得知颦图玛迪公主美貌出众招引了众多王子前往求婚的消息，于是也决心到兰玛普罗城去。后兰玛普罗城主被萨姆塔寇达王子美妙的琴声所迷，遂将女儿许配给他。王子公主成婚后过着幸福美满的生活，于是重修神坛还愿。一次两位仙人因为口角打将起来，其中一位受重伤倒在御花园中。王子为他治愈了伤。仙人为表示感谢，将一把可以腾云驾雾飞天的魔剑赠给了王子。王子与公主带上魔剑飞往大雪山去玩。他们在一块宝地酣睡休息时，一位仙人拿走了他们的魔剑。醒来后王子公主只好继续徒步前行，艰难万分。在过大海时，没有船只，二人只找到一根枯树干，乘它过海。途中遇大浪，把树干一劈成二，使二人就此分手。公主遇到一漂来的竹筏，乘竹筏到了岸边。她抵达一座城市之后，用自己的红宝石戒指换了钱，请木匠修了一座七层阁楼，并请画工把自己生平经历画成几幅图画，画在楼中墙上。她请每个来到阁楼的人赏画进食。再说王子在大洋中落难，天帝释为此对护海女神百般呵斥。这些话被偷走魔剑的仙人听到了，知道自己错偷了贵人的宝物，慌忙把魔剑送回王子手中，并表示歉意。王子有了魔剑便飞回岸边，打听妻子下落。王子到达公主所建七层阁楼处，看到楼中画，百感交集，凄然泪下。王子公主团圆，双双返回家园。这个故事在泰国各族人民中广泛流传。帕纳莱国王25岁生辰时，举国庆贺，国王希望将这个故事写成诗歌为皮影戏演出时配音，帕玛哈拉查克鲁奉命执笔，但未完成便故去了。帕纳莱国王觉得有头无尾非常遗憾，亲自动手续写，也未完成即驾崩。又过了160余年，曼谷王朝三世王时，波拉玛奴期期诺洛亲王又动手续写，于1840年终于写成了泰国的一部长篇名诗。该诗先后经三位诗人历200年之久“接力”完成。续写的作者继承了前者的风格特点，又力图超过先人，创作态度严谨，精益求精，所以全诗整体和谐，风格一致。被人称之为“堪禅体诗歌之冠”。同样，泰国另一位著名诗人西巴拉（约1658—1693年）写的叙事长诗《阿尼律陀》所用素材也源自《萨姆塔寇本生》，只是有些情节略有不同罢了。泰国还曾把这个故事搬上舞台。缅甸，除在缅文版《清迈五十本生故事》中列于第6个故事，叙述甚详外，据考有作家也曾以这个故事主人公萨姆塔寇达王子为名写过一首比釉诗。后来贡榜王朝词曲创新作家妙瓦底敏基吴萨（1766—1853年）又写过《萨姆塔寇达》剧并配了词曲。

《东帕梅达本生》故事也很闻名，讲的是：从前东帕梅达王在赞巴城为王，其弟拟篡位，王得知后，怕这样会造成无辜生灵被杀戮，遂决心只身弃国出走。王后知王心意，也决心带二子随王一起出行。在到达一河边时，国王无力将王后、王子一起带过河去。遂将二王子安顿在岸边后，先泅水带王后过河。当国王返回原处时，两位王子已被两位渔夫抱走不知去向。国王痛心不已。当国王再泅水到达对岸找王后时，王后又被一过路商船船主带走。国王失去三位亲人非常难过，到达咀 叉始罗城后便在一花园中昏昏睡去。时值旦叉始罗城国君病逝，无子嗣。大臣们派出神车寻找继位嗣君。神车在王昏睡处停住，遂被带回旦叉始罗城继承王位。后来两渔夫前来献宝，并将两王子也献予国王。国王虽未认出是自己亲子，但安排在左右好生照料。船主带走王后以后，虽然多次想收王后为妻，但因天神佑护一直难以近身。一偶然机会，二王子外出遇母，母子重逢相认非常亲热。船主在国王面前诬告两王子拟对自己妻室不轨。国王闻言大怒，命人去斩两王子。后听贤臣相劝，召见两王子问明原委，才得以与王后、两王子重新团圆。这个故事传入缅甸甚早，如上文所述早在1265年缅甸一方碑铭上已有此故事出现。在柬埔寨这个故事也流传较广，虽然在柬埔寨高棉文本的《清迈五十本生故事》和缅甸文本中这个故事的序号不一，但内容几乎完全一样。而且在1798年由诗人高萨特巴蒂·高以《格龙苏皮密特》为题写成了一部长叙事诗。原来的故事情节在诗人的笔下又得到高超的艺术加工，非常成功。全诗语言优美，生动感人。既保持了高棉古诗的风貌，又使柬埔寨读者深切感到诗人独特的创新，成了柬埔寨文学史上一部占有重要地位的名著。

流传很广的还有《达塔达努本生》（按巴利文原意即《七箭本生》），其故事如下：话说从前波罗奈国大梵授为王，王后给达尼和一万六千王妃皆未生子。王和王后祈告神灵求赐一子，感动上苍，天帝释化作一鹰叼来一枚枣子，王后食后怀孕。王后顺手将枣核掷于地上，被一老母马吞食，母马遂也怀胎。王后生下一王子，被命名为达塔达努（意为七箭），长大后精通箭术，无人能比。母马生了一匹有红宝石般眼睛的神驹，能腾空飞天，日行万里。王子16岁时，老王驾崩。登基之日，王子骑着红宝石眼神马腾空飞天而去。神马带着王子飞到了另一个国家，该国国王膝下有一美貌公主名叫西拉巴芭。神马带王子飞入公主寝宫。王子公主倾心相爱，二人暗结良缘。不久被老王发现，将王子召至御前，命其演示箭法，王子每射出七箭，皆能按老王要求射中。王大喜，遂同意王子与公主正式婚配。王子公主生活美满。一日，王子思念母后，决意返回故土。公主要求相随。王子公主乘红宝石眼神马飞回故土途中经魔王之林，红宝石眼神马不敌魔王功力被俘，王子公主则逃出徒步前行，乘船渡海，船破二人分离。王子到达魔王之妹魔女统治之岛，上岸后巧遇少时相识之表妹，随后又遇魔女，先后又与表妹、魔女成婚。通过魔女关系从魔王处骗回红宝石眼神马。王子乘神马又找到了公主，返回故土，与母后见面。后又将表妹与魔女接回宫中，登基过上了幸福生活。这个故事在泰国人民中广泛传颂，是一则著名神话，名之为《帕素塔努与娘吉拉巴帕》。这个故事传入缅甸也较早，阿瓦王朝时期已有诗人将此故事部分情节写入诗中。到了良渊王朝时期，诗人巴德塔亚扎曾先按这个故事情节写过一篇叙事长诗，后又以此为素材写成了缅甸文学史上的第一部剧作《红宝石眼神马》。

《加姬王后的故事》也是《清迈五十本生故事》之一。但是缅文版《清迈五十本生故事》中却未见这个故事。故事说：从前波罗奈城一国王有一水性杨花貌若天仙的王后，名叫加姬。国王嗜棋如命，非常喜欢与人对弈。一只金翅鸟迦楼罗变成一英俊少年前来与国王下棋。金翅鸟与加姬相遇，一见钟情，携加姬王后飞回天宫。但每日仍来到王宫陪国王下棋。国王心中疑惑遂派谋臣设法探寻加姬下落。谋臣化作鸟虱，藏在金翅鸟翅下，来到天宫。谋臣借金翅鸟飞往王宫陪国王下棋之时，在天宫也与加姬情意缠绵地暗度陈仓。后来谋臣又藏在金翅鸟翅下返回王宫，当着国王和金翅鸟之面，弹奏一曲，唱出加姬的下落和隐情。金翅鸟见真情败露，遂将加姬送回。国王嫌弃加姬之不贞，将她放在木筏之上，任其漂流而去。此后，加姬又先后嫁给商人、海盗和王子。国王驾崩，他的谋臣继位为王。这位昔日的谋臣今日的国王又想起与他情意缠绵的漂亮的加姬王后。为此这位国君与那位占有加姬的王子发生了战争。国君得胜了，加姬又回到了他的身旁，过上了幸福安宁的生活。故事似乎意在喻对君王不忠者必遭恶报，鞭笞对丈夫不贞的荡妇淫娃。但并未能赋予加姬一副可憎可鄙之面孔。在客观上却向读者展示了一个被上层社会百般玩弄多次遗弃的可怜女性的形象。这个故事在流传过程中似乎大多只讲到金翅鸟送回加姬，国王将她流放为止。在泰国，著名诗人昭披耶帕康在曼谷王朝一世王时期（1782—1809年）写过一首故事诗《加姬》，该诗也写到加姬被放逐而止。全诗篇幅不长，但词句优美、韵律和谐、形象鲜明、寓意深刻，是泰国文学史中的一篇佳作。在柬埔寨，流传的这个故事内容大体相同。也被乌栋王朝一位著名的国王安东改写成一长篇叙事诗，名为《加姬王后》，完成于1813年。故事也是写到国王将加姬置于竹筏之上流放、加姬落入滚滚江水之中而结束。该诗记事叙人生动活泼，想象丰富且颇具哲理，也成了柬埔寨文学史中一篇传世之作。

《清迈五十本生故事》中还有不少非常生动的故事，其中有些就是泰国的著名神话故事。当然有的故事一些情节也有着各种各样不同的说法。如上文曾提过的一个名叫《十二姐妹》的故事，讲一人得十二个女儿，因无力养活她们，把她们放逐林中。她们被女夜叉收留。十二女后来逃走，被国王立为王妃。夜叉前来化作美女迷住国王。使国王听信女夜叉的谗言，将十二女全部挖掉眼睛，打入冷宫。十一女的眼睛被挖掉，只有小妹瞒过了刽子手，保留下来一只眼睛。小妹生之一子若干年后长大成人，女夜叉又设计想害死小妹之子，叫他带封信交给自己的女儿小夜叉。信中写明：这个年轻人到了你那里就把他杀掉。一修道仙人为他把信改写成：这个年轻人到了你那儿就嫁给他。青年与小夜叉结合了。青年在夜叉国发现了母亲和姨妈们的眼睛。青年偷回这些眼睛使母亲和姨妈们重见光明。小女夜叉悲痛而死，老女夜叉也气绝身亡。国王悔悟，十二王妃复位。这也就是泰国的著名神话故事《帕罗森与娘刚丽》。

清迈五十本生故事文集中的《金色的海螺》故事也就是泰国的神话故事《桑通》。一位王后生下了一只金色的海螺，国王受一王妃挑唆将王后与海螺一起逐出王宫。后来海螺内走出一个小王子桑通（意即金色的海螺），国王得知又听信谗言将桑通投入大海。桑通在大海魔宫中长大，且得到了几件宝物，返回人间寻母。恰逢国王正为七位公主择婿。桑通成了小公主的驸马。在天帝释因陀罗的帮助下，桑通的父王也受到因陀罗的点拨，处决了进谗的王妃，将桑通之母重新接回宫中。桑通又继承了父位，遂成为两国之主。泰国曼谷王朝二世王菩陀勒拉（1736—1809年）就曾据此创作了生动、活泼、诙谐的宫外民间诗剧《桑通》。

再如《老虎与牛犊》的故事，也就是泰国的神话故事《卡维》。泰国帕纳莱国王在位时，帕玛哈拉查克鲁曾据此写过一首《舍阔》（意即虎与牛）堪禅诗。泰国曼谷王朝二世王又据此写成过诗剧。故事说从前有一只老虎与一只牛犊和睦相处，亲如手足。一位仙人深受感动，遂将两者点化成人，虎为兄，牛为弟。二人随仙人习文练武，功力大增。艺成后二人下山，约定有难将相互救助。在摩揭陀国，弟杀死魔怪被招为驸马，弟让驸马之位和美貌公主予兄，继续前行。弟又在另一国中杀死了魔鸟，救出了另一位公主，与公主成婚。另一国老王为夺得与弟成婚的公主，施魔法将弟置于死地。虎兄得知后，救活了牛弟，烧死了老王。弟与公主重新团聚，在该国即位。这个故事似乎意在歌颂忠诚与友谊。

通过这部文集上述一些典型故事的比较，我们可以得出以下结论：

一、《清迈五十本生故事》的作者模仿了印度本土出现的《佛本生故事》的结构与写作方法。内容大都宣扬一个中心思想，即：佛教的轮回无常，善恶有报。且故事中出现的地名、人名皆托用佛经中常见的地名、人名。可见源自印度的上座部佛教文化对泰、老、柬、缅等东南亚国家文化底蕴的影响非常深远。

二、众所周知，成书于公元前3世纪的印度《佛本生故事》中共包括547个故事。传到各国的传本都比较统一，内容一致。甚至序号都完全一样。虽然《清迈五十本生故事》成书时间肯定晚于《佛本生故事》，且晚了许多，但是流传至今的传本颇多，很不统一，故事数目不完全一致，甚至故事前后的顺序也不尽相同。这说明文集所含故事原系民间传说，尚未经文人反复加工，形成较固定的内容与模式。若进一步分析，便可肯定这些故事本身源自今日泰国清迈附近一带，与源自印度本土的《佛本生故事》在内容、艺术手法等方面皆有所不同。所以这些故事虽然貌似源自印度，连人名地名也一样，但在东南亚各国流传过程中，当地人们大多并没有认为是外来故事，而认定是地道的本地神话故事。当然，即使我们发现东南亚一带各国的某些神话、故事与《清迈五十本生故事》中所述雷同或近似，也难以判定何者出现在先，何者出现在后；何者为源，何者为流。

三、这些故事反映了东南亚一带各国的社会风貌、阶级矛盾与人们的价值观、道德观和美好的遐想。所以其中不少故事的情节成了各国文人瞩目的再创作素材。而各国作家利用这些素材再创作的作品，实际上又经历了一个进一步民族化的过程。所以，有关这些故事的各国不同体裁的作品，又体现出一些不同的民族特色。

四、可以发现《清迈五十本生故事》中那些纯粹反映佛教宗教观的故事流传面并不广，影响也不大，有的甚至除了巴利文原书或某种文字译本上有所叙述以外，实际上鲜为人知。其他故事则因反映了现实生活中的矛盾冲突与善恶斗争，对未来充满了丰富美好的遐想和充满诗情画意而受到广泛的欢迎。故事大多以大团圆为结局，体现了人们对美好生活的向往和希望。许多此类故事经文人加工和再创作后成为各国文学史上的传世名篇佳作。

第六章
班基故事在东南亚

第一节 印度尼西亚和马来西亚家喻户晓的班基故事

班基故事是印度文化影响时期印度尼西亚爪哇古典文学中一部最著名的历史传奇，它不但在印度尼西亚和马来西亚家喻户晓，而且在泰国、缅甸、柬埔寨等东南亚国家广为流传，经过改编和再创造，成为这些国家古典文学的一部分。可以说，班基故事是继印度两大史诗之后在东南亚范围内流传最广、影响最深远的一部文学作品，也是在印度两大史诗的影响下独创的东南亚第一部具有民族特色的史诗性作品，在印度尼西亚文学史和东南亚文学史上均占有特殊的地位。

班基故事的印度尼西亚—马来文传本多达数十种，现保存在雅加达、吉隆坡、伦敦和（荷兰）莱顿的一些图书馆里。这些传本名称不同，情节各异，繁简程度也相差很大。目前，学者们已整理和介绍的主要传本有：《班基·固打·斯米朗传》、《公主受罚记》、《泽克尔·瓦侬巴蒂传》、《班基·昂莱尼传》、《班基·斯米朗传》、《玛拉特传》等。由于班基故事在印度尼西亚和马来西亚各地的传本不同，人民各有所好，所以很难确定哪一个是标准的范本。下面仅以其诞生地爪哇的传本《班基·固达·斯米朗传》为例作梗概介绍：故事发生在爪哇古代的四个王国之间。它们是固里班（戎牙路）、达哈（柬义里）、格格朗和新柯沙里。此四国王是同胞兄弟。

话说固里班国王和王后连续40天祭神求子，巴达拉·古鲁（湿婆）大神深受感动，遂派阿周那转世人间，投胎到固里班国王家。不久，王后喜得贵子，取名伊努·克尔达巴蒂。后来王后又生一男一女。不久，达哈国王和王后也求神恩赐，生得一女一子，公主取名赞德拉·吉拉娜。

王子和公主们长大后，固里班国王决定让伊努王子娶达哈公主赞德拉为妻，便派使臣前往达哈国求亲，达哈王欣然应允，相约下月举行订亲仪式。而此前，伊努王子和赞德拉公主从未谋面。

且说巡回天地的卡拉神发现两国的王宫只顾欢乐喜庆，忘记了拜谢天神，决定让这对即将订亲的年轻人饱尝分离之苦，以示惩戒。

一天，伊努王子外出打猎，追赶一只黑鹿，进入庞加比兰村，巧遇村长的女儿玛尔达琅娥。伊努一见钟情，不顾村长的反对和恳求，当即把村女带回宫里。从此两人如胶似漆，形影不离，早把和赞德拉公主订亲一事丢到脑后。固里班王后为此气恼万分，便借口要吃虎心，将伊努骗出打猎，趁机亲手把玛尔达琅娥刺死。

伊努打猎归来，看见惨死的情人，立即昏倒在地。从此悲痛绵绵，郁郁寡欢。

卡拉神发现达哈王也不把天神放在眼里，便吹起一阵狂风把赞德拉公主卷走，放到查邦岸山上修苦行，从此赞德拉改名为桑姑拉拉。

伊努王子因不胜悲痛，带领五侍从离宫出走，来到达奴拉加山，拜仙师学艺，练得一身好功法。而后下山，改名班基。然后东征西讨，所向披靡。

王子和公主失踪后，两国王室大为震惊，先后派伊努和赞德拉的弟弟妹妹们出去寻找。

赞德拉公主的弟弟查朗·提囊路最后在查邦岸找到姐姐。随后，班基（伊努）也来到此地。他见桑姑拉拉（赞德拉）美若天仙，和死去的情人长得一模一样，便执意追求不舍。桑姑拉拉怨气未消，故意对班基冷若冰霜。

一天，卡拉神施法，让班基（伊努）和桑姑拉拉（赞德拉）同时昏倒在河边，而后把桑姑拉拉挟走，带到杜马锡国。桑姑拉拉苏醒后，改换男装，更名班基·固达·斯米朗，开始南征北战，讨伐属国。伊努失去桑姑拉拉后，整日失魂落魄，痛苦至极。随后他神功大发，接连征服两个小国，最后来到他叔父执政的格格朗国。后来斯米朗（赞德拉）也来投奔格格朗国的叔父，与伊努相遇但未相认。两人均未向叔父公开自己的身份。伊努主动向斯米朗（赞德拉）求爱，斯米朗故意以种种办法考验伊努。

不久，梭扎温都国王联合其五兄弟进犯格格朗国，企图强娶格格朗国公主为妻。伊努和斯米朗奉叔父之命，迎击敌军，把敌人打得落花流水。

斯米朗担心在格格朗停留太久会暴露自己的身份，便不辞而别，与刚刚相逢的弟弟建立达奴拉查王国。这时斯米朗又改换女装，自称黛维·库苏马·英德拉女王，并任命其弟为副王。

班基得胜回朝后，发现斯米朗失踪，遂告别国王，到处去寻找。后来在七仙人的指点下，班基来到达奴拉查王国。此时正遇邦加查亚王率军声讨英德拉女王（赞德拉）。原来邦加查亚王向英德拉女王求婚遭到拒绝，便恼羞成怒，前来报复。班基立即参战，帮助英德拉女王将敌军击溃。

经过一番周折，伊努王子终于明白，原来他日夜思念、苦苦追寻的桑姑拉拉、斯米朗和英德拉女王竟是同一个人，即从未谋面的未婚妻赞德拉·吉拉娜公主。

最后，伊努王子和赞德拉公主喜结良缘，皆大欢喜。后来，伊努王子和各位堂兄陆续继承王位，操守父业。从此，固里班、达哈、格格朗和新柯沙里国泰民安，繁荣昌盛。

据考这部爪哇传本写于1832年。印度尼西亚和马来西亚其他传本的情节、人名、地名等均与此有一定的差别，但其核心内容大致相同。故事一般发生在固里班、达哈、格格朗和新柯沙里四国，主要情节发生在固里班、达哈两个王国之间；主人公伊努王子和赞德拉公主订婚（或成亲）后，由于第三者（天神或女人）的介入，两人分离，失去联系；伊努改名班基，苦苦追寻女扮男装的赞德拉公主；经他人（天神、仙人或弟妹等）指点和帮助，终于消除误会，与赞德拉公主喜结良缘。

很显然，这是一个爱情喜剧故事。但由于各传本中第三者介入的原因和结果不同，故事的主题得到不同程度的深化。其中对深化主题有关键作用的情节有两种：一是伊努王子爱上了第三者（村姑或大臣的女儿），而第三者被王后（或伊努的姑姑，或王后派人）杀死。二是达哈国的小王妃出于嫉妒之心，毒死赞德拉的亲生母亲王后娘娘，并哄骗国王，将自己的生女嫁给已经与赞德拉订婚的伊努王子。赞德拉为此痛不欲生，离宫出走。前者以悲剧形式表现伊努与情人对爱情的执着和忠贞，尤其通过王子与平民的爱情歌颂自由平等的婚姻。具有一定反对传统婚俗和反对封建主义的意义。后者则突出了善良与邪恶之间的斗争，以心狠手毒的王妃和她毫无教养的女儿来反衬王后娘娘和赞德拉公主的善良贤惠。

关于班基故事产生的年代，学者们历来有争论。荷兰学者贝尔赫博士认为，班基故事早在1277年至1400年之间便已在东爪哇形成，而麻喏巴歇王朝鼎盛时期，伴随王朝的扩张政策开始在印度尼西亚—马来地区广泛传播。他还认为，此时应该有从古爪哇语翻译成的马来文传本。但他没有足够的证据说明自己的观点。而对班基故事研究最有权威的印度尼西亚学者普尔巴扎拉卡博士则认为，班基故事是麻喏巴歇王朝（1294—1478年）全盛时期以后的产物。因为麻喏巴歇以前的文学作品使用的都是古爪哇语，而至今发现的班基故事传本全是以近古爪哇语写成。此外，班基故事中的地名和人名绰号与麻喏巴歇时期的著作《爪哇诸王志》相同。后来爪哇发现的一处刻有班基与情人夜奔画面的浮雕，下面所刻写的完成日期是1413年。这证明班基故事在15世纪初以前便已盛行。

我们认为班基故事是部历史传奇故事，属民间文学范畴，具有口头性、集体性和变异性等特点，故其确切的产生年代较难考证，只能大致估计其出现的最早年限和最迟年限。班基故事产生的最早年限可能在柬义里时代（1115—1222年）。普尔扎拉卡教授所提有关语言方面的证据并不能说明柬义里时代就不具备产生这部民间传说的语言条件。因为古爪哇语在爪哇古典文学中使用的年代是从公元10世纪至14世纪，其文学形式均为一种名叫格卡温体的诗歌。目前，学者们尚未考证出，当时除了诗歌语言，民间使用的日常用语是什么样子。既然无法了解当时的民间语言，那么就没有理由从语言的角度否定柬义里时代产生班基故事的可能性。但反对此说法的人也有一定的理由，即故事中把新柯沙里王朝与柬义里王朝看作是同一时期的王朝，这种时代错误只有在人们对两个王朝的历史淡忘后才可能发生。至于班基故事产生的下限年代，在爪哇发现的刻有完成日期1413年、内容是伊努王子和情人夜里私奔的浮雕，应该是个最可靠的证据。即证明班基故事最晚于15世纪初在爪哇便已广泛流传，家喻户晓。

班基故事的主要人物和背景在历史上是有迹可寻的。《爪哇诸王志》中说，爱尔朗卡国王1049年驾崩之前，将国土一分为二：一部分叫戎牙路，其首都是固里班；另一部分叫柬义里，即故事中的达哈国。并让他的两个儿子分别做这两个国家的国王。据13世纪的一块石碑记载，爱尔朗卡这样做的原因是两个儿子互相为敌，都要继承王位。

此外，柬义里王朝作家恩蒲·达尔玛查在其格卡温诗《爱神遭焚》的最后一章中说，爱神卡玛最后转生为爪哇国王，即卡默斯哇拉陛下，而爱神的妻子罗提则转生为戎牙路国的公主，即赞德拉王后。并说他们在湿婆大神的庇护下，成为柬义里王朝最幸福的人。多数学者认为，卡默斯哇拉一世就是班基故事中的多情王子伊努·克尔达巴蒂。

在《达哈·柬义里史颂》里记有这样一个简短的故事：戎牙路国王斯里·根塔尤有一女四子。太子普拉布·勒姆布·阿米卢胡尔继承了父亲的王位，其余三个儿子分别做了达哈、乌拉万和新柯沙里国的国王；而女儿则是一位隐居深山的修道士。话说，太子勒姆布·阿米卢胡尔国王决定让王子班基·固达·拉威斯楞加娶达哈国公主为妻，但此时班基王子已与达哈国宰相的女儿黛维·莱昂妮相爱并结婚。由于黛维·莱昂妮是毗湿奴大神的妻子丝丽投错胎变成的，所以必须把她杀死，让丝丽女神的灵魂转到赞德拉公主的身上，以使毗湿奴大神和丝丽女神的结合通过伊努王子和赞德拉公主的姻缘在人间得以实现。于是莱昂妮被伊努王子的姑姑、女修道士齐丽苏吉杀死。但是伊努王子执意不肯与未曾谋面的赞德拉公主结合，被父王赶出宫外。伊努到处流浪，最后投奔叔父乌拉万国王。叔父同情伊努王子，便把自己的女儿嫁给他。后来兴都斯坦国进攻达哈，以强娶赞德拉公主为妻。乌拉万国王遂派伊努前去达哈助战，大败敌军。而后，经女修道士齐丽苏吉安排，伊努王子和赞德拉公主顺利完婚，使毗湿奴大神和丝丽女神在人间结成美满姻缘。

由此可见，在爪哇人眼里，班基故事是的确曾经发生的历史故事。

关于班基故事的来源，学者们也众说不一。有的认为，太阳追赶月亮这一古老神话是班基故事的原型。班基代表太阳，而赞德拉代表月亮。故事中的四个王国则是印度尼西亚古代四个部落族群的象征，由各方所信仰的图腾表示。四个王国之间的婚姻关系是外婚制，即异族通婚制的反映。也有的学者则认为，班基故事是自然神话，与图腾制及外婚制毫无关系。

其实班基故事既不是自然神话，也不是来源于太阳和月亮的神话，而是当时爪哇社会生活的反映。它既然属于具有历史价值的文学作品，那么就必然同其他文学名著一样，不能不打上产生和流行它的那一时代的历史烙印。也就是说，它不仅仅是一部以爱情为题材的传世佳作，而且也必然反映出故事盛行时代的社会、经济及组织形式的某些特点。

公元10世纪，印度尼西亚进入封建社会以后，有两个突出的特点：一是长期处在地方部落封建势力和中央集权封建势力的斗争之中。这种斗争时起时伏，连绵不断，直到麻喏巴歇时代达到高峰。二是民族宗教、民族文学艺术不断发展，呈上升趋势。这一特点在爪哇表现得尤其明显。实际上爪哇的马打兰王朝（898—927年）、辛陀王朝（929—947）、柬义里王朝（1115—1222年）和新柯沙里王朝（1222—1293年）都是由各区土邦（或部落）及其所属的村社联合起来组成的国家。班基故事发生的柬义里王朝（达哈国）仅在爪哇和东爪哇就有八九十个属国，长期处于诸侯割据的状态，因而中央王朝的统治基础十分不稳。这种政治割据状态使各属国建立在农村公社土地公有制的基础之上，保持完全自给自足的生产形态，因此具有相当大的独立性和离心倾向。但是随着城市手工业和商品经济的发展，农村公社的生产关系逐渐受到破坏，城市和乡村的对立，以及地方属国与中央王朝的对立日益激烈，为了建立统一的国内市场和一定范围的国际市场，中央王朝必须在政治上对处于割据状态的诸侯势力加以控制和削弱，使之形成统一的封建王国。由此，我们不难理解，为什么班基故事的多数传本都以相当大的篇幅，不厌其烦地描写主人公伊努王子、赞德拉公主及其兄弟们是如何以超人的勇敢和智慧，转战南北，征讨属国。而且，其战果总是：杀死国王，争取降将，并吞土地，没收财物等。以《班基·固达·斯米朗传》为例，故事中被伊努王子和赞德拉公主征服的属国就有20多个。作者对主要战役均作一一叙述，以至使现代读者感到冗长。但如果联系爪哇的历史背景进行分析就不难明白，伊努王子和赞德拉公主征讨各诸侯国，实际上并不是为了泄发私愤，也不是为了炫耀自己的武功，而是代表了当时中央王朝的意志，为建立统一的集权的封建帝国开辟道路。这是符合历史发展规律，顺应历史潮流的，因而得到了人民的拥护和支持。

值得注意的是，故事中引发战争的直接原因多是由于王国之间的婚姻纠葛。这固然与作者迎合读者口味的目的有关，但同时也客观地反映出当时各王国之间政治斗争中一种惯用谋略。据记载，在柬义里时代前后几个世纪内，各中央王朝为了征服各诸侯国，各诸侯国为了依附大国或对抗大国，除了依靠武力外，最多使用的就是联姻手段。他们以此合纵联横，威迫利诱，使自己立于不败之地。因此班基故事中各王国由于婚姻问题大动干戈，实际上是这一历史时期各国之间政治矛盾尖锐化的一种表现。

这一历史时期的社会组织特点，从班基故事中的人物名称可以窥视一二。班基故事中的人名有一个特点，即伊努王子、赞德拉公主及其兄弟们征讨属国时都曾改名叫“班基”，此外许多人物的名字中间都有一个动物绰号，如lembu（牛）、Kuda（马）等。据此，有的学者认为班基故事来源于图腾神话。其实，这种说法也是片面的。“班基”在古爪哇语是“幡”、“旗子”的意思。它是柬义里王朝查耶巴雅执政时代的一种特殊的社会组织形式，也是查耶巴雅王用来巩固卡梅斯瓦拉一世对所征服部落的一种统治手段。在查耶巴雅统治时期，爪哇的许多部落曾一度使用兽类作自己的称号，如马、水牛、黄牛、象等。这在赵汝适的《诸蕃志》中有详细的记载。谈到这一时期爪哇的苏吉丹王国时，书中有这样的描述：“其王以五色布缠头，跣足，路行蔽以凉伞，或皂或白，从者五百余人，各持枪剑镖刀之属。头戴帽子，其状不一。有如虎头者，如鹿头者，又有如牛头、羊头、鸡头、象头、狮头、猴头者。旁插小旗，以五色缬绢为之。”上述描写中，每一种兽类都有一个“旗”（班基），每个旗都是一个图腾标志，分别代表不同的部落，这很像中国蒙古族的旗盟组织。上面描写的王，应该是旗盟的盟主，而不是柬义里国王。根据上述记载分析，柬义里国王就是以这种旗盟方式把各盟主、各部落联合起来的。在氏族社会里，图腾对于氏族成员来说，具有极大的凝聚力。进入阶级社会以后，统治者为了团结本民族人民，维护自己的统治，常常有意识地渲染图腾观念，举行图腾仪式，以图腾意识统一人们的思想。这对于阻挡异族文化的冲击，对于民族文化的发展，确实发挥了重要的作用。所以不能把上述旗盟现象简单地看作印度尼西亚古代图腾制的复活。确切地说，这是借用古代图腾这种传统的族群标志来表达一种与当时盛行的印度教相抵触的民族情绪，而查耶巴雅王正是利用这种日益高涨的民族情绪，把各部落团结在自己的周围，以巩固中央王国的统治，实现国家统一。

班基故事在印度尼西亚—马来地区至少已流传600多年，仅以《泽克尔·瓦能帕提传》为题的稿本在印度尼西亚、荷兰和英国的图书馆里就发现了30个。可以说，它是印度尼西亚马来古典文学中最为全民族所喜闻乐见的作品。在泰国、缅甸、柬埔寨等国也大受欢迎，经久不衰，成为东南亚文学中唯一具有广泛跨国影响的成功之作。

班基故事之所以如此打动人心，广为流传，首先在于它以人们喜爱的英雄美人故事这种传统的叙事文学形式，成功地表现了具有普遍而永恒意义的主题，即男女之间真挚而纯洁的爱情。第三者的悲剧效果和故事的喜剧结尾，不仅符合东方人的审美情趣，而且使主题得到进一步深化和升华。其次，班基故事一改过去文学作品只是翻译和改写印度两大史诗、描写印度神话世界的老套子，第一次真正反映本民族人民的生活风貌和思想感情。应特别指出的是，王子和公主之间的爱情故事已不仅局限在宫廷之内，大部分发生在广阔而复杂的社会斗争之中，主人公喜结良缘和万民归顺的结局表达了人民对国家统一、民族富强的强烈愿望。此外，早期的传本中，除了让印度教的大神依然起作用外，还把时时在天上巡视的卡拉神说成是爪哇王族的祖灵，实际上是把爪哇人传统的祖先灵魂崇拜与印度教信仰糅合起来，在意识形态上恢复了爪哇民族主神的权威，表现出明显的民族化倾向。第三，班基故事情节曲折，引人入胜。男女主人公分离后，或由于天神的干预，或由于双方的恩怨，总是相互苦苦追寻，不能相认。忽而“山穷水尽”，忽而“柳暗花明”，一波未平，一波又起，跌宕起伏，悬念迭出，最后花好月圆，皆大欢喜，举国欢庆。第四，人物形象刻画十分出色。其中伊努王子和赞德拉公主的形象最为突出：伊努王子英俊潇洒，智勇双全，尤其对爱情、对自由的执著追求，历来为恋人们所称颂；而美丽善良的赞德拉公主温柔而倔犟，娇媚而矜持，对情人忠贞不渝，对屈辱宽宏大量，既是理想的东方贤妻良母，又是治国安邦的巾帼英雄。第五，班基故事之所以能在印度尼西亚马来地区、以至东南亚不少国家内广泛流传至今，是与借助有关国家人民所喜闻乐见的民间戏曲形式分不开的。有的学者考证，12至14世纪，爪哇各王国的王室经常与外岛和外国的王室结亲。爪哇的国王为子女送行时，都要带上一个哇扬（皮影）戏团、一个出色的导演和演出班基故事所需的道具。在盛大的王室婚礼上，以班基故事为内容的哇扬戏是必不可少的，也是最受欢迎的节目。因此，班基故事中固里班和达哈两个王国的名字很早就成为加里曼丹、巴厘、苏门答腊等岛上的居民人人皆知的地名。班基故事在泰国、缅甸的最初传播和后来的广泛普及也都是通过民族戏剧的形式，而且直到21世纪初，始终是这些国家非常流行的传统剧目。

第二节　班基故事在其他东南亚国家的流传

班基故事在泰国、缅甸、柬埔寨等东南亚国家均被称为“伊瑙故事”。“伊瑙”就是班基故事中的伊努王子。在印度尼西亚—马来文中作为词尾的“u”常常可以用“o”来替代，所以“伊努”（Inu）也可以译成“伊瑙”（Ino）。

关于伊瑙故事传入泰、缅、柬等国的年代和方式现在已很难考证，只能根据民间传说和有关记载大致了解其流传的脉络。

在泰国大城王朝后期，巴洛姆果国王执政期间（1732—1759年）伊瑙故事已在泰国广泛流传。这一时期的僧家诗人玛哈纳瓦塔塞在其著作《本诺瓦堪禅》中说，泰国的善男信女在佛足印寺的庙会中，就有说唱节目《伊瑙》。巴洛姆果国王的两个女儿恭吞公主和蒙胡公主还根据伊瑙故事分别创作了舞剧剧本《达朗》和《伊瑙》，也叫《大伊瑙》和《小伊瑙》。关于伊瑙故事传入泰国还有这样一个传说：恭吞公主和蒙胡公主从泰国南部的北大年得到两个马来女俘，就把她们留下做使女。一次，两位公主听使女讲伊瑙故事，非常感兴趣，便根据故事写成舞剧剧本。可惜的是这两个剧本现在已经失传。这一传说是否真实，今天已无从考证，但伊瑙故事最初是以口头方式传入泰国看来是可信的，原因是：至今在泰国尚未发现这一故事的翻译古本；此外，泰国流传的伊瑙故事中人物名称的泰文拼写都不是平声的，而爪哇文和马来文则是没有声调的语言。这证明它不是笔译过来的，因为泰文是拼音文字，一个有起码翻译常识的人是不会把无声调的马来文或爪哇文的人名翻译成有声调的泰文的。那么，其合理的解释应该是，伊瑙故事起初是出自不精确的口译，经过口耳相传逐渐发生了符合泰文习惯的音变，而后才固定成书面语。

伊瑙故事在泰国主要以民族戏剧形式流传。伊瑙剧从大城王朝后期开始演出，历经吞武里王朝和曼谷王朝，一直长盛不衰。到了曼谷王朝，在一世王（1782—1809年）的主持下又重新搜集、整理并创作了《达朗》和《伊瑙》，但此时的伊瑙故事仍不完全。二世王（1809—1824年）即位后又进一步补充、修改和加工，重新创作了《伊瑙》。二世王的剧本故事完整，诗句优美，节奏与舞姿融为一体，被三世王时期（1824—1851年）的权威文学俱乐部誉为诸版本中最好的一个。现在流行的伊瑙故事，多数来源于一世王和二世王的版本。目前在泰国所能见到的各种体裁的伊瑙故事版本，最著名的至少有十几种。如曼谷王朝一世王约华朱拉洛的《伊瑙剧本》、《达朗剧本》，曼谷王朝二世王帕普勒腊纳帕莱的《伊瑙剧本》，曼谷王朝四世王帕宗格劳昭约华改编的伊瑙故事片段，曼谷王朝五世王昭朱拉宗告昭约华的《话剧伊瑙》，昭披耶帕康的《伊瑙堪禅》，顺吞蒲的《纪行诗体伊瑙》，纳林沙拉努瓦迪翁亲王所作的《伊瑙原始剧本》，丹隆亲王的《伊瑙剧轶事故事》等。

据传说，缅甸的伊瑙故事是从泰国通过戏剧伶人传入的。在贡榜王朝辛骠信（孟驳）王在位的1764—1766年间，缅甸曾进攻泰国的阿瑜陀耶，返回时带来许多泰国工匠艺人，其中就有戏剧伶人。据说，当时王宫聚会时常叫他们演出伊瑙剧。1789年，波道帕耶（孟云）在位时，下令组织包括妙瓦底敏纪吴萨（1766—1853年）在内的8位学者出国考察马来戏剧和泰国戏剧，将伊瑙剧翻译成缅甸文。1789年，妙瓦底吴萨等人开始组织编演伊瑙剧。据说，全剧共26幕，当时只编到18幕。后来妙瓦底吴萨于1829年才续写完全剧。最初，伊瑙剧写于贝叶册上，1941年才有手抄本，1965年第一次正式印刷成书。

可以说，从18世纪70年代末至20世纪20年代中期的50余年中，伊瑙剧一直是缅甸非常流行的剧目，深受广大人民的欢迎。据说，伊瑙剧起初只在宫廷内演出，每逢宫内有重大集会，总要演出伊瑙剧或罗摩剧。伊瑙剧与罗摩剧不同：伊瑙剧的演员不戴面具，自演自唱自舞。而罗摩剧实际上是面具舞，既不说唱，也不道白。据记载，当时伊瑙剧演出规模很大，每次约有200人参演，连续45天才能演完。伊瑙剧完成后，缅甸一位宫廷女诗人兰太康丁（1833—1875年）也曾写过与伊瑙剧相似的宫廷剧，名为《恩达温达》。

柬埔寨的伊瑙故事和缅甸一样，也来源于泰国。据达尼·尼法特研究，柬埔寨的伊瑙故事是根据泰国曼谷王朝二世王改编创作的《伊瑙剧》编写的。所以泰、缅、柬三国有一个情节基本相同的伊瑙故事版本。这个版本的人名和地名大致相同，如都称固里班国的王子为伊瑙，称达哈国公主为布沙芭。然而，目前尚未发现泰、缅、柬三国的伊瑙故事具体来源于印度尼西亚—马来地区的哪一个传本。据估计，很可能是编译者根据自己的文化背景和民众的喜好，参考不同的传本改编的。下面介绍一下在泰、缅、柬三国流行的伊瑙故事的简单情节，不同的人名和地名一律以泰国的伊瑙故事为准。古时候，有四个著名的王国：固里班、达哈、加朗和新柯沙里。四个国王是同胞兄弟，都与曼雅国联姻，彼此来往甚密。

话说固里班王子伊瑙和达哈公主布沙芭由父母做主，指腹为婚，但长大后两人未曾谋面。后来，伊瑙王子遇曼雅国公主金达拉，两人彼此心仪，如胶似漆。遂违抗父母之命，与曼雅国公主成婚（缅甸版本：伊瑙此时只与曼雅国公主做爱，尚未结婚）。固里班王和达哈王为此十分恼怒。

这时，加拉卡亲王被布沙芭公主迷得神魂颠倒，便前来向达哈王求亲。达哈王在气恼中竟然应允，不日将为布沙芭举行婚礼。

不久，达哈国遭邻国入侵，向三兄弟求援。伊瑙受父之命前来助战。结果大败敌军，立下头功。庆功时，伊瑙与布沙芭一见钟情，后悔当初所做所为。

伊瑙决心得到布沙芭。经周密策划，伊瑙在加拉卡亲王与布沙芭举行婚礼前，潜入达哈王宫，烧掉婚礼彩棚，趁乱把布沙芭抢走，藏在山洞之中。

风神为了惩罚伊瑙的罪过，将布沙芭公主和她的两个侍从卷走，并把她变成男子，改名乌纳甘。乌纳甘在森林中流浪，后被巴莫丹国王发现，收为“义子”。

伊瑙失去布沙芭后，整日魂不守舍，便假扮山民，改名班基，到处寻找失散的布沙芭。最后来到一座名山当了道士。

乌纳甘（布沙芭）十分思念伊瑙，便告别义父，领兵出征，降伏了许多诸侯国。其间虽曾与班基相遇，却不敢相认。而后来到加朗国，被加朗国王收为“义子”。班基追赶乌纳甘也来到加朗国。此时，正值敌军来犯，班基便和乌纳甘协手抗敌，大获全胜。

乌纳甘未能找到伊瑙，也怕暴露自己的身份，于是和侍女一起上山削发为尼。班基得知乌纳甘就是他苦苦追求的布沙芭后，便用计把她骗下山，一块回到加朗国。

在加朗国，侍从们把伊瑙和布沙芭的传奇故事编成皮影戏演出，使真相大白。最后，这对情人终于相认，并喜结良缘。

以上是泰国、缅甸、柬埔寨三国的伊瑙故事中大致相同的情节。如果以此与印度尼西亚的班基故事作比较，就会发现两者之间有诸多的明显区别。其中最突出的主要有两点，一是各自表现出鲜明的民族化倾向，二是反映同受印度文化影响的不同文化背景。

泰国、缅甸和柬埔寨的伊瑙故事虽然“籍贯”属于爪哇，即直接或间接地来源于印度尼西亚—马来的班基故事，但是都已经取得了这三国的“国籍”。也就是说，伊瑙故事除了保留了原来故事的框架、爪哇的人名和地名，或采用几个爪哇文和马来文的词汇外，已经变成了这三个国家地道的“土产”。在泰国、缅甸、柬埔寨人民的心目中，伊瑙故事已不是发生在爪哇岛上的柬义里王朝，而是在自己国家的某个时代。伊努王子、赞德拉公主不但穿上了“移民对象国”的衣服，而且各具自己国民的道德面貌和心理特征。甚至连他们活动的地点也变成了这些国家所熟悉的城市。例如，泰国的《伊瑙剧》赞美堤宛城的诗句是：“商贾集货物品多，来自国外不乏人。舢板停泊码头上，各方顾客难酬暇。”实际上，这正是曼谷王朝初期的首都曼谷河网密布、贸易兴隆的客观写照，而不是印度尼西亚爪哇岛上某个城市的面貌。总之，伊瑙故事经过改编和再创造，从故事背景、社会风俗、人物特征，以及某些细微的故事情节均完全符合这三国人民的欣赏习惯。

需要强调的是，伊瑙故事在泰国和缅甸的流传方式已不是印度尼西亚人民所喜爱的哇扬戏，而是为泰、缅两国人民所欢迎的民族戏剧。在泰国，表演伊瑙剧的形式有说唱节目、话剧和舞剧等。曼谷王朝二世王编写的伊瑙剧诗句优美，与舞蹈契合，最适合以舞剧形式表演。在缅甸，伊瑙剧是缅甸最为流行的宫廷舞剧，这种舞剧演唱和舞蹈自然而巧妙地结合起来，开创了新的舞剧风格。泰国近代文学作家帕纳空沙旺沃拉皮尼曾说：“在泰国所有的古典文学作品中很少有超过或能像《伊瑙》那样打动人心并使人们牢记的。”一个国家的文学作品移植到另一个国家后，竟然产生如此持久而巨大的魅力和反响，这在东南亚文学史上是绝无仅有的。其主要原因，除了印度尼西亚班基故事本身的内容和情节具有非凡的吸引力之外，还有一个不可缺少的重要前提，那就是，泰、缅、柬等国的文学艺术家们将班基故事从内容到形式实现较完全彻底地民族化和地方化，使之成为这些国家人民文学艺术不可分割的一部分。

虽然，班基故事是东南亚文学史上第一部具有民族特色的独创文学作品，但在内容和形式上依然可以看出某些印度文化的影响。例如，印度尼西亚—马来文传本中印度湿婆大神还经常出现，时时操纵着主人公的命运。主人公由于种种原因，几乎毫无例外地上山修苦行。爪哇较早的传本开头总是：固里班王和达哈王举行祭祀求子。天神为之感动，便转生人间，化身为伊努王子和赞德拉公主，这与印度史诗《罗摩衍那》第一篇《童年篇》的开头如出一辙。伊瑙故事传入和盛行时期，泰国、缅甸和柬埔寨主要受印度佛教影响，因此故事中的湿婆大神被换成了天帝释，主人公上山修苦行改成了出家当僧人。

在情节安排上，对伊努王子情人（第三者）的描写和处理的截然不同，也反映了印度尼西亚—马来地区和泰、缅、柬三国所受的印度宗教文化影响也是有区别的。印度尼西亚—马来文的不少传本中第三者的命运都是悲惨的，不是被王后和伊努的姑姑亲手所杀，就是被王后指示的人所害。而在泰、缅、柬的伊瑙故事中，第三者不但没受到任何伤害，反而与达哈国公主的地位不相上下。如泰国和柬埔寨的传本说，伊瑙王子与未婚妻达哈公主见面前，就爱上了第三者，并与她结婚。泰国版本的结尾是：伊瑙王子与达哈公主举行盛大婚礼，他的第一个妻子（第三者）也应邀参加。缅甸版本说，伊瑙王子订婚后，不顾父母反对，常与第三者发生不正当关系，最后，伊瑙王子同时正式娶达哈公主和第三者为妻。泰、缅、柬三国的伊瑙故事对第三者的描写与处理显然与佛教的戒杀生和宽容态度有关，也反映了当时封建帝王的婚姻制度。可是印度教也是“戒杀”的，甚至小小的昆虫和被认为有生命的植物也是不允许伤害的，那么，当时普遍信奉印度教的固里班王国的王后为何亲自动手，且在众目睽睽之下将儿子的情人杀死呢？原来，印度教并不绝对禁止杀人。印度教最负盛名的经典《薄伽梵歌》说：“它（指灵魂）不曾出生，将来也不会凋殒，身体纵然毁灭也不受损害，它太始无生而又永恒长存。一个人如果懂得它不生不灭，没有变异并且永恒长存，那么他怎能使人杀伐？帕尔特（阿周那的称号）他又怎能诛戮别人？正如有人脱掉了旧衣，另外换上一件新衣，同样灵魂解脱了旧身，另入一个新体。”这是阿周那在战场上，面对屠杀亲属和长辈的局面心存犹疑和愁苦时，尊神黑天从哲理的高度对他的教导。《薄伽梵歌》所阐述的上述哲理正是充满杀戮的大史诗《摩诃婆罗多》的指导思想。

公元10世纪以后，印尼东爪哇各王朝大力推崇印度教，《摩诃婆罗多》备受青睐，被大量移植过来，在宫廷中的地位和作用大大超过了《罗摩衍那》。这大概主要是由于东爪哇中央王朝的统治者出于征服各自为政的诸侯国，以建立统一的封建帝国的需要。因此，《薄伽梵歌》所宣扬的道理不能不对爪哇的统治者和御用文人产生相当大的影响。此外，这种“替天行道，杀人有理”观点的影响在前述的《达哈—柬义里史颂》中也可以得到验证：毗湿奴大神的妻子丝丽本想化身为赞德拉公主，与毗湿奴化身的伊努王子在人间结成姻缘，但因为错投了凡胎化身成达哈国一位大臣的女儿黛维·昂莱妮（伊努王子的情人），于是伊努王子的姑姑便遵照大神的旨意将黛维·昂莱妮杀掉。据分析，伊努王子的情人（第三者）被杀的情节应该出现在班基故事较早的爪哇传本中，因为15世纪末以后，伊斯兰教逐渐在印度尼西亚—马来大部分地区取代了印度教，以至后来在哇扬戏中取消了这一情节。

第三编

伊斯兰文化与东南亚文学

第一章 概述

伊斯兰文化是以阿拉伯伊斯兰教的基本信仰为核心，经过历史的演变，融合西亚北非等多种民族文化因素而形成的一种宗教文化。它通过宗教的传播向世界四面八方辐射，成为影响巨大的世界四大文化体系之一。

伊斯兰文化的最初发祥地是阿拉伯半岛。早先在这个半岛上居住的是所有的闪族人，即不仅有阿拉伯人，还有巴比伦人、亚述人、腓尼基人、希伯来人等。由于各种因素，阿拉伯半岛闪族人每隔千年左右便向外迁徙一次。东移北迁至埃及者与那里的含族人相融合而产生了古埃及人和古埃及文化，移往两河流域者则与苏美尔人相混合而产生巴比伦—亚述文化和迦南—希伯来文化。另外，从地理位置上来看，阿拉伯半岛西与埃及相接，东与波斯相邻，北连伊拉克、叙利亚地区，南与印度隔海相望，加上与中国的“海上丝绸之路”相通，并与基督教的东罗马帝国（拜占庭）有过藩属关系（东罗马帝国曾在那里扶植阿拉伯人建立迦萨尼王国作为它的保护国），所以这个半岛在伊斯兰化之前就已经处于许多文明古国的包围之中，受到东西方各种文化的撞击和影响。

伊斯兰教是由穆罕默德于7世纪初在阿拉伯半岛创立的。穆罕默德经过艰苦的传教活动和连绵不断的征战，实现了整个阿拉伯半岛的伊斯兰化，完成了半岛的统一。四大哈里发时期（632—661年），阿拉伯人向外武力扩张，囊括西亚，席卷埃及。从倭马亚王朝（661—750年，我国史籍称“白衣大食”）到阿拔斯王朝（750—1258年，我国史籍称“黑衣大食”）和法蒂玛王朝（909—1171年，我国史籍称“绿衣大食”）时期，阿拉伯人为传播伊斯兰教继续进行“圣战”，向四周大张挞伐，使伊斯兰教的势力自西欧比里牛斯山起，经过西班牙、北非、叙利亚、美索不达米亚、伊朗，折入中亚，一直扩展到印度的西北部和中国的西北边境，形成横跨亚非欧三大洲的阿拉伯伊斯兰大帝国，历时六七百年。被阿拉伯人所征服的多为世界文化发达较早的地区，在实行伊斯兰化和阿拉伯化的过程中，那里较先进的文化也被大量吸收进来，使原来以阿拉伯文化为基础的伊斯兰文化成为融合多种民族文化因素的混合性文化。可以这样说，阿拉伯伊斯兰文化能成为世界四大文化体系之一，正是因为它在伊斯兰教的旗帜下，不但吸收了古代西亚地区的巴比伦、希伯来文化的因素，还融合了先进的波斯文化、印度文化、希腊罗马文化，甚至中国文化的因素，可谓集各方文化之大成。具有如此丰富内容和内涵的文化，随着伊斯兰教的不断扩展而向四方传播，终于形成了延绵至今的世界伊斯兰文化圈。

作为伊斯兰文化重要组成部分的伊斯兰文学也同样具有融合多民族文学因素的特点。伊斯兰教兴起之前的“贾希利叶时期”，阿拉伯人自己就特喜爱诗歌这一文学形式，经常举行赛诗会，将获胜者的诗悬挂在寺院里供人欣赏，那就是著名的“悬诗”。而阿拉伯半岛的周围地区则更是人类上古文学的发祥地之一，那里早已出现相当丰富的口头文学和书面文学。例如苏美尔和阿卡德的神话传说，巴比伦的神话传说和世界的第一部史诗《吉尔伽美什》，埃及的神话传说、故事、寓言和祭祀文学《亡灵书》，希伯来的犹太教《旧约》文学，波斯的琐罗亚斯德教《阿维斯塔》文学，印度的吠陀文学、神话传说、寓言故事、两大史诗《摩诃婆罗多》和《罗摩衍那》、佛教文学等，都是人类最早的文学瑰宝。阿拉伯伊斯兰教就是在这种多元文化的氛围中产生的，其经典《古兰经》就吸收了多元文化的精华，它不仅成了伊斯兰教最权威的经典，也是伊斯兰文学第一部成文的最有深远影响的散文著作，乃伊斯兰文学的奠基石。后人对《古兰经》经文中教法、教义各有各的理解和诠释，于是由此而产生了《圣训》、《圣训》学、经注学、教法学等伊斯兰教的宗教经典著作。尤其被视为伊斯兰教先知穆罕默德言行录的《圣训》，乃伊斯兰教阐释教义、教规、教法和伦理道德的重要依据，在意识形态上对阿拉伯伊斯兰文学具有重大影响。《古兰经》产生前的阿拉伯文学大多为口头文学。《古兰经》产生后，人们才逐渐把古代流行的诗歌、传说故事、箴言格言、演讲辞和卜辞等记录成文或汇集成册，作为《古兰经》经文词义、语法修辞等的佐证。《古兰经》所含的许多历史故事、宗教传说等，为后世穆斯林作家提供了丰富的创作题材，是他们创作灵感的一个重要源泉。

公元8世纪中叶，横跨亚非欧三大洲的阿拉伯伊斯兰大帝国最后形成，大规模的向外扩张战争停止了，国内出现相对的和平时期。这时帝国内的民族成分复杂化，帝国的最高统治者实际上已不是纯粹的阿拉伯人，其中还包括大量的非阿拉伯人，尤其是波斯人，可以说是阿拉伯贵族与皈依伊斯兰教的非阿拉伯贵族的联合统治。这样，在大规模伊斯兰化和阿拉伯化的过程中，便出现阿拉伯人与非阿拉伯人之间在文化文学上的相互融合和相互吸收的趋势，特别是波斯先进的文化文学和阿拉伯的文化文学的相融合，大大地扩展了伊斯兰文化文学的基础和内容。这种相互融合的势头在阿拔斯王朝时期最盛，那时由于在文化文学方面采取了广采博收、兼容并蓄的政策，使许多波斯、希腊罗马、印度的重要文学成果通过阿拉伯化的过程而成为伊斯兰文苑中的奇葩。在这方面，波斯人发挥了重要的作用，那时有不少著名的诗人和作家就是波斯人或者是有波斯血统的人，如维新诗歌的先驱白沙尔和他的后继者艾布·努瓦斯，著名散文大师伊本·穆格法等都是波斯出身的。他们精通波斯文和阿拉伯文，能直接把许多波斯文学和传入波斯的印度文学的精品带入阿拉伯文学的殿堂。如已成为阿拉伯文苑的传世名著《卡里莱和笛木乃》，就是伊本·穆格法从巴列维文的印度《五卷书》译本改写成阿拉伯文的。还有著名的《鹦鹉故事》，也是从印度的《鹦鹉故事七十则》波斯的译改本改写成阿拉伯文的。

当形成世界四大文化体系之一时，伊斯兰文学已经是一种混合型的文学，除了阿拉伯固有文学，主要融汇了波斯文学，再就是融汇了印度文学和希腊罗马、希伯来犹太教等的文学因素。伊斯兰文学的范围也因此而不断扩大，内容也更加色彩纷呈。

伊斯兰文学，从内容上看，大体可分两大类型：第一类是直接为宣传伊斯兰教服务的宗教文学。首先是伊斯兰教的经典著作，如上述的《古兰经》、《圣训》和有关阐释伊斯兰教教义、教法、伦理道德、行为规范等的著作。再就是伊斯兰教的先知故事，尤其是有关穆罕默德的各种神话传说。还有伊斯兰教的英雄故事，穆罕默德在近23年的传教过程中不断同麦加古来氏人和麦地那犹太人打仗，其后四大哈里法时期，还是战争频仍，教派冲突不止，其中出了不少赫赫有名的捍卫伊斯兰教的英雄人物，特别在什叶派的波斯，他们传奇式的英雄故事成为很好的宗教宣传材料，流传甚广。另一类是宗教外的世俗文学。其范围内容更加广泛，有从阿拉伯、波斯、印度为主的各民族间的神话传说、动物寓言、人物传奇等提炼出来的各种散文故事书，其中最脍炙人口的是《一千零一夜》和《卡里莱和笛木乃》；有为统治者树碑立传的、以记述帝王的政绩与历史、仁政与暴政、战争与内乱、典章与制度、礼仪与习俗等为内容的列王史之类的作品，其中影响最大的是《王书》，特别是波斯费尔多西的《王书》。后一类作品大多源于各族民间流传的口头文学，是伊斯兰教之前的产物，本来与伊斯兰教无关，在伊斯兰化之后才被注入伊斯兰教的精神或者被涂上伊斯兰教的色彩，使之带上伊斯兰特色而得以继续在伊斯兰大帝国内盛行不衰，并成为伊斯兰文学的重要组成部分。

伊斯兰文学，从形式和体裁上看，可以说诗歌和散文并茂。阿拉伯和波斯都是诗的王国，诗的种类繁多，有宗教诗、哲理诗、政治诗、抒情诗、艳情诗、讽喻诗、叙事诗、故事诗等等。阿拉伯伊斯兰大帝国时期，境内诗人辈出，如阿拉伯的白沙尔、艾布·努瓦斯、穆太奈比、麦阿里等，波斯的费尔多西、欧玛尔·海亚姆、内扎米、莫拉维等都是名扬四海的大诗人。这里需要一提的是，神秘主义的苏非派诗人具有相当大的影响，尤其在波斯，他们的诗独具一格，常受到正统派的排挤和打击。阿拉伯和波斯的散文种类也不少，除上面提到的经典类和王书类作品，在民间最流行的是充满神奇冒险色彩的人物传奇故事和动物寓言故事之类的作品。这类故事受印度影响较大，常用大故事套小故事这种串连插入式的结构，以《卡里莱和笛木乃》和《一千零一夜》最为典型和最脍炙人口。伊斯兰教势力到达和统治的地方，那里的民族文学从内容到形式，无不受到伊斯兰文学的影响，把阿拉伯和波斯的诗歌与散文的精华吸收进来，融化到自己民族的文学里，使本民族文学也具有浓厚的伊斯兰色彩。

伊斯兰教向外扩张势力主要通过两种途径：一是战争途径，进行“圣战”来征服异教徒国家，然后把它们伊斯兰化；一是和平途径，通过开展商业贸易活动向外传教，在为当地的统治者所接受之后便对该地区实行全面伊斯兰化。

伊斯兰教向中国和东南亚传播主要是通过后一个途径。早在伊斯兰教产生之前，通过陆上和海上的“丝绸之路”，阿拉伯、波斯与中国已经有了通商来往。西汉武帝时期的张骞是通西域的伟大开拓者。《汉书·张骞传》里有这样的记载：“因益发使抵安息、奄蔡、……条枝、身毒国。”书里提到的安息和条枝就是波斯和阿拉伯。至于通过海路的来往在唐以前也已经有了。阿拉伯历史学家麦斯欧迪曾提及中国船只在唐以前就到过幼发拉底河的希拉城，与阿拉伯人进行贸易。《宋书·蛮夷列传》也提到中国与大秦（指罗马、叙利亚和埃及）、天竺（印度）之间“舟船继路，商使交属”。根据东晋高僧法显的记载，5世纪初，在南中国海与印度洋之间已有可载200人的“商人大船”来往于中国—东南亚—印度—阿拉伯之间。这说明阿拉伯和波斯通往亚洲东部和东南部的海路早已打通。伊斯兰教兴起之后，尤其是阿拉伯伊斯兰大帝国形成之后，来中国和东南亚地区的阿拉伯、波斯和印度人不少是穆斯林商人，他们是伊斯兰教的积极传播者。

伊斯兰教通过陆上“丝绸之路”传入中国，大概在盛唐初期。《旧唐书》卷198《西域传·赞》有这样一段记载：“大蒙之人，西方之国，与时盛衰，随时通塞。勿谓戎心，不怀我德，贞观开元，藁街充斥。”这就是说，在贞观年间，来华贸易的西域人已充斥长安街头。《资治通鉴·唐纪四十八》贞元三年（787）记载，四千西域胡客久居长安数十年，娶妻生子，买田置宅，后来归化唐朝，成为唐天子治下的臣民。另外，通过海上的“丝绸之路”，伊斯兰教也传入中国南方诸省。广东怀圣寺光塔，福建泉州灵山圣墓，扬州饰有阿拉伯文的釉彩壶可以作为唐初伊斯兰教已传入这些地区的实物证据。后来有“四贤”传教之说：“大贤传教于广州，二贤传教于扬州，三贤、四贤传教于泉州。”阿拉伯和波斯穆斯林商人大都聚居在海运交通干线的城市里，形成自己的聚居区，称作“蕃坊”，并有德高望重的穆斯林担任“蕃长”。一般来说，伊斯兰教在中国的传播是通过和平方式，主要是由来华经商的穆斯林商人进行的，只有新疆局部地区例外，那里早期的伊斯兰教化，是在军事征服异教徒的基础上实现的。

唐宋以降，这些阿拉伯和波斯的穆斯林商人在传播伊斯兰教的同时，也把伊斯兰文化带进中国，特别是对信奉伊斯兰教的回族和被伊斯兰教军事征服过的维吾尔族、哈萨克族的影响最甚。但就文学而言，直接受伊斯兰文学影响的主要是已经被伊斯兰化的维吾尔族、哈萨克族的文学。维吾尔古典文学作品大都采用伊斯兰文学的诗歌形式，即阿拉伯、波斯诗体的阿鲁孜韵律，间掺“鲁拜”的四行诗，《福乐智慧》为其代表作品。这种诗歌形式在阿拉伯、波斯、中亚一带非常流行。其他散文作品，如《阿凡提的故事》、《毛拉则丁的故事》等所受的影响也很显著，从形式到风格可以说与阿拉伯、波斯、土耳其的同类作品大体相似。除此以外，伊斯兰文学对中国的主流文学（汉族文学）可谓影响甚微，这是因为汉族已经有了高度发达的文学，在意识形态方面，儒、释、道一直占主导地位，伊斯兰教从未打入各朝的封建统治层，因而无法积极影响中国的主流社会和主流文化文学。

伊斯兰教何时传入东南亚、如何传入的，仍众说纷纭。有三种说法：一说可能是于1200年从印度南部瞿折罗传入的；一说是从阿拉伯直接传入的，因为伊斯兰教建立初期在苏门答腊已有阿拉伯人聚居点；一说是从中国和占婆传入的；879年唐朝发生暴乱，中国南方的大批穆斯林商人逃往东南亚，尤其是占婆，他们把伊斯兰教带到那里。关于这个问题迄今还没有统一的看法，这主要是因为缺乏可靠的史料。其实，不管首先是从何处传入，可以肯定的是阿拉伯、印度和中国的穆斯林对伊斯兰教在东南亚的传播都起了重要的作用。上文提到，早在伊斯兰教产生之前，已有阿拉伯、波斯商人经海上“丝绸之路”到中国经商，他们途经东南亚时，自然会在那里停留，也会与东南亚开展贸易活动。伊斯兰教兴起之后，特别是阿拉伯伊斯兰大帝国形成之后，军事征战暂告结束，来东南亚沿海地区经商的阿拉伯、波斯和印度商人日益增多，他们多为穆斯林。在爪哇锦石附近发现的一座刻有阿拉伯文字的墓碑估计是1082或1102年的遗物，说明这以前在爪哇可能已有穆斯林居民。1292年马可波罗从中国回国途经苏门答腊的八儿剌时，发现那里的穆斯林商人不少，居民多已改奉伊斯兰教。其实那个时候苏门答腊改宗伊斯兰教刚开始，大部分地区仍信奉印度教。《马可波罗行纪》里有这样的记载：“应知此岛（指苏门答腊岛）有八国八王，居民皆属偶像教徒。”而在八儿剌改奉伊斯兰教的也仅限于“城居的人”。从中国来的穆斯林最早可能是在唐末黄巢起义军攻占广州的时候，13世纪末元军南征爪哇期间又有不少穆斯林士兵留居该岛。15世纪郑和下西洋时，马欢在《瀛涯胜览》中提到，爪哇唐人“皆是广东漳泉等处人窜居此地，食用亦丰美，多有从回回教门受戒持斋者”。可见华人穆斯林的队伍已进一步扩大，对传播伊斯兰教发挥越来越大的作用，在爪哇传播伊斯兰教的“九贤人”中，就有华人穆斯林或有华人血统的。

伊斯兰教在东南亚的传播主要是通过和平途径，是伴随商业贸易活动而来的。在伊斯兰教传入之前，印度的佛教在东南亚的北半部（中南半岛）已长期占统治地位；印度教在东南亚的南半部（主要是爪哇、巴厘）也占了统治地位。当时东南亚的两大势力是北部的佛教王朝暹罗和南部的爪哇印度教王朝麻喏巴歇。作为后来者的伊斯兰教一时无法进入信奉印度宗教的统治阶层的世袭领地，只能在离朝廷较远，属中间地带的沿海商业地区活动。所以苏门答腊和马来半岛便成了从阿拉伯、波斯、印度等地来的穆斯林商人的落脚点，他们边经商边传教，努力用伊斯兰教去影响地方势力，以利于他们开展商业活动。后来，随着商业的发达，从中得利的商港领主们和新兴的商业地主阶级，他们与爪哇印度教的麻喏巴歇王朝之间，也就是中央与地方之间的矛盾日益尖锐。为了摆脱麻喏巴歇中央朝廷的控制和限制，同时也为了抵御暹罗佛教王朝的威胁，他们很需要有一个新的强有力的思想武器来与王朝统治者的印度教和佛教相抗衡。政教合一的伊斯兰教正好适应他们的这一需要，于是他们纷纷皈依伊斯兰教。而一旦地方统治者改奉伊斯兰教，其所管辖的地方也就全部伊斯兰化了。在麻喏巴歇王朝走向衰落的时候，那些皈依伊斯兰教的地方统治者便逐一挣脱中央王朝的控制而独立，最初的伊斯兰王朝就是这样产生的。

从地理位置上来看，海上“丝绸之路”必经之道北苏门答腊沿海地区是外来穆斯林商人的最早据点，马可波罗提到的八儿剌就坐落在该地区。所以，13世纪那里首先出现第一个马来伊斯兰王朝须文答剌—巴赛王朝，也就不足为奇了。这个王朝的建立意味着伊斯兰教在马来族地区首先占统治地位，同时也意味着伊斯兰文化的影响在马来地区开始取代印度宗教文化的长期影响。须文答剌—巴赛王朝实际上是个小王朝，在历史上起重大影响的伊斯兰王朝是后来在马来半岛南部崛起的满剌加（马六甲）王朝。这个王朝是由拜里迷苏剌于15世纪前后建立的。《明史》卷三百二十五《外国传·满剌加传》有这样一段记载：“永乐元年（1403年）十月遣中官尹庆使其地，赐以织金文绮、锁金帐幔诸物。其地无王，亦不称国，服属暹罗，岁输金四十两为赋。庆至，宣示威德及招徕之意。其酋拜里迷苏剌大喜，遣使随庆入朝贡方物，三年九月至京师。帝嘉之，封为满剌加国王，赐诰印、彩币、袭衣、黄盖，复命庆往。”这段记载至少说明满剌加王朝在1405年已得到我国明朝政府的正式承认。满剌加王朝扼东西海上交通之咽喉，不久即成为东南亚的一个商业贸易中心和伊斯兰教政治文化中心。该王朝北与暹罗佛教王朝相对峙，南与爪哇印度教的麻喏巴歇王朝相抗衡，把伊斯兰教势力逐渐扩大到整个马来半岛、苏门答腊岛和其他岛屿。

伊斯兰教在爪哇也是在商业比较发达的北岸商港首先得到发展。15世纪以后，印度教的麻喏巴歇王朝日渐式微，统治阶级内部争夺王位的斗争愈演愈烈，国内长期陷入混乱状态。这时以淡目为中心的商港领主和新兴的商业地主阶级接受伊斯兰教并利用伊斯兰教作为精神武器迅速扩大自己的势力，终于在1518年建立爪哇岛的第一个伊斯兰王朝——淡目王朝。后来在西爪哇又出现一个伊斯兰王朝——万丹王朝。盛极一时的印度教麻喏巴歇王朝就在新兴伊斯兰王朝的诞生中终于瓦解了。几世纪以来印度宗教文化影响占统治地位的历史从此也结束，由伊斯兰文化的影响取而代之。

以马来地区和爪哇地区的伊斯兰王朝为中心，伊斯兰教势力迅速向四面扩张，向东扩展到加里曼丹的文莱、马辰，苏拉威西的望加锡，一直到马鲁古群岛，向北扩展到菲律宾的棉兰老岛和苏禄群岛。另外，一部分占婆人在15世纪前也已伊斯兰化，但后来占婆为越南所灭，占婆穆斯林散居各地。从现在来看，在东南亚伊斯兰教占主导地位的国家有马来西亚、印度尼西亚和文莱。东南亚的北半部，如缅甸、泰国、柬埔寨、老挝等则由于那里的佛教一直占统治地位，伊斯兰教难以插足，因而也就无伊斯兰文化影响可言。越南的情况也一样，不过那里主要是受中国文化和中国传过去的佛教文化的影响。

然而，伊斯兰教在东南亚迅速扩张之时，也正是西方殖民主义者开始殖民入侵之日。打头阵的是葡萄牙殖民主义者，于1511年灭掉马来最大的伊斯兰王朝满剌加王朝。随后西班牙、荷兰、英国等殖民主义者也接踵而来，把魔掌伸向刚刚皈依伊斯兰教的马来群岛地区。因此在这个地区出现这样一种历史演变：一方面是迅速伊斯兰化，一方面是逐步殖民地化。伊斯兰教最初是作为反对印度教的旧封建统治者的精神武器而得到发展，后来又作为反对西方殖民入侵的精神支柱而得到加强。伊斯兰文化不仅取代了印度宗教文化的影响，也有力地抵制了西方文化的侵蚀。但是，伊斯兰教势力的发展最终还是受到西方殖民入侵的遏制而没能建立起统一的和强大的伊斯兰王朝。

伊斯兰教首先是在马来地区占据统治地位，因此伊斯兰文学首先也在这个地区取代印度宗教文学的地位而对马来文学产生直接的影响。在伊斯兰教传入之前，马来地区虽然曾经出现过强大和兴盛的佛教王朝室利佛逝，但几乎没有留下什么文学遗产传给后人。马来古典文学是在伊斯兰教传入之后，在伊斯兰文学的直接影响下产生的，印度宗教文学的影响很有限，这与爪哇古典文学的情况大为不同。爪哇古典文学长期受印度宗教文学的深刻影响，已形成自成一体的文学传统。爪哇的伊斯兰文学是从马来地区传过去的，但不是原本照搬，而是经过改造之后、使之适应爪哇文学的固有传统，才得以发展的。所以，在爪哇的伊斯兰文学作品里，仍然可以看到印度宗教文学留下的深深痕迹，可以看到伊斯兰文学与印度教文学相冲突和相融合的现象，使爪哇的伊斯兰文学别具一格。

第二章 伊斯兰文化文学在东南亚的传播

第一节 伊斯兰教先知故事

在伊斯兰教和伊斯兰文学传入之前，马来文学可以说还处于混沌状态，几乎没有什么见诸文字的文学作品传世。今天所能看到的马来古典文学作品大都写于伊斯兰教和伊斯兰文学传入之后。

伊斯兰文学的最初传入是与传教活动分不开的，但从何时和从何处开始传入，包含哪些内容，仍众说纷纭，莫衷一是，恐怕争论一时也不会有结果，因为现在所能看到的早期伊斯兰文学作品都无署名，也不标年代。那些作品大都来自阿拉伯和波斯，其中有的是由在那里学习或居住的马来人翻译改写而成的，有的则由到马来地区经商的阿拉伯、波斯、南印度穆斯林口述改写而成的。前者译改的作品多为宗教内容；后者则带有更多的传奇文学色彩，欣赏性较强。这些译改的作品都是用查威文（借用阿拉伯字母的马来语拼写文字）写的，这也说明，在阿拉伯语言文字传入一定的时期之后，这些作品才成文传世。目前，由于史料的欠缺，看来一时还无法从历史发展的角度去阐明伊斯兰文学传入的先后过程和来龙去脉，只能结合早期的传教需要来考虑，按内容的不同类别加以综述。从总体来讲，早先传入马来地区的伊斯兰文学作品影响较大的有三大类：（一）从穆罕默德之前的诸先知到穆罕默德先知的故事；（二）穆罕默德先知的伙伴们和伊斯兰教英雄们的故事；（三）伊斯兰教的经典。

穆罕默德之前的先知故事主要出自《古兰经》，讲穆罕默德之前诸先知如何坚持不懈地向人间传达真主的旨意，弘扬一神教，与偶像崇拜的异教徒进行不屈不挠的斗争。那些故事不是干巴巴的说教，而是以生动的人物形象和引人入胜的情节来展示思想主题，以达到宣传伊斯兰教的目的。

源于《古兰经》的先知故事是从真主开天辟地和阿丹（亚当）、哈娲（夏娃）的神话故事开始的，接着出现的是《古兰经》里提到的穆罕默德之前的许多先知，如伊德利斯、努哈（挪亚）、易卜拉欣（亚伯拉罕）、穆萨（摩西）、尔撒（耶苏）、优素福（约瑟）、达伍德（大卫）、苏莱曼（所罗门）等。这些先知故事都是紧紧围绕着一个中心思想和主题，那就是大力宣扬一神教的基本信仰信条，让人相信真主是创造宇宙万物的独一无二的神，反对一切偶像崇拜。

《古兰经》里的先知故事有许多与《圣经》里的故事相似，主要区别只在于一个以真主为主宰，一个以上帝为主宰，而同一个先知（阿拉伯的名字有点变化）在《古兰经》里是真主的使者，在《圣经》里则是上帝的使者。拿创世神话来说，在《古兰经》里开天辟地和创造万物的是真主，不是上帝。真主端详着他先创造出来的一颗白珠，白珠便化作水。真主再创造火，使水变成气体和泡沫，然后用之以创造天地。接着用群山固住大地，使水留在其位。真主又创造一条硕大无比的大鱼，背上有一头巨牛，其大无比，地球就搁在巨牛角上。有意思的是，米南加保的创世神话也提到地球顶在水牛角上，要等到地球上的人灭绝了，水牛方可卸下地球，所以水牛过一段时间就要晃动一下脑袋，以查明地球上是否还有人存在，这就是地震的由来。米南加保的创世神话是否源于《古兰经》的创世神话，目前尚无法断定，但米南加保也是较早接受伊斯兰教的地区，看来不会只是一种巧合。后来真主在地球上创造了各种生物，创造了70个男人生活于世上不同的时期，每人活了7万岁……接下去便是各先知故事。同样一个先知，在《古兰经》里和《圣经》里其故事有所差异，侧重点有所不同。因为需要适应各自宗教所宣传的信仰。

《古兰经》的先知故事统称《先知传》，据传是一个叫吉沙伊的阿拉伯说书人于13世纪前写的。《先知传》的马来文本流传下来的多藏于伦敦、莱顿和雅加达的图书馆，版本不少，藏在雅加达博物馆图书馆里的就有6种，但不知是谁和什么时候写的，只知道其中有一部是由住在卡楞的一个叫侯赛因的布吉斯人抄录的。

第一部先知故事是讲人祖阿丹（亚当）和哈娲（夏娃）的来历和经历，与《圣经》里《创世纪》讲的不同，在《先知传》里创造亚当和夏娃的是真主。真主想造人祖，便命天使吉布利勒到世间取一把泥土，但吉布利勒没能完成任务，最后由阿兹拉伊完成，于是这位天使后来便成了专司人类死亡事务的四大天使之一。真主创造的亚当受到众神的膜拜，只有易卜劣斯不愿下拜，因而被驱出天国，成为到处诱惑不敬真主的人犯罪的恶魔。亚当和夏娃就因受这恶魔诱惑，吃了禁果而被逐出乐园，罚降到世上成为真主的代理人和人类的祖先。亚当的子孙开始分化，有的则成了异教徒，崇拜偶像，背离正道。于是真主派诸先知去点化他们信主，回到一神教的正道上来。

《古兰经》里曾提到名字的先知有25位（一说28位），其中最著名的是六大使者：阿丹、努哈、易卜拉欣、穆萨、尔撒和穆罕默德。在马来地区流行的穆罕默德以前的先知故事主要是那些比较著名和比较有影响的先知。例如被誉为“安拉的预言家”的努哈（诺亚）先知的故事，其基本情节与《圣经》里的诺亚方舟故事相似，不过努哈在这里是一位笃信真主、不屈不挠地宣传真主一神教的义士。他部族的人大多不信真主，对他百般虐待，他再努力宣传，信从者也不过50人。后来他奉真主之命造船，准备从洪水中救出人类，他部族的异教徒仍不信，在他造的船上拉屎撒尿，恣意糟蹋。最后的结果是，信真主者得救，其余全被洪水吞没。显然，这个故事主要是宣扬真主的至高无上，信从者得救，违抗者必亡。另一个广为流传的是更富有传奇色彩的易卜拉欣先知的故事。与《圣经》里的亚伯拉罕故事大不相同，这里的易卜拉欣被称作“安拉的至交”，是一神教的积极宣道者和不折不扣执行真主旨意的典范。他因捣毁偶像劝其父及族人放弃偶像崇拜而被众人投入火中。他听从梦中“启示”，忍痛地献子易斯马仪为祭，后来复受“启示”而以羊代之，伊斯兰教的宰牲节就是由此而来。易卜拉欣还奉真主之命在麦加建造克尔白，穆斯林相信巨石上的“足印”是易卜拉欣建造克尔白时留下的痕迹，迄今仍为朝觐者所膜拜。可见易卜拉欣先知在穆斯林心目中具有很高的威望。易卜拉欣先知故事里还有这样一段情节：占术师告诉残暴的南姆禄王将会有一个男孩出世毁灭他的王国，于是国王便下令禁止所有夫妻同房。但他的一个卫士的妻子后来怀孕了，占术师又来报告说，那个将出世的男孩已进入了母体。于是国王又下令搜查所有孕妇，将胎儿统统打掉。卫士的妻子躲藏在洞穴里，生下的男孩就是易卜拉欣。

长大后，易卜拉欣靠真主派援的蚊子大军消灭了不愿皈依真主一神教的南姆禄王。这一故事情节常为马来民间说书人所借用，经改头换面后而成为马来传奇故事里的一种俗套。其他先知如尔撒、优素福、穆萨、达伍德、素赖曼、优努斯等各有各的故事，在《圣经》里都能找到对应的人物和故事。所不同的是，在《古兰经》里，这些先知都成了宣扬真主一神教义的使者，已经被加工改造过了，与穆罕默德先知有承传关系。例如尔撒先知（耶稣），在《圣经》里他是“上帝圣子”，在《古兰经》里则成了真主的六大使者之一，是“安拉的灵气”。穆萨是《圣经》里的摩西，这里则成了“安拉的代言人”。《古兰经》里的先知及其故事能在《圣经》里找到其对应的人物和故事，大都属穆罕默德出世之前已深入人心的著名先知。另外还有不少先知故事在《圣经》里是没有的，如阿尤布、埃利亚斯等先知故事。他们的故事不与其他宗教故事重叠，更直接表现了对真主的忠诚和顺从。穆罕默德以前的先知故事可以说是为穆罕默德先知的出现作铺垫，同时也为说明真主为何最后还需要派穆罕默德作为“封印使者”来到世上的缘由。穆罕默德之前的先知们确实为宣扬真主和一神教做了艰苦卓绝的努力，但他们看来有些势单力薄，遇到的对手往往比自己强大得多，故难获全胜。由于那些先知都有局限性，真主便决定派最后一个也是最有权威的先知和至圣来担负完整传达真主命令、传布“安拉之道”的重大使命，这最后一个先知和至圣就是穆罕默德。

作为真主的最后一位先知和使者以及伊斯兰教的创始人，穆罕默德是穆斯林的至圣，享有绝对的权威。他的言行成了穆斯林的光辉榜样，所以有关他的生平故事尤其受到推崇和传诵。流传在马来地区的穆罕默德生平故事大都来自波斯，可分三类：

第一类是讲他的生平，从出世、早年放牧、长大经商、受雇于富孀而后结婚、40岁得真主启示而开始传教，从麦加迁徙麦地那、与麦加贵族不断进行宗教战争，一直讲到他的最后胜利和去世。这类故事带有传记性质，但含有更多的虚构成分，旨在神化他作为“封印使者”的形象。在马来文学里，有两部作品比较完整地讲述穆罕默德的生平，一是《穆罕默德·哈纳菲亚传》的头一部分；一是《先知传》。

第二类是为证明穆罕默德是真主的“封印使者”而显示种种神迹的故事。这类故事神话色彩更浓，各故事一般独立成篇，互不连贯，是直接为宗教宣传服务的。例如讲穆罕默德出世的故事《穆罕默德之灵光》，就与第一类的传记故事不同，完全是神话故事。这个故事在神秘派中特别流行。9世纪起，苏菲派学者就议论有关穆罕默德之灵光问题，认为那灵光是由真主在创世之前创造的，经过亚当一代一代传下去，最后传到穆罕默德，成为他的灵魂，因此穆罕默德是真主创造贯通万物之灵光的最后体现者。《先知归真记》则讲穆罕默德临死前的交代嘱咐，也是一种宗教的说教而非事实的记录。当有一天死神来造访时，穆罕默德感到最伤心的是，怕他离开人世后人们将不再笃信真主。于是他向家属和所有信徒宣布他的死期将到，要他们在他死后继续严守教义教规，并要求还清他欠的一切道义上和物资上的债务。有一个叫阿卡萨的人站出来说，真主的使者在一次圣战中曾用马鞭抽打过他，现在要求清算。穆罕默德立即叫人拿马鞭，让那个人抽打他。阿里和法蒂玛要求代穆罕默德受刑遭阿卡萨拒绝，因为他只想鞭打过去曾经鞭打过他的人。穆罕默德毫不迟疑地脱下他的衣服敞开胸脯露出肚脐。阿卡萨立刻跑过去吻穆罕默德的肚脐，一边喊叫："我已如愿以偿了！"脸上顿时放射光芒。穆罕默德说："谁想看到天堂里的人脸，就看阿卡萨的脸吧。"穆罕默德一一交代和嘱咐完毕后便安然离开人世，天堂的门已为他打开，天使们也在夹道相迎。这个故事和上面讲的穆罕默德先知的出生故事一样，与真正的传记里讲的相距甚远，它纯粹是个宗教故事。

穆罕默德在世时，为了让人相信他是真主的使者从而愿意皈依伊斯兰教，他必须显示凡人做不到的神迹。《切月记》讲的就是穆罕默德如何向哈比卜国王显示神迹。他按国王的要求召月亮下凡念"清真言"，然后让月亮从他右袖进左袖出，再把月亮一切二，然后让其复原。国王及其臣民目睹发生的一切无不心服口服，遂皈依伊斯兰教。还有《先知修发记》也属此类作品，说四大天使之一的哲布勒伊来给穆罕默德先知修发，有多少头发被剪下来就有多少天使去接，每位天使接一根发作护身符，所以没有一根头发掉落地面。这类先知神话故事趣味性较强，寓说教于娱乐之中，在民间甚受欢迎，流传甚广。

第二节　穆罕默德先知伙伴故事和伊斯兰教英雄故事

这类传奇故事多半也来自波斯，受什叶派的影响较大。故事的主人公有两类，一是穆罕默德的密友，尤其是后来成为他的继承人的四大哈里发，一是穆罕默德统一阿拉伯半岛和四大哈里发时期伊斯兰教的圣战英雄，他们在扩张伊斯兰教势力的征战中，在伊斯兰教上层内部的争权斗争中，在镇压氏族部落的反抗中，发挥了重大的作用，立下了汗马功劳，一向为广大穆斯林所歌颂和崇敬。

故事里所讲的穆罕默德伙伴历史上大都确有其人，但讲的并非其真实的经历，而是虚构的传奇神话，专为宗教宣传而编的。可以看出，这类故事受什叶派的影响较大，把阿里放在比较特殊的地位上。拿《达敏·尔一达里传》为例，故事的主人公达敏，在历史上原是信奉天主教的人，回历7年皈依伊斯兰教，但故事里并没讲他如何改奉伊斯兰教的实际过程，而是大讲他神话般的经历和创造的奇迹。最后把阿里抬出来，说他能和久别的即将跟别人结婚的妻子重新团圆，全归功于阿里的神断。从这里也可以看出，编写这类故事都出于一定的宗教动机。类似的作品还有《阿布·萨玛赫传》、《萨玛温传》等，里面同样可以看到阿里的影响和作用。

从宗教宣传的效果和对马来古典文学的影响来看，最突出的还是伊斯兰教英雄故事。这类故事数量不少，而对马来民族和马来古典文学影响最大的有三部：《伊斯坎达传》、《阿米尔·哈姆扎传》和《穆罕默德·哈纳菲亚传》。

《伊斯坎达传》讲的是马其顿亚历山大大帝的征战故事。亚历山大的阿拉伯译名是伊斯坎达，在穆斯林心目中他是穆罕默德先知之前第一个弘扬一神教、征服异教徒、实现政教合一的伟大统帅和英勇统治者。关于亚历山大大帝生平的传说，主要来自民间，据传最早是由一位希腊化的埃及人于公元前2世纪编写的，书名叫《伪卡利斯提尼斯》。但马来文学中的《伊斯坎达传》源出何书，则说法不一。一说是从阿拉伯文本改写过来的，可又无法确定是哪一文本；另一说是从《古兰经》、波斯菲尔多西的《王书》、《伪卡利斯提尼斯》

和《圣训经》这四个来源编写而成的。这一说法也有待进一步证实。但有一点是可以肯定的，即《伊斯坎达传》是属于最早传入马来地区的此类英雄故事之一，因为在由果亚带回来的《马来由传记》里已引用了其中的一些故事。再就是《伊斯坎达传》里的主人公伊斯坎达（亚历山大大帝）是被当作一神教的积极传播者和政教合一的伟大统治者加以颂扬的。他率大军东征西伐，从埃及一直打到印度，每到一处，即娶当地公主为妻以繁殖后代，使他所征服的地方一一皈依易卜拉欣（伊斯兰教承认他是安拉六大使者之一）的一神教，消灭一切异端，建立政教合一的统治。许多伊斯兰王朝统治者都极力想把自己与他联系起来，借他的威望来荣耀王族的出身，树立王族的权威。最早的马来伊斯兰王朝的统治者也极力把伊斯坎达说成是马来王族的先祖，在马来古典文学中，《伊斯坎达传》便成了叙述马来王族起源的重要依据，使这部英雄传奇在马来王族历史和马来古典文学中，占有特殊的地位。

《阿米尔·哈姆扎传》和《穆罕默德·哈纳菲亚传》则以伊斯兰教伟大捍卫者的面貌出现，他们在争权斗争和“圣战”中所立下的丰功伟绩为穆斯林所敬仰和崇拜。《阿米尔·哈姆扎传》无疑是从波斯传进来的，因为其序言是用波斯语写的，里面还引了不少波斯诗歌和搀杂好些波斯的英雄故事，可以看出什叶派的影响甚大。阿米尔·哈姆扎是真实的历史人物，是穆罕默德的叔父。起初他反对穆罕默德，敌视伊斯兰教，后来悔悟了，成为穆罕默德和伊斯兰教最骁勇善战的捍卫者之一。他率领伊斯兰军队不断征伐异端，抵抗古来氏贵族的多次侵袭，特别是在白德尔战役和吴侯德战役中，战功赫赫，被视为伊斯兰教的大英雄。但英雄故事里的阿米尔·哈姆扎不是历史的真实人物，而是为宣传伊斯兰教虚构出来的艺术形象。阿米尔·哈姆扎在波斯尤受尊崇，有关他的英雄传奇故事可能早已在民间流传，经后人不断加工和补充，特别是吸收了波斯菲尔多西《王书》里鲁斯坦姆的一些英雄故事和阿拉伯《一千零一夜》里的一些冒险故事，内容越来越庞杂，离历史事实也越来越远，到编成《阿米尔·哈姆扎传》时，已成为一部由91个故事所组成的、卷帙浩繁的宏著，其中有的版本长达1843页。差不多同一时期传进来的英雄故事《穆罕默德·哈纳菲亚传》其主人公哈纳菲亚也是历史上的真实人物。他是第四任哈里发阿里与另一个妻子所生之子，与哈桑、侯赛因是同父异母兄弟。阿里是穆罕默德的女婿，特别受到什叶派的推崇，唯有他及其后嗣才被承认为穆罕默德的合法继承人。阿里执政期间内部权势之争甚炽，特别是与倭马亚家族的矛盾十分尖锐。阿里死后不久，哈桑被毒死，侯赛因也在卡尔巴拉战役中死于倭马亚家族亚齐德之手。亚齐德欲斩草除根，把阿里家族的妇女统统活埋。哈纳菲把阿里家族的人重新集合起来，与亚齐德展开激战，最后把亚齐德打死。哈纳菲立阿比丁为王，促各王侯归顺，统一于伊斯兰教的旗帜下。哈纳菲成为伊斯兰教的大英雄，继续征讨，在与亚齐德追随者的战斗中失踪，从此不知去向。这部英雄传奇故事是以歌颂阿里派为中心思想，全书共分三个部分：第一部分实际上是讲穆罕默德先知的生平故事；第二部分讲哈桑和侯赛因的故事；第三部分才是讲哈纳菲的征讨故事。其编写者看来是什叶派的人，所以学者们认为这部作品也是从波斯传进来的。以上两部英雄传奇故事在马来经典名著《马来纪年》里都已提到。该书第三十四章里有这样一段记载：满剌加（马六甲）王朝遭到葡萄牙人的侵袭，马来将士在上阵抗敌之前，要求国王阿赫玛德苏丹为他们朗诵这两部伊斯兰教英雄故事以壮士气。这说明该两部作品较早已传入马来地区，有学者估计，在15世纪就已经广为流传。此外，还可以看到，这两部英雄故事不仅在宗教宣传上，在早期反对西方殖民入侵的战斗中也发挥了作为思想武器的战斗作用。

其他的伊斯兰教英雄故事，无论内容还是影响，都无法与上述三部作品相比，但也有自己的某些特色和侧重面，为宣传伊斯兰教各自发挥了一定的作用。例如《阿布·萨哈玛传》就着重于表现对真主法规的绝对遵守。阿布·萨哈玛是伍玛尔哈里发的次子，善于朗诵《古兰经》，深受臣民的爱戴，但他因受人的欺骗，与异教的女人生一子而犯天规。他心甘情愿地接受父亲按教法所给他的刑罚，被鞭打致死。由于他的父亲坚决执行真主的法规，所以阿布·萨哈玛死后升入天堂，坐在真主的左侧。阿布·萨哈玛虽不是什么英雄人物，但他同样表现为伊斯兰教崇高的卫道者和殉道者，起到了宣传伊斯兰教的效果。另一部作品《萨玛温传》则着重表现伊斯兰教英雄的先天性，塑造生来就该当伊斯兰教英雄的典型形象。萨玛温的父亲是异教徒国王。萨玛温生下来不愿吃母奶，除非母亲皈依伊斯兰教，母亲只好答应。萨玛温三天后就能和父母谈论伊斯兰教的问题，穆罕默德先知都来看他，并预言他将成为所向无敌的伟大武将。果然他后来成为协助穆罕默德征服异教徒的得力干将。还有一部相当流行的英雄故事是《罕达克王传》，以歌颂阿里在麦加和麦地那战役中统率伊斯兰大军战胜敌人的丰功伟绩为内容，但讲的全是神怪故事，无历史根据，不过可以看出什叶派对阿里的崇拜。

伊斯兰教传入爪哇后，伊斯兰教的先知英雄故事也从马来地区传过来，但爪哇的伊斯兰教先知英雄故事有自己的特色，即作品多已爪哇化。伊斯兰教传入之前，几世纪以来，爪哇的各王朝一直受到印度宗教文化和印度史诗文学的直接影响，已经拥有相当发达的古典文学和牢固的文学传统。在这种情况下，后来的伊斯兰文学必须适应爪哇古典文学的传统才能在爪哇立足，所以伊斯兰教先知英雄故事传到爪哇后就难以保持其原貌。爪哇的伊斯兰教先知故事统称“默纳故事”，大体有以下几个特点：（一）为了迎合爪哇人传统的审美情趣，可以在原故事中任意添枝加叶。例如爪哇有关亚当和夏娃的先知故事《阿姆比亚传》里就有这样一段情节在马来先知故事里是没有的。故事里说，亚当的子女后来有美丑之分，于是产生矛盾，都想娶美的为妻，兄弟阋墙，互相仇杀。在如何解决这一矛盾上，亚当和夏娃有分歧。亚当给子女配亲时，要求美的配丑的，丑的配美的，而夏娃则要求美的配美的，丑的配丑的。于是两人发生剧烈的争吵，不少美貌的子女纷纷逃往中国，在那里繁衍后代，并改奉偶像崇拜。这一情节看来是爪哇人后加的，是反映他们在现实生活中对中国人的印象和审美评价。他们常用“中国淑女”来比喻本族的美貌少女，而他们日常接触到的中国人也多是信神拜佛的。（二）把伊斯兰教先知英雄故事与爪哇传统的史诗故事和班基故事巧妙地结合起来。经常可以看到这样的情况，讲的是伊斯兰教的先知英雄故事，但在故事展开的过程中却不时看到爪哇史诗故事和班基故事的影子若隐若现。例如爪哇著名的先知故事《楞卡妮斯传》所叙述的主人公戈兰王子与慕卡丹公主悲欢离合的曲折经历，就容易让人想起爪哇班基故事里的伊努王子和赞德拉公主的经历。还有，在讲到楞卡妮斯假意答应嫁给马祖希以诓取他的法宝这一段情节时，也容易让人想起《阿周那的姻缘》中苏帕尔巴仙女诓骗罗刹王的一段故事。（三）以伊斯兰教的先知去取代印度教大神的地位。在爪哇传统史诗故事中，胜利者总是得印度教大神佑助的一方，而在默纳故事中则改为得伊斯兰教先知佑助的一方，变成伊斯兰教战胜了异教。（四）故事中有意贬低其他宗教，抬高伊斯兰教的地位。这方面的典型例子是《坎达故事》。这部作品内容十分庞杂，其中有伊斯兰教先知故事，也有印度和爪哇的神话故事，以亚当先知同恶魔马尼克马耶之间的长期斗争为主线，反映伊斯兰教与爪哇固有宗教和印度教之间的反复较量和斗争的过程。在整个较量和斗争中，先可以看到爪哇固有宗教的主神遭到印度教主神湿婆的排挤打击，后来印度教衰落了，爪哇固有宗教的主神东山再起，压倒了湿婆大神。当伊斯兰教进来之后，爪哇固有宗教的主神和印度教的主神又统统拜倒在亚当先知及其后继者的脚下。这显然是在暗喻伊斯兰教在与先人宗教的较量中取得了最后的胜利。伊斯兰教先知英雄故事虽是后来者，但因能做到与深受印度教文化影响的爪哇文学传统巧妙地结合而后来居上，得到爪哇人的欣赏和欢迎，因而取得了宣传伊斯兰教的好效果。

第三章 伊斯兰文化对马来古典文学的影响

第一节 马来伊斯兰王朝的历史传记文学

伊斯兰教先知英雄故事在马来地区的传播起到两种作用，一是意识形态作用，宣扬伊斯兰教的教义教法，向人们灌输伊斯兰教精神，培养伊斯兰教的宗教感情；一是文学交流作用，引进新的文学内容和形式，为马来古典文学的创立开路。

须文答剌—巴赛王朝是出现在苏门答腊北部的第一个马来伊斯兰王朝。它南有印度教的麻喏巴歇王朝，北有佛教的暹逻王朝，要在两强夹缝中抗衡生存，必须加强伊斯兰教的意识形态作用，用政教合一的政体来巩固王朝的统治基础。须文达剌—巴赛王朝建立后，王朝统治者从伊斯兰文学在马来地区的传播中，看到了文学所起的意识形态宣传作用和效果，所以在建立宫廷文学时，首先提出的任务是修王朝史，撰写王书（列王本纪），通过文学创作来神化和美化马来王族和马来王朝伊斯兰化的历史过程，树立马来王族的绝对权威。第一部马来王朝历史传记文学作品《巴赛列王传》就是这样产生的。

伊斯兰教先知英雄故事在马来地区的传播无疑会给马来王书的编撰者启示和影响。那些先知英雄故事像是历史人物传记，但里面多为神话传说，所以又不能看作是真正的史记。然而，它们又不是与历史毫无关系，它们是特定历史时期的产物，或多或少折射着历史的轨迹，好些人物和事件在历史上也确有其人其事。因此信者还是把它们当作真正的史书看待，并常常加以引用作为历史的依据。编撰此类作品的目的本来就是为了宣传伊斯兰教的至高无上，颂扬伊斯兰教的先知英雄，使人敬畏和崇拜。只要有利于此，流传在世的各种神话传说都可以收罗过来当作史料加以利用。《巴赛列王传》也照此办理，为了神化和美化马来王族的世系和宣扬马来伊斯兰王朝的“成败兴坏之理”，许多荒诞无稽的神话传说也都可以变成编撰者的历史依据。《巴赛列王传》主要记述1250年至1350年须文答剌一巴赛王朝的兴衰过程。有的学者认为该书写于14世纪或15世纪，也有学者认为还要晚些，目前尚难断定。书的前部分主要叙述马来王族的由来、须文达剌一巴赛王朝的建立和后来皈依伊斯兰教的过程。这部分的叙述多依据神话传说或虚构臆造故事。例如关于马来王族的由来，书中是这样写的：有一天，穆哈玛特王在开荒时，从竹子里发现一个女孩，便带回去抚养，取名竹子公主（这类故事在马来印度史诗故事《室利·罗摩传》里已经出现）。其弟阿赫玛特王在狩猎时，也从大象头上获得一个男孩，收养后取名红象王子（这类故事在大象传奇中也已出现）。须文达剌一巴赛王朝的创建者就是竹子公主和红象王子所生的儿子麦拉·希路。而他又是如何创建王朝的，书里是这样描述：有一天麦拉·希路巡游某地时，遇见一只猫一般大的蚂蚁，认为是个祥兆，便决定在那里建立一个王朝，取名“须文达剌”，即“巨大蚂蚁”之意。其实“须文达剌”一词的本义是“大湖泊”或“大洋”。后来，有一天须文达剌王又出去狩猎，来到一处高地，他的猎犬叫巴赛，对着站在高地上的一只白鹿狂吠不止。国王又认为是个祥兆，于是在那里也建立一个王朝，并以其猎犬名命名。这就是须文达剌一巴赛王朝的由来。这无非是想说明须文达剌一巴赛王朝的创建者不是普通凡人，而是不知从何而来的神秘的竹子公主和红象王子结婚后所生的超凡的人。这里还没有同伊斯兰教的先知英雄人物联系起来，看来是属于伊斯兰教到来之前的神话传说，但有意思的是，竹子公主和红象王子的收养者却已用阿拉伯名字了，而麦拉·希路这个名字又不是阿拉伯名字。这是否可以看做是一种过渡现象呢？麦拉·希路建立的须文达剌一巴赛王朝又是如何变成马来族的第一个伊斯兰王朝的呢？照书里说，是直接受穆罕默德先知的启示。话说麦拉·希路建立须文达剌王朝后，有一天夜里梦见穆罕默德先知向他嘴里吐唾沫，他即刻会念清真言了，醒来后他嘴里还不停地念诵，而且还会念诵《古兰经》，大臣们无不感到惊讶。国王说他在梦中还被告知，穆罕默德先知已派谢赫·伊斯马义从麦加前往须文达剌主持伊斯兰教大典。翌日，伊斯马义的船果真到达，麦拉·希路遂正式皈依伊斯兰教，被封为素丹，改名为马里宰儿·萨勒。从此须文达剌—巴赛王朝便全盘伊斯兰化了，成为东南亚最早的伊斯兰教中心。这段记述显然是在神化马来王朝伊斯兰化的历史过程，而后来的其他马来王朝的历史典籍里，在叙述马来王朝皈依伊斯兰教的经过时，也大多继承这一说法。《巴赛列王传》的后部分主要叙述伊斯兰王朝建立后如何面对南北两个强大的异教王朝的威胁。须文达剌—巴赛王朝伊斯兰化后日益繁荣，佛教王朝的暹罗王十分嫉妒，便派兵来犯，但遭到顽强的抵抗，大败而退。从此须文达剌—巴赛王朝的名声更加远扬四海。可是到了阿赫玛素丹执政时，由于他暴虐无道，残害亲生儿女，闹得众叛亲离，以致国势日衰，最后终于为印度教的麻喏巴歇王朝所灭。这部分的叙述，从宏观上来看，基本上符合历史的真实。须文达剌—巴赛王朝确实遭到过暹罗王朝的侵袭，后来也确实亡于麻喏巴歇王朝手中，不过在具体细节上绝不会像书中所描述的那样富有神话传奇色彩。这里还可以从另一个角度来看待它的灭亡，那就是在长期为印度教和佛教王朝所统治的东南亚地区出现的第一个伊斯兰王朝相对来说还是比较弱小的，在当时它还抵挡不住印度教王朝的排挤。

须文达剌—巴赛王朝实际上只是一个小王朝，但作为东南亚地区的第一个伊斯兰王朝其历史作用不可低估，它为后来的马来伊斯兰王朝奠定了政教合一的初步基础。其后在马来半岛南边崛起的满剌加（马六甲）王朝可以说是东南亚地区最强大的伊斯兰王朝，它仍把须文达剌—巴赛王朝看做是自己的前朝，并继承其宗教文化的传统。《巴赛列王传》也被奉为马来王朝历史传记文学的开山之作，后来编撰的有关满剌加王朝兴衰过程的《马来纪年》和其他地方马来王朝所修的王书直接或间接无不受其影响。

《马来纪年》这部被马来人奉为马来历史的经典之作，是马来王朝历史传记文学中最重要和最有影响的作品。该书内容十分广泛，涉及到马来民族整个发展的历史及其政治、宗教、文化等各个方面的发展演变，可以说是一部描绘马来民族和马来王朝全部兴衰历史的长画卷，历来为国内外学者所重视，成为研究马来社会文化历史的一个重点。

《马来纪年》的作者和产生年代至今仍众说纷纭，尚无定论。多数人认为该书作者是曾任柔佛王朝宰相的敦·斯利·拉囊，因为书中前言有这样一段话："寡人命宰相撰一部史书，记载马来诸先王之业绩及所定之朝纲、礼仪、习俗等，俾子孙后代得知其由来，永志不忘，并从中获得教益。"那受命的宰相就是敦·斯利·拉囊。但也有持反对意见的，认为马来古典文学作品无署名之习惯，未能以此来断定其作者。不管怎么说，一般认为敦·斯利·拉囊至少是最后的集大成者。据传，在成书之前，先有马来王族的世谱故事，后有从果亚带回来的马来本纪故事传世，而敦·斯利·拉囊是最后的加工成书者。《马来纪年》于1831年由著名的马来作家阿卜杜拉·门希首次整理出版，后来根据不同的传本一再出版，并已翻译成英、法、中等国文字。全书共34章，叙述从马来王族的起源、王族系谱、第一个马来伊斯兰王朝的出现，直到满剌加王朝的全盛和最后消亡这一漫长的历史演变过程。尽管书名叫《马来纪年》（直译是《马来由历史》），但里面所记载的史实不少是来自神话传说，不足为凭，故不能看作是一部真正意义上的史书。然而在马来民族眼里，它是唯一的最全面阐述马来民族发展史的经典著作。伊斯兰教在该书中被当做马来王朝上层建筑的意识形态基础，像一根红线贯穿马来民族的物质和精神生活的各个领域。与《巴赛王列传》相比，《马来纪年》把马来王朝与伊斯兰教的关系结合得更紧密，在叙述马来王族的谱系时，一开始就把马来王族的族源与伊斯兰教先知英雄挂上钩。如果说在《巴赛列王传》里，第一代马来王的祖先还是来历不明的话，那么在《马来纪年》里，这个历史的悬案已得到了明确的答案：马来王族的先祖就是《伊斯坎达传》里的伊斯坎达，即亚历山大大帝。编撰者用自己的想象力虚构了这样一个故事，说伊斯坎达征服印度后便与印度公主结婚，其后嗣苏栾王在印度实现了一统天下，后来还想远征中国，但没能成功。他进入海底与海底国的玛达布尔公主结婚，生下的三个王子长大后回到陆地，出现在苏门答腊岛的希昆当山上，大王子被当地人拥立为王，这便是第一代的马来族王。马来王族的世系就这样通过印度王族与被奉为伊斯兰教先驱英雄的亚历山大大帝对接上了。这似乎可以看做是伊斯兰文化与印度文化在这一地区的承转关系。接着是叙述第一个马来伊斯兰王朝建立的经过，这部分基本上抄袭《巴赛列王传》。很显然，编撰者是企图借这两个故事来强化伊斯兰教在马来王朝中的统治地位，同时也为马来王族树立绝对权威。之后，书中的大部分篇幅都用来叙述满剌加成为伊斯兰王朝后的兴旺发达的景象：对内确立了伊斯兰教的教法教规和典章制度，向周围扩展势力，使国势日盛；对外实行“远交近攻”的策略，与中国联姻修好［甚至把中国皇族也说成是伊斯坎达（亚历山大大帝）的后裔，与马来王族有血缘关系］，有效地制止佛教的暹罗王朝和印度教的麻喏巴歇王朝的侵犯，提高了满剌加王朝的国际地位。满剌加王朝时期可以说是伊斯兰教在东南亚的全盛时期，以满剌加王朝为中心，伊斯兰教势力迅速向马来群岛的其他地区扩张，出现伊斯兰化的强劲势头，伊斯兰文化逐步取代印度宗教文化的长期影响而成为马来地区的统治文化。而满剌加王朝的灭亡则意味着伊斯兰教势力在政治上开始受到西方殖民主义的严重打击，从攻势逐步转入守势。《马来纪年》在一定程度上反映了上述的时代风云变化，它在马来王朝历史传记文学中具有特殊的地位，被奉为最高典范。后来各地出现的伊斯兰王朝，在修自己的王书时，大多以《马来纪年》为样板，但在质和量上都无法与它相比。

伊斯兰教势力向四面扩张后，出现了好些地方性的伊斯兰王朝。不少地方王朝也仿效满剌加王朝修王书。在书中叙述王族的由来和皈依伊斯兰教的经过，其中有虚有实，把神话传说和历史事实糅合在一起，有的还能看到中国和印度文化的某些影响。例如《梅隆·马哈旺沙传》所讲的吉打王朝的创建历史和伊斯兰化的经过，虚构就多于真实。前半部讲的是伊斯兰化以前的历史，纯系神话故事，其中也说起从竹子里生出来的王子和神象选王的故事。更有意思的是，故事的开头却先讲中国公主与罗马王子的一段姻缘。罗马国王想为王子娶中国公主而遭金翅大鹏鸟的反对。金翅大鹏鸟把中国公主劫往朗卡威岛藏了起来。罗马王命梅隆·马哈旺夏护送罗马王子去中国成亲，途中被金翅大鹏鸟拦截，船被打翻，王子被海浪抛到朗卡威岛。王子见到中国公主，两人一见钟情，坠入爱河。金翅大鹏鸟拜见素赖曼先知，夸口它已成功地把中国公主与罗马王子分开。素赖曼先知说，有四件事是人不能自己决定的，即生计、死亡、配偶和到时的离异，然后告诉它中国公主与罗马王子已结成一对了。金翅大鹏鸟羞愧而退，把公主和王子送回中国。翻船后，奉命护送罗马王子的梅隆·马哈旺夏也没有淹死，漂到另一个岛上，在那里建立朗卡苏卡城并当上国王，他的儿子后来成为吉打王朝的开国君主。很显然，这段故事全系编造，毫无史实根据，但也不是一点意义都没有。不妨这样看，金翅大鹏鸟（来自印度神话）、中国公主、罗马王子和素赖曼先知正好代表了四种文化背景，这正好说明吉打王朝伊斯兰化之前已受多元文化的影响。关于吉打王朝皈依伊斯兰教的过程仍然充满神话的色彩，不过有一点也许比较接近事实，那就是前来传教的是实在的人，即从巴格达来的伊斯兰教贤者谢赫·阿卜杜拉。

各王朝所修王书其虚实程度差别很大，例如《班查尔与哇灵因城纪事》里所讲的加里曼丹班查尔王朝皈依伊斯兰教的过程则比较接近于历史事实。书中说，班查尔王子沙姆德拉在争夺王位时，向爪哇的淡目伊斯兰王朝求援。淡目王答应出兵，条件是班查尔必须皈依伊斯兰教。沙姆德拉王子答应，所以在取胜之后便立刻改奉伊斯兰教。从历史上看，班查尔王朝的皈依伊斯兰教确实有其政治原因，就是为了满足爪哇淡目伊斯兰王朝提出的援救条件。《古戴世系》记述加里曼丹古戴王朝皈依伊斯兰教的经过则虚多于实。书中说：马可达王执政时期来了一位叫端·栋岗的伊斯兰圣人，他劝国王入教，国王要他显示神迹方可相信。于是他变出熊熊大火，然后又变出倾盆大雨将火灭掉。国王信服，立即入教，后来成为最虔诚的伊斯兰王朝的国君。这故事使人想起穆罕默德先知显示神迹的故事。叫端·栋岗的伊斯兰教贤人也许真有其人，但他能显示神迹纯系神话，这是现实与神话编织在一起的又一个例子。从以上所举的例子中，还看不到有西方殖民势力的影响，那些小王朝的王书可能写于西方殖民入侵之前，或者西方殖民势力尚未到达该王朝的时候。

1511年满剌加王朝为葡萄牙殖民者所灭，从此东南亚的形势大变，民族矛盾逐步上升为主要矛盾，伊斯兰教也从抗拒印度教和佛教势力变成了抗拒西方殖民入侵的思想武器。这时，马六甲海峡周围地区已成为伊斯兰教势力与西方殖民势力较量的主要场所。满剌加王朝灭亡后，苏门答腊岛北端的亚齐王朝取而代之，成为17世纪伊斯兰教在东南亚的政治文化中心，也是反西方殖民入侵的主要堡垒。其他地方出现的伊斯兰王朝都是地方性的小王朝，处于封建割据状态，成不了大气候。而各王朝之间还矛盾重重，经常打来打去，给西方殖民侵略者以可乘之机，坐收渔人之利。这种历史风云的变化在一些王朝所修的王书里多少也有所反映，下面介绍几部较有代表性的作品。

亚齐王朝所修的《亚齐志》是较早的一部，书里还表现出作者对王朝统治者的极力神化和美化。《亚齐志》写于伊斯坎达·慕达执政时期（1606—1636年），大部分篇幅用来为这位亚齐国王歌功颂德，因此有人认为不如把书名改为《伊斯坎达·慕达传》更为贴切。书的作者不详，因为该书的前几页已佚失，作者可能是一位学识渊博，通晓阿拉伯、波斯、土耳其等国语言的宫廷文人。书的开头也先讲亚齐王族的由来，有些仿效《巴赛列王传》，也把亚齐的第一代王说成是一个国王和竹子公主所生的后裔。接着讲亚齐各先王的事迹和王朝的演变，而讲到伊斯坎达·慕达时，作者改用浓墨重彩，极尽渲染美化之能事，说他出世前祥瑞涌现，出世后更异乎寻常，5岁能骑象，7岁能套大象，9岁精通各种武器，10岁向葡萄牙人显示高超的骑术，12岁单枪匹马杀死一头野牛，13岁能熟练诵读《古兰经》和其他伊斯兰教经典等等。他的超凡表现传遍四海，连伊斯兰教的圣地麦加那都在传诵他的超凡事迹。这种采用神话的极度夸张描写，是想把亚齐王伊斯坎达·慕达塑造成伊斯兰教英雄式的人物和政教合一的英明君主，以提高他在伊斯兰教王朝和反西方殖民入侵中的威望和号召力。他执政时期正是亚齐王朝的最盛时期，这部书可以说在一定程度上表现了当时在西方殖民威胁面前，亚齐王朝统治者还有很强的自信心。

十八九世纪，随着西方殖民势力的不断扩张和伊斯兰教势力的节节败退，东南亚只剩下一些地方性的小伊斯兰王朝，如柔佛王朝、寥王朝、米南加保王朝、霹雳王朝等。各王朝统治者之间为了各自的利益不断互相攻打征伐，有的还不惜向西方殖民者求助，并与之合作来对付敌手。而西方殖民者也充分利用各马来王朝统治者之间的矛盾，支持一方、打击一方，扩大自己的殖民势力。这种伊斯兰化和殖民化的历史演变在19世纪尤为突出，对这段历史描述最全面的是《珍贵赠礼》，这部写于19世纪中叶的作品被认为是继《马来纪年》之后最重要的马来王朝历史传记作品。它记述满剌加王朝灭亡后马来王族的延续情况，从柔佛王朝的建立一直讲到英国殖民者莱佛士在新加坡的开埠。里面几乎没有什么神话故事，所记接近于实录，所以有较大的史料价值。其他的王朝历史传记作品如《柔佛国传》、《马来和布吉斯世系》、《百大年传》等，一般只记述本王朝的兴衰和与本王朝有直接关系的事，限于地区范围，面比较窄，缺乏普遍意义，写得也比较琐碎和枯燥，文学价值不大，但多少还有史料的参考价值。

第二节　马来王朝的伊斯兰教经典文学

除历史传记文学，马来王朝宫廷文学的另一个重要组成部分是伊斯兰教经典文学。这部分主要是为确立王朝的伊斯兰教意识形态的统治地位服务的。

伊斯兰教最权威的根本经典是《古兰经》，其内容主要是阐述伊斯兰教的教义教法，规定伊斯兰教最基本的信仰信条：一、信真主，这是伊斯兰教信仰的核心；二、信使者，承认诸先知是真主的使者，而穆罕默德是真主的最后使者；三、信天使，他们是听候真主的调遣传达真主旨意的天神，尤其是向穆罕默德传达“天启”的吉布利勒（迦伯利）；四、信经典，承认《古兰经》是真主的“启示”，还有引《旧约》、《圣经》也是“天启”的经典；五、信前定，世间一切都是真主预先安排好的，只能顺从；六、信后世，人在今世死后转后世，世界末日之时，死人将复活，接受最后的审判，善者进天堂，恶者下地狱。仅次于《古兰经》地位的经典是默罕默德的言行录《圣训集》，被认为是穆斯林生活和行为的准则，是伊斯兰教立法的重要依据。另外还有各派经注学也对伊斯兰教意识形态的形成起着不同的作用。马来王朝的伊斯兰教经典文学就是以伊斯兰教这些基本的经典为指导和基础，结合本王朝的特点和需要而建立起来的具有意识形态权威的宫廷宗教经典文学。

马来伊斯兰王朝建立后，如何用伊斯兰教的意识形态来巩固政教合一的王朝统治的基础，成为宫廷文人的重要任务。当伊斯兰教的中心转移到亚齐之后，伊斯兰教学者和教师纷纷转到亚齐并深受王朝统治者的青睐，不少人在宫廷里担任要职，充当御用学者。亚齐王朝成为马来王朝伊斯兰教经典文学的基地。在传播伊斯兰教思想的过程中，以哈姆扎·凡苏里和山素丁·尔一苏马特拉尼为代表的神秘主义的苏菲派曾经起了重要的作用，他们撰写了好些宣传该派的教义教法之类的书，但后来神秘主义的正统派更受王朝统治者的器重，在宫廷文学里占主导地位，神秘主义的苏菲派便遭到严重的打击和排挤，其著述多被销毁。神秘主义正统派学者最有影响的是布哈里·乔哈里和努鲁丁·尔一拉尼里，他们的作品成为马来王朝统治者的治国论和穆斯林百姓的生活指南。

布哈里·乔哈里的生平不详，有人说他可能是来自柔佛的阿拉伯裔马来人。他的最有影响的作品是《众王冠》，有学者认为该书是于1603年从波斯作品译改过来的，因为里面采用了不少波斯诗体，王子大臣也多用波斯名，看来深受波斯的影响是毋庸置疑的。这部带有“统治论”性质、涉及面相当广泛的马来伊斯兰教经典类著作，共24章，每章含一个中心内容。在赞颂真主，穆罕默德先知和四大哈里发之后，作者表明其撰写的目的是要阐明一切国王、大臣和庶民所应尊照的言行准则。第一章讲人必须先知己而后知真主，正如先知说的："谁认识了自己，实际上也就认识了他的真主。"然后详细地论述人的一切是真主创造的和赐予的，所有人最后都要受到末日审判。第二章讲真主是宇宙万物的创造者、恩养者和唯一的主宰，是全能的、全知的、大仁大慈和独一无二的，因此必须绝对顺从。第三、四章讲今世的暂时性和后世的永恒性，时时不忘人的死亡和最后归宿。第五章讲亚当先知为何被逐出天国而罚降到世间，要人们时时不忘所犯的过错。接着讲诸先知如何过简朴的生活，作为王者所必须具备的十个条件。其中的第十个条件是王者必须是男人，但如无男性继承人，女人也可以继承王位。这一条看来是根据亚齐王朝的特殊需要定的，因为在亚齐王朝第一位女王莎菲亚杜丁去世后，接连有三个女王执政。第六、七章讲如何当一位公正贤明的国王。第八章讲一位公正的伊斯兰国王如何对待异教徒的国王。这一章特别强调国王要公正，要施仁政。公正的异教徒国王同样也会受到赞扬，"公正者连同其异教信仰将长治久安，而暴虐者则不会长久"。为了说明这一点，书里还列举了好些公正的异教徒国王施仁政的生动故事，特别有意思的是引用了这样一段中国皇帝的故事：中国皇帝十分关怀百姓的疾苦。有一次他得重病而导致双耳失聪，因此再也不能亲自倾听百姓的呼声。为此他悲痛不已，众大臣劝慰都无济于事。后来他想，没有耳朵还有眼睛，于是诏示全国谁有冤情和困难可以穿上红衣衫把要告的事写在上面，然后直接面君。这样皇帝又等于能直接听到百姓的呼声，可以亲自及时处理了。拿中国皇帝作为例子，固然是因为中国不是伊斯兰教国家，但也说明中国在东南亚有相当大的影响。书中还提到在天堂与地狱之间有一处叫阿拉夫的去处是专为非伊斯兰教的公正帝王而设的。作为异教徒他们将来是进不了天堂的，但也不用下地狱，因为他们生前公正和施仁政。这一章多少反应了普通百姓对统治者施仁政勿施暴政的企盼。第九章讲残害百姓的无道暴君，最后遭到灭亡。第十章讲大臣要贤能和称职，说一个王朝要靠四根顶梁柱：一、深谋远虑的稳重老臣；二、英勇善战的武将；三、善于理财的大臣；四、信息灵通的情报官。与此同时，还阐述了君臣之道和为人臣的27条准则。第十一章讲文字的重要性，只有通过文字人们才能知晓一切事物的始末。第十二、十三章讲侍臣和公差的行为规范和准则。第十四、十五、十六章讲家庭父子之道，待人处世之方和修身养性之理。第十七章讲为君之道，提出做公正明君的十个条件，如爱护百姓，为民伸冤，从轻量刑，宽宏大量，信守伊斯兰教法等。第十八、十九章讲各种宗教学问，如天启、占卜、功修等。第二十章讲国王应如何善待其穆斯林百姓，要按伊斯兰教法教规行事。第二十一章讲在伊斯兰教国王统治下的异教徒百姓应遵守的20条规定，如不准盖新的庙宇，不准穿穆斯林服装和使用穆斯林的名字，不许家藏兵器，禁止出售烈酒等。第二十二、二十三章讲乐善好施，济世救人和信守诺言，言行必果等。第二十四章是结尾，作者向四种类型读者提出希望：第一类是虔诚公正的国王，希望这本书能成为他忠实的伙伴，把百姓治理好；第二类是文武百官，希望这本书有助于他们去治国安邦；第三类是有信仰的百姓，希望这本书能使他们忠于国王；第四类是文书官，希望他们能正确无误地抄录本书。布哈里的《众王冠》可以说是马来地区第一部系统地用伊斯兰教教义教法阐述马来王朝君臣之道的统治论著述，影响深远。19世纪著名的马来作家阿卜杜拉·门希在《吉兰丹航游记》一书中提道："所有国王都应拥有《众王冠》并每日不离手，要找精通的学者向他求教，接受贤者的一切教诲，以便了解一切有关明君与暴君之分野。"

另一部最有影响的马来伊斯兰王朝的经典类作品是《御花苑》，作者努鲁丁是激烈反对苏菲派的正统派御用学者。他的生平也鲜为人知，据说来自印度瞿折罗，1618年移居亚齐王朝管辖下的彭亨，并开始用马来语著书。他于1637年来到亚齐，受亚齐王朝丹尼素丹的重用，任宫廷宗教师和御用学者。他在丹尼素丹的支持下大力发展正统派势力，斥苏菲派为异端邪说，进行残酷的迫害，焚烧他们的著述。他的过激行为引起人们的不满，1644年他不得不离开亚齐，1658年去世。《御花苑》可以说是马来伊斯兰教经典类著作中最大的一部，全书分七篇，长达1250页。第一篇讲天地万物之形成、日月星辰和风雨雷电的出现、天神恶魔的产生等创世神话。第二篇讲王朝谱系，从上古西亚、埃及、印度等诸王的谱系，一直到满剌加（马六甲）、彭亨和亚齐王朝诸王的谱系。第三篇，讲当君王的条件，哈里发和君王们应有的德行，当宗教法官、宰相、文武官员等的条件等。第三篇原作已遗失。第四篇讲君王出宫修行，履行教规义务和过去先知圣人的故事。第五篇讲暴君奸臣的恶行和最后遭到真主的惩罚。第六篇讲乐善好施的正人和从事圣战的勇士。第七篇讲人类的学问、医学、门第、婚姻、妇道等。全书在说教中穿插了许多神话故事，所以具有一定的文学价值。努鲁丁著述甚丰，约有29部，大都属于宣传其宗教思想的作品，如《人类认识灵魂和真主的秘诀》、《贤者拒绝异教徒信念的论据》、《宗教论述》等。

亚齐王朝时期还有一些知名的伊斯兰学者，如阿卜杜尔·拉乌夫·辛格尔等，也有不少著述，但其影响远不及布哈里和努鲁丁。由于这些正统派学者得到王朝统治者的信赖和支持，他们的作品流传甚广，所宣扬的宗教观点和伦理思想，渗透到东南亚穆斯林精神和文化生活的各个领域，影响深远。

亚齐以外地区，特别在巨港，也有一些有关伊斯兰教的经典类作品问世，其中流传较广的有《一千个问答》，作者不详，可能在1712年以前就已流传。这部作品是从波斯文翻译成查威文的，以犹太修士向先知提问的方式来阐明伊斯兰教的教义教法等。巨港还有一些知名的作者，如希哈布丁、格玛斯·法鲁丁、阿卜杜儿·萨玛特等，他们的作品多是从阿拉伯文作品译改过来的。

第三节　马来传奇故事——希卡雅特

马来古典文学中最主要的散文形式是一种叫“希卡雅特”的传奇故事，产生的年代无法确定，因为此类作品都无署名，也不标写作日期，最初是借用阿拉伯字母的查威文写的。“希卡雅特”一词也是从阿拉伯语借用过来的，所以一般认为，马来“希卡雅特”传奇故事的兴起，当在伊斯兰文化文学传入马来地区之后。

伊斯兰文学首先在马来群岛商业比较发达的地区得到传播，逐步取代了印度宗教文化的影响。而富有传奇性的伊斯兰教先知英雄故事的传入，又刺激了日益扩大的市民阶层对文学的兴趣。他们在劳累了一天之后，很需要有更富娱乐性的讲唱文学来调剂精神，“希卡雅特”传奇故事的出现正是适应了他们的这一需要。它以人物形象鲜明生动、故事情节起伏跌宕和语言风格通俗畅晓而备受市民阶层的喜爱，成为讲唱文学中人们最喜闻乐见的散文形式。

希卡雅特是一种为“作意好奇”而编的人物传奇故事，早期的作品带有从印度教向阿拉伯伊斯兰教过渡的时代痕迹。最早出现的作品还是从爪哇传过去的印度史诗故事《室利·罗摩传》，但已经被加工改造过，使之适应信仰伊斯兰教的马来读者听众的口味。马来古典文学中的《室利·罗摩传》，讲的是

《罗摩衍那》的故事，但与印度教影响时期的爪哇印度史诗的罗摩故事大相径庭，它已失去印度教经典的性质，等同于一般的民间传奇故事，而且里面还掺入不少伊斯兰教的成分。例如把印度教视为反面人物的十首罗刹王罗波那改造成正面的人物形象，说他用最严酷的自虐方式苦修了十二年而赢得真主的垂怜，是真主派亚当先知去满足他的要求，让他统治人间、天上、地下和海里的四大王国，条件是他必须主持公道，不得违背戒律。罗波那让自己的儿子当天上、地下和海里三大王国的国王，而他自己则当人间王国的国王，在楞伽城修建宏伟的宫殿，以贤明公正而赢得天下人的归顺。这段情节原故事里是没有的，显然是信奉伊斯兰教的人后加的，罗波那已重新被塑造成类似公正素丹王的形象。更有趣的是，加工者甚至把悉多也说成是罗波那的女儿，这样罗摩便成为罗波那的女婿。而在另一部作品《室利·罗摩故事》里，罗摩和悉多则成了神猴哈奴曼的父母，于是罗波那、罗摩和哈奴曼又成了祖孙三代，而罗波那还是老祖宗呢。由于人物的性质变了，讲到罗波那劫持悉多的那一段情节时，便出现重大的改动，说罗波那认出悉多是自己的女儿后，本打算立刻把她送回去，但为了考验罗摩对自己女儿的忠诚，才决定暂时把她留下，让罗摩前来解救。花这样大的力气来改造罗波那，使他从反面形象变成正面形象，看来是有其宗教动机的。罗波那能从反面人物变成正面人物，主要是因为他能以虔诚苦修而赢得真主的垂怜和佑助，同时也因为他是印度教大神毗湿奴的化身罗摩的对立面。有人还写了一部叫《罗波那大王传》的希卡雅特作品，专门为罗波那树碑立传。而作为毗湿奴大神化身的正面人物罗摩，在马来的罗摩故事里，却成了凡夫俗子，有的甚至把他贬为酗酒的牧象人，完全失去了原印度教中的神性光华。同样是印度《罗摩衍那》的故事，在爪哇古典文学和在马来古典文学的地位和作用为何差别如此之大，这是因为爪哇古典文学的兴起，是在伊斯兰教进来以前，在印度教占统治地位的时期。印度两大史诗是作为印度教的经典，为弘扬印度教和从意识形态上巩固爪哇印度教王朝的统治基础服务的，因而成为爪哇宫廷文学的主要内容，受到王朝统治者的提倡和鼓励。而在马来地区，印度两大史诗故事是在印度教势力和影响衰退、伊斯兰教的势力和影响上升的时期从爪哇传过去的，不是作为印度教的经典，而是作为说唱文学的故事内容而流行于民间，所以只偏重其故事性和趣味性，改写者可以不用严格忠实于原作而可以根据自己和读者听众的好恶任意加以增删更改。在取材于《摩诃婆罗多》故事的作品里，如《般度五子传》、《般度全传》、《尚·波马传》等，也可以看到同样的现象，有的作品的内容已经成为大杂烩，离原作更远了。总之，与爪哇古典文学不同，印度史诗故事在马来宫廷文学中是没有什么地位的，不起意识形态的作用，故不受马来王朝统治者的重视和提倡，只流行于民间。

继印度史诗故事之后，盛行于阿拉伯、波斯和印度的大故事套小故事的警喻性寓言故事和神话冒险故事也成为马来地区早期希卡雅特作品的重要题材和素材来源。最受欢迎的有《卡里来和笛木乃》，这是从印度的《五卷书》经波斯文而译改成阿拉伯文的，里面可以看到印度、波斯和阿拉伯三种文化成分的融合。其实，印度的《五卷书》早在13世纪就已有爪哇文译本，当时书名叫《丹特拉的故事》。伊斯兰教进来之后，流行于世的《丹特利·卡曼达卡》替代了《丹特拉故事》，里面在好多地方已受到阿拉伯的影响。例如开头的部分就挪用了《一千零一夜》的开头故事。来自波斯的《聪明的鹦鹉传》和《巴赫迪尔传》也流传甚广。《聪明的鹦鹉传》有许多传本，其语言风格看来比《室利·罗摩传》更加古老，可能在15世纪满剌加王朝时期就已传入。在爪哇的鹦鹉故事叫《赞德利》，故事的开头也采用《一千零一夜》的开头故事，有些地方还与《丹特拉故事》相混淆，大概出于同一个时期。此外，类似的作品还有《戈兰传》、《摩诃拉查·阿里传》等，其中有些小故事是互相串换的。

除了引进印度、阿拉伯和波斯的故事，希卡雅特作品更多的是取材于爪哇的班基故事和马来本民族的民间传奇故事。在马来地区流传最广的爪哇班基故事有三部：《泽格尔·哇侬巴迪传》、《班基·固达·斯米朗传》和《班基·斯米朗传》。爪哇班基故事本来是印度化王朝时期的产物，印度教的影响十分明显，但在马来的班基传奇里，印度教的色彩已被大大地淡化，只突出男女主人公的爱情悲喜剧。至于从马来本民族的民间传奇故事中提炼出来的希卡雅特作品，则更加显示出过渡阶段的特征，即印度教的权威逐渐为伊斯兰教的权威所取代。在好多作品中，可以看到这样的变化过程，原来受崇拜的印度教的主神已被伊斯兰教的神或者真主所取代，在叙述印度神话故事的过程中注入伊斯兰教的说教。例如在《萨依·马尔丹传》里，就出现了鲁克曼大讲伊斯兰教的基本信仰信条的细节。在《伊斯玛·雅丁传》里则出现主人公向国王宣讲伊斯兰教教法教规的场景。越是后来出现的作品，伊斯兰教的色彩就越浓厚。此外，从书名的变化中也反映出这种过渡阶段的特征。不少希卡雅特作品有两个书名，一是印度书名，一是带伊斯兰教色彩的阿拉伯书名，后者更广为人知。例如《马拉卡尔马传》就不如《穷人传》有名，《因陀罗·扎雅传》或《彼克拉马·达雅传》就不如《夏赫·马尔丹传》有名，《斯朗卡·巴尤传》就不如《阿赫玛特·穆哈马德传》有名等。这也反映伊斯兰教的影响已压倒印度教的影响。一般来说，从各地民间传奇故事提炼上来的希卡雅特作品更带有浓厚的地方色彩，如《昂昆·吉·冬格儿传》和《沙拜·南·阿鲁伊》是取材于米南加保地区十分流行的神话传奇和人物传奇，特别是后者描写女儿为父报仇的故事，多少反映在米南加保仍有母系氏族制残余的社会里，妇女的地位还比较突出。《马林·德曼传》是七仙女下凡之类的羽衣型神话故事，不但在米南加保和亚齐地区，在中国也流传甚广，其中有无渊源关系，无从稽考。总之，希卡雅特传奇故事本质上不是宗教故事，也不是特意要为宗教进行宣传，故事的主人公大都为宫廷的王子和公主，其主题主要表现爱情的磨难和考验，善恶的对立和斗争，最后以花好月圆和善恶有报为结局。许多故事在伊斯兰教进来以前就已流传民间，变成希卡雅特作品时，编写者才加入一些伊斯兰教的成分，如把国王的名字改用素丹名，让王子从小就学会念诵《古兰经》等，实际上与整个故事情节无多大关系。希卡雅特作品往往以讲历史故事为内容，但实际都是子虚乌有的，既不反映真实的历史，也不反映现实的生活，但也并非毫无意义和价值的。其意义和价值就在于保留了民间传说的好多精华部分，通过美丽的幻想和超现实的离奇情节，表达了人们对诚挚爱情的向往和对善恶有报的企望，同时在一定程度上也对统治者的残暴无道进行揭露，对为民除害的英雄人物进行讴歌。特别是被誉为“最马来的马来传奇”《杭·杜亚传》，通过描写满剌加王朝时期马来民族英雄杭·杜亚一生精忠报国、捍卫民族独立和尊严、抗拒葡萄牙殖民入侵的光辉业绩，表达了马来民族的最高理想，已成世代传颂的马来民族的一部长篇英雄史诗。

第四节　马来古典诗歌——沙依尔

在伊斯兰文化文学传入东南亚之前，马来群岛地区流行的诗歌形式是板顿，这是一种四句式的民歌体，每句含八至十二个音节，隔句押韵，发端两句起兴，后两句才是正文，多为感于哀乐、缘事而发的即兴口头创作。这种板顿诗体从古延续了好几世纪，一直到伊斯兰文学传进来之后，才出现叫“沙依尔”的新诗体。“沙依尔”是一种深受阿拉伯和波斯影响的长叙事诗诗体，其格律与板顿诗基本相似，也是四句式，但无比兴之说，每节押同一个韵脚，可根据叙事的需要一节一节地延下去，长短不限，视叙述故事的需要而定，有的可长达数千行甚至上万行。沙依尔诗产生的年代仍无法确定，有学者把1380年在亚齐地区发现的墓碑上的一篇诗文看作是最古老的沙依尔诗。那是一篇祷文，共有八行，用古苏门答腊文写的，其中含有古印度和阿拉伯语汇，说明碑文刻于苏门答腊正值改变宗教信仰的过渡时期。但有学者持不同看法，认为该文并非沙依尔诗，而是来自印度的一种叫“乌巴雅迪”的诗体。一般认为沙依尔诗是受波斯鲁拜诗的影响，有学者认为，最早引用这个诗体的，是16世纪和17世纪之间的马来苏菲派诗人哈姆扎·凡苏里。

前已述及，在伊斯兰文学传入东南亚的初期，波斯的影响很大。在诗歌方面也是一样，波斯苏菲文学对马来诗歌的发展起了十分重要的作用。哈姆扎·凡苏里是马来古典诗歌的第一位知名的诗人，他的苏菲主义思想和诗歌创作就直接受波斯著名的苏菲派诗人阿塔尔的影响。关于哈姆扎的生平少有记载，相传他来自苏门答腊西部的小镇凡苏里（后改称巴鲁斯），大概与努鲁丁属同一时代的人，但在宗教观点上两人代表着誓不两立的两派。哈姆扎是神秘主义苏菲派的代表，而努鲁丁是神秘主义正统派的代表。后者得到亚齐王朝统治者的支持和信赖而把前者视为异端加以排斥和迫害。苏菲派主张“神人合一”，通过禁欲苦修达到与主的合一。他从事诗歌创作就是为了宣传他的苏菲主义“神人合一”的思想和抒发他的宗教感情。他在一首诗中写道：

我以真主的慧眼观察一切；
我以真主的双耳倾听一切；
我以真主的口舌品尝一切；
我就是真主！

哈姆扎认为真主无所不在，甚至存在于自我之中，只要自身内心苦修就行，无须到别处去寻找或听从宗教长老的说教。他在一首诗中写道：

哈姆扎·凡苏里来到麦加，
寻找真主于天房底下。
从巴鲁斯到古杜斯历经艰辛，
最后发现就在自己的家。

苏菲派诗人常用隐喻的方式阐释《古兰经》，把修行的过程比拟为“道路”，称修行者为“旅行者”等。他的著名诗篇《舟之歌》最有代表性，表现了苏菲派诗人的这一特色。他在诗中写道：

这是一首心灵之歌，
用华美的诗句编织。
上下求索人生正道，
唯信仰能结出真果。

你要每时每刻牢记，
海水淼淼一望无际。
狂风恶浪其险无比，
莫让小舟沉入海底。

倘若你能时刻铭记，
风暴自会销声匿迹。
纵然波涛翻腾不息，

小舟也能安抵福地。

良辰吉日如今已到。
风平浪静时不可待。
旅者呵，快扬帆起锚！
带着全部行囊上道。

小舟呵，是真主的形，
木桨呵，是真主的影，
船舵呵，是真主的灵，
信主呵，是船夫的名。

…………

哈姆扎·凡苏里在诗中不仅宣扬苏菲主义思想，也强烈地表现自我意识和自我追求，表现反对抹杀个性的一种叛逆精神，为马来古典诗歌开创了一种带有神秘色彩的个人抒情浪漫的诗风，给人以清新之感。但可惜的是，由于遭到正统派的严厉打击和迫害，他的作品大部分已被销毁，流传下来的不多，有人收集了32篇，其中著名的有《苦行者之歌》、《漂泊者之歌》，还有可能是从波斯阿塔尔的著名叙事诗《百鸟朝凤》译改过来的《不死鸟之歌》。他所开创的诗风起初还有几个追随者，如哈山·凡苏里、阿卜杜尔·扎玛尔等，后来再也没有人去继承，在一个相当长的时期里，马来古典诗坛中再也没有苏非派诗人出现。

哈姆扎·凡苏里可以说是马来最早的宗教诗人，他是为宣扬苏菲主义的宗教思想而从事诗歌创作的。后来的沙依尔诗大都以故事叙述历史为内容，为文学欣赏和娱乐读者听众而写，与宣传宗教没有直接关系。17世纪起，沙依尔诗大行于世，这大概与当时商业城市讲唱文学的兴起不无相关。沙依尔诗更接近于说唱文学，多以神话传奇故事为主要内容。有的还是从希卡雅特散文作品改写过来的，作者只扮演叙说故事者的角色，不带个人的感情色彩，也无个人的语言风格。沙依尔作品一般都无署名，所以无法知道作者是谁，是个人还是集体的创作，也无法知道其产生的年代。沙依尔叙事诗虽然不是为宣传宗教服务，但仍不免要受伊斯兰教思想的明显影响，因为其作者和对象大多为穆斯林，而且是在伊斯兰教占统治地位之后才兴起的，所以伊斯兰教的宗教思想和宗教情绪不时会在作品中表现出来。沙依尔诗的内容大体可分两大类，一是神话传奇故事类，一是历史事件纪实类。

神话传奇故事类的沙依尔诗数量最大，内容也最庞杂，有不少是取材于爪哇班基故事的。15世纪爪哇班基已在马来地区的民间流传，说唱文学兴起之后，才被改写成希卡雅特和沙依尔叙事诗，其中最有名的沙依尔作品是《庚·丹布罕》，还有《温达干·阿贡·乌达雅》、《班基·斯米朗》等也流传较广。这些班基故事原是爪哇印度教王朝时期的产物，之所以在马来穆斯林地区也受欢迎，是因为其曲折的爱情主题很感人。改写者为了迎合马来读者听众的宗教信仰和艺术口味，也极力将原故事中的印度教色彩冲淡，只着力于表现男女主人公的悲欢离合和执著的爱情追求以及有情人终成眷属的大结局。可见沙依尔诗的兴起，非出于宗教宣传之需要，在沙依尔的故事作品中甚至没有伊斯兰教的先知英雄故事。

沙依尔作品的题材大都来源于印度、阿拉伯和各地民间流传的神话传奇故事，而且往往把几种来源汇集到一起。如著名的沙依尔作品《贝达沙丽》、《苦儿救母记》、《阿卜杜慕禄传》、《希蒂·朱拜达》等，实际上是印度、阿拉伯和本地神话传奇故事的混合物。作品内容一般以宫廷爱情为题材，表现善恶斗争，经过一波三折之后以大团圆为结局。所叙述的事都属子虚乌有，与现实生活相脱离，但有的也能间接反映一定的宗教矛盾和宗教斗争。拿《阿卜杜慕禄传》为例，讲的是一般巾帼英雄救驾的故事，而实际上是在影射印度教与伊斯兰教的较量，寓宗教褒贬于故事之中。其故事梗概如下：巴巴里国的统治者是英明的素丹阿卜杜尔·哈密特·沙（从素丹的名字就知道是一个伊斯兰王朝的统治者）。他的儿子阿卜杜慕禄娶了美丽的希蒂·拉赫玛并继承了王位。后来阿卜杜慕禄出游四海来到班国。该国公主希蒂·拉菲娅，根据占术师的预言，将是丈夫的救星。阿卜杜慕禄便把她娶来带回本国，希蒂·拉赫玛把她当亲姐妹看待，三人过着美满的生活。不久，印度斯坦国（可能是指某一个印度教王朝）来犯，阿卜杜慕禄和希蒂·拉赫玛被俘。印度斯坦国王看中希蒂·拉赫玛的美貌，欲强娶而没能得逞，将两人囚在牢中。希蒂·拉菲娅幸免被俘，只身逃往森林，生下儿子后便女扮男装四处寻夫。她来到巴尔巴罕国，协助国王扎马鲁丁挫败其叔篡权的阴谋。国王将妹妹拉哈特许配给女扮男装的拉菲娅。后来她借助巴尔巴罕国的军队打败了印度斯坦国，将阿卜杜慕禄和希蒂·拉赫玛从牢狱中救了出来，但阿卜杜慕禄未能认出女扮男装的拉菲娅。拉菲娅把巴尔巴罕国王许配给她的拉哈特公主献给阿卜杜慕禄，自己也恢复了女装，阿卜杜慕禄欣喜无比。不久，拉菲娅在森林中生的儿子也前来寻找父母，一家终于大团圆。从整个故事情节来看，这部作品受印度、阿拉伯和爪哇班基故事的影响是很明显的，也可以看作是一般的传奇故事。但若从宗教背景来看，这部作品不是在宣扬伊斯兰教王朝最终战胜了印度教王朝吗？另外，阿卜杜慕禄与几个妻子的美满生活不也是在肯定和赞扬伊斯兰教的一夫多妻制吗？

另一部著名的沙依尔作品《希蒂·朱拜达》所着重描述的也是伊斯兰教势力如何扩张和征服异教徒的过程。这部长达15000行以上的长篇叙事诗，讲的可能是伊斯兰化了的占婆王朝与越南王朝之间的战争故事，但却把越南误说成是中国（可能从肤色、宗教、文化和历史，分不清中国人与越南人的区别）。以下是故事的主要内容：14世纪一个叫肯巴雅特的伊斯兰国家（有学者考证，认为说的是古占婆国），因与中国发生商业纠纷而引发战争。由6位中国公主率领的娘子军打败了肯巴雅特，将素丹扎努儿·阿比丁俘往中国。其妻希蒂·朱拜达得以逃出，后来女扮男装，历经艰辛，终于打败中国，救出扎努儿·阿比丁，并让6位中国公主都皈依伊斯兰教，最小的公主还嫁给了扎努儿·阿比丁素丹为妃。这里且不谈作品里所描述的那场战争是否历史上真有其事（中国史料绝无此记载），但通过所描述的故事和最后的结局，可以感受到那种宗教征服和加以伊斯兰化的意愿。

历史事件纪实类的沙依尔作品则比较接近历史真实，所描述的事件也是历史上真有其事的，所以宗教和神话色彩较少。这类沙依尔作品有不少为战争诗，特别是叙述18世纪以来荷兰人频频发动殖民战争的战争诗具有较大的史料价值。例如《望加锡之战》描述的是，1688年荷兰殖民主义者如何攻打望加锡和望加锡上下如何进行英勇抵抗的经过；《希摩普——荷兰人和华人打仗的故事》描述的是1740年震撼全国的“红溪事件”的经过；《加利翁伍之战》描述的是1767年三宝垄人民抗荷起义的经过；《巨港之战》描述的是1819年巨港战争的经过。这类战争诗虽不带宗教色彩或不为宗教进行宣传，但在早期的战争诗中，从叙述的战争经过，仍可看到伊斯兰教作为精神武器所起的作用。这类战争诗一般纪实性强，不宜用虚构的神话来夸大伊斯兰教的作用，所以伊斯兰教所起的作用和影响基本上是符合历史真实的。

沙依尔诗的最初出现，从内容到形式都受阿拉伯和波斯诗歌的影响，但它并非外来诗体的移植。它是在马来传统诗体板顿的基础上发展起来的，是对板顿诗的扩展，所以很容易被接受。沙依尔诗能容纳远比板顿诗更多和更丰富的内容，从宗教到世俗，从神话世界到历史事实，各种题材都有，可谓包罗万象。同时又适合于讲唱，故大受马来读者听众的欢迎而久传不衰，成为马来古典诗歌的主要形式。

第四章 伊斯兰文化对东南亚现代文学的影响

第一节　伊斯兰教与东南亚现代民族运动

20世纪初，东南亚民族开始觉醒，民族解放运动的浪潮遍及各国，东南亚现代史序幕由此揭开。受伊斯兰教和伊斯兰文化长期影响的印度尼西亚和马来西亚等国也在这个时候进入民族解放斗争的新时代。为什么这些国家会萌发现代民族觉醒和民族运动，伊斯兰教起了什么作用，这里有必要先作些探讨。

1824年在英国伦敦缔结的英荷条约确定了英荷在东南亚马来群岛地区各自的殖民势力范围。从此英荷殖民主义者在各自的势力范围内开始推行所谓的“前进运动”计划，即用政治和军事手段逐一进行征服，实现全面殖民地化。英国殖民主义者更多地采取政治手段，通过向各土邦派英国“驻扎官”实行间接统治。英国派驻的驻扎官名义上由素丹宫廷任命，但各土邦的实权掌握在英国驻扎官的手里，“除涉及马来宗教和习惯者外，所有问题都必须征求并遵从他（指驻扎官——编者注）的意见”，对反抗者则以武力镇压。在英国保护下，1895年九个土邦组成森美兰联盟，除牵涉伊斯兰教问题外，行政问题悉听英国驻扎官意见。1896年霹雳、雪兰莪、彭亨和森美兰又组成马来联邦，把“涉及伊斯兰教事务以外的行政事务”统统交英国总驻扎官掌握。就这样英国殖民主义者通过驻扎官制度完成了其“前进运动”的计划，建立起对英属殖民地的全面殖民统治。各土邦的素丹由于保留了其职位，同时还保证有更多的收入和更大的礼仪，在威迫利诱下也多采取顺从的态度。荷兰殖民主义者在推行其“前进运动”的计划时看来更费周折，不断遭到各地人民的顽强抵抗，反殖民侵略的起义和战争此起彼伏，著名的有1825年至1830年蒂波尼哥罗领导的爪哇人民起义，1822年至1837年由彭卓尔的伊曼目领导的苏门答腊岛巴特里战争，1873年至1904年持续数十年的亚齐战争等。这些反殖民侵略的起义和战争都是由地方封建贵族或伊斯兰教的伊曼目领导的，以伊斯兰教为精神武器和战斗旗帜。可见在早期反对西方殖民侵略的斗争中，伊斯兰教一直起着重要的作用。英国殖民主义者所以采取不干涉宗教事务的政策，也是为了削弱伊斯兰教在反殖民主义斗争中的作用，使“前进运动”计划少受阻挠。而荷兰殖民主义者从几次大规模的殖民战争中，也认识到伊斯兰教的作用，后来对宗教界的上层分子也采取拉拢收买政策，对伊斯兰教的宗教活动不予干预，以松懈其斗志。

从19世纪到20世纪初，在英国与荷兰殖民主义者贯彻“前进运动”计划的过程中，出现了许多可歌可泣的反殖民侵略的人民起义和地方战争，但是那些起义和战争都没有超出封建历史的范畴和地方的局限性，其领导人物多为地方封建主，他们领导起义和发动战争的最终目的是为了维护地方封建阶级的根本利益，而不是为了捍卫全民族的独立。20世纪出现的民族解放运动则属于现代的历史范畴，是由新兴的民族资产阶级领导的，以争取全民族的独立为目标，从而摆脱了封建和地方的局限性，是民族斗争史上新的里程碑。

19世纪70年代起，随着西方资本主义的发展和世界市场的不断扩大，西方殖民统治者开始实行向世界资本主义开放门户的新殖民政策，把东南亚殖民地变成西方资本输出的场所、商品倾销的市场和廉价原料及劳动力的来源。西方资本的大量涌入和资本主义市场的迅速扩大，急剧地改变了东南亚殖民地社会的面貌。首先资本主义生产方式的建立打破了封建割据的自然经济，开始了迈向全国统一的市场经济的现代历史进程。为了适应资本和市场发展的需要，在东南亚的殖民地开始兴建近代化的基础设施，例如1873年和1884年，在印度尼西亚和马来西亚就已分别出现第一条铁路，到20世纪初，印度尼西亚的铁路线总长已达3500公里。其他的基础设施，如港口、公路、电讯等以及近代的工商企业也迅速地发展起来。西方资本主义的全面渗透和市场经济的快速发展，使东南亚殖民地的社会和阶级结构发生了根本性的变化，其中最有决定意义的变化是殖民地产业无产阶级和民族资产阶级的出现，特别是代表他们利益的现代知识分子的出现，为东南亚的现代民族觉醒和现代民族运动的兴起准备了前提条件。

殖民地现代知识分子的出现是历史的必然。资本主义市场经济的发展和与此相适应的现代行政管理机构的建立需要有一大批掌握现代文化知识的人才，这样的人才从传统的伊斯兰寺院学堂是培养不出来的。这就迫使西方的殖民统治者兴办现代学校，从原住民中专门培养他们所需要的现代知识人才，殖民地的现代知识分子就是这样应运而生的。他们大都出身于封建贵族和地主家庭，从小受封建文化和伊斯兰教的熏陶，但他们又是原住民中最先接受西式教育的人，在接触西方资产阶级文化后，他们的思想观念发生了巨大的变化，与旧封建观念和礼教越来越格格不入，使他们具有一定的反封建倾向。另一方面，西方文化的民主自由思想也启发了他们，使他们产生现代的民族意识，从而反对西方的殖民统治，要求实现民族独立，这又使他们具有一定的反帝倾向。这两种倾向可以说是殖民地现代知识分子的主要特征，也造成他们复杂和矛盾的文化心态，即一方面向往西方的进步文化，要求摆脱封建束缚；一方面又反对西方殖民主义的文化侵略，要求维护民族的固有文化。对现代的伊斯兰知识分子来说，除了西方文化，还受到来自中东，主要是土耳其和埃及的伊斯兰现代主义思潮的影响。伊斯兰现代派思想意识的特点是：一手反对西方异端，维护伊斯兰教的基本教义；一手接受西方的新思想新观念，推崇西方的科学民主，要求进行现代化的改革，由此也就产生了现代伊斯兰民族主义思潮。

在印度尼西亚，伊斯兰教与现代民族运动的结合出现得比较早。与马来西亚相比，印度尼西亚较早就已出现民族觉醒和强大的民族运动。它的第一个具有现代民族意识的组织“至善社”成立于1908年。但这个组织的群众面比较窄，只限于爪哇的土著官吏和上层知识分子。根据当时的条件，在穆斯林众多的国家里，要想建立具有广泛群众基础的现代组织还必须打出伊斯兰教的旗号，所以1911年又成立了伊斯兰教商业联盟（后改称“伊斯兰联盟”）。这是伊斯兰教与印度尼西亚现代民族运动的最早结合，是由商业地主、自由职业者、农民等不同阶级的穆斯林所组成的联合组织，以促进原住民的商业发展和经济互助、提高原住民在精神和物资方面的福利，弘扬伊斯兰教真谛为宗旨。可见伊斯兰联盟并非单纯的宗教组织而是带有民族主义倾向的政治组织。科伦布兰德在《殖民地史》中写道：“伊斯兰教是为反对外国人而采取共同行动的纽带和象征。”在印度尼西亚现代民族运动中，要想动员和组织广大群众，伊斯兰教的纽带和象征作用还是必不可少的。伊斯兰联盟的成立大大推动了印度尼西亚民族运动的发展。伊斯兰联盟在1916年就已拥有360000成员和分布全国的地方组织，联盟内部左中右分子都有，甚至当时的激进左派也参加在内。伊斯兰联盟实际上已成为具有统一战线性质的群众性政治组织。伊斯兰教逐渐成为印度尼西亚民族运动的三大政治力量之一，即：民族主义、共产主义和伊斯兰教。随着民族运动的发展，打着伊斯兰教旗号的政党越来越多，各代表着不同的派系和利益。伊斯兰教与民族运动的结合也越来越紧密，影响着整个民族运动的进程。

印度尼西亚的民族运动可以分两个大的历史阶段。第一阶段是殖民统治下反帝反封建和争取民族独立的阶段；第二阶段是取得民族独立后建立新国家的阶段。

在殖民统治时期，伊斯兰教在民族运动中的作用主要表现在政治和经济方面，在文化方面，虽然也被当作反对西方文化侵略和维护本民族固有文化的主要精神武器，但其文化文学本身却仍未走出旧文化文学的范畴，对早期印度尼西亚现代文化文学的影响还不大明显。后来，随着民族运动的发展，那些接受新思潮的伊斯兰知识分子才参与印度尼西亚的现代文化文学运动，但成就和影响仍有限。在民族运动的第一阶段，文学发展的主流还是反封建和反帝的世俗文学，西方各种文艺思潮的影响占主导地位。

独立后，国内的阶级矛盾上升为主要矛盾，各种政治力量围绕着政权展开激烈的争夺，把文化文学也卷进政治斗争的旋涡。左中右的政党纷纷成立了文艺组织，加强对文艺斗争的领导。伊斯兰教政党也成立伊斯兰文化艺术协会，积极培养伊斯兰作家，使伊斯兰文学比第一阶段有更大的发展。但是，独立后的文学仍然以世俗文学为主流，尽管伊斯兰教的影响有所加强，世界各种文艺思潮的影响仍占上风。

马来西亚的情况有些不同，那里由于英国采取更狡猾的殖民统治方式，在第二次世界大战结束前，可以说没有出现过强大的民族主义运动。然而，马来西亚也不能置身于现代历史潮流之外，民族觉醒和民族运动的出现只是迟早的问题。20世纪初，马来西亚也有一批受西方文化影响的新一代知识分子，特别是在中东埃及留过学的，他们深受伊斯兰现代主义思潮的影响，率先向旧思想旧观念发难，成为民族觉醒的先锋。他们也是马来西亚现代文学的开拓者，开始把文学与现代民族觉醒和民族运动结合起来。在殖民统治时期，马来西亚的现代文学也是以反封建和反帝的世俗文学为主流，宗教文学仍落在时代的后头。独立后，马来族掌权，在政府和马来族政党的大力提倡和扶植下，伊斯兰文学才有长足的进步，在马来西亚现代文学中的地位和影响也越来越重要和显著。

第二节　伊斯兰教与东南亚现代文学

印度尼西亚和马来西亚是长期受伊斯兰教影响的东南亚国家。这两个国家的现代文学与其他东南亚国家的不同点是，除受西方文化文学的直接影响外，还受伊斯兰教的影响。

印度尼西亚的民族觉醒和民族运动早于马来西亚，它的现代文学也走在马来西亚的前头。印度尼西亚的民族运动是属于世俗民族主义运动，作为民族运动的产物，印度尼西亚现代文学也必然带有世俗民族主义的色彩，最早出现的作品大都围绕着两大主题，即反封建主义和反殖民主义，下面分别加以论述。

先谈反封建文学。反封建的作品主要是以反对包办婚姻、追求个性解放为内容。20世纪20年代图书编译局出版的早期现代小说大都属此类作品，其代表作品有马拉·鲁斯里的长篇小说《希蒂奴儿巴雅》（1922年）、伊斯坎达的《错误的选择》（1928年）等。此类小说的作者都是受西方教育的新一代知识分子，而小说所着重描写的也是受西方教育的新一代知识分子与代表封建保守思想的老一代守旧派之间的矛盾和冲突，抨击的对象是封建包办和强迫婚姻以及束缚个性自由的封建礼教和陈规陋习，很少涉及宗教问题。这时还没有一部宗教题材的作品问世。从这里也可以看出，早期的文学创作，主要还是受西方反封建的资产阶级文学的影响，甚至连文学式样也采用西方现代小说、诗歌、戏剧等体裁而摈弃了传统的希卡雅特和沙依尔。然而这并不等于全都西化。早在民族运动初期，伊斯兰教就已积极发挥作用，在文化文学上也必然会有所作为。19世纪末20世纪初，有不少印度尼西亚的穆斯林青年到麦加朝圣和在中东埃及留学，他们接受了那里的伊斯兰现代派的改革思想，回国后便积极兴办新式学校，大力培养具有现代意识的伊斯兰知识分子。到20世纪20年代，在新式的伊斯兰学校里学习的学生已超过40万人，这就为伊斯兰教进入印度尼西亚现代文学提供了必要的条件。到20世纪30年代，受伊斯兰教育的现代知识分子开始参与文学创作，哈姆卡就是第一个著名的伊斯兰作家。哈姆卡曾留学中东阿拉伯伊斯兰国家，深受阿拉伯近现代文学复兴运动的影响，尤其受埃及作家穆斯塔法·曼法鲁蒂的深刻影响。他虽然没有受过西方教育，也不懂西方语言，但通过埃及的伊斯兰现代派，还是间接地接受了西方资产阶级文化的反封建精神。所以他的文学创作虽然具有浓厚的伊斯兰色彩，但还是以个人反封建为主。他的第一部小说《在天房的庇护下》（1936年）就着重描述一个穆斯林青年如何受封建等级观念之害而被迫同他的恋人分手，最后企图从宗教中寻求解脱，跑到麦加寻找精神的庇护所并死在那里。哈姆卡的其他小说如《因为诽谤》（1938年）、《去德厘谋生》（1939年）等，也把批判的矛头指向封建陋习，其中虽不乏宗教说教的成分，但仍不算是一部宗教小说。就是宗教说教成分较突出的小说《经理先生》（1939年）也是着重于社会批判，批判拜金主义，歌颂守道的虔诚穆斯林。作者是用伊斯兰现代派的新思想新观念参与对封建主义的批判，在某种程度上也可以说反映了伊斯兰教的新一代与维护传统习俗的地方封建势力之间的矛盾。但从总的倾向来看，哈姆卡的作品仍应归入个人反封建类。

比起反封建文学，印度尼西亚的反殖民主义文学与民族运动的联系更为直接，政治色彩更加浓厚。作品以揭露殖民统治的罪恶，表达对祖国的热爱和对民族独立的向往为主要内容，在这方面表现最突出的是诗歌。最早的现代诗人，如耶明、鲁斯丹·埃芬迪、萨努西·巴奈等都是受西方教育的，他们是早期民族运动的风云人物或积极分子。可以说，在早期的诗歌创作中，反殖民主义的民族主义精神占了主导地位，几乎没有涉及宗教问题和宗教感情的。直到20世纪30年代，才有伊斯兰教色彩较浓的诗人，但还是没有出现像17世纪的哈姆扎·凡苏里那种真正意义上的伊斯兰宗教诗人。被誉为“新作家派诗歌之王”的阿米尔·哈姆扎，有人称他为伊斯兰诗人，因为他的诗集《寂寞之歌》（1937年）包含着宗教内容和宗教感情。其实，如果做深入的分析，就可发现诗人对宗教的回归，不过是诗人在民族运动和个人婚姻中遭到严重打击后所寻求的一种精神解脱。这与哈姆卡的小说《在天房的庇护下》把伊斯兰教当作灵魂的庇护所有点相似。不同的地方是，诗人所表述的是他自己的亲身经历和感受，是他自己受伤的灵魂在呼救。这可以从他的著名诗篇《重归你身旁》看到集中的表现。诗的开头就是凄惨的呼叫：

完了！
我全部的爱都已飞逝九霄云外。

如今又重归你的身旁。

和从前一样。

这是诗人在爱情和理想破灭之后，感到走投无路，只好回到宗教上来了，把自己不幸的遭遇向真主倾诉，以求解脱。全诗与其说是在抒发宗教感情，不如说是在抱怨命运对诗人的安排和捉弄。他在诗中写道：

你嫉妒。

你无情。

你把我捏在手中，

随意地折腾玩弄。

阿密尔·哈姆扎出身宫廷贵族，封建主义和殖民主义的枷锁对他来说更加沉重，他既不敢反抗，也无力反抗，只好一人在无边的寂寞中向命运的主宰抱怨和呼救。诗人的其他诗篇也有类似特点，即借宗教来发泄心中对殖民地现实的不满和对命运主宰的怨恨。所以把阿米尔·哈姆扎的诗归到宗教诗一类并不大合适。但此时伊斯兰教已成为一些诗人创作灵泉，也是不争的事实。同样可以看到，在反殖民主义的小说里，伊斯兰教也已被一些作者当作反殖民主义斗争的精神武器。例如早期著名的作家阿卜杜尔·慕伊斯，他在长篇小说《错误的教育》（1928年），就极力主张伊斯兰文化为体，西方文化为用，以伊斯兰教作为精神支柱去抵御西方的殖民奴化教育。作者本人就是20世纪20年代伊斯兰联盟的领导人之一，是伊斯兰民族主义的积极鼓吹者，他写小说是出于反殖民主义的政治动机，而不是为了弘扬伊斯兰教，所以没有人把他看作是一位伊斯兰作家。

以上说明，印度尼西亚现代文学在殖民统治时期是以反封建和反殖民主义的世俗文学为主流，伊斯兰教的影响主要表现在意识形态上，作为反西方殖民文化侵略的精神武器。第二次世界大战结束后，印度尼西亚爆发独立战争，出现了历史性的转折，一方面是民族独立的烈火已成燎原之势，一方面是世界各种思潮的冲击已无法抵挡。作为民族传统文化的精神支柱，伊斯兰教也面临着时代的挑战。它是否能经得住现代世界各种思潮，尤其是无神论革命思潮的冲击呢？阿赫迪亚·卡塔·米哈扎于1949年发表的长篇小说《无神论者》，生动地描述了这方面的矛盾和冲突。小说的主人公是出身于传统的伊斯兰家庭的青年，从小受十分严格的宗教教育和熏陶，成为极端虔诚的伊斯兰教徒。后来在世界革命思潮的猛烈冲击下，他对自己的信仰从怀疑到动摇，最后不惜与传统的伊斯兰家庭决裂，投入到无神论的怀抱里。当他在婚姻和家庭问题上出现危机时，他又想回到有神论的怀抱，但已不被家庭所接纳，最后死于非命。这部小说引起了很大的反响，它触动到当时十分敏感的宗教问题，但它不是在为伊斯兰教进行宣传而是在反映时代的变迁对人们传统思想和信仰的猛烈冲击，因此它不应列入宗教文学的范畴。在独立战争的烽火年代，民族矛盾压倒一切，那时的文学创作大都围绕着这一时代主题，为宗教服务的宗教文学一时还提不到日程上来。

1949年荷兰“移交政权”后，国内的阶级矛盾上升为主要矛盾，各种政治势力都在为争夺国家领导权而展开斗争。伊斯兰政党为加强自己的政治势力，这时注意到了文艺的意识形态作用，开始积极推动伊斯兰文学的发展，于是有更多的伊斯兰作家出现，他们的作品直接反映印度尼西亚伊斯兰社会的宗教生活与活动，积极宣传伊斯兰教精神。扎米尔·苏赫尔曼于1963年发表的小说集《乌米·卡尔孙》可作为此类宗教小说的代表。但尽管伊斯兰文学已有所发展，从总体上来看，反映国内社会政治矛盾和斗争以及受世界各种思潮影响的世俗文学仍然是独立后印度尼西亚现代文学的主流。

殖民统治时期的马来西亚现代文学也是以反封建和反殖民主义的世俗文学为主流，主要受三方面的影响：一是受西方近现代文学的影响；二是受中东伊斯兰教国家，特别是土耳其和埃及伊斯兰现代主义改革运动的影响；三是受印度尼西亚现代民族运动和现代文学的影响。

马来西亚现代文学的产生首先与反封建斗争直接相联系。19世纪末20世纪初，不少留学中东埃及的马来穆斯林青年，他们从土耳其和埃及的宗教改革运动中受到启迪和鼓舞，吸收了许多新思想新观念，回国后便把改革思想贯彻到马来社会的实践中去，被人称为“年轻的一代”。他们的新思想新观念首先与封建保守势力发生正面的冲突，于是他们用文学作为武器向保守派宣战。他们最初采用的是现代小说体裁，以爱情和婚姻问题为主题，对落后于时代的封建礼教和习俗展开批判。这些打头阵的伊斯兰知识分子成为20世纪20年代的第一批现代作家，被人称作“宗教派作家群”。其代表人物有谢·谢赫·哈迪和艾赫马特·拉希特·达鲁等。前者是第一部马来现代小说《法丽达·哈侬传》的作者，这部小说以妇女解放问题为主题，反对封建包办婚姻，要求妇女的自由平等权利；后者于1928年发表的小说《她是莎儿玛？》，同样也以妇女解放问题为主题，而且以马来社会为背景，更有现实意义。当时提出有关妇女解放的问题，可以说是对封建主义的直接挑战，也是接受现代思潮后民族觉醒的最初体现。但真正的现代民族觉醒应该是把反封建与反殖民主义结合起来，把文学与民族解放斗争联系在一起，马来西亚的现代文学势必也要朝这个方向发展的。在殖民统治时期，民族矛盾总是主要矛盾，尽管在马来西亚还没有出现强大的民族主义运动，但受世界反帝浪潮的影响，特别是印度尼西亚民族主义浪潮的影响，到20世纪30年代，马来西亚反对英殖民统治的斗争也逐渐高涨起来了。这时的作家队伍已从“宗教派作家群”为主转变为以“教师作家群”和“记者作家群”为主。他们的作品不限于爱情和婚姻的题材，不少作品敢于触及敏感的反殖民主义的题材，直接揭露殖民统治者的罪恶，表达民族愿望。伊夏·穆罕默德的小说《大汉山青年》（1937年）和《疯子玛特的儿子》（1941年）是其中最具代表性的作品。这些小说都在着力反映殖民地的民族矛盾和社会矛盾，很少涉及宗教问题，文学世俗化的倾向越来越明显。第二次世界大战后于1950年成立的“五十年代派”更进一步使文学朝反殖民主义和反封建的世俗化方向发展，提出“为社会而艺术”的口号，要求文学“反映现实”，为唤醒民众、反对殖民统治、实现民族独立而斗争。

早期的马来西亚现代文学以小说创作成就较大，诗歌创作起步较晚，主要受印度尼西亚“新作家派”的影响。最早的诗篇哈伦·阿米努拉锡的《啊，我的花儿》，就发表在1933年印度尼西亚的《新作家》杂志上。而被称为现代马来诗歌的先锋朋谷，其诗作也大都以爱情和抒发个人情怀为内容，受西方文学的影响很大，个人浪漫主义色彩很浓，很少涉及宗教问题，所以早期的诗歌也以世俗化为特征。这种世俗化的倾向在20世纪50年代更有所发展。马来西亚的努兹米·阿赫玛特在其所著《马来西亚伊斯兰文学的理论与思考》一书中有这样一段话：“20世纪50年代期间，宗教诗歌进入了荒凉时期，因为被像乌斯曼·阿旺、马苏里和格里斯、玛斯这些具有社会意识的作家所淹没。”他所指的宗教诗歌是“由伊斯兰诗人创作的，以伊斯兰教为主题，发自诗人的灵魂深处并展示出伊斯兰教价值观的诗歌”。而这样的伊斯兰诗歌在战前是绝无仅有的。他说：“研究成果表明，第二次世界大战前，谈到有关真主的诗仅有一首而已。”

以上是独立前马来西亚现代文学发展的大致情况，其主流是反封建和反殖民主义的世俗文学，作为宗教文学的伊斯兰文学在这个时期尚无多大进展，但伊斯兰教和伊斯兰文化作为马来民族的传统信仰和传统文化的基础，对现代文学的发展仍然有深层的影响，在许多作品中仍能感觉到浓厚的伊斯兰教的文化气息。1957年马来西亚独立后，马来族掌权。这时，伊斯兰文学由于得到政府和伊斯兰组织的大力扶植和提倡而进入全面发展的时期。在诗歌方面，从1968年举办第一次伊斯兰诗歌比赛晚会起，伊斯兰宗教诗歌便大行于世，出版了十多部伊斯兰诗歌集。在小说方面，首相府的宗教司从1976年起就举办了六次伊斯兰短篇小说创作竞赛并出版了六部伊斯兰短篇小说集。从20世纪70年代起伊斯兰长篇小说也开始发展，穆·拉比普的长篇小说《他》被认为是第一部地道的伊斯兰小说，实际上它是从埃及有关穆罕默德先知的历史传记小说改写过来的。另一部小说卡扎利写的《走向光明》（1980年）才比较有针对性地为扩大马来西亚伊斯兰教的影响服务。作者从马来西亚的多元民族的实际出发，大力宣传伊斯兰教是促进各民族同化的有效途径。小说以华族的一对兄妹为主人公，哥哥坚持中国传统的拜神信佛，妹妹则皈依伊斯兰教，为此兄妹发生激烈的矛盾和冲突。妹妹遭毒打，两人断绝了关系。但妹妹坚定自己的信仰，时刻不忘伊斯兰教师的教导：“帮别人入教将得真主的大恩典，尤其帮自己的家人。真主将宽恕他的一切罪过。”经过多方教育之后，哥哥终于悔悟，放弃了传统的信仰，皈依伊斯兰教，兄妹重新团聚，安享幸福。这是比较典型的伊斯兰文学作品，后来政府和伊斯兰组织经常举办长篇小说的创作比赛，以鼓励此类伊斯兰长篇小说的创作。戏剧方面也没有被忽视，1980年首相府宗教司主办了伊斯兰戏剧创作比赛并出版一部戏剧集《哺礼尚未结束》，给伊斯兰戏剧的创作以有力的推动。马来西亚独立后，掌权的马来族在不遗余力地加强伊斯兰教的意识形态作用，以巩固其政权基础。在有关方面的大力扶植和推动下，伊斯兰文学看来将会继续发展下去，成为马来西亚现代文学的重要组成部分。

第四编

西方文化与东南亚文学

第一章
概述

西方文化源于古希腊、古罗马，产生的年代晚于东方文化，从上古到中古，其成就、规模和影响范围也不及东方文化。对东南亚而言，西方殖民入侵以前，西方文化尚鲜为人知，故无影响可言。

西方文化到文艺复兴之后才后来居上，在全球范围内独领风骚。西方文化思维模式的特点是分析，一分为二，在人与自然的关系上，把“人”与“自然”分开，人自外于自然，对自然进行无休止地分析和征服；在人与人的关系上，强调个人，重物质，讲功利，以优胜劣汰的竞争为生存原则。因此有人说，西方文化是“科学型文化”，有利于突破自然经济的、封闭的封建主义社会而创立市场经济的、开放的资本主义社会。14世纪到17世纪初的文艺复兴运动是欧洲新兴资产阶级反对封建阶级的一次伟大的思想文化运动。他们高举人文主义的旗帜，用人权反对神权，用个性解放反对禁欲主义，用理性主义反对蒙昧主义，率先冲破封建主义的樊篱，提倡科学、民主和法治，开始了西方从中世纪的封建社会向近代资本主义社会的全面过渡。这场伟大的思想解放运动的成就，大大促进了自然科学的发展，而自然科学的伟大成就又促进了精神的进一步解放。文艺复兴时代可以说是“一个需要巨人而且产生了巨人”的时代，无论是文学、艺术、哲学等社会科学部门，还是天文、地理、物理等自然科学部门，都涌现出无数这样的“文化巨人”，使西方文化很快就超过东方文化而在世界居领先地位，领导世界的新潮流。从此西方文化便进入了“三十年河西”时期。而这个时期的东方国家，却仍停留在中古时期的封建社会状态，闭关自守、妄自尊大和固步自封。当西方帝国主义列强用坚船利炮来叩国门时，各国的封建统治者便不知所措，毫无招架之力。西方殖民主义的入侵使东方国家除日本外，逐一沦为西方的殖民地或半殖民地，其经济和文化受到了严重的摧残，致使许多国家直到19世纪末20世纪初叶才走出封建时代的围墙而跨入近代的门槛。这种情况在东南亚地区表现得尤为突出。

众所周知，西方资本主义的发展需要经过一个资本原始积累的过程。这个过程只有通过对内对外的残酷掠夺和剥削才得以完成，而东方是西方主要的对外掠夺对象。十五六世纪新航路的发现，为西方向东方进行大规模的殖民掠夺开辟了道路。最早把殖民魔掌伸进东南亚的是葡萄牙和西班牙。1511年葡萄牙灭了满剌加（马六甲）王朝，1565年西班牙在菲律宾建立了第一块殖民地。接着，英、荷、法、美等国都争先恐后地来到东南亚争夺殖民地和势力范围。从17世纪起，英荷在马来群岛展开剧烈的争夺，到1824年在伦敦签订英荷条约后，才划定两国的殖民势力范围：马来半岛、新加坡、北加里曼丹、缅甸归英国，印度尼西亚群岛归荷兰。1898年美西战争后菲律宾沦为美国的殖民地。1870至1900年法国实现了对印度支那的殖民扩张。到20世纪初，西方殖民国家可以说已完成对东南亚的第一次瓜分。这时只有泰国作为缓冲国还维持着表面的独立地位。

西方对东南亚的殖民入侵和掠夺展示了一幅背信弃义、巧取豪夺、残酷杀戮、践踏人权的卑鄙图画。东南亚人民对西方的殖民侵略进行了不屈不挠的斗争，谱写了一页又一页反殖民斗争的悲壮史篇。东南亚国家沦为殖民地后，西方殖民统治者采取了包括“分而治之”等各种手段镇压各国人民的反抗，加紧对殖民地人民的残酷压迫和剥削。这不能不进一步加深东南亚各国人民与殖民主义者的民族矛盾，并使之成为殖民地社会的主要矛盾。各国人民反殖民侵略和反殖民奴役的斗争此起彼伏，印度尼西亚的“蒂博尼哥罗起义”（1825年）和“亚齐战争”（1873年）、越南的“勤王运动”（1885年）、菲律宾的卡蒂普南武装起义（1896年）、缅甸三次抵抗英国入侵的战争（1824年、1852年、1885年）都是东南亚各国人民早期著名的反殖民斗争和起义，然而都以失败而告终，因为那些反殖民斗争大多由封建阶级所领导，是以落后的封建主义文化去对抗西方先进的资本主义文化。这是历史的局限性，因为在当时还不具备民族觉醒的条件。

西方殖民主义者初来东南亚是为了进行经济掠夺和贸易垄断，在文化上还无暇顾及。但是，他们的到来势必把西方文化也一起带进来，从而开始发生东西方文化的冲撞。西班牙在菲律宾实行政教合一的殖民统治，以天主教为精神支柱，规定西班牙语为官方语文，极力摧残菲律宾的民族文化，使菲律宾成为东南亚最早受西方文化影响的殖民地和唯一的天主教占优势的国家。随后而来的英、荷、法等殖民主义者则忙于争夺殖民地和经济掠夺而不断进行征战。他们为了利用当地的封建统治者，便有意保留当地的封建制度和传统，对原有的文化没有怎么触动。所以在那些殖民地，直到19世纪，西方文化只打了外围战，还没有打进“土围子”里。

随着殖民统治的日趋巩固和西方资本主义向更高阶段的发展，以及世界资本主义市场的形成，西方殖民统治者开始改变对殖民地的政策，努力把殖民地经济从封建自然经济逐步推向资本主义市场经济，使之成为世界资本主义经济体系的附属部分。于是他们开始在殖民地兴建近代的基础设施，建立一套近代化的行政管理机构，为发展殖民地的市场经济创造条件。19世纪下半叶，他们加速交通运输方面的建设，以达一箭双雕的目的，既为军事镇压和殖民统治提供方便，又适应市场经济发展的需要。与此同时，他们加强资本输出，大量投资于资源开发事业，以便更多地掠夺当地丰富的资源，满足殖民国家国内产业发展的需要。这里不妨举几个例子：缅甸到1914年拥有的铁路里程已达2600公里，英资伊洛瓦底江轮船公司拥有的大小船只达500多艘，雇员万余名，垄断了缅甸内河航运。到第一次世界大战前夕，缅甸大米、柚木、石油年均出口量分别达到200万吨、30万吨和100万吨。印度尼西亚的第一条铁路于1873年建成，到1900年铁路总长已发展到3500公里。蔗糖和咖啡的产量也有了大幅度的提高，1870年蔗糖产量为15.2万吨，到1896年已增至77.4万吨；咖啡产量1870年为944万公斤，到1900年已增至2542万公斤。马来西亚的锡产量到19世纪上半叶已占世界锡产量的一半以上，橡胶的出口量到20世纪初也已占世界总产量的一半以上；越南则以出口大米为大宗，1907年出口量已达1427553吨，成为世界重要的大米出口产地。以上例子说明，19世纪70年代起，东南亚已逐渐成为西方资本输出的重要场所，廉价原料和劳动力的重要来源以及商品倾销的重要市场。东南亚经济以惊人的速度向市场经济迈进。

为了满足发展殖民地的资本主义市场经济和近代化行政管理对人才的需求，西方殖民统治者不得不从原住民中培养一批能掌握近代文化知识的人才。

这时西方的教会也为了传教的需要和扩大其影响而积极开展教育工作。于是在东南亚开始出现西式学校，成为培养殖民地新一代知识分子的摇篮。

1826年，即第一次英缅战争发生后不久，美国浸礼会贾德森博士夫人就在下缅甸吉坎涠创办第一所教会学校。此后缅甸陆续出现了英语学校、英缅双语种学校，到1885年此种西式学校遍及全缅甸。19世纪英国在马来西亚也开始推行英文教育，兴办西式学校，以英语为官方语言。西班牙殖民者在菲律宾较早就实行普及初等教育制度，小学教师均由神职人员担任，另外还建立中等职业学校和师范学校。美国占领菲律宾后也立即用陆军运输舰给菲律宾送去600名美籍教师，同时还选派菲律宾青年作为公费生前往美国留学，加强对菲律宾的文化渗透。荷兰殖民统治者则于1900年实行所谓的“道义政策”，以开发民智为名大办西式学校和各种专科学校。到19世纪末20世纪初，东南亚殖民地的西式学校已发展到相当的规模。当然，他们兴办西式学校绝不是为了促使殖民地人民的进步，更不是为了要偿还对殖民地人民所欠的“道义”债，而是为了殖民国家的自身利益。但是，从客观效果上来讲，却也在为殖民地的民族觉醒培养了人才，为殖民主义造就了掘墓人，这是他们始料所不及的。

西方资本的不断涌入，也把资本主义生产方式带进了东南亚，而伴随自然经济向市场经济的过渡，东南亚各殖民地开始出现民族工业和民族资本，从而产生了新兴的社会阶级——民族资产阶级和产业无产阶级以及代表这两个阶级的新一代知识分子。这正如列宁在《无产阶级革命的军事纲领》一文中所指出的：“帝国主义最主要的特性之一，正在于它加速最落后的国家里的资本主义的发展。”新阶级和新一代知识分子的产生是东南亚民族觉醒的阶级基础，加上民族压迫和民族矛盾的加剧构成了东南亚产生现代民族觉醒的主要内因。而西学东渐、西方文化的广泛传播和东方民族运动的影响构成了东南亚产生现代民族觉醒的主要外因。东南亚文学就是在内外因的作用下，开始从旧文学向新文学过渡。

在面对西方殖民侵略时，一些东南亚国家的封建统治阶级感受到西方国家在科学文化和工业技术等方面的巨大优势，于是他们开始把目光移向西方，派员前往欧洲诸国考察学习或者留学，把西方文明和先进的科学技术介绍给本国，藉以改变本国的落后面貌。这就是19世纪下半叶在东南亚先后出现的维新和启蒙运动。

1852年英国殖民主义者发动第二次侵缅战争，占领了包括仰光在内的整个下缅甸以后，缅甸王国丧失了最富庶的地区，也丢失了出海港口，财政收入锐减，加上战争赔款的沉重负担，已陷入极端困难的境地，若不自强奋发，无异坐以待毙。敏东王在推翻蒲甘王统治后，得到同父异母兄弟加囊亲王的扶持，实行改革，图谋中兴。他大力改革政府机构，派遣使臣前往英、法、意等国进行考察访问，还派留学生去欧洲和印度学习科学技术，并起用一批留学归来的学者担任政府要职。此外，还创办了《亚德纳崩京城报》，扩大臣民见识。在这一系列改革措施下，西方的资产阶级民主与科学思想逐渐被介绍到缅甸。金蕴们纪撰写的《赴伦敦日记》、《赴法国日记》不仅是缅甸最早的游记作品，也是最早的有关英、法等资本主义国家发达情况的报道。内廷大臣吴波莱撰写的《君法统一论》，则是鼓吹实行政治改革、提倡君主立宪的第一部著作。这个时期，除介绍西方先进科学技术的书籍外，西方文学作品也开始上门。敏东王本人在听了英、法驻曼德勒使节介绍英国小说家司各特的小说《艾凡赫》，法国大仲马的《基督山伯爵》、《三剑客》以及伏尔泰的小说后，对西方文学产生了兴趣，曾想让著名诗人塞耶佩将这些小说译成缅文。然而，敏东王的局部改革，并未能克服封建社会以及统治阶层内部的矛盾和腐朽，未能阻止封建社会最后解体的趋势。但他采取的这些改革措施，对引进西方文化和转变观念起到了积极的促进作用。

泰国的朱拉隆功王（即拉玛五世，1868—1910年）也积极引进西方文化，在不根本改变封建制度的前提下，大力推进各项改革。他废除了奴隶制和各种封建依附关系，加强中央集权，实行了行政、财政、军事、立法、司法等方面的制度改革，大力发展教育，创立世俗学校，向国外派遣留学生，改变了闭关锁国的传统政策。这些改革措施大大加强了西方文化的影响，也促使泰国文学向现代文学过渡。

1896年越南抗法勤王运动失败后。越南的爱国志士另求其他救国兴邦的出路。他们受中国戊戌变法和日本明治维新的影响，先后组织“维新会”、“东京义塾”、“越南光复会”等，并在青年中发起留学日本的“东游运动”，大力宣传维新改革和民主自由的新思想。这实质上是间接地向西方文化学习，越南新文学也在这个时候步入孕育期。

伊斯兰教为主的马来地区所受的西方文化的影响，除了直接来自西方国家，还间接来自中东的穆斯林国家。19世纪下半叶在阿拉伯国家出现的文学复兴运动和20世纪初在土耳其爆发的资产阶级革命，都与西方文化的影响有直接关系，是西方文化影响促使民族觉醒的结果。这在马来地区引起直接的反响，给马来新文学的兴起提供了借鉴和推力。

总之，19世纪末20世纪初，西方殖民主义者在东南亚实行的新殖民政策，使东南亚与西方的经济体系紧密地联系在一起。从那时起，东南亚经济逐渐被纳入世界资本主义经济体系的轨道，从而使东南亚大部分国家完成了向现代殖民地，半封建社会形态的过渡。这个过渡为西方文化冲破当地封建文化的围堤而长驱直入提供了十分有利的条件。在西方文化的深入影响下，人们开始接受新思想新观念，突破封建主义的传统束缚，为民族觉醒和新文学的诞生铺平了道路。

东南亚新文学与旧文学的本质区别就在于前者是西方文化影响与民族觉醒的产物，是反映东南亚从旧封建社会向现代半封建殖民地社会过渡和争取民族解放的历史进程。按其发展轨迹，我们可以把它分为三个阶段：

第一阶段大概从19世纪下半叶至20世纪的第一次世界大战，是旧文学逐渐向现代新文学过渡的转型时期。这时期的文学主要受到日益激化的民族矛盾和西方资产阶级文化文学的影响，开始表现出反封建和反帝的倾向。文学创作的内容走出了神话故事的窠臼，以现实生活为基础，表现时代变迁的脉搏跳动。文学形式也抛弃旧传统，向西方近代文学学习，通过翻译改写西方文学作品，模仿西方近代文学的体裁。文学语言上则采用比较通俗的近代语言，使文学开始面向社会大众。这个阶段的文学也可以视为东南亚的近代文学。实际上东南亚的近代文学与现代文学之间并没有本质的差别，前者只不过是后者的酝酿和准备阶段，是从量变到质变和从自发走向自觉的历史过程，持续的时间较短，带有启蒙性和过渡性的特点。

第二阶段从现代民族运动的兴起开始直到第二次世界大战结束为止，是东南亚现代文学的诞生和成长时期。这个时期的文学与民族运动紧密相结合，具有强烈的反帝和反封建的色彩，以争取民族解放为主旋律。在现代文学的诞生和成长过程中，不但可以看到西方资产阶级文学的影响更加全面深入，而且可以看到世界无产阶级革命思潮的越来越大影响，使一些国家除出现具有民族主义倾向的资产阶级文学，也出现无产阶级的革命文学。随着民族运动的发展，人们在不断探索民族新文学的发展方向，一方面要吸收西方先进的文化文学，一方面又要维护自己的民族文化文学，发扬反帝反封建的爱国主义和民族主义精神。一些国家出现的东西方文化论战和文学实验运动就是在积极探索和寻求东西方文化的切合点，努力把个人反封建和追求个性解放与民族解放的大目标结合起来，使新文学服务于整个民族解放斗争的事业。这个阶段的文学是在殖民统治下发展起来的，受到种种限制而不能充分发挥自主性和享受创作自由，高举反殖民主义大旗的作家还经常遭到殖民统治者的迫害，所以成长的过程比较曲折和缓慢。后来又遭到日本占领军三年多的残暴统治，使东南亚好多国家的现代文学经历一段“黑暗时期”。但是，东南亚人民争取民族独立的历史潮流是阻挡不了的，相反只有越来越高涨，反映在文学创作上的反帝反殖民主义的主题也越来越明显和突出。许多作品公开鼓吹爱国主义和民族主义精神，为第二次世界大战后实现民族独立作思想和舆论上的准备。这是独立前东南亚文学发展史上最辉煌的一页。

第三阶段是第二次世界大战后东南亚各国先后获得民族独立、国家获得新生的时期。1945年8月15日，日本的投降和第二次世界大战后殖民国家力量的削弱为东南亚人民争取实现民族独立提供了极为难得的历史机遇。东南亚的民族运动空前高涨，在好些国家爆发了民族独立战争，与企图卷土重来的前殖民者展开最后的决战。这时东南亚的许多作家纷纷投身到各自民族独立斗争的洪流里，用自己的作品揭露殖民主义的罪恶本质，讴歌英勇的独立战士。在取得民族独立后的国家，国内的阶级矛盾替代了民族矛盾而上升为主要矛盾。国内各阶级和各政治势力都在为争夺新独立国家的领导权而展开剧烈的斗争。而国际上则出现冷战的局面，形成两大阵营政治、军事和意识形态的对抗。因此独立后的东南亚文学处在更加复杂的国内和国外的环境之中，国内的新矛盾和冲突层出不穷，国外的各种思潮蜂拥而入。这个时期，西方现代的资产阶级文艺思潮和无产阶级文艺思潮都在猛烈冲击和影响东南亚文学的发展方向，使东南亚文学长期处于两种不同文艺路线相对立和相对抗的局面。在西方资产阶级现代文艺思潮的影响下，东南亚不少国家出现新文艺流派，如印度尼西亚的“45年代派”、越南的“人文佳品”集团等，他们以资产阶级的文艺思想对抗无产阶级的文艺思想，主张文艺脱离政治，追求普遍的人性，走“为艺术而艺术”的道路。在无产阶级文艺思潮的影响下，一些国家则出现强大的革命文学和进步文学。越南是东南亚取得民族独立后的第一个社会主义国家，那里的革命文学已占据统治地位。20世纪50年代的印度尼西亚人民文化协会是东南亚最强大的革命文艺组织，那里的革命文学也一度压倒了对手。其他国家则出现强有力的进步文学，如20世纪50年代缅甸的新文学运动、泰国的“文艺为人生，文艺为人民”的文学运动、马来西亚主张“为社会而艺术”的“50年代派”等，都是东南亚进步文学的典型代表。在取得民族独立后的一个相当长的时期里，有些国家两种文艺路线的斗争受政治斗争的影响而表现得非常激烈，如印度尼西亚“45年代派”和“文化宣言派”的普遍性文艺路线与“人民文化协会”为人民的文艺路线之间的斗争，从20世纪50年代初期一直延续到20世纪60年代中期发生“九·三〇事件”之后方告一段落。其他国家文学也在两种对立的文艺路线的对抗中向前发展，革命和进步文学占有相当的优势。这反映了东南亚独立后的现代文学与世界的联系更加广泛和紧密，世界各种文艺思潮和文艺流派都对东南亚文学产生大小不同的影响，使独立后的东南亚文学出现多样化和流派纷呈的趋向。各流派都企图从世界各种文艺潮流中寻找参照值，为独立后本民族文学的发展开辟新道路。特别是在全球化的时代，东南亚文学更受到“世界性”的冲击，各种标新立异的试验文学粉墨登场，模仿西方现代主义的作品日益泛滥，使本国文学的“民族性”受到冲击和威胁。因此在一些国家又出现民族性和地方性文学的反弹和现实主义文学的回潮。如何把世界性和民族性很好地结合和统一起来，将继续成为独立后东南亚现代文学所需要解决的历史课题。

第二章
西方文化与东南亚近代文学

第一节　东南亚旧文学向新文学的过渡

所谓旧文学是指属于封建文化范畴内的古典文学，在东南亚已有漫长的历史，主要受东方三大文化体系的深远影响。在西方殖民入侵以前，东南亚的旧文学已发展到相当高的程度，成就显著（在前三编里已有详细的论述）。所谓新文学是指属于民族觉醒文化范畴内的近现代文学，主要受西方文学的直接影响，是在东西方文化的冲撞中和民族觉醒的萌发中产生的。东南亚新旧文学的转型始于19世纪下半叶，止于20世纪初现代民族运动的兴起，是新旧文学交替的过渡期，也是东南亚文学的近代期。东南亚各国新旧文学的转型和过渡的具体过程由于各国的具体情况有所不同而有先有后，同时也各有自己的特点。

西方殖民入侵之后，东南亚各封建王朝面临崩溃，旧文学受到摧残，处于停滞不前或发展缓慢的状态，但还没有受到西方文化的正面冲击和影响，基本上仍保持着原来的传统形式和内容。19世纪，西方各殖民国家在东南亚大致划定了各自的殖民势力范围并开始开展所谓的“前进运动”，扩大和巩固各自的殖民统治。此时，来东南亚的西方殖民官吏、传教士、学者、商人等与日俱增，他们与原住民的接触日益广泛，使东西方文化产生正面冲撞。在冲突中，西方文化逐渐显示出压倒的优势，把各国旧文化传统的最后防线逐一冲垮。

菲律宾是受西方文化影响最早的殖民地国家。在天主教政教合一的殖民统治下，西方文学的影响广泛渗透到菲律宾文学领域里。最初传入菲律宾的西方文学主要是为西班牙政教合一的殖民统治服务的西方中世纪宗教文学和骑士文学。受其影响，菲律宾在17世纪初就已出现天主教的宗教文学，菲律宾诗人费尔南多·巴贡班塔和托马斯·彬彬率先用他加禄语和西班牙语创作感谢天主的宗教诗。1740年第一部他加禄语诗集《受难诗》在菲律宾出版。这些仿西方宗教文学的作品表现的是中世纪的宗教思想，丝毫没有反映人文主义的新思想和新观念，更没有反映菲律宾人民反殖民统治的斗争，看不到民族觉醒的一点影子，所以还不是菲律宾的新文学。

宗教文学之外，菲律宾还流行骑士文学。有些骑士文学作品虽然也迂回地反映了一定的民族矛盾，歌颂反抗外族侵略的精神，但这也不是民族觉醒的表现，基本上仍属旧文学的思想范畴。例如著名的爱国诗人弗兰西斯科·巴尔塔萨尔（1788—1862年）发表于1838年的长诗《弗罗兰特和萝拉》就是这样一部作品，它描写阿尔巴尼亚国王的枢密顾问官之子弗罗兰特与美丽的公主萝拉互相爱慕的故事。在波斯人入侵时，国王命弗罗兰特挂帅出征。不料奸臣阿道夫趁机谋反，弑君篡位，并将凯旋归来的弗罗兰特押送至深山，绑在树下喂狮。幸亏为路过的波斯将军所救，弗罗兰特才得以脱险。他立即召集旧部打回王宫，杀死阿道夫，后与萝拉结婚，并成为一国之王。弗兰西斯科在诗中借西方骑士故事来表达菲律宾人民反抗异族侵略的决心和对民族叛徒的谴责，热情歌颂爱情和自由。这首长诗为他赢得“他加禄诗人王子”的美名，但仍不能说是菲律宾新文学的先声。

只有到19世纪下半叶，当菲律宾出现一批受西方教育的新一代知识分子的时候，当他们受西方文学人文主义思想的启发和影响而萌发民族觉醒的时候，菲律宾的新文学才开始启动。在民族矛盾日益尖锐的情况下，一些最先觉醒的新一代知识分子积极致力于唤起民族觉醒的宣传运动，以文艺为武器对封建主义和殖民主义进行猛烈的抨击和鞭挞，宣告民族觉醒时代的来临。这就是出现于19世纪末以何塞·黎萨尔为代表的菲律宾“觉醒文学”，至此菲律宾的新文学才正式拉开帷幕。

菲律宾以外的其他东南亚国家要到19世纪以后，才开始受到西方文化的冲击。最早为东西方文化冲撞所震醒的可能是马来作家阿卜杜拉·蒙希。他由于受雇于英国殖民统治者的头目莱佛士而有机会与西方殖民官吏、传教士、商人等深入交往，从而有机会直接接触到西方文明，感受到西方文化的先进性和本民族封建文化的落后性，使他对西方先进文化充满仰慕而对本民族封建落后文化充满鄙视。他成了第一个站出来公开颂扬西方文化和批判本民族封建文化的马来作家。

1824年英国对缅甸发动第一次侵略战争后，至1885年缅甸便全部被英国所占领。从此缅甸社会发生了巨大变化，在缅甸文坛上出现东西方文化影响的两种情况：一种情况是作家们开始把西方文学作品翻译成缅文，介绍给缅甸读者。例如英国小说家班扬的《天路历程》、英国小说家笛福《鲁滨逊漂流记》等先后被翻译出版。但这些小说的翻译出版还没有引起文坛的多大反响。另一种情况是缅甸城乡经常鼓乐喧天，通宵达旦演戏。演戏需要剧本，当时一些舞文弄墨的人都挥笔写剧。这些剧本不仅供剧团演出，同时还铅印出版发行全国。据统计1872年至1922年间，共出版剧本近800部，发行量达几百万册。但剧作绝大部分仍是根据佛本生故事或神话传说改编的，缺乏新意。上述情况说明，19世纪下半叶，西方文学作品虽然已开始传入缅甸，但缅甸旧文学的根基仍相当稳固。只有到1904年詹姆斯·拉觉（1866—1921年）发表缅甸的第一部近代白话文小说《貌迎貌玛梅玛》（中译本书名为《情侣》），缅甸文坛才发生强烈的地震，使缅甸开始从旧文学向新文学转型。

泰国新旧文学的转型和过渡的情况有所不同，但西方文化文学所起的作用是一样的。泰国是东南亚各国中唯一没有沦为西方殖民地的国家，向西方文化文学学习是自上而下进行的。曼谷王朝四世王时期（1851—1866年），报刊业的兴起和留欧学生的回国，掀起了文学翻译之风，出现了西方故事、传奇、短篇小说等的翻译作品，给泰国文坛吹入一股清新的空气。1886年功姆銮皮期巴里察贯仿英国小说写出泰国第一篇短篇小说《沙奴的回忆》，因用曼谷一座著名佛寺作为故事发生的地点而引起轩然大波。

拉玛五世王帕拉宗告（1868—1910年）在位时，积极推行改革，引进西方文明。五世王自己就是一位作家、诗人和评论家。他去过欧洲进行访问考察，《远别》是他的旅欧见闻录，收录了他写给儿子们的43封家信。这部旅欧作品向人们介绍西方文明，扩大了人们的眼界。1900年迈宛翻译英国女作家玛丽·柯林丽的长篇小说《复仇》。这是泰国翻译介绍的第一部西方长篇小说，大受欢迎，由此也引出了泰国人自己创作的第一部长篇小说，即銮威拉巴利瓦的《解仇》。这是对《复仇》的反其意作品，描写一个男子，因妻子与别人有染而决定再娶一房妻子。后来第一个妻子回心转意，与丈夫破镜重圆，从此一夫两妻的家庭过着幸福和睦的生活。这部小说在文学形式和题材上有所创新，受人欢迎，但在内容上则仍充满着腐朽的封建意识，没有积极意义。

六世王帕蒙固告（1880—1925年）也是位博学多才的作家，他的作品有千部以上，分别用泰文、英文、法文写成。他除了自己创作，还翻译了《威尼斯商人》、《罗密欧与朱丽叶》等西方文学名著，直接介绍西方文学作品。《拉玛坚溯源》是他撰写的一部学术著作，在泰国近代文学史上开创了文学研究的先河。四世王之子纳拉提巴攀蓬是泰国歌剧的创始人，总共创作了400多部剧本。他编的现代歌剧《克乐发姑娘》是根据《蝴蝶夫人》改写的。四世王之子丹隆拉差努帕通晓英文、梵文和巴利文，被誉为“泰国历史之父”。他一生著述达700多种。其中《亲王信札》最为著名，书信中有许多是关于文学、艺术、历史等学术方面的探讨。

总的说来，泰国的近代文学反映了泰国社会从封建专制制度向资产阶级君主立宪制的过渡所特有的时代特征。活跃在文坛上的大多数为王室成员，他们凭借深厚的文学功底，在引进西方文学的同时，也努力创作适应时代需要的作品。此外，受西方民主思想的影响，泰国文坛也出现了不同的声音。例如具有进步思想的古希腊的作品，就带有反抗王权和僧权的色彩；贫民出身的诗人兼作家天宛常在报刊上发表带有激进民主主义思想的作品，如呼吁成立议会和实行一夫一妻制等。总之，这一阶段泰国文学的发展具有东西方文化交融、承上启下、继往开来的特点，为过渡到现代文学打下了坚实的基础。

印度尼西亚从旧文学向新文学的过渡也有其特殊的地方，那就是以华裔和印欧血统的作家为主的“同化文学”起了重要的作用。所谓“同化文学”是指与印度尼西亚本土文化相融合的华裔和印欧血统的人所开创的文学。这是19世纪末、20世纪初荷兰殖民地的一种独特的文学现象。一些土生土长的华裔和印欧血统的人，他们在多元文化的环境中长大，大多通晓两三种语言——马来语、华语或荷语。他们较早有机会接触西方文学，所以成为最早翻译介绍西方文学作品的人。例如华裔李锦福和印欧血统的韦格斯合作，于1894年就把法国大仲马的《基督山伯爵》翻译成通俗马来语。之后，好些西方文学名著，还有荷兰作家的作品也陆续被翻译成通俗马来语，为西方文学的引进开路。而更有历史意义的是，他们所开创的通俗马来语文学对促进新旧文学的转型和过渡起了重大的作用（可参见本书第一编第六章）。

越南新旧文学的过渡又有其特点，那就是受中国的民族民主革命和日本明治维新的影响较大，实际上那也是西方文化影响的间接形式。“勤王运动”结束后，西方文化的人文主义和民主思想开始在越南广泛传播。这时，在越南也已出现新一代的知识分子，他们继承“勤王运动”的爱国主义传统，同时又积极吸收新思想，其中的杰出代表有潘佩珠、潘周桢等，他们的文学活动和政治活动紧密地结合在一起。潘佩珠积极倡导成立“维新会”、“光复会”，发起留学日本的“东游运动”。潘周桢则积极参加创办“东京义塾”的活动，大力宣传改良主义思想。他们的作品充满爱国主义的激情，对揭露法国殖民统治的罪恶和唤起民众发挥重要的作用。这个时期越语拉丁化的推广，对越南文学的发展也起了重要的推动作用。1865年在西贡出版第一家拉丁化越语报纸《嘉定报》，越南的爱国志士看到其优越性，也纷纷办报，用它作为有力的宣传和斗争工具。爱国作家、诗人经常在报刊上发表自己的作品，翻译介绍西方文学名著，促使越南的国语散文文学和翻译文学蓬勃发展。黄玉伯写的第一部浪漫主义小说《素心》就在这个时候问世。越南武学在向现代的过渡中一直与政治活动结合得比较紧密，这也可以说是它的一个特点。

综上所述，可以把新旧转型和过渡阶段的东南亚近代文学的特点大致归纳如下：

一、东南亚近代文学是在东西方文化的冲撞和萌发民族觉醒的过程中产生的。西方文化的影响起了主要作用，启发了人们的反封建意识和反帝的民族觉醒。所以表现初步的反封建和反帝精神成为东南亚近代文学的基本特征。

二、东南亚近代文学主要以受西方教育的新一代知识分子为主力，他们接受新思想和新观点，用新思维方式观察和反映社会矛盾和民族矛盾，作品的思想内容摆脱了封建思想意识的束缚,表现出时代的新精神。

三、东南亚近代文学的内容直接反映社会的民族矛盾和阶级矛盾，走出了旧文学以神话传说和宗教故事作为基本题材的传统，使文学从神话世界回到了现实生活，社会各种真实的人物典型成了文学的主人公。

四、东南亚近代文学打破了旧文学的传统形式，积极引进和采用西方文学式样，尤其是新诗体、近代小说体裁，受到读者的普遍欢迎，推动了近代文学的发展。

五、东南亚近代文学在语言使用上开始注意白话化和大众化，越语拉丁化文字的推广就是朝这一方向努力的一个例证。语言的大众化使文学走出贵族和旧文人的象牙塔而进入新兴市民阶层的千家万户。文学朝社会化和世俗化的方向发展。

六、东南亚近代文学从文学发展阶段上说是比较短暂的，短短几十年就完成了文学的转型和向现代文学的过渡。东南亚的近代文学和现代文学并无本质上的区别，前者是后者的酝酿和准备阶段，在反封建和反帝方面还处于自发阶段，除了菲律宾，当时各国的民族觉醒大多尚未成熟，民族解放运动的风暴尚未来临。后者是民族觉醒和民族运动的产物，反帝、反封建和争取民族独立成为文学的时代主题。

第二节　东南亚近代作家阿卜杜拉·蒙希和詹姆斯·拉觉

19世纪，随着西方殖民势力的扩张和前来定居的西方各色人物日益众多，东西方文化之间必然要发生冲撞。在两种文化的交锋中，最先感受到西方文化先进性的是那些有机会接触西方文化和受其影响的知识分子。他们有的成为东南亚近代文学的先行者和开拓者，其中马来作家阿卜杜拉·蒙希和缅甸作家詹姆斯·拉觉一前一后所进行的文学革新最有代表性。

阿卜杜拉全名阿卜杜拉·宾·阿卜杜卡迪尔·蒙希，1769年生于马来半岛南部的马六甲，卒于1854年赴麦加朝觐的途中。他身上有阿拉伯和印度血统，祖籍阿拉伯也门。父亲是伊斯兰教师和语文教师，对他管教极严。他从小受马来伊斯兰文化的熏陶和严格的语言训练，14岁便通晓马来语、阿拉伯语和泰米尔语。他应该归马来旧文人之列，但他又是在英国殖民统治下的马六甲长大的，有机会与许多西方人接触。那时英殖民者的急先锋莱佛士正极力扩张英国在东南亚的殖民势力，后来把殖民政治和经济中心迁移到新加坡。阿卜杜拉被莱佛士雇用为他的马来语文书和私人马来语教师。从此他跟随莱佛士，与英国的上层殖民官吏、传教士、商人、学者等过从甚密。他给好些英国人讲授马来语，介绍马来的社会文化和风俗人情，同时又向那些英国人学习英语，了解西方的文化与科学。他接触的英国人多是文化层次较高的人，莱佛士本人也是一位学者。他从这些英国人身上感受到西方资产阶级文化的先进性，看到西方资产阶级民主、科学和法制精神的一些具体表现，使他对西方文化钦佩得五体投地，赞扬不已。相比之下，他越加感觉到马来封建主的愚昧腐朽和马来封建文化的落后性，从而对此产生反感和强烈的不满。阿卜杜拉大半生都为英国人效劳，而英国人也一直很器重他，让他参与许多重大的历史事件，使他在时代风云变迁中目睹西方资产阶级文化与东方封建阶级文化的较量过程和优胜劣败的结果。在马来民族正遭到西方殖民入侵而陷入深重灾难的时候，在马来民族大部分人还敌视西方文化和抱着封建文化不放的时候，阿卜杜拉第一个站出来公开宣传和赞扬西方文化的先进性，揭露和批判马来封建文化的落后性，在当时来说确实过于超前，不为同时代的人所理解和接受。因此有人指责他为死心塌地的“亲英派”，讥讽他这位穆斯林为“阿卜杜拉神父”，因为他为西方传教士效劳。对阿卜杜拉的评价一直有争议，褒者说他是代表新时代的曙光，贬者说他是洋奴的典型。我们应该用历史的观点加以分析，在他那个时代东南亚还没有出现民族觉醒，他对西方资产阶级文化的赞扬和马来封建阶级文化的批判当然不是出于民族民主意识的自觉，而只是从两个阶级和两种文化的对比中看到了其优劣的事实，并情不自禁地把屁股挪到了英国殖民者的一边。所以他不能说是代表民族觉醒的先驱，但也不应否认，作为第一个敢出来向封建文化传统宣战，敢公开宣传向先进的西方文化学习的马来文人，在当时是起到了历史启蒙作用的，有一定的进步意义。

阿卜杜拉的代表作是《阿卜杜拉传》，已由马来西亚学者杨贵谊翻译成中文（书名《阿都拉传》）。该书序言说，作者是应英国朋友的要求于1840年写的。他的英国朋友想通过他写的自传了解马来民族的社情民风，但是阿卜杜拉写这部传记有他自己的意图。他想把自己在为英国人效劳的大半生中所感受到的西方资产阶级的文明进步与本民族封建阶级的愚昧和封建文化的落后，通过鲜明的对比写进书里，以此来向马来民族进行西方文化的启蒙宣传。所以严格地说，这部作品不是作者的个人传记，全书二十七章，只有前三章写作者孩提时代的经历和受到过的旧式教育，其余各章着重写作者从14岁受雇于莱佛士起，至1843年这段时间他所亲眼目睹的马六甲、新加坡以及马来半岛逐渐沦为英国殖民地的历史变迁。这个时期政治舞台上的主角是英国殖民者和马来封建主，他们在相互矛盾和相互勾结中的言行举止，作者进行了颇为翔实和生动的描述，让人们从这些人物的活动中看到东西方文化的对比和较量，从而感受到西方资产阶级文化的先进性和马来封建阶级文化的落后性。他所接触的英国人主要有三类：英国殖民地驻扎官、基督教传教士、人类学家。通过这三类人他真实地看到西方的近代生活方式和民主法制精神。在他眼里，莱佛士就是西方文明的化身，书中用专章描述莱佛士待人接物的民主作风和办事治学的科学态度，赞美之辞溢于言表。他处处把西方人的重视科学知识、求实精神、民主法制思想等进步的一面与马来封建阶级的愚昧迷信、虚假浮夸、残暴专制等落后的一面作对比，形成鲜明的反差。他在书中向马来人公开宣传英国人在法律面前是讲人人平等的。他在书中写道："别说是王族，就是国王自己如做错了事也会被控告；如果他杀人，也得被处死，因为英国法律不允许一个人无缘无故地杀死另一个人，不论是贵族还是平民，不论是国王还是庶民，法律上一视同仁。"阿卜杜拉还通过莱佛士与马来苏丹的对话进一步颂扬英国的法治精神。莱佛士问马来苏丹："如果老百姓向他们的国王如此造反，马来法律将如何处置呢？"苏丹回答说："按照马来人的习俗，那个人连同妻子儿女及家族将统统被斩尽杀绝，他的房子连同地基将被掀掉拆除，然后扔进海里。"莱佛士说："那样处罚欠公平。谁犯罪谁就该受制裁，为何其妻子儿女也要无辜受罚？"接着他又当面对马来苏丹和官员们说："英国法律明文规定：凡是造反的人都要被吊死，即使抓不到活的，死了的也要吊起来。他的妻子儿女则由公司发给抚恤金直到她改嫁或儿女能自立为止。这就是白人的习俗。"阿卜杜拉通过这类对比，既揭露了封建专制的残暴，又宣扬了西方的法治文明，展示两种文化的优劣，给人以很深的印象。此外，阿卜杜拉对西方科学技术的新鲜事物也持欢迎的态度。例如他十分欣赏西方的近代印刷术并积极学习，使自己成了较早掌握这门技术的马来人。他还十分重视马来语言文化，对马来人不尊重自己的语言和把珍贵的民族文稿卖给洋人的现象表示强烈的不满，这都是他的可取之处。总之，从这部作品中，人们可以看到一位马来文人对西方文化的公开赞扬和对本民族封建文化的公开批判，这在马来历史上是前所未有的。

《阿卜杜拉传》的问世具有重要的历史意义。有人说它是马来文学的一场"革命"，这未免言过其实。但不能否认的是，它给马来旧文学以巨大的冲击，打破了马来文学的旧传统，带来了新的思想内容和创作手法，主要体现在以下几个方面：

一、它从根本上改变了马来旧文学长期以来以神话传奇为基本内容的俗套，直接反映时代变迁中的现实生活，描写现实社会中各种代表人物的精神风貌和文化心态，把文学拉回到现实中来。

二、它采用写实手法真实地再现社会的真实面貌，一反马来旧文学贯用的非现实人物和非现实情节的夸张手法。书中不乏具有历史和认识价值的生动记载，因为作者本人就是历史的见证人。其中有关英国殖民者用狡诈的手段夺取新加坡的经过写得相当真实和精彩。

三、它使作者回到创作的主体位置上，表现作者的自我意识和对客观事物的个人评价。作者的创作主体性在马来旧文学中是看不到的，作者在旧文学作品中只扮演“讲故事者”的角色，丧失了自我。

四、它表现了作者个人的语言风格，尽管作者尚未脱尽旧文学语言的影响。由于以现实生活为创作内容和采用写实的手法，作者开始注意吸收社会生活中的生动语言，使他的文学语言有别于旧文学的语言而更接近于近代社会的语言。

阿卜杜拉的其他作品大多属纪实游记类，如《阿卜杜拉吉兰丹航游记》、《阿卜杜拉吉达航游记》等，但那都不是一般游山玩水的记录，作者是在借旅途见闻来抨击马来封建社会的落后现象。从他所处的时代来讲，阿卜杜拉无疑是位超前的马来作家。他的历史功绩就在于他是第一个动摇马来旧文化和旧文学根基的人，宣告了新文化和新文学的时代即将来临。但他自己还不是新文学的开创者，因为在他身上还看不到一丝一毫民族觉醒的迹象。相反，他的过分崇洋，没有揭露西方殖民者残暴和丑恶的一面，则可能会产生负面的影响，这点也不能不指出。在他去世后，基本上无后继者接班，马来文学仍处于停滞不前的旧状态。一直到20世纪初，新一代知识分子出现后，马来新文学的时代才真正到来。

在东南亚近代文学中，开辟新道路的另一个典型作家是缅甸的詹姆斯·拉觉。他之所以能成为缅甸新文学的先行者也是因为他较早地接触到西方文化并受到其影响。詹姆斯·拉觉原名貌拉觉，生于1866年，父母早亡，由信奉基督教的姨父母抚养长大。他后来也入基督教，改名詹姆斯·拉觉，在仰光公立英缅文学校学习，毕业后当过英军翻译，后又在英殖民政府里任职，当过区长，晚年皈依佛教。从他的生平经历可以看到，他受到西方文化的熏陶很深，是属于受西式教育的新一代知识分子。他的基督教家庭的背景与当英军翻译和殖民政府官吏的经历，使他与西方文化结缘很深，而他掌握英语又使他具备直接阅读西方文学作品的条件。另一方面，他晚年皈依佛教则说明他终究未能摆脱缅甸的民族文化传统。他就是在这样的文化背景下为缅甸文学开辟新路，创作了缅甸的第一部新小说《貌迎貌玛梅玛》。这部小说的创作显然是受法国大仲马《基督山伯爵》的直接影响，有人说是根据法国的这部小说部分章节改写的。但如果仔细加以比较，就不难发现两者之间有着本质的区别。这里不妨先把《貌迎貌玛梅玛》的故事梗概简单介绍一下：

故事发生在达亚瓦底王时代，貌迎貌一出生母亲便去世，父亲也因丧妻悲伤过度而弃家出走。他从小由阿瓦商人吴波欧收养，长大后当舵手，跟养父的船穿行于伊洛瓦底江上做买卖。他与富商的女儿玛梅玛相爱，而同船的船员貌妙达也在追求玛梅玛。有一次吴波欧的船运货经过敏贡，一位反叛的亲王托他带一密信回京城。当夜吴波欧不幸染重病，临终前将信托给貌迎貌，被貌妙达瞧见。回京城后，貌迎貌与玛梅玛完婚，就在洞房花烛之夜，由于貌妙达的告密，貌迎貌被官府逮捕关进大牢。狱中他意外地遇到被当成疯子而被囚禁的亲生父亲吴波拉，父亲教会他医术、占卜术、魔术等，临终前把自己埋藏财宝的地点告诉了他，并送他治病的神丹和教他越狱的办法。貌迎貌按照父亲说的，采取偷梁换柱的办法钻进装敛父亲尸体的口袋，当被扔进河里时，用刀割破口袋逃生。貌迎貌隐姓埋名靠行医、占卜、演魔术维持生活。他救活了病危的镇长女儿玛苏丁。姑娘爱上了他，镇长夫妇也愿意招他为女婿。但他一心思念玛梅玛，便推故离去，悄悄返回阿瓦。这时玛梅玛以为貌迎貌早已死去，正被迫与情敌貌妙达结婚。婚礼晚上貌迎貌偷偷见了养母，然后去挖出父亲埋藏的财宝。安顿好养母后，他便逃往下缅甸避难经商。玛苏丁久等貌迎貌不见回来，便决定女扮男装外出寻找，刚好租用了貌妙达的船。几经周折之后她终于在路途上和貌迎貌相遇，两人悲喜交集。就在此时，貌妙达染上霍乱，临死前向貌迎貌请求宽恕。貌迎貌答应，要他“多想佛、法、僧三宝，安心地去吧”。貌迎貌和玛苏丁一起逃往外国统治下的下缅甸谋生路。然而玛苏丁不幸被貌妙达传染上霍乱不治而死。貌迎貌无比悲痛，最后只身南下逃难。不久，缅甸发生政变，王爷掌权，大赦天下。貌迎貌得以回故里，与养母团聚；经过七年的别离磨难，貌迎貌与玛梅玛最后终成眷属。

从以上的介绍来看，毫无疑问詹姆斯·拉觉创作《貌迎貌玛梅玛》是受到了法国大仲马《基督山伯爵》的直接启发和影响，但并不是后者的简单改写。作者只借用了《基督山伯爵》的基本情节作为故事的基本框架，如被陷入狱、换包越狱、挖掘宝藏等，至于主题思想和人物典型则差异很大。《基督山伯爵》的主题思想是利用财富去报恩复仇、伸张正义、解决个人恩怨。这反映了财富在资本主义社会里居主宰地位，所以起关键作用的是主人公邓蒂斯挖掘到了宝藏，有了钱就能实现一切。《貌迎貌玛梅玛》则不同，其主题思想是歌颂男女纯真和执著的爱情，虽经磨难，有情人终成眷属，一切以佛教的慈悲思想为指导，讲缘分，听天命，善恶有报，不计私仇。所以挖掘到宝藏对主人公貌迎貌来说并无重大意义，只是拿出其中的一部分去赡养养母和做珠宝生意谋生而已。这反映了钱财在缅甸封建社会里还没有起支配作用。再拿两个主人公的形象作比较，邓蒂斯是西方资本主义社会精明能干的暴发户典型，他富有自我奋斗的精神，不畏艰险，坚韧不拔，善于运用钱财的力量去实现他的每一项计划，解决个人恩怨，但他又是西方人道主义的体现者，扬善除恶，伸张正义。貌迎貌是完全不同的典型，他是缅甸市民阶层的一个普通青年，笃信佛教，心地善良，忠于爱情。他就是拿到宝藏也没有变成暴发户，更没有利用钱财去实现自己目的的念头。相反，只要有一点功利私念，他便立刻作自我反省。例如有一次他想在一个寺庙里投宿，见到一位和尚生病不由得暗自高兴，因为他可以利用自己的医术把和尚的病治好，这样投宿便不成问题了。就是这样一闪念，他立刻责备自己，“这种看到别人生病自己感到高兴的心理，完全是罪恶的”。貌迎貌是缅甸那个时代理想青年的典型，具有缅甸的传统美德，温文尔雅，就是在同玛梅玛谈情说爱的时候也显得非常斯文和含蓄，与西方人的性格全然不同。但詹姆斯·拉觉对邓蒂斯的坚忍不拔、不畏艰险、勇敢进取这种西方人的自我奋斗精神还是很欣赏的，所以在塑造貌迎貌的形象时多少也赋予他这样一种性格特征。每当貌迎貌遇到困难而有点畏缩时就会想起父亲的教导：“不要依赖别人，一切只能靠自己。”父亲的声音“别怕”一直鼓舞他面对一切威胁和挑战。除此以外，在貌迎貌身上就看不到有邓蒂斯的影子，全是缅甸人特有的气质。至于小说中所描写的社会风貌、人情习俗等更缅甸化，一点也没有西方社会的风情。所以对没有看过《基督山伯爵》的缅甸读者来说，决不会想到《貌迎貌玛梅玛》与之有联系。应该说，《貌迎貌玛梅玛》是詹姆斯·拉觉的个人创作，小说之所以大受欢迎是因为它打破了缅甸文坛由佛祖轶事、神话传说、才子佳人一统天下的局面，让现实生活中市民阶层的普通男女充当主人公，以他们的爱情生活为主题，再现缅甸社会生活的诸多方面，给人以耳目一新之感，而小说所采用的西方小说体裁、所使用的简练通俗的白话文体为缅甸小说创作开了一代新风，詹姆斯·拉觉也成为缅甸现代小说的敲门人。

阿卜杜拉·蒙希和詹姆斯·拉觉生活在两个不同的殖民地国家，有着不同的宗教和文化背景，但是他们能首先突破旧文学的壁垒，成为新文学开路的带头兵，是因为他们都较早接触到西方文化文学，同时也因为他们所处的时代是新旧交替的过渡时代，新市民阶层日益壮大，已成为文学的主体。当时的民族觉醒还在酝酿过程中，所以他们的作品没有表现出明确的民族意识，更没有显示出反殖民主义的倾向，这是可以理解的。然而他们所开辟的新道路，随着民族觉醒的成熟和民族矛盾的激化，必然要朝反帝反封建的现代文学的方向伸展。

第三节　东南亚反帝反封建文学的先驱何塞·黎萨尔和菲律宾的“觉醒文学”

东南亚最早出现民族觉醒的国家是菲律宾，从19世纪80年代起，民族解放运动就蓬勃发展起来。1869年出现“教会菲律宾化运动”，1872年爆发甲米地起义，接着出现唤起民众的“宣传运动”。1896年爆发“卡蒂普南”武装起义。1899年成立了菲律宾第一共和国，可惜遭到了美国的扼杀，于1901年又沦为美国的殖民地。

从19世纪70年代至20世纪初，汹涌澎湃的民族解放运动需要文学作为战斗的武器，菲律宾反帝反封建的“觉醒文学”遂应运而生，成为东南亚最早出现的反帝反封建文学。菲律宾的民族觉醒和反帝反封建文学的出现要早于东南亚的其他国家，是因为菲律宾受西方文化的影响最早，受西班牙政教合一的殖民压迫最深。在19世纪的80年代菲律宾就已拥有一批受西方教育的新一代知识分子。他们为唤起民众，开展了“宣传运动”，鼓吹民主自由，要求进行和平改革。菲律宾的反帝反封建“觉醒文学”就在“宣传运动”的高潮中诞生。

菲律宾“觉醒文学”的伟大旗手是杰出诗人、作家何塞·黎萨尔，他也是菲律宾民族解放运动伟大的先驱者，后来被尊为菲律宾国父。他生于1861年，8岁就开始用他加禄语写诗和短剧，被誉为“神童”。10岁时，母亲被诬告企图谋害西班牙军官而被捕入狱两年，使他从小就埋下对殖民统治者仇恨的种子。11岁时，爆发甲米地起义，“教会菲律宾化运动”的三位爱国神父被西班牙殖民当局绞死，更激发了他的民族意识和爱国热忱。18岁时，发表著名诗篇《献给菲律宾青年》，号召青年们要树立民族自豪感，为争取光明的未来而斗争。后来他到欧洲高等学府深造，对西方文化和文学进行深入的研究，曾将德国希勒的名剧《威廉·退尔》和丹麦的安徒生童话译成他加禄语。可见他是属于受西方教育而又有民族意识的新一代知识分子。他从西方文学中得到很大启发，开始进行新小说的创作。1887年在柏林发表第一部长篇小说《不许犯我》（又译《社会毒瘤》）。1889年他在西班牙参加创办《团结报》，致力于唤起民族觉醒的宣传运动。1891年在比利时根特市出版他的第二部长篇小说《起义者》（又译《贪婪的统治》）。1892年返回祖国创立“菲律宾联盟”，不久遭流放。1896年9月再度被捕，并于同年12月30日被处决。临刑前夕他写下了震撼人心的绝命诗《我最后的告别》。

小说《不许犯我》是声讨西班牙殖民罪恶统治的第一篇檄文，通过主人公伊瓦腊教育救国的失败以及他和达马索神父之私生女玛丽亚·克拉腊的爱情悲剧，农民埃利亚斯的血泪家史和贫妇茜莎被逼疯并家破人亡等许多悲惨事件以及生动的各类人物典型，深刻地揭露西班牙殖民当局和天主教会的黑暗统治，艺术地再现了菲律宾人民所遭受的深重灾难以及为改善民族命运而进行的早期斗争。作者在写这部小说时已意识到他是在做前人没有做过的事，将冒极大的风险。他在序言中说：“这本书包含着一些至今谁也没有讲过的问题，因为人们对这些问题非常敏感，所以任何人都不敢轻易去接触。我想做在我之前谁也不愿意去做的事。我敢于回答几百年来对我们和我们祖国的诽谤。我写了社会情况，写了生活，写了我们的信念、我们的希望、我们的意愿、我们的不幸和悲苦。我们揭露了伪善，这种伪善在宗教的面具下，在我们中间传播，把我们贬低，降为畜牲的地位。”小说充分体现了作者序言中提到的创作意图，向人们展示了菲律宾人民在西班牙殖民主义和封建教会残酷压迫下的受难图，有力地揭露了西班牙殖民统治者和天主教会对菲律宾人民犯下的滔天罪行，起到了振聋发聩的鼓动作用，使人们认清了殖民统治者和反动教会的狰狞面目和罪恶本质。但是，在民族觉醒的初期，人们还没有找到民族解放的正确道路，对西班牙的殖民统治还存有幻想，以为通过和平的改良主义道路可以实现改善民族命运的目的。所以小说主人公伊瓦拉从欧洲留学回来后，便致力于教育救国的事业，企图通过教育提高民智，从而改善民族命运，提高民族地位。他甚至幻想在西班牙殖民统治下实现国家民族的繁荣。他说："我心中的最大愿望就是我的国家繁荣幸福。这是要由西班牙母国和本国同胞共同努力来实现。"然而，残酷的现实给了他以惨重的教训，殖民统治者和教会对他哪怕最温和的改良主义要求都不会容忍。他兴办的学校被毁，他被诬谋反而锒铛入狱并被开除教籍，还被迫与未婚妻玛丽亚·伊拉腊分离。从自身的可怕遭遇以及许多菲律宾人的血泪家史中，他终于醒悟过来，西班牙的殖民统治及其帮凶反动教会的罪恶行径，才是菲律宾民族灾难的真正根源。他说："现在，我已经看到侵蚀我们社会的那个可怕毒瘤，它紧紧地附在社会的肌体上，它需要我们采取激烈的措施把它连根拔掉。"他决定放弃温和的改良主义主张，改用"以暴抗暴"的手段去实现他的民族理想。

小说《起义者》是《不许犯我》的续集，描写主人公伊瓦腊流亡古巴13年后，改名席蒙重返菲律宾。他以珠宝商和总督顾问身份，准备采取"以暴抗暴"的手段来解救祖国。他怂恿当地总督为非作歹以引起民愤，加速社会毒瘤的溃烂。他精心策划爆炸事件，企图把参加婚礼的殖民高官们和神甫们"炸成一堆垃圾"，一举消灭"一切罪恶的根源"。席蒙是单枪匹马与敌人作战，没有群众基础，所以三次起义均告失败，最后服毒自杀。作者在小说中借助"偶然事故"使爆炸计划失败，把悲剧推向高潮。但是席蒙的失败结局，并非出于"偶然性"。它让人们在悲叹惋惜之余不能不去严肃地思考席蒙失败的原因。这两部小说实际上在告诫人们，殖民地人民想通过"教育救国"和"议会斗争"的改良主义道路是达不到民族解放的目的的。同样，想靠个人英雄主义的冒险恐怖活动也是推翻不了殖民统治的。小说成功地表现了菲律宾民族先驱在探索民族解放道路过程中的英勇风貌，总结了斗争失败的教训，以利再战。作者在小说中还提出了自己的理想：要实现一个人民掌权、摆脱剥削和人人都劳动的社会。这在当时更是难能可贵。

这两部小说可以说是东南亚最早的反帝反封建长篇小说。鲁迅先生曾高度评价说，从他的小说中听到了"爱国者的声音"及"复仇和反抗"的呐喊。

何塞·黎萨尔在诗歌创作上同样卓越超群，爱国主义是他诗歌创作的基调。他留下的诗作虽然不多，约37首，但每首都凝聚着诗人对祖国无比的爱和对殖民统治无比的恨。特别是他的绝命诗《我最后的告别》，以"真挚壮烈悲凉的"爱国者的心声震撼了东方大地，鼓舞着东南亚殖民地各民族为争取民族解放而战斗不息和勇往直前。印度尼西亚作家罗西汉·安哇尔在《黎萨尔的名字在印度尼西亚》一文中说："没有一个人——至少是所有的翻译者本人——能预见到黎萨尔的诗竟会引起如此巨大的反响，而且我们也没有料到《我最后的告别》一诗在印度尼西亚革命初期会如此反复地出现在各种报纸杂志上。"的确，黎萨尔的诗也成了东南亚民族觉醒和反帝反封建最早的战斗号角。

与黎萨尔同时代的战斗诗人还有安德烈斯·波尼法秀，他也是菲律宾民族解放运动的先驱，参加了"卡蒂普南"的武装起义。1897年遭保守派谋杀身亡，后人尊他为民族英雄。他的著名诗篇《对祖国的爱》是诗人无条件献身祖国的庄严誓言，他向人们号召"要不怕牺牲一切……流尽最后一滴血……"去拯救祖国。全诗充满爱国激情，极富感召力。

在抗美斗争中也涌现不少诗人，其中著名的有被人称作"诗中三杰"的帕尔马。他原为阿提尼奥学院文学系三年级学生，曾学习西方的浪漫主义和现实主义文学。1896年参加"卡蒂普南"武装起义当战地记者。1899年在抗美烽火中，创作国歌《菲律宾》，以铿锵有力的诗句表达菲律宾民族酷爱自由和誓死捍卫祖国的决心：

神圣的江山，
英雄的摇篮，
侵略者休想
在这里爬上岸。

这首充满爱国激情和英雄主义精神的诗作为菲律宾国歌的歌词一直响彻在菲律宾的上空，鼓舞着菲律宾人民自强不息地奋斗。

被誉为"菲律宾第一共和国时期最伟大的抒情诗人"的费尔南多·格雷罗也是当时杰出的民族诗人。在他写的缅怀先烈的《革命烈士》、赞颂祖国美丽山川的《我的祖国》等诗篇里，诗人尽情地赞美祖国玫瑰色的黎明、迷人的黄昏、蓝色的海洋和翠绿的山谷，表达了对祖国深沉的爱。他的这些诗句也一直在激励着菲律宾人民，唤起他们强烈的爱国情感。

另一位著名诗人阿波斯托尔则以写歌颂黎萨尔的名作《致民族英雄》而备受赞扬。这首诗气势悲壮雄伟，如同一部民族史诗，表达了菲律宾人民对自己的民族英雄何塞·黎萨尔的永远怀念和无比敬仰：

在淹没的阴影中安睡吧，
受奴役的祖国的救世主！
不要因为西班牙人的暂时胜利，
而在幽静的墓穴里哭泣，
如果说一颗子弹击溃了您的脑壳，
您的理想却摧毁了一个帝国！

菲律宾的反帝反封建文学是在民族解放斗争的第一次高潮中诞生的，从涌现出来的众多诗人和作家中，可以看到其共同的特征。他们大都受过西方教育，有的西方文学造诣很高，所以必然要受到西方人文主义等进步思想的影响。他们又是民族解放运动的先锋或积极参加者，站在民族斗争的最前列，所以体现了民族觉醒的时代精神。实际上西方先进的文化只是向他们提供了新的文化视角、新的思维方式和新的思想观念，藉以打破封建思想意识的长期束缚，而把他们引向民族觉醒和民族解放征途的是西方殖民压迫所造成的民族矛盾。菲律宾“觉醒文学”的突出之处也就在于作品具有强烈的反帝反封建的色彩和高昂的爱国主义精神。

第三章
第二次世界大战前的东南亚现代文学

第一节 东南亚现代文学的产生

东南亚各国封建社会解体的情况各异，探索现代文学发展的道路也不尽相同，但有一点是极为相似的，那就是东南亚各国现代文学的产生是与西方文化文学的直接影响和民族解放运动的兴起密切相关的。

19世纪下半叶，东南亚各殖民地国家逐步向市场经济过渡，近代基础设施的建设和城市化速度的加快，使新市民阶层逐渐壮大。在较大的城市里，先后兴起报刊业，西式学校的数量也迅速增加，这都为西方文化文学的传播铺平道路。而西方殖民者实行对殖民地的全面统治，则使民族矛盾日益激化。二者的结合加速了东南亚民族觉醒的萌发过程。

至20世纪初，西方殖民国家对东南亚殖民地的第一次瓜分已告结束，并相继巩固了对各自殖民地的全面统治。东南亚殖民地的市场经济已发展到一定规模，各国的民族资产阶级、产业无产阶级及新一代的知识分子业已形成，并开始走上殖民地的政治舞台。这时整个东方普遍出现了民族觉醒，民族解放斗争的浪潮正席卷整个世界。中国的民族民主革命运动、中东阿拉伯国家的民族复兴和宗教改革运动与日本明治维新后的崛起等，都对东南亚产生直接的影响，尤其给新一代知识分子以很大启发。东南亚的民族觉醒和民族解放运动风起云涌。1908年缅甸成立佛教青年协会，标志着缅甸现代民族觉醒的开始，它提出“民族、语言、宗教”的口号，激励人们的反帝爱国主义热情。1908年印度尼西亚成立第一个具有现代民族意识的社团“至善社”，也标志着印度尼西亚现代民族觉醒的开始。1912年越南成立“越南光复联合会”，向法国殖民统治者发难。其他国家也相继成立类似的组织。不久，西方无产阶级革命思潮通过宗主国的革命者也开始向东南亚传播。1914年印度尼西亚成立无产阶级的革命组织东印度社会民主联盟，1920年改组为印度尼西亚共产党，并领导了1926年的第一次民族大起义。俄国“十月革命”的胜利进一步给东南亚各国无产阶级以极大的鼓舞。从20世纪20年代起，尤其是在20世纪30年代，马克思主义思潮广为传播，东南亚好些国家相继成立了革命组织。除印度尼西亚共产党外，1925年越南成立了“越南革命青年同志会”。1931年改组为印度支那共产党，直接领导“义静苏维埃运动”。1924年菲律宾也成立了无产阶级的革命组织“菲律宾工人协会”，领导了1931年的起义。1923年缅甸出版的杂志《京城》开始介绍社会主义思潮，1931年建立的塞耶山图书馆和1937年成立的红龙书社则成为缅甸传播马克思主义的主要阵地。由此可见，西方的资产阶级思潮和无产阶级思潮在20世纪初期都在影响着东南亚的民族解放运动。东南亚的无产阶级与民族资产阶级一样，成了民族解放运动的领导阶级和主力军，极大地改变了东南亚国家的政治格局和社会面貌。这一巨大的变化也反映到文学上来，影响现代文学发展的走向。

在西方资产阶级文艺思潮和无产阶级文艺思潮的影响下，东南亚现代文学产生之初便出现两种不同的发展方向，一个朝资产阶级的文学方向发展，另一个朝无产阶级的文学方向发展。但作为民族矛盾为主的殖民地国家，这两个不同方向的文学，从性质上来讲，仍属同一文学范畴，即反帝反封建的民族民主革命文学。

西方资产阶级文化在东南亚已传播多时，其人文主义思想首先启发了殖民地代表民族资产阶级新一代知识分子的反封建意识。他们长期处在封建统治下，个性的发展受到严重的遏制，个人的婚姻和自由幸福被任意摧残，与封建礼教的矛盾已难以调和。所以他们的早期创作，大都以反对包办婚姻、要求个性解放和个人自由为主题，反帝的一面不大明显。但是西方文化是由西方殖民主义者带到东南亚的，对西方资产阶级文化所提倡的平等自由和人道主义，殖民统治者在殖民地实行的是双重标准。对殖民地人民他们实行的是惨无人道的种族主义政策，剥夺了殖民地人民的基本人权，使殖民地人民处于无权无告的地位，过着牛马不如的生活。另外，西方殖民统治者对殖民地人民还实行奴化政策，利用西方文化极力摧残殖民地的民族文化，使殖民地人民丧失民族自信心。但这种明目张胆的种族歧视和种族压迫必然要遭到殖民地人民的强烈反抗，觉醒了的知识分子终于认识到，没有民族的自由和解放就谈不上个人的自由和个性的解放，而封建主义已经成为殖民主义的工具，不仅遏制了个人的自由，也阻碍了民族的解放。所以他们最后必然要把反封建同反帝结合起来。这种认识促使民族主义思想在他们的文学创作中占了上风，反映殖民地社会的民族矛盾、表现反殖民统治和弘扬爱国主义精神的作品越来越多。

西方无产阶级革命思潮传入东南亚始于20世纪20年代前后，对东南亚的工人运动和民族解放运动产生了直接的影响。但是，东南亚的无产阶级与西方资本主义国家的无产阶级有所不同。作为殖民地国家的无产阶级，它受到双重压迫，即民族压迫和阶级压迫，而以民族压迫最甚。就是在阶级压迫中也仍然含有民族压迫的成分，因为大资本家多为拥有殖民特权的西方人。这就是为什么东南亚的无产阶级革命运动仍然以反帝为主，首先是致力于民族解放斗争而不是社会主义革命。在这一点上，它可以说是整个民族解放斗争事业的组成部分。东南亚的无产阶级革命文学从一开始也反映了殖民地无产阶级的这一特点，以反帝作为文学创作的首要主题，揭露殖民统治者的罪恶，表现殖民地人民不屈不挠的反帝斗争精神。东南亚的无产阶级革命运动以印度尼西亚和越南最为突出，这两个国家最先建立了共产党。东南亚的无产阶级革命文学也以这两个国家最先出现和最为典型，其他国家受无产阶级革命思潮的影响程度上有所不同，大都反映在各自的进步文学上。

从东南亚的特点出发，早期的东南亚现代文学大致可分三种类型：

一、资产阶级的个人反封建文学；

二、民族主义倾向的反帝文学；

三、无产阶级反帝革命文学及受其影响的进步文学。

第二节　民族资产阶级的个人反封建文学

东南亚代表民族资产阶级的新一代知识分子大都出生于封建家庭，他们受西方文化文学影响的最初表现是对封建家庭的叛逆，尤其反对封建包办婚姻，要求个人恋爱自由和个性解放。因此最初出现的文学作品，多以青年男女的个人爱情遭遇为题材，表现对个人爱情的追求和对个人幸福的向往，把矛头直接指向压制个人和个性的封建礼教及各种传统的陈规陋习。东南亚现代文学的起步就是从个人反封建开始的。

在缅甸，继《貌迎貌玛梅玛》之后有吴基的小说《卖玫瑰茄莱人貌迈》。这部小说直接对缅甸封建官僚的腐败堕落进行笔伐。小说是用缅甸的传统手法写的，在作者笔下，主人公貌迈不仅色胆包天，诈骗有术，而且一直得心应手，一帆风顺，既能讨取妇女们的欢心，把她们个个哄得如痴如呆，又能蒙蔽皇帝官家。小说通过貌迈这个典型人物的所作所为，把一个封建统治下腐化堕落的社会描绘得淋漓尽致，使人感到这种封建社会已经没有任何出路，只有等待灭亡的结局。难怪这两部小说一发表便遭到保守派的攻击，说是对佛祖的亵渎，指责小说公开描写男女恋情是在公开煽动人们的情欲，被认为大逆不道。但是保守派无法阻挡历史发展的潮流，吴基的其他小说，如《小钻石》、《小宝石》、《貌巴丹玛丹梅》等继续面世。列蒂班蒂达吴貌基也创作内容与《卖玫瑰茄莱人貌迈》极为相似的小说《钦钦基》，继续揭露封建社会的丑恶和腐败。

在印度尼西亚，20世纪20年代曾风行以反对封建旧习俗和强迫婚姻为主题的，宣扬资产阶级个性解放的文学。1920年麦拉里·西里格尔发表的小说《多灾多难》向封建包办婚姻打响第一枪。小说的主人公，一对从小青梅竹马的青年情侣硬是被封建家长所拆散，成为包办婚姻的牺牲品，以悲剧结局告终。这部小说可能分量不够，当时没有产生多大的冲击波。给封建保守势力以强烈震撼的是马拉·鲁斯里于1922年发表的长篇小说《希蒂·奴儿巴雅》。小说反映了20世纪20年代受西方教育的“新一代”与封建保守的“老一代”之间的代沟和矛盾冲突，作者更加公开地批判封建的陈规陋习和一夫多妻制，表现了新一代青年知识分子对自由恋爱和个人幸福的热烈追求。虽然也是以悲剧结局告终，但主人公萨姆素已不再是逆来顺受和任人摆布的羔羊。他敢于冒天下之大不韪与努儿巴亚私奔潜逃，向封建伦常公开挑战。最后之所以失败只是因为封建势力还相对强大，新一代青年知识分子的力量还相对薄弱。

1928年努尔·苏丹·伊斯坎达尔发表的长篇小说《错误的选择》则表现了民族资产阶级新一代知识分子在反对封建旧习俗的斗争中已经有更大的自信心。小说描写贵族家庭出身的新青年阿斯里和他母亲拣来的养女阿斯纳的爱情纠葛。他们俩从小青梅竹马，长大后产生了纯真的爱情。但封建保守的母亲囿于门户之见，错误地为儿子选择一个门当户对但思想极端守旧、傲气十足的贵族小姐萨尼雅作为妻子。婚后两人思想格格不入，整天吵架不休，毫无幸福可言。后来妻子因车祸丧生，阿斯里与阿斯纳逃往外岛才得私结良缘。最后两人终于被召回而荣归故里，阿斯里被拥戴为地方长官，领导故乡走向进步。这是作者的一个理想结局。

以个人反封建为主题几乎成了20世纪20年代印度尼西亚文学的时尚。在后来东西方文化论战中成为西方派主将的苏丹·达梯尔·阿里夏班纳其早期作品内容也离不开这个主题。1929年发表的《命途多舛》是一部悲剧小说，描写父母双亡的兄妹悲惨的一生，作者对代表弱者的主人公表现了极大的同情而对那些腐朽势力予以谴责。达迪尔在1932年发表的小说《长明灯》以更积极的态度支持反对封建强迫婚姻的年轻人。小说的主人公耶辛是穷人出身，与巨港一位贵族小姐莫丽相爱，但遭到女方家长的破坏。莫丽被逼嫁给有钱的阿拉伯人，耶辛则绝望地逃进深山密林隐居。数十年后，来了一对为反对强迫婚姻而私奔的年轻恋人求耶辛收容他们。耶辛想起自己过去的可悲遭遇，欣然同意收容他们，老脸上浮起一丝微笑，赞赏年轻人敢于反抗封建家庭的叛逆精神。

这些带有个人反封建色彩的小说虽有一定的进步意义，但其局限性和不足也很明显，那就是没有把反封建与反帝联系起来，完全没有触动殖民主义的统治。正因为这样，官方的图书编译局才乐意出版，并使之风行于整个20世纪20年代。

马来西亚的个人反封建文学另有其特殊的地方，那就是受到中东阿拉伯国家，特别是埃及宗教改革和民族复兴运动的直接影响。19世纪下半叶，为了摆脱马来封建社会的封闭状态，不少马来青年前往当时正在进行宗教改革和民族复兴运动的埃及等中东国家学习。那里出现的改革和复兴运动带有反封建的性质，实际上也是受西方文化影响的结果，主张对社会、教育、习俗等进行一系列改革，还关注妇女的社会平等地位。在那里留学的一批马来青年被称作“年轻的一代”，深受启发和鼓舞，也开始以文学为武器表达他们改革的愿望和主张。其中最有代表性的作家是谢·谢赫·哈迪和艾赫马特·拉希特·达鲁。

谢·谢赫·哈迪深受埃及伊斯兰教改革派代表人物穆罕默德·阿卜杜的影响，他于1925年发表带有个人反封建色彩的长篇小说《法丽达·哈努姆传》，被认为是马来西亚现代文学的开端。这部小说以一位思想解放的妇女法丽达为主人公，讲她为自己的婚姻幸福而敢于同封建旧习俗进行抗争。法丽达与夏菲克相爱，但父母逼她嫁给堂兄巴达鲁丁。婚后法丽达设法说服巴达鲁丁与她分居，三个月后两人解除婚约。经过一番周折。法丽达终于和心爱的人夏菲克结婚。作者塑造了一个新女性的形象，她敢于表达自己的观点和主张，不甘当男人的附属品，要求妇女的社会平等权利。这部小说以中东社会为背景，但实际反映的是马来社会的现实，作者提出的社会改革和改善妇女地位的主张都是针对马来封建社会的。

艾赫马特·拉希特·达鲁于1928年发表的长篇小说《她是沙尔玛？》，在反封建的道路又前进了一大步。小说直接以马来社会为背景，塑造了敢于同旧传统决裂的马来新女性，把妇女解放的问题看作是社会改革的一个重要方面，更具有反封建的进步意义。

菲律宾文学早就有反帝反封建的传统。沦为美国殖民地后，英语成了官方语言，各大专院校纷纷出版英语刊物，促使菲律宾的英语文学迅速地发展起来。菲律宾现代小说受美国19世纪现实主义文学的影响较大。长篇小说多以爱情为题材，通过爱情与婚姻问题批判当时存在的封建意识，具有反封建的积极意义。短篇小说则注重描写劳动人民的生活，乡土气息较浓。

第一部英语长篇小说《忧伤之子》发表于1921年，作者为迦朗。小说描写菲律宾姑娘卡西娅与菲宾青年索里曼相爱，由于老财主的作梗而遭破坏。老财主强迫卡西娅嫁给他，卡西娅则以自杀相对抗。迦朗的另一部小说《娜迪娅》描写异族青年的相爱，也因遭抱有种族偏见的父亲反对而最后酿成悲剧。迦朗先后发表了20余部小说。他的小说多半描述主人公的悲剧命运，以此来谴责种族歧视和包办婚姻对青年人的迫害。另一位作家卡劳的小说《菲律宾起义者》发表于1929年，也是写爱情题材的，很有特色。小说描写抗美独立战争时期起义战士利卡洛兹被美丽的姑娘约瑟夫所救，两人彼此相爱并订下婚约。但第二次世界大战后利卡洛兹见利忘义，与富家小姐结婚。约瑟夫则奋发图强，从美国学成归来途经香港时巧遇丧妻的利卡洛兹，约瑟夫断然拒绝了他的求婚。小说对背叛爱情的丑恶灵魂给以有力的鞭挞。20世纪20年代前后菲律宾崛起的英语文学多以爱情为题材，不少是以悲剧形式出现，抨击当时的包办婚姻、门第偏见等封建意识。但也有从正面表达年轻人追求个人幸福的愿望，如柯特兹的《虚假天堂》、萨隆比德斯的《妮达公主》等，主人公是不同出身和社会地位的青年男女，他们靠自己的奋斗，克服种种的障碍和阻力，终于喜结良缘。不管结局如何，这些个人反封建的小说，在一定程度上都反映了当时菲宾社会的新旧矛盾和时代发展的要求。

越南在20世纪初就已有数十种报刊杂志，其中有的致力于传播新思想和新文化，大量译介法国各流派的文学作品。1918年越南的第一部长篇小说《素心》问世，但越南的小说创作要到20世纪30年代初“自力文团”的成立，才算跨入了现代的门槛。

“自力文团”成立于1932年，是越南一个较有影响的文艺团体，由一批文学造诣较高、声誉较好的作家所组成。它主张个性解放和思想自由，带有强烈的浪漫主义倾向，对鼓励青年反封建和促进越南文学现代浪漫主义的发展作出了一定的贡献。1934年发表的宣言，提倡文学创作必须“任何时候都要体现其新颖、年轻、热爱生活的意义，不要家长气和贵族气，尊重个人自由，让人们明白孔教已不合时宜”。从宣言中可以看出，“自力文团”的作家致力于反对封建礼教，主张个性解放和婚姻自由。他们的作品以描写家庭纠葛和爱情婚姻问题为主，反映当时社会上新旧思想的矛盾和冲突。如一零（阮祥三）的代表作《决裂》，就集中地批判了封建包办婚姻，对受害的女主人公表示极大的同情。女主人公曾试图以忍辱屈从来换取家庭的温暖，但结果反而遭到婆婆、丈夫、小叔子更无情的欺侮和虐待，最后被迫同家庭决裂。他的另一部小说《冷漠》描写封建社会寡妇的悲惨遭遇。丈夫死后，寡妇慑于封建礼教的淫威而不敢再嫁，一辈子忍受生活的孤寂和痛苦。小说对三从四德的封建礼教进行了有力的抨击。概兴的小说《蝶魂梦仙》是“自力文团”的第一部小说，描写一对青年男女的相爱故事。男主人公玉与庙里的小和尚兰萍水相逢，后成莫逆。当玉获悉兰是因为逃婚而女扮男装为僧的，不由产生爱慕之情，但两人为了保持“心灵中永远相爱”而最终没有结合。这部小说歌颂爱情的至高无上，问世后风靡一时，对青年人的思想影响颇大。他的另一部小说《仲春》则描写一位克勤克俭、孝顺贤惠的妇女，由于不堪封建的婆婆百般刁难虐待而起来反抗，但最后还是失败了。“自力文团”有些作家也宣扬脱离社会现实的幻想和追求个人的享受，企图以改良主义的办法来改造社会，对社会产生一定的消级影响。1942年日本占领越南后，“自力文团”便宣告解散。

柬埔寨是法国的“保护国”，20世纪30年代也开始出现以歌颂男女爱情为主题的现代小说，其中最重要的是涅·泰姆于1936年发表的《珠山玫瑰》和林根于1938年发表的《苏帕特》。前者描写贫苦出身的青年和矿主的女儿两人纯真的爱情最后开出幸福之花。后者描写一对青年男女忠贞不渝的爱情经受了种种磨难和考验，最后取得圆满的结局。这两部小说开创了柬埔寨现代小说的先河，表现了现代柬埔寨年轻一代对个人爱情和幸福的追求。

泰国是唯一没有正式沦为殖民地的东南亚国家，封建传统观念比较牢固，等级制度比较森严。除了封建专制与个性解放、自由恋爱与包办婚姻的矛盾外，还多了贵族与平民之间的等级矛盾。泰国战前文学作品的内容以个人反封建为主，作家有贵族出身的，也有平民出身的，最有代表性的作家有西巫拉帕、多迈索、阿卡丹庚、素朗卡娘等。

西巫拉帕是泰国现实主义文学的杰出代表，原名古腊·柿巴立，1905年出生于一个铁路职员家庭。他是在泰国君主立宪和封建专制的交替中，在西方文学的影响下，开始走上文学创作道路的。他一生都在用自己的笔为人民的命运、国家的安危和社会的进步呼号、呐喊。他不仅创作了数量颇丰的作品，而且很多作品都带有深刻的时代印记，对泰国现代文学的发展有着深远的影响。

1929年，西巫拉帕发起组织“君子社”，并编辑出版《君子》半月刊。这个文艺团体不满现状，主张变革，反对封建的陈规陋习，要求民主自由，倡导新文学，在创作新文学和培养人才方面都取得了很大的成就。

人们普遍认为西巫拉帕在1932年“民主革命”前创作的小说已表现出强烈的反封建色彩，例如在《男子汉》、《人魔》、《降服》等作品中，作者猛烈地抨击封建等级观念，公开表示向往西方的民主思想，主张人人平等，追求个性解放和婚姻自由。在《男子汉》（1928年）中，作者塑造了一个出身低微的知识分子形象，他通过自身的努力和奋斗，不仅获得博士学位，还获得了爵位。作者企图以此来说明，贵族能做到的平民通过自己的努力奋斗同样也能做到。作者在小说里还塑造了开明的贵族知识分子的正面形象，他没有贵族偏见，反而主张正义和平等，“根本不重视爵位和门庭，不重视金钱和财富……把爱情和心地看得高于一切”。这反映作者当时对贵族还存有某些阶级调和及改良主义的观点，幻想贵族能走上平民化的道路。在他的其他小说如《降服》、《人魔》等之中，我们不但可以看到丑恶的封建贵族的反面形象和作者对他们的揭露与批判，而且还可以看到敢于追求新生活、富有叛逆精神的新女性的形象和作者对她的同情与赞扬。西巫拉帕对封建强迫和包办婚姻也予以猛烈的谴责，他的小说《结婚》描写一个贵族青年与一个穷人姑娘的爱情如何遭到男方父母的破坏而造成人间的悲剧，作者对社会的不平，特别是对妇女所遭到的摧残，提出了强烈的抗议。

西巫拉帕在1932年“民主革命”期间发表的作品，无论从思想内容或写作技巧上都有了新的发展，更深入地涉及社会的本质矛盾。他笔下的人物大都生活在现实社会之中，具有典型性格和现实意义。《生活的战争》（1932年）是他以陀思妥耶夫斯基的《穷人》为蓝本创作的一部小说。他在小说中直言不讳地抨击了当时社会的某些不合理现象，揭露了社会的卑污和人们的伪善。这是泰国文学史上第一部写入政治内容的小说。他的中篇小说《画中情思》（1937年）是对封建制度摧残人性的控诉，小说塑造了一个十分鲜明和感人的被封建宗法制度所葬送的贵族女子的典型形象，从一个侧面揭示了泰国封建社会对人们思想的禁锢。这是一部思想性和艺术性结合得比较完美的作品，也为作者后期创作更有进步意义的现实主义作品架设了一条通道。

西巫拉帕是平民出身的作家，在贵族出身的作家中也有对泰国封建等级社会持一定批判态度的人，他们是从贵族家庭内部揭示封建社会的腐朽，更给人以真实感。在这方面，多迈索的家庭小说最有特色，成就也最大。多迈索是贵族出身的女作家，在宫中生活9年，后入教会学校主攻法语，因此得以广泛涉猎法国文学作品，并从中汲取营养。她一生共创作长篇小说12部、短篇小说20篇。她写的小说《贵族》（1937年）对了解当时泰国贵族家庭的复杂关系有很高的认识价值。小说以1932年泰国“民主革命”以后的社会为背景，对于一个贵族家庭的骄奢淫逸、铺张挥霍、妻妾争斗等作了淋漓尽致的披露，使人看到贵族家庭之所以败落的内在原因。小说也显示了作者对贵族的没落怀有一种惆怅的感情，表现了作者在面对时代的洪流中，害怕贵族的传统会被湮没，希望贵族在精神和财富两方面都能“传宗接代”。所以作者在小说中极力描写这个家庭的子女如何不失贵族的气质和风骨，在艰难困苦中能顽强奋斗，卧薪尝胆，自强不息并在好人的帮助下，终于如愿以偿，实现了贵族没落家庭的“中兴”。多迈索的许多小说充满了对妇女命运的同情，她也主张恋爱婚姻自由和反对传统的落后习俗。她于1930年发表的小说《第一个错误》，揭露了当时贵族男子的腐朽生活和损人利己的“道德”准则。小说主人公瓦莱对于丈夫的背叛行为不知所措、无能为力，因为社会歧视一个离了婚的女人。作者对三妻四妾的封建陋习进行了谴责。多迈索在《三个男人》中更明确地反对封建包办婚姻，认为“强迫一对不相爱的人结婚，是一种真正的蹂躏”。她所写的正面人物都是贵族出身、受西方教育、具有实业家的才干，这可以说代表了当时贵族阶级中已资产阶级化的新潮人物理想典型。

多迈索的文笔清丽优美，评论家称她的作品“格调高雅，文彩郁郁”，语言上也颇具特色，平易、细腻，又有感情的韵味，很符合人物的身份。她的一些作品至今仍被选为文科学生的必读教材。

蒙昭·阿卡丹庚则以写西方社会为背景的小说而闻名。他出身在一个亲王的家庭，18岁开始翻译西方文学作品，曾在英美留学，对西方社会和文明有亲身体会。他最负盛名的小说是自传体的《人生戏剧》（1930年）。作者在小说中以泰国人的眼光观察西方，揭开了对泰国大多数人来说都是十分神秘的西方社会的面纱。小说通过一位泰国人在西方国家的生活经历和体验向本国介绍西方的社会文明和生活方式。在介绍西方社会时，作者丝毫没有殖民地人常有的卑怯心理，使读者了解到西方社会虽与本国有差异，但也不是不可捉摸的天堂。由于作者在艺术上的成功，很多读者以为小说写的是真人真事。这说明作者在创作这部小说时已摆脱泰国小说虚假的通病。作者说他是有感于西方的强大富足和泰国的贫弱才写这部小说的，可见他写以西方社会为背景的小说是有一定目的的，即想通过东西方社会文明的对比来启发人们的改革意识。小说里，作者还对泰国封建社会的一夫多妻制等陋习进行了批判，对妇女的命运表示了同情和关怀，应该说这也是表达个人反封建的一种方式。蒙昭·阿卡丹庚的另一部小说《黄种人与白种人》（1931年）是以英国为背景的，描写泰国青年贵族蒙昭·瓦拉巴潘和英国少女艾琳没有结果的爱情。小说反映了民族意识的觉醒，同时也隐约地接触到种族歧视的问题。

在这个时期，高·素朗卡娘（1911一？年）的创作也是受人注目的。1937年她以长篇小说《妓女》轰动文坛。小说描写一个被骗而沦为娼妓的农村少女，她真心爱上一位“上等人”嫖客，并为他生一子，但终因身份低贱而遭遗弃。作者对被蹂躏、被损害的女性充满了同情，揭示了她们内心世界的善良和淳朴，同时也揭露了某些“上等人”的卑污灵魂。1942年发表的《潘蒂帕》写的也是一个少女的悲剧。潘蒂帕美丽聪颖，中学没毕业便被贪财的母亲强迫嫁给一个富商。婚后她虽有富贵的生活，却无真正的爱情，成了强迫婚姻的牺牲品。为了追求真正的爱情，她终于在贫病交加中死去。作者为其主人公鸣不平，认为她是纯洁、无辜的。作者诅咒大自然的“神力”，它造就了一个天才的女子，却又用最残酷的手段把她推入深渊。小说文笔流畅，语言生动而且富于感情。被认为是第二次世界大战时期出现的不可多得的佳作。

一般来说，东南亚各国现代文学在开头的相当一段时间，都出现过带有个人反封建倾向的文学。这是因为受到西方的资产阶级文化影响的东南亚作家大多为封建家庭出身的新一代知识分子。东南亚的封建社会已有悠久的历史，封建礼教和封建思想意识对青年个性发展的长期束缚和对青年男女爱情的严重摧残，他们都有切肤之感。所以西方资产阶级文化所提倡的恋爱自由和个性解放首先打动了他们的心，启发了他们的个人反封建意识，从而产生个人反封建文学。这种个人反封建即使没有同反帝联系起来，在当时的历史条件下还是有进步意义的。但是殖民地的封建主义已逐渐成为殖民统治者的工具，殖民地的民族觉醒最终必然会把反封建与反帝结合起来，使民族主义倾向的反帝反封建文学成为东南亚独立前现代文学的主流。

第三节　民族主义倾向的反帝文学

20世纪初，东南亚的民族资产阶级及其新一代的知识分子已登上历史的政治舞台。他们深感西方的殖民统治严重限制他们的发展，民族矛盾日益尖锐，需要打破地方和部族观念，使全民族统一起来，共同进行民族斗争。在民族觉醒的推动下，民族主义思想得到迅速的发展，那些站在民族斗争前列的积极分子首先强调要统一民族意识，宣传一个民族、一个语言、一个祖国的思想。我们可以看到，在一些东南亚国家，连提出的口号也很相似。例如，1928年印度尼西亚全国青年代表大会提出的口号是：“一个祖国、一个民族、一个语言——印度尼西亚。”1930年缅甸“我缅人协会”（即德钦党）成立时提出的口号是：“缅甸是我们的国家，缅文是我们的文字，缅甸语是我们的语言。”这种对民族语言和民族统一的强调就是当时民族主义思想的具体表现，因为在殖民统治下，英语、荷语等西方语被钦定为官方和教学语言，本民族语言根本没有地位。要想树立民族意识和民族自信心，首先就必须提倡自己的民族语言和文化，用民族语言和文化来激发民族感情和爱国主义精神。其次要揭露殖民统治者的罪恶本质，揭露他们所推行的种族压迫和奴化政策，认清他们的面目，为争取民族独立而努力奋斗。20世纪20年代前后出现的东南亚民族主义倾向文学就是由站在民族斗争最前列的、具有强烈民族意识的新一代知识分子所开创的。他们的作品最能反映民族运动的趋向，表现当时的时代精神和特征。他们创作的主题和思想内容集中在两个方面：一是用炽热的感情歌颂祖国美丽的山河和缅怀民族的光荣历史，以激发人们的民族自豪感。一是从多方面反映殖民地社会的民族矛盾和冲突，揭露殖民统治的种族歧视和奴化教育给殖民地人民带来的恶果，使人们认清殖民主义的真面目，丢掉幻想，起来战斗。

20世纪初，被称为印度尼西亚民族运动先驱的迪尔托·阿迪·苏尔约，可以说是印度尼西亚最早用文学作为武器向荷兰的殖民统治开展斗争的作家。早在1902年，他就在报刊上发表短篇小说，直接取材于现实生活，反映殖民地社会的民族矛盾和阶级矛盾，具有民族觉醒的内涵。1909年他发表的《金钱夺妻》和《拉特娜传》，通过描写给白人当侍妾的土著女人的悲惨遭遇直接揭露了民族压迫的事实。1912年他发表的带有自传性质的小说《布梭诺》，通过一位民族报刊创业者的奋斗史，向人们展示了印度尼西亚最初的民族觉醒。当时迪尔托的文学创作主要起了前导的作用。20世纪20年代前后，民族主义思想在受荷兰学校教育的青年学生中间日益滋长。一些积极分子大力主张发扬民族语言文化，用自己的民族语言去歌颂自己的祖国，以激发人们的爱国热情。其中的代表人物有穆罕默德·耶明、萨努西·巴奈等。

耶明是印度尼西亚早期青年学生运动的领袖之一，他很早就意识到民族语言的重要性，在一首诗中写道："从幼儿到少年成长，直至命归地下九泉，自己语言终生不可疏忘。记住，苦难的苏岛青年，没有语言，民族也就消亡！"

耶明于1920年第一次发表用民族语言写的诗《祖国》，这首热情洋溢的祖国颂使他崭露头角。这首诗确实表达了诗人对祖国山河的热爱，但当时他的祖国概念还没有超出他的出生地苏门答腊岛的范围，带有地方民族主义的色彩。他在1928年写的献给印度尼西亚青年代表大会的长诗《印度尼西亚，啊，我的祖国》，才表现出全印度尼西亚统一的民族意识。他的民族主义思想已从地方民族主义的涓流演变成大印度尼西亚民族主义的洪流。诗歌以磅礴的气势和炽热的情感赞颂整个印度尼西亚的山山水水，褒扬整个印度尼西亚的光荣历史和民族英雄，表达了诗人强烈的民族自豪感。这首长诗在全国青年学生中产生了巨大的反响，大大激发了他们的斗志。耶明后来还发表了三幕历史剧《庚·阿洛与庚·德德丝》（1934年），采用借古喻今的手法，颂扬民族统一的精神。耶明也是最早引进西方商籁体诗歌的印度尼西亚早期现代诗人之一，使商籁体诗歌在20世纪20年代流行于全国。

与耶明同时代的另一位印度尼西亚著名诗人是萨努西·巴奈，16岁已在校刊发表第一首诗《我的祖国》，先后共发表了3部诗集：《爱的流露》（1926年）、《彩云》（1927年）和《流浪者之歌》（1931年）。他的诗深受印度哲学和泰戈尔的影响，富有浪漫主义情调，清新淡雅，平和静穆，意境深远，往往采用借古喻今、托物言志等手法含蓄地表达他的民族情怀和民族理想。他也是最早采用西方商籁体诗歌的诗人，他写的商籁体诗《荷花》，就借咏花来表达他对著名的民族教育家吉·哈查尔·德宛托罗的敬仰和对民族教育事业的支持：

在我的祖国花园里，
一朵荷花悄然挺立；
将清秀的面庞藏匿，
过往行人全未留意。

它把根扎到大地的心底，
吉祥神女使它枝繁叶密；
尽管人们把它忽视冷落，
荷花呀，依然端庄秀丽。

继续盛开吧，荷花幸福无比
在印度尼西亚花园里展露笑容，
即使看护的园丁寥寥无几。

随他去吧，那些不理您的人，
即便他们没有把您欣赏，
您也肩负捍卫时代的重任。

德宛托罗是印度尼西亚民族运动的早期领导人之一，致力于民族教育事业以抗拒荷兰的殖民奴化教育。从这首诗里，不难看出诗人与德宛托罗持同样的民族主义立场，他们在后来的东西方文化论战中成为“东方派”的代表人物。

20世纪20年代的缅甸，民族意识也日益高涨，一些爱国诗人提倡民族教育，要求振兴民族文化，借缅怀民族历史来唤起人们的民族忧患意识，其中最杰出的诗人是德钦哥都迈。他原名吴龙，1911年《太阳报》创刊时任该报编辑，开始用“密斯脱貌迈”的笔名发表一系列诗文并茂的政论性杂文著作，如《洋大人注》、《孔雀注》、《猴注》、《狗注》等。这些作品对盲目追求西方文明、丢掉民族优良传统、奴颜婢膝、数典忘祖的人进行辛辣的讽刺和有力的批判。他常用民族的光荣历史作今昔对比，让人猛醒过来，了解民族目前的可悲处境。他在《洋大人注》中写道：

阿瓦朝时威名扬，无畏无虑不知忧，
繁荣昌盛民殷富，声威光华照四周。
昏沉黑暗一扫光，名声震南瞻部洲，
如今王朝成往事，怎不令人愁难收。

诗人忧国忧民之情溢于言表。自诗人参加我缅人协会后，他的民族意识更加鲜明，而且更着眼于现实和未来。他在《德钦大学》一诗中写道：

往事成过去，如今一股劲，
屹立世界上，缅甸国威震。
我缅人国土，祖产应承认，
缅人住缅地，他人莫靠近。

另一位缅甸著名诗人德钦丁在《我缅人歌》中也表达同样的民族气节。他在缅怀缅甸的光荣历史后，鼓励缅甸青年为独立自由而斗争。他在诗中大声疾呼：

缅甸属于我缅人，
缅人定要做主人。

胸怀宏志立天下，
神裔凤种我缅人。

这种通过弘扬民族语言文化、歌颂祖国锦绣江山、缅怀民族光荣历史和民族英雄业绩来激发爱国主义情感和民族自豪感的诗歌，在东南亚现代文学的初期是一种比较常见的表达方式。例如菲律宾女诗人马尔奎斯的《茉莉花》和《大海》，以浪漫主义的手法，借景抒情表达自己的理想和对祖国江山的热爱。帕勒特斯写的悼念黎萨尔的诗《在陆内塔广场》和索里敦写的《致波尼法秀》，以歌颂民族英雄来宣扬争取民主自由的思想。赫苏斯的长诗《在东方旁边》则一方面对菲律宾人民反对西班牙武装起义的胜利欢呼，一方面对其结果是换来美国殖民者的统治表示愤慨。马来西亚在20世纪30年代的新涛中也有不少歌颂祖国山河和哀叹民族命运的诗歌，如朋谷的《叹息》、阿布·萨玛的《我的祖国》、乌姆巴的《祖国的呼声》等。此类充满爱国激情和民族忧患意识的作品对民族主义思想的发展起了推动的作用。人们越来越看到殖民统治者推行的种族歧视和奴化政策的危害性及其带来的严重后果，于是有的作家便把笔锋瞄到这个问题上，着重揭露殖民统治者的种种罪行，批判数典忘祖的洋奴思想。这方面最有代表性的作家有缅甸的吴腊和印度尼西亚的阿卜杜尔·慕依斯。

缅甸现代小说家吴腊敏锐地感觉到由于西方文化的入侵，缅甸民族传统文化正面临着被吞噬的危险。为了揭露殖民统治下缅甸社会的黑暗，特别是缅甸青年遭到“西方文明”毒害而全部洋化的真相，同时也为了颂扬缅甸民族优良的文化传统，他于1914年发表了小说《瑞卑梭》。这是一部带有时代深刻烙印的小说，作者在小说中着力塑造一个全部洋化了的青年形象——英国留学归来的貌当佩。故事叙述一位住在仰光的地主吴亚觉，为了使自己儿子貌当佩将来能出人头地，不惜倾家荡产送他去英国留学。三年后，貌当佩得了一个律师头衔回国，同时也带回了一套西方生活方式，完全学西方人的派头。这个严酷的事实使父亲吴亚觉的幻想化为泡影，他痛心万分，最后削发为僧。继《瑞卑梭》之后，德钦哥都迈也以笔名密斯脱貌迈发表了长篇小说《嘱咐》（共3卷，分别发表于1916年、1919年和1921年）。小说力图通过对社会生活中不同人物命运的描写，反映时代的变迁。他创作的《狗注》以有力的讽刺鞭鞑那些竞相争当英国殖民地议员的缅甸人，指出："是狗才无耻厚颜，求得一官半职，甘愿向主子摇尾乞怜。"而他自己所表现的民族气节更是令人肃然起敬。当英殖民当局要他写诗赞颂英国威尔斯王子并答应给赏金一千元时，他断然拒绝，他说："我情愿得不到你们的一千元而饿死，舌头长草，也不能写诗歌颂维多利亚的孙子、乔治皇帝的儿子呀！"此外，列蒂班蒂达吴貌基写的《那信囊》也很出名，作者借用缅甸的历史人物，以告诫人们要忠于民族，忠于自己的祖国，激发人们的爱国心。

阿卜杜尔·穆伊斯是印度尼西亚伊斯兰联盟党的领导人之一，也是早期最有成就的杰出作家，他于1928年发表的《错误的教育》被誉为第二次世界大战前印度尼西亚最佳长篇小说之一。小说通过一对异族青年的恋爱和家庭悲剧，深刻地揭露殖民地社会的种族歧视和殖民奴化政策所造成的恶果。小说主人公哈纳菲从小被寄养在荷兰人家里，让他上荷兰学校，使他彻底洋化，以便将来在殖民政府里谋得高官厚禄。他果然变成十足的洋奴，不惜抛弃妻儿和老母，加入荷兰籍，与混血姑娘柯丽结婚。但他与白人姑娘的结合为种族主义的白人社会所绝对不容，最后酿成悲剧，柯丽病死他乡，哈纳菲走投无路而服毒自杀。

吴腊塑造的人物貌东佩和阿卜杜尔·慕依斯塑造的人物哈纳菲，都是殖民地典型的洋奴形象。父母为了儿子他日飞黄腾达，不惜倾家荡产供儿子上洋学堂，而奴化教育的结果却把他们个个变成与本民族格格不入和数典忘祖的人。貌东佩从英国留学回来后完全洋化，连说缅甸话都不像缅甸人。甚至老父亲要去见他都会遭到看门人的挡驾，因为"主人和女主人正在喝咖啡"，要老父亲在楼梯根坐下等着。哈纳菲也一样，说话夹杂荷兰语，连母亲有时也听不懂，他耻于同本族人为伍，恨不得自己是白皮肤的荷兰人。他的一句话把一个洋奴的嘴脸充分勾勒出来，"米南加保确实非常美丽，只可惜这里住的是米南加保人"，"这个国土再美丽，如果没有我的母亲，我肯定早就离开它了。"

马来西亚在20世纪30年代也开始出现带有反殖民主义倾向的作品，以伊萨·哈吉·穆罕默德的长篇小说《大汉山王子》和《疯子玛特勒拉之子》最受好评。前者讲述两个英国人前往大汉山探险，企图用背信弃义的卑鄙手法霸占大汉山，结果都死于非命，象征着英国殖民统治者多行不义必自毙。后者揭露英国殖民统治的罪恶，指明殖民主义是造成马来社会贫穷落后的根源。

东南亚各国民族主义倾向文学的发展并不平衡，有先后，也有快慢。在殖民统治势力还很强大的时候，民族主义思想往往表现得比较含蓄婉转，如通过对祖国山水的歌颂，对光荣历史的缅怀等来抒发民族情怀。对殖民统治者的揭露也往往采取间接的方式或象征的手法，以免遭到殖民当局的迫害。还有作者本身的阶级局限性和改良主义观点也会影响对殖民统治本质的认识，例如阿卜杜尔·穆伊斯把《错误的教育》中主人公哈纳菲的悲剧仅仅归咎于错误的教育，因而没能对殖民统治者的种族歧视和奴化政策作出更加深入的揭露和批判。他认为要使哈纳菲的悲剧不再重演，就必须给哈纳菲的儿子以正确的教育，从小先受自己民族文化的熏陶，长大后才去西方深造，回来后为本民族的进步效劳。这是作者伊斯兰民族主义的基本思想和主张：以伊斯兰民族文化为体，西方文化为用，实现民族的理想。从民族运动的进程来看，东南亚的民族主义思想越来越发展和深入，民族主义倾向的文学也在不断的壮大，为以后的民族独立做好舆论准备和打好思想基础。

第四节　无产阶级反帝革命文学和进步文学

前面提到过，无产阶级革命思潮在印度尼西亚和越南影响最大，那里先后成立共产党，并积极领导民族解放斗争。在东南亚最能体现殖民地无产阶级文学基本特点的，也正是印度尼西亚和越南的无产阶级反帝革命文学。

1920年东印度社会民主联盟改组为印度尼西亚共产党后，印度尼西亚民族运动逐渐走向高潮。在印度尼西亚共产党的领导下，1926年爆发了第一次民族武装起义。印度尼西亚的无产阶级反帝革命文学就在这民族反帝斗争的高潮中诞生，而且直接为反帝斗争服务。它的出现是当时革命斗争的需要，同时社会也具备了其产生的必要条件。首先是有了创作队伍，他们主要是由共产党的领导人和积极分子所组成，把文学当作武器直接为革命斗争服务。其次是当时已有革命的民族报刊，可以为他们提供发表作品的园地。再就是拥有相当数量的读者，他们是当时的革命群众。印度尼西亚无产阶级反帝革命文学就在这样的历史条件下，以崭新的面貌应运而生。它与其他文学的最大不同就在于它鲜明的革命性、反帝性和战斗性。其作品的内容充满反帝的激情，敢于直接揭露殖民主义的罪行，表现当时革命人民大无畏的战斗风貌。其文学表现形式多采用当时人民大众所喜闻乐见的板顿和沙依尔诗体以及通俗的散文体小说。文学语言则采用大众化的通俗马来语，以便更容易为广大的劳动群众所接受。尽管殖民统治者极力贬低此类文学作品，视之为“有害读物”或“政治宣传品”而加以打击和排斥，但无产阶级反帝革命文学在革命高潮中还是有了较大的发展并发挥了宣传和鼓动革命的战斗作用。

印度尼西亚无产阶级反帝革命文学的先锋是马尔戈·卡托迪克罗摩，即马斯·马尔戈。他是印度尼西亚共产党梭罗地区的领导人，参加领导1926年的民族武装起义。起义失败后，他被流放到西伊里安的地辜儿地区并在那里牺牲。1914年他发表第一部用爪哇语写的小说《宫廷秘史》，揭露梭罗封建宫廷的种种黑幕。翌年他用通俗马来语写出另一部小说《疯狂》，揭露荷兰殖民统治者的罪恶，为此他一再遭到迫害。1918年他发表诗集《香料诗篇》，共收8首长诗，多为1916年他被捕入狱后在狱中所作，以反帝的革命斗争为主题。例如《牛倌》、《海盗》等诗，对荷兰殖民入侵的罪恶史作了深刻和有力的揭露；《自由独立》、《引路人》等诗则表达了无产阶级革命者为民族解放战斗到底的决心，表现了革命者的高风亮节。马尔戈于1919年发表的小说《大学生希佐》则把矛头指向宗主国，透过一位留学荷兰的印度尼西亚大学生的经历，深刻揭露荷兰资本主义社会的丑恶现象，戳穿“白人优越”的神话。1924年发表的小说《自由的激情》是马尔戈的最后一部作品，也是他的代表作。小说塑造了一个叫苏占莫的革命知识分子的典型形象，描述他从自发到自觉地走上革命征途的成长过程，反映20年代前后印度尼西亚社会存在的民族矛盾和阶级矛盾。马尔戈是位革命家，文学创作对他来说，只是他革命工作的一部分，是革命斗争的需要。所以他的作品与当时的革命斗争结合得十分紧密，政治性和战斗性特强，表现了当时无产阶级革命者的精神风貌。

印度尼西亚无产阶级反帝革命文学的另一个具有代表性的作家是司马温，他是早期印度尼西亚共产党的主要领导人之一。他从事创作也是为了进行革命宣传和鼓动工作的需要。他的代表作《卡迪伦传》先在报刊上连载，后于1922年出版。小说描写了一个知识分子最终走上革命道路的过程。小说主人公卡迪伦是出身于土著官吏家庭的新一代知识分子，他步其父后尘当上了一名地方官吏，并试图利用殖民地现成的官僚机构去改善土著百姓的可悲处境，虽然他廉洁勤政，尽力为百姓谋福利，但结果却遭到其他殖民官吏的忌恨和抵制最终一事无成。后来他参加共产党的集会，听了共产党的革命宣传，终于明白革命道理，决心辞官，坚定地走革命的道路。这部小说描写了20世纪20年代印度尼西亚共产党所领导的反帝斗争，直接宣传共产党当时提出的革命纲领，通过卡迪伦前段的经历来否定改良主义的道路，以他后段的经历来肯定彻底革命的道路。司马温的小说具有政治性和战斗性特强的特点，还带有政治文献的性质，里面较详细地阐述了印度尼西亚共产党当时的政治纲领。

除了共产党的领导人，一些受无产阶级革命思潮影响的新一代知识分子也加入到无产阶级反帝革命文学的队伍里，其中最著名的是鲁斯丹·埃芬迪。他早年在荷兰学校念书。20世纪20年代初加入印度尼西亚共产党，1926年民族大起义失败后流亡荷兰，曾任荷兰共产党的议员，后来脱离了共产党。从创作风格和文学语言来看，鲁斯丹·埃芬迪与上述的两位作家大不相同，他属于纯文学的类型，所以为文学界所承认，在印度尼西亚现代文学史上占有重要的地位。他也是印度尼西亚新诗歌的开拓者，是最早引进西方商籁体的诗人之一。但他与耶明、萨努西等民族主义诗人不同的地方是，他的作品所表现的反帝精神更加强烈，战斗性更加突出。最能表现他反帝战斗精神的作品是他的诗剧《贝达沙丽》，这是印度尼西亚的第一部现代诗剧，发表于1926年（或1928年）。诗剧借用史诗《罗摩衍那》中的反面人物十首魔王罗波那来影射荷兰殖民主义者，揭露他如何对印度尼西亚进行掠夺和犯下的种种罪行。贝达沙丽是女主人公的名字，乃“解放之日”的谐音，象征着被殖民主义者掠走的祖国。诗人号召印度尼西亚青年把贝达沙丽也就是祖国从殖民统治者的魔掌中解救出来。由于反帝色彩过于强烈，该诗剧立即遭到荷兰殖民当局的查禁。鲁斯丹·埃芬迪于1926年还出了一部诗集《沉思集》，表达诗人忧国忧民的心情，抒发诗人的爱国主义情怀。诗歌富有强烈的时代感和现实感，而且在韵律和形式上有不少创新，深受好评。

1926年民族起义失败后，印度尼西亚共产党遭到镇压，进步报刊也被取缔，无产阶级反帝革命文学便失去了继续存在的条件和可能，于是在一个相当长的时期里从印度尼西亚文坛中销声匿迹。

越南的无产阶级革命文学萌发于20世纪20年代。胡志明留法期间，在他创办的越文、法文报刊上，就已发表一些诗歌、小说和剧本，如《沉船日记》、《竹龙》、《控告殖民主义》等，对殖民主义进行抨击，号召人民起来进行反帝斗争。1930—1931年的“义静苏维埃运动”又推动了越南无产阶级革命文学的进一步发展，产生了义静苏维埃诗歌，真实地反映了越南人民当时的战斗风貌，直接为当时的革命斗争服务。其中的革命诗歌如《革命之歌》、《耕者之歌》、《动员姐妹们闹革命》等热情奔放，感情真挚，语言朴实，形象生动，深受革命群众的欢迎和喜爱。

“义静苏维埃运动”惨遭镇压后，白色恐怖笼罩整个越南，革命处于低潮时期，文坛出现了多种不同的反应。一部分革命者，即使身陷囹圄，仍以诗歌小说为武器继续开展对敌斗争。例如陈辉燎发表的革命回忆录《昆仑纪事》（1935年），有力地揭露和控诉法国殖民者的滔天罪行。黎文献发表的革命回忆录《昆嵩监狱》（1938年），是讨伐法国殖民主义罪行的檄文和颂扬越南革命战士崇高革命气节的赞歌，被誉为1930—1945年时期越南无产阶级革命文学的一部具有代表性的作品。1939年吴必素发表的小说《熄灯》，有人说它是社会主义现实主义的萌芽。小说着重揭露旧社会地主官僚对农民的残酷压榨和剥削，被越南评论界誉为“从未见过的佳作”。

20世纪40年代越南的无产阶级革命文学又有了较大发展，出现一批革命现实主义的作品，其中著名的有素友的诗集《从那时起》，收集了诗人在被捕前、在狱中和越狱后三个不同时期的诗作，内容表现了革命者的远大胸怀、坚贞不屈的斗争精神和对革命必胜的坚定信心，深受越南人民的喜爱。1943年印度支那共产党（即原越南共产党）发表了《文化提纲》，明确提出文艺应具有“大众性、科学性和民族性”，为革命文学的发展指明了方向。之后又成立了“文化救国会”，该组织引导文艺工作者为贯彻“纲领”进行了卓有成效的工作。当时世界无产阶级革命文学对越南的影响，以及越南对外国优秀文学遗产的借鉴，对越南革命文学的发展壮大起了重要作用。在一个时候出现翻译、介绍和研究世界革命文学的热潮，其中建树最多的是越南文学家、文艺理论家邓台梅（1902—1984年）。他自幼攻读汉文，深受中国维新派康有为、梁启超思想的影响；20世纪40年代对鲁迅进行了研究和介绍，发表了《鲁迅》（1944年）、《中国现代杂文》（1945年），还译介了中国的《阿Q正传》、《雷雨》、《日出》等作品。其他越南作家也对毛泽东的文艺思想以及周扬、郭沫若、茅盾等人的文学理论著作和文学作品进行了翻译和介绍。与此同时也将高尔基、日丹诺夫、托尔斯泰、法捷耶夫、普希金、马雅可夫斯基、雨果等人的作品翻译成越文。这一切不仅扩大和提高了越南革命文艺队伍，也促进了越南革命文学的成长，为第二次世界大战后无产阶级革命文学的大发展准备了条件。

第二次世界大战前东南亚的无产阶级反帝革命文学是在极端困难和极为险恶的环境中成长的，它与无产阶级的革命事业共存亡，随革命的高低潮而起落。它的阶级性、革命性特别鲜明，作品大多以反帝为主题，在艺术性方面则略显不足，缺乏精雕细琢。这是新生事物在开始阶段所难以避免的，应该用历史观点给予正确的评价，不宜苛求。尽管有这样那样的不足和缺点，不可否认的是，它反映了当时的时代精神，同时也为第二次世界大战后东南亚的无产阶级革命文学打下了坚实的基础。

在俄国“十月革命”胜利的鼓舞下，无产阶级革命思潮在东南亚其他国家也传播开来，影响了好些国家的文学发展，有的国家出现很有影响的进步文学，缅甸可以作为其中的一个典型。

在20世纪20年代初，缅甸就开始有人介绍社会主义。1923年《京城》杂志发表的两篇文章《何谓共产主义？》和《社会主义是何种主义？》，可以说是缅甸最早谈论社会主义的文章，但后来在英国殖民当局的严密控制下，社会主义思潮的传播受到很大的限制。1931年建立的塞耶山图书馆从国外订购了一批马克思主义经典著作和其他的进步书籍，该馆遂成为缅甸研究无产阶级革命理论的场所。当世界反法西斯斗争日益高涨的时候，受英国左派读书俱乐部和传进缅甸的反法西斯书籍的影响，一部分我缅人协会成员、大学学生运动的领导人、进步作家、学者等仿英国左派读书俱乐部的模式，于1937年成立红龙书社。该书社在成立宣言中就明确宣布自己的宗旨：“为了促使缅甸独立斗争目标早日实现，以使每个人都能过上人的生活，书社将每月出版一本介绍独立斗争策略的书、激励人们为争取独立而斗争的小说、剧本或使人奋发向上的传记。”它在征集社员的通知中也说：“缅甸充满着贫困、疾病和愚昧，红龙书社特向您提供消除上述三处罪恶和弊端，建设一个自由、进步、和平的新社会所需要的知识。”

书社按自己的承诺出版了一系列书籍，政治书籍有德钦梭的《穷人主义》、吴漆貌的《独立斗争》、德钦丹东的《新缅甸》、吴巴概的《缅甸政治史》、德钦努翻译的《资本论》部分章节。文艺小说有吴登佩敏的《摩登和尚》、达贡达耶的《梅》、德钦巴当的《班达·玛沙乌》。此外还有《列宁传》和《吴龙传》（即《德钦歌都迈传》）等。

德钦巴当的《班达·玛沙乌》虽是根据英国哈代的优秀小说《德伯家的苔丝》翻译改写而成的，但译作者非常巧妙地把缅甸中部地区的风土人情揉进了作品中，读者很难发现它是翻译作品，小说描写主人公农村姑娘玛沙乌遭受迫害以至毁灭的悲剧，引起人们的极大同情。吴登佩敏的《摩登和尚》则把披着宗教外衣、招摇撞骗、荒淫无耻的花和尚的真相暴露于光天化日之下。达贡达耶的《梅》则通过一位女大学生的遭遇，对社会的黑暗进行揭露。

书社的实践完全实现了成立书社的初衷：宣传社会主义，培养政治干部以及在思想文化战线上开展反帝斗争。缅甸史学家波巴信在谈及红龙书社历史功绩时说："这些进步书籍，无疑给缅甸国内人民，特别是给青年以一种新的政治教育和一种新的鼓舞力量。"

在红龙书社的影响下，缅甸文学界有了很大变化。最突出的例子是缅历1300年（公元1938年）运动时期，广大作家亲身投入反帝斗争，他们撰文著书，动员人民参加斗争。在这一时期，文学为反帝斗争服务的思想得到了具体而生动的体现。

爱国诗人德钦哥都迈此时早已年逾花甲，但仍站在民族独立斗争的最前列。他口诛笔伐殖民主义和民族叛徒，号召人民团结斗争，作家摩诃瑞继《咱们的母亲》后，又发表以反帝和改良社会为主题的小说，如《泽秋人》（1937年）、《叛逆者》（1938年）、《出征人》（1938年）、《叛逆者之家》（1939年）等。作家瑞林容（即加尼觉吴漆貌）的《他》（1938—1940年），描写一个品德高尚的医生哥敏貌不谋私利，舍己为人的动人故事。吴登佩敏的《罢课学生》（1938年）则全面记载了1936年第二次学生大罢课的情况，阐明罢课的起因和目的，揭露了英国殖民主义者施行奴化教育的罪恶。它是文学作品中直接反映群众斗争的一部小说，深受缅甸读者的欢迎。

当第二次世界大战的战火蔓延到缅甸的前夕。英国殖民当局加紧对缅甸进步人士的迫害，红龙书社被迫停止了活动。红龙书社虽然只存在四年，但它对促进缅甸进步文学的发展和普及社会主义思想以及在发扬反帝精神方面所起的积极作用是不可抹煞的。它也为第二次世界大战后缅甸进步文学的发展打下了良好的基础。

战前无产阶级革命思潮已经在东南亚传播，并且对东南亚文学的发展产生了很大的影响，但各国的情况各有不同，因而影响的大小也不一样。在无产阶级业已形成一支强大政治力量的国家，无产阶级革命思潮便直接影响那里的反帝民族斗争，在那里也就出现无产阶级的反帝革命文学。其他国家虽然没有出现无产阶级革命文学，但无产阶级的革命思潮也对该国的知识分子产生了一定的影响，从而出现了进步文学。这种情况在第二次世界大战后又有进一步的发展，使一些国家的革命文学和进步文学突飞猛进，成为促进第二次世界大战后文学发展的推动力。

第五节　第二次世界大战前的新文学运动

东南亚现代反帝反封建的民族运动的兴起必然要引发上层建筑的重大变革。旧文化旧文学显然已经不能适应和反映现代民族斗争的时代需要。如何建设符合时代潮流的反帝反封建的民族新文化新文学是东南亚民族运动必须解决的历史课题。所以在20世纪30年代前后，围绕着建设怎么样的民族新文化新文学，东南亚好些国家都在积极进行探索和开展辩论，如缅甸出现“实验文学运动”，印度尼西亚出现“东方派”与“西方派”的文化大论战以及“新作家派”的新文化运动，越南出现新诗派与旧诗派的争论以及“自力文团”的文学革新等。

20世纪30年代初，在仰光大学学习和工作的一些青年人，由于曾在国民学校受到缅甸传统文化的熏陶和德钦哥都迈等老一辈作家的爱国主义思想的影响，同时又大量阅读了西方特别是英国的文学作品，从而产生了对缅甸文学现状不满的情绪。他们本着“试探时代的爱好”的想法，进行了新的创作试验。这就是后来被称作“实验文学”运动的缅甸文学革新运动。这个实验文学运动实质上是在为建设缅甸民族新文学而进行积极的探讨，探讨适应民族斗争需要的缅甸新文学的新内容和新形式。当时的主要人物是蜚声缅甸文坛的“实验文学三杰”——德班貌瓦、佐基、敏杜温。

德班貌瓦（1898—1942年），原名吴盛丁，他的文体似小说又似报告，别具一格，被称为“小说文章”。在他的作品中，经常用区长貌鲁埃作为主人公，采用特写方法，描写他耳闻目睹的事实，揭示社会现实的矛盾。他的小说几乎没有什么完整的故事情节，通篇都是明确而痛苦的现实写照，藉以引起社会的关注。这种不单纯依靠故事情节，采用随笔、抒情的手法，在缅甸文学史上是别开生面的。

佐基（1908—1990年），原名吴登汉，是位著名诗人、文学评论家。他的诗音调铿锵，富于想象、清新、朴实、充满爱国情感。人们说“以情动人”是他的诗歌特点。在著名诗篇《我们的国家》中，明确指出，缅甸虽然土地肥沃，物产丰富，但人民却过着贫困的生活。他号召人民团结一致，依靠自己的智慧和力量，使国家成为自己的国家，使土地成为自己的土地。佐基的小说同样具有语言简练、生动幽默、寓意深刻的特点。短篇小说《他的妻》描写一个即无谋生技艺，又无理家心思的懒汉，为求清静，躲入佛门。他的妻子是位泼辣能干、任劳任怨的劳动妇女，体贴丈夫，疼爱儿女。为了让丈夫还俗，分担家务，她佯装搬家离村，扬言若找到合适的人，便另立门户。这才迫使丈夫当即还俗回家，把一个懒汉的形象描写得淋漓尽致。穿袈裟入佛门仅仅是为了偷闲清静、不劳而获，这种题材在缅甸文学中实不多见。

敏杜温（1909—？年），原名吴温，是位诗人和文学评论家。他喜欢用婉转的手法、优美的文字表达自己的爱国热情。20世纪30年代，青年们为了表示对自己民族的热爱，积极提倡穿缅甸土布上衣。他们在报刊杂志上发表文章，在群众集会上热情号召。不久，穿土布上衣便蔚然成风，成为爱国的象征、进步的标志，寄托着人们对民族文化复兴的希望。敏杜温的《亲爱的姑娘》一诗就反映了这种时代的风尚，倾诉了爱国热情。诗中并没有政治说教，只是通过小伙子对自己心上人的情意绵绵的交谈形式，达到宣传和动员穿土布上衣的目的，使人感到既自然又亲切。一年一度的泼水节，是缅甸人民送旧迎新的节日。在这喜庆的日子里，青年人总是喜欢邀集相好的朋友在一起，穿着节日盛装，走上街头巷尾，尽情地嬉乐，衷心地祝福，年轻人憨直无虑的笑声和歌声感染了大家。但敏杜温在《新年的水》一诗中，却着重描写一位与情人分离的小伙子在佳节思念恋人的心情。感情真挚、互相信赖的恋人坚信圣洁的水一定会泼洒在远在他方心上人的心头上。敏杜温的抒情诗有着浓郁的民族气息，他的现实主义与浪漫主义相结合的风格给人留下了深刻的印象。

实验文学作品表现出强烈的爱国主义热情和要求独立、自由、民主的思想，具有浓郁的生活气息。在突破传统形式的种种羁绊和冲击当时流行的消闲文学的不良倾向，推动文学发展方面起到了积极作用。但正如缅甸名作家达贡达耶所说的那样：“实验文学诗歌虽富于幻想，但忽视了时代的内容。虽然力求从封建主义文学中挣脱出来，但还没有进一步觉醒，没有能提高到反帝的高度。”应该说，这个缺陷和不足是由殖民统治的钳制和历史局限性及阶级局限性所造成的。从其主要方面来看，虽然没有高喊反帝的口号，爱国主义仍然是实验文学运动的基调，它作为新文学的探索，在缅甸现代文学史中所起的作用和所作的贡献应予充分的肯定。

在同一个时期，印度尼西亚也出现新文化新文学运动，这是印度尼西亚民族运动发展到一定阶段之后的必然结果。1928年印度尼西亚青年代表大会提出“一个祖国、一个民族、一个语言”的口号，标志着印度尼西亚全国统一的民族意识业已形成，人们需要从文化上更好地把握今后民族发展的大方向。在殖民统治下，人们看到了西方殖民主义文化侵略的危害性，需要借弘扬民族文化来加以抵制；同时也看到了封建旧文化的落后性，使民族和社会停滞不前，需要向先进的西方文化学习和借鉴，去改变民族贫穷落后的面貌。在这个问题上，有一部分人过分强调民族传统文化中封建糟粕所起的消极作用，要求彻底抛弃民族的旧文化，主张来个全盘西化。另有一部分人则看到殖民主义奴化政策对民族精神的腐蚀已危及民族运动的发展，希望通过继承和发扬民族传统文化来保持民族特性，但也不拒绝对西方文化的借鉴。这便是20世纪30年代印度尼西亚文化战线上的“西方派”与“东方派”之争。

“西方派”的主将是苏丹·达梯尔·阿里夏班纳。他认为重精神轻物质的东方文化使印度尼西亚民族清心寡欲，淡薄利禄，不求进取，甚至消极、落后，因此必须加以彻底抛弃。他提倡用西方的个人主义、利己主义和功利主义去激发个人的进取精神，培育出完全西化的新人。他提出的口号是：“印度尼西亚人的头脑必须磨练成同西方人一样的头脑！个人意识必须最充分地加以发扬！对个人利益的重视必须最大限度地提倡！要鼓励印度尼西亚民族尽可能多地聚积人间财富！印度尼西亚民族必须向全面发展！”

“东方派”的代表人物为萨努西·巴奈。他认为旧文化与新文化之间有继承关系，对民族传统文化不能采取虚无主义的态度，要以东方精神文化为体，西方物质文化为用，把二者结合起来建设民族的新文化。他说：“完美的方向是，把浮士德与阿周那结合起来，把功利主义、智力主义和个人主义与崇尚精神及集体主义思想协调起来。”他说的“浮士德”是指西方文化，而“阿周那”是指东方文化，对他来说二者都重要但并非对等。他说：“我是站在对我来说极为神圣的东方大地去营造新文化，用来自西方的香料去丰富过去东方时代的香料。”“东方派”的观点比较接近当时反帝的民族主义思潮。这场文化大论战贯穿了整个20世纪30年代，其不足之处是没有与反殖民统治直接相联系，没有直接提出反帝反封建的口号。这大概与当时殖民统治下的政治环境不无关系。

在东西文化大论战的高潮中，由达梯尔·阿里夏班纳、尔敏·巴奈和阿米尔·哈姆扎发起创办的《新作家》月刊于1933年问世。这是印度尼西亚作家自己创办的第一家全国性非官方的文化刊物。它在发刊词中提出：“文艺是新时代精神的推动者，是帮助一个民族在其发展道路上走向伟大和光荣的力量。”同时宣布：“《新作家》致力于把分散的作家力量集中起来，给‘所有满怀新时代激情的作家’提供抒发胸臆的场所。”这就是说“新作家”实际上并不是一个统一的文艺流派，它为所有致力于建设印度尼西亚新文化新文学的人提供园地和论坛。就拿《新作家》的三位发起人来说，他们各有各的文艺主张和创作风格，都对以后的文学发展产生了重大的影响。

达梯尔·阿里夏班纳是“西方派”的代表，他主张“文艺要有倾向性”，即要表现西方化的倾向。其代表作《扬帆》（1937年）就是贯彻他这一文艺主张的标本。小说主人公杜蒂是作者刻意塑造的西方化的新女性形象。她富有个人独立精神和强烈的事业进取心，投身于现代妇女运动。她不但是作者西方化理想的化身，也是作者思想的传声筒，因此从艺术性来讲，这部小说并不太成功，人物有些概念化，但从文化论战的角度来讲，这部小说最能代表“西方派”的观点和主张。

尔敏·巴奈（1908—1970年）是萨努西·巴奈的胞弟，他在东西方文化论战中并没有亮明自己的立场和观点。他主张“艺术是社会的一面镜子”，要求文艺反映社会现实，所以他在创作上比较倾向现实主义。他所看到的社会现实往往限于他所熟悉的上层知识分子的社会现实。他看到了他们中一些人在东西方文化的夹击中陷入彷徨、苦闷和无所适从。他说：“这个时代是彷徨的时代，一切都没个准儿。所有的人都悬在半空中，上不去、下不来，找不到一个立足点。”他在1940年发表的小说《枷锁》，就是描写那些彷徨中的人物。这是一部优秀的现实主义小说，第一次采用西方现代小说意识流的写法，为印度尼西亚的小说创作开一代新风，对后来文学的发展产生深远的影响。小说主人公托诺和妻子蒂妮是受过西式高等教育的新一代知识分子，被人们看作是现代理想的一对夫妻，然而他们却过着同床异梦的生活。托诺是位名医，虽然生活已西化，但骨子里仍残留着东方传统文化的根，他要求妻子是个服服贴贴伺候丈夫的传统女性。而蒂妮却是一个完全独立的新女性，她因为当过校花而让许多男人拜倒在她的石榴裙下，她要求丈夫日夜捧着她，为追慕虚荣而不顾家务。于是他们各自的灵魂都被一种无形的枷锁所束缚，使夫妻生活出现危机。在家庭里得不到幸福之后，两人便到外面各找安慰，最后导致家庭的破裂。作者用小说这面镜子确实把资产阶级上流社会虚伪、自私和堕落的面目全照了出来，反映了20世纪30年代资产阶级知识分子的苦闷和彷徨以及西方文化对印度尼西亚传统的家庭关系的巨大冲击。

被誉为“新作家派诗歌之王”的阿米尔·哈姆扎（1911—1946年），是20世纪30年代最重要的诗人。他也没有直接参加东西方文化的大论战，但他是在东西方文化的熏陶中长大的。他出身于苏门答腊朗卡宫廷贵族的家庭，从小受伊斯兰教和马来古典文学的教养，有很深的造诣。但他也在荷兰学校念过多年的书，接受西方文化的影响，参加过青年学生运动。所以在他身上可以看到东西方文化的交叉影响。受西方文化人文主义思想的启迪，他也向往个人自由和幸福，追求个性解放。可是他阶级出身所带来的烙印和从小受到的封建传统文化的教育又把他紧紧地捆住，使他不敢越雷池一步。这两种文化的摩擦和冲突造成了他一生的悲剧命运，也为他的诗歌创作定下了基调。阿米尔·哈姆扎的前期诗作以抒发个人幽思和乡愁为主，充满年轻人的浪漫情调，大部分已收入诗集《相思集》（1941年）。后期由于爱情和理想的破灭，他在东西方文化的夹击中陷入极度的苦闷和绝望，企图从宗教和死亡中寻找解脱。这时的诗作充满消极悲观的情调和对命运安排的怨恨，是诗人逼于封建主义和殖民主义的淫威而发出的哀鸣。这时诗人在艺术技巧和韵律运用上更加娴熟和完美，有更多的创新和突破，极受推崇。诗人后期的大部诗作已收入诗集《寂寞之歌》（1937年）。

作为“东方派”代表人物的萨努西·巴奈，虽然没有参与到“新作家派”的活动中去，但他也通过文学创作在积极宣传他的观点和主张。萨努西在20世纪30年代主要从事戏剧创作，写了多部历史剧，借古喻今，探讨民族悲剧的根源。他于1932年发表的历史剧《克达查耶王》，就是想通过13世纪柬义里王朝末代帝王克达查耶的悲剧，告示人们外来敌人的侵略固然是亡国的直接原因，但内部敌人的阴谋破坏无疑起着决定性的作用，要人们警惕民族内部的蟊贼，勿为其所乱。他在第二年发表的五幕历史剧《麻喏巴歇的黄昏》也表达同样的主题思想。主人公达玛尔·乌兰虽然履行了武士的职责，极力去挽救麻喏巴歇王朝，但最终还是亡于宫廷佞臣的阴谋和诽谤。作者想以历史为鉴，再三强调民族统一精神的重要性和防范民族内部敌人的必要性。1940年萨努西发表他写的唯一的一部现代剧《新人》。这部四幕剧以工人运动为题材，描写在劳资纠纷中涌现出来的"新人"。可能是为了躲避殖民当局的检查，作者故意把人物和地点都挪到印度。《新人》是为集中表达作者东方派观点和主张而创作的。工人罢工运动的领袖达斯和厂主的女儿沙拉娃蒂是全剧的主人公，也是作者极力塑造的"东方派"理想人物，在这两个代表时代"新人"的身上，体现了东方文化为体西方文化为用的结合，他们冲破了各种障碍一起迎接美好的未来。

在探索如何建设印度尼西亚新文化新文学的历史过程中，东西方文化大论战和"新作家派"的新文化运动无疑起到了积极的促进作用，但也存在严重的不足和缺陷，那就是没有直接与反帝反封建的民族斗争相联系，只停留在文化的层面上。所以当反帝反封建的民族斗争走向高潮时，东西方文化大论战和"新作家派"的活动便被远远地抛在后面，到第二次世界大战后终于偃旗息鼓，只剩下一点回光返照。

越南的文学革新运动是从诗歌创作开始的。20世纪30年代越南"义静苏维埃运动"遭到镇压后，革命转入了低潮，越南无产阶级革命文学的发展因而受阻。这时在越南诗坛上出现新诗派与旧诗派的争论，最初争论的焦点集中在形式和体裁上。新诗派指责旧诗形式是"人人能穿的衣裳"，是重复"旧感情"和"枯燥乏味"。而旧诗派则攻击新诗"不成其为诗"，"吟诵新诗的声音好比抖动麻袋里铁器的响声"。新诗派与旧诗派的争论实际上反映了文学发展中改革与保守的矛盾和冲突。新诗派主张新诗应含有新内容和新形式，反对一成不变的唐律旧诗。在内容上既要表达诗人的爱国热忱和不屈的民族精神，表达对民主自由和个性解放的追求和渴望，也要客观地反映因革命失败而产生的苦闷、彷徨、迷惘的情绪。在形式上则反对滥用典故，主张西方诗歌越南化，但也不否定旧诗的古风、六八体等形式。其实新诗在义静苏维埃诗歌中已见其雏形，它植根于民族诗歌的土壤又能吸取外来的营养，打破了旧诗格律的严格限制和束缚，使越南诗歌朝现代化和大众化发展。这是越南文学的一场革新运动，具有进步意义，所以得到大多数读者的拥护和支持。

新诗派的典型代表是世旅（1907—1989年），他是新诗运动的积极倡导者。诗集《几行诗》（上集，1935年；下集，1940年）是他的代表作，也是新诗派的“代言”之作。诗集集中反映了新诗的特征，表达当时青年一代的心声，也是资产阶级和小资产阶级在革命低潮时期悲伤、彷徨心态的写照。他的创作受法国瓦莱里的影响，诗中常呈现一种不可名状的愁思，但在悲观失望和哭泣哀叹中也会透出一丝希望之光。我们从他的代表作可以看到一个革命青年从革命高潮转到革命低潮时精神状态的变化，人们称他的诗歌“具有广博的心灵”。

新诗派的代表诗人还有范辉通、刘重庐、春妙等。范辉通以写情诗为主，表达青年男女对恋爱、婚姻自由的渴望和追求，以及不能如愿的困惑和苦闷。他的诗带有浪漫主义色彩。刘重庐的诗富有象征性，采用较多的比喻手法，诗的格调悲怆、伤感，诗风接近消极浪漫主义，低沉灰暗，无病呻吟，但诗的语言丰富，形式多样，结构自由、开放，节奏感较强。春妙的诗多半是感叹人生易老，劝人及时享乐。但他渴望生活，追求幸福，是浪漫诗派中一位颇具影响力的人物。

新诗派的诗情调比较低落和伤感，这是当时越南革命处于低潮时期人们压抑心态的一种反映。但新诗派的成就和贡献是不容抹煞的，特别是在诗歌内容和形式上的革故鼎新，给越南诗歌走向现代化以有力的推动。

在新诗派崛起的同时，1932年越南出现以小说创作为主体的文学团体“自力文团”。它是由一批具有浪漫主义倾向的年轻小说家和诗人所组成。他们向西方文艺思想和文学流派学习，深受法国浪漫主义文学的影响。自力文团提倡文学要在内容上和形式上进行革新，要求文学反映现代，贴近生活，反对封建礼教，主张自由民主和个性解放。从大方向来看，自力文团与新诗派基本相同，所以不少新诗派的人也加入了“自力文团”。“自力文团”的成就和贡献主要在散文和小说方面，它与新诗派好比是一车的双轮，推动着30年代越南文学的革新和发展。

第二次世界大战前东南亚文化战线上的新文学运动是在殖民统治下进行的，受到当时恶劣政治环境的种种限制，大都不能与反帝反封建的政治斗争直接挂钩，缺乏明确的和有力的政治领导，但是从其实质来看，仍然没有脱离反帝反封建的时代要求。无论是文化论战还是文学实验运动，可以说都在努力探索如何打破封建文化传统的束缚和西方殖民主义的文化侵略，为建设符合时代潮流的民族新文学开道。其最大功绩也就在于启动了东南亚殖民地国家的文学革新运动，使东南亚现代文学的发展逐渐跟上时代前进的步伐，与民族独立的走向趋于一致。

第四章

第二次世界大战后和独立后的东南亚现代文学

第一节　第二次世界大战后东南亚民族独立斗争时期的文学

东南亚在第二次世界大战（以下简称“二战”）期间被日本占领。在日本法西斯的残酷统治下，东南亚各国人民遭到空前的浩劫，过着水深火热的生活。但严酷的现实也教育了东南亚人民，使他们认识到只有争取完全的独立才是民族的唯一出路。所以民族灾难越深重，要求民族独立的愿望就越强烈。1945年8月，日本一宣布投降，东南亚便到处燃起民族独立斗争的烈火，形成了燎原之势。此时，西方原殖民国家企图卷土重来，复辟其原来的殖民政权。于是各国的民族矛盾急趋白热化，在好些国家引发反帝反殖的民族独立战争。首先是印度尼西亚于1945年8月17日宣布独立，成立了印度尼西亚共和国，随后爆发捍卫民族独立的战争，这就是震撼大地的“八月革命”。接着，越南于1945年8月19日成功地发动“八月革命”，爆发了第二次抗法战争。老挝人民也为争取完全的民族独立开展抗法游击战。印度支那成为二战后反殖反帝民族解放战争持续时间最长的地区。1946年7月4日菲律宾共和国宣告成立。1948年1月4日缅甸正式独立，成立缅甸联邦共和国。柬埔寨于1953年11月9日获得独立。马来亚则于1957年8月31日独立，1963年9月16日成立马来西亚联邦，改国名为马来西亚。这些国家的先后独立，标志着二战后西方殖民主义体系在东南亚的总崩溃。然而，有些国家刚取得独立，内部的阶级矛盾便很快上升成为主要矛盾，以至于出现长期内斗和内战的局面。缅甸独立不久，人民便饱尝国内战争的痛苦。印度尼西亚的政局也一直动荡，各派政治势力为争夺国家领导权而剧烈争斗。越南的南北分裂更导致帝国主义的干预而长期战火纷飞。所以，二战后东南亚的局势，在相当长的时间里一直十分动荡，国内外的民族矛盾和阶级矛盾交织在一起，使不少国家在取得民族独立之后还需要经历一段血的洗礼过程。二战后的东南亚文学就是在这样一个重大的历史转折中，在内外矛盾的激化中，开始复苏，进入新的历史纪元。

二战后东南亚文学与战前最大的不同，就在于它是二战后民族独立斗争的直接产物，是与当时的民族斗争血肉相连的。它以全新的面貌直接反映当时民族独立斗争的现实与要求，热情讴歌当时为捍卫民族独立而战的人民，具有鲜明的反帝性、高昂的战斗性和个人的创新精神。特别是新涌现的年轻作家，他们经历了西方旧殖民统治和日本法西斯统治的磨难之后，民族立场更加坚定，对帝国主义和殖民主义的揭露和批判更加直接和严厉，表现出更加强烈的爱国主义精神。日本投降不久，便涌现一批深刻揭露日本法西斯残酷统治的优秀作品。

在印度尼西亚有伊德鲁斯的《地下随笔》，收入他的短篇小说集《从阿芙·玛丽亚到另一条道路到罗马》（1948年）。这是一组散文暴露文学作品，作者把他在三年多日本法西斯统治时期的日常生活中所看到的各种可怕的现实一一摄入镜头，然后再用极尖刻和辛辣的语言加以赤裸裸的描述，让人看了十分难受和痛苦。作者以单刀直入的素描方式，通过一桩桩血淋淋的事实直接揭露日本法西斯统治给印度尼西亚民族带来的空前灾难，引起了巨大的反响。在写作风格上，伊德鲁斯受到荷兰现代作家威廉·埃尔斯霍特和美国作家海明威、斯坦贝克、考德威尔等的影响，开创了与“新作家派”风格全然不同的“新简练风格”，给二战后印度尼西亚的散文创作深远的影响。

在缅甸有貌廷于1946年发表的小说《鄂巴》，它是日本法西斯统治时期缅甸社会的真实写照。小说主人公鄂巴是位农民，为人淳朴、忠厚和富有同情心。在日本法西斯统治时期，他为了维护一位印度修堤工的血汗钱不被抢夺，得罪了地痞流氓朴斗，从此一连串的灾难降临到他的头上。鄂巴无辜受罚，被诬为强盗而入狱，被拉夫去缅泰边境修筑“死亡铁路”，后又因参加抗日活动而被捕，还为自己挖了活埋坑。鄂巴的女儿为了营救父亲，也遭到日本军官的奸污。缅甸评论家达贡达亚给这部小说以高度的评价：“《鄂巴》是反映时代的一面镜子”，它的成功就在于真实地反映了缅甸人民在日本法西斯铁蹄下的悲惨生活，使人认清帝国主义的狰狞面目。

在菲律宾则出现一批抗日小说，如斯蒂文·哈维拉纳的《没有见到黎明》（1947年），着重描写菲律宾抗日游击队的抗日斗争。主人公卡丁是个农民，他为了给父亲和儿子报仇而参加抗日游击队。他和女友罗辛烧毁日本军火库后被捕。罗辛独自承担责任而惨遭杀害，卡丁则获释。他出来后，杀了告密者，袭击日军，最后也英勇牺牲。此类抗日小说还有胡安·拉亚的《这个村社》、廷坡的《夜里的警戒》等。

柬埔寨也有以抗日为题材的小说，如《苦力》。小说描述日本法西斯统治下农民埃大爷一家的悲惨命运。埃大爷的儿子被日本兵拉去当劳工，当服完苦役回家时，发现父亲和未婚妻全死于战火。最后在抗法老战士的指引下，他终于走上了民族解放斗争的道路。

以上的作品可以说是二战后东南亚人民对日本法西斯统治的首次清算，作者大都采用现实主义或自然主义的创作方法，把日本法西斯统治下惨不忍睹的社会现实彻底加以暴露，同时也反映殖民地人民再也不能容忍殖民主义和帝国主义的蹂躏了。这对于当时的民族独立斗争起到了揭露敌人和鼓舞战斗的作用。

二战后东南亚的时代主题是民族独立，所以当时的文学作品以反映民族独立斗争为主要内容。民族独立斗争最剧烈和最高涨的国家有印度尼西亚、越南、缅甸等国。那些国家的文学作品可以说是民族独立斗争的晴雨表，从多方面反映了当时民族独立斗争的起落和社会的深刻变化。日本的投降对东南亚民族争取独立来说，提供了前所未有的历史机遇。要求与旧传统和旧殖民统治彻底决裂，实现民族和个人的彻底解放，这就是当时东南亚人民最强烈的愿望和呼声。二战后印度尼西亚著名的新潮诗人凯里尔·安哇尔在《我》一诗中首先喊出：

我是桀骜不驯的猛兽，
为群体所遗弃而远走。
哪怕子弹将我皮肉射穿，
我仍要狂奔怒吼！

诗人向世人宣告，新时代和新我已决心同旧时代和旧我彻底决裂而不惜付出任何代价。他敢于离经叛道，强调表现自我，要求最大限度地发挥主观战斗精神。他是第一个采用西方现代派表现主义手法的诗人，先后发表了三部诗集《尘嚣》（1949年）、《尖石、被剥夺者和绝望者》（1949年）、《三人向命运怒吼》（1950年；与其他两位诗人的合集）。有评论家认为他的诗歌创作，从内容到形式是对印度尼西亚诗歌的“革命”，产生了巨大的冲击波，为二战后印度尼西亚诗歌开一代新风。

在爆发独立战争的国家，民族矛盾压倒一切，牵动着社会的各种矛盾，出现大动荡大分化的局面，为二战后文学提供了丰富多彩和取之不尽的创作源泉，使二战后文学题材多样化。这时，直接反映当时民族独立斗争的作品大量涌现，在这方面最有代表性的是印度尼西亚“八月革命”时期的文学，其最杰出代表是普拉姆迪亚·阿纳达·杜尔。革命一爆发他就投入了战斗，当战地新闻军官并参加过著名的勿加西战役。1947年7月他在荷军占领的雅加达散发传单时被捕入狱，直到1949年底“移交主权”前夕才获释。他自始至终参加了“八月革命”的全过程，并在其中接触到敌我形形色色的典型人物。他在这个时期创作的一系列小说就好比是描写印度尼西亚“八月革命”全过程的系列片。他的长篇小说《追捕》（1950年获图书编译局最佳小说奖）是描写日本占领末期，印度尼西亚乡土卫国军的反日起义，反映印度尼西亚独立前夕的民族矛盾已发展到不可调和的程度，民族独立的风暴必将来临。他写的第一部长篇小说《勿加西河畔》（原稿已丢失，1957年发表了其主要片段）是描写革命初期印度尼西亚青年如何响应祖国的号召，奔赴捍卫民族独立的最前线，参加著名的勿加西战役。他的代表作长篇小说《游击队之家》（1950年），描写战争的残酷性与人性的矛盾。主人公萨阿曼是个游击队员，同时也是一位人道主义者。为了民族独立，他不得不干杀人的勾当，甚至亲手杀死投敌的父亲。被捕后，民族独立与人道主义之间的矛盾对立，使他陷入极度的精神痛苦之中，唯有一死才能解脱。所以被判死刑后，他拒绝上诉，也不愿越狱逃跑，最后就义于刑场。他的家人为了营救他，妹妹被敌人奸污，弟弟在前线阵亡，母亲最后发疯而死。这一游击队员的家庭就这样在三天三夜中毁灭了。作者着重描写战争所带来的深重灾难以及印度尼西亚人民为民族独立所付出的巨大代价。作者对人物内心世界的活动刻画得十分细腻，给人以入木三分之感。普拉姆迪亚的长篇小说《被摧残的人们》（1951—1952年）以及短篇小说集《革命随笔》（1950年）、《黎明》（1950年）等都是反映“八月革命”时期各色人物的悲惨命运和遭遇，表现战争的残酷性和毁灭性及人性的沦丧。作者一方面站在民族的立场对捍卫独立的正义战争表示坚决的支持，一方面又站在人道主义的立场对战争双方的反人道行为表示痛心和谴责，但最后作者还是把民族独立置于人道主义之上。他特别同情被损害和受侮辱的小人物，他的作品多是描写他们的命运，为他们的不幸向社会呼吁。1949年底荷兰“移交主权”，轰轰烈烈的“八月革命”就这样在妥协中宣告结束了。那些为之付出最大代价的民众却没有尝到斗争的果实，他们感到被遗弃，对这样的结局十分不满和失望。普拉姆迪亚的中篇小说《不是夜市》（1953年）反映了人们在“八月革命”结束后的那种失落感，也是作者描写“八月革命”全过程的末篇。

印度尼西亚“八月革命”时期的代表作家还有阿赫迪亚、莫赫塔尔、乌杜依等，从他们的作品中也可以看到“八月革命”征途的坎坷和艰辛。阿赫迪亚的长篇小说《无神论者》（1949年），描写“八月革命”来临前人们思想意识的深层变化，传统的伊斯兰教有神论思想遭到来自西方的各种无神论思潮的猛烈冲击，人们都在经受时代的考验，不能适应者就会被淘汰。莫赫塔尔的第一部长篇小说《没有明天》（1950年），倒叙一位少尉从参加捍卫民族独立的战争起直到最后为国捐躯的前后过程。他的代表作《路漫漫》（1952年）则着重描写在极其残酷的战争环境中，一个文弱书生如何战胜极度恐惧的心理而最后得到解脱，带有心理小说的味道。作者认为恐惧是普遍的人性，只有最后战胜恐惧的人才是最后取得真正自由的人。乌杜依的短篇小说集《倒霉的人们》（1951年）和剧作《阿哇尔与米拉》则集中反映了人们对“八月革命”结局的不满和失望情绪，那些小人物都遭到可悲的命运，战争给他们带来的只有灾难，人们对前途感到渺茫。

二战后的越南文学也是以捍卫民族独立的抗法战争为其主要内容。越南的独立斗争是在印度支那共产党的领导下进行的，所以在越南，无产阶级革命文学是主流文学。作家大多为革命者，直接深入火线，反映火热的战斗生活。素友的诗集《越北》记述了诗人在跟随卫国军“三千个日日夜夜没有休息”的过程中所看到的越南人民九年抗法斗争的英雄业绩。诗人以满腔的热情歌颂前线革命战士的英勇杀敌，倾听着老妈妈讲述儿子杀敌立功的故事，描述军民的鱼水情和老百姓的支前活动以及解放的喜悦。所以素友的《越北》被人称作抗战动员诗。阮廷诗的随笔《认道》（1947年），描写革命时期一个知识分子深入工农群众去脱胎换骨的过程。他的第一部长篇小说《冲击》（1951年），描写边疆战役，反映越南人民军的战斗生活。他的中长篇小说《卢江彼岸》、《今年秋冬》和诗集《战士》反映了闻名于世的奠边府战役。苏怀的短篇小说集《西北的故事》则别具一格，描写少数民族的风情，反映他们为挣脱封建主义和殖民主义的枷锁而进行的斗争。此外，以抗战为题材的好作品还有秀莫的诗作《抗战笑林》、阮文俸的小说《水牛》、阮辉想的《与首都共存》、阮克次的《清香战役》、裴显的《稻谷之战》等。这个时期的越南革命文学，除抗战题材外，还有与之相关的土改题材，如友梅的长篇小说《暴风雨的日子》、阮辉想的《阿陆故事》等。二战后越南文学作品的主人公主要是工农兵，是为工农兵服务的，这是与其他国家不同的地方。

1945年3月27日，缅甸反法西斯人民自由同盟举行全国抗日武装起义，配合盟军收复仰光，赶走了日军，但英国殖民主义者又重返缅甸。这理所当然地要遭到缅甸人民的强烈反对，1948年英国不得不承认缅甸独立。但独立不久，缅甸便发生内战。旷日持久的国内战争严重地影响缅甸二战后的社会发展，人民的最基本要求得不到满足，国内的阶级矛盾日趋尖锐。复杂多变的烽火年代和社会的动荡给作家提供了丰富的创作素材，使他们的作品更加贴近缅甸的现实生活，同时也要求作家更直接对现实生活提出的问题作出反应。所以二战后的缅甸文学，内容更加丰富多彩，反映的社会面更加广泛。二战后初期，以反法西斯和反帝斗争为题材的作品首先面世。除上面提到过的《鄂巴》，耶吞林的《真正的革命战士》、瑞洞比昂的《九号游击队》、苗当纽的《独立后再祝福》、敏瑞的《爱情与国家》等都属此类题材的作品。八莫丁昂于1952年发表的长篇小说《叛逆者》，则以更广阔的历史画面反映缅甸人民从殖民统治时代直到独立时期的斗争历程。作者强烈谴责昔日为英国殖民者效犬马之劳的人和勾结日本法西斯鱼肉人民的人，如今窃取了独立的果实，而广大的工人和农民却挣扎在饥饿线上。他于1953年发表的小说《内战》则公开号召停止内战共同反帝，表达人民的心声。独立初期，缅甸的文学作品大多仍以反映民族矛盾为主。

由于敢于揭露现实的黑暗，为民请命，与外国的殖民统治和国内的反动政权进行面对面的斗争，不少作家成为监狱的常客。于是在东南亚好些国家便出现“牢房文学”或“铁窗文学”。监狱对作家来说，不仅提供了从事创作的时间和场所，同时也提供了丰富的创作素材。监狱是社会的缩影，形形色色的囚犯就是社会的三教九流。许多著名的作家就是根据狱中的生活见闻在监狱里完成他的佳作。如上面提到的缅甸作家吴拉，他于1954年因抨击政府而入狱，后又两次出入狱。他的获奖作品都是狱中之作，他成为缅甸“牢房文学”的开路者。妙丹丁于：1959年和1962年也两度入狱，他以狱中生活为题材写的小说有《在黑幕下》、《第十次坐牢》等。貌奈温曾以狱中见闻写《在狱中的日子》。林勇迪伦根据他的狱中生活以及获释后在仰光流浪的经历写了一部小说《公仆》，反映社会的黑暗和贫苦大众被摧残的情景。其他国家也有“牢房文学”，越南胡志明的《狱中日记》是早已闻名的不朽之作，记录了他光辉的革命经历，表现了无产阶级革命者的伟大胸怀和大无畏的精神。素友《从那时起》的第二部分《枷锁》也是狱中之作，表达一个革命者坚定的革命信心和战斗到底的决心。印度尼西亚的普拉姆迪亚一生有近三分之一的岁月是在狱中度过的。他“八月革命”时期的小说创作大部分是在监狱里进行的，而他的长篇小说《被摧残的人们》更是他的狱中生活影集，他给与他接触的各色囚犯一一立传，向人们展示了当时印度尼西亚社会的众生相。

二战后东南亚文学是在民族矛盾和阶级矛盾空前高涨中发展起来的，与战前相比，其作品显得更加复杂化和多样化，反映的生活层面更加广阔，因而也更加丰富多彩。这个时期世界各种思潮的涌入，与国内的阶级矛盾和政治斗争交织在一起，使文学战线的路线斗争日趋尖锐化。

第二节　第二次世界大战后世界各种文艺思潮的影响和两种文艺路线的斗争

第二次世界大战后，世界各种力量重新组合，逐渐形成对立的两大阵营。东南亚的殖民地国家也在这个时候逐一摆脱西方殖民主义的枷锁，实现民族的完全独立。国际国内急剧变化的形势，特别是两大阵营对抗和冷战局面的形成，对东南亚文学的发展产生了直接的影响。从本质上讲，二战后对东南亚各国文学发展影响最大的世界思潮不外乎两种：一是西方资产阶级的各种现代思潮，一是无产阶级的革命思潮。在这两股思潮的影响下，随着国内阶级矛盾和政治斗争的激化，二战后东南亚各国不同程度地出现两种文艺路线的斗争，围绕着文学艺术的发展方向、道路等问题展开剧烈的论战。其中斗争最激烈、持续时间最长的是印度尼西亚。

西方资产阶级各种文艺思潮通过宗主国荷兰早就对印度尼西亚现代文学的发展产生重大的影响。20世纪30年代“新作家派”的新文学运动，在很大程度上，是受宗主国荷兰19世纪“80年代派”的启迪和影响。荷兰的“80年代派”具有反封建传统、要求个性解放的激进革新精神，正适合当时印度尼西亚文学要求进一步革故鼎新的需要。40年代日本法西斯统治时期，个性遭到更加严重的遏制和摧残。青年诗人凯里尔·安哇尔以桀骜不驯的叛逆精神，第一个站出来接受西方现代主义思潮，宣布与旧传统彻底决裂。他标新立异的表现主义涛歌在印度尼西亚诗坛上产生巨大的反响。

二战后“八月革命”时期，荷兰殖民主义者为了掩盖尖锐的民族矛盾、麻痹印度尼西亚民族的斗志、转移民族斗争的大方向，大肆宣扬世界主义和普遍人道主义思潮，用“普遍性文学”反对为民族独立斗争服务的“民族性文学”，用“泛人性论”反对“阶级的人性论”。这股歪风影响了“八月革命”时期的许多青年作家，使世界主义和泛人性论思潮在印度尼西亚文坛上一度泛滥。1946年11月以现代派诗人凯里尔·安哇尔为首成立了一个文艺组织叫“自由艺术家文坛”，参加者大多为年轻的诗人、作家和艺术家，被人称作“文坛派”。他们后来成为“普遍人道主义”和“普遍性文学”的积极鼓吹者。1949年凯里尔·安哇尔去世后，“文坛派”被人改称为“45年代派”，并进一步宣示其文艺纲领。在1950年发表的宣言中，他们明确提出：“我们是世界文化合法的继承人，我们以我们自己的方式继续发展这个文化。……印度尼西亚文化是由来自世界各个角落的声音再用我们自己的声音反馈而成的文化。”接着他们声称：“在探索中，我们可能不总是纯正的；我们所探索的是人。”这一派的文艺评论家耶辛也说：“‘45年代派’不服务于任何一个主义，但服务于涵盖所有主义好的方面的人道主义。”他还说：“我试图以普遍人道主义作为特征来概括‘45年代派’的本质，而我所看到的也正是这样一个本质。”由此可见，所谓“45年代派”已成了“八月革命”时期受西方资产阶级现代文艺思潮影响的“普遍人道主义”和“普遍性文学”的主要代表，在后来的两种文艺路线斗争中则成了与无产阶级革命文艺路线直接相对抗的资产阶级文艺路线的主力。

“八月革命”期间，文艺战线上的左翼力量比较薄弱和分散，且尚未组织起来。当时无产阶级的革命政党把力量都集中在捍卫民族独立的政治和武装斗争上，无暇顾及文艺。所以世界无产阶级的革命文艺思潮基本上还没有敲开印度尼西亚文坛的大门。1949年底，“八月革命”以签订圆桌会议协定而告终，人们对此结果普遍感到不满和失望。这时新中国的成立大大改变了世界的格局，给印度尼西亚的革命力量以极大的鼓舞。在国内外形势急转直下的情况下，印度尼西亚共产党从1948年“茉莉芬事件”的挫折中恢复过来，重新领导无产阶级的革命运动。这时印度尼西亚的革命和进步文艺工作者“由于认识到1945年8月革命的实质和革命与文化的关系”，便于1950年8月17日宣告成立人民文化协会（简称“人民文协”）。正如协会总书记尤巴尔·阿尤布说的：“人民文协的成立是为了防止革命的进一步衰退，因为我们意识到这个责任不只是政治家的责任，也是文化工作者的责任，人民文协的成立就是为了团结所有忠实坚决拥护革命的力量。”这说明人民文协是应革命之需而成立的，同时也意味着已偃旗息鼓二十多年的无产阶级反帝文学将在新的历史条件下和根据政治斗争的需要而重返文坛，重新发挥革命文艺的战斗作用。人民文协可以说是印度尼西亚文学史上的第一个无产阶级革命文艺组织，为今后革命文艺的发展制定了明确的路线、方针和一整套的纲领。宣言中指出，“人民是文化唯一的创造者，印度尼西亚的新文化只能由人民去建设”，“人民的文化斗争是整个人民斗争不可分割的组成部分，尤其是工农斗争不可分割的组成部分”，“现在人民文化的功能就是成为粉碎帝国主义和封建主义的斗争武器。它应为群众鼓舞着，成为永不枯竭的新思想和革命火种的源泉。它必须歌颂和记载人民的斗争，粉碎、揭露、推翻和挫败帝国主义和封建主义。人民文化有责任教育人民使他们成为斗争中的英雄”。因此，人民文协一成立就提出“文艺为人民”的明确口号，以无产阶级革命文艺路线对抗“45年代派”为代表的资产阶级文艺路线，首先就“45年代派”主张脱离当前政治和阶级斗争的普遍人道主义和普遍性文学展开大论战。这个论战一直持续到20世纪60年代中期，且愈演愈烈。从当时国内外的形势来看，这场两种文艺路线的斗争实际上是世界两大阵营的斗争与国内无产阶级和资产阶级的政治斗争在文艺战线上的反映和表现，明显地为当时剧烈的政治斗争所左右。

印度尼西亚的两种文艺路线可以说泾渭分明。从国外国内的影响来看，代表无产阶级革命文艺路线的人民文协，一方面受国外社会主义国家革命文艺思潮的影响，一方面受国内左中右三种势力政治斗争的牵制，成为政治斗争的重要工具。1959年人民文协召开第一次代表大会，总结成立以来的革命文艺实践，提出今后的指导方针是：“以政治是统帅的原则作为基础，贯彻五结合的方针，即普及和提高相结合，高度的思想性和高度的艺术性相结合，优良的文化传统和革命的现实相接合，个人智慧和群众智慧相结合，社会主义现实主义和革命浪漫主义相结合。”大会强调：“政治没有文化还行，而文化没有政治则不成。因此，在一切活动中，我们的口号必须是‘政治是统帅’。”人民文协进一步把文艺战线的斗争与政治斗争紧密地联系在一起，并使自身服从和服务于政治斗争的需要。当无产阶级革命政党的力量发展壮大时，人民文协也就成为印度尼西亚最强大的左翼文艺组织，像著名作家普拉姆迪亚、宋丹尼等都成了人民文协的积极一员。1964年召开的全国革命文艺会议又进一步提出革命文艺不但要面向“工农”，还要面向“兵”，因为印度尼西亚军队也有“人民性”的一面。会议对革命文艺作了系统全面的总结，明确“工农兵”的方向，要求革命文艺更直接更自觉地为现实的政治斗争服务。就这样，随着国内政治斗争的高涨和尖锐化，两种文艺路线的斗争和对抗也日趋白热化，双方各不相容，毫无妥协的余地。

与代表无产阶级革命文艺路线的人民文协不同，“45年代派”作为文艺组织在20世纪50年代实际上已不复存在，但它所宣扬的“普遍人道主义”和“普遍性文学”仍然是资产阶级文艺路线的主要思潮。以文艺评论家耶辛为代表的一批人是这个路线的坚决捍卫者和鼓吹者，他们之所以坚持“45年代派”的说法，是企图把贯彻资产阶级文艺路线的文学说成是“八月革命”时期文学的主流，因此首先遭到人民文协的坚决反对。后来他们以《小说》、《文学》等刊物为阵地继续与人民文协的文艺路线相对抗。正当国内左派与右派势力的政治斗争趋向高潮时，耶辛等一批反对人民文协的作家于1963年10月19日发表《文化宣言》，向人民文协的革命文艺路线进行猛烈的反扑。宣言不长，兹录于下：

——我们，印度尼西亚的艺术家和知识分子们，在此发表一篇《文化宣言》，表明我们的立场、理想和民族文化方针。

——对我们来说，文化乃完善人性之斗争。我们不从其他部分的文化中强调突出某一部分的文化。每一部分的文化都根据自己的特性共同为实现上述文化目的而奋斗。

——在建立民族文化时，我们以最真诚的态度进行创作，为坚持和发展我们作为世界民族大家庭中的印度尼西亚民族的自尊而奋斗。

——建国“五基”是我们文化的指导思想。

这篇宣言从字面上似乎看不出反人民文协和反无产阶级革命文艺路线的动机和目的，但如果与当时印度尼西亚的政治形势和文艺战线的斗争情况相联系，就可听出其弦外之音。宣言集中反对人民文协提出的文艺为政治服务和文艺的阶级倾向性，用隐蔽手法继续宣扬资产阶级的“泛人性论”和强调自我意识，而把“建国五基”端出来则旨在反对苏加诺总统当时提出的《政治宣言》。后来在右派势力的支持下他们进一步大造声势，于1964年3月举行近2000人参加的全印度尼西亚专业工作者作家会议，大有山雨欲来风满楼之势。这可以说是资产阶级文艺路线和无产阶级文艺路线的一场大决战。虽然最后“文化宣言派”于1964年5月8日被总统令所取缔，但人民文协和无产阶级革命文艺路线的胜利也没有维持多久，1965年发生“9·30事件”后，人民文协即被苏哈托政权所取缔，所有革命和进步的作家被捕而失去人身自由。从此无产阶级革命文艺路线再次失去生存的条件，在印度尼西亚文坛中销声匿迹，而印度尼西亚两种文艺路线的斗争也暂告一个段落。

印度尼西亚两种文艺路线长达15年的的斗争是“东风压倒西风”或者是“西风压倒东风”的政治斗争在文艺战线上的反映。彼此的胜败是由政治斗争的结果所决定而不是文学艺术成就上互相较量的结果。从文学创作来讲，这个时期并没有出现有分量的佳作或可以引以为豪的作品。这是在国际国内特定历史条件下印度尼西亚文学发展史中的特殊篇章。

越南也是受世界无产阶级革命文学影响最大的国家。越南共产党早在义静苏维埃时期就把无产阶级革命文艺视为革命斗争的重要武器，积极加以推动和引导，并较早出现无产阶级文艺路线与资产阶级文艺路线的斗争。20世纪30年代初，越南文学界就《金云翘传》的评价问题发生过一场争论。从表面上看，这是对越南古典文学名著评价不同所引起的争论，其实是两种不同的文艺观点和主张的第一次较量。到20世纪30年代中，文艺界又发生了“为艺术而艺术”派与“艺术为人民”派的斗争。在这场论争中，马列主义文艺思想、观点广为传播，客观上打击了“自力文团”中的消极浪漫主义文学，推动了革命现实主义文学的发展。1943年印度支那共产党制定了《文化提纲》，第一次阐明共产党领导下革命文艺的性质、路线和任务，提出民族化、大众化、科学化的要求，对法日殖民者推行的奴役文化大加批判。

二战后，1945年“八月革命”的成功开始了越南无产阶级掌权的新时代，尽管出现了第二次抗法战争和后来的抗美救国战争，共产党始终牢牢掌握了政权。因此，与印度尼西亚有所不同，无产阶级革命文艺路线在越南占据了统治地位，无产阶级革命文学是二战后越南文学的主流。但这不意味着资产阶级文艺路线从此退出了历史舞台，两种文艺路线的较量仍不时发生。例如“八月革命”后不久，越南文艺界开展的对以张酒为代表的资产阶级文艺观的批判，就是为了进一步确立共产党对文艺的领导，保证无产阶级革命文艺路线的贯彻。越南南方从“八月革命”到第二次抗法战争期间，在法殖民主义的鼓吹下，世界主义思潮也曾泛滥一时。越南文艺界把世界主义称作“忘本主义”，对越南南方敌占区文艺界的崇洋媚外势力及追求西方文化和西方生活方式、否定本民族文化文艺的思想倾向开展批判斗争，以肃清西方奴役文化的流毒，使人民文艺得以健康地发展。1955年文艺界对素友的诗集《越北》展开讨论时，少数人借否定《越北》诗集组成了“人文佳品”集团，攻击共产党对文艺的领导，否定革命文艺路线，提出“自由发展资本主义，然后和平进入社会主义”的主张。他们要求“文艺跟政治相独立”，不要党的领导，贬低抗战革命文学和社会主义现实主义，反对文艺为工农服务的口号。这是一场规模大、涉及面广的政治斗争和文艺斗争，一直持续到1958年才告一段落。之后，1962年到1963年间以及1968年越南文艺界又分别进行反对“修正主义”和反右倾的斗争。1979年专门就“社会主义现实主义”进行了讨论。1986年又提出文艺“革新”，反对资产阶级自由化。总之，文艺界在意识形态和政治思想领域里的斗争连绵不断，此起彼伏，反映两种对立的文艺路线的斗争不但十分激烈，而且旷日持久。

东南亚的其他国家虽然没有出现共产党领导的无产阶级革命文艺，但世界无产阶级革命文艺思潮的影响仍然不小，特别是对各国的进步文学。东南亚好些国家出现的不同文艺观点和主张的对抗实质上也是两种不同文艺路线斗争的回光和折射。

缅甸是较早受世界无产阶级革命思潮影响的国家。20世纪30年代的塞耶山图书馆和红龙书社已成了传播无产阶级革命思潮的主要阵地。二战后，在缅甸独立初期，文艺界思想比较活跃，特别是受到红龙书社革命思潮影响的作家，要求文学有新的起色，反映人民要求完全独立和建设新生活的强烈愿望。1946年出版的《星》杂志首先提出创造新文学的口号，指出文学应随时代的发展而有所创新。1948年作家吴登佩敏在《加尼觉》杂志独立节专刊上发表了题为《使历史倒退的作家》一文，抨击了“为艺术而艺术”的观点。这篇文章引起了文学界有关文学创作目的的一场争论。以德都、丁德、达都等为代表的一派认为文学不应进行宣传，艺术不该具有倾向性。以达贡达亚、基林等为代表的另一派则认为文学本身就是宣传，应有倾向性，而且要倾向于无产阶级和被压迫者的一边。“人民文学”、“社会主义现实主义文学”、“新文学”等新名词，在这场争论中开始被人采用。1950年2月出版的《新文学》杂志第一期就指出：“新文学应该是站在劳动阶级一边，批判当今资产阶级社会，反映群众革命斗争和群众生活，不满足于当前社会制度，而是向前看的、进步的。这就是新文学的主张。”由于《星》、《新文学》、《人民》等进步刊物的积极推荐介绍，截至1951年，已有不下一百篇中国作品被译成缅文，其中包括鲁迅的《故乡》，赵树理的《传家宝》，老舍的《骆驼样子》、剧本《白毛女》，袁静、孔厥的《新儿女英雄传》片断等。毛泽东的《在延安文艺座谈会上的讲话》也是在这个时候介绍给缅甸读者的。

在新文学思想指引下，一大批进步的年轻作家得到锻炼和提高。其中有德贡达亚、八莫丁昂、貌尼温、林勇迪伦、妙丹（即妙丹丁）、敏新、林勇尼、德钦妙丹、昂林、觉昂、杰尼等。他们的作品大胆地揭露了政府的腐败，资产阶级的贪婪，描绘了广大人民群众在资本家和地主的盘剥下的苦难生活，无情地批判资本主义社会所造成的一切罪恶。在后期，他们的作品则更多地反映国内战争给民族带来的灾难，发出了停止内战、实现国内和平的呼声。

二战后世界两大阵营的形成和两种文艺思潮的对抗也给泰国文学以重大的影响。泰国文艺界出现两个营垒，一边是亲王室的《文学界》和《巴里查》团体以及受官方支持的《文学俱乐部》，他们居统治地位但在读者中影响不大；另一边是成立于1950年的泰国作家联合会，提出了“文艺为人生”和“文艺为人民”的口号。与此同时，他们也开始翻译介绍马列主义的文艺理论，毛泽东的《在延安文艺座谈会上的讲话》以及列宁、高尔基、鲁迅等有关文艺问题的论述。泰国文艺评论家和作家纷纷著文参加讨论“文艺为人生、文艺为人民”的主张。如文艺评论家班宗·班知达信、诗人乃丕、作家社尼·绍瓦蓬等就试图用历史唯物主义的观点阐述“文学艺术的源泉是人类的社会生活”，“社会生活决定了作家、艺术家的思想”，从而提出“文艺应为生活服务、是阶级斗争的工具”的主张。好些作家在贯彻“为人生”的创作实践中取得了可喜的成果，其中最杰出的代表是西巫拉帕。

西巫拉帕在战前已经是一位很有成就的知名作家，太平洋战争爆发后曾因反对日本和銮披汶政府而被捕过。二战后，1947年7月他去澳大利亚考察，有机会接触和研究马克思主义学说，目睹了工人运动的发展，这一切促使他的思想发生重大的变化。两年后他一回国便立即投身于泰国的进步文学运动，创作了被誉为“为人生”文学的代表作《后会有期》（1950年）和《向前看》（第一部《童年》1955年；第二部《青年》1957年，未完成）。西巫拉帕的创作对泰国文学无疑具有划时代的意义，因此他被泰国文学界尊为“元帅”，并被誉为“泰国文学太空中的王鸟”。

在“为人生”文学运动中做出杰出贡献的另一位作家是社尼·绍瓦蓬，他在驻外使馆工作期间，目睹了法西斯暴行和欧洲各国人民的反法西斯斗争，看到了欧洲各国日益高涨的民主运动。他在接触革命思潮之后，思想发生重大的变化。1957年发表的小说《魔鬼》是他的代表作，对泰国的封建宗法礼教进行了深刻的揭露和批判。他在文艺理论方面也做出了重要的贡献。在《现实主义和浪漫主义》、《现实主义文学》等论文中，他强调文学的阶级性，主张作家应对人民负责。他与志同道合的作家一起，运用马列主义的观点去阐述文学与社会生活的关系、文学的作用、文学与政治的关系和革命文学所应遵循的方向。这在泰国还是第一次，对泰国文学的发展有着重大意义。

泰国的进步文学和“为人生”的文学运动在20世纪50年代发展最盛，但也屡遭反动势力的迫害，1952年和1957年两次遭到血腥的镇压。1958年“沙立政变”之后，进步文学运动遭到更大的摧残，终于无法继续下去。显然，泰国的进步文学也不是迫于文艺路线的斗争，而是遭到了反动统治势力的政治扼杀。

二战后，马来西亚文学的发展也间接地受两种文艺思潮的影响。1950年8

月6日由著名作家格利斯·玛斯、阿斯拉夫、乌斯满·阿旺、玛苏里等人在新加坡发起成立“50年代派”，首先提出“为社会而艺术”的口号，高举“反映现实”的旗帜，主张文学作品应为唤醒人民觉悟，为实现人民团结，实现社会主义而斗争。但不久，就在“50年代派”内部出现反对的声音。以哈姆扎为首的少数人提出“为艺术而艺术”的口号，强调文学作品的艺术价值，认为“在文学作品中进行社会批判是不信真主，就是信仰社会主义、共产主义”。于是爆发一场有关文艺观的论战。这场争论持续多年，由于双方的文艺主张相左，无法调合。哈姆扎终于退出“50年代派”，于1954年另外成立“新马来文学联盟”。

20世纪50年代马来人民争取民族独立的斗争日益高涨，“50年代派”的成立就是为了适应当时民族独立斗争的需要，去发展马来的民族文学。他们主张在保留民族精华的基础上大力进行革新，以“反映现实”的作品来唤醒人民的觉悟，所以深受人民的欢迎。20世纪50年代的马来文坛，可以说是由“5O年代派”独领风骚，它在反帝反封建的斗争中发挥了积极的战斗作用。至于那些主张“为艺术而艺术”和“唯美主义”的作品则由于脱离民族斗争的大方向而没有多大市场。1957年马来西亚独立后，马来新文学运动的中心从新加坡转移到马来半岛本土上，马来文学在马来西亚政府的积极提倡和大力扶植下，得到了充分发展的机会，开始进入新的历史时期。

二战后两种文艺路线的斗争和对抗在东南亚的其他国家虽然没有直接和明显地表现出来，但其影响仍然可以感觉到，特别是无产阶级革命文艺思潮的影响。例如，柬埔寨在50年代独立，前后就有一批青年作家受苏联和中国革命文艺的影响而从事进步文学的活动，创作像《汽车司机孙姆》、《苦力》、《乡村教师》等进步小说。1970年柬埔寨发生政变后，金边统治区的作家分成两派，一个叫创新派，其创作的作品表现积极的进取精神；另一个叫应市派，其创作的作品以赚钱为目的，属低级趣味的通俗文学，但传播面更为广泛，而革命文学只有在解放区才有发展的可能。柬埔寨解放区革命文学的作家大都为当时参加民族解放战争的革命者，创作的素材直接取自当时现实的革命斗争生活，多为真人真事。作家把文学当作团结人民、鼓舞战斗的有力武器，与民族解放斗争结合得很紧密。同样，老挝的革命文学也只有在解放区才得到发展，其作家大都为老挝爱国战线的干部和寮国战斗部队的战士，创作的作品很少虚构，真实性强，但艺术性较弱。这是与当时所处极为艰苦的战斗环境有关，不宜苛求。随着民族解放斗争的胜利和条件的改善，这些国家的革命和进步文学在不断得到改善和提高，逐渐从单一化走向多样化，更广泛地反映生活的丰富多彩。

以上说明，二战后东南亚出现的两种文艺路线的斗争和对抗是与当时的国际大气候和国内的政治气候密切相关的。国际两大阵营的对抗和冷战的加剧，是东南亚产生两种文艺路线斗争和对抗的外部条件，而国内无产阶级和资产阶级争夺国家领导权的政治斗争是它的内部条件。在国内两个阶级斗争最激烈的国家，两种文艺路线的斗争也最激烈，最后往往以政治斗争的胜败来定结果。如今国际两大阵营相对抗和冷战的时代已经过去，东南亚许多国家的国内局势也趋稳定，剑拔弩张的文艺路线斗争似乎也不复存在，这为东南亚文学的发展将开辟新的前景。

第三节　东南亚文学在世界性和民族性的对立统一中发展

二战后，西方在东南亚的殖民体系土崩瓦解，一个个新独立的国家彻底摆脱了外国的殖民统治，开始致力于新国家的建设，也开始了新的民族文学的建设。在越来越广泛的世界性潮流的冲击下如何发展自己的民族性，是独立后东南亚各国文学发展面临的一个历史挑战。在取得民族独立后，东南亚国家摆脱了宗主国的局限性，可以更自由地接触世界各国和吸收世界各种思潮。这意味着世界性潮流将进一步涌入东南亚，并对东南亚文学产生更广泛的影响。另外，外国殖民统治的结束也使限制民族文化文学发展的阻力得到消除，本民族的政府可以利用政权来发展本民族的文学。所以，独立后各国政府都在制定自己的民族文化政策，建立各种机构，成立全国性的作家协会，设立各种文学奖，来鼓励和推动本民族文学的发展。这一切又对发展各自文学的民族性提供了有利的条件。独立后东南亚文学就是在世界性和民族性的对立统一中向前发展的。

当然对任何国家文学的发展来说，世界性的影响再大也只是外因，不能取代本国的民族性。文学属于社会的上层建筑，离不开社会的经济基础。各民族的文学都植根于本民族社会的土壤里，所以都必然要体现自己的民族性。二战后东南亚文学的特点是，受世界性的影响更大，特别是世界对立的两大文艺思潮的影响，但同时民族性也更加突出，更全面地反映本民族独立后的现实生活和社会矛盾。所以，不管是受世界无产阶级革命文艺思潮影响的，还是受世界各种资产阶级文艺思潮影响的，东南亚的文学作品反映的仍然是东南亚各国的自身现实，而不是“来自世界各个角落的声音”。从各国的文学创作情况来看，二战后东南亚文学作品的内容更贴近生活现实，直接或间接地反映社会方方面面的矛盾，所以题材更加多样化，创作方法也更加多元化，除传统的现实主义和浪漫主义，各种现代主义和后现代主义也成为时尚，流派纷呈。当然由于各国情况不同，文学发展的势头也不一样。下面不妨对东南亚国家独立后文学发展的情况进行简单的扫描。

印度尼西亚是受世界两种文艺思潮影响最大的国家。在无产阶级革命文艺路线影响下的作家大都采用传统的现实主义或者现实主义和浪漫主义相结合（他们称之为“创造性的现实主义”）的创作方法来反映社会的现实矛盾和人民的生活。首先从诗歌的创作来看，人民文协的著名诗人班达哈罗·哈拉哈普最具代表性。他的获奖诗集《来自饥馑和爱情的诞生地》（1957年）以革命现实主义和革命浪漫主义相结合的创作方法集中表现了当时革命人民高昂的精神风貌和义无反顾的革命决心，在革命群众中间起了战斗号角的作用。在小说创作方面，卓别尔的短篇小说集《追赶太阳》和苏吉娅蒂的短篇小说集《天堂在人间》等，也都是所谓“创造性现实主义”的代表作，可以说是当时革命人民的生活和斗争的真实写照。剧作家巴赫迪尔·赛吉安的《墨拉比火山下的红岩》则被认为是人民文协革命戏剧的样板，歌颂革命者坚强不屈的战斗精神。“八月革命”时期的著名作家普拉姆迪亚在加入人民文协之前，其作品多偏重于暴露社会的黑暗面。1954年他发表的小说《贪污》（又译《诱惑与堕落》），通过一个贪官的自白，向人们揭示一个原本廉洁奉公的官员，在腐败的官场中如何一步步陷入贪污的泥坑而不能自拔。作者深刻地剖析了人物灵魂深处的心理矛盾和思想斗争。同年发表的中篇小说《镶金牙的美人米达》，集中描写了一个天真无邪的少女为生活所迫堕落成玩世不恭的荡妇。而短篇小说集《雅加达的故事》（1957年），则描写了一群被压在社会最底层的小人物的悲惨命运，把雅加达社会最阴暗的一角掀开给读者看。加入人民文协后，普拉姆迪亚向革命文艺路线靠拢，努力面向工农。1958年创作的短篇小说《南万丹发生的故事》和1965年创作的短篇小说《铁锤大叔》是他写工农生活和斗争的第一次尝试。1965年“九·三〇”事件后，普拉姆迪亚又被捕入狱，至1979年底才获释。在狱中他创作了长篇小说四部曲，《人世间》（1980年）、《万国之子》（1980年）、《足迹》（1985年）和《玻璃屋》（1988年），在国内外引起轰动。

普拉姆迪亚的四部曲是描写印度尼西亚民族觉醒的史诗，向人们展示民族觉醒最早的历史进程。《人世间》是这个历史进程的序幕，揭示产生民族觉醒的历史条件和背景。小说以泗水附近一家荷兰人的大农场——“逸乐农场”作为历史舞台，从1898年开始讲起。小说的一位主人公是叫做温托索罗姨娘的土著妇女，温氏14岁就被父亲卖给白人农场主梅莱玛当侍妾。但她不甘屈服于命运，经过自己的勤奋学习和艰苦努力，终于成为农场的实际掌管人。温氏象征着被荷兰殖民奴役的印度尼西亚民族，她生有一儿一女。女儿安娜丽丝向着母亲，自认是土著人；儿子罗伯特向着父亲，自认是白种人。小说的另一位主人公叫明克，是土著贵族官僚家庭出身的新型知识分子，他后来成为民族觉醒的先驱者。整个故事围绕着温氏的一家展开。明克与安娜丽丝相爱，但遭梅莱玛的反对，最后安娜丽丝被殖民法律强行遣返荷兰。这部小说通过家庭的矛盾和冲突实际上反映的是当时殖民地社会不可调和的民族矛盾和冲突。四部曲之二的《万国之子》从整个东方民族的觉醒来阐明印度尼西亚民族觉醒的历史必然性。小说仍以泗水温氏的家为中心，但通过扩大主人公明克与外界的接触，特别是与中国革命者的接触，突出象征民族觉醒的明克不仅是本民族的儿子，也是万国之子的主题，说明印度尼西亚的民族觉醒是整个东方被压迫民族民族觉醒的组成部分。四部曲之三《足迹》记录了印度尼西亚民族觉醒的发展轨迹，小说把舞台中心从泗水转移到巴达维亚（今雅加达），时间上也从19世纪过渡到20世纪，这正是印度尼西亚民族觉醒重要的历史时刻。小说表现了明克已从民族觉醒的自在阶段开始迈入自为阶段，积极探索民族解放的道路。四部曲之四的《玻璃屋》写明克在民族运动初兴时期的最后战斗历程，描述主人公如何在荷兰殖民统治者的严密监视下开展艰苦卓绝的民族斗争。如果说《人世间》着重刻划温氏这样一个在殖民统治下开始觉醒的印度尼西亚妇女的典型，那么四部曲的后三部则着重描写明克这一新型知识青年怎样走上与民众相结合的民族解放斗争的道路。在当时殖民势力还十分强大的情况下，又没有先进阶级政党的正确领导，明克等人的斗争不可避免地要遭到挫折，但他已为民族解放运动打开了闸门，向后来者振臂高呼前进。普拉姆迪亚1979年获释之后发表的四部曲具有划时代的意义。有评论家说，“普拉姆迪亚以这部小说一举结束了印度尼西亚文坛死气沉沉的局面”，并认为小说“不会比那些荣获诺贝尔奖金的巨著逊色”。小说的巨大成功说明了现实主义文学在印度尼西亚还有强大的生命力，在被压制多年之后又重新崭露头角，并再次引发有关“普遍性文学”的争论。

人民文协以外的作家大多受西方现代各种文艺流派的影响，以各自不同的创作方法来反映他们眼中的社会现实。一些作家仍以暴露文学为主，如莫赫塔尔·卢比斯的小说《雅加达的黄昏》（1957年）侧重于暴露雅加达社会的贪污横行和道德沦丧。他1975年的获多种奖的小说《虎！虎！》，则用象征的手法影射领袖人物的权欲膨胀必然要惹祸招灾。德里斯诺·苏玛尔佐的小说《大宅》和《特殊文人伊玛姆》以揭露和讽刺一些文人的丑陋面貌为重点，也属比较成功的作品。

20世纪50年代初，法国的存在主义已经影响到印度尼西亚。著名诗人希托·希杜莫朗曾在巴黎呆过一段时间，是最早受法国存在主义影响的人。他发表的诗集《绿色信笺》（1954年）、《诗中诗》（1955年）、《无名氏》（1956年）和短篇小说集《战斗和巴黎雪花》（1956年），不少是描写他在巴黎的经历和感受，带有存在主义的忧虑和彷徨孤独的情感色彩。在这期间，西方其他的现代文艺思潮和流派对一些青年作家也产生了很大影响。如苏达尔托·巴赫迪尔就受象征主义和超现实主义影响较深，常以雅加达的病态都市生活作为他创作的题材。他特别喜欢描述雅加达黄昏时的芸芸众生，故有“雅加达黄昏诗人”的雅号。他一共出版了两部诗集：《呼声》（1956年）和《埃维萨》（1958年），前者曾获全国诗歌奖。

20世纪50年代中期，在有关“45年代派”的争论中，以阿育普·罗希迪为代表的一些年轻作家自称为“最新一代派”，也向“普遍性文学”提出挑战。他们是在“八月革命”烽火中长大的一代，从小受地区民族文化的熏陶，较少受西方文化的直接影响。因此，他们更珍惜自己的民族性，主张把地区性的民族文化与世界性的普遍文化结合起来。阿育普在1960年的一次文学研讨会上，用黑格尔的否定之否定律阐述印度尼西亚现代文学发展的历史规律，他认为“新作家派”和“45年代派”以“世界性”否定了20年代国粹文化的“民族性”，如今“最新一代派”又以二者的结合否定了“45年代派”的“世界性”。这一派并没能形成气候，不过也反映了在“世界性”和“民族性”的争论中，不只是人民文协在反对“普遍性文学”。

“9·30事件”后，两种文艺路线的对抗和斗争停止了，无产阶级文艺路线被宣布非法而遭取缔。印度尼西亚文坛出现两种现象，一是西方各种现代主义流派的时兴，一是通俗文学的泛滥。

20世纪70年代，印度尼西亚作家多热衷于追赶新潮。他们以搞“试验文学”为名，抛弃已有的文学传统，创作了形形色色现代派新潮诗歌、小说和剧本。在小说方面，1969年伊万·希马杜邦发表的“反小说”的小说《祭奠》是最典型的新潮小说。小说描写了一位画家不合常理的怪诞生活，他的“不正常”被社会看作是“正常”，而一旦他恢复了“正常”，社会反而认为他“不正常”，从而引起天下大乱。作者以非理性反对理性，以无意识反对理智，以支离破碎的片断代替完整合理的结构，藉此来表现社会的荒谬和人性的异化，表达作者对现实社会的愤懑和谴责。在此之后，又出现三位比较有名的现代派作家。第一位是布迪·达尔马，他深受现代派文学鼻祖卡夫卡的影响，其代表作《批评家阿迪南》（1974年）就有脱胎于《审判》的痕迹。第二位是达纳托，他的短篇小说往往“以图为题”和“以图为文”，别具一格。再有一位是布杜·威查雅，他是荒诞派戏剧的代表，其剧作《哎哟》（1973年）、《某某》（1974年）和《卜卜跳》（1974年）引起了轰动。其小说《车站》（1977年）也受西方现代电影戏剧的影响，采用的意识流手法颇像“蒙太奇”，有浓厚的荒诞派色彩。在诗歌创作方面，则出现从“具象艺术”走向“抽象艺术”的趋势。苏达吉是最别出心裁的诗人，他的梦呓式和近乎语无伦次的咒辞体诗表现了诗人躁动不安的情绪和上下求索的冲动。他的诗集《狂暴》（1977年）曾获东盟文学奖。伦特拉、古纳万、达尔曼托等都是同期著名的诗人，他们都注重表现自我意识，追求形式上的流动美和抽象美，有时也表露出对现实的不满和贬责。这种不断追求新潮的现象看来还会继续下去。

20世纪80年代，一些作家又开始从“向外看”转为“向内看”，把注意力转移到“民族文化”的特殊性上来，于是出现“印度尼西亚文学爪哇化”的现象。这可以说是对“普遍性文学”的反拨。阿尔斯文托的《花裙腊染匠》

（1985年）、芒温威查雅的《织巢莺》（1988年）、里努斯的《巴利延的自由》（1986年）等是“文学爪哇化”的代表作品。这些作品对爪哇各阶层人物在时代变迁和新旧交替中文化心态的变化作了细致的剖析，别具一格。

通俗文学的泛滥是印度尼西亚“新秩序”时期的另一种文学现象。由于城市建设发展较快，市民阶层日益扩大，通俗文学便有了广阔的市场。起初，为了迎合市民的低级趣味，一些作家热衷于城市饮食男女性爱方面的描写，使内容庸俗污秽，致使通俗文学名声不佳。到20世纪70年代后，一些青年作家写出比较能表现当代“青年人生活气息”的作品，给人以耳目一新之感。例如玛尔卡叮的成名作《卡尔米拉》和阿斯哈蒂的代表作《我的爱在蓝色的校园》，不仅有较强的趣味性和可读性，且不乏思想内容，从此人们改变了对通俗文学的看法，通俗文学与严肃文学的距离也大大缩短。

文学的“爪哇化”和“通俗文学”与“严肃文学”的接近，是20世纪80年代印度尼西亚文学发展的新趋向，是从过于“向外看”的“世界性”摆回到“向内看”的“民族性”的结果。代表这种趋向的作品是阿赫玛·多哈里从1981年至1986年陆续推出的三部曲《爪哇舞妓》（分别题为《巴鲁村的舞妓》、《清晨的扫帚星》和《月晕》）。小说以一位天真无邪的山村姑娘为主人公，描写她当爪哇舞妓后如何为爪哇传统文化所奴役而走完现代坎坷悲惨的一生。这三部曲可以说兼有“严肃文学”的主题深刻性和“通俗文学”的内容趣味性，颇受好评。

在东南亚，二战后以无产阶级革命文学为主体的国家是越南，在那里革命现实主义和革命浪漫主义一直占据主导地位，西方现代资产阶级文学思潮的影响始终是支流。其次，二战后的越南文学是在第二次抗法战争和抗美救国战争的艰苦环境中发展起来的，作家大都亲自参加了两次民族解放战争，所以作品多以抗战为主题，描写越南人民抗战中的英雄气概和表达越南人民抗战必胜的信心。

越南的革命诗歌相当发达。其前驱者是素友，上面已有简单的介绍。他1937年开始写诗，经修改、补充、再版的诗集《从那时起》（1959年）收录了他从1937年到1946年间的诗作。分《血与火》、《锁链》、《解放》三个部分，反映了诗人在十年中经历的三个不同阶段的革命活动。第一部分描写诗人看到穷人在受难，在流血，燃起了他胸中的革命烈火；第二部分表现了诗人虽身陷囹圄，仍坚贞不屈进行斗争的精神和意志；第三部分描写诗人越狱后隐蔽在农村，生活在农民中，反映了在日、法帝国主义双重压迫下农民们的愤怒呼声。他的诗歌被誉为“革命号角”，在革命的艰苦岁月中，起到了动员全民族“战斗求生存”的作用，是无产阶级革命文学的杰作。前面提到过的《越北》是诗人在第二次抗法战争（1946—1954年）时期的诗集。之后发表的诗集《风暴》，收录了他1955年后的诗作，主要反映1954年越南和平恢复时期北方进行社会主义建设的热潮和为统一祖国而进行的斗争。1961年发表的诗集《急风》是诗人讴歌国家欣欣向荣的景象和劳动人民新生活的幸福。1977年发表的诗集《血与花》则抒发了一个老革命者在统一斗争中赢得胜利后的喜悦心情。素友的作品体现了思想性和艺术性的统一，反映了越南民族解放战争的全过程，具有浓厚的民族色彩，在艺术上被认为是一流的。

阮庭诗也是越南享有盛名的诗人、小说家和文学评论家。他写了6年的诗《祖国》，表达诗人在抗法胜利后无比喜悦和自豪的心情。他的诗集《战士》（1958年）则热情地讴歌了越南人民军战士的英勇精神。他的第一部长篇小说《冲击》（1952年），通过描写1950—1951年冬春大捷中一个突击连的战斗历程，展现了越南抗法战争的壮烈图景。而两卷本的《决堤》则反映了抗法战争和抗美救国战争中人民群众和部队的斗争生活，热情歌颂了他们的英雄业绩和崇高品质。在文艺理论与评论方面他也颇有建树，主要作品有《现实与文艺》（抗法战争初期）、《文学中若干问题》（1956年）、《小说创作者的任务》（1964年）等。这些评论对越南革命文学的发展起了促进作用。

其他重要作家有不少是战前已经成名的作家，如阮公欢早在20世纪30年代已经是越南文坛上享有盛名的现实主义作家之一。1935年他以短篇小说集《男角田卞》轰动文坛，成为1935—1936年文艺界“为人生而艺术”派和“为艺术而艺术”派大辩论的焦点，对越南文学影响很大。中篇小说《最后的道路》（1936年）是他的代表作。作品描写了19世纪30年代越南农民的悲惨生活，深刻地揭露了封建地主阶级与法国殖民主义者狼狈为奸欺压人民的罪恶行径。结尾部分再现了农民们在忍无可忍的情况下团结起来同地主展开激烈斗争的场面。这部作品问世后，在社会上引起了强烈的反响，被殖民当局列为禁书。“八月革命”后，他发表一部长篇小说《旧垃圾堆》，对旧社会的污泥浊水和伤风败俗予以赤裸裸的暴露，但由于小说的自然主义倾向，缺乏应有的批判，未能充分显示其积极意义。他后期的长篇小说《黎明》也不很成功，有公式化、概念化之嫌，这可能受当时潮流的影响。

有不少原“新诗派”的成员在两次解放战争中也很活跃，继续从事创作。辉瑾从20世纪50年代到20世纪70年代连续发表诗集《天越来越亮》（1958年）、《鲜花盛开的地方》（1960年）、《生活之歌》、《远近战场》（1973年）、《阳光下的房屋》（1978年）等，一反过去小资产阶级的伤感情调，为革命的新生活和抗战的胜利大唱赞歌。同样，春妙在1945年就以诗集《国旗》欢呼“八月革命”的到来。接着发表的诗集《个人与集体》反映了诗人思想感情的转变。《金瓯角》（1962年）、《握手》（1962年）则反映南北统一的斗争。还有制兰园在抗美救国战争期间也写了《寄给你们》、《抗敌诗抄》等战斗诗篇。

越南南方在美伪统治时期的文学发展是与人民的解放斗争紧密联系在一起的。1960年至1965年越南南方人民反美伪集团的斗争走向高潮。1960年12月南方民族解放阵线的成立和翌年7月南方解放文艺协会的成立，为南方革命文学的发展开辟了道路。南方的革命文艺到1965年已经形成一股力量，涌现不少反映南方革命斗争的作品。从1965年颁发的“阮廷炤文艺奖”来看，获特别奖的有《南方来信》、《像他那样生活》，另外还有54部作品获奖。那些获奖作品大都围绕着两个主题，一是揭露美伪集团的滔天罪行，一是反映越南南方人民为解放南方和统一祖国而进行的艰苦卓绝的斗争。1965年至1975年是越南全国投入抗美救国战争的十年，这期间涌现了一批新作家。由于当时战争环境和条件的限制，他们一般采用的体裁是短篇小说、随笔、报告文学和诗歌。主要诗人有青海、江南、白鸟、远方、杨香厘等。青海的诗集《春季的顺化》、《忠坚的同志们》、《南方的歌声》等和江南的诗集《故乡》、《明天的八月》、《同塔梅的英雄》等以刻画越南南方劳动妇女的勤劳、勇敢、不屈的形象为共同特点，被视为南方诗坛的优秀代表。短篇小说的创作亦有一定的成就，其中江南的《一幕女教师的剧》在南北方都有很大的反响。阮韶南的短篇小说集《播种》也获好评，反映南方革命干部坚韧不拔的精神。

1975年越南南北统一。1977年南北文联机构合并，越南文学在全国统一的文联和作协的领导下进入了新的发展阶段。1979年开展了“社会主义现实主义”的讨论，对文艺创作的理论问题作进一步的探讨。1986年提出“革新开放”之后，文艺“革新”问题也提到日程上来了，对前一时期的文学进行重新评价，有人对七八十年代的文学创作基本上持否定的看法，但大部分人不同意。1987年至1988年，对杨秋香的小说《幻想的那边》和阮辉涉的小说《退休的将军》等展开辩论，一部分人批评小说夸大了社会的阴暗面，一部分人则认为小说真实地反映了现实存在的问题。后来文艺界还对音乐、电影出现的“资产阶级自由化”开展了批判。但总的说来，越南实行“革新开放”之后，社会已经从封闭型逐步转为开放型，“世界性”各种思潮的冲击已是不可避免，文艺界的思想越来越活跃，创作环境比较宽松，作品的主题和题材日趋多样化。今后，在探讨文艺的“革新”中，看来还会出现各种的辩论。

二战后缅甸文学的发展也经过曲折的道路。独立伊始，因政治上的分歧，缅甸发生了旷日持久的内战，至今仍没有得到彻底的解决。缅甸国内的阶级矛盾和社会矛盾一直是独立后的主要矛盾，也是缅甸文学反映的主要内容。

独立后，缅甸的民族文学得到进一步的发展，作家队伍扩大了，一批新崛起的青年作家受新中国文学的影响掀起了一场“新文学运动”，现实主义文学有了较大的进展。1948年1月成立缅甸文学宫（亦称缅甸翻译协会），1949年起设立文学奖，旨在培养和鼓励文学新秀。头三年获文学宫奖的三部小说是敏昂的《穹隆原野》（1949年）、德都的《公务员》（1950年）和达度的《军队里的妙哥哥》（1951年），都是主张社会改革的作品。作家重视社会问题，不仅用文学形式来反映社会问题，还提出改良社会的意见，这是独立后缅甸文学发展的一个特点。以社会问题为题材的小说不断问世，如吴拉的《飘》（1957年）、《监狱和人》（1957年）、《笼中小鸟》（1958年）、《战争、爱情与监狱》（1960年）等，都是根据狱中见闻写的，集中反映了社会环境对青少年的影响，同时也揭露了当时的监狱只是促使囚犯更加大胆放肆地作奸犯科的场所。八莫丁昂的长篇小说《月有阴晴圆缺》（1957年），通过一位大法官的女儿绵对人生价值认识的改变，揭示上层社会的种种腐败和内战给人民带来的深重灾难，反映了民族传统文化与西方文化在缅甸的对立和冲突。林勇迪伦的小说《公仆》（1954年），用一个雇农自述的方式控诉了地主对农民的剥削和迫害。

独立以来，早已蜚声文坛的作家吴登佩敏于1958年发表的长篇小说《旭日冉冉》，被公认是他最成功的作品。小说以1938年至1942年间缅甸反帝独立斗争为背景，描写了一位普通大学生丁吞在斗争中逐渐成长为革命者的过程。作者以现实主义的手法，沿着这个故事线索，为读者展示了一幅广阔的社会生活画卷，翔实地描绘了1938年工人、农民、学生等各界人士联合掀起的反帝爱国运动的波澜壮阔场面。小说中既有作者精心塑造的人物，也有缅甸政坛风云一时的名人，这就更增添了小说的生活实感。整部小说既有如火如荼的政治斗争，也有情意缠绵的爱情生活，同时又充满了缅甸乡土风味，充分体现了作者独特的创作风格。

独立后，缅甸也出现女作家，其中的佼佼者是加尼觉玛玛礼。她于1955年发表的长篇小说《不是恨》最为出名，曾获1955年度缅甸文学宫文学奖。小说细腻地描写一个叫薇薇的女青年如何追求西方生活方式而最后成为这种生活方式的牺牲品。她于1961年发表的中篇小说《她的沉沦》也具有深刻的社会意义，写一个少女被逼嫁给又老又丑的“局长”，因无法摆脱逆境而最后沦为娼妓的悲惨故事。作者谴责千百年来的封建枷锁对缅甸妇女的残害。

20世纪60年代军人掌权后，文学的发展受到遏制，进入低谷时期。反映缅甸社会现实的进步作品难以问世，而追求刺激和粗制滥造的消闲作品则大量上市，以至文学评奖委员会竟然无书可评。例如1976年，在拟颁发的十个文学奖项中，没有一个人获奖。1978年有八种项目没有授奖对象，因为许多人只热衷于写粗制滥造的惊险小说牟利。有人说，自从20世纪60年代以来，缅甸年轻读者的口味已经从内容严肃的小说转向廉价的惊险小说，美国是此类小说的主要来源地。

尽管文学发展处于低谷时期，却仍有不少作家执著地从事文学创作活动。他们深入生活实际，力图创作反映现实生活的作品，他们的努力取得了可喜的成果。那加山貌基辛创作的《山区盛开平原花》（获1964年度文学宫长篇小说奖）生动地描写了两位尽心服务于边区少数民族的乡村女医生和乡村教师。女作家德格多妙盛则专门深入剧团，了解艺人们的生活和学习缅甸传统音乐戏曲的情况，由此而创作的长篇小说《艺坛新秀》荣获了1978年度民族文学奖。小说中的瑙都、南加纽都是新型知识分子的典型，他们不图名利，只求缅甸民族音乐舞蹈的创新和提高，他们的奉献精神和发奋努力，创立新风的业绩以及老艺人兢兢业业、一丝不苟的作风给人留下了深刻的印象。

在新崛起的作家中，茵雅摩摩可以说是最突出的。摩摩原名杜珊珊，其处女作短篇小说《邻居》发表于1972年9月的《内达意》杂志上。她是位多产作家，曾多次获缅甸民族文学奖，她的作品以深刻反映社会生活现实而著称。主要作品有长篇小说《探索》（1974年）、《花儿有开有谢》（1975年）、《遐迩闻名的玫瑰花》（1983年）、《鱼木嫩叶枯萎的时候》（1987年）等。

由于政治环境的影响，缅甸文学与外界的接触还很有限，“世界性”浪潮的冲击不像其他东南亚国家那样明显和严重，但是在全球化的时代，缅甸文学看来也不可能长期置身度外。

作为缅甸的邻邦，泰国文学的发展道路则大不相同。二战后泰国的进步文学有重大的进展，“为人生”文学一度起主导作用。西巫拉帕的《后会有期》（1950年）被誉为“为人生”文学的代表作。小说写一个泰国官僚子弟哥梅在澳大利亚留学期间结识了勤劳、热情、富于牺牲精神的澳大利亚姑娘南希，从她身上受到了教育，明确了人生的目的，决心回国报效人民。作者通过南希之口，揭露了“物产富饶，人民贫困，社会充满剥削和压迫的非正义”的泰国社会现实，并指出“只有社会主义才能解决国家的根本问题”。这部作品反映了西巫拉帕思想上的一个巨大飞跃，写作技术上采用了蒙太奇手法，令人耳目一新。《向前看》是西巫拉帕思想性最高的另一部小说，原计划写成三部曲，可惜未能完成，第二部《青年》只写了十九章。作品虽未完成，但仍可看出作者的创作意图。小说描写一个农村穷孩子变成一个有觉悟的民主革命者的成长过程，表现了泰国20世纪20年代至50年代社会的政治变迁和这种变迁给不同阶层的人们所带来的不同命运，尤其突出表现了人民群众的觉悟和对未来前途的坚定信念。小说深刻揭示了社会的黑暗和阶级间的矛盾，还成功地塑造了一群社会底层的工人、农民和进步知识分子的形象，并把他们看作是推动社会历史前进的主要力量而加以歌颂，充分表现了作者的政治远见和唯物史观。

“为人生”文学的另一位杰出作家是社尼·绍瓦蓬。他的小说《魔鬼》以第二次世界大战期间泰国人民的自发抗日作为历史背景，深刻揭露当时泰国的社会矛盾，描写出身贫苦的知识分子赛和出身豪门闺秀的叻差妮的成长过程，歌颂劳动人民团结互助的高贵品质，抨击封建的剥削制度和宗法礼教。小说语言简朴自然，同时运用对比手法使美丑、善恶形成鲜明的对照，富于艺术感染力，受到人们的称赞。

在“为人生”文学运动中，短篇小说的成就也相当突出，不但数量大，反映的生活面也相当广阔。除西巫拉帕外，还涌现不少著名的作家，一向旗帜鲜明的伊沙拉·阿曼达恭便是其中之一。他的短篇小说集《黑暗时代》、《哇俞博折羽记》、《哭与笑》就因刺痛了当权者而使他坐了5年多的牢。西拉·沙塔巴纳瓦的短篇小说和他的长篇小说一样有名，以笔锋犀利泼辣著称，他的名作《我所不承认的世界》、《在法庭上》、《在荒林里》以巧妙的构思揭示人性的美丑和社会的黑暗。派吞·顺通的短篇小说《这土地是我们的》则着重描写了泰国土地问题的严重性和农民的反霸斗争。澳·乌达恭从事创作的时间虽不过3年，他留下的短篇小说也不过21篇，但被认为是当时短篇小说创作的最高成就。他的作品《在泰国的土地上》、《在解剖室里》、《查弄》、《本能的欲望》、《坟墓上的婚礼》都是当时的名篇。他的笔触及到社会的诸多方面，有相当的深度。

“为人生”文学运动也给泰国诗歌带来了“革命”。乃丕是“为人生”诗歌的奠基人。他的名诗《东北》（1952年），表达了诗人对东北部人民遭到天灾人祸之害的同情，愤怒揭露贪官污吏的横行霸道，号召人民为改善自己的命运而斗争。还有他的主要禅体格律长诗《我们胜利了，妈妈》、《变迁》等都有很强的艺术感召力。另一位杰出的诗人是集·普密萨，他的诗气势磅礴，表现出浩然正气，对统治者和剥削者丑恶面目的揭露从不留情。

1958年沙立政变后，“为人生”文学遭到镇压，20世纪60年代被泰国文学史家称作文化上的黑暗时期，文苑荒芜，只有艳情打斗、游戏人生的通俗文学作品充斥市场，连具有现实主义倾向的通俗作品也同样受到限制。20世纪60年代后期，泰国文坛出现两股潮流，一股潮流是不满现状的青年作家面向西方现代派寻求出路；另一股潮流是通俗小说向现实主义靠拢，写出与以往不同的作品。

泰国的通俗文学已有悠久的历史和传统，对现代文学的发展有很大的影响。在现代通俗小说的作家中，克立·巴莫艺术上的成功最引人瞩目。他于1953年发表的长篇历史小说《四朝代》使他名扬全国。小说通过贵族女子帕瑞的一生，展现了曼谷王朝五世王到八世王四个朝代（1910—1946年）的兴衰过程，再现了半个世纪的泰国历史。小说构思巧妙，描写细腻，诙谐尖利，富有浪漫色彩，涉及到宫廷礼仪、风土人情乃至建筑艺术、戏剧音乐、文化等方面，场面恢宏，绚丽多彩，是部难得的佳作。他的其他作品如长篇小说《芸芸众生》、《红竹村》等也都颇具特色，展示了泰国社会的众生相。

高·素朗卡娘后期创作的作品也属通俗文学。《金沙屋》是代表她最高成就的一部长篇小说。这部小说细致地描述贵族家庭中人与人之间森严的等级观念和赤裸裸的金钱关系，具有较高的社会价值。

20世纪60年代中期以后泰国出现通俗文学向现实主义靠拢的倾向。通俗文学一向以都市生活为题材，描写饮食男女的日常琐事。在黑暗统治时期，泰国社会每况愈下，贫富鸿沟加大，社会风气腐败，表面的繁华掩盖不住民不聊生的事实。对社会的这种黑暗现实，有良心的作家不能视而不见，特别是1973年“10·14”学生民主运动前后新崛起的青年作家，对社会问题更为关注。他们从严肃文学那里汲取营养，让通俗文学向现实主义看齐，写出有社会意义的作品。如格莎娜·阿速信就是这一时期创作上收获颇丰的一位作家。她的《人类之舟》（1967年）诉说一位贫苦少女在黑暗社会中误人歧途的遭遇。《日落》（1972年）塑造了索拉万、薇图、乃等一些病态人物的群像，揭露了这些人的贪婪、无耻、狡诈、腐朽和虚伪，描述了他们害人最终也必害己的可耻下场。索婉妮·素坤塔于1970年发表的长篇小说《甘医生》也博得好评。小说通过甘医生在事业和爱情上的不幸遭遇，歌颂了甘医生为社会献身的精神，揭露了泰国社会的黑暗势力，同时细致地呈现了众多不同阶层人物的精神面貌。1985年发表的《贴金泥塑》则以家庭和爱情为主线，从一个新的角度着重揭示泰国当今上层社会普遍存在的一个引人瞩目的问题：一个个冠冕堂皇的阔老阔少、贵妇小姐，表面上春风得意，私下里却都在为自己那个支离破碎的家庭和扑朔迷离的爱情痛苦不堪。西法的获奖长篇小说《生活的十字路口》也很有社会意义，描写善良美丽的姑娘与背信弃义的势利小人之间势不两立的矛盾和斗争。此外还有不少作家也在他们的作品中抨击了社会的丑恶现状，为争取多数人的正当权益、为建立公正美好的社会而呐喊。

“10·14”运动使20世纪50年代“为人生”的现实主义进步文学又重新崛起。老作家素哇·瓦拉迪罗的新作《红鸽》首创发行量的最高纪录。小说以中国为背景描写一位泰国归侨参加推翻蒋家王朝的斗争经历，对泰国青年的影响不小。接着涌现了一批现实主义作家，他们的作品紧扣现实的矛盾和斗争，颇有思想深度。如素哇·瓦拉迪罗的《同一个国土》，描写一个知识分子如何经过痛苦的思想斗争而转变为革命者，最后投身到武装斗争里去。他的另一部作品《剩余的时间》则描写爱情与理想的冲突，最后为了理想而放弃了爱情。维特亚恭·强恭的中篇小说《春天一定会到来》、瓦·宛拉扬昆的《理想的爱》、维沙·坎塔的《把爱献给理想的事业》等都表现了类似的主题思想。1973年后出现的一个新气象是，生活在农村的作家写出了一些较有影响的反映农村社会问题的小说。康喷·本他威的《东北儿女》、《东北血》和《赶牛人特明》反映了东北部人民的苦难生活，富有地方农村色彩。尼米·普米达温、康曼·昆是农村教师，长于写农村教育的题材。康曼的长篇小说《民办教师的手记》曾轰动一时，并被搬上银幕。本初·吉姆姆维里亚的《革命的县长》、《乌黑的天》则以批判锋芒毕露而闻名。

20世纪70年代后崛起的新作家中有不少热衷于心理小说，他们的作品着重于对人物变态心理的剖析，显然受西方精神分析派的影响。但他们在揭示人物的"精神原因"时，又能与社会因素联系起来，故仍有一定的批判意义。开此类小说先河的是西法，她于1971年发表的长篇小说《啊，玛达》写一个反复无常的女主人在家里主宰一切，不少人物不是性虐待狂就是性变态者。作者运用心理分析的方法来说明主人公的性格是社会因素造成的。这部小说问世后，描写性变态的小说便一时成风。如腊·娄加纳的《失落的爱情》（1973年）、格莎纳·阿速信的《莲茎宝座》、素婉妮·素坤塔的《爱儿》等都属此类作品。而最著名的作家是素帕·素婉和沃·维尼查亚恭。素帕·素婉的《影子》专门描写在灾难中失去生殖器的男子的变态心理。而另一部作品《月影》则描写了反其道的人物。此类小说在表现手法上多向西方现代派学习借鉴，但又保持了泰国化的特点。这从一个侧面也说明"世界性"与"民族性"仍然是当代泰国文学面对的问题。

二战后马来西亚文学的发展也受到多方面的影响。成立于1950年的"50年代派"是马来西亚独立前主要的文艺组织，他们高举"为社会而艺术"的旗帜，提出"文学和语文是人类争取自由、公正、繁荣与和平的斗争武器"的口号，使二战后马来文学出现蓬勃发展的新气象。"50年代派"的著名作家有格里斯·玛斯、阿斯拉夫、乌斯曼·阿旺、玛苏里等人。

格里斯·玛斯原名马鲁丁·穆罕默德，是短篇小说创作的带头人，又是一位优秀的诗人，影响了整个20世纪50年代和20世纪60年代的青年作家。他的作品贯彻了"为社会而艺术"的方针，深刻地反映社会的各种矛盾和现实，表达作者的崇高理想。1950年他发表的短篇小说《种植园事件》，揭露了白人种植园主奸杀马来女仆的罪行，令人发指；1956年发表的《村店》，描述了华族和马来族在乡村里和睦相处的情景；而在《瓜拉色曼丹的领袖》中，则通过主人公哈山表达了作者追求真理、追求自由的强烈愿望。1961年出版的短篇小说集《前仆后继》收集了他20篇精彩的作品。

诗歌创作的主要代表是乌斯曼·阿旺，常用笔名东革·华兰发表大量的进步诗歌。他的诗充满爱国主义和人道主义精神，热情奔放，具有浓郁的马来"板顿"（民歌）风味。他对劳苦大众怀有深切的同情心，在《卖冰的小贩》一诗中，为他们的生存权利而大声疾呼：

什么时候真理才能满足？
饥肠辘辘的饿肚呼叫！
什么时候法律才能保障？
全人类都得到正义的庇护！

诗人具有博大的胸怀，对维护马来西亚马、华两大民族的团结做出重大的贡献，他在《致华族男女青年》一诗中，热情地歌颂马、华两大民族同命运共患难的手足之情：

祖国光辉灿烂的明天
添上华族男女青年的脸
宛如东方的阳光
洒满了胶园的树木和肥沃的农田
我们互相问好，猜疑早已消匿
共同的命运共同的遭遇
工人农民喝着同一条江河的水
歌唱着祖国美好的明天

乌斯曼·阿旺的诗思想性和艺术性结合得很好，有着感人的艺术魅力和重大的现实意义，被誉为"爱国爱民忧时伤国的作家"，并多次获奖。1976年被马来西亚政府封为“文学战士”。他的诗集有《浪涛》（1961年）、《刺与火》（1966年）、《天边》（1971年）等。这个时期的著名诗人还有萨马特·萨伊特、萨尔美·曼佳等。

20世纪50年代中期，马来西亚诗坛也曾出现过以努儿、阿明、哈扎里等为代表的朦胧诗派。他们的诗晦涩难懂，遭到人们的批评，影响有限。

1957年马来西亚独立后，在新加坡的“50年代派”马来作家大都迁回马来半岛。马来西亚政府大力推行马来语作为国语的政策，提倡发展马来文化文学，规定国家语文局的三项任务是：一、发展和巩固国语（即马来语）；二、发掘以国语创作的有才华的作家；三、发展出版事业，尤其鼓励出版以国语写作的作品。马来语的普及，马来西亚政府的大力培养和扶植，为马来文学的发展创造了前所未有的有利条件。1957年国家语文局开始举办短篇小说比赛，共收185篇作品，哈桑·阿里的《老侍者》、哈里特·阿巴斯的《马吉德村长的养子》、乌斯曼·阿旺的《我们受了牵连》各获一、二、三等奖。1958年国家语文局又举办创作比赛，获奖作品中萨马特·萨伊特的长篇小说《莎丽娜》（1961年出版）最受好评，被誉为二战后最佳小说之一。小说写一个马来姑娘被日本侵略者侮辱而后沦为妓女的悲惨故事，深刻揭露了日本帝国主义的侵略战争给马来人民带来的痛苦和不幸。萨马特·萨伊特的小说大多描写生活在社会底层的小人物，对他们忍受的苦难怀有极大的同情。他的另一部长篇小说《河水慢慢流》（1967年）描写的也是战争时期各族小百姓过的非人生活。

独立后的马来文学仍继承“为社会而艺术”和爱国主义的传统。著名作家哈伦·阿米努拉锡的历史小说《阿旺元帅》（1958年），以历史记载为依据，加上丰富的想象，颂扬一位16世纪的马来武士所建立的辉煌业绩，以此来提高马来民族的自信心和自豪感。

20世纪60年代一批女作家开始崭露头角，她们关心妇女的社会问题，争取妇女的社会权利，如哈蒂佳·哈希姆的小说《昨天的暴风雨》，着重描写了现代女性为了继续求学，敢于向男人权利挑战。较有名的女作家还有阿巴蒂·阿明、萨尔美·曼佳等，其作品有的还涉及穆斯林妇女的解放问题。

20世纪70年代马来西亚独立十周年创作比赛涌现了一批优秀作品，其中获奖的有阿列纳·瓦迪的长篇小说《人质》（1971年）。小说描写参加印度尼西亚独立斗争的一位青年，被荷兰殖民统治者放逐，中途逃亡到新加坡，第二次世界大战结束后，他积极参与马来亚的独立斗争，成为马来亚的民族斗士。该小说博得好评，是因为作者不是从狭隘的民族主义观点来看待民族斗争，在小说中可以看到马、华、印各族战士是为了反对共同敌人殖民统治者和争取民族独立而走到一起来的。阿卜杜拉·胡赛因的《连锁》（1971年）也是为参赛而写的长篇小说，写由马、华、印构成的马来西亚民族的历史渊源，在日本投降后，大家为争取马来亚的独立而共同奋斗。他的另一部长篇小说《兰斗士拉末》则以描写农村青年为建设家乡、改变农村面貌而进行的斗争，也被认为是他最成功的作品。女作家卡蒂佳·哈希姆的《白鸽再次飞翔》（1971年）也是获奖作品，是一部带有社会批判性质的小说，写农村社会一些负面的典型事迹。安瓦尔·利德万是20世纪70年代的新秀，他的短篇小说也多次获奖。他于1976年发表的第一部短篇小说集《寄生虫》显示了他带有诗意的新风格。1978年发表的第二部短篇小说集《战后》，则着重描写在重物质生活和个人主义的新潮文化冲击下各种人物的典型性格。《艺术家的末日》是他的第一部长篇小说，描写民间说唱艺人因其艺术生命受到威胁而产生的思想矛盾和冲突，同时也描写战祸给偏僻山村的村民带来的恐慌和不安。1985年他发表第二部长篇小说《潮流》，描述银行界的丑闻和宗教界的派系之争。

在戏剧创作方面，20世纪60年代盛行富有现实主义特征的现代剧。这方面卡拉·德百塔的剧作《洋房与茅屋》（1963年）起了开先河的作用。乌斯曼·阿旺的《肯尼山来客》（1968年）、《乌达与达拉》（1976年）等是此类戏剧的代表作，在社会上引起较大的反响。被人称作“戏剧元帅”的卡拉姆·哈米迪发表的剧作最多，其代表作《厄运》曾获新加坡戏剧节的六项奖。

在小说、诗歌、剧作得到一定发展的同时，马来文学批评也得到发展。二战后最早一篇文学评论是阿米努汀·巴基所写的《一个学生的评述》。作者从内容、人物、情节、写作技巧、语言风格等方面对克里斯·玛斯的小说《神圣的牺牲品》进行评论。此后，“50年代派”评论家相继发表文学评论。阿斯拉夫在一篇题为《文学的价值》的文章中强调：“文学的价值在于为读者打开眼界，使他们了解周围发生的一切，了解生活，了解社会，了解世界，由此来唤醒读者。”这个观点与“50年代派”大多数人主张的“为社会而艺术”的观点相吻合。20世纪60年代出版的《现代文学评论专著》（上、下）和《小说研究》中，作者叶海亚·伊斯达尔主张“有目标的艺术，有政治内容的艺术，起鼓励作用的艺术”，反对“为艺术而艺术”的观点。20世纪70年代以来文学评论仍保持着发展的势头。

二战后的菲律宾文学则向双语化发展。独立后，菲律宾政府规定他加禄语与英语均为官方语言。1949年菲律宾自由周报将其短篇小说奖设为常年短篇小说奖，1950年设立卡洛斯·帕兰卡文学纪念奖，1959年菲律宾笔会中心颁发斯通希尔小说奖，1974年菲律宾作家协会颁发各类文学奖，这些文学奖对促进两种语言文学的创作和繁荣，培养文学新秀做出了一定的贡献。这时期的文坛可以说人才辈出，作品众多。从文学思潮来说，爱国的民族主义仍是主流。作品的主题多数是宣扬热爱家乡，热爱民主与自由，歌颂纯洁的爱情，反对异族的侵略和外国资本的操纵。

在小说创作方面，他加禄语作家拉莎罗·弗兰西斯科的长篇小说《你在北方》（1948年）首先揭露美国资本排斥菲律宾民族资本，进而控制菲律宾某些经济命脉的事实。阿马多·赫尔南德斯的长篇小说《野鸟》则谴责美国资本对菲律宾的操纵造成社会堕落。有不少作家以富有民族特色的民俗风情为背景衬托出时代的精神。如冈萨雷斯的长篇小说《沐恩季节》（1956年）、贡萨雷斯的长篇小说《竹竿舞演员》（1960年）等，都是此类题材的获奖作品。20世纪60年代初菲律宾笔会中心评选出两部英语长篇小说，并授予“斯通希尔奖”。这两部长篇小说，一是华奎因的《有双脐的女人》（1960年），写一个有两种文化经历的女人，容貌美丽但灵魂空虚；一是女作家图薇拉的《敌人的手》（1961年），写一位与丈夫没有感情的女性和一位有妇之夫之间的婚外恋，带有唯美主义的倾向。这个时期最著名的作家是被誉为“文坛巨匠”的弗兰西斯科·西翁尼尔·何塞。他以其故乡罗萨勒斯镇为背景写了系列长篇小说，如描写伊罗干诺人各个时期反对外国殖民统治的《主要的哀悼者》、《世系图》、《伪装者》（1962年），描写农民起义的《我的兄弟、我的刽子手》（1972年）和反映当代社会生活的《假面具》（1979年）等。还有一位重要作家是侨民小说家比恩维尼多·恩·桑托斯。他常以旅美菲侨的生活为题材写小说，如长篇小说《火山》（1965年）、《为何要留恋旧金山》（1979年）等，表达游子心灵的忧伤和对故土的眷恋。他的短篇小说《移民的苦恼》被认为是他的代表作，描写在美国的菲律宾移民遭受的限制和复杂的心态。此外，有很多作家在短篇小说创作方面取得较大成功，并获得殊荣。如阿勒杭德罗·罗彻斯的短篇小说集《公鸡和鸢》（1959年）获“爱国文学奖”；阿塞拉纳的短篇小说《黄色的围巾》（1953年）获“菲律宾自由周报小说奖”，1961年还被选入意大利出版的《世界当代佳作选》；何塞的短篇小说《偷神像者》（1959年）获帕兰卡文学纪念奖一等奖；桑托斯的短篇小说《移民的苦恼》（1977年）获美国密苏里大学小说奖。

诗歌创作方面，受西方现代诗的影响，诗人们都在锐意求变，力图创新，写诗技巧日趋熟练，艺术表现手法日益多样化。例如阿巴迪拉创作的把“自由诗”引入他加禄传统诗的新短诗，何塞·迦·维利亚创作的“逗号诗”，被称为“人类学诗人”的胡法纳教授的诗，诗人兼画家希拉里奥·弗兰西亚创作的短诗，弗洛勒斯模仿日本俳句创作的菲语短诗等，使菲律宾诗坛显得多姿多彩。从内容上看，赫尔南德斯的诗集《咫尺天空》（1962年，获“共和国文化遗产文学奖”）、《米粒》（1966年）和《自由的国家》（1969年获“巴拉塔斯诗歌奖”）等，都以贫苦工人的生活为题材，诉说社会的不平，表现深厚的工农感情和民族意识。而《铁匠》一诗则表现了劳动人民的伟大力量和英雄气概。讽刺诗《外国人》，对崇洋媚外、奴气十足人物的丑态进行了充分的揭露、讽刺和鞭挞。以反映贫苦大众的不幸和抗议社会的不公为内容的作品还有阿马里奥的诗集《创造者》、《吼声》等。

独立后，菲律宾的戏剧也有较大发展。“音乐戏剧基金会”、“东方艺术戏剧表演团”、菲律宾大学“流动剧团”和马尼拉大学“青年剧团”等团体都致力于戏剧工作。此外“阿伦娜剧作奖”和“帕兰卡文学纪念奖”的评选活动和剧作家的努力，都促使了菲律宾的戏剧创作繁荣起来。被人们视为成功的剧作家首推尼克·华奎因，其优秀剧作有珍惜文化传统、表现民族气节的《菲律宾艺术家的自画像》（1952年）和反对禁欲主义的《父与子》（1975年）。《菲律宾艺术家的自画像》系三幕悲剧，描写一位老艺术家以燃烧的城市、马尼拉的废墟为背景，画一个青年背负一位老人。此一老一少都是艺术家本人。老画家视画如宝，赠给他的两个女儿。女儿们尽管生活困难也不忍出售此画。在太平洋战争爆发前夜，自动地把画和房子一起烧掉，以防落入敌人之手。《父与子》是由作者的短篇小说《三代人》改编而成的，写三代人的感情世界，表现了浓厚的人文主义思想。还有一位著名的剧作家是格雷洛，他以写悲剧闻名，独幕剧《三只老鼠》是他的名著，描写因婚外恋而导致家庭的毁灭。他的另一部著名悲剧是《在修女院的半小时》，描写教会学校的一位女生因不堪教会的禁欲主义而自杀以示抗议。

从以上的情况来看，独立后东南亚各国文学发展的道路尽管各有不同，但都一直在受“世界性”思潮的直接影响。在世界革命文艺思潮的影响下，不少国家的革命文学和进步文学有较大的发展，文学与政治的关系十分密切，现实主义文学仍占主导地位。在世界现代主义和后现代主义文艺思潮的影响下，不少国家则出现新潮派作家，他们以“试验文学”为名标新立异，力图摆脱现实主义文学的传统，使文学的内容和形式呈多元化和多样化，表现不同的审美取向。与此同时，各国政府对发展本民族文学的重视和奖励，又使文学的“民族性”得到加强。看来东南亚各国文学将在“世界性”和“民族性”的对立统一中继续探讨各自发展的道路。

结束语

世界四大文化对东南亚文学的发展具有深远的影响，这已为各国文学发展的历史所证明。从相互影响和相互作用中，我们可以发现一些带有规律性的共同点：

一、东南亚文学在不同的发展阶段深受世界四大文化体系的不同影响，在“三十年河东时期”（上古、中古期）起主要影响的是东方文化的三大体系，在“三十年河西”时期（近、现代期）起主要影响的是西方文化。

二、世界四大文化体系对东南亚文学产生直接的影响是有其历史的特殊性和必然性的，是特定历史条件下根据各国自身的需要进行文化交流的结果。

三、世界四大文化体系的影响再大也只是外因，而本国社会发展的需要和统治阶级的选择才是内因。外因只有通过内因才能起作用。

四、外来的文化文学最终必须经过民族化的过程才能被吸收而开花结果。引进外来文化文学是营养的需要，但不经过民族化的过程，营养难以被消化和吸收。

五、引进的外来文化文学不能替代本民族的文化文学，相反，本民族的文化文学却可以根据本民族的需要去改造外来的文化文学，使之植根于本民族文化文学的土壤里，成为本民族文化文学园地里的花卉。

六、随着资本主义世界市场的形成，东南亚各国文化文学的发展不可避免地都要受“世界性”潮流的猛烈冲击。马克思在《共产党宣言》中早已指出：“资产阶级，由于开拓了世界市场，使一切国家的生产和消费都成了世界性的了……物质的生产如此，精神的生产也是如此，各民族的精神产品成为公共财产。民族的片面性和局限性日益成为不可能，于是由许多民族和地方的文学形成了一种世界的文学。”如今，世界已进入高科技和信息时代，全球化和“世界性”的浪潮更是不可阻挡。但是，“世界性”是由各民族的“民族性”构成的。这是共性与个性的关系，没有个性也就没有共性。东南亚文学在面对“世界性”的挑战时，既要善于从“世界性”的精神产品中吸收有益的养分，克服民族的“片面性”和“局限性”，又要充分发扬本民族文学优秀的“民族性”，不断提高本民族精神产品的质量，去丰富“世界性”的“公共财产”。这就是季羡林教授说的：“今天，在拿来主义的同时，我们应该提倡‘送去主义’，而且应该定为重点。”

“三十年河西”时期，西方文化独领风骚几个世纪，而东方文化则一直处于相对停滞和落后的状态，直到20世纪东方民族普遍觉醒之后，才出现转机。如今西方文化似乎已经走到顶头了，西方文化分析性的思维模式已带来种种危机，难以自拔。而东方民族正在重新崛起，东方文化综合性的思维模式越来越受到世人重视。有人认为，以东方文化之综合性思维模式济西方文化分析性思维模式之穷，乃今后解决人类危机之良方。人们都在预言，在21世纪，随着东方民族的复兴，东方文化必将再度创造辉煌，对世界文学会做出自己应有的贡献。作为东方文学组成部分的东南亚文学，单向的“拿来主义”时代已经过去，今后也要实行“送去主义”，通过双向交流不断“拿来”和“送去”，在不断提高“民族性”文学质量的同时，也为丰富“世界性”文学做出自己的贡献。

参考文献

[1] 季羡林、张光磷编选：《东西方文化议论集》上、下册，北京：经济日报出版社，1997年。

[2] 季羡林主编：《东方文学史》上、下册，长春：吉林教育出版社，1991年。

[3] 季羡林主编：《东方文学词典》，长春：吉林教育出版社，1995年。

[4] 季羡林主编：《中国大百科全书·外国文学》Ⅰ、Ⅱ卷，北京：中国大百科全书出版社，1982年。

[5] 梁立基、陶德臻主编：《外国文学简编（亚非部分）》修订本，北京：中国人民大学出版社，1998年。

[6] 高慧勤、栾文华主编：《东方现代文学史》上、下册，福州：海峡文艺出版社，1994年。

[7] 钟敬文：《民俗学论集》，上海：上海文艺出版社，1985年。

[8] 谢·亚·托卡列夫等《世界各民族神话大观》，北京：国际文化出版公司，1993年。

[9] 姜继编译：《东南亚民间故事》上、中、下册，福州：福建人民出版社，1982年。

[10] 陈玉龙、杨通方、夏应元、范毓周合著：《汉文化论纲》，北京：北京大学出版社，1993年。

[11] [法]克劳婷·苏尔梦编著：《中国传统小说在东南亚》，北京：国际文化出版公司，1989年。

[12] [法]克劳婷·苏尔梦：《印度尼西亚华裔马来文学》（英文），巴黎：法国巴黎人文科学学院，1981年。

[13] 潘亚暾、汪义生：《海外华文文学名家》，广州：暨南大学出版社，1994年。
[14] 赖伯疆：《东南亚华文戏剧概观》，北京：中国戏剧出版社，1993年。
[15] 庄钟庆：《东南亚华文文学与中国现代文学》，厦门：厦门大学出版社，1991年。
[16] 陈峰君主编：《印度社会述论》，北京：中国社会科学出版社，1991年。
[17] A.L.巴沙姆：《印度文化史》，北京：商务印书馆，1997年。
[18] 金克木：《梵语文学史》，北京：人民文学出版社，1964年。
[19] 郭良鋆、黄宝生编译：《佛本生故事选》，北京：人民文学出版社，1985年。
[20] [缅]吴敏随：《五百五十个佛本生故事》（缅甸文），缅甸纳龙拉出版社，1978年。
[21] [缅]吴梭敏译：《清迈五十本生故事》（缅甸文），缅甸迪萨曼岱文学出版社，1978年。
[22] [印度尼西亚]R.M.NG.普尔巴查拉卡：《班基故事比较》（印度尼西亚文），印度尼西亚阿贡山出版社，1968年。
[23] [泰]丹隆亲王《戏剧〈伊瑙〉的传说》（泰文），万象：泰国艺术厅，1964年。
[24] [马]慕·扎米尔·穆克敏：《伊斯兰发展史》(马来文)，马来西亚努邻出版社，1992年。
[25] [马]德古·伊斯坎达：《古典文学史》（马来文），文莱大学马来文系，1995年。
[26] [荷]P.J.朱特穆特：《爪哇古典文学导论》（印度尼西亚文），印度尼西亚桥出版社，1985年。
[27] [荷]W.A.L. 斯托霍夫等主编：《印度尼西亚与伊斯兰教论文集》，雅加达，1900年。
[28] [荷] A.德欧：《印度尼西亚新文学》〈一〉（印度尼西亚文），印度尼西亚美丽岛出版社，1980年。
[29] [荷] A.德欧：《印度尼西亚新文学》〈二〉（印度尼西亚文），印度尼西亚伟大出版社，1989年。

[30] [新]廖裕芳：《马来古典文学史》〈一〉、〈二〉，（马来文），雅加达：爱昂朗卡出版社，1991年。
[31] [新]方修：《马华新文学简史》，马来西亚董教总全国华文独中工委会出版局，1991年。
[32] [新]方修：《战后马华文学史初稿》，马来西亚董教总全国华文独中工委会出版局，1987年、1989年。
[33] [越]丁嘉庆、裴维新等：《越南文学》（越南文），越南大学和专业教育出版社，1992年。
[34] [苏]弗·柯尔涅夫，高长荣译：《泰国文学简史》，北京：外国文学出版社，1981年。
[35] 栾文华：《泰国文学史》，北京：社会科学文献出版社，1998年。
[36] 姚秉彦、李谋、蔡祝生：《缅甸文学史》，北京：北京大学出版社，1993年。
[37] [越]阮攸著，黄轶球译：《金云翘传》，北京：人民文学出版社，1959年。

[30] [illegible]：《[illegible]文学史》（一）、（二）[illegible]，[illegible]
[illegible]出版社，1971年。
[31] [illegible]：《[illegible]文学史》，[illegible]工作委员会出版社，1991年。
[32] [illegible]：[illegible]，[illegible]出版社，[illegible]。
[33] [illegible]，[illegible]，北京：[illegible]出版社，1993年。
[34] [illegible]，[illegible]年。
[35] [illegible]：《[illegible]文学史》，[illegible]出版社，1998年。
[36] [illegible]，北京：[illegible]大学出版社，1991年。
[37] [illegible]人民文学出版社，1991年。